國家社科基金後期資助重點項目『明代《文選》廣續補本整理與研究』階段性成果

陝西師範大學中國語言文學『世界一流學科建設成果』

《文選》廣續補本典籍叢刊　主編　王曉鵑

廣文選

〔明〕劉節　編纂
邢天洋　整理　王曉鵑　審定

上卷

中國社會科學出版社

圖書在版編目（CIP）數據

廣文選：全二卷/（明）劉節編纂；邢天洋整理．—北京：中國社會科學出版社，2024.3

(《文選》廣續補本典籍叢刊/王曉鵑主編)

ISBN 978-7-5227-3102-5

Ⅰ.①廣…　Ⅱ.①劉…②邢…　Ⅲ.①中國文學—古典文學—作品綜合集　Ⅳ.①I212.01

中國國家版本館 CIP 數據核字（2024）第 044302 號

出 版 人	趙劍英
責任編輯	楊　康
責任校對	白　楊
責任印製	戴　寬

出　　版	中國社會科學出版社
社　　址	北京鼓樓西大街甲 158 號
郵　　編	100720
網　　址	http://www.csspw.cn
發 行 部	010-84083685
門 市 部	010-84029450
經　　銷	新華書店及其他書店
印　　刷	北京明恒達印務有限公司
裝　　訂	廊坊市廣陽區廣增裝訂廠
版　　次	2024 年 3 月第 1 版
印　　次	2024 年 3 月第 1 次印刷
開　　本	710×1000　1/16
印　　張	71.25
字　　數	1270 千字
定　　價	399.00 元（全二卷）

凡購買中國社會科學出版社圖書，如有質量問題請與本社營銷中心聯繫調換
電話：010-84083683
版權所有　侵權必究

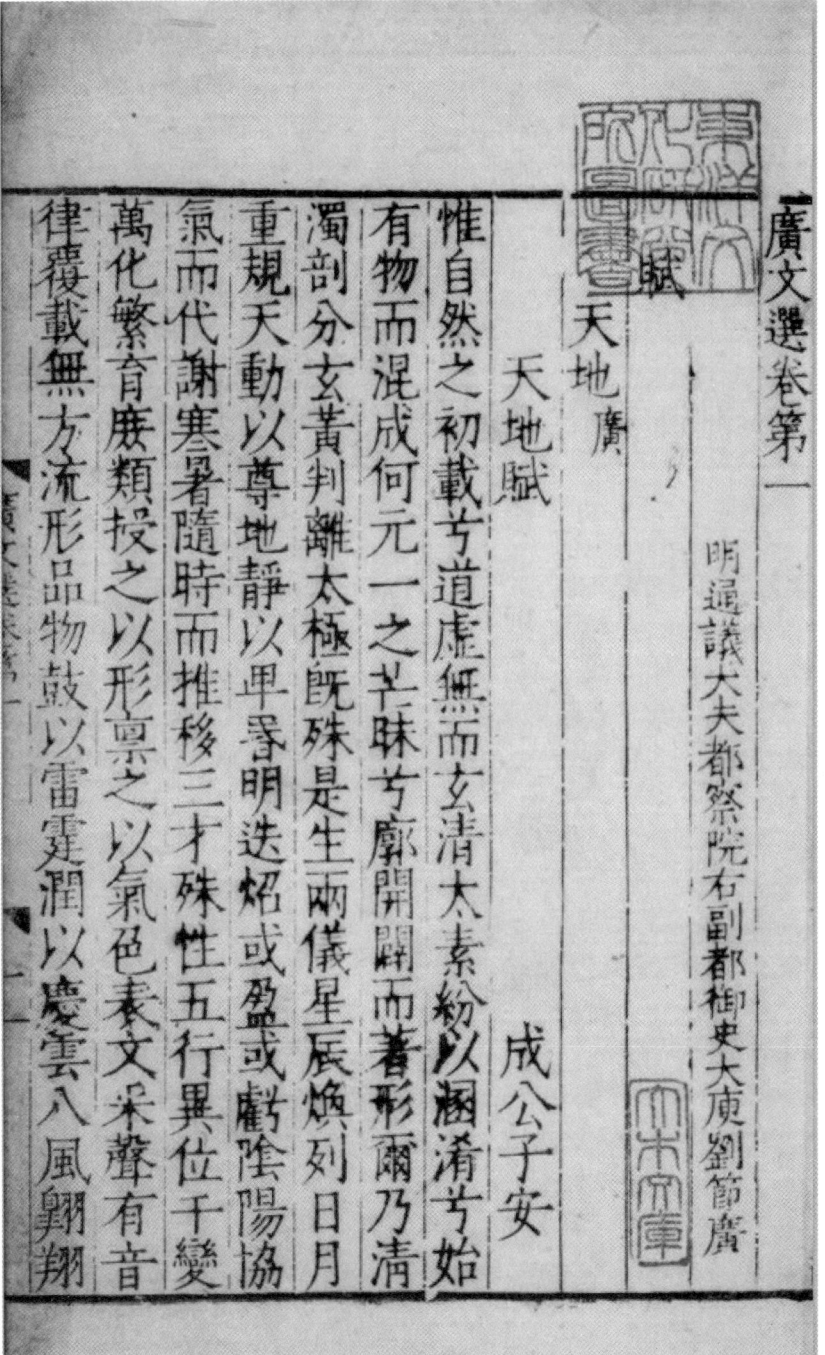

圖1 明嘉靖十二年刻《廣文選》八十二卷本

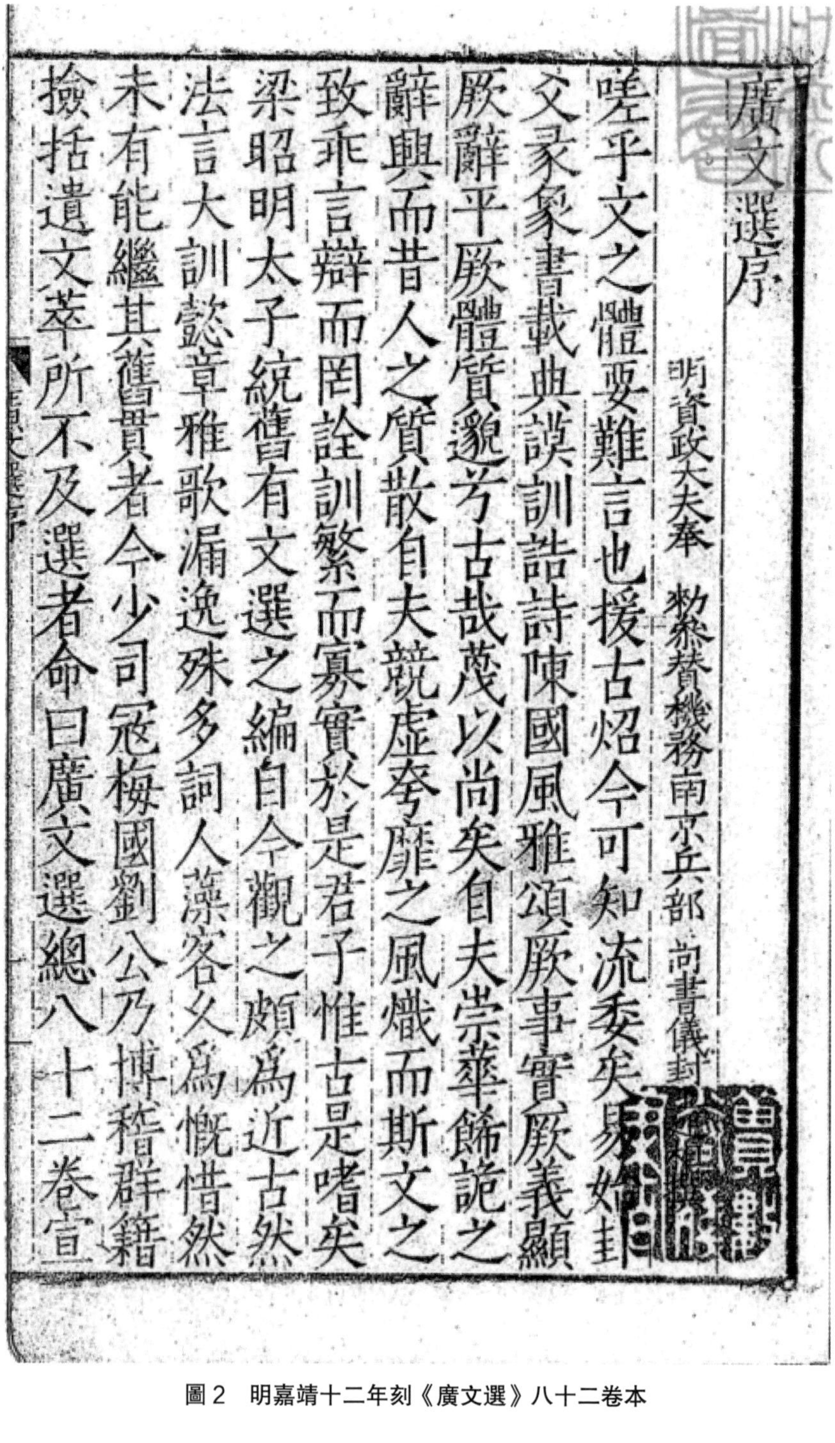

廣文選序

明資政大夫奉敕察贊機務南京兵部尚書儀封

嗟乎文之體要難言也援古炤今可知流委矣易始
爻象書載典謨訓誥詩陳國風雅頌厥事實厥義顯
厥辭平厥體質邈乎古哉茂以尚矣自夫崇華飾詭之
辭興而昔人之質散自夫競虛夸靡之風熾而斯文之
致乖言辯而周詮訓繁而寡實於是君子惟古是嗜矣
梁昭明太子統舊有文選之編自今觀之頗為近古然
法言大訓懿章雅歌漏逸殊多詞人藻客久為慨惜然
未有能繼其舊貫者今少司冦梅國劉公乃博稽群籍
撿括遺文萃所不及選者命曰廣文選總八十二卷壹

圖 2　明嘉靖十二年刻《廣文選》八十二卷本

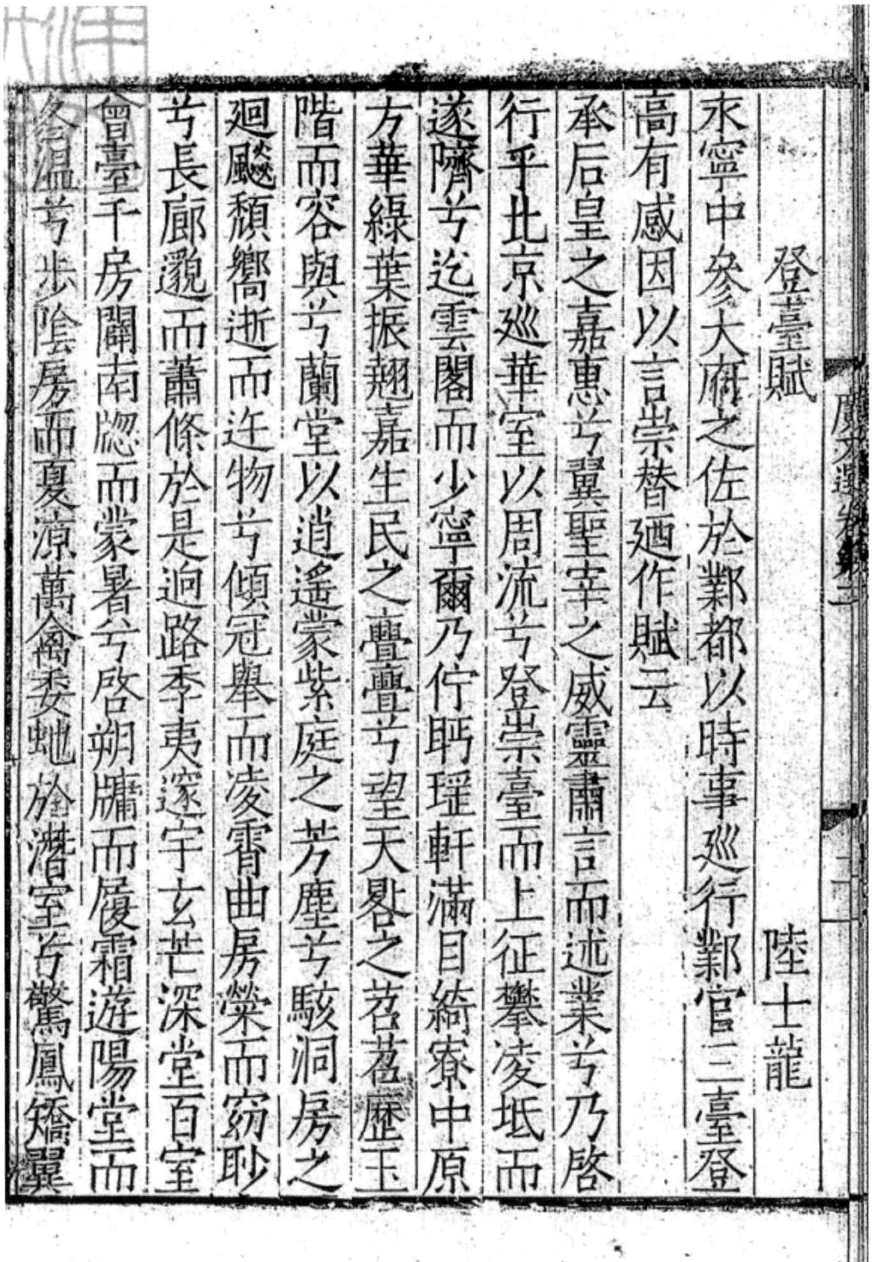

廣文選卷第三　二
登臺賦　陸士龍
永寧中參大府之佐於鄴都以時事巡行鄴宮三臺登
高有感因以言崇替廼作賦云
承后皇之嘉惠兮翼聖宰之威靈肅言而述業兮乃啓
行乎北京巡華室以周流兮登崇臺而上征攀凌坻而
遂隮兮迄雲閣而少寧爾乃佇眄瑶軒滿目綺寮中原
方華綠葉振翹嘉生民之亹亹兮望天晷之苕苕歷玉
階而容與兮蘭堂以逍遥蒙紫庭之芳塵兮駭洞房之
迴飈頹響逝而迮物兮傾冠舉而凌霄曲房縈而窈眇
兮長廊邈而蕭條於是迴路季夷邃宇玄芒深堂百室
會臺千房闢南牕而蒙暑兮啓朔牖而履霜遊陽堂而
冬温兮步陰房而夏凉萬禽委虵於潛室兮驚鳳矯翼

圖 3　明嘉靖十二年刻《廣文選》八十二卷本

廣文選 九

華安足爲
千載長自綏

情詩 魏徐幹偉長

高殿鬱崇崇廣厦凄冷冷微風起閨闥落日照階庭
嘲雲屋下笑歌荷華楹君行殊不返我飾爲誰榮鑪薰
闃不用鏡匣上塵生綺羅失常色金翠暗無精嘉肴既
忘御旨酒亦常清禎膽空寂寂唯聞燕雀聲寤寐思相連
屬中心如宿酲

詠懷詩十九首 阮籍

縣車在西南羲和將欲傾流光耀四海忽忽至夕冥朝
爲咸池暉蒙汜受其榮豈知窮達士一死不再生視彼
桃李花誰能久熒熒君子在何許歎息未合并瞻仰景
山松可以慰我情

斥鷃擅蒿林仰笑神鳳飛坎井蝦蚓宅神龜安所歸恨
自用身拙任意多永思遠貴與世殊義非所希往事
旣已深來者猶可追何爲人事間自令心不夷慷慨思
古人夢想見容輝□□頓躓□過衍憤忧其微巖居養瑩魄
逸□躍舉吾師羨萊山嶺日夕不知幾玄居養鶯鵠

難俯同俗謹紛紛流離誠軻丁悔齊惟志不得施耕梧感
審越馬席激張儀近將離□侶枕策追洪崖集鵬振六
翮羅者安所羈浮遊太淸中更求新相知比翼翔雲漢
飮露餐瓊枝念念世間人凤響咸驅馳冲靜得自然榮

總　　序

　　《文選》是我國現存最早的一部詩文總集，全書 30 卷，共收錄先秦至南朝梁代作家 130 家，作品 700 餘篇。《文選》既是詩文分類的典範和開先河者，也是文學自覺的標誌，其編選標準和體例亦成為後世仿效的範式，更開啟了後世的一種專門學問——選學。由於《文選》在歷代都被視為"文章淵藪"、"選學"之宗，故後世選本大都模擬《文選》的體例編纂，而增廣、續收、補遺《文選》的現象時有發生。這些廣續補本或在《文選》既有的選錄時段中增收，或在其延長時段中續收，尊崇《文選》的同時依據各自的編纂思想對原典進行了一些補充和完善，並在不少《文選》就很重視的問題上，作出了思考和變革。其中，《古文苑》、陳仁子《文選補遺》、劉節《廣文選》、湯紹祖《續文選》和孫星衍《續古文苑》等，都有較大影響。

　　明代是《文選》廣續補本集中的時期，湧現出劉節《廣文選》、周應治《廣廣文選》、湯紹祖《續文選》、胡震亨《續文選》、李夢陽《文選增定》、張溥《廣文選刪》和陳仁、張鳳翼《新刊續補文選纂注》等多種選本。但是，由於各種原因，這些有價值的《文選》廣續補本至今沒有得到整理和研究。為了進一步挖掘《文選》廣續補本的價值，系統認識《文選》學史，有必要對這些具有代表性的選本進行整理。本叢刊在較全面調查文獻資料的基礎上，選擇了明代《文選》廣續補本中的四種重要典籍，即劉節《廣文選》、湯紹祖《續文選》、李夢陽《文選增定》和陳仁、張鳳翼《新刊續補文選纂注》，加以標點校勘，整理成更便於閱讀和利用的新版本，目的在於對當代《文選》研究提供可靠的資料依據。

　　本叢刊所收的經過整理的《文選》廣續補本的新版本，在整理體例上有着原則性的統一安排，如擇用善本，忠實底本，校勘嚴謹，標點規範等。在此前提下，對於具體負責各書整理工作的整理者，則採取充分尊重其學術特長的態度，不做整齊劃一的硬性要求，可以自由地處理在整理過程中出現的一些細節問題。為了幫助讀者能夠較好地了解原書的內容和意義，每種書前都有"前言"，對其編選標準、體例和價值等進行介紹分析。

本叢刊作為國家社科基金後期資助重點項目的階段性成果，得到了陝西師範大學的大力支持，中國社會科學出版社對本叢刊的出版也給予了多方面的幫助，我們一併表示衷心感謝！

王曉鵑

2023 年 6 月 30 日

前　言

《廣文選》是明代劉節編纂的一部詩文總集。劉節（1476—1555），字介夫，號梅國，江西大庾（今江西省大余县）人，年少即有才名，《明朝分省人物考》記載："生而穎異，十六充郡庠生，弘治辛酉元旦賦詩，有筆掃萬夫之志。督學邵寶得其文，嘆曰：'雄才可空冀北，矧江右乎！'"①弘治十八年（1505）中進士，歷任四川提學僉事、廣西提學副使、巡撫山東右副都御史、刑部右侍郎等職，嘉靖十二年（1533）致仕。劉節爲官正直清廉，工作態度認真，尊重並樂於提攜後進，受到廣泛好評，"不屑以俗吏自居……好賢禮士，見學官弟子每延欸而咨訪之"②。劉節相當重視地方文化，曾經主持修建廣德州名宦祠、鄉賢祠、岳武穆祠並撰記，在巡撫山東期間爲曲阜縣請立塾社，爲南安府重建的儒學明倫堂作記，等等。

劉節著述今存有《梅國集》四十一卷和《寶制堂錄》二卷。此外，劉節編有《廣文選》八十二卷、《周詩遺軌》十卷、《春秋列傳》五卷、《兩漢七朝文》（或作《西漢文類》與《東漢文類》）七十一卷、《藪聲律發》（或作《聲律發蒙》）四卷等書，還參與編纂了《南安府志》及《潁州志》，可謂著述豐富。劉節致仕後，兵備陶諧特意爲其在大庾修建了梅國書院，供其講學授徒。③據《（民國）大庾縣志》記載，書院在民國八年（1919）時應當尚存。④

據呂柟稱，《廣文選》一書是劉節"旁搜群書幾二十年"⑤完成的作品，

---

① （明）過庭訓纂：《明朝分省人物考》，廣陵書社2015年版，第1583頁。
② （明）凌迪知：《萬姓統譜》，《中華族譜集成》第68冊，巴蜀書社1995年版，第910頁。
③ （明）陳健：《梅國書院記》，載吳寶炬等修，劉人俊等纂《（民國）大庾縣志》，《中國方志叢書》第七四八號，（台北）成文出版社1989年版，第979頁。
④ （明）陳健：《梅國書院記》，載吳寶炬等修，劉人俊等纂《（民國）大庾縣志》，《中國方志叢書》第七四八號，（台北）成文出版社1989年版，第405頁。
⑤ （明）呂柟：《廣文選序》，載（明）劉節編《廣文選》，明嘉靖十二年刻本。

推敲時間，當主要是其在正德、嘉靖年間宦仕時期陸續編定完成；據劉節撰寫序言的時間看，至晚嘉靖十一年（1532）就已基本成書。《廣文選》現存有兩個版本，較早的是嘉靖十二年（1533）刻劉節本人所編定的八十二卷本。嘉靖十六年（1537），因舊刻版不存，陳蕙據劉節所編的八十二卷本《廣文選》進行重新校訂，編定爲六十卷本，刊於壽梓，此本稱嘉靖十六年刻晉江（今福建省晉江市）學者陳蕙重編六十卷本。從內容上看，六十卷本在八十二卷的基礎上作了一定程度的刪增，其中賦類中刪去十八篇，沒有增加，共收錄十七小類、一百二十八篇；詩類刪去一百二十二首，新增入三十四首，其中"逸詩"與"謠"兩小類全部刪去，"郊廟樂歌"類刪減後歸入"樂府"類，共收錄二十二類、七百五十三首作品；"文"類則刪去一百四十七篇（首），新增十四篇，其中"七""冊""詞""連珠"四類文體作品全部刪去，共收錄四十八種文體共七百七十四篇（首）作品。從選文標準的層面看，陳蕙主要做了以下幾個方面的改動：刪去周公、孔子等聖人的作品，刪去思想僭悖、荒誕、俚俗及文義短淺的作品，刪去過於誇張或難以通曉的作品，刪去闕誤無證或重出的作品，補充《淮南子》《亢倉子》等文義高正的作品及沈約、王筠等人所作的體現兩晉、南朝風格的詩歌。同時，陳蕙對八十二卷本進行了較爲精良的校勘，在補足闕文、闕篇以及訂正誤字、補充注釋等方面很有成績。

  《廣文選》是對南朝梁《昭明文選》的增廣補遺之作。從收錄作品數量上來說，八十二卷本共收錄賦類作品一百四十六篇，包含十七個小類；收錄詩歌八百三十五首，包含二十四個小類；"文"類則收入五十二種文體共九百零七篇（首）作品。相對於《文選》而言，增加了十六類文體，總篇目增加一千一百多篇（首），確實實現了"廣"的目的。《廣文選》的體例繼承了《文選》。從作品編排來看，《廣文選》以文體爲綱、以時代先後爲序的排列方式與《文選》完全一致。從文體來看，《廣文選》除了詩類中"補亡""反招隱"兩個小類以及"文"類外，其餘文體與《文選》也完全一致。從入選作家作品來看，《廣文選》不但收錄作品的時代與《文選》基本重合，在作家重要性的認定上也與《文選》一脈相承。如"賦"類作品，《文選》入選作品較多的賦家是班固、張衡、左思、揚雄、潘岳、司馬相如、宋玉、鮑照、陸機和江淹，這些賦家在《廣文選》中也佔有重要地位。

  《廣文選》存在許多夾於正文中的注釋，是其與《文選》的不同處。注釋在刻本中以雙排小字的形式呈現，散見於全書，集中出現於"賦""頌""碑文"類作品中。從內容上看，注釋主要包括三個方面：一是釋音性的注釋，如《廣成頌》"峨峨磑磑"磑字後注"音位"、"匈磕隱訇"訇字後注"音烘"，是常見的注音形式。二是音義兼釋性的注釋，如"抾封狶"抾字後注"刧同"，"罦罝羅䍟"句在罦字後注"音浮，雉網"，訓釋音義十分明確。釋義大致包括解釋詞義或解釋名物、補充背景資料兩種類型。解釋詞義，如"瘦疏婁領"句疏字後注"搜索也"，"濟薄汾橈"橈字後注"並入水貌"；解釋名物的注釋，如"茲飛宿沙"句飛字後注"伙飛，人名"，"注枉矢於天狼"句後注"俱星名"，"六驤駸之玄龍"句六字後注"天子五路，駕六馬"等。三是校勘說明性的注釋，如陸雲《盛德頌》中"詠生民之上略"句詠字後注"或作蘊"，"響於川與"句響字前注"缺"；與字後注"或作舟輿"，說明所錄文本在其他版本中的樣貌和文本的缺失情況。從注文風格來看，《廣文選》的注釋更接近於《文選》五臣注，文詞簡單，以輔助閱讀為主。這些注釋的保存，無論是對於我們理解文本，還是從事作品研究，都有重要的價值。《廣文選》的注釋內容在八十二卷本和六十卷本中都存在，並且兩個版本出注的位置不一，從整體數量上看，六十卷本的注釋明顯多於八十二卷本。

相較於《文選》，《廣文選》在選編思想上也有一些變化和突破，主要有三点。第一，劉節編纂《廣文選》的目的，並不在"選"而在於"廣"，"蕭子之選文也……為類三十有七，可謂選矣！然或遺焉，是故廣之以備遺也"（劉節《〈廣文選〉序》）。顯然，"備遺"才是劉節最主要的目標，故其對《文選》的查缺補漏，更似後世之"集"。這一工作，受到呂柟的讚揚，"凡綷之缺漏，十九攢完。學士觀覽，無不足之嘆"[1]，雖有過褒之嫌，卻也指出了這部總集的主要貢獻。在所補充的文本里，可以看出其對於《文選》原典的某些修正和變革。如在選詩方面，《廣文選》八十二卷本中選詩八百三十五首，其中"樂府"目詩二百二十一首，再加上被稱作"樂府之遺"的"操"目詩十六首，所佔比例接近選詩總目的百分之三十。這類作品語言樸素平實，饒有古樸風味，富有現實意義，隱約體現出明代文學復古思潮對劉節的影響。

第二，在補遺的同時，劉節並非簡單地歸類擴充文學作品，而是有更深遠的文體學層面的考慮：

> 孔子曰："有天地，然後萬物生焉。"是故始之天地，天地廣也。鳥獸草木皆物也，鳥獸選矣，草木遺焉，是故次之草木，以廣遺也。

---

[1] （明）呂柟：《廣文選序》，載（明）劉節編《廣文選》，明嘉靖十二年刻本。

疏，上書類也；封事、議對，皆疏類也，廣之以從類也。……記者，序之實也；傳者，史論贊之記也；說者，論之要畧也；哀辭者，哀之緒餘也；祝文者，祭告之大典也，是故廣之，廣其類也。
　　漢詔盛矣，選其二焉，遺者多矣，是故廣之以備遺也。表、箋、啓、檄，畧矣；奏記、設論、箴、贊，畧甚矣；史論、述贊，畧益甚矣。銘也，頌也，詠也，古而則者，遺矣。書、序之遺，猶夫銘也；論之遺，猶夫書也……

——劉節《〈廣文選〉序》

　　受明代文體分類觀念細化的影響，《廣文選》在補充作品的時候，看重對於文體的擴充。在補遺、排列作品時，劉節按照以類相從的原則，并以敏銳的眼光發現文體間的細微差別，按相似程度將增加的文體排列在《文選》原有文體的前後，所謂"廣之以從類也"。在對賦體小類目排序的時候，劉節援引孔子之言進行排序，也隱約體現了他蘊含在文體分類中的哲學思想。同時，因爲本書的編纂目的在於"廣"，故對於《文選》所堅持的"文"的概念有所泛化，對表、箋、啓、檄等應用類文體，編者以"畧甚矣"的態度進行了較多增補，如"書"類入選四十九篇、"疏"類入選五十四篇等，爲我們研究文體學史提供了重要參考。

　　第三，《文選》與《廣文選》的編選，體現出不同時代對於"文"之概念的認知變遷。《四庫全書總目》批評《廣文選》説："節不度德量力，廼有是集；薫等又謬種流傳，如塗塗附。"①這是站在清代對於明代文學和學術整體否定的主流立場上，失之片面。館臣抨擊"以《焦仲卿妻詩》爲俚俗"的觀點，實則出于文學觀念認識的不同。至於《論土崩瓦解書》等文章並非原本獨立成篇，而是從史書等文獻中割裂出來的問題，恰恰也是編者選文思路的反映，其本身也是一種合理的選文方式。《文選》編纂時，將文學性的詩文作品同其他思想類、史傳類等的作品分開，突顯文章的文學意義，並對當時尚模糊的文體進行劃分，客觀上梳理了這些文體的來源和特色。隨著時代的發展，文人們對於文學的概念已經有了自覺的認識，在由宋至明出現的一系列《文選》廣續補本中，我們可以明顯看到編選者這種相對於兩晉南北朝時期，編輯思路中由精練到泛化的傾向。在對《文選》進行增廣的時候，劉節基本遵循《文選》的輯錄原則，不僅在文體分類方面參照《文選》的既成體例，從文體的相似性出發進行補充，在選取

---

① （清）永瑢等：《四庫全書總目》，中華書局2003年版，第1744頁。

作品的時候，也是選擇代表作家的代表性篇目，依舊體現了"選"的精髓。其"雜文"類中選錄《左傳》八篇、曹植《釋愁文》、張敏《頭責子羽文》等，文學性、趣味性極強；其選入司馬遷《禮書》、班固《五行》、劉安《精神訓》等篇目，又是基於它們在思想史上重要地位的考慮。因此，《廣文選》是在《文選》的框架基礎上，既"選"且"廣"——既保留編選審核原則，又體現時代文學思想的一部較爲成功的《文選》補續之作。

  本次點校，以八十二卷本爲底本（簡稱"劉本"），以六十卷爲校本（簡稱"陳本"），其文體分類及內容體例均以八十二卷本爲准，同時遵循《廣文選》增廣、備遺的理念，對於八十二卷本和六十卷本中選入的作品都給予保留，並在附錄中說明它們在兩個版本中的刪存情況，以便讀者參考。兩個版本中出現的注釋，均以較正文小一號字體的楷體字附於正文的相應位置，並在每條注文後加以"[劉]"或"[陳]"的標記來區分具體出自哪個版本，兩個版本中相同的注文則不加標記。兩個版本中存在的異體字，基於保存明代刻本原貌的原則，以八十二卷本的字形呈現，六十卷本新增之詩文，則以六十卷本字形呈現，不再出校記。對於兩個版本中的異文，則在校記中注明。對於兩個版本中均明顯缺失、訛誤及有疑義的文本，則努力尋求其他別集、總集、史書、子書或類書等文獻參校補正，且在校記中說明。因本書收錄的詩文來源複雜，所需參校的古籍版本難以盡求，故借鑒了成熟的今人古籍整理成果。參校所用書目，首次出現時寫明主要創作者及書名，再次出現則僅寫書名。至於本書收錄詩文的作者，以八十二卷本爲准，在目錄及正文中均不作改動，亦不作補充。本書目錄則是在六十卷本原目錄基礎上，增加八十二卷本篇目後編成，所採用的字形一如前例，底本和校本磨滅不清的字，用墨框代替，一字一框。限於時間和整理者水準，點校中存在的不足甚或錯誤亦在所難免，懇請廣大讀者不吝批評指正。

總　目　錄

上　卷

廣文選序 …………………………………………… 明・王廷相　1
廣文選序 …………………………………………… 明・呂柟　2
廣文選序 …………………………………………… 明・劉節　3
重刻《廣文選》後序 ……………………………… 明・陳蕙　5
校正《廣文選》凡例一十二條 …………………… 明・陳蕙　7
卷　一 ………………………………………………………… 1
卷　二 ………………………………………………………… 16
卷　三 ………………………………………………………… 22
卷　四 ………………………………………………………… 32
卷　五 ………………………………………………………… 50
卷　六 ………………………………………………………… 59
卷　七 ………………………………………………………… 75
卷　八 ………………………………………………………… 87
卷　九 ………………………………………………………… 98
卷　十 ………………………………………………………… 113
卷十一 ………………………………………………………… 122
卷十二 ………………………………………………………… 133
卷十三 ………………………………………………………… 145
卷十四 ………………………………………………………… 158
卷十五 ………………………………………………………… 168
卷十六 ………………………………………………………… 178
卷十七 ………………………………………………………… 190
卷十八 ………………………………………………………… 206
卷十九 ………………………………………………………… 214

卷二十	230
卷二十一	246
卷二十二	257
卷二十三	273
卷二十四	287
卷二十五	296
卷二十六	309
卷二十七	323
卷二十八	335
卷二十九	346
卷三十	362
卷三十一	366
卷三十二	375
卷三十三	384
卷三十四	391
卷三十五	398
卷三十六	415
卷三十七	425
卷三十八	438
卷三十九	446
卷四十	458
卷四十一	471
卷四十二	480
卷四十三	487
卷四十四	510

下 卷

卷四十五	523
卷四十六	533
卷四十七	547
卷四十八	557
卷四十九	569
卷五十	581

卷五十一	593
卷五十二	599
卷五十三	614
卷五十四	639
卷五十五	650
卷五十六	660
卷五十七	671
卷五十八	683
卷五十九	702
卷六十	709
卷六十一	724
卷六十二	734
卷六十三	744
卷六十四	758
卷六十五	786
卷六十六	800
卷六十七	817
卷六十八	838
卷六十九	862
卷七十	875
卷七十一	884
卷七十二	890
卷七十三	895
卷七十四	906
卷七十五	914
卷七十六	920
卷七十七	926
卷七十八	940
卷七十九	947
卷八十	968
卷八十一	990
卷八十二	1032
附錄一　《廣文選》兩個版本篇章出入情況說明	1044
附錄二　參校書目	1052

目 錄

上 卷

廣文選序 ································· 明·王廷相 1
廣文選序 ································· 明·呂柟 2
廣文選序 ································· 明·劉節 3
重刻《廣文選》後序 ····················· 明·陳蕙 5
校正《廣文選》凡例一十二條 ··········· 明·陳蕙 7

卷 一 ·· 1
  賦 ·· 1
    天地廣 ··· 1
      天地賦 ························· 晉·成公綏 1
    京都 ·· 2
      蜀都賦 ························· 漢·楊雄 2
      論都賦 ························· 漢·杜篤 5
      東平賦 ························· 晉·阮籍 7
    郊祀 ·· 9
      河東賦 ························· 漢·楊雄 9
      郊祀賦 ························· 漢·鄧耽 10
    畋獵 ··· 11
      諫格虎賦 ······················ 漢·孔臧 11
    紀行 ··· 11
      述行賦 ························· 漢·蔡邕 11
      浮淮賦 ························· 魏文帝 13
      浮淮賦 ························· 魏·王粲 13

思歸賦并序······················晉·陸機 14
　　　去故鄉賦······················梁·江淹 14

卷　二······························ 16
　遊覽······························ 16
　　　遊居賦······················漢·班彪 16
　　　節遊賦······················魏·曹植 16
　　　登虎牢山賦··················晉·潘岳 17
　　　登臺賦······················晉·陸雲 17
　　　登樓賦······················晉·郭璞 18
　宮殿······························ 19
　　　苑園賦······················漢·枚乘 19
　　　章華賦······················漢·邊讓 19
　　　學梁王兔園賦················梁·江淹 20

卷　三······························ 22
　江海山水附························· 22
　　　覽海賦······················漢·班彪 22
　　　首陽山賦····················漢·杜篤 22
　　　終南山賦····················漢·班固 23
　　　溫泉賦······················漢·張衡 23
　　　漢津賦······················漢·蔡邕 23
　　　靈河賦······················魏·應瑒 24
　　　濛汜池賦····················晉·張載 24
　　　大河賦····················晉·成公綏 24
　　　首陽山賦····················晉·阮籍 25
　　　江上之山賦··················梁·江淹 25
　物色······························ 26
　　　雲賦························趙·荀況 26
　　　旱雲賦······················漢·賈誼 26
　　　月賦······················漢·公孫乘 27
　　　雲賦························晉·楊乂 27
　　　喜霽賦······················魏·繆襲 28
　　　愁霖賦······················晉·陸雲 28

雷賦	晉·夏侯湛 29
風賦	晉·湛方生 29
觀象賦	晉·張淵 30
赤虹賦	梁·江淹 30

卷　四 ……………………………………………… 32

　鳥獸 ………………………………………… 32

王孫賦	漢·王延壽 32
蟬賦	魏·曹植 33
走狗賦	晉·傅玄 33
愍驥賦	魏·應瑒 34
鳩賦	晉·阮籍 35
獼猴賦	晉·阮籍 36
螢賦	晉·傅咸 37
玄鳥賦	晉·夏侯湛 37
螢火賦	晉·潘岳 37
寒蟬賦	晉·陸雲 38
鳥賦	晉·成公綏 39
野鵝賦	宋·鮑照 40
翡翠賦	梁·江淹 41

　草木 ………………………………………… 41

忘憂舘柳賦	漢·枚乘 41
楊柳賦	漢·孔臧 41
文木賦	漢中山王 42
芙蓉賦	晉·閔鴻 42
柳賦	魏文帝 43
槐賦	魏文帝 43
菊花賦	晉·鍾會 43
桃賦	晉·傅玄 44
安石榴賦	晉·張協 44
浮萍賦	晉·夏侯湛 44
瓜賦	晉·陸機 45
桑賦	晉·陸機 45
靈丘竹賦	梁·江淹 46

蓮花賦……………………………梁·江淹 46
青苔賦……………………………梁·江淹 47
金燈草賦…………………………梁·江淹 48
枯樹賦……………………………周·庾信 48

卷　五……………………………………50
志上………………………………………50
微詠賦……………………………楚·宋玉 50
士不遇賦…………………………漢·董仲舒 50
大人賦……………………………漢·司馬相如 51
悲士不遇賦………………………漢·司馬遷 52
逐貧賦……………………………漢·楊雄 52
慰志賦……………………………漢·崔篆 53
顯志賦……………………………漢·馮衍 54
思游賦……………………………晉·潘岳 56

卷　六……………………………………59
志下………………………………………59
逸民賦……………………………晉·陸雲 59
感士不遇賦并序…………………晉·陶潛 60
閑情賦……………………………晉·陶潛 61
山居賦……………………………宋·謝靈運 62
酬德賦……………………………齊·謝朓 68
郊居賦……………………………梁·沈約 69
知己賦……………………………梁·江淹 72
思北歸賦…………………………梁·江淹 73

卷　七……………………………………75
哀傷………………………………………75
悼李夫人賦………………………漢武帝 75
哀二世賦…………………………漢·司馬相如 76
遂初賦……………………………漢·劉歆 76
悼騷賦……………………………漢·梁竦 77
九愁賦……………………………魏·曹植 78

弔秦始皇賦	晉·傅玄	79
哀江南賦	周·庾信	79
泣賦	梁·江淹	83
哀千里賦	梁·江淹	84
傷友人賦并序	梁·江淹	84

論文 85

禮賦	趙·荀况	85
知賦	趙·荀况	85
太玄賦	漢·楊雄	86

卷　八 87

音樂 87

笛賦	楚·宋玉	87
琴賦	漢·蔡邕	88
觀舞賦	漢·張衡	88
橫吹賦	梁·江淹	88

情 89

美人賦	漢·司馬相如	89
擣素賦	漢·班婕妤	90
自悼賦	漢·班婕妤	91
誚青衣賦	漢·張超	91
清思賦	晉·阮籍	92
神女賦	晉·張敏	94
江妃賦	宋·謝靈運	94
水上神女賦	梁·江淹	95
麗色賦	梁·江淹	96

卷　九 98

雜賦上廣 98

蠶賦	趙·荀况	98
箴賦	趙·荀况	98
大言賦	楚·宋玉	99
小言賦	楚·宋玉	99
諷賦	楚·宋玉	100

釣賦 …………………………………… 楚·宋玉 100
九宮賦 ………………………………… 漢·黃香 101
髑髏賦 ………………………………… 漢·張衡 102
車渠椀賦 ……………………………… 魏·曹植 103
函谷關賦 ……………………………… 漢·李尤 103
夢賦 …………………………………… 漢·王延壽 104
疾邪賦 ………………………………… 漢·趙壹 104
元父賦 ………………………………… 晉·阮籍 105
歲暮賦 ………………………………… 晉·陸雲 106
南征賦 ………………………………… 晉·陸雲 107
函谷關賦 ……………………………… 晉·江統 109
觀漏賦 ………………………………… 宋·鮑照 110
感物賦 ………………………………… 晉·傅亮 110
燈賦 …………………………………… 梁·江淹 111

卷　十 ……………………………………………… 113
　　雜賦下 ……………………………………… 113
　　几賦 ………………………………… 漢·鄒陽 113
　　屏風賦 ……………………………… 漢·劉安 113
　　圍碁賦 ……………………………… 漢·馬融 113
　　冢賦 ………………………………… 漢·張衡 114
　　酒賦 ………………………………… 魏·曹植 115
　　白髮賦 ……………………………… 魏·左思 115
　　鏡賦 ………………………………… 晉·傅玄 116
　　船賦 ………………………………… 晉·棗據 116
　　觀魚賦 ……………………………… 晉·摯虞 117
　　洛禊賦 ……………………………… 晉·張協 117
　　火賦 ………………………………… 晉·潘尼 118
　　釣賦 ………………………………… 晉·潘尼 118
　　游後園賦 …………………………… 齊·謝朓 119
　　酾酒賦 ……………………………… 晉·張載 119
　　丹砂可學賦 ………………………… 梁·江淹 120

卷十一 … 122
詩 … 122
逸詩廣 … 122
- 逸詩 … 122
- 招祈詩 … 123
- 射詩 … 123

述德 … 123
- 漢廟登歌詩 … 漢東平王蒼 123
- 歌魏德詩二首 … 魏文帝 123

勸厲 … 124
- 佹詩 … 趙·荀況 124
- 戒子詩 … 漢·東方朔 124
- 自劾詩 … 漢·韋玄成 125
- 戒子孫詩 … 漢·韋玄成 125
- 迪志詩 … 漢·傅毅 126
- 述志詩二首 … 漢·仲長統 126
- 矯志詩 … 魏·曹植 127
- 言志詩 … 晉·嵇康 128
- 命子詩十首 … 晉·陶潛 128
- 勸農詩六首 … 晉·陶潛 129

獻詩 … 130
- 應詔詩二首 … 晉·張華 130
- 應詔詩 … 晉·何劭 130
- 應詔詩二首 … 晉·閭丘冲 131
- 應詔詩 … 宋·顏延之 131
- 應詔詩 … 梁·沈約 131
- 應詔詩 … 梁·沈約 131
- 應詔詩 … 梁·王筠 132
- 應詔詩 … 梁·劉孝綽 132

卷十二 … 133
詩 … 133
公讌 … 133
- 元會詩 … 魏·曹植 133

後園會詩	晉·張華 133
太子賜宴詩	晉·陸機 134
洛水詩	晉·潘尼 134
侍皇太子宴玄圃詩	晉·潘尼 134
華林園詩	晉·王濟 134
侍宴西池詩	宋·謝靈運 134
詔宴西池詩	宋·顏延之 135
侍華光殿爲太子作	齊·謝朓 135
九日侍宴樂游苑詩	齊·丘遲 135
侍宴樂遊苑詩	齊·任昉 136
侍太子九日宴玄圃詩	齊·王儉 136
侍曲水宴詩	梁·沈約 136
侍太子九日宴詩	梁·沈約 136
侍宴樂游苑詩	梁·沈約 137
九日侍宴樂游苑詩	梁·劉苞 137

祖餞 …………………………………………………… 137

別詩二首	魏·應瑒 137
送別王世胄詩	晉·潘岳 138
送盧景宣詩	晉·潘尼 138
徒幸洛水餞王公歸國詩	晉·王浚 138
贈妹九嬪悼離詩	魏·左思 138
與廬陵王紹別詩	宋武帝 139
吳興高浦亭庚中郎別詩	宋·鮑照 139
贈傅都曹別詩	宋·鮑照 139
送盛侍郎餞侯亭詩	宋·鮑照 139
臨岐贈別詩	齊·謝朓 140
別蕭咨議詩	齊·任昉 140
餞錢文學詩	梁·沈約 140

詠史 ………………………………………………… 140

詠史詩	漢·班固 140
詠史詩二首	魏·阮瑀 141
秋胡詩	晉·傅玄 141
詠史詩二首	晉·袁宏 141
詠荆軻詩	晉·陶潛 141

詠三良詩……………………………………晉·陶潛 142
　　　詠二疏詩……………………………………晉·陶潛 142
　　　桃源詩………………………………………晉·陶潛 142
　　　和南海王詠秋胡妻詩七首…………………齊·王融 143
　百一……………………………………………………… 144
　　　百一詩………………………………………晉·應璩 144

卷十三
　詩………………………………………………………… 145
　遊仙……………………………………………………… 145
　　　遊仙詩………………………………………魏文帝 145
　　　遊仙詩………………………………………魏·曹植 145
　　　五遊詩………………………………………魏·曹植 145
　　　遊仙詩………………………………………晉·嵇康 146
　　　遊仙詩………………………………………晉·張華 146
　　　遊仙詩………………………………………晉·郭璞 146
　　　遊仙詩………………………………………晉·成公綏 146
　　　遊仙詩五首…………………………………齊·王融 147
　　　和竟陵王遊仙詩二首………………………梁·沈約 147
　招隱……………………………………………………… 148
　　　招隱詩………………………………………晉·張載 148
　　　招隱詩………………………………………晉·張協 148
　　　招隱詩………………………………………晉·陸機 148
　遊覽……………………………………………………… 148
　　　遊宴詩………………………………………魏文帝 148
　　　於玄武陂作…………………………………魏文帝 149
　　　黎陽作二首…………………………………魏文帝 149
　　　清河作………………………………………魏文帝 149
　　　銅雀園詩……………………………………魏文帝 149
　　　清河作二首…………………………………魏·王粲 149
　　　遊覽詩二首…………………………………魏·陳琳 150
　　　登成都白菟樓………………………………晉·張載 150
　　　華林園詩……………………………………晉武帝 150
　　　三月三日詩…………………………………晉·王讚 151

上巳會詩	晉·阮脩	151
蘭亭集詩	晉·謝安	151
蘭亭集詩	晉·王羲之	151
蘭亭詩	晉·孫綽	151
曲水集詩	宋·謝惠連	152
遊覽詩	晉·棗據	152
時運詩四首	晉·陶潛	152
遊斜川詩有敘	晉·陶潛	153
從宋公遊戲馬臺詩	晉·謝瞻	153
東山望海詩	宋·謝靈運	153
登永嘉綠嶂山詩	宋·謝靈運	154
遊嶺門山人詩	宋·謝靈運	154
石室山詩	宋·謝靈運	154
登上戍石皷山詩	宋·謝靈運	154
春遊詩	宋·張公庭	155
登景陽樓詩	宋·劉義恭	155
游邸園詩	齊·王融	155
登高望春詩	梁·沈約	155
游鐘山詩	梁·沈約	156
望湖北詩	梁·劉孝威	156
出新林詩	梁·劉孝威	156
江州還入石頭詩	梁·劉峻	156
東亭望極詩	梁·蕭子範	157
應教使客春遊詩	梁·蕭子暉	157

卷十四 ······ 158

詠懷 ······ 158

在鄒詩	漢·韋孟	158
酈文勝詩二首	漢·酈炎	158
臨終詩	漢·孔融	159
懷德詩	魏·王粲	159
感遇詩	魏·劉楨	159
述志詩二首	晉·嵇康	160
情詩	魏·徐幹	160

詠懷詩十九首 …………………………………… 晉・阮籍　160
　　情詩二首 ………………………………………… 晉・張華　163
　　榮木詩四首 ……………………………………… 晉・陶潛　164
　哀傷 ………………………………………………………………… 164
　　怨詩 ……………………………………………… 漢・王嬙　164
　　悲憤詩二首 ……………………………………… 漢・蔡琰　164
　　怨篇詩 …………………………………………… 漢・張衡　166
　　七哀詩 …………………………………………… 魏・阮瑀　166
　　思慕詩 …………………………………………… 魏・吳質　166
　　哀詩 ……………………………………………… 晉・潘岳　166
　　表哀詩 …………………………………………… 晉・孫綽　166
　　悲從弟仲德詩 …………………………………… 晉・陶潛　167

卷十五 ……………………………………………………………… 168
　贈答上 ……………………………………………………………… 168
　　錄別詩六首 ……………………………………… 漢・李陵　168
　　答別詩二首 ……………………………………… 漢・蘇武　169
　　贈婦詩三首 ……………………………………… 漢・秦嘉　169
　　答秦嘉詩 ………………………………………… 漢・徐淑　170
　　答對元式詩 ……………………………………… 漢・蔡邕　170
　　答劉公榦詩 ……………………………………… 魏・徐幹　170
　　贈毋丘儉詩 ……………………………………… 魏・杜摯　170
　　答杜摯詩 ………………………………………… 魏・毋丘儉　171
　　贈梅公硎詩 ……………………………………… 魏・繁欽　171
　　答贈詩 …………………………………………… 魏・邯鄲淳　171
　　答二郭詩三首 …………………………………… 晉・嵇康　171
　　與阮德如詩 ……………………………………… 晉・嵇康　172
　　贈秀才入軍詩 …………………………………… 晉・嵇康　173
　　答程曉詩 ………………………………………… 晉・傅玄　173
　　贈長安令劉正伯詩 ……………………………… 晉・潘尼　173
　　又贈隴西太守張正治詩 ………………………… 晉・潘尼　173
　　答傅咸詩 ………………………………………… 晉・潘尼　173
　　答陸士衡詩 ……………………………………… 晉・潘尼　174
　　贈潘岳詩 ………………………………………… 晉・陸機　174

贈傅咸詩	晉·程曉	174
贈褚武良詩	晉·傅咸	174
又贈崔伏二郎詩	晉·傅咸	174
又與尚書同僚詩	晉·傅咸	175
又答潘尼詩	晉·傅咸	175
答孫楚詩	晉·董京	175
贈棗腆詩	晉·石崇	175
贈石崇詩	晉·曹攄	175
答石崇詩	晉·棗腆	176
贈虞顯度詩	晉·張協	176
答杜育詩	晉·摯虞	176
贈摯虞詩	晉·杜育	176
答棗腆詩	晉·歐陽建	176
贈海法師	梁·蕭子雲	177

卷十六 ……178
贈答下 ……178

贈長沙公詩 四首	晉·陶潛	178
酬丁柴桑詩 二首	晉·陶潛	178
答龐參軍詩 六首	晉·陶潛	179
和劉柴桑詩	晉·陶潛	179
和郭主簿詩 二首	晉·陶潛	180
贈羊長史詩	晉·陶潛	180
和胡西曹詩	晉·陶潛	180
示周祖謝三郎詩	晉·陶潛	181
與從弟敬遠	晉·陶潛	181
答王僧達詩	宋·顏延之	181
贈馬子喬詩	宋·鮑照	182
贈荀丞詩	宋·鮑照	182
贈顧倉曹詩	齊·王僧孺	182
奉賀隨王詩 二首	齊·謝朓	183
夏始和劉屠陵詩	齊·謝朓	183
答贈別詩	齊·謝朓	183
答張齊興詩	齊·謝朓	184

| 贈族叔衛軍詩 | 齊·王融 184 |
| 酬謝宣城朓詩 | 梁·沈約 184 |

行旅 ………………………………………… 184
行詩二首	魏·阮瑀 184
帆入南湖詩	晉·湛方生 185
行詩	晉·成公綏 185
入東道路詩	宋·謝靈運 185
發歸瀨三瀑布望兩溪詩	宋·謝靈運 185
過白岸亭詩	宋·謝靈運 186
行田登海口盤嶼山詩	宋·謝靈運 186
夜宿石門詩	宋·謝靈運 186
北邙客舍詩	晉·劉伶 186
宿南洲浦詩	梁·何遜 186
將命至鄴詩	周·庾信 187

軍戎 ………………………………………… 187
從軍詩	漢·李陵 187
安封侯詩	漢·崔駰 187
廣陵觀兵詩	魏文帝 187
遠戍勸戒詩	魏·繁欽 188
贈兄公穆入軍詩八首	晉·嵇康 188
命將出征詩	晉·張華 189
北戍琅琊城詩	齊·江孝嗣 189
和江丞北戍琅琊城詩	齊·謝朓 189

卷十七 …………………………………………… 190
詩 …………………………………………… 190
郊廟 ………………………………………… 190
漢安世房中歌十七首	唐山夫人 190
漢郊祀歌十九首	191
靈芝歌	古辭 195
聖人制禮樂篇	古辭 195
晉郊祀歌五首	晉·傅玄 196
晉天地郊明堂歌五首	晉·傅玄 196
晉江左宗廟歌	晉·曹毗 197

宋南郊登歌 …………………………………… 宋・顏延之 198
宋舠堂歌九首 ………………………………… 宋・謝莊 198
宋宗廟登歌 …………………………………… 晉・王韶之 199
齊雩祭樂歌八首 ……………………………… 齊・謝朓 200
梁南郊登歌二首 ……………………………… 梁・沈約 201
梁北郊登歌二首 ……………………………… 梁・沈約 202
梁宗廟登歌七首 ……………………………… 梁・沈約 202
梁雅樂歌五首 ………………………………… 梁・沈約 203
周祀方澤歌四首 ……………………………… 周・庾信 203
周宗廟歌二首 ………………………………… 周・庾信 204
周大祫歌二首 ………………………………… 周・庾信 205

卷十八 …………………………………………………… 206
詩 …………………………………………………… 206
樂府一 ………………………………………… 206
漢鼓吹鐃歌曲十八首 ……………………………… 206
臨高臺 …………………………………………… 魏文帝 209
釣竿 ……………………………………………… 魏文帝 209
魏鼓吹曲五首 …………………………………… 魏・繆襲 209
吳鼓吹曲二首 …………………………………… 吳・韋昭 210
晉鼓吹曲三首 …………………………………… 晉・傅玄 210
宋鼓吹曲六首 …………………………………… 宋・何承天 211
梁鼓吹曲五首 …………………………………… 梁・沈約 213

卷十九 …………………………………………………… 214
詩 …………………………………………………… 214
樂府二 ………………………………………… 214
蜨蝶行 …………………………………………… 古辭 214
前緩聲歌 ………………………………………… 古辭 214
東光 ……………………………………………… 古辭 214
城上烏 …………………………………………… 古辭 214
雞鳴 ……………………………………………… 古辭 215
烏生 ……………………………………………… 古辭 215
王子喬 …………………………………………… 古辭 216

董逃行	古辭	216
西門行	古辭	216
東門行	古辭	217
滿歌行	古辭	217
箜篌引	古辭	217
枯魚過河泣	古辭	217
獨漉篇	古辭	218
善哉行	古辭	218
白鳩篇	古辭	218
怨詩行	古辭	218
艷歌行二首	古辭	219
艷歌何嘗行	古辭	219
白頭吟	古辭	219
相逢行	古辭	220
長安有狹斜行	古辭	220
隴西行	古辭	220
飛鵠行	古辭	221
陌上桑	古辭	221
羽林郎	辛延年	222
江南	古辭	222
冉冉孤生竹	古辭	222
平陵東	古辭	222
淮南王篇	古辭	222
長歌行	古辭	223
悲歌	古辭	223
折楊柳	古辭	223
焦仲卿妻	古辭	223
驅車上東門行	古辭	226
步出夏門行	古辭	226
婦病行	古辭	226
孤兒行	古辭	226
木蘭辭二首	古辭	227
雁門太守行	古辭	228
巾舞歌	古辭	228
西洲曲	古辭	229

長干曲 … 古辭 229

卷二十
詩
樂府三
  同聲歌 … 漢・張衡 230
  董嬌饒 … 漢・宋子侯 230
  梁甫吟 … 漢・諸葛亮 230
  碣石篇四首 … 魏武帝 231
  度關山 … 魏武帝 231
  陌上桑 … 魏武帝 232
  短歌行 … 魏武帝 232
  秋胡行 … 魏武帝 233
  善哉行 … 魏武帝 233
  對酒 … 魏武帝 233
  唐上行 … 魏武帝 234
  却東西門行 … 魏武帝 234
  精列 … 魏武帝 234
  善哉行 … 魏文帝 235
  燕歌行 … 魏文帝 235
  上留田行 … 魏文帝 235
  月重輪行 … 魏文帝 235
  陌上桑 … 魏文帝 236
  短歌行 … 魏文帝 236
  折楊柳行 … 魏文帝 236
  豔歌何嘗行 … 魏文帝 236
  煌煌京洛行 … 魏文帝 237
  十五 … 魏文帝 237
  大牆上蒿行 … 魏文帝 237
  秋胡行 … 魏文帝 238
  丹霞蔽日 … 魏文帝 238
  佳人期 … 魏文帝 238
  浮萍篇 … 魏文帝 239
  桂之樹行 … 魏・曹植 239

怨歌行	魏・曹植	239
遠遊篇	魏・曹植	239
浮萍篇	魏・曹植	240
儔人篇	魏・曹植	240
惟漢篇	魏・曹植	240
飛龍篇	魏・曹植	241
吁嗟篇	魏・曹植	241
種葛篇	魏・曹植	241
鬭雞篇	魏・曹植	242
泰山梁甫行	魏・曹植	242
妾薄命二首	魏・曹植	242
驅車篇	魏・曹植	243
種瓜篇	魏明帝	243
善哉行	魏明帝	243
櫂歌行	魏明帝	244
燕歌行	魏明帝	244
長歌行	魏明帝	244
步出夏門行	魏明帝	244
樂府	魏明帝	245
苦寒行	魏明帝	245
短歌行	魏明帝	245

卷二十一 ········· 246
　詩 ············ 246
　　樂府四 ········ 246
飲馬長城窟行	魏・陳琳	246
定情篇	魏・繁欽	246
秋胡行七首	晉・嵇康	247
遊俠篇	晉・張華	248
壯士篇	晉・張華	248
輕薄篇	晉・張華	248
思歸引	晉・傅玄	249
董逃行歷九秋篇	晉・傅玄	249
車遙遙篇	晉・傅玄	250

飲馬長城窟行 …………………………… 晋・傅玄 250
豫章行 ………………………………… 晋・傅玄 250
有女篇 ………………………………… 晋・傅玄 251
朝時篇 ………………………………… 晋・傅玄 251
翩月篇 ………………………………… 晋・傅玄 251
艷歌行 ………………………………… 晋・傅玄 252
長歌行 ………………………………… 晋・傅玄 252
短歌行 ………………………………… 晋・傅玄 252
雲中白子高行 …………………………… 晋・傅玄 252
牆上難爲趨 ……………………………… 晋・傅玄 253
西長安行 ………………………………… 晋・傅玄 253
昔思君 …………………………………… 晋・傅玄 253
惟漢行 …………………………………… 晋・傅玄 254
思歸引 …………………………………… 晋・石崇 254
楚妃嘆 …………………………………… 晋・石崇 254
鞠歌行 …………………………………… 晋・陸機 254
董逃行 …………………………………… 晋・陸機 255
折楊柳 …………………………………… 晋・陸機 255
胡姬年十五 ……………………………… 晋・劉琨 256
怨詩行 …………………………………… 晋・陶潛 256

卷二十二 …………………………………………………… 257
　詩 ……………………………………………………… 257
　　樂府五 …………………………………………… 257
　　　君子有所思行 …………………………… 宋・謝靈運 257
　　　悲哉行 …………………………………… 宋・謝靈運 257
　　　折楊柳行二首 …………………………… 宋・謝靈運 257
　　　善哉行 …………………………………… 宋・謝靈運 258
　　　上留田行 ………………………………… 宋・謝靈運 258
　　　燕歌行 …………………………………… 宋・謝靈運 259
　　　長歌行 …………………………………… 宋・謝靈運 259
　　　隴西行 …………………………………… 宋・謝惠連 259
　　　猛虎行 …………………………………… 宋・謝惠連 259
　　　善哉行 …………………………………… 宋・謝惠連 259

塘上行	宋・謝惠連	260
燕歌行	宋・謝惠連	260
鞠歌行	宋・謝惠連	260
相逢行	宋・謝惠連	260
悲哉行	宋・謝惠連	261
相逢狹路間	宋・孔欣	261
從軍行	宋・顏延年	261
寒夜怨	宋・陶弘景	261
白馬篇	宋・鮑照	262
煌煌京洛行	宋・鮑照	262
君子有所思行	宋・鮑照	262
空城雀	宋・鮑照	263
行路難三首	宋・鮑照	263
白紵歌六首	宋・鮑照	263
門有車馬客行	宋・鮑照	264
淮南王	宋・鮑照	265
北風行	宋・鮑照	265
朗月行	宋・鮑照	265
堂上歌行	宋・鮑照	265
長相思	宋・吳邁遠	266
杞梁妻	宋・吳邁遠	266
陽春曲	宋・吳邁遠	266
雙鵠篇	宋・吳邁遠	266
櫂歌行	宋・吳邁遠	267
長離別	宋・吳邁遠	267
較獵曲	齊・謝朓	267
銅雀悲	齊・謝朓	267
有所思	齊・謝朓	267
邯鄲才人嫁爲厮養卒婦	齊・謝朓	268
王孫游	齊・謝朓	268
有所思	齊・劉繪	268
有所思	齊・王融	268
淥水曲	齊・王融	268
古別離	梁・江淹	269

烏生八九子 …………………… 梁·劉孝威 269
臨高臺 ………………………… 梁·沈約 269
日出東南隅行 ………………… 梁·沈約 269
塘上行 ………………………… 梁·沈約 270
長歌行二首 …………………… 梁·沈約 270
梁甫吟 ………………………… 梁·沈約 270
君子有所思行 ………………… 梁·沈約 271
白馬篇 ………………………… 梁·沈約 271
前緩聲歌 ……………………… 梁·沈約 271
長安有狹斜行 ………………… 梁·沈約 271

卷二十三 ………………………………… 273

詩 ……………………………………… 273

廣上操

思親操 ………………………………… 大舜 273
襄陵操 ………………………………… 大禹 273
拘幽操 ………………………………… 文王 273
克商操 ………………………………… 武王 273
傷殷操 ………………………………… 微子 274
越裳操 ………………………………… 周公 274
神鳳操 ………………………………… 成王 274
文王操 ………………………………… 孔子 274
將歸操 ………………………………… 孔子 274
猗蘭操 ………………………………… 孔子 274
龜山操 ………………………………… 孔子 274
履霜操 ……………………………… 周·尹伯奇 275
雉朝飛操 …………………………… 齊·牧犢子 275
別鶴操 ……………………………… 商·陵穆子 275
採芝操 ……………………………… 漢·四皓 275

補下操

胡笳十八拍 ………………………… 漢·蔡琰 275

挽歌

薤露 …………………………………… 古辭 278
薤露 ………………………………… 魏武帝 278

薤露	魏·曹植	279
蒿里	古辭	279
蒿里	魏武帝	279
蒿里	宋·鮑照	279
挽歌	晉·陶潛	279
挽歌	宋·鮑照	280
挽歌	齊·祖珽	280

雜歌上 …………………………………………… 280
 擊壤歌 ……………………………… 老人 280
 卿雲歌 ……………………………… 大舜 280
 南風歌 ……………………………… 大舜 280
 夏人歌二章 ………………………… 大舜 281
 塗山歌 ……………………………… 大舜 281
 采薇歌 ……………………………… 伯夷 281
 飯牛歌 ……………………………… 齊·甯戚 281
 龍蛇歌 ……………………………… 晉·介子推 281
 侏儒歌 ……………………………… 魯人 281
 築者歌 ……………………………… 宋人 282
 輿人歌 ……………………………… 晉人 282
 孔子歌 ……………………………… 魯人 282
 驪駒歌 …………………………………… 282
 河激歌 ……………………………… 女娟 282
 楚商歌 ……………………………… 楚·優孟 282
 延陵季子歌 ………………………… 徐人 282
 子産歌 ……………………………… 鄭人 282
 齊臺歌 ……………………………… 晏嬰 283
 師乙歌 …………………………………… 283
 大道歌 ……………………………… 孔子 283
 丘陵歌 ……………………………… 孔子 283
 獲麟歌 ……………………………… 孔子 283
 曳杖歌 ……………………………… 孔子 283
 鳳兮歌 ……………………………… 楚狂接輿 283
 孺子歌 …………………………………… 283
 狐裘歌 ……………………………… 士蔿 284

鄉人飲酒歌 …………………………………… 284
優施歌 ………………………………………… 284
成相三首 …………………………… 趙·荀況 284

卷二十四 …………………………………… 287
詩 ……………………………………………… 287
雜歌下 ……………………………………… 287
渡伍員歌 …………………………… 楚漁父 287
越人歌 ……………………………… 榜枻越人 287
㷭庨歌 ……………………………… 百里奚妻 287
黃鵠歌 ……………………………… 陶寡妻 287
紫玉歌 ……………………………… 吳夫差女 288
魏河內歌 …………………………………… 288
長鋏歌 ……………………………… 馮驩 288
采芝歌 ……………………………… 漢·四皓 288
垓下帳中歌 ………………………… 項羽 288
鴻鵠歌 ……………………………… 漢高帝 288
平城歌 ……………………………… 漢高帝 288
種田歌 ……………………………… 劉章 289
百姓歌 ………………………………………… 289
淮南民歌 ……………………………………… 289
瓠子歌 ……………………………… 漢武帝 289
天馬歌 ……………………………… 漢武帝 289
蒲稍天馬歌 ………………………… 漢武帝 290
落葉哀蟬曲 ………………………… 漢武帝 290
八公操 ……………………………… 漢·劉安 290
烏孫公主歌 ………………………………… 290
李延年歌 …………………………………… 290
李夫人歌 …………………………………… 291
琴歌 ………………………………… 漢·霍去病 291
拊缶歌 ……………………………… 漢·楊惲 291
處女吟 ……………………………… 魯處女 291
黃鵠歌 ……………………………… 漢昭帝 291
淋池歌 ……………………………… 漢昭帝 291

望鄉歌	291
馮君歌	292
印綬歌	292
瑟歌	292
五歌 燕王	292
華容夫人歌 燕王	292
五噫歌 漢・梁鴻	292
武溪深行 漢・馬援	292
招商 漢靈帝	293
定情歌 漢・張衡	293
莋都夷歌	293
涼州歌	293
魏都輿人歌	294
蔡伯喈歌	294
視刀鐶歌	294
燕人歌 晉・傅玄	294

謠廣 …… 294

康衢謠	294
白雲謠 周穆王	294
穆天子謠	294
齊嬰兒謠	295
晉童謠	295
西漢童謠	295
西漢童謠	295
鴻隙陂童謠	295
長安謠	295
小麥謠	295
城上烏謠	295

卷二十五 …… 296

雜詩上 …… 296

栢梁體詩 漢武帝	296
古詩五首 漢武帝	296
雜詩二首 漢・孔融	297

閨情詩 ……………………………… 魏·曹植 298
雜詩 ……………………………… 魏·曹植 298
雜詩四首 ………………………… 魏·王粲 298
雜詩五首 ………………………… 魏·徐幹 299
室思詩 …………………………… 魏·徐幹 299
大蜡詩 …………………………… 晉·裴秀 299
雜詩 ……………………………… 晉·應瑒 300
雜詩二首 ………………………… 晉·傅玄 300
雜詩二首 ………………………… 晉·張華 300
雜詩 …………………………… 晉·司馬彪 301
雜詩 ……………………………… 晉·陸冲 301
停雲詩四首 ……………………… 晉·陶潛 301
歸鳥詩四首 ……………………… 晉·陶潛 302
九日閑居 ………………………… 晉·陶潛 302
歸田園居五首 …………………… 晉·陶潛 302
移居二首 ………………………… 晉·陶潛 303
歲暮和張常侍 …………………… 晉·陶潛 304
戊申歲六月中遇火 ……………… 晉·陶潛 304
巳西九月九日 …………………… 晉·陶潛 304
始春懷古田園 …………………… 晉·陶潛 305
西田穫稻 ………………………… 晉·陶潛 305
雜詩八首 ………………………… 晉·陶潛 305
詠貧士六首 ……………………… 晉·陶潛 306
雜詩 ……………………………… 宋·鮑照 307
居山營室 ………………………… 梁·劉峻 308
山中懷故人 ……………………… 梁·范雲 308
還山二首 ………………………… 梁·吳筠 308
春夜山庭 ………………………… 梁·江總 308
夏日山庭 ………………………… 梁·江總 308

卷二十六 …………………………………………… 309
  詩 …………………………………………………… 309
    雜詩下 ………………………………………… 309
    述昏詩 ……………………………… 漢·秦嘉 309

翠鳥詩	漢・蔡邕	309
爲潘文則思親詩	魏・王粲	309
蕙詠詩	魏・繁欽	310
爲挽船士與新娶妻別詩	魏・徐幹	310
思親詩	晉・嵇康	310
酒會詩六首	晉・嵇康	311
北芒客舍詩	晉・劉伶	311
擣衣詩	晉・曹毗	312
內顧詩	晉・潘尼	312
孫登隱居詩	晉・庾闡	312
贈處士詩	晉・王褒	313
秋日詩	晉・孫綽	313
形影神	晉・陶潛	313
乞食詩	晉・陶潛	314
連雨獨飲詩	晉・陶潛	314
飲酒詩十八首	晉・陶潛	314
述酒詩	晉・陶潛	317
種桑詩	宋・謝靈運	317

雜擬 ……………………………………………… 318

擬古	魏・何晏	318
擬古八首	晉・陶潛	318
華林園效栢梁體詩	宋武帝	319
學劉公幹體	宋・鮑照	319
擬阮公夜中不能寐	宋・鮑照	320
學陶公體	宋・鮑照	320
擬古	宋・鮑照	320
擬客從遠方來	宋・鮑令暉	320
清晨殿劾栢梁體	梁武帝	321
效古	梁・沈約	321
戲作謝慧連	梁・沈約	321
効阮公體三首	梁・江淹	321

卷二十七 …………………………………………… 323
    騷上 …………………………………………… 323

九歌五首 ……………………………… 楚·屈原　323
　　　九章九首 ……………………………… 楚·屈原　324
　　　九辯四首 ……………………………… 楚·宋玉　333

卷二十八 ……………………………………………… 335
　騷中 ………………………………………………… 335
　　　大招 …………………………………… 楚·景差　335
　　　惜誓 …………………………………… 漢·賈誼　336
　　　七諫七首 ……………………………… 漢·東方朔　337
　　　哀時命 ………………………………… 漢·莊忌　341
　　　九懷九首 ……………………………… 漢·王襃　342

卷二十九 ……………………………………………… 346
　騷下 ………………………………………………… 346
　　　九歎九首 ……………………………… 漢·劉向　346
　　　反騷 …………………………………… 漢·楊雄　352
　　　九思 …………………………………… 漢·王逸　353
　　　九愍 …………………………………… 晉·陸雲　356

卷三十 ………………………………………………… 362
　七 …………………………………………………… 362
　　　七激 …………………………………… 漢·傅毅　362
　　　七辯 …………………………………… 漢·張衡　363
　　　七徵 …………………………………… 晉·陸機　364

卷三十一 ……………………………………………… 366
　詔上 ………………………………………………… 366
　　　入關告諭詔 …………………………… 漢高帝　366
　　　告爲義帝發喪詔 ……………………… 漢高帝　366
　　　尊太公曰太上皇詔 …………………… 漢高帝　366
　　　赦天下詔 ……………………………… 漢高帝　366
　　　求賢詔 ………………………………… 漢高帝　367
　　　獄讞詔 ………………………………… 漢高帝　367
　　　答有司請建太子詔 …………………… 漢文帝　367

議犯法相坐詔	漢文帝 367
議振貸詔	漢文帝 367
養老詔	漢文帝 368
日食詔	漢文帝 368
除誹謗法詔	漢文帝 368
勸農詔	漢文帝 368
置三老孝悌力田常員詔	漢文帝 369
除肉刑詔	漢文帝 369
增祀無祈詔	漢文帝 369
議佐百姓詔	漢文帝 369
遺詔	漢文帝 370
立孝文廟樂舞詔	漢景帝 370
頌繫老幼等詔	漢景帝 371
讞獄詔	漢景帝 371
令二千石修職詔	漢景帝 371
禁采黃金珠玉詔	漢景帝 371
復高年子孫詔	漢武帝 372
議不舉孝廉者罪詔	漢武帝 372
造太初曆詔	漢武帝 372
令禮官勸學詔	漢武帝 373
止田輪臺詔	漢武帝 373
舉賢良文學詔	漢昭帝 374

卷三十二 …… 375
　詔下 …… 375

置廷平詔	漢宣帝 375
議孝武廟樂詔	漢宣帝 375
有喪者勿繇事詔	漢宣帝 375
地震詔	漢宣帝 375
子首匿父母等勿坐詔	漢宣帝 376
令郡國舉孝弟等詔	漢宣帝 376
令八十以上非誣告等勿坐詔	漢宣帝 376
親奉祀詔	漢宣帝 376
襃黃霸詔	漢宣帝 377

議律令詔 …………………………………… 漢宣帝 377
罷擊珠厓詔 ………………………………… 漢元帝 377
罷甘泉建章宮衛等詔 ……………………… 漢元帝 377
議罷郡國廟詔 ……………………………… 漢元帝 378
議廟禮詔 …………………………………… 漢元帝 378
日食求直言詔 ……………………………… 漢元帝 378
減死刑詔 …………………………………… 漢成帝 378
罷昌陵詔 …………………………………… 漢成帝 379
立太子詔 …………………………………… 漢成帝 379
封卓茂詔 …………………………………… 漢光武 379
日食詔 ……………………………………… 漢光武 379
令太官勿受異味詔 ………………………… 漢光武 379
地震詔 ……………………………………… 漢光武 380
作壽陵詔 …………………………………… 漢光武 380
賜周黨帛詔 ………………………………… 漢光武 380
行養老禮詔 ………………………………… 漢明帝 380
有司順時勸農詔 …………………………… 漢明帝 381
引咎詔 ……………………………………… 漢明帝 381
尊師傅詔 …………………………………… 漢章帝 381
講議五經同異詔 …………………………… 漢章帝 381
地震詔 ……………………………………… 漢章帝 382
選高才生受學詔 …………………………… 漢章帝 382
蠲除禁錮詔 ………………………………… 漢章帝 382
告諭伐魏詔 ………………………………… 漢後主 383

卷三十三 ……………………………………………… 384
　璽書廣 …………………………………………… 384
　　答鼂錯璽書 …………………………… 漢文帝 384
　　賜吾丘壽王璽書 ……………………… 漢武帝 384
　　賜燕王旦璽書 ………………………… 漢昭帝 384
　　賜馮奉世璽書 ………………………… 漢元帝 385
　　賜淮陽王欽璽書 ……………………… 漢元帝 385
　　賜竇融璽書 …………………………… 漢光武 385
　賜書廣 …………………………………………… 386

賜南粤王佗書 …………………………………… 漢文帝 386
　　遺匈奴書二首 …………………………………… 漢文帝 386
　　賜嚴助書 ………………………………………… 漢武帝 387
　　賜趙克國書五首 ………………………………… 漢宣帝 387
　册上廣 …………………………………………………… 389
　　晉公九錫文 …………………………………………… 389

卷三十四 …………………………………………………… 391
　册下 ……………………………………………………… 391
　　宋公九錫文 …………………………………………… 391
　策廣 ……………………………………………………… 393
　　封齊王策 ………………………………………… 漢武帝 393
　　封燕王策 ………………………………………… 漢武帝 393
　　封廣陵王策 ……………………………………… 漢武帝 393
　　賜韓福策 ………………………………………… 漢昭帝 393
　　賜史丹策 ………………………………………… 漢成帝 394
　　賜鄧禹爲太司徒策 ……………………………… 漢光武 394
　　賜諸侯策 ………………………………………… 漢光武 394
　　封張飛策 ………………………………………… 漢先主 394
　　封馬超策 ………………………………………… 漢先主 395
　　賜許靖策 ………………………………………… 漢先主 395
　　復諸葛亮丞相策 ………………………………… 漢後主 395
　敕廣 ……………………………………………………… 395
　　敕太子 …………………………………………… 漢高祖 395
　　敕責楊僕 ………………………………………… 漢武帝 396
　　敕東平王傅相 …………………………………… 漢元帝 396
　諭 ………………………………………………………… 396
　　遣嚴助諭淮南王 ………………………………… 漢武帝 396
　　使車騎將軍諭單于 ……………………………… 漢元帝 397

卷三十五 …………………………………………………… 398
　令 ………………………………………………………… 398
　　朗罰令 …………………………………………… 魏武帝 398
　　黃初五年令 …………………………………… 魏・曹植 398

黄初六年令 …………………………… 魏・曹植 399
　教 ………………………………………………… 399
　　　與羣下教 …………………………… 漢・諸葛亮 399
　　　與李豐教 …………………………… 漢・諸葛亮 400
　　　答卞蘭 ………………………………… 魏文帝 400
　　　臨徐兗搜揚教 ………………………… 宋武帝 400
　　　爲録公拜揚州恩教 …………………… 齊・謝朓 400
　　　爲宋建平王聘逸士教 ………………… 宋・江仲通 401
　策問廣 …………………………………………… 401
　　　賢良策詔 ……………………………… 漢文帝 401
　　　賢良策三首 …………………………… 漢武帝 401
　表 ………………………………………………… 403
　　　上銅馬式表 …………………………… 漢・馬援 403
　　　爲第五倫薦謝夷吾表 ………………… 漢・班固 403
　　　薦皇甫規表 …………………………… 漢・蔡邕 404
　　　羣臣上漢帝表 ………………………………… 404
　　　上漢帝表 ……………………………… 漢先主 405
　　　辭先主表 ……………………………… 漢・孟達 406
　　　後出師表 ……………………………… 漢・諸葛亮 406
　　　廢李平表 ……………………………… 漢・諸葛亮 407
　　　乞立諸葛亮廟表 ……………………… 蜀・督隆 407
　　　荀彧功表 ……………………………… 魏武帝 408
　　　求自試表 ……………………………… 魏・曹植 408
　　　諫伐遼東表 …………………………… 魏・曹植 409
　　　薦關内侯季直表 ……………………… 魏・鍾繇 409
　　　進諸葛亮集表 ………………………… 晉・陳壽 410
　　　辭長沙郡公表 ………………………… 晉・陶侃 411
　　　理劉司空表 …………………………… 晉・盧湛 411
　　　謝封康樂侯表 ………………………… 宋・謝靈運 413
　　　上三國志注表 ………………………… 晉・裴松之 413

卷三十六 …………………………………………… 415
　上書上 …………………………………………… 415

報燕惠王書	燕・樂毅	415
論趙高書	秦・李斯	416
至言	漢・賈山	416
稱臣書	漢南粵王佗	419
言兵事書	漢・鼂錯	419
上守邊備書	漢・鼂錯	421
募民徙塞下書	漢・鼂錯	422
諫伐閩越書	漢・劉安	422

卷三十七 ……………………………………………… 425
    上書中 ……………………………………………… 425

論伐匈奴書	漢・主父偃	425
論伐匈奴書	漢・嚴安	426
論土崩瓦解書	漢・徐樂	427
救太子書	漢・壺關三老	428
諫擊匈奴書	漢・魏相	429
尚德緩刑書	漢・陸溫舒	429
訟王尊書	漢・公乘興	431
訟蓋寬饒書	漢・鄭昌	432
救劉輔書	漢・谷永	432
訟陳湯書	漢・耿育	432
論王氏書	漢・梅福	433
請孔子爲殷後書	漢・梅福	434
諫不受單于朝書	漢・楊雄	435
諫伐匈奴書	漢・嚴尤	437

卷三十八 ……………………………………………… 438
    上書三 ……………………………………………… 438

訟馬援書	漢・朱勃	438
論東宮師保書	漢・班彪	439
上誹謗書	漢・孔僖	439
乞征黃瓊李固并消弭災書	漢・郎顗	440
論宦官女寵書	漢・劉瑜	442
諫謝該書	漢・孔融	443

卷三十九

疏一廣

救朱穆書 　　　　　　　　　　　　　漢・劉陶　444
救第五種書 　　　　　　　　　　　　漢・臧旻　444
獄中上書 　　　　　　　　　　　　　梁・江淹　445

卷三十九 ………………………………………… 446

疏一廣 ………………………………………… 446

論時政疏 　　　　　　　　　　　　　漢・賈誼　446
論積貯疏 　　　　　　　　　　　　　漢・賈誼　453
請封建子弟疏 　　　　　　　　　　　漢・賈誼　454
論貴粟疏 　　　　　　　　　　　　　漢・鼂錯　454
諫起上林苑疏 　　　　　　　　　　　漢・東方朔　456
論限民名田疏 　　　　　　　　　　　漢・董仲舒　457

卷四十 …………………………………………… 458

疏二廣 ………………………………………… 458

明堂月令疏 　　　　　　　　　　　　漢・魏相　458
言得失疏 　　　　　　　　　　　　　漢・王吉　459
控制西羌事宜疏 　　　　　　　　　　漢・趙充國　460
上屯田疏 　　　　　　　　　　　　　漢・趙充國　460
諫節儉疏 　　　　　　　　　　　　　漢・貢禹　462
上政治得失疏 　　　　　　　　　　　漢・匡衡　463
戒妃匹勸學疏 　　　　　　　　　　　漢・匡衡　465
論治性正家疏 　　　　　　　　　　　漢・匡衡　466
論甘延壽等疏 　　　　　　　　　　　漢・劉向　467
諫起昌陵疏 　　　　　　　　　　　　漢・劉向　467
上星孛疏 　　　　　　　　　　　　　漢・劉向　469

卷四十一 ………………………………………… 471

疏三廣 ………………………………………… 471

救陳湯疏 　　　　　　　　　　　　　漢・谷永　471
言黑龍見疏 　　　　　　　　　　　　漢・谷永　471
論微行宴飲疏 　　　　　　　　　　　漢・谷永　473
論神怪疏 　　　　　　　　　　　　　漢・谷永　475
訟馮奉世疏 　　　　　　　　　　　　漢・杜欽　476

上徙都成周疏 …………………………………漢・翼奉 476
　　論治河疏 …………………………………………漢・賈讓 477
　　擇賢疏 ……………………………………………漢・王嘉 479

卷四十二 ……………………………………………………… 480
　疏四廣 ……………………………………………………… 480
　　諫征漁陽疏 ………………………………………漢・伏湛 480
　　乞立左傳博士疏 …………………………………漢・陳元 480
　　論時政所宜疏 ……………………………………漢・桓譚 481
　　言信讖譖賞疏 ……………………………………漢・桓譚 482
　　定宗廟昭穆疏 ……………………………………漢・張純 483
　　定禘祫疏 …………………………………………漢・張純 483
　　爲祭遵請諡疏 ……………………………………漢・范升 483
　　乞立虎符疏 ………………………………………漢・杜詩 484
　　乞優答北單于疏 …………………………………漢・班彪 484
　　夏旱諫起北宮疏 ………………………………漢・鐘離子阿 485
　　諫起陵邑疏 ……………………………………漢・東平王蒼 485
　　抑損后族權疏 ……………………………………漢・第五倫 486
　　請兵疏 ……………………………………………漢・班超 486

卷四十三 ……………………………………………………… 487
　疏五廣 ……………………………………………………… 487
　　五經章句取士疏 …………………………………漢・徐防 487
　　弭災數事疏 ………………………………………漢・郎顗 487
　　大臣行三年喪疏 …………………………………漢・陳忠 488
　　守長數易疏 ………………………………………漢・左雄 489
　　宦官縱恣疏 ………………………………………漢・黃瓊 490
　　薦五處士疏 ………………………………………漢・陳蕃 491
　　諫幸廣城校獵疏 …………………………………漢・陳蕃 492
　　言政暴濫疏 ………………………………………漢・襄楷 492
　　論三互法疏 ………………………………………漢・蔡邕 493
　　諫先主稱尊號疏 …………………………………蜀・費詩 493
　　襲魏疏 ……………………………………………蜀・蔣琬 494
　　諫後主游觀聲樂疏 ………………………………蜀・譙周 494

34　廣文選・上卷

　　中正疏…………………………晉・劉毅　495
　　受詔疏…………………………晉・劉頌　497
啓廣………………………………………　504
　　國起西園第啓…………………晉・陸雲　504
　　國人兵多不法啓………………晉・陸雲　506
　　求効啓…………………………齊・王融　506
　　求爲劉瓛立館啓………………齊・任昉　507
彈事廣……………………………………　507
　　劾丞相匡衡等…………………漢・王尊　507
　　論丞相薛宣……………………漢・涓勲　507
　　劾涓勲…………………………漢・翟方進　508
　　劾陳咸等………………………漢・翟方進　508
　　劾薩光…………………………御史中丞　508
　　劾陳遵…………………………漢・陳崇　509

卷四十四………………………………　510
封事廣……………………………………　510
　　論霍氏封事……………………漢・張敞　510
　　條災異封事……………………漢・劉向　510
　　極諫外家封事…………………漢・劉向　513
　　論知人邪正封事………………漢・翼奉　514
　　地震爲后舅封事………………漢・翼奉　515
　　薦辛慶忌封事…………………漢・何武　516
　　日食論董賢封事………………漢・王嘉　516
　　封還詔書封事…………………漢・王嘉　517
　　論日食封事……………………漢・馬嚴　518
　　論竇氏封事……………………漢・何敞　518
　　論北單于不當王封事…………漢・袁安　519
　　論日食爲竇氏封事……………漢・丁鴻　519
　　論倖臣鄧萬封事………………漢・爰延　520
　　論青蛇封事……………………漢・謝弼　521
　　論青蛇封事……………………漢・楊賜　521

上　卷

廣文選序

明資政大夫，奉勅參贊機務，南京兵部尚書，儀封王廷相撰

嗟乎！文之體要難言也，援古炤今，可知流委矣。《易》始卦爻象象，《書》載典謨訓誥，《詩》陳國風雅頌。厥事實，厥義顯，厥辭平，厥體質，邈兮古哉，蔑以尚矣。自夫崇華餙詭之辭興，而昔人之質散；自夫競虛夸靡之風熾，而斯文之致乖。言辯而罔詮，訓繁而寡實，於是君子惟古是嗜矣。梁昭明太子統，舊有《文選》之編，自今觀之，頗爲近古。然法言大訓，懿章雅歌，漏逸殊多，詞人藻客，久爲慨惜，然未有能繼其舊貫者。今少司寇梅國劉公，乃博稽群籍，撿括遺文，萃所不及選者，命曰《廣文選》，總八十二卷。宣明徃範，垂示來學，俾後生小子，盡覩古人之擬，不亦盛心乎哉？揚州守侯君季常，仰惟茲編，有裨詞囿，乃命葛生潤校正，壽梓行之，而以序問余。浚川子曰：文者，載道之器，治跡之會歸也。故曰：文王旣沒，文不在兹乎？言文即道，治即文矣。是故古人之文，莫不弘於學術之所趨，莫不實於治功之有成，但好尚異其門途，則品局遂分高下。秉知言之選者，不可以不辯矣。乃惟大人碩儒，探元挈要，先之修性體道，以敦其本。又能察於君臣之政，觀夫天下之勢，達乎民物之情，則文之質具矣。從而立言，其道真，其業實，無誕美，無虛飾，糸諸六經之旨，靡所差別，不亦天下之至文乎？由是而觀，君子修辭，雖雄深博雅，力總群言，而無當於修己經國之實者，自負曰文，去文萬里矣！此又梅國廣選之深慮也。

廣文選序

明奉政大夫，南京尚寶司卿，翰林院修撰，經筵講官兼修國史，高陵呂柟撰

昔梁蕭統編定《文選》，粵自秦、漢，迄于齊、梁，騷、賦、詩、歌，詔、冊、表、啓，時且千年，煥如其舊，第博雅君子，泛覽別籍，見有遺詩脫文，則又每病乎統焉，然未有能廣蒐散失，稡纂重行者。今少司寇梅國劉公，英特之材，博大之學，旁搜群書，幾二十年，類摘門補，世採人增，凡統之缺漏，十九攢完。學士觀覽，無不足之嘆。長垣侯君季常，方守揚州，謂可遠傳，乃命學生葛潤，校正差訛。旣且入梓，遣使問序。涇野子曰：懿哉！梅國之用心乎？夫自乾坤典謨以來，載籍宣昭，歷世誦習，然三墳或隱，九丘多支，惟《左史》倚相者，具能讀之，楚人歸善，尊爲至寶，白珩不齒也。鄭公孫僑使于晉，適晉侯有疾，卜云：實沉、臺駘爲祟，雖叔向莫知，乃問于僑，僑具述高辛玄冥之遺，參汾主封之故，通國驚動，以僑爲博物君子。然則梅國斯編，其有滋於學士之聞見者富乎？或曰：《文選》以《毛詩序》與《思歸引序》並列，《廣文選》以《思親操》《猗蘭操》與《胡笳十八拍操》同卷，聖愚不分，經騷不辯，惟多是取，不揆之道，亦以爲富，可乎？曰：不見《詩》《書》《春秋》邪？古詩善惡咸收，至三千餘篇，因得取爲三百篇之定；古書及《中候》，聖狂皆載，幾千餘篇，因得取爲五十篇之定；左丘明傳述魯史，將數十萬言，治汙具存，因得取爲千五百條之定。《廣文選》如行也，焉知後無作者，不因此而說漢禮晉文，比于古文獻之足徵者乎？審若是，且將恨收，取之未盡，廣文奚暇議其醇疵哉？書凡二千餘篇，爲卷者八十二，其門分類析，皆准昭明之舊云。

嘉靖十二年春二月朔旦。

廣文選序

明通議大夫，都察院右副都御史，大庾劉節撰

序曰：《廣文選》何？廣蕭子之《選》也。何廣乎蕭子之《選》也？蕭子之選文也，爲賦，賦之目十有四；爲詩，詩之目二十有三；爲騷，爲七，爲詔，爲冊，爲令，爲教，爲文，爲表，爲上書，爲啓，爲彈事，爲箋，爲奏記，爲書，爲檄，爲對問，爲設論，爲辭，爲序，爲頌，爲贊，爲符命，爲史論，爲史述贊，爲論，爲連珠，爲箴，爲銘，爲誄，爲哀，爲碑文，爲墓志，爲行狀，爲弔文，爲祭文，爲類三十有七，可謂選矣。然或遺焉，是故廣之以備遺也。

孔子曰："有天地，然後萬物生焉。"是故始之天地，天地廣也。鳥獸草木皆物也，鳥獸選矣，草木遺焉，是故次之草木，以廣遺也。夫賦，諸目具矣，弗目者遺，是故次之雜賦，以廣遺也。夫詩，六藝備矣；逸詩，詩之遺也，廣之自逸詩始，補亡無矣。操，樂府之遺也；謠，雜歌之遺也，廣之，詩斯備矣。詔，王言也；璽書、賜書、敕諭，皆王言也，廣之類也。策，冊類也；策問，詔類也，廣之以從類也。疏，上書類也；封事、議對，皆疏類也，廣之以從類也。對策，對厥問也；策問，詔類矣；對策，對類也，廣之從其類也，而文則無矣。問次於對，有問斯有對也，廣之亦類也。夫記者，序之實也；傳者，史論贊之記也；說者，論之要畧也；哀辭者，哀之緒餘也；祝文者，祭告之大典也，是故廣之，廣其類也。夫文猶賦也，諸類具矣，弗類者遺，是故次之雜文，以廣遺也。夫騷，作於屈、宋者也，《九歌》遺焉，《九章》遺焉，《九辯》遺焉，景、賈以下不錄也。漢詔盛矣，選其二焉，遺者多矣，是故廣之以備遺也。表、箋、啓、檄畧矣，奏記、設論、箴、贊畧甚矣，史論、述贊，畧益甚矣。銘也，頌也，詠也，古而則者，遺矣。書、序之遺，猶夫銘也；論之遺，猶夫書也；碑文之遺，猶夫論也；諸類之遺，猶夫頌也，誄也。故今考之，文之遺猶夫詩也，十六七也；詩之遺猶夫賦也，十四五也；賦之遺猶夫騷也，十二三也，是故

廣之以備遺也。夫然，猶或遺焉，典籍散亡，存十一於千百，廣之云者，殆庶幾焉者也。夫文，辟之水也，選之者，如導水而聚之者也。是故海，水之聚也，廣其選者，如導水而聚之海者也。吁！難言也。

嘉靖十有一年秋八月望。

重刻《廣文選》後序

明巡按直隸監察御史，晉江陳蕙撰。

昔梅國劉先生取昭明太子《文選》之遺者，類分而增輯之，凡得千有七百九十六篇，名之曰《廣文選》，誠富哉集矣。顧其中訛字逸簡雜出，又文義之甚悖而俚者間在焉，觀者病之。況其板既不存，予尤懼於日就廢闕，而盛美之莫永也，廼以視齹之暇，與揚郡守王子松、郡庠教授林璧、訓導曾宸、李世用共校讐增損之。苟完是集，刻置維楊書院，將有待於博達君子之是正之，未遂爲定書也。

或曰：文以載道也。今觀諸作，率骋於詞，顧於道，時出入焉。又上泝周、漢，下逮齊、梁，作者既多，體裁各別，若難乎宜於人人，而使觀者之無異詞也。予應之曰：是即所以載道也。若夫入觀者之有不同，則存乎其人，固難以爲文病矣。考於《經》，《易》著小人象占，《書》存夏商二季之政，《詩》列變風，《春秋》紀諸侯戰伐之事，《禮》於廢禮、瀆禮者備述焉，與法言大典並訓萬世。蓋言而善，以迪斯人，而與之式，固載道也。言而不善，使人知所避，以免無或陷焉，亦載道也。則固不必一一流於道以爲言矣。矧是諸作，道或不足觀，然即其命意措詞，而其精神心術舉形焉，君子可以知人矣。即其好惡取舍，而時之風聲習，尚咸寓焉，君子可以論世矣。即其自簡而繁，自雅而麗，自嚴重而放逸，各有其漸，以趨之極也。俛仰數千年間，盛衰沿革，一覽盡之，君子又可以窮其變矣。推而大之，以和性情，以處變故，以達政事，以經上下，以稽度數，以別品物，又莫不於是取足者，而猶未有艾。今曰予必談道之取，而此非所尚，不亦與博學於文之意相遠哉？若謂體裁不同，觀之者因之有異，是亦就其學之所近，趣之所投，而各有所從入爾，何病於文？夫子固曰：詞達而已矣。夫詞以達意為主，固未始有定格，而以何者爲入格，而爲足觀，又以何者爲出格，而爲不足觀也。名花異卉，自芳幽林，有骋大觀者焉，舉而置之於場圃，人所共見之地，苟一品之未備，猶未爲完圃也。然愛蓮者固不以菊爲淡，而愛菊者亦難以牡丹爲俗，直各自得其得而已矣。觀文之說，何以異於是哉？是集，刪去二百七十四篇，增入者三十篇，八閱月而告成。其顚末見之凡例，茲特以大意序之如此云。

嘉靖十六年二月朔日。

校正《廣文選》几例一十二條

一、操、歌、銘，舊有舜、禹、文、武、成王、周公、孔子之作，第諸聖垂世之言，非可以後人撰述者與之例論，矧各集備載，成訓已具，茲不復錄入文士之列，以見尊聖之意。

一、冊如宋公、晉公《九錫文》，誄如《元后誄》，書如陳餘《遺章邯》、閻忠《說皇甫嵩》之類，僭悖殊甚，忠臣貞士何觀焉？故刪去。

一、賦如司馬相如《美人賦》、張敏《神女賦》、謝靈運《江妃賦》之類，雖含諷諭，然多媟誕，不可爲訓。至如張衡《髑髏賦》，殊類曹子建之《說》，其《浮淮》《覽海》《芙蓉》《菊花》《琴》《几》等賦，又皆短淺，無大意義，俱刪去。

一、皷吹曲如魏之《獲呂布》、吳之《攄武師》、晉之《靈之祥》，登歌如宋之《七廟》、梁之《北郊》等篇，對如吾丘壽王《得寶鼎對》，碑如《魏大饗碑》之類，俱夸張而悖。至如劉向《上星字》、楊賜《論青蛇》之類，殊覺附會。翼奉《徙都》一疏、《知人》一論，所言不正，亦刪去。

一、逸詩如"瞻彼盍旦"等十二條，歌如《擊壤》《侏儒》等三十餘首，疏如趙充國《西羌事宜》等八疏，贊如《麋子仲》等八贊，皆短寂或浮泛。至如《漢鐃歌》《思悲翁》《艾如張》等八曲，與《聖人制禮樂》、古辭《蜨蝶行》《巾舞歌》等作，皆難通曉。其《烏生》《焦仲卿妻》樂府數篇，以及《僮約》《責髯奴文》，又甚俚俗，故俱刪去。

一、文如周宣王《石皷文》，碑如《漢劉熊景君》等碑，問如《月令問荅》之類，俱缺誤無證。又漢武帝《策問》三首，魏文帝《浮萍篇》，李陵《重報子卿書》，谷永《微行宴飲對》以及陸機、沈約《招隱》《遊鐘山》等詩，古樂府《飛鵠行》，俱係重出，故亦刪去。

一、七類如傅毅等《七激》三篇，區區模倣前人，且甚膚淺。連珠如楊雄等二十首，比偶之詞，僅止數句。謠如《康衢》《白雲》等謠，里巷談吐，無關文義。今盡刪之，雖不多立篇目，固無害其爲廣也。

一、屈原《九章》，詞義宏遠，與日月爭光可也。昭明止選《涉江》一篇，隘矣。兹仍舊録，又增入《涉江》者，欲覽其全也。

一、《國語》如《周襄王不許晉文請隧》等六篇，《淮南子》如《氾論》《泰族》二訓，《亢倉子》如《君道》《政道》等四篇，文義正大高古。以至詩，如沈約、王筠、劉孝威、劉峻、蕭子範、蕭子雲、范雲、吳筠、江總諸人應詔、春遊、寄贈等作，有漢魏風，俱增入。

一、子史等書，可入選者甚多，第以其俱有成書，不能盡採。且此選於諸體已備，亦無俟多採爲也。其刪去各篇，不能一一稱舉，具有凡例，可以類推。若理雖未瑩，而文有可觀，則仍存之。

一、舊選於諸作者，俱書其字，今并識其朝代姓名，而疏其字於下，以便觀者。

一、各篇中字有訛者，正之；古字通用者，仍之；疑似者，則云當作某字；義同字異者，則云或作某字；脫漏不可考者，闕以俟慎之也。

《廣文選》凡例終

卷　　一

賦

天地廣

天地賦
成公綏

惟自然之初載兮，道虛無而玄清，太素紛以溷淆兮，始有物而混成，何元一之芒昧兮，廓開闢而著形。爾乃清濁剖分，玄黃判離。太極既殊，是生兩儀。星辰煥列，日月重規，天動以尊，地靜以卑，昏明迭炤，或盈或虧。陰陽協氣而代謝，寒暑隨時而推移。三才殊性，五行異位。千變萬化，繁育庶類，授之以形，稟之以氣。色表文采，聲有音律。覆載無方，流形品物。鼓以雷霆，潤以慶雲。八風翱翔，六氣氤氳。蚑行蠕動，方聚類分，鱗殊族別，羽毛以群。各含精而鎔冶，咸受範於陶鈞，何滋育之罔極兮，偉造化之至神！

若夫懸象成文，列宿有章，三辰燭燿，五緯重光，河漢委蛇而帶天，虹蜺偃蹇於昊蒼，望舒彌節於九道，羲和正轡於中黃。衆星回而環極，招搖運而指方。白獸峙據於參代，青龍垂尾於氐房。玄龜匿首於女虛，朱鳥奮翼於星張。帝皇正坐於紫宮，輔臣列位於文昌。垣屏駱驛而珠連，三台差池而鴈行。軒轅華布而曲列，攝提罼峙而相望。若乃徵瑞表祥，災變呈異，交會薄蝕，抱暈帶珥，流逆犯歷，譴悟象事。蓬容著而妖害生，老人形而主受喜，天矢黃而國吉祥，彗孛發而世所忌。

爾及旁觀四極，俯察地理。川瀆浩汗而分流，山嶽磊落而羅峙，滄海沆瀁而四周，懸圃隆崇而特起。昆吾嘉於南極，燭龍曜於北阯，扶桑高于萬仞，尋木長于千里。崑崙鎮於陰隅，赤縣據于辰巳。於是八十一域，區分方別；風乖俗異，險斷阻絕。萬國羅布，九州並列。青冀白壤，荊衡途泥。海岱赤墳，華梁青黎。兗帶河洛，揚有江淮。辯方正土，經畧建邦。王圻九服，列國一同。連城比邑，深池高墉。康衢交路，四達五通。東至暘谷，西極泰濛。南暨丹炮，北盡空同。遐方外區，絕域殊鄰。人首蛇軀，鳥翼龍身。衣毛被羽，或介或鱗。棲林浮水，若獸若人。居於大荒之外，處於巨海之濱。

於是六合混一而同宅，宇宙結體而括囊。渾元運流而無窮，陰陽循度而率常。回動紛紛而乾乾，天道不息而自彊[一]。統羣生而載育，人託命於所繫。尊太一於上皇，奉萬神於五帝。故萬物之所宗，必敬天而事地。若[二]乃共工赫怒，天柱摧折。東南俄其既傾，西北豁而中裂。斷鼇足而續毀，鍊玉石而補缺。豈斯事之有徵，將言者之虛設？何陰陽之難測，偉二儀之夸闊。坤厚德以載物，乾資始而至大。俯盡鑒於有形，仰蔽視於所蓋。遊萬物而極思，故一言於天外。

【校記】

[一]彊，陳本作疆。《晉書》作強。
[二]劉本衍一"若"字，據陳本刪。

京都

蜀都賦
楊雄

蜀都之地，古曰梁州。禹治其江，渟皐彌望，鬱乎青葱，沃壄野同[陳]千里。上稽乾度，則井絡儲精；下按地紀，則巛音坤[陳]宫奠位。東有巴賨，綿亘百濮。銅梁金堂，火井龍湫。其中則有玉石嶜岑，丹青玲瓏，邛節桃枝，石鱣音曾[陳]水螭。南則有犍牂潛夷，昆明羗眉。絕限岷嵎，堪巖亶翔。靈山揭其右，離碓[一]被其東。於近則有瑕英菌芝，玉石江珠；於遠則有銀鉛錫碧，馬犀象僰；西有鹽泉鐵冶，橘林銅陵，邛連盧池，澹漫波淪；其旁則有期牛兕旄，金馬碧雞；北則有岷山，外羌白馬。獸則麢羊野麋，罷犛貘音陌[陳]貒，麝音預[陳]麜音餘[陳]鹿麝，戶豹熊黃，獅音慚[陳]胡雛獲，猨蠝玃猱，猶穀音谷[陳]畢方鳥名[陳]。

爾乃蒼山隱天，岎崟音吟[陳]廻叢，增崥重崒，岈石巇崔，挍嵬音逆[陳]嶬塊，霜雪終夏。叩巖嶺嶙，崇隆臨柴音漬[陳]，諸徴崌音垠岘音業，五矾參差，湍山巖巖，觀上岑崙，龍陽累峞，灌棻交倚，嶊崒崛崎，集嶮脇施，形精出偈，堪嵦隱倚。彭門嶋音箕[陳]峨音龍[陳]。岬嵾崛音渴[陳]岣，方彼碑池，岘音虬[陳]岫輷巀，礫乎岳岳。北屬崑崙泰極，涌泉醴，凝水流津，瀝集成川。

於是乎則左沉犂，右羌庭，漆水浡其匈，都江漂其涇水名[陳]。乃溢乎通溝，洪濤溶洗，千湲萬谷，合流逆折，泌㵭乎爭降，湖澢溱同[陳]排碣，反波逆濞，磽石冽巇，紛葐周溥，旋溺宛綏，頺慚博岸，敵呷㴖瀨。磴巖撑汾汾忽溶閶沛，逾窘出限，連混陁隧，鉦釘鐘涌，聲謹薄泙。龍歷豐隆，潛延延，雷扶電擊，鴻康瀁遠遠乎長喻，馳山下卒，湍降疾流，分川並注，合乎江州。

於木則梗櫟，豫章樹㭋，檜櫨樺柙，青稚雕梓，枌梧橿橩，斯栖木稷，朳信揖叢，俊幹湊集。枇[二][三]抉楬，北沈樘椅，從風推[四]參，循崖擨㨄。涇淫溶，繽紛幼靡；汛閎野望，芒芒菲菲。其竹則鐘龍筊音業[陳]篁音謹[陳]，野篠紛㐷竹名[陳]，宗生族借，俊茂豐芙[五]，洪溶忩葦，紛揚搔合，柯與[六]風披，夾江緣山，尋卒而起。結根才業，填衍迥拘同[陳]野，若此者方乎數十百里。於汜[七]則汪汪漾漾，積土崇陸。其淺濕則生蒼葭蔣菰也[陳]蒲，藿芋青蘋，草葉蓮藕，茉華菱根。其中則有翡翠鴛鴦，裊鸘鵁鷺，䨪鴨鷫鴻音霜[陳]。其深則有猵獺沈鱓，水豹蛟蛇，黿蟺鼇龜，衆鱗鰪音塔[陳]鱅音兮[陳]。

爾乃其都門二九，四百餘閈，兩江珥其市，九橋帶其流，武儋鎮都，刻削成薆音廅[陳]。王基旣夷，蜀候尚叢蜀土名也[陳]，並石石屛，屼岑倚從，秦漢之徙，元以山東。是以隤山，厥饒水貢，其穫苴竹，浮流黿磧。竹石蠍相救[八]，魚酌不收。鶯音餘[陳]鵂音候[陳]鴨鶪，風胎雨㲉，衆物駭目，單不知所禦。

爾乃其裸，羅諸圃㱿，緣畛黃甘，諸柘柿桃，杏李枇杷，杜梸榛同[陳]栗榇，棠梨離支，雜以梴橙，被以櫻梅，樹以木蘭，扶林禽，爐般關梨名[陳]，旁支何若，英絡其間。春机楊柳，裹弱蟬音闡[陳]抄，扶施連卷。鉅貕糖蛓，子鱅規同[陳]呼焉。

爾乃五穀馮戎，瓜匏饒多，卉以部麻，徃徃薑梔，附子巨蒜，木艾椒蘺，藹醬酴清，衆獻儲斯，盛冬育筍，舊菜增伽茄同[陳]。百華挼春，隆隱芬芳，蔓茗熒郁，翠紫青黃，麗靡螭燭，若揮錦布繡，望芒兮無幅。

爾乃其人，自造奇錦，䋿繽緇繽，縿緣盧中，發文揚采，轉代無窮。其布則細都弱折，綿繭成袿，阿麗纖靡，避晏與陰。蜘蛛作絲，不可見風，筩中黃潤，一端數金。雕鏤釦音口[陳]器，百伎千工。東西鱗集，南北並湊。馳逐相逢，周流往來，方輅齊轂，隱軫幽輒，埃敦塵拂。萬端異類，崇戎總濃般旋，閫齊喈楚，而喉不感𣊽。萬物更湊，四時迭代，彼不折貨，我岡之械。財物饒贍，蓄積備具。

若夫慈孫孝子，宗厥祖禰，鬼神祭祀，練時選日，瀡豫齊戒。龍明衣，表玄縠，儷吉日，異清濁，合疎明，綏離旅。乃使有伊之徒，調夫五味，甘甜之和，芍藥之羹，江東鮀鮑，隴西牛羊，糶米肥猪[九]，龐音追[陳]麕不行，鴻貖澶乳，獨竹孤鵒；炮鴉被紕之胎，山麖隋腦，水遊之脾，蜂豚應鴈，被鴇晨鳧，鷇鴟初乳。山鶴既交，春羔秋羭音柳[陳]，膾鮫音梭[陳]黿肴，杭田孺鶩。形不及勞，五肉七菜，朦獣腥膙，可以練神養血腄者，莫不畢陳。

爾乃其俗，迎春送臘，百金之家，千金之公，乾池泄澳，觀魚于江。

若其吉日嘉會，期於送春之陰，迎夏之陽，侯羅司馬，郭范皛揚[十]，置酒乎榮川之間宅，設坐乎華都之高堂。延帷揚幕，接帳連岡。衆器離琢，藻[十一]刻將星。朱緣之畫，邠盼麗光。龍虵蜿蜷錯其中，禽獣奇偉髦山林。昔天地降生杜鄗密促之君，則荆上亡尸之相。厥女作歌，是以其聲呼吟靖領，激呦喝啾，《戶》音六成，行《夏》低徊，胥徒入冥，及廟嗜吟，諸連單情，舞曲轉節，踃音蕭[陳]馼音風[陳]應聲。其佚則接芬錯芳，襜袥纖延，蹋《淒秋》，發《陽春》。羅儒吟，吳公連。眺朱顔，離絳脣，眇眇之態[十二]，吡噉出焉。

若其遊怠漁弋，邵公之徒，相與如平陽，頫音俯[陳]巨沼，羅車百乘，期會投宿，觀者方隄，行船競逐，偃衍撒曳，絺索恍惚。羅畏[十三]彌瀰，漫漫汋汋。龍雎睈兮罙布列，枚孤施兮纖繁出，鷟雎落兮高雄魘，翔雎桂兮奔縈畢，殂飛膾沈，單然後別。

【校記】

[一]碓，陳本、《古文苑》同，張震澤《揚雄集校注》作堆。

[二]枇，陳本、《揚雄集校注》作枇。《古文苑》作枇。

[三]《揚雄集校注》此有"檮"字。

[四]推，陳本作椎。《古文苑》、《揚雄集校注》作堆。

[五]芙，陳本同，《古文苑》、《揚雄集校注》作美。

[六]輿，陳本、《古文苑》同，《揚雄集校注》作無。

[七]氾，陳本作況，並注"淺水也"。《古文苑》作氾。

[八]是句陳本作"黿磧若香草也相救"。《古文苑》、《揚雄集校注》与劉本同。

[九]猪，陳本同，《古文苑》作膳。

[十]揚，陳本、《古文苑》作楊，並注"蜀主姓也"。

[十一]藻，陳本同，《古文苑》作早。

[十二] 態，陳本作熊。《古文苑》作態。
[十三] 畏，陳本作眰。《古文苑》作畏。

論都賦
杜篤

臣聞：知而復知，是爲重知。臣所欲言，陛下已知，故畧其梗概，不敢具陳。昔般庚去奢，行儉於亳，成周之隆，乃卽中洛。遭時制都，不常厥邑。賢聖之慮，蓋有優劣；霸王之姿，明知相絕。守國之勢，同歸異術。或棄去阻阨，務處平易；或據山帶河，并吞六國；或富貴思歸，不顧見襲；或掩空擊虛，自蜀漢出，卽日車駕，策由一卒；或知而不從，久都境埆。臣不敢有所據。竊見司馬相如、楊子雲作辭賦以諷主上，臣誠慕之，伏作書一篇，名曰《論都》，謹并封奏如左：

皇帝以建武十八年二月甲辰，升輿洛邑，巡于西嶽。推天時，順斗極，排閶闔，入幽谷，觀陁於崤、黽，圖險於隴、蜀。其三月丁酉，行至長安。經營宮室，傷愍舊京。卽詔京兆，迺命扶風。齋肅致敬，告覲園陵。悽然有懷祖之思，喟乎以思諸夏之隆。遂天旋雲遊，造舟于渭，北汎[航同陳]涇流。千乘方轂，萬騎駢羅，衍陳於岐、梁，東橫乎大河。瘞后土，禮邠郊。其歲四月，反于洛都。明年，有詔復函谷關，作大駕宮、六王邸、高車廐於長安，修理東都城門，橋涇、渭，徃徃繕離觀。東臨霸、滻，西望昆門，北登長平，規龍首，撫未央，覛[頯同陳]平樂，儀建章。

是時山東翕然狐疑，意聖朝之西都，懼關門之反拒也。客有爲篤言："彼埳井之潢汙，固不容夫吞舟；且洛邑之淳潛，曷足以居乎萬乘哉？咸陽守國利器，不可久虛，以示姦萌。"篤未甚然其言也，故因爲述大漢之崇，世據雍州之利，而今國家未暇之故，以喻客意。曰：

昔在彊秦，爰初開畔，霸自岐、雍，國富人衍，卒以并兼，桀虐作亂。天命有聖，託之大漢。大漢開基，高祖有勳，斬白蛇，屯黑雲，聚五星於東井，提干將而呵暴秦。蹈滄海，跨崑崙，奮彗光，埽[掃同陳]項軍，遂濟人[一]難，蕩滌于[二]泗、沂。劉敬建策，初都長安。太宗承流，守之以文。躬履節儉，側身行仁，食不二味，衣無異采。賑人以農桑，率下以約己，曼麗之容不悅於目，鄭衛之聲不過於耳，佞邪之臣不列於朝，巧僞之物不鬻於市。故能理升平而刑幾措，富衍於孝景，功傳於後嗣。

是時孝武因其餘財府帑之蓄，始有鉤深圖遠之意，探冒頓之罪，校平城之讐。遂命票騎，勤任衛青，勇惟鷹揚，軍如流星，深之匈奴，割裂王庭，席卷漠北，叩勒祁連，橫分單于，屠裂百蠻。燒罽帳，繫閼氏，燔康居，灰珍奇，椎鳴鏑，釘鹿蠡，馳阮岸，獲昆彌，虜[三]儌佷，驅騾驢，馭宛馬，鞭駃騠。拓地萬里，威震八荒。肇置四郡，據守敦煌。并域屬國，一郡領方。立候隅北，建護西羌。棰驪氏、焚，寮狼邛、莋並西南夷[陳]。東攏烏桓，蹂轔濊貊。南羈鉤町，水劍疆越。殘夷文身，海波沫血。郡縣日南，漂槩朱崖。部尉東南，兼有黃支。連緩[四]耳，瑣雕題，摧天督，牽象犀，椎蟒蛤，碎琉璃，甲瑇瑁，戕觜觿。於是同穴裘褐之域，共川鼻飲之國，莫不祖跕稽顙，失氣虜伏。非夫大漢之盛，世藉廱土之饒，得御外理內之術，孰能致功若斯！故創業於高祖，嗣傳於孝惠，德隆於太宗，財衍於孝景，威盛於聖武，政行於宣、元，侈極於成、哀，祚缺於孝平。傳世十一，歷載三百，德衰而復盈，道微而復章，皆莫能遷於廱州，而背於咸陽。宮室寢廟，山陵相望，高顯弘麗，可思可榮，羲、農以來，無茲著䎡。

夫廱州本帝皇所以育業，霸王所以衍功，戰士角難之場也。《禹貢》所載，厥田惟上。沃野千里，原隰彌望。保殖五穀，桑麻條暢。濱據南山，帶以涇、渭。號曰陸海，蠢生萬類。梗枏檀柘，蔬果成實。畎瀆潤淤，水泉灌溉，漸澤成川，粳稻陶遂。厥土之膏，畞價一金。田田相如，鐇鏤株林。火耕流種，功淺得深。既有蓄積，陀塞四海，西被隴、蜀，南通漢中，北據谷口，東阻嶔巖。關函守嶢，山東道窮；置列汧、隴，廱偃西戎；拒守褒斜，嶺南不通；杜口絕津，朔方無從。鴻、渭之流，徑入於河；大船萬艘，轉漕相過，東綜滄海，西綱流沙；朔南暨聲，諸夏是和。城池百尺，陀[五]塞要害。關梁之險，多所衿帶。一卒舉礧，千夫沈滯；一人奮戟，三軍沮敗。地勢便利，介胄剽悍，可以守近，利以攻遠。士卒易保，人不肉袒。肇十有二，是爲贍腴。用霸則兼并，先據則功殊；修文則財衍，行武則士要謂要切也[陳]；爲政則化上，篡逆則難誅；進攻則百剋，退守則有餘：斯固帝王之淵囿，而守國之利噐也。

逮及亡新，時漢之衰，偷忍或作怠[陳]淵囿，篡器慢違，徒以執便，莫能卒危。假之十八，誅自京師。天畀更始，不能引維。慢藏招寇，復致赤眉。海內雲擾，諸夏滅微；群龍並戰，未知是非。于時聖帝，赫然申威。荷天人之符，兼不世之姿。受命於皇上，獲助於靈祇。立號高邑，搴旗四麾。首策之臣，運籌出奇；虓怒之旅，如虎如螭。師之攸向，無不靡披。蓋未[六]燔魚剚蛇，莫之方斯。大呼山東，響動流沙。要龍淵，首鏌鋣，命騰太白，親發狼弧。西平隴、冀，東據洛都。乃廓平帝宇，濟蒸人於塗炭，成兆庶之亹亹，遂興復乎大漢。

今天下新定，矢石之勤始瘳，而主上方以邊垂爲憂，忿葭萌之不柔，未遑於論都而遺思廱州也。方躬勞聖思，以率海內，厲撫名將，畧地疆外，信威於征伐，展武乎荒裔。若夫文身鼻飲緩耳之主，椎結左衽鑢鍋之君，東南殊俗不羈之國，西北絕域難制之隣，靡不重譯納貢，請爲藩臣。上猶謙讓而不伐勤，意以爲獲無用之虜，不如安有益之民；畧荒裔之地，不如保殖五穀之淵；遠救於已亡，不若近而存存也。今國家躬脩道德，吐惠含仁，湛恩沾洽，時風顯宣。徒垂意於持平守實，務在愛育元元，苟有便於王政者，聖主納焉。何則？物罔挹而不損，道無隆而不移，陽盛則運，陰滿則虧，故存不忘亡，安不諱危，雖有仁義，猶設城池也。

客以利器不可久虛，而國家亦不忘乎西都，何必去洛邑之淳濘與？

【校記】

［一］人，陳本作大。《後漢書》作人。
［二］陳本無"于"字。《後漢書》有。
［三］虜，陳本作膚。《後漢書》作虜。
［四］緩，陳本、《後漢書》作綏。
［五］陀，陳本作陁。《後漢書》作陀。
［六］未，陳本、《後漢書》作夫。

東平賦
阮籍

夫九州有方圓，九野有形勢，區域高下，物有其制：開之則通，塞之則否；流之則行，壅之則止；崇之則成丘陵，汙之則爲藪澤；逶迤漫衍，繞以大壑。

及至分之國邑，樹之表物，四時儀其象，陰陽暢其氣，傍通迴盪，有形有德，雲升雷動，一呌一默；或由之安－作觀，乃用－作由期－作斯惑－作或。

若觀夫隅隈之缺，幽荒之塗，忽漠之域，窮野之都；奇偉譎詭，不可勝圖。

乃有徧遊之士，浩養之雄，凌驚飆，躡浮霄，清濁俱逝，吉凶相招。是以冷淪[一]游鳳於崑崙之陽，鄒子噏溫於忝谷之陰，伯高登降於尚季之上，羨門逍遙於三山之岑；上敖玄圃，下游鄧林。鳳鳥自歌，翔鸞自舞，嘉穀蕃殖，匪我稷黍。

其陀陋則有橫術之場，鹿承之墟，匪脩潔之攸麗，于穢累之所如。西則首仰阿甄，傍通戚蒲，桑間濮上，淫荒－作風所廬。三晉縱橫，鄭衛紛敷，豪俊淩屬，徒屬留居。是以強潔[二]－作御[劉]橫於戶牖，怨毒奮於牀隅，仍鄉－作渺飲－作欲而作匿，豈待久而發諸。

七[三]一作色[劉]惟中，劉王是聚。高危臨城，窮川帶宇。叔氏婚族，實在其湄。背險向水，垢汙多私。是以其州閒鄙邑，莫言或非。情殨戾慮，以殖厥資。其土田則原壤蕪荒，樹藝失時，疇畒不辟，荊棘不治，流潢餘溏，洋溢靡之。

東當三齊，西接鄒魯，長塗千里，受茲商旅；力閒爲率音帥[陳]，師使以輔。驕僕孅邑，於焉斯處。川澤捷徑，洞庭荊楚，遺風是過，是徑是宇。

由而紹俗，靡則靡觀一作覩[陳]，非夷罔式，導斯作殘。是以其唱和務矜勢，背理向姦。向氣逐利，因一作囚畏惟怨。其居處壅鬄[四]蔽塞，窕邃弗章，倚以陵墓，帶以曲房，是故居之則心昏，言之則志哀。悸罔徙易，靡所寙懷。

其外有濁河縈其溏，清濟盪其樊。其北有連岡，崺蘼崎嶇。山陵崔巍，雲電相干，長風振厲，蕭條太原。其南則浮汶湛湛，行潦成池，深林茂樹，翁鬱參差，群鳥翔天，百獸交馳。

雖黔首不淑兮，黨山澤之足彌。古哲人之微貴兮，好政教之有儀。彼玄眞之所寶兮，樂寂寞之無知。咨閭閻之散感兮，因回風以揚聲。瞻荒榛之蕪穢兮，顧東山之葱一作愈[陳]青。甘丘里之舊言兮，發新詩以慰情。信嚴霜之未滋兮，豈丹木之再榮。《北門》悲於殷憂兮，《小弁》哀於獨誠。鷗端一而以慕仁兮，何淳樸之靡逞；彼羽儀之感志兮，矧伊人之匪靈。時憯悷以遥思兮，颸[五]飄飄以欲歸。欽邳[六]游於陵顚兮，舉斯群而竸飛。物脩一作循化而神樂兮，寧遐觀之可追。

乘松舟以載險兮，雖無維而自繫。騁驊騮於狹路兮，願塞驢而弗及。資章甫以遊越兮，見犀光而先入；被文繡而賈戎兮，識旍裘之必襲。泰淳德之平和兮，孰斯邦之可集。將言歸於美俗兮，請王子與俱遊。漱玉液之滋怡兮，飲白水之清流。遂虛心而後己兮，人[七]何懷乎患憂。

重曰：嘉年時之淑清兮，美春陽以肇夏。託思颸而載行[八]，因形骸以成駕。遵間維猶言坤維[陳]而長驅兮，問迷罔於菀風。玄雲興而四周兮，寒雨淪而下降。忽一窹而喪軌兮，蹈空宫而遂征。扶搖蔽於合墟兮，咸池照乎增城。欣煌熠一作燿之朝顯兮，喜太陽之炎精。馮虛丹[九]以遑思兮，聊逍遥於清溟。謹玄眞之諶訓兮，想至人之有形。繡靡覩其紛錯兮，慮彌遠而度逼，並旋軫於畎澮兮，若空桑之可即。言淫衍而莫止兮，心綿綿而未息。集舒[十]一作書[陳]誥以鑒戒兮，賜一作悵[陳]衆誨之難測。神遥遥以抒歸兮，畏雙環之在側。咨禽鳥之不群兮，悼悠悠之無極。

感藜藿之易修兮，攝左右之相譽。懼從風而永去兮，託顒頊於鮒隅。雖琴瑟之畢存兮，豈聲曲之復舒？慮遨遊以覿奇兮，彼上騰其焉如？紛晻曖以亂錯兮，漫浩瀁而未靜。理都繆而改據兮，竦端委而自整。制規矩以儀衡兮，占我龜以觀省。眺茲輿之所徹兮，寔斯近而匪遠。豈三年之無問兮，將一往而九反。顧裏[十一]日之初開兮，馳曲陵而飾容。時零落之飄颻兮，試祐[十二]菀之必從。

釋遼遙之闊度兮，習約結之常契。巡襄城之間收兮，誦純一之遺誓。被風雨之沾濡兮，安敢軒舊而遊署。竊悄悄之眷貞兮，泰恬淡而永世。豈淹留以爲感兮？將易[十三]乎殊方。乃懌[十四]高以登栖兮，永欣欣而樂康！

【校記】

[一]泠淪，陳本、張溥《阮步兵集》、陳伯君《阮籍集校注》作伶倫。
[二]潔，陳本、《阮步兵集》作禦。
[三]七，陳本同。《阮籍集校注》作厥土。《阮步兵集》作士。
[四]鬚，陳本同。《阮步兵集》作翳。
[五]颶，陳本、《阮步兵集》作颮。
[六]邳，陳本、《阮步兵集》作丕。《阮籍集校注》從丕。
[七]人，陳本、《阮步兵集》作又。
[八]陳本"行"後有一"兮"字。《阮步兵集》亦有。
[九]丹，陳本、《阮步兵集》作舟，是。
[十]舒，陳本、《阮步兵集》同。《阮籍集校注》作訓。
[十一]裏，陳本、《阮步兵集》作杲。
[十二]祐，陳本作枯。《阮步兵集》作枯。
[十三]據《阮步兵集》，此有"貌"字。
[十四]懌，陳本、《阮步兵集》作擇。

郊祀

河東賦
楊雄

伊年暮春，將瘞后土，禮靈祇，謁汾陰於東郊，因茲以勒崇垂鴻，發祥隤祉，欽若神明者，盛哉鑠乎，越不可載已！

於是命羣臣，齊法服，整靈輿，迺撫翠鳳之駕，六先景之乘，掉犇星之流旃，羼天狼之威弧。張燿日之玄旄，揚左纛，被雲梢。奮電鞭，驂雷輜，鳴洪鐘，建五旗。羲和司日，顏倫奉輿，風發颸拂，神騰鬼趡；

千乘霆亂，萬騎屈撟，嘻嘻旭旭，天地稠㘅。簸丘跳巒，涌渭躍涇。秦神下聾，跖魂負沴；河靈矍踢，爪華蹈衰。遂臻陰宮，穆穆肅肅，蹲蹲如也。

靈祇既鄉，五位時敘，絪縕玄黃，將紹厥後。於是靈輿安步，周流容與，以覽虖介山。嗟文公而愍推兮，勤大禹於龍門，灑沈菑於豁瀆兮，播九河於東瀕。登六[一]觀而遥望兮，聊游浮[二]以經營。樂往昔之遺風兮，喜虞氏之所畋。瞰帝唐之嵩高兮，眖音覓[陳]隆周之大寧。汨低佪而不能去兮，行睨垓下與彭城。濿南巢之坎坷兮，易醞岐之夷平。乘翠龍而超河兮，陟西岳之嶢崝音精[陳]。雲霏霏而來迎兮，澤滲漓而下降，鬱蕭條其幽藹兮，滃汎沛以豐隆。叱風伯于南北兮，呵雨師於西東，參天地而獨立兮，廓盪盪其亡雙。

遵逝乎歸來，以函夏之大漢兮，彼[三]何足與比功？建乾坤之貞兆兮，將悉總之以群龍。麗鉤芒與驂蓐收兮，服玄冥及祝融。敦衆神使式道兮，奮六經以攄頌音容[陳]。喻於穆之緝熙兮，過《清廟》之雝雝；軼五帝之遐跡兮，躡三皇之高蹤。既發軔于平盈兮，誰謂路遠而不能從？

【校記】

[一]六，陳本、張溥《揚侍郎集》同。《揚雄集校注》作歷。

[二]游浮，陳本、《揚侍郎集》同。《揚雄集校注》作浮游。

[三]彼，陳本、《揚侍郎集》同。《揚雄集校注》作有曾。

郊祀賦[①]
鄧耽

咨改元正，誕章厥新。豐恩羨溢，含唐孕殷。承皇極，稽天文。舒優遊，展弘仁。楊明光，宥罪人。群公卿尹，侯伯武臣。文林華省，奉贊厥珍。夷髦盧巴，來貢來賓。玉璧既卒，於斯萬年。穆穆皇王，克明厥德，應符蹈運，旋章厥福。昭假烈祖，以孝以仁。自天降康，保定我民。

[①] 本篇陳本無。之後兩版本所出入之篇章，單獨列表說明，不再於正文中出注。

畋獵

諫格虎賦
孔臧

帝使亡諸大夫問乎下國，下國之君方帥將士於中原。車騎駢闐，被行岡巒。手格猛虎，生縛獷狂。昧爽而出，見星而還。國政不恤，惟此為歡。乃夸于大夫曰："下國鄙，固不知帝者之事。敢問天子之格虎，豈有異術哉？"大夫未之應，因又言曰："下國褊陋，莫以娛心。故乃闢四封以為藪，圍境內以為林。禽鳥育之，驛驛淫淫。晝則鳴噓，夜則嘷吟。飛禽起而翳日，走獸動而雷音。犯之者其罪死，驚之者其刑深。虞候苑令，是掌厥禁。於是分幕將士，營遮榛叢，戴星入野，列火求蹤，見虎自來，乃徃尋從。張罝綱，羅刃鋒。驅檻車，聽鼓鐘。猛虎顛邊，奔走西東。怖駭內懷，迷冒怔忪。耳目喪精，值綱而衝。侷然自縛，或隻或雙。車徒抃讚，咸稱曰工。乃縛以絲組，斬其[一]牙。支輪登較，高載歸家。孟賁被髮瞋目，躁猾紛華。故都邑百姓，莫不于邁。陳列路隅，咸稱萬歲。斯亦畋獵之至樂也。"

大夫曰："順君之心樂矣，然則樂之至也者，與百姓同之謂。夫兕虎之生，與天地偕，山林澤藪，又其宅也。彼有德之君，則不為害。今君荒於游獵，莫恤國政。驅民入山林，格虎於其廷。妨害農業，殘夭民命。國政其必亂，民命其必散。國亂民散，君誰與處？以此為至樂，所未聞也。"

於是下國之君乃頓首曰："臣實不敏，習之日久矣。幸今承誨，請遂改之。"

【校記】

[一]陳本、嚴可均《全漢文》此處有"爪"字。《文選補遺》無。

紀行

述行賦
蔡邕

延熹二年秋，霖雨逾月。是時梁冀新誅，而徐璜、左悺等五侯擅貴於其所處。又起顯明苑於城西，人徒凍餓，不得其命者甚眾。白馬令李雲以直言死，鴻臚陳君以救雲抵罪。璜以余能鼓琴，自[一]朝廷，勅陳留太守發遣。余到偃師，病不前。得歸。心憤此事，遂託所過，述而成賦。

余有行於京洛兮，遘淫雨之經時。塗迍邅其蹇連兮，潦汙滯而為災。

桀馬踳而不進兮，心鬱伊而憤思。聊弘慮以存古兮，宣幽情而屬詞。

　久[二]余宿于大梁兮，誚無忌之缺一字[陳]神。哀晉鄙之無辜兮，忽朱亥之簒軍。歷中牟之舊城兮，憎佛肸之不臣。問甯越之裔胄兮，蔑髣髴而無聞。經圃田而看北境兮，悟衛康之封疆。迄管邑而增歎兮，慍叔民之啓商。過漢祖之所隘兮，吊紀信於滎陽。降虎牢之曲陰兮，路丘墟以盤縈。勤諸侯之遠戍兮，侈申于[三]之美城。甚濤塗之愎惡兮，陷夫人以大名。登長坂以凌高兮，陟葱山之嶢崝。建撫體而立洪高兮，經萬世而不傾。廻峭峻以降阻兮，小阜寥其異形。岡岑紆以連屬兮，谿壑夐其杳冥。魄嵯峨以乖邪兮，廓嚴壑以崢嶸。攢械樸而雜榛楛兮，被浣幪[四]而羅布。䔷音尾[陳]菱奧與臺茴音言[陳]乎，緣增崖而結莖。行遊目以南望兮，覽太室之威靈。顧大河予[五]北垠兮，瞰洛汭之始幷。追劉定之攸儀兮，美伯禹之所營。悼太康之失位兮，愍五子之歌聲。

　尋脩軌以增舉兮，邈悠悠之未央。山風汩以飈涌兮，氣憯憯而厲涼。雲鬱術而四塞兮，雨濛濛而漸唐。僕夫疲而劬瘁兮，我馬虺隤以玄黃。格莽丘稅駕兮，陰曀曀而不陽。哀衰周之多故兮，眺瀨隈而增感。忿子帶之淫逆兮，唁哀[六]王於壇坎。悲寵缺一字[陳]之爲綆兮，心惻愴而懷憯。舫舟而沂湍浴兮，浮清波以横厲。想宓妃之靈光兮，神幽隱以潛翳。實熊耳之泉液兮，摠伊瀍與澗瀨。通渠源於京城兮，引職貢乎荒裔。憭吳榜其万艘兮，充王府而納最。濟西溪而容與兮，息鞏都而後逝。愍簡公之失師兮，疾子朝之爲害。玄雲黬以凝結兮，集零雨之溱潞[七]。[八]阻敗而死[九]軌兮，塗潭溺而難遵。率陵阿以登降兮，赴偃師而精[十]勤。壯田橫之奉首兮，義二士之夾墳。佇淹溜以候霽兮，感憂心之殷殷。并日夜而遙思兮，宵不憭[十一]以極晨。候[十二]風雲之體勢兮，天牢湍而無丈[十三]。彌信宿而後闋兮，絲[十四]威遺以東運。陽光見之顥顥兮，懷少弭而有欣。命僕夫其就駕兮，吾將往乎京邑。

　皇家赫而天居兮，萬方徂而並集。貴寵煽以彌熾兮，斂守利而不戢。前車覆而未遠兮，後乘驅而競入。窮變巧於臺榭兮，民露處而寢濕。清嘉穀于禽獸兮，下糠粃而無粒。弘寬裕於便辟兮，紈忠諫其侵急。懷伊呂而黜逐兮，道無因而獲人。唐虞渺其既遠兮，常俗生於積習。周道鞠爲茂草兮，哀正路之曰湮。觀風化之得失兮，猶紛掌其多違。無亮采以匡世兮，亦何爲乎此畿？甘衡門以寧神兮，詠都人而思歸。爰結蹤而迴軌乎，復邦族以自綏。

　辭曰：跋涉遲路，艱以阻兮。終其永懷，窘陰雨兮。歷觀群都，尋前緒兮。考之舊聞，厥事舉兮。登高斯賦，義有取兮。則善或惡，豈云苟兮？翩翩獨征，無儔與兮。言旋言復，我心胥兮。

【校記】
　　[一]自，陳本、張溥《蔡中郎集》同。嚴可均《全後漢文》作白。
　　[二]久，陳本、《蔡中郎集》同。《全後漢文》作夕。
　　[三]于，陳本、《蔡中郎集》作子，是。
　　[四]蕣，陳本同。《蔡中郎集》作濯。
　　[五]予，陳本、《蔡中郎集》作於。
　　[六]哀，陳本作襄。《蔡中郎集》作襄。
　　[七]潞，陳本、《蔡中郎集》作溱。
　　[八]《蔡中郎集》此有"路"字。
　　[九]死，陳本、《蔡中郎集》作無。
　　[十]精，陳本、《蔡中郎集》作釋。
　　[十一]慄，陳本、《蔡中郎集》作寐，是。
　　[十二]候，陳本作俟。《全後漢文》作俟。《蔡中郎集》作候。
　　[十三]丈，陳本同。《蔡中郎集》作文。
　　[十四]絲，陳本同。《蔡中郎集》作思。威遺，《蔡中郎集》作逶迤。

浮淮賦
魏文帝

　　泝淮水而南邁兮，泛洪濤之湟波。仰巖岡之崇阻兮，經東山之曲阿。浮飛舟之萬艘兮，建干將之銛戈。揚雲旗之繽紛兮，聆榜人之謹譁。乃樅人鐘，爰伐雷鼓。白旄沖天，黃鉞扈扈。武將奮發，驍騎赫怒。於是驚風泛，涌波駭，衆帆張，群櫂起。爭先逐進，莫適相待。

浮淮賦
王粲

　　魏文帝《賦》序云：建昌十四年正，師自譙東征，大興水軍，浮舟萬艘。時余從行，始入淮口，行泊東山，覩師徒，觀旌帆，赫哉盛矣！雖孝武盛唐之狩，舳艫千里，迨不過也，乃作斯賦云。命粲同作。

　　從王師以南征兮，浮淮水而遐逝。背渦浦之曲流兮，望馬邱之高滯。泛洪櫓於中潮兮，飛輕舟乎濱濟。建衆檣以成林兮，譬無山之樹藝。於是迅流興潭浧，濤波動長瀨[一]。鉦鼓若雷，旌塵翳日，飛雲天廻。蒼鷹飄逸，滂沛汹溶[二]，遞相競軼。飛[三]驚波以高騖，馳駭浪而赴質。加舟徒之巧極，美榜人之閑疾。白日未移，前馳已屆。群師按部，左右就隊。舳艫千里，名卒億計。運茲威以赫怒，清海隅之蔕芥。濟元勳於大[四]舉，垂休績乎遠[五]裔。

【校記】
　　[一]本句俞紹初《建安七子集》作"迅風興，濤波動，長瀨潭渨。"《古文苑》、張溥《王侍中集》與劉本同。
　　[二]"滂沛汹溶"四字，《建安七子集》在"長瀨潭渨"後。《古文苑》、《王侍中集》同劉本。
　　[三]飛，陳本、《王侍中集》同。《建安七子集》作凌。
　　[四]大，陳本、《王侍中集》同。《建安七子集》作一。
　　[五]遠，陳本、《古文苑》、《王侍中集》同。《建安七子集》作來。

思歸賦并序
陸機

　　余以元康六年冬取急歸。而王師外征，職典中兵，與聞軍政，懼兵革未息，宿願有違。懷歸之思，憤而成篇。
　　節運代序，四時相推。寒風肅殺，白露霑衣。嗟行邁之彌留，感時逝而懷悲。彼離思之在人，恒戚戚而無歡。悲緣情以自誘，憂觸物而生端。晝輟食而發憤，宵假寐而興言。羨歸鴻以矯首，挹谷風而如蘭。歲靡靡而薄暮，心悠悠而增楚。風霏霏而入室，響泠泠而愁予。既邀遊於川汜，亦改駕乎山林。伊我思之沈鬱，愴感物而增深。歎隨風而上逝，涕承纓而下尋。冀王事之暇豫，庶歸寧之有時。候涼風而驚[一]策，指孟冬而為期。願靈暉之促景，恒立表以望之。

【校記】
　　[一]驚，陳本同。張溥《陸平原集》、楊明《陸機集校箋》作警。

去故鄉賦
江淹

　　日色暮兮隱吳山之丘墟。北風朳與析同[陳]兮絳花落，流水散兮翠蟄草名[陳]疎。愛桂枝而不見，悵浮雲而離居。廼淩大壑，越滄淵。沄沄積淩，水橫斷山。窮陰匝海，平蕪帶天。
　　於是泣故關之已盡，傷故國之無際。出汀洲而解冠，入潋浦而捐改也[陳]視[一]。聽蒹葭之蕭瑟，知霜露之流滯。對江皋而自憂，弔海濱而傷歲。撫尺書而無悅，倚樽酒而不持。去室宇而遠客，遵蘆葦以為期。情嬋娟而未罷，愁爛漫而方滋。切趙瑟以横涕，吟燕箛而坐悲。

少歌曰：芳洲之草行欲暮，桂水之波不可渡。絕世獨立兮，報君子之一顧。是時霜翦蕙兮風摧芷，平原晚兮黃雲起。寧歸骨於松栢，不賈名於城市。若濟河無梁兮，沉此心於千里。

重曰：江南之杜蘅兮色以陳，願使黃鵠兮報佳人。橫羽觴而淹望，撫玉琴兮何親？瞻層山而蔽日，流餘涕以沾巾。恐高臺之易晏，與螻蟻而爲塵。

【校記】

[一]視，陳本同。張溥《江醴陵集》、胡之驥《江文通集彙注》作袂。

卷　　二

遊覽

遊居賦
班彪

　　夫何事於冀州，聊託公以遊居。歷九土而觀風，亦慭人之所虞。遂發軫於京洛，臨孟津而北厲。想尚甫之威虞，號蒼兕而明誓。既中流而歎息，美周武之知性。謀人神以動作，享烏魚之瑞命。瞻淇澳之園林，善綠竹之猗猗。望常山之峨峨，登北嶽而高遊。嘉孝武之乾乾，親飾躬於伯姬。建封禪於岱宗，瘞玄玉於此丘。徧五嶽與四瀆，觀滄海以周流。鄙臣恨不及事，陪後乘之下僚。今匹馬之獨征，豈斯樂之足娛？且休精於敝邑，聊卒歲以須臾。

節遊賦
曹植

　　覽宮宇之顯麗，實大人之攸居。建三臺於前處，飄飛陛以淩虛。連雲閣以遠徑，[一]觀[二]樹於城隅。亢高軒以迥眺，緣雲霓而結疏。仰西岳[三]之崧岑，臨漳滏之清渠。觀靡靡而無終，何眇眇而難殊。亮靈后之所處，非吾人之所[四]廬。於是仲春之月，百卉叢生。萋萋藹藹，翠葉朱莖。竹林青蔥，珍果含榮。凱風發而時鳥謹，微波動而水蟲鳴。感氣運之和潤，樂時澤之有成。遂乃浮素蓋，禦驊騮，命友生，攜同儔。訟風人之所歡，遂駕言而出遊。步北園而馳騖，庶翱翔以寫憂。望洪池之滉瀁[五]，遂降集乎輕舟。沉浮蟻於金罍，行觴爵於好仇。絲竹發而響屬，悲風激於中流。且容與以盡觀，聊永日而忘愁。嗟羲和之奮策，怨曜靈之無光。念人生之不永，若春日之微霜。諒遺名之可紀，信天命之無常。愈志蕩以淫遊，非經國之大綱。罷曲宴而旋服,遂言歸乎舊房。

【校記】
　　[一]張溥《陳思王集》、趙幼文《曹植集校注》此有"營"字。
　　[二]陳本此有"月"字。《陳思王集》無。
　　[三]岳,陳本同。《陳思王集》作嶽。
　　[四]"之所"二字二本皆無,據《陳思王集》補。
　　[五]漾,陳本同。《陳思王集》作瀁。

登虎牢山賦
潘岳

　　辭京輦兮遙邁,將遠遊兮東夏。朝發軔兮帝埔,夕結軌兮中野。憑脩阪兮停車,臨寒泉兮飲馬。春故鄉之遼隔,思紆軫以鬱陶。步玉趾以升降,凌氾水而登虎牢。覽河洛之二川,眺成平之雙皋。崇嶺巉以崔崒,幽谷豁以寥寥。路逶迤以迫隘,林廓落以蕭條。爾乃仰蔭嘉木,俯藉芳卉。青煙鬱其相望,棟宇懷以鱗萃。彼登山而臨水,因先喆之所哀。矧去鄉而離家,遐長辭而遠乖。望歸雲以歎息,腸一日而九廻,良勞者之詠事,爰寄言以表懷。

登臺賦
陸雲

　　永寧中,參大府之佐於鄴都,以時事巡行鄴官三臺,登高有感,因以言崇替,迺作賦云:
　　承后皇之嘉惠兮,翼聖宰之威靈。肅言而述業兮,乃啓行乎北京。巡華室以周流兮,登崇臺而上征。攀淩坻而遂隮兮,迄雲閣而少寧。
　　爾乃佇眄瑤軒,滿目綺寮,中原方華,綠葉振翹。嘉生民之亹亹兮,望天晷之苕苕。歷玉階而容與兮,憩[一]蘭堂以消遙。蒙紫庭之芳塵兮,駭洞房之廻飆。頹響逝而连物兮,傾冠舉而淩霄。曲房榮而窈眇兮,長廊邈而蕭條。
　　於是迥路季夷,遼宇玄茫,深堂百室,曾層同[陳]臺千房。闢南牕而蒙暑兮,啓朔牖而履霜。游陽堂而冬溫兮,步陰房而夏涼。萬禽委虵於潛室兮,驚風矯翼而來翔。紛謞謞於有象兮,邈悠忽而無方。
　　于時南征司火,朱明鬱遂,縣平聲車式徐,曜靈西墜。暑乘陰而增炎兮,景望淵而曖昧。玩瓊宇而情廞兮,覽八方而思銳。陋雨館之常規兮,鄙鳴鵠之蔽第[二]。仰淩眄于天庭兮，俛旁觀乎萬類。北溟浩以揚波兮，青林煥其興蔚。扶桑細於毫末兮，崑崙卑乎覆簣。

於是忽焉俛仰面[三]，天地既必[四]，宇宙同區，萬物爲一。原千變之常鈞兮，齊億載於今日。彼區中之側陋兮，非吾黨之一室。本達觀於無形兮，今何求而有質。

於是聊樂近游，薄言儀佯，朝登金虎，夕步文昌。綺疏列於東序，朱戶立乎西廂。經糳上[五]以披藻兮，椒塗馥而遺芳。感舊物之咸存兮，悲昔人之云亡。憑宮檻而遠想兮，審歷命於斯堂。

於是精疲游倦，白日藏輝。鄙春登之有情兮，惡荊臺之忘歸。聊弭節而駕言兮，悵將逝而徘徊。感崇替之靡常兮，悟廢興而永懷。隆期啓而雲升，逝運靡其如頹。

長發惟祥，天鑒在晉。肅有命而龍飛兮，跚重斯而肇建。嘉有魏之欽若兮，鑒靈符而告禪。清文昌之離宮兮，虛紫微而爲獻。委普天之光宅兮，質率土之黎彥。欽哉皇之承天兮[六]，集北顧於乃眷。誕洪祚之遠期兮，則斯年於有萬。

【校記】

[一] "憩"字劉本無，據陳本、張溥《陸清河集》補。
[二] 第，陳本、《陸清河集》作芾。《陸雲集》作第。
[三] 面，陳本作而。據《陸清河集》，面爲衍字。
[四] 必，陳本、《陸清河集》作翕。
[五] 上，陳本、《陸清河集》作暉。
[六] "兮"字劉本無，據陳本、《陸清河集》補。

登樓賦
郭璞

在青陽之季月，登百尺以高觀，嘉斯遊之可娛，乃老氏之所嘆。撫淩檻以遙想，乃極目而肆運，情眇然以思遠，帳自失而潛溫。瞻禹臺之隆崑，奇巫咸之孤時，美鹽池之滉汙，蒸紫雰而霞起。異傅巖之幽人，神介山之伯子，揖首陽之二老，招鬼谷之隱士。嗟王室之蠢蠢，方構怨而極武，哀神器之遷浪，指綴旒以譬主，雄戟列於廊技，戎馬鳴乎講柱。寢苔華而增愴，歎飛駟之過戶，陟茲樓以曠眺，情慨爾而懷亡。

宮殿

菟園賦
枚乘

脩竹檀欒夾池水，旋菟園，並馳道，臨廣衍，長冗[一]阪。故徑於崑崙，狠_{音懸[陳]}觀相物，芴焉子_{音絲[陳]}有，似乎西山。西山隤隤，邺焉巇巇。巏路婁崟，峚巖崢_{龍同[陳]}從巍巤_{音厘[陳]}焉。暴爊激，揚塵埃。蛇龍奏，林薄竹。遊風踊焉，秋風揚焉，滿庭庇焉，紛紛紜紜。騰踊雲，亂枝葉，翠散摩來，幡幡焉。谿谷沙石，洇波沸日。湲浸疾東，流連[二]轔轔陰發緒菲菲，闇闇謹擾。昆雞蜆蛙，倉庚密切_{鳥名[陳]}。別鳥相離，哀鳴其中。若乃附巢寒鷙_{水鳥[陳]}之傅於列樹也，欄欄若飛雪之重弗麗也。西望西山，山鵲野鳩，白鷺鵲桐，鸎鸎鷓鵰，翡翠鴝鴿。守狗戴勝，巢枝穴藏，被塘臨谷，聲音相聞。喙尾離屬，翱翔羣熙，交頸接翼，鬮而未至。徐飛竝蹹，徃來霞水，離散而沒合。疾疾紛紛，若塵埃之間白雲也。予之幽冥，究之乎無端。

於是晚春早夏，邯鄲襄國易陽之容麗人及其燕飾子，相予雜遝而徃歎焉。車馬接軫相屬，方輪錯轂。接服何驂，披銜跡蹶。自奮增絕，怵惕騰躍，水意而未發。因更陰逐之相秩奔隊林臨河，怒氣未竭，羽蓋繇起，被以紅沫。濛濛若雨委雪，高冠扁焉，長劍閒焉，左挾彈焉，右執鞭焉。日移樂襄，遊觀西園之芝。芝成宮闕，枝葉榮茂，選擇純熟，挈取含苴。復取其次，顧賜從者。於是從容安步，鬭雞走兔，俛仰釣射，煎熬炮炙，極樂到暮。若乃夫郊採桑之婦人兮，袿褐錯紆，連袖方路，摩眲長髦，便娟數顧。芳溫徃來接，神連才結，已諾不分，縹併進清，儐笑連便，不可忍視也。於是婦人先稱曰：春陽生兮萋萋，不才子兮心哀，見嘉客兮不能歸，桑萎蠶飢，中人望柰何！

【校記】

[一]"冗"字，陳本無。《全漢文》有。
[二]據《全漢文》，此有"焉"字。

章華賦
邊讓

楚靈王旣遊雲夢之澤，息於荊臺之上。前方淮之水，左洞庭之波，右顧彭蠡之隩，南眺巫山之阿。延目廣望，騁觀終日。顧謂左史倚相曰："盛哉此樂，可以遺老而忘死也。"於是遂作章華之臺，築乾谿之室，窮木土之技，單珍寶之實，舉國營之，數年乃成。設長夜之淫宴，作北里之新聲。於是伍舉知夫陳、蔡之將生謀也。乃作此賦以諷之：

　　胄高陽之苗胤兮，承聖祖之洪澤。建列藩於南楚兮，等威靈於二伯。超有商之大彭兮，越隆周之兩虢。達皇佐之高勳兮，馳仁聲之顯荂。惠風春施，神武電斷，華夏肅清，五服攸亂。旦垂精於萬機兮，夕回輦於門館。設長夜之歡飲兮，展中情之嬿婉。竭四海之妙珍兮，盡生人之祕玩。

　　爾乃攜窈窕，從好仇，徑肉林，登糟丘，蘭肴山竦，椒酒淵流。激玄醴於清池兮，靡微風而行舟。登瑤臺以回望兮，冀彌日而消憂。於是招宓妃，命湘娥，齊倡列，鄭女羅。揚《激楚》之清宮兮，展新聲而長歌。繁手超於北里，妙舞麗於《陽阿》。金石類聚，絲竹群分。被輕袿，曳華文，羅衣飄颻，組綺繽紛。縱輕軀以迅赴，若孤鵠之失群；振華袂以逶迤，若游龍之登雲。於是歡嬿既洽，長夜向半，琴瑟易調，繁手改彈，清聲發而響激，微音逝而流散。振弱支而紆繞兮，若綠繁之垂幹，忽飄飄以輕逝兮，似鷖飛於天漢。舞無常態，皷無定節，尋聲響應，脩短靡跌。長袖奮而生風，清氣激而繞結。爾乃妍媚邇進，巧弄相加，俯仰異容，忽兮神化。體迅輕鴻，榮曜春華，進如浮雲，退如激波。雖復柳惠，能不咨嗟！於是天河既回，淫樂未終，清篪發徵，《激楚》揚風。於是音氣發於絲竹兮，飛響軼於雲中。比目應節而雙躍兮，孤雌感聲而鳴雄。美繁手之輕妙兮，嘉新聲之彌隆。於是衆變已盡，群樂既考。歸乎生風之廣夏兮，脩黃軒之要道。携西子之弱腕兮，援毛嬙之素肘。形便娟以嬋媛兮，若流風之靡草。美儀操之姣麗兮，忽遺生而忘老。

　　爾乃清夜晨，妙技單，收尊俎，徹皷盤。惘焉若醒，撫劍而歎。慮理國之濆才，悟稼穡之艱難。美呂尚之佐周，善管仲之輔桓。將超世而作理，焉沈湎於此歡！於是罷女樂，墮瑤臺。思夏禹之甲宮，慕有虞之土階。舉英奇於仄陋，拔髦秀於蓬萊。君明哲以知人，官隨任而處能。百揆時序，庶績咸熙。諸侯慕義，不召同期。繼高陽之絕軌，崇成、莊之洪基。雖齊桓之一匡，豈足方於大持？爾乃育之以仁，臨之以明。致虔報於鬼神，盡肅恭乎上京。馳淳化于黎元，永歷世而太平。

學梁王兔園賦
江淹

　　或重古輕今者，僕曰：何爲其然哉？無知音，則已矣。聊爲古賦，以奮枚叔之製焉。

碧山倚巇崎兮，象海水碣石。朝日晨霞兮艳紅壁，仰望沉寥兮數千尺。磋硞嶙㠐，汨㴶成岫，谽呀而窟竇。哮磆磰礶[一]，紫蕪丹駮，苔默綺縟，若斷若續，如此者百有十處。奔水激集，瀴溟絜渠，潏湟吐吸。跳波走浪，濺沫而相及。渳[二]漾長驚，澆灌遠注，[三]無時息焉。青樹玉葉，彌望成林。亦有輪囷磥硊，一枝百頃，萬葉共陰。縹草丹蘅，江離蔓荆。酷郁交布，原滿隰平。
　　於是金塘涵演，綠竹被坂，繚繞青翠，近而復遠。白砂如積雪者焉，碧石如圓玦者焉。水鳥駕鵝，鸍䲦鷦鶂，上飛衡陽，下宿沅漢，十十五五，忽合而復散。乃有綺雲之舘，頹霞之臺，其樂足以棄國釋位，遺死忘歸也。
　　若夫墨翟、商瞿之倫，學兼師術，才糸道真。方駕蓮輢，于沼之濱。乃射宿餌魴，前繳鷫鷞，青黏黃粱，曘鼇敱美，臐狖柘漿。窮嬉極娛，雲翾兮烟翔。超然左覽蒼梧，右睨鄧林，崩石梧岸，嶇岰藏陰。逮至山頂，丹壁肆[四]平，靈木夾道，神草列生。俯瞰太一，下視流星，旣投冠而棄劍，以扟[五]魄而盪靈。
　　於是大夫之徒，稱詩而歸。春陽始映，朱華未希。卒逢邯鄲之女，蕙色玉質，命知其麗，攢連映日。綺裳下見，錦衣上出，雖復守禮，令人意失。遂謠曰："碧玉作椀銀爲盤，一刻一鏤化雙鸞。"乃報歌曰："美人不見紫錦衾，黃泉應至何所禁。"妃因別曰："見上客兮心歷亂，送短詩兮懷長歎，中人望兮鹽旣飢，燮踩暮兮思夜半。"

【校記】
　　[一]礶，陳本同。《江醴陵集》作確。
　　[二]渳，陳本、《江文通集彙注》作滿。《江醴陵集》作渳。
　　[三]陳本此有"謠"字。《江醴陵集》無。
　　[四]肆，陳本同。《江醴陵集》作四。
　　[五]扟，陳本同。《江醴陵集》作抗。

卷　　三

江海山水附[一]

【校記】
[一]陳本此類名作"江山"。

覽海賦
班彪

余有事於淮浦，覽滄海之茫茫。悟仲尼之乘桴，聊從容而遂行。馳鴻瀨以漂騖，翼飛風而廻翔。顧百川之分流，煥爛熳以成章。風波薄其裵裵，邈浩浩以湯湯。指日月以爲表，索方瀛與壺梁。曜金璆以爲闕，次玉石而爲堂。蓂芝列于階路，涌醴漸于中唐。朱紫彩爛，明珠夜光。松喬坐於東序，王母處於西箱。命韓衆與岐伯，講神篇而校靈章。願結旅而自托，因離世而高遊。騁飛龍之驂駕，歷八極而廻周。遂竦節而回應，勿輕舉以神浮。遵霓霧之掩蕩，登雲塗以淩厲。乘宮風而體景，超太清以增逝。麾天閽以啓路，辟閶闔而望余。通王謁于紫宮，拜太乙而受符。

首陽山賦
杜篤

嗟首陽之孤嶺，形勢窟其盤曲，面河源而抗巖，隴瑰隈而相屬。長松落落，卉木蒙蒙。青羅落莫而上覆，宂溜滴瀝而下通。高岫帶乎巖側，洞房隱於雲中。忽吾覩兮二老，時采薇以從容。於是乎乃訊其所求，問其所脩。州域鄉黨，親戚疋儔。何務何樂，而並兹遊矣。二老乃答余曰：吾殷之遺民也。厥亂孤竹，作蕃北湄。少名叔齊，長曰伯夷。聞西伯昌之善政，育年艾於黃耇，遂相攜而隨之。冀寄命乎餘壽，而天命之不常，伊事變而無方。昌伏事而畢命，子忽覯其不祥。乃興師於牧野，遂干戈以伐商。乃棄之而來遊，誓不步於其鄉。余閑[一]口而不食，並卒命乎山傍。

【校記】
[一]閑，陳本、《全後漢文》作閉。《古文苑》作閑。

終南山賦
班固

伊彼終南，巋巀嶙囷。槃青宮，觸紫宸。欸鬱律，萃于霞芬。曖暉晻靄，若鬼若神。傍吐飛瀨，上挺修林。立泉落落，密陰沉沉。榮期綺季，此焉恬心。三春之季，孟夏之初，天氣肅清。周覽八隅，皇鷟鷟鷟。警乃前驅，爾其珍怪。碧玉挺其阿，密房溜其巔。翔鳳哀鳴集其上，清水泌流注其前。彭祖宅以蟬蛻，安期饗以延年。唯至德之爲美，我皇應福以來臻。掃神壇以告誠，薦珍馨以祈仙。嗟茲介福，永終億年。

溫泉賦
張衡

余適驪山，觀溫泉，浴神井，美洪澤之普施，乃爲賦云：

陽春之月，百草萋萋。余在遠行[一]，顧望有懷。遂適驪山，觀溫泉，洛神井，風中巒，壯厥類之獨美，思在化之所原。覽中域之珍怪兮，無斯水之神靈。控湯谷乎瀛洲，濯日月乎中營。薩高山之北延，處幽并以間清。於是殊方跋涉，駿奔來臻。士女曄其鱗萃，紛雜遝其如綱。

亂曰：天地之德，莫若生兮。帝育蒸人，資厥成兮。六氣淫錯，有疾癘兮。溫泉汨焉，以流穢兮。蠲除苛慝，服中正兮。熙哉帝載，保性命兮。

【校記】
[一]行，陳本作方。《古文苑》、張溥《張河間集》作行。

漢津賦
蔡邕

夫何大川之浩浩兮，洪流淼以玄清。配名位乎天漢，披厚土而載形。登源自乎嶓冢，引漾澧而東征。納陽谷之所吐兮，兼漢沔之殊名。總畎澮之群液，演西土之陰精。過萬山以左迴兮，旋襄陽而南縈。切大別之束山兮，與江湘乎通靈。嘉清源之體勢兮，澹澶溰以安流。鱗甲育其萬類兮，蛟龍集以嬉遊。明珠胎于靈蚌兮，夜光潛乎玄洲。雜神寶其充盈兮，豈魚龜之足收。於是游目騁觀，南援三洲，北集京都，上控隴坻，下接江湖。導財運貨，懋遷有無。既乃風焱蕭瑟，勃焉並興。陽侯沛以奔騖，洪濤湧以沸騰。願乘流以上下，窮滄浪乎三澨。觀朝宗之形兆，看洞庭之交會。

靈河賦
應瑒

咨靈川之遐源[一]兮，于崑崙之神丘。凌增城之陰隅兮，賴后土之潛流。衝積石之重險兮，披山麓而溢浮。蹶龍黃而南邁兮，紆鴻體而因流。涉津洛之阪泉兮，播九道之中州。汾澒湧而騰鶩兮，恒亹亹而徂征。肇乘高而迅逝兮，陽侯沛而震驚。有漢中葉兮，金隄隤而瓠子傾。興萬乘而親務，董群后而來營。下淇園之豐篠兮，投璧玉而沈星。若夫長杉峻櫃，茂栝芬檀，扶疏灌列，暎水蔭防。隆條動而暢清風，白日顯而曜殊光。

【校記】

[一]源，陳本、《古文苑》、張溥《應休璉集》同。《建安七子集》作原。

濛汜池賦
張載

麗華池之湛淡，開重壤以停源，激通渠於千金，承瀍洛之長川，挹洪流之汪濊，包素瀨之寒泉。既乃北通醴泉，東入紫宮，左面九市，右帶閶風，周墉建乎其表，洋波廻乎其中。幽瀆傍集，潛流獨注，仰承河漢，吐納雲霧，緣以采石，殖以嘉樹，水禽育而萬品，珍魚產而無數。蒼苔汎濫。脩條垂榦，綠葉覆水，玄蔭珍岸，紅蓮煒而秀出，繁葩艷以煥爛。游龍躍翼而上征，翔鳳因儀而下觀，想白日之納光，覿洪暉之皓旰。於是天子乘玉輦，時遨遊，排金門，出千秋，造綠池，鏡清流，翳華蓋以逍遙，攬魚釣之所收。纖緒掛而鱣鮪來，芳餌沉而鱷鯉浮，豐夥踊於巨壑，信可樂以忘憂。

大河賦
成公綏

覽百川之弘壯兮，莫尚美於黃河！潛崑崙之峻極兮，出積石之嵾峩。登龍門而南遊兮，拂華陰與曲阿。淩砥桂而激湍兮，逾洛汭而揚波。體委蛇於后土兮，配靈漢於穹蒼。貫中夏之幾甸兮，經朔狄之遐荒。歷二周之北境兮，流三晉之南鄉。秦自西而啓壤兮，齊據東而畫疆。殷徒涉而永固，衛遷濟而遂強。趙決流而却魏，嬴引溝而滅梁。思先哲之攸歎，何水德之難量。

首陽山賦
阮籍

正元元年秋，余尚爲中郎，在天將軍府，獨往南牆下，北首陽山，賦曰：

在茲年之末歲兮，端旬首而重陰。風颸回以曲至兮，雨旋轉而纖襟。蟋蟀鳴乎東房兮，鶗鴂號乎西林。時將暮而無儔兮，慮悽愴而感心。振沙衣而出門兮，纓委絕而靡尋。步涉倚以遥思兮，喟歎息而微吟。將脩飾而欲往兮，衆齷齪而笑人。靜寂寞而獨立兮，亮孤植而靡因。懷分索之情一兮，穢群僞[一]之射真。信可實而弗離兮，寧高舉而自儐。聊仰首以廣頫兮，瞻首陽之岡岑。樹蓁茂以傾倚兮，紛蕭爽而揚音。

下崎嶇而無薄兮，上洞徹而無依。鳳翔過而不集兮，鳴梟群而並棲。颷遥逝而遠去兮，二老窮而永[二]歸。寔囚軋而處斯兮，焉暇預而敢誹。嘉粟屏而不存兮，故甘死而採薇。彼皆[三]殷而從唱[四]兮，投危敗而弗遲；此進而不合兮，又何稱乎仁義。肆壽夭而弗豫兮，竟毀譽以爲度。察前載之是云兮，何美論之足慕。苟道求之在細兮，焉子誕而多辭？且清虛以守神兮，豈慷慨而言之。

【校記】
[一]爲，陳本、《阮步兵集》作僞。
[二]永，陳本、《阮步兵集》作來。
[三]皆，陳本、《阮步兵集》作背。
[四]唱，陳本、《阮步兵集》作昌。

江上之山賦
江淹

潺湲潎溶兮，楚水而吳江。刻劃嶄崒兮，雲山而碧峯。挂青蘿兮萬仞，竪丹石兮百重。嵯峨兮崑粵，如劗兮如削。堯嶷兮尖出，巖岈兮空鑿。波潮兮吐納，岐峰兮積沓。鯛鯆兮赤尾，黿鼉兮匜匜。見紅草之交生，眺碧樹之四合。草自然而千花，樹無情而百色。

嗟大道之異茲，牽憂恚而來逼。惟爐炭於片景，抱絲緒於一息。每意遠而生短，恒輪平而路仄。信懸天兮窈昧，豈繁命於才力。既群龍之咸疑，焉衆狀之所極。俗逐事而變化，心應物而廻旋。旣剡禽以未悟，亦緯繡而已遷。伊人壽兮幾何，譬流星之殞天。悵日暮兮吾有念，臨江上之斷山。雖不敏而無操，願從蘭芳與玉堅。

亂曰：折芙蓉兮蔽日，冀以盪夫憂心。不共愛此氣質，何獨嗟乎景沉。

物色

雲賦
荀況

有物於此，居則周靜致下，動則縶高以鉅。圓者中規，方者中矩。大參天地，德厚堯、禹。精微乎毫毛，而充盈乎大宇。忽兮其極之遠也，攭兮其相逐而反也，卬卬兮天下之咸塞也。德厚而不損[一]，伍采備而成文。往來惽憊，通于大神，出入甚極，莫知其門。天下失之則滅，得之則存。弟子不敏，此之願陳。君子設詞，請測意之。

曰：此夫大而不塞者與？充盈大宇而不窕，入郄穴而不偪者與？行遠疾速而不可託訊者與？往來惽憊而不可爲固塞者與？暴而殺傷而不億忌者與？功被天下而不私置者與？託地而游宇，友風而子雨。冬日作寒，夏日作暑。廣大精神，請歸之雲。

【校記】

[一]損，陳本同。王先謙《荀子集解》作捐。

旱雲賦
賈誼

惟昊天之大旱兮，失精和之正理；遥望白雲之蓬勃兮，滃滃澹澹而妄止。運清濁之頊洞兮，正重沓而並起；鬼隆崇以崔巍兮，時彷彿而有似。屈卷輪而中天兮，象虎驚與龍駭；相搏據而俱興兮，妄倚儷而時有。遂積聚而給[一]沓兮，相紛薄而慷慨；若飛翔之從橫兮，揚波怒而澎濞。正雲布而雷動兮，相擊衝而破碎；或窈電而四塞兮，誠若雨而不墜。

陰陽分而不相得兮，更惟貪婪而狼戾。終風解而霰散兮，遂陵遲而堵潰；或深潛而閉藏兮，爭離刺而並逝。廓蕩蕩其若滌兮，日炤炤而無穢。隆盛暑而無聊兮，煎砂石而爛煟；陽風吸習煽煽[二]，群生悶滿而愁憒。畎畝枯槁而失澤兮，壤石相聚而爲害；農夫垂拱而無事兮，釋其鉏耨而下涕。憂疆畔之遇害兮，痛皇天之靡濟[三]；惜稚稼之旱夭兮，離天災而不遂。

懷怨心而不能已兮，竊託咎於在位。獨不聞唐虞之積烈兮，與三代之風氣；時俗殊而不還兮，恐功久而壞敗。何操行之不得兮，政治失中而違節；陰氣辟而留滯兮，厭暴戾而沈沒。嗟乎，惜旱大劇，何辜于天。恩澤弗宣，嗇夫寡德，羣生不福。來何暴也，去何躁也。孳孳望之，其可悼也。憭兮慓兮，以鬱怫兮。念思白雲，腸如結兮。終怨不雨，甚不仁兮。布而不下，甚不信兮。白雲何懟，奈何人兮。

【校記】

[一]給，陳本、張溥《賈長沙集》、閻振益、鍾夏《新書校注》作合。《古文苑》、《文選補錄》作給。

[二]陳本、《古文苑》、《新書校注》此句作：湯風至而含熱兮。《文選補錄》、《賈長沙集》同劉本。

[三]濟，陳本、《古文苑》、《賈長沙集》作惠。《文選補錄》作濟。

月賦
公孫乘

月出皦兮，君子之光。鶤雞舞於蘭渚，蟋蟀鳴於西堂。君有禮樂，我有衣裳。猗嗟明月，當心而出。隱員巖而似鉤[一]。蔽脩堞而分鏡。既少進以增輝，遂臨庭而高映。炎日匪明，晧璧非淨。躔度運行，陰陽以正。文林辯囿，小臣不佞。

【校記】

[一]鉤，陳本作釣。《古文苑》作鈎。

雲賦
楊乂

天地定位，淳和肇分，剛柔初降，陰陽烟熅[一]。於是山澤通氣，華岱興雲，則縹緲䋲縓縡，鬱若升烟。寒槃縈以詰屈兮，若虬龍之蟠蜿，嵓岐岐以岳立兮，狀有似乎列仙。東西絡繹，南北油裔，隨風徘徊，流行菴藹，豁兮仰披，杳兮四會。凝寒冰於朱夏，飛素雪於玄冥，灑膏液於天漢，騰鴻泉於泰清。乾坤以之交泰，品物以之流形，江海以之深滿，川谷以之豐盈，毛羽以之光澤，草木以之葩榮，萌芽以之挺殖，苗秀以之積成。始於觸石而出，膚寸而征，終於霑需六合，浸潤群生。蕩滌陳穢，含吐嘉祥，施暢凱風，惠加春陽，擬神化於后土，與三曜兮齊光。

【校記】

[一]烟熅，陳本作絪縕。《全晉文》作烟熅。

[二]鯈，陳本同。《全晉文》作翛。

喜霽賦
繆襲

嗟四時之平分兮，何陰陽之不均。當夏至之勾萌兮，或旱乾以歷旬。既人[一]麥之方登兮，泊注潦以成川。忍下民之昏墊兮，弃嘉穀于中田。倬彼昊天兮旁魄后土，育我黎苗兮降之伊祜。既垂曜于辰角，申勸之以九鴈。何災沴之無常兮，曾粢盛之弗顧。覽唐氏之洪流兮，悵佗傺以長懷，日黃昏而不寐兮，思逹曙以獨哀。白日時其浩[二]旭兮，雲潏勃而交回。雷隱隱而震其響兮，雨霖霖而又隤。察長雷之潺湲兮，若龍門之未開。賴我后之明聖兮，獨克躬而罪己。發一言而感靈兮，人靡食其何恃！咨天鑒之遄速兮，猶影響之未彰。屯玄雲以東徂兮，扇凱風以南翔。穹蒼皎其呈已[三]兮，羲和粲以揚光。農夫欣以斂川，田畯耕於封壇。

【校記】

[一]人，陳本、《初學記》作大。

[二]浩，陳本作皓。《初學記》作潛。

[三]已，陳本、《初學記》作色。

愁霖賦
陸雲

永寧三年夏六月，鄴都大霖。旬有奇日，稼穡沉湮，生民愁瘁。時文雅之士，煥然並作，同僚見命，乃作賦曰：

在朱明之季月兮，反極陽於重陰。興介丘之膚寸兮，墜崩雲而洪沉。谷風扇而攸遠兮，苦雨播而成滛。天泱瀁以懷慘兮，民嚬蹙而愁霖。

於是天地發揮，陰陽交烈。萬物混而同波兮，玄黃浩其無質。雷憑虛以振庭兮，電淩牖而輝室。雷鼎沸以駿奔兮，潦風驅而競疾。豈南山之暴濟兮，將冥海之蟄溢。

隱隱填填，若降自天，高岸澳其無崖兮，平原蕩而爲淵。遵渚迴於淩河兮，黍稷仆於中田。匱多稼於億庚[一]兮，虛夙敬於祈年。外薄郊甸，內荒都城。陰無晞景，雷無輟聲。纖波靡於前途兮，微津隔於峻庭。紛露擾而霧塞兮，漫天頹而地盈。

於是愁音比屋，歎發屢省，陽堂乏暉，朗室無景。望曾屑同[陳]雲之萬仞兮，想白日之寸脛。感虛無而思深兮，對寂寞而言靖。毒甚雨之未晞兮，悲夏日之方永。瞻大辰以頹息兮，仰天衢而引領。愁情沉疾，明發哀吟。永言有懷，感物傷心。結南枝之舊思兮，詠莊舄之遺音。羨弁彼之歸飛兮，寄予思乎江陰。渺天末以流目兮，涕潺湲而沾襟。

何人生之倏忽，痛存亡之無期！方千歲於天壤兮，吾固已陋夫靈龜。矧百年之促節兮，又莫登乎期頤。哀戚容之易感兮，悲歡顏之難怡。考傷懷於衆苦兮，愁豈霖之足悲！

雲曇曇而疊結之[一]兮，雨淫淫而未散。晞朱陽於崇朝兮，悲此日之屢晏。刧豐隆於岳陽兮，執赤松於神館。命雲師以藏用兮，继乘龍於河漢。照濛汜之清暉兮，炳扶桑之始旦。考幽明於人神兮，妙萬物以達觀。

【校記】

[一] 庚，陳本同。張溥《陸清河集》、黃葵《陸雲集》作廩。
[二] 陳本、《陸清河集》無"之"字。《陸雲集》有。

雷賦
夏侯湛

伊朱明之季節兮，暑燻赫以盛興。扶桑煒以揚燎兮，雷火曄以南升。大明黯其潛曜兮，天地鬱以同蒸。挈丹霆之誥琰兮，奮迅雷之崇崇。馳壯音於天上兮，激駁響於地中。徒觀其霰雹之所種鑿，火石之所燒鑠，雲雨之所澆沃，流潦之所淹濯。當衝則摧破，遇披則纖溺，山陵為之崩盪，群生為之霞辟。是以大聖變於烈風，小雅肅於天高。嗟乾坤之神祇兮，信靈化之誕昭。故先王制刑，擬雷霆於征伐。恢文德以經化兮，耀武義以崇烈。苟不合於大象兮，焉濟道以成哲。

風賦
湛方生

有氣曰風，出自幽冥，蕭然而起，寂爾而停。雖宇宙之宏遠，倏俄頃而屢經，同神功於不疾，等至道於無情。胡馬感而增思，風母殞而復生，起慘冬之潛蟄，達青春之勾萌，因嚴霜以厲威，順和澤以開榮；故君德喻其靡草，風人假以為名。及其猛勢將奮，屯雲結陰，洪氣鬱怫，殷雷發音，欻然鼓作，拂高凌深，天無澄景，嶺無停林，六鷁為之退飛，萬竅為之哀吟；亦有飄泠之氣，不疾不徐，颸颸微扇，亹亹清舒，王喬以之控鵠，列子以之乘虛。若乃春惠始和，重褐初釋，遨步蘭皋，遊眄平陌，響詠空嶺，朗吟竹柏，穆開林以流惠。疎神襟以清滌，軒濠梁之逸興，暢方外之冥適。

觀象賦
張淵

陟秀峰以遐眺，望靈象於九霄，覩紫宫之環周，嘉帝座之獨標，瞻華盖之藹藹，何虛中之迢迢。爾乃縱目遠覽，傍極四維，北監辰極，南覩太微。左則天紀、槍、榍、攝提、大角，二咸防奢，七公理獄。右則少微、軒轅，尊卑有秩，御宫典衣[一]，女史秉筆。内率[二]執禮以伺邪，天牢禁愆而察失。遠尋終古，攸然獨詠。美景星之繼晝，大唐堯之德盛。嘉黄星之靡鋒，明虞舜之不競。歎熒惑之舍心，高宋景之守正。桀斬諫以星孛，紂躭荒而致彗。恒星不見而周衰，枉矢蛇行而秦滅。諒人事之有由，豈妖災之虚設。誠庸主之難悟，故明君之所察。克[三]無爲而觀象，況德非乎明哲？

【校記】
[一]衣，陳本同。《魏書》作儀。
[二]率，陳本同。《魏書》作平。
[三]克，陳本同。《魏書》作堯。

赤虹賦
江淹

東南嶠外，爰有九石之山。乃紅塵十里，青莽百仞；苔滑臨水，石險帶溪。自非巫咸采藥，群帝上下者，皆歛意焉。於時夏蓮始舒，春蓀未歇；肅舲波渚，緩拽汀潭。正逢巖崖相焰，雨雲爛色。俄而雄虹赫然，暈光耀水；偃蹇山頂，焉奕江湄。僕追而察之，實雨日陰陽之氣，信可觀也。又憶昔登鑪峰上，手接白雲；今行九石下，親弄絳蜺[一]。二[二]難再，感而作賦曰：

迤邐碕礒兮，大[三]極之連山。鰡鱅虎豹兮，玉虺騰軒；孟夏茵蒀兮，荷葉承蓮。悵何意之容與兮，冀暫緩此憂年。失世上之異人，遲山中之虛迹；掇仙草於危峰，鐫神丹於崩石；視鱸岫之吐翕，看鼉梁之交積。

於是紫油上河，絳氣下漢；白日無餘，碧雲卷半；殘雨蕭索，光烟艷爛。水學金波，石似瓊岸。錯龜鱗之崚崚，繞蛟色之漫漫。

俄而赤蜺電出，蚴蚪神驤。暖昧以變，依俙不常。非虛非實，乍陰乍光。 艳赫山頂，焰燎水陽。雖圖緯之有載，曠代識而未逢。既咨嗟而躑躅，聊周流而從容。想番禺之廣野，意丹山之喬峰。稟傅說之一星，乘夏后之兩龍。彼靈物之詎幾，象火滅而出紅。

餘形可覽，殘色未去。耀菱[四]黐而在草，映青蔥而結樹。昏青苔於丹渚，暖朱草於石路。霞晃朗而下飛，日通籠而上度。俯形命之窘局，哀時俗之不固。定赤烏之易遺，乃鼎湖之可慕。既以爲朱鬐白黿之駕，方瞳一角之人，帝臺北荒之際，龕山西海之濱。流沙之野，折[五]木之津；雲或怔綵，煙或異鱗；必雜蜺[六]之氣，陰陽之神焉。

【校記】

[一]蜺，陳本作霓。《江醴陵集》作蜺。
[二]據《江醴陵集》、《江文通集彙注》，此有"奇"字。
[三]大，陳本、《江醴陵集》同。《江文通集彙注》作太。
[四]菱，陳本同。《江醴陵集》作萎。
[五]折，陳本同。《江醴陵集》作析。
[六]據《江文通集彙注》，此有"虹"字。

卷　四

鳥獸

王孫賦
王延壽

原天地之造化，實神偉以屈奇。道玄微以密妙，信無物而不爲。有王孫之狡[一]獸，形陋觀而醜儀。顏狀類乎老公，軀體似乎小兒。眼眭䁪以耽䣭，視䁯音戢[陳]睫以映睉。突高匡而曲頤，䁂儼同[陳]䁾歷而齂䶢。鼻䶏䶎以䶐䶌，耳聿役以嘀知。口嗛呻以䶅䶕，脣皷嚛以䶁䶊。齒崖崖以䶍䶍，嚼咋噞而嚧呢。儲糧食於兩頰，稍委一[二]於胃脾。蜷兔蹲而狗踞，聲歷鹿而喔咿。或嗝嗝而殼殼，又嚙嬰音申[陳]其若啼。姿僭僸而抵贛，豁盱䦗以瑣醢。眙睆矐而曠暘，盵睒瞵而跛㞡。生深山之茂林，處嶄巖之嶔崎。性㺒獷以猵疾，態峰出而橫施。緣百仞之高木，攀窈裊之長枝。背牢落之峻壑，臨不測之幽溪。尋柯條以宛轉，或捉腐而登危。若將頹而復著，紛絀絀以陸離。或群[三]跳而電透，乍瓜懸而瓠垂。上觸手而拏攫，下值足而登跊。互攀攬以狂連去[四]接，夐儵晌而奄赴。時遼落以蕭索，乍睥睨以容與。或蹢跌以跳迸，又咨䧒以攢聚。扶嶔崟以㮊桱，躡危杲而騰舞。忽踊逸而輕迅，羌難得而覼縷。同甘苦於人類，好餔糟而歠醨。乃置酒於其側，競爭飲而蹢馳。酗陋酌以迷醉，矇眠睡而無知。蹔拏鬢以繄縛，遂纓絡而羈縻。歸鑣繫於庭廡，觀者吸呷而忘疲。

【校記】

[一]狡，陳本、《文選補遺》作狹。《古文苑》存兩說。

[二]一，陳本作輪。《古文苑》、《文選補遺》作輪。

[三]群，陳本作犀。《古文苑》存兩說。

[四]陳本、《古文苑》、《文選補遺》無"連去"二字。

蟬賦
曹植

唯夫蟬之清素兮,潛厥類乎太陰。在炎陽之仲夏兮,始遊豫乎芳林。實淡泊而寡慾兮,獨呤[一]樂而長吟。聲噭噭[二]而彌厲兮,似真士之介心。內含和而弗食兮,與眾物而無求。栖高枝而仰首兮,賴[三]朝露之清流。隱柔桑之稠葉兮,快閒居而遁暑[四]。苦黃雀之作害兮,患螗蜋之勁斧。飄高[五]翔而遠托兮,毒蜘蛛之罔罟。欲降身而卑竄兮,懼草蟲之襲予。免眾難而弗獲兮,遥遷集乎宮宇。依名果之茂陰兮,託脩幹[六]以靜處。有翩翩之狡童兮,步容與於園圃。體離朱之聰視兮,姿才捷[七]於猿猴。條罔葉而不挽兮,樹無榦而不緣。翳輕軀而奮進兮,跪側足以自閑。恐余身之驚駭兮,精曾眺而目連。持柔竿之冉冉兮,運微黏而我纏。欲翻飛而逾滯兮,知性命之長捐。委厥體於膳夫,歸[八]炎炭而就燔。秋霜紛以宵下,晨風烈其過庭。氣憯怛而薄軀,足攀木而失莖。吟嘶啞以沮敗,狀枯槁以喪形。[九]

辭[十]曰:詩歎鳴蜩,聲嘒嘒兮,盛陽則來,太陰逝兮。皎皎貞素,俟[十一]夷節兮。帝臣是戴,尚其潔兮。

【校記】

[一]呤,陳本、張溥《陳思王集》作怡。《文選補遺》作呤。

[二]噭噭,陳本作噭噭。《文選補遺》從劉本。《陳思王集》作皦皦。

[三]賴,陳本、《文選補遺》同。《陳思王集》作漱。

[四]快閒居而遁暑,陳本、《陳思王集》作"快啁號以遁暑"。《文選補遺》同劉本。

[五]高,劉本、《文選補遺》無,據陳本補。飄高,《陳思王集》作"冀飄"。

[六]幹,陳本、《文選補遺》、《陳思王集》作榦。

[七]捷,陳本同。《文選補遺》、《陳思王集》作捷。

[八]歸,陳本、《文選補遺》同。《曹植集校注》作往。

[九]"委厥體於膳夫"至"狀枯槁以喪形",陳本無。

[十]辭,陳本、《陳思王集》作亂。《文選補遺》作辭。

[十一]俟,陳本作似。《陳思王集》作侔。《文選補遺》作俟。

走狗賦
傅玄

蓋輕迅者莫如鷹,猛捷者莫如虎,惟良犬之稟性,兼二雋之勁武。應天人之景暉,順[一]_缺象之近處,憑水木之和氣,鍊金精以自輔。統黔喙於秋方，君太素之内寓，諒韓盧其不抗，豈晉獒之能禦？既乃濟盧泉，涉流沙。踰三光[二]，跨大河。希代來貢，作珎皇家。骨相多奇，儀表可嘉，足懸鉤爪，口含素牙。首類驤螭，尾如騰虵，脩頸闊胲，廣前揜後，豐顱促耳，長义緩口。舒薄[三]急筋，豹耳龍形，蹄如結鈴，五魚體成。勢似凌青雲，目若泉中星，轉視流光，朱耀赤精。震茹黄而慴宋鵲兮，越妙古而揚名。

於是尋漏跡，躡遺踪，形疾騰波，勢如駭龍。邈朝烏之輕機兮，絕[四]缺獸之逸軌。漂星流而景屬兮，逾窈冥而騰起。陵岡越壑，橫山超谷，原無遁逸[五]，林無隱鹿，顧正隙以嬉游兮，步蘭皋而聘足。然後娛志苑囿，逍遙中路，屬精萊以待蹤，逐東郭之狡兔。脫[六]洋洋以衍衍，逞妙觀於永路，既迅捷其無前，又閑暇而有度。樂極情遺，逸足未殫，抑武烈而就羅兮，順計麾而言旋。歸功美於執紲兮，其槃瓠之不虞。感恩養而懷德兮，願致用於後田，聆輧車之鸞鏕兮，逸猲獢而盤桓。

【校記】

[一]據《初學記》、張溥《傅鶉觚集》，此有"儀"字。
[二]光，陳本作江。《初學記》、《傅鶉觚集》作光。
[三]薄，陳本作膊。《初學記》、《傅鶉觚集》作節。
[四]據《初學記》、《傅鶉觚集》，此有"猛"字。
[五]逸，陳本、《傅鶉觚集》作兔。《初學記》作逸。
[六]據《初學記》、《傅鶉觚集》，此有"既"字。

慜驥賦
應瑒

慜良驥之不遇兮，何屯否之弘多。抱天飛之神號兮，悲當世之莫知。赴玄谷之漸途兮，陟高岡之峻崖。懼僕夫之嚴策兮，載悚慄而奔馳。懷殊姿而困遇[一]兮，願遠跡而自舒。思奮行而驤首兮，叩繮綵之紛拏。牽繁轡而增制兮，心惛結而槃紆。涉通逵而方舉兮，迫輿僕之我拘。抱精誠而不暢兮，鬱神足而不攄，思蒜翁於西土兮，望伯氏於東隅。願浮軒於千里兮，曜華輗乎天衢。瞻前軌而促節兮，顧後乘而踟躕。展心力於知己兮，甘邁遠而忘劬。哀二哲之殊世兮，時不遘乎良、造。制銜轡於常御兮，安獲騁於遐道。

【校記】

[一]遇，陳本、《應休璉集》同。《建安七子集》作逼。

鳩賦
阮籍

嘉平中得兩鳩子，嘗食以黍稷之旨，沒乎爲狗所殺[一]，故爲作賦。

伊嘉年之茂惠，洪肇恍惚以發蒙。有期緣之奇鳥，以鳴鳩之攸同。翔彤木以胎隅，寄增巢於裔松，噏雲霧以消息，遊朝陽以相從。踰旬時而育類，嘉七子之脩容。

始戢翼而樹羽，遭金風之蕭瑟。旣顛覆而靡救，又振落而莫弼。陵桓山以徘徊，臨舊鄉而思入；揚哀鳴以相逆，悲一往而不集。終飄搖以流離，傷弱子之悼栗。何依恃以育養？賴兄弟之親眠[二]。背草萊以求仁，託君子之靜室。甘黍稷之芳饎，安戶牖之無疾。潔文襟以交頸，坑輩麗之艷溢。端妍姿以鑒飾，好威儀之如一。聊俛仰以逍遙，求愛媚於今日。何飛翔之羨慕，顧投報而忘畢。值狂犬之暴怒，加楚害於微軀。欲殘沒以糜滅，遂捐棄而淪失[三]。

嗟薄賤而失庚[四]，情散越而靡治。豈覺察而明真兮，誠雲夢其如茲。警奇聲之異造兮，鏗殊色之在斯。開丹桂之琴瑟兮，聆崇陵之參差。始徐唱而微響兮，情悄慧以蛷蚭。

遂招雲以致氣兮，乃振動而大駭。聲颶颶洋洋，若登崑崙而臨西海。超遙茫渺，不能究其所在。心瀸瀸而無所終薄兮，思悠悠而未半。鄧林殪於大澤兮，欽邳悲於瑤岸。徘徊夷由兮，猗靡廣衍。遊平圃以長望兮，乘修水之華旂。長思肅以永至兮，滌平衢之大夷。循路曠以徑通兮，群闈闒而洞闥。羨要眇之飄遊兮，倚東風以揚暉。沐洧淵以淑密兮，體清潔而靡譏。厭白玉以爲面兮，披丹霞以爲衣。襲九英之曜精兮，佩瑤光以發微。服倏煜以儐紛兮，綷衆采以相綏。色熠熠以流爛兮，紛雜錯以葳蕤。象朝雲之一合兮，似變化之相依；麾常儀使先好兮，命河女言歸。步容與而特進兮，眄兩楹而叔墀；振瑤谿之鳴玉兮，播陵陽之斐斐。蹈消潊之危跡兮，躡離散之輕微。釋安朝之朱履兮，踐席假而集帷。敷斯來之在室兮，乃飄忽之所晞。馨香發而外揚兮，媚顏灼以顯姿。清言竊其如蘭兮，辭婉嫕而靡違。託精靈之運會兮，日月之餘暉。假淳一作託浮[陳]氣之精微兮，幸備嬿以自私。願申愛於今夕兮，尚有訪乎是非。芬芳之夕暢兮，將暫往而永歸。觀恍懌而未靜兮，言未究而心悲。嗟雲霓之可憑兮，飜揮翼而俱飛。

棄中堂之局促兮，遺戶牖之不處。帷幕張而靡御兮，凡[五]筵設而莫輔。載雲輿之霏靄兮，乘夏后之雨記龍。折丹木以蔽陽兮，竦芝蓋之三重。翩翼翼以左右兮，紛悠悠以容容。瞻朝霞之相承兮，似美人之懷憂。采色雜以成文兮，忽離散而不留。若將言之未發兮，又氣變而飄浮。若垂髦而失髩兮，飾未集又形消。目流盼而自別兮，心欲來而貌遼。

紛綺靡而未盡兮，兟列宿之規矩。時黨莽而陰曀兮，忽不識乎舊宇。邁黃娥之崇臺兮，雷師奮奮而下雨。內英哲與長年兮，笞離倫與膚賈。摧魖魎而折鬼神兮，直徑登乎所期，歷四方而縱懷兮，誰云顧乎或疑？超高躍而痰[六]兮，至北極而放之。援間維以相示兮，臨門而長辭。既不以萬物累心兮，豈一女子之足思！

【校記】

[一]是句陳本、《阮步兵集》作"嘗食以黍稷，後卒，爲狗所殺"。

[二]眠，陳本、《阮步兵集》作戚。《阮籍集校注》作昵。

[三]失，陳本、《阮步兵集》同。《阮籍集校注》作胥。

[四]"嗟薄賤而失庚"起至文末，陳本無。據《阮步兵集》，當屬阮籍《清思賦》。

[五]凡，陳本同。《阮步兵集》作几。

[六]痰，陳本同。《阮步兵集》作疾，後有"驚"字。

獼猴賦

阮籍

昔禹平水土而使益驅禽，滌蕩川谷兮櫛梳山林，是以神姦形於九鼎而異物來臻。故豐孤文豹釋其表，間尾騶虞獻其珍。夸父獨鹿被其豪，青馬三騅棄其群：此以其壯而殘其生者也。

若夫熊狙之遊臨江兮，見厥功以乘危；夔負淵以肆志兮，揚震聲而缺[陳]皮。處間曠而或昭兮，何幽隱之罔隨；鸒畏逼以潛身兮，穴神丘之重深。終或餌以求食兮，烏鷖之能禁；誠有利而可欲兮，雖希覯而爲禽。故近者不稱歲，遠者不歷年，太則有稱於萬年，細者則爲笑於目前。

夫獼猴直其微者也，猶繫累於下陳。體多似而匪類，形乖殊而不純[一]。外察慧而內無度兮，故人面而獸心。性褊淺而干進兮，似韓非之囚秦，揚眉額而驟胂兮，似巧言之僞真。藩從後之繁衆兮，猶伐樹而喪鄰。整衣冠而偉眼兮，懷傾王之思歸。躭嗜慾而盼視兮，有長卿之妍姿。舉頭吻而作態兮，動可增而自新。沐蘭湯而滋穢兮，匪宋朝之媚人。終蚩弄而處泄兮，雖近習而不親。多才伎其何爲，固受垢而貌侵。姿便捷而好伎兮，超赴騰躍乎岑岊。既缺[陳]東避兮，遂中岡而被尋。纓徽纏以狗[二]制兮，顧西山而長吟；緣攘桶以容與兮，志豈忘乎鄧林。庶君子之嘉惠，設奇視以盡心，且湏臾以永日，爲逸豫而自矜，斯伏死於堂下，長滅沒乎形神。

【校記】

［一］"而不純"三字，據陳本補。《阮步兵集》同陳本。
［二］狗，陳本、《阮步兵集》作拘。

螢賦
傅咸

余曾獨處，夜不能寐，顧見螢火，遂有感。於是執以自炤，而爲之賦。其詞曰：

潛空館之寂寂兮，意遥遥而靡寧。夜耿耿而不寐兮，憂悄悄而多傷。哀斯火之烟滅兮，近腐草而化生。感詩人之悠懷兮，覽熠燿於前庭。不以資質之鄙薄兮，欲增輝乎太清。雖無補於日月兮，期自照於陋形。當朝陽而戢景兮，必宵昧而是征。進不競於天光兮，退在晦而能明。諒有似於賢臣兮，於疎外而盡誠。盖物小而喻大兮，固作者之所旌。假乃光而喻爾職兮，庶有表乎忠貞。

玄鳥賦
夏侯湛

觀羽族之群類，美玄鳥之翔集，順陰陽以出處，隨寒暑而遊蟄，擢翾翾之麗容，揮連翩之玄翼，挺參差之羞尾，發緇素之鮮色。及至大火西景，商風吹衣，遂匿形於深穴，歛六翮而不飛，含静泊以充肌，噏至和之精粹，澹恬心以去欲，故保生而不匱。虞衆物之爲害，獨棄林而憑人，不驚畏以自疎，永歸馴而附親。有受祥而皇祇，故遺卵而生殷，惟帝皇之嘉美，置高禖以表神，類鸑皇之知德，象君子之安仁。爾乃銜泥構窠，營居傅桷，積一喙而不已，終累泥而成屋，拾柔草以自藉，採懦毛以爲蓐，吐清惠之泠音，永吟鳴而自足。

螢火賦
潘岳

羽太陰之玄昧，抱夜光以清遊，頵若飛電之霄逝，嘒似移星之雲流。動集陽暉，灼如隋珠；熠熠熒熒，若丹英之照葩；飄飄頍頍，若流金之扜[一]沙。載飛載止，光色孔嘉；無聲無臭，明影暢遐。啗[二]朝露於曠野，庇一葉之垂柯；無干欲於萬物，豈顧惜於網羅。至夫重陰之夕，風雨曠暝，萬物眩惑，翩翩獨征。奇姿燎朗，扜陰益榮，猶賢哲之處時，時昏昧而道明。若蘭香之扜[三]幽，越群臭而弭聲[四]。隨陰陽以飄颻，非飲食之是營。

問蚤斯之無忌，希夷惠之清貞。羨微蟲之琦瑋，援彩筆以爲銘。

【校記】

[一]抂，陳本、《初學記》、張溥《潘黃門集》作在。
[二]啗，陳本、《潘黃門集》作猷。《初學記》作飲。
[三]抂，陳本同。《初學記》、《潘黃門集》作在。
[四]聲，陳本同。《初學記》、《潘黃門集》作馨。

寒蟬賦
陸雲

昔人稱雞有五德，而作者賦焉。至於寒蟬，才齊其美，獨未之思，而莫斯述。夫頭上有緌，則其文也。含氣飲露，則其清也。黍稷不食，則其廉也。處不巢居，則其儉也。應候守節，則其信也。加以冠冕，取其容也。君子則其操，可以事君，可以立身，豈非至德之蟲哉！且攀木寒鳴，負材所不空歟[一]。余昔僑處，切有感焉，興賦云爾。

伊寒蟬之感運，近嘉時以遊征。含二儀之和氣，禀乾元之清靈。體貞精之淑質，吐哼嚘之哀聲。希慶雲以優遊，遁太陰以自寧。

於是靈岳幽峻，長林參差。爰蟬集止，輕羽涉[二]池。清澈微激，德音孔嘉。承南風而軒景，附高松之二華。黍稷惟馨而匪享，竦身晞陽乎靈和。

喊乎其音，翩乎其翔。容麗蜩蟪，聲美宮商。颷如飛焱之遺驚風，眇如輕雲之麗太陽。華靈鳳之羽儀，渚[三]皇都乎上京。跨天路於萬里，豈蒼蠅之尋常。

爾乃振修緌以表首，舒輕翅以迅翰。挹朝華之墜露，含烟熅以夕飡。望北林以驚飛，集樛木以龍蟠。彰淵信於嚴時，禀清誠乎自然。

翩眇微妙，綿蠻其形；翔林附木，一枝不盈。豈黃鳥之敢希，唯鴻毛其猶輕。憑綠葉之餘光，哀秋華之方零。思鳳居以翹竦，仰佇立而哀鳴。

若夫歲聿云暮，上天其涼，感運悲聲，貧士含傷。或歌我行永久，或哀[四]之子無裳。原思歎於蓬室，孤竹吟於首陽。

不銜子[五]以穢身，不勤身以營巢。志高於鳲鳩，節妙乎鴟鴞。附枯枝以永處，何瓊林之迥翛。惟雨雪之霏霏，哀北風之飄颻[六]。

既乃雕以金采，圖我嘉容。珍景曜爛，曄曄華豐，奇侔黼黻，艷比袞龍。清和明潔，群動希蹤。爾乃綴以空[七]冕，增成首飾。纓綵翻紛，九流容翼。映華蟲於朱衮，表馨香乎明德。

於是公侯常伯，乃紆紫黻，執龍淵，俯鳴佩玉，仰撫貂蟬。飾黃廬之多士，光帝皇之侍人。旣騰儀像於雲闥，望景曜乎通天。邁休聲之五德，豈鳴雞之獨珍。聊振思於翰藻，闡令問以長存。

於是貧居之士，喟爾相與而俱歎曰：寒蟬哀鳴，其聲也悲。四時云暮，臨河徘徊。感北門之憂殷，歎卒歲之無衣。望清泰之巍峩，思希光而無階。簡嘉蹤於皇心，冠神景乎紫微。詠清風以慷慨，發哀歌以慰懷。

【校記】

[一]"且攀木寒鳴，負材所不空歎"，陳本無。"負材所不空歎"，《陸雲集》作"貧士所歎"。《文選補遺》、《陸清河集》作"負材所歎"。

[二]涉，陳本作差。《陸雲集》作涉。涉池，《文選補遺》、《陸清河集》作莎佗。

[三]渚，陳本、《文選補遺》、《陸清河集》作覩。

[四]哀，陳本、《陸清河集》作詠。《文選補遺》作云。

[五]子，陳本作草。《文選補遺》、《陸清河集》作子。

[六]飈，陳本同。《陸清河集》作飄。《文選補遺》該句無。

[七]空，陳本、《文選補遺》、《陸清河集》作玄。

鳥賦
成公綏

惟玄鳥之令烏兮，性自然之有識。應炎陽之純精兮，體乾剛之至色。望仁里以廻翔兮，翩群鳴以拊翼。差自託於君子兮，心雖邇而不逼。起被高株[一]，集此叢灌。棲息重陰，列巢布榦。繽紛霧會，廻皇塵亂。來若雨集，去如雲散。哀鳴日夕，鼓翼昧旦。噫哑相扣，音聲可玩。嗟斯鳥之克孝兮，心識養而知暮。同蓼莪之報德兮，懷凱風之至素。雛旣壯而能飛兮，乃銜食而反哺。遊朝霞而淩厲兮，飄輕翥於玄冥。有崐山之奇類兮，躰殊形於[二]玉趾。淩西極以翱翔兮，爲王母之所使。時應德來儀兮，介帝王之繁祉。入中州而武興兮，集林木而軍起。能休祥於有周兮，矧貞明于吉土[三]。嘉茲鳥之淑良兮，永[四]缺[劉]樂而靡已。

【校記】

[一]起被高株，陳本、《初學記》作起彼高林。張溥《成公子安集》作起被高林。

[二]於，據陳本補。《初學記》同。《成公子安集》作而。

[三]土，陳本作士。《初學記》、《成公子安集》作土。

[四]據《初學記》，此有"和"字。《成公子安集》作歡。

野鵝賦
鮑照

有獻野鵝於臨川王，世子愍其樊縶，命爲之賦。其辭曰：

集陳之隼，以自遠而稱神；栖漢之雀，乃出幽而見珍。此璅禽其何取？亦廁景而承仁，捨水澤之驪逸，對鐘鼓之悲辛。豈狥利而輕[一]命？將感愛而投身。入長羅之逼脅，悵高繳之樊縶，邈詞朋而別偶，超烟鶩而風行，跨日月而[二]遙逝，忽瞻國而望城，踐菲迹於瑤塗，昇弱羽於丹庭，瞰東西之繡戶，眺左右之金扃，貌繊殺而含悴，心翻越而愁驚，若將墜而墮谷，恍不知其所寧。惟君圉之珍麗，實妙物之所殷，翔海澤之輕鷗，巢天宿之鳴鶉，鶂程材於梟猛，鼙薦體之雕文，既敷容以照景，亦選翮以[三]排雲，雖居物以成偶，終在我以非群。望征雲而延悼，顧委翼而自傷，無青雀之銜命，乏赤鴈之嘉祥，空穢君之園池，徒愁君之稻粱，頩[四]引身而蹷迹，抱末志以幽藏。

於是流歲遂遠，悽節方崇，雲纏海岱，風拂崝潼，飛雲馳霰，飄沙舞蓬，視清池之初涸，望綠林之始空，立菰蒲之寒渚，託隻影而爲雙，宛拔啄[五]而掩眥，悲結悵而滿胸。處朝晝而雖[六]念，假外見而遷排，涉脩夜之長寂，信專思而知哀，風梢梢而過樹，月蒼蒼而照臺，冰依岸而早結，霜託草而先摧，歛雙翮于水裔，翹孤趾於林隈，情無方而雨集，事有限而星乖，在俄頃而猶悼，矧窮生之所懷。聞宿世之高賢，澤無微而不均，育草木而明義，愛禽鳥而昭仁，全殞卵而來鳳，放乳麂而感麟。雖陋生於萬物，若沙漠之一塵，苟全軀而畢命，庶魂報以自申。

【校記】

[一]輕，陳本作忘。《文選補遺》、張溥《鮑參軍集》、錢仲聯《鮑參軍集注》作輕。

[二]而，陳本、《鮑參軍集》作以。《文選補遺》作而。

[三]以，陳本、《鮑參軍集》作而。《文選補遺》作以。

[四]頩，陳本同。《文選補遺》、《鮑參軍集》作頠。

[五]啄，陳本作喙。《文選補遺》、《鮑參軍集》作啄。

[六]雖，陳本同。《文選補遺》、《鮑參軍集》作雅。

翡翠賦
江淹

彼二鳥之奇麗，生金洲與炎山。映銅陵之素氣，灌碧磴之紅泉。石錦質而入海，雲綺色而出天。峰炎皛而蔽日，樹靜暝而臨泉。霞輕重而成彩，煙尺寸而作緒。熱風翕而起濤，丹氣赫而爲暑。對潏流之蛟龍，衝汶潭之霧雨。耀綠葉於冬岫，鏡朱華於寒渚。歙惠性及馴心，騫頳翼與青羽。終絕命於虞人，充南琛於祕府。備寶帳之光儀，登美女之麗飾。雜白玉以成文，揉紫金而爲色。專妙綵於五都，擅精華於八極。傳貴質於竹素，晦深聲於百億。嗟乎！雞鶩以稻梁致憂，燕雀以堂搆貽愁。既衒利之情近，又遁害之無由。今乃依椴火之絕垠，出赤縣之紘州。迿[一]人迹而獨立，擎天倪而爲儔。竟同獲於河鴈，不俱恕於海鷗。必性命兮有當，孰能合兮可求。

【校記】

[一]迿，陳本、《江醴陵集》作遠。《江文通集彙注》作迿。

草木 廣

忘憂舘柳賦
枚乘

梁孝王遊於忘憂之舘，集諸遊士，各使爲賦：枚乘《柳賦》、路喬如《鶴賦》、公孫詭《文鹿賦》、鄒陽《酒賦》、公孫乘《月賦》、羊勝《屛風賦》。韓安國作《几賦》不成，鄒陽代作。鄒陽、安國罰酒三升。賜枚乘、路喬如絹，人五疋。

忘憂之舘，垂條之木。枝逶遲而含紫，葉萋萋而吐綠。出入風雲，去來羽族。既上下而好音，亦黃衣而絳足。蜩螗厲響，蜘蛛吐絲。階草漠漠，白日遲遲。于嗟細柳，流亂輕絲。君王淵穆其度，御群英而玩之。小臣瞽瞍，與此陳詞，于嗟樂兮。於是樽盈縹玉之酒，爵獻金漿之醪。庶羞千族，盈滿六庖。弱絲清管，與風霜而共雕。鏘鍠啾唧，蕭條寂寥，雋乂英旄，列襟聯袍。小臣莫効於鴻毛，空銜鮮而嗽醪。雖復河清海竭，終無增景於邊撩。

楊柳賦
孔臧

嗟兹楊柳，先生後傷。蔚茂炎夏，多陰可涼。伐之原野，樹之中塘。

溉浸以時，日引月長。巨本洪枝，條脩遠揚。夭繞連枝，猗那其房。或拳局以逮下，或擢迹而接穹蒼。綠華累疊，鬱茂翳沈。蒙籠交錯，應風悲吟。鳴鵠集聚，百變其音。爾乃觀其四布，運其所臨，南垂大陽，北被宏陰，西奄梓園，東覆果林。規方冒乎半頃，清室莫與比深。於是朋友同好，几筵列行，論道飲燕，流川浮觴。殽核紛雜，賦詩斷章，合陳厥志，考以先王。賞恭罰慢，事有紀綱。洗觶酌樽，咒光並揚。飲不至醉，樂不及荒。威儀抑抑，動合典常。退坐分別，其樂難忘。惟萬物之自然，固神妙之不如。意此楊樹，依我以生。未寧一紀，我賴以寧。暑不御箑，淒而涼清。內蔭我宇，外及有生。物有可貴，云何不銘？乃作斯賦，以敘斯情。

文木賦
漢中山王

魯恭王得文木一枚，伐以爲器，意甚玩之。中山王爲賦，恭王大悅，顧眄而笑，賜駿馬二匹。

麗木離披，生彼高崖。拂天河而布葉，橫日路而擢枝。幼雛羸㲉，單雄寡雌，紛紜翔集，嘈嗷鳴啼。載重雪而梢勁風，將等歲於二儀。巧匠不識，王子見知，乃命斑爾，載斧伐斯。隱若天開，豁如地裂，花葉分披，條枝摧折。既剝既刊，見其文章，或如龍盤虎距，復似鸞集鳳翔。青綢紫綬，環璧珪璋，重山累嶂，連波疊浪。奔電屯雲，薄霧濃雰。麐宗驥旅，雞族雉群。蜀繡鴦錦，蓮藻芰文。色止[一]金而有裕，質參玉而無分。裁爲用器，曲直舒卷，脩竹映池，高松植巘。制爲樂器，婉轉蟠紆。鳳將九子，龍導五駒。制爲屏風，鬱拂穹隆。制爲杖几，極麗窮美。制爲枕案，文章璀璨，彪炳煥汗。制爲盤盂，采玩蜘蟵。猗歟君子，其樂只宜[二]。

【校記】

[一]止，陳本同。《古文苑》、《文選補遺》作比。

[二]宜，陳本、《古文苑》、《文選補遺》作且。

芙蓉賦
閔鴻

乃有芙蓉靈草，載育中川，竦脩幹以陵波，建綠葉之規圓。灼若夜光之在玄岫，赤若太陽之映朝雲。乃有陽文脩嫮，傾城之色，楊桂枻而來遊，玩英華乎水側。納嘉實兮傾筐，弭紅葩以爲飾，咸《夭桃》而歌詩，申關雎以自勅。嗟留夷與蘭芷，聽鵜鳩而不鳴，嘉芙蓉之殊偉，託皇居以發英。

柳賦
魏文帝

昔建安五年，上與袁紹戰於官渡，時余始植斯柳，自彼迄今，十有五載矣。感物傷懷，乃作斯賦。

伊中國之偉木兮，理姿妙其可珍。稟靈祇之篤施兮，與造化平[一]相因。四氣邁而代運兮，去冬節而涉春。彼庶卉之未動兮，因肇明而先辰。盛德遷而南移兮，星鳥正而司分。應隆時而繁育兮，揚翠葉之青純。脩榦偃蹇以虹指兮，柔條阿那而字[二]紳。上扶疎而施散兮，下交錯而龍鱗。在余年之二七，植斯柳乎中庭。始圍寸而高尺，今[三]連拱而九成。嗟日月之逝邁，忽亹亹以遄征。昔周遊而處此，今倏忽而弗形。感遺物而懷故，俛惆悵以傷情。於是曜靈次乎鶉首兮，景風扇而增暖。豐弘陰而博覆兮，躬愷悌而弗倦。四馬望而傾蓋兮，行旅仰而廻眄。秉至德而不伐兮，蓋簡甲而擇賤。含精靈而奇生兮，保休體之豐衍。惟尺斷而能植兮，信永貞而可美[四]。

【校記】

[一]平，陳本、張溥《魏文帝集》、嚴可均《全三國文》作乎，是。

[二]字，陳本同。《魏文帝集》作虵。

[三]金，陳本、《魏文帝集》作今。

[四]美，陳本、《魏文帝集》作羨。

槐賦
魏文帝

文昌殿中槐樹，盛暑之時余數遊其上下，羨而賦之。王燦直登賢門，小閣外亦有槐樹，乃就使試焉：

有大邦之美樹，惟令質之可佳。託靈根于豐壤，被日月之光華。周長廊而開趾，夾通門而駢羅。承文昌之邃宇，望迎風之曲阿。脩榦紛其灌錯，綠葉萋而重陰。上幽藹而雲覆，下莖立而擢心。伊暮春之既替，即首夏之初期。鴻鴈遊而送節，凱風翔而迎時。天清和而溫潤，氣恬淡以安治。違隆暑而適體，誰謂此之不怡。

菊花賦
鐘會

何秋菊之可奇兮，獨華茂乎凝霜。挺葳蕤於蒼春兮，表壯觀乎金商。延蔓蓊鬱，綠阪被岡。縹榦綠葉，青柯紅芒。芳實離離，暉藻煌煌。微風扇動，照曜垂光。於是季秋九月，九日數並。置酒華堂，高會娛情。百卉雕瘁，芳菊始榮。紛葩韡曄，或黃或赤。乃有毛嬙西施，荆姬秦嬴；妍姿妖艷，一顧傾城。擢纖纖之素手，雪皓腕而露形。仰撫雲髻，俯弄芳榮。

桃賦
傅玄

有東園之珍果兮，承陰陽之靈和，結柔根以列樹兮，豔長畎而駢羅[一]。夏日先熟，初進廟堂，辛氏踐秋，厥味益長。亦有冬桃，冷倅冰霜，放神適意，恣口所嘗。華升御於內庭兮，飾佳人之令顏，實充虛而療飢兮，信功烈之難原。嘉放牛於斯林兮，悅萬國之乂安，望海島而慷慨兮，懷度朔之靈山。何茲樹之獨茂兮，條枝紛而麗閑，根龍虬而雲結兮，彌萬里而屈盤。禦百鬼之妖慝兮，列神荼以司奸，辟凶邪而濟正兮，豈唯營[二]美之足言！

【校記】

[一]"有東園"至此，陳本無，《初學記》、《傅鶉觚集》有。

[二]營，陳本、《初學記》、《傅鶉觚集》作榮。

安石榴賦
張協

考草木於方志，覽華實於園疇。窮陸產於苞貢，差英奇於若榴。耀靈葩於三春，綴霜滋於九秋。

爾乃飛龍啟節，揚飈扇埃。含和澤以滋生，鬱敷萌以挺栽。傾柯遠擢，沉根下盤，繁莖篠密，豐榦林攢。揮長枝以揚綠，披翠葉以吐丹。流暉俯散，迴葩仰照。爛若百枝並燃，赩如烽燧俱燎。踧如朝日，晃若龍燭。晞絳綵於扶桑，接朱光於若木。

爾乃頹萼挺蒂，金牙承雎，隘佳人之玄髻，發窈窕之素姿。遊女一顧傾城，無鹽化為南威。於是天漢西流，辰角南傾，芳實壘落，月滿虧盈。爰採爰收，乃剖乃拆。內憐幽以含紫，外滴瀝以霞赤。柔膚冰潔，凝光玉瑩，漼如冰碎，泫若珠迸。含清泠之溫潤，信和神以理性。

浮萍賦
夏侯湛

步長渠以遊目兮，覽隨波之微草。紛漂潎以澄茂兮，差[一]孤生於靈沼。因纖根以自滋兮，乃逸蕩乎波表。散圓葉以舒形兮，發翠綠[二]以含縹。陰脩魚之華鱗兮，翳蘭池之清潦。旣澹淡以順流兮，又銅[三]容以隨風，有纏薄於崖側兮，或回滯乎湍中。紛上下以靡常兮，漂往來其無窮。仰熙陽曜，俯憑綠水，渟不安處，行無定軌。流息則寧，濤擾則定，浮輕善移，勢危盪[四]盪。似孤臣之介立，隨排擠之所往。內一志以奉朝兮，外結心以絕黨。萍出水而主[五]枯兮，士失據而身枉。覩斯草而慷慨兮，固知直道之難爽。

【校記】

[一]差，陳本、《初學記》、張溥《夏侯常侍集》作羌。
[二]綠，陳本、《初學記》作綵。《夏侯常侍集》作綠。
[三]銅，陳本同。《初學記》、《夏侯常侍集》作雍。
[四]盪，陳本、《初學記》、《夏侯常侍集》作易。
[五]主，陳本同。《初學記》、《夏侯常侍集》作立。

瓜賦
陸機

佳哉瓜之爲德，邈衆果而莫賢。殷中和之淳祐，播滋榮於甫田。背芳春以初載，迎朱夏而自延。奮脩系之莫邁，延秀㲉之綿綿。赴廣武以長蔓，粲煙接以雲連。感嘉時而促節，蒙惠露而增鮮。若乃紛敷雜錯，鬱悅婆娑。發彼適此，迭相經過。熙朗日以熠燿，扇和風其如波。有葛虆之篁[一]及，象椒聊之衆多。發金榮於秀翹，結玉實于柔柯。蔽翠景以自育，綴脩莖而星羅。夫其種族類數，則有括樓[二]、定桃，黃觚、白傳，金文、密筩，小青、大班，玄骭、素椀，貍首、虎蹯。東陵出於秦谷，桂髓起於巫山。五色比象，殊形異端。或濟貌以表內，或惠心而醜顏。或攄文而抱綠，或被素而懷丹。氣洪細而俱芬，體脩短而必圓。芳郁烈其充堂，味窮理而不餟。德弘濟於飢渴，道殷流而貴賤。若夫濯以寒水，淬以夏凌。越氣外歙，溫液密凝。體猶握虛，離若剖冰。

【校記】

[一]篁，陳本、《陸平原集》、《陸機集校箋》作罩。
[二]樓，陳本、《陸平原集》作蔞。《陸機集校箋》作樓。

桑賦
陸機

皇太子便坐，蓋本將軍直廬也。初，世祖武皇帝爲中壘將軍，植桑一株。世更二代，年漸三紀，扶踈豐衍，抑有瑰異焉。

夫何佳樹之洪麗，超託居乎紫庭。羅萬根以下洞，矯千條而上征。豈芘黎之能植，乃世武之所營。故其形瑰族類，體黷衆木。黃中奘理，滋榮煩縟。綠葉興而盈尺，崇條蔓而層尋。希太極以延峙，映承明而廣臨。華飛鵐之流響，想鳴鳥之遺音。惟歷數之有紀，恒依物以表德。豈神明之所相，將我皇之先識。誇百世而勿翦，超長年以永植。

靈丘竹賦
江淹

登崎嶇之碧巘，入朱宮之瓏玲。臨曲江之廻瀁，望南山之蔥青。鬱朱[一]華之石岸，絢夏彩於沙汀。遠亘紫林祕埜，近匝玉苑禁垌。

於是綠筠繞岫，翠篁縣嶺，參差黛色，陸離紺影。上謚謚而留間，下微微而停清。蒙朱霞之丹氣，暖白日之素景。故非英非蘂，非香非馥。珍跨仙草，寶踰靈木。夾池水而檀欒，繞園塘而櫹植[二]，既間霜而無凋，亦中暑而增肅，每冠名於華戎，將擅奇於水陸。

況有朝雲之舘，行雨之宮。窻崢嶸而綠色，戶蜘蟵而臨空，綺疏蔽而停日，朱簾開而留風。被菌籠之窈蔚，結篠蕩之濔濛。或產鵁鶄之右，或居露寒之東。此皆金輿之所出入，瑤輦之所周通。

【校記】

[一]朱，陳本同。《江醴陵集》作春。
[二]植，陳本同。《江醴陵集》作矗。

蓮花賦
江淹

余有蓮華一池，愛之如金。宇宙之麗，難息絕氣。聊書竹素，儻不滅焉。

撿水陸之具品，閱山海之異名。珍爾秀之不定，乃天地之精英。植東國以流詠，出西極而擅名。方翠羽而結葉，比碧石而爲莖。蘂金光而絕色，藕氷折而玉清。載紅蓮以吐秀，披絳華以舒英。故香氛感俗，淑氣条靈，躑躅人世，茵蒀祇冥。青桂羞烈，沉水慙馨。

於是生乎澤陂，出乎江陰。見綵霞之夕照，覿雕雲之晝臨。既焱艷於洲漲，亦映曖於川潯。奪夜月及熒光，掩朝日與艷火。出金沙而延曜，被淥波而覃拖。冠百草而絕群，出異類之衆夥。故仙[一]聖傳圖，英隱流記。

一爲道渗，二爲世瑞。發青蓮於王宮，驗奇花於陸地。

若其江淡澤芬，則照電爍日；池光沼綠，則明壁洞室。曜長洲而瓊文，映青崖而火質。或憑天淵之清峭，或殖疏圃之蒙密。故河北櫂歌之姝，江南採菱之女；春水厲兮楫潺湲，秋風馱[二]兮舟容與。著縹芰兮出波，擎緗蓮兮映渚。迎佳人兮北燕，送上客兮南楚。知荷華之將晏，惜玉手之空佇。

迺爲謠曰：秋鴈度兮芳草殘，琴柱急兮江上寒。願一見兮道我意，千里遠兮長路難。

若其華實各名，根葉異辭，既號芙蕖，亦曰澤芝。麗詠楚賦，艷歌陳詩。非獨瑞草，爰兼上藥。味靈丹砂，氣驗青雘。乃可棄劍海岫，龍舉雲萼。畫臺殿兮霞蔚，圖縑縞兮炳爍。永含靈於洲渚，長不絕兮川壑。

【校記】

[一]仙，陳本、《江醴陵集》同。《江文通集彙注》作先。
[二]馱，陳本同。《江醴陵集》、《江文通集彙注》作駃。

青苔賦
江淹

余鑿山楹爲室，有苔焉。意之所之，故爲是作云。

嗟青苔之依依兮，無色類而可方。必居閒而就寂，以幽意之深傷。故其處石，則松栝交陰，泉雨長注，絕碉俯視，崩壁仰顧。悲凹嶮兮，唯流水而馳騖。遂能崎屈上生，班駁下布。異人貴其貞精，道士悅其廻趣。咀松屑以高想，捧[一]丹經而永慕。

若其在水，則鏡帶湖沼，錦匝池林。春塘秀色，陽鳥好陰[二]。青郊未謝兮白日照，路貫千里兮綠草深。廼生水而搖蕩。遂出波而沉淫。假青條兮總翠，借黃花兮舒金。遊梁之客，徒馬疲而不能去；兔園之女，雖蠶飢而不自禁。

至於脩臺廣廡，幽閣閑櫺，流黃以織，琴瑟且鳴。戶牖秘兮不可見，履袂動兮覺人聲。迺蕪階翠地，繞壁點牆。春禽忠兮蘭莖紫，秋虫吟兮蕙實黃。晝遙遙而不暮，夜永永以空長。零露下兮在梧楸，有美一人兮欵以傷。

若乃崩隍十仞，毀冢萬年，當其志力雄俊，才圖驕堅。錦衣被地，鞍馬耀天。淇上相送，江南採蓮。妖童出鄭，美女生燕。而頓死艷氣於一旦，埋玉玦於窮泉。宋兮如何！苔積網羅。視青虆之杳杳，痛百代兮恨多。故其所詣必感，所感必哀。哀以情起，感以怨來。魂慮斷絕，情念徘徊者也。

彼木蘭與豫章，既中繩而獲夭。及薜荔與蘪蕪，又懷芬而見表。至哉青苔之無用，吾孰知其多少？

【校記】

[一]捧，陳本、《江醴陵集》同。《江文通集彙注》作奉。

[二]陰，陳本同。《江醴陵集》、《江文通集彙注》作音。

金燈草賦
江淹

山華綺錯，陸葉錦名。金燈麗草，鑄氣含英。若其碧莖淩露，玉根升霜，翠葉暮媚，紫榮晨光，非錦罽之可學，詎瓊瑾之能方。迺御秋風之獨秀，值秋露之餘芬。出萬枝而更明，冠衆藼而不群。既艷溢於時暮，方炤麗於霜分。是以移馥蘭畹，徙色曲池。軼長洲兮杜若，跨幽渚兮芳籬。映霞光而爍燄，懷風氣而參差。故植君玉臺，生君椒室。炎萼耀天，朱英亂日。永緒恨於君前，不遺風霜之蕭瑟；藉綺帳與羅桂，信草木之願畢。

枯樹賦
庾信

殷仲文風流儒雅，海內知名。代異時移，出爲東陽太守。常忽忽不樂，顧庭槐而歎曰："此樹婆娑，生意盡矣！"

至如白鹿貞松，青牛文梓。根柢盤魄，山崖表裏。桂何事而銷亡，桐何爲而半死？昔之三河徙殖，九畹移根。開花建始之殿，落實睢陽之園。聲含嶰谷，曲抱《雲門》。將雛集鳳，比翼巢鴛。臨風亭而唳鶴，對月峽而吟猨。乃有拳曲擁腫，盤坳反覆。熊彪顧盼，魚龍起伏。節豎山連，文橫水蹙。匠石驚視，公輸眩目。雕鐫始就，剞劂仍加：平鱗鏟甲，落角摧牙；重重碎錦，片片真花；紛披草樹，散亂烟霞。

若夫松子、古度、平仲、君遷，森梢百頃，槎梓千年。秦則大夫受職，漢則將軍坐焉。莫不苔埋菌壓，鳥剝蟲穿。或低垂於霜露，或[一]撼頓於風烟。東海有白木之廟，西河有枯桑之社，北陸以楊葉爲關，南陵以梅根作冶。小山則叢桂留人，扶風則長松繫馬。豈獨城臨細柳之上，塞落桃林之下。

若乃山河阻絕，飄零離別。拔本垂淚，傷根流血。火入空心，膏流斷節。橫洞口而欹臥，頓山要腰同[陳]而半折，文表者合體俱碎，理正者中心直裂[二]。戴瘻銜瘤，藏穿抱穴，木魅睒[三]睗，山精妖[四]孽。

況復風雲不感，羈旅無歸，未能採葛，還成食薇。沉淪窮巷，蕪沒荊扉,既傷搖落,彌嗟變衰。《淮南子》云:"木葉落,長年悲。"斯之謂矣。乃爲歌曰:"建章三月火,黃河千里槎。若非金谷滿園樹,即是河陽一縣花。"桓大司馬聞而歎曰:"昔年移柳,依依漢南;今看搖落,悽愴江潭。樹猶如此,人何以堪!"

【校記】

[一]或,據陳本補,張溥《庾開府集》無。倪璠《庾子山集注》同陳本。或撼,《古文苑》作憾。

[二]陳本作"文斜者百圍冰碎,理正者千尋瓦裂"。《古文苑》、《庾開府集》同劉本。

[三]睗,陳本、《庾子山集注》作瞁。《古文苑》、《庾開府集》作睗。

[四]妖,陳本作伏。《古文苑》、《庾開府集》、《庾子山集注》作妖。

卷　　五

志上

徵詠賦
宋玉

　　蔓馳年之騷思，騤徂夜之悁憂。念悅憫以淪忽，心震憯而勞流。坐生悲其何念，徒空詠以自惆。于詠之爲情也，悵望兮若分江，晶素庡翔傷兮，濫行雲再清離。浩宕弘以廣度，紛收息而淹儀。旣御聲以踘制，又繫韻而發羈。青塗鬱兮春采香，秋色陰兮白露商。謹鳥翾兮山光開，長霞流布兮林氣哀。于時也，深衷美緒，孤響端音。屬素排滿，吐致施英，嘈肆懷以鴻暢，慘輟意而相迎。馮幽圖以藉怨，咀高華而寄聲。體閒惛而都靡，心遊任而姝朌。濯陵奇而熹志，舒容綺以昭情。占風立候，睨天發暉，精慮方瀅，中置忘歸。慨矣挫歎，默矣析機。鐘石壚畹，琴瑟林帷。重瀏愴以徐吟，若變宮而下徵。首廉麗以輕榮，終溫愛而調理。曆貞旋以弘觀，留雅恨其誰止。

　　爾來承芳遺，則度律聞韶。回白雲以金讚，庚秋月而玉寥。臨洪流以浩汙，履薄冰而心憔。惻君子之叢秀，鏡淑人之靈昭。日月會兮爭騖，朝夕見兮玄塗。楹華兮開表，夛壇兮橫蕪。龍義驛兮終不昭，松延蔭兮意沈虛。歡陽臺兮迅飛路，閟陰欅兮空長居。去矣，回復參吒，榮身四脩。匪聊亂而剽越，空含喝而動神。

　　亂曰：簡情撰至，振玄和兮。神宮妙意，賞山波兮。叓兮積軒，非徒歌兮。致命遂志，寶中阿兮。

士不遇賦
董仲舒

　　嗚呼嗟乎，遐哉邈矣。時來曷遲，去之速矣。屈意從人，非吾徒矣。

正身俟時，將就木矣。悠悠偕時，豈能覺矣。心之憂歟，不期祿矣。皇皇匪寧，秖增辱矣。努力觸藩，徒摧角矣。不出戶庭，庶無過矣。

重曰：生不丁三代之盛隆兮，而丁三季之末俗。以辨詐而期通兮，貞士耿介而自束。雖曰三省於吾身兮，繇懷進退之惟谷。彼寔繁之有徒兮，指其白以爲黑。目信娪而視眇兮，口信辨而言訥。鬼神不能正人事之變戾兮，聖賢亦不能開愚夫之違惑。出門則不可以偕往兮，藏器又蚩其不容。退洗心而內訟兮，亦未知其所從也。觀上古之清濁兮，廉士亦茕茕而靡歸。殷湯有卞隨與務光兮，周武有伯夷與叔齊。卞隨務光遁跡於深淵兮，伯夷、叔齊登山而采薇。使彼聖人其繇周遑兮，矧舉世而同迷。若伍員與屈原兮，固亦無所復顧。亦不能同彼數子兮，將遠遊而終慕。於吾儕之云遠兮，疑荒塗而難踐。憚君子之于行兮，誠三日而不飯。嗟天下之偕違兮，恨無與之偕返。孰若返身於業業^[一]兮，莫隨世而輸轉。雖矯情而獲百利兮，復不如正心而歸一善。紛旣迫而後動兮，豈云禀性之惟褊。昭同人而大有兮，朗謙光而務展。遵幽昧於黙足兮，豈舒采而蘄顯。苟肝膽之可同兮，奚鬚髮之足辨也。

【校記】

[一]業業，陳本、《古文苑》作素業。

大人賦
司馬相如

世有大人兮，在乎中州。宅彌萬里兮，曾不足以少留。悲世俗之迫隘兮，朅輕舉而遠遊。乘絳幡之素蜺兮，載雲氣而上浮。建格澤之脩竿兮，總光燿之采旄。垂旬始以爲幓兮，曳彗星而爲髾，掉指橋以偃蹇兮，又猗抳以招搖。攬攙搶以爲旌兮，靡屈虹而爲綢。紅杳眇以玄湣兮，猋風涌而雲浮。駕應龍象輿之蠖略委麗兮，驂赤螭青虬之蚴蟉宛蜒。低卬夭蟜裾以驕驁兮，詘折隆窮躩以連卷。沛艾赳螑仡以佁儗兮，放散畔岸驤以孱顏。跮踱輵螛容以骫麗兮，蜩蟉偃蹇怵臭以梁倚。糾蓼叫奡踏以腰路兮，蔑蒙踊躍騰而狂趡。莅颯卉歙焱至電過兮，煥然霧除，霍然雲消。

邪絕少陽而登太陰兮，與真人乎相求。互折窈窕以右轉兮，橫厲飛泉以正東。悉徵靈圉而選之兮，部署衆神於搖光。使五帝先導兮，反大一^[一]而從陵陽。左玄冥而右黔雷兮，前長離而後矞皇。廝征伯僑而役羨門兮，詔岐伯使尚方。祝融警而蹕御兮，清氣氛而后行。屯余車而萬乘兮，綷雲蓋而樹華旗。使句芒其將行兮，吾欲往乎南娭。

歷唐堯於崇山兮，過虞舜於九疑。紛湛湛其差錯兮，雜遝膠輵以方馳。

騷擾衝蓯其相紛挐兮，滂濞泱軋麗以林離。攢羅列聚叢以蘢茸兮，衍曼流爛㾌以陸離。徑入雷室之砰磷鬱律兮，洞出鬼谷之堀礨崴魁。徧覽八紘而觀四海兮，朅度九江越五河。經營炎火而浮弱水兮，杭絕浮渚涉流沙。奄息葱極氾濫水娭兮，使靈媧鼓琴而舞馮夷。時若曖曖將混濁兮，召屏翳誅風伯，刑雨師。西望崐崙之軋沕荒忽兮，直徑馳乎三危。排閶闔而入帝宮兮，載玉女而與之歸。登閬風而遙集兮，亢鳥騰而一止。低佪陰山翔以紆曲兮，吾乃今日覩西王母。暠然白首戴勝而穴處兮，亦幸有三足烏爲之使。必長生若此而不死兮，雖濟萬世不足以喜。

回車朅來兮，絕道不周，會食幽都。呼吸沆瀣兮餐朝霞，咀噍芝英兮嘰瓊華。僸侵尋而高縱兮，紛鴻溶而上厲。貫列缺之倒景兮，涉豐隆之滂濞。騁遊道而脩降兮，騖遺霧而遠逝。迫區中之隘陝兮，舒節出乎北垠。遺屯騎於玄闕兮，軼先驅於寒門。下崢嶸而無地兮，上嶛廓而無天。視眩泯而亡見兮，聽敞怳而亡聞。乘虛亡而上遐兮，超無友而獨存。

【校記】

[一] 一，陳本作乙。《文選補遺》、張溥《司馬文園集》作一。

悲士不遇賦
司馬遷

悲夫士生之不辰，愧顧影而獨存。恒克己而復禮，懼志行而無聞。諒才韙而世戾，將逮死而長勤。雖有形而不彰，徒有能而不陳。何窮達之易惑，信美惡之難分。時悠悠而蕩蕩，將遂屈而不伸。使公於公者彼我同兮，私於私者自相悲兮。天道微哉，吁嗟闊兮。人理顯然，相傾奪兮。好生惡死，才之鄙也。好貴夷賤，哲之亂也。炤炤洞達，胸中割也。昏昏罔覺，內生毒也。我之心矣，哲已能忖。我之言矣，哲已能選。沒世無聞，古人惟恥。朝聞夕死，孰云其否。逆順還周，乍沒乍起。無造福先，無觸禍始。委之自然，終歸一矣。

逐貧賦
楊雄

楊子遁世，離俗獨處。左隣崇山，右接曠野，鄰垣乞兒，終貧且窶。禮薄義弊，相與群聚，惆悵失志，呼貧與語：

"汝在六極，投棄遐荒。好爲庸卒，刑戮是[一]加。匪惟幼稚，嬉戲土砂。居非近隣，接屋連家。恩輕毛羽，義薄輕羅。進不由德，退不受呵。

久爲滯客，其意謂何？人皆文繡，余褐不完；人皆稻粱，我獨藜飧。貧無寶玩，何以接歡？宗室之燕，爲樂不槃。徒行負賃[二]，出處易衣。身服百役，手足胼胝。或耕或耔，露體霑肌。朋友道絕，進官淩遲。厥咎安在？職汝爲之[三]！舍汝遠竄，崑崙之顛；爾復我隨，翰飛戾天。舍爾登山，巖穴隱藏；爾復我隨，陟彼高岡。捨爾入海，汎彼栢舟；爾復我隨，載沉載浮。我行爾動，我靜爾休。豈無他人，從我何求？今汝去矣，勿復久留！"

貧曰："唯唯。主人見逐，多言益嗤。心有所懷，願得盡辭。昔我乃祖，宜其朗德，克佐帝堯，誓爲典則。土階茅茨，匪彫匪飾。爰及世季，縱其昏惑。饕餮之羣，貪富苟得。鄙我先人，乃傲乃驕。瑤臺瓊榭，室屋崇高；流酒爲池，積肉爲崤。是用鵠逝，不踐其朝。三省吾身，謂予無愆。處君之家，福祿如山。忘我大德，思我小怨。堪寒能暑，少而習焉；寒暑不忒，等壽神仙。桀跖不顧，貪類不干。人皆重蔽，子[四]獨露居；人皆怵惕，子[五]獨無虞。"

言辭既罄，色厲目張，攝齊而興，降階下堂。"誓將去汝，適彼首陽。孤竹二子，與我連行。"

余乃避席，辭謝不直："請不貳過，聞義則服。長與汝居，終無厭極。"貧遂不去，與我遊息。

【校記】

[一]是，陳本、《古文苑》、《文選補遺》、《揚侍郞集》同。《揚雄集校注》作相。

[二]賃，陳本、《古文苑》、《文選補遺》、《揚侍郞集》同。《揚雄集校注》作笈。

[三]陳本作"職汝之爲"。《古文苑》、《揚侍郞集》、《揚雄集校注》同劉本。《文選補遺》同陳本。

[四][五]子，陳本、《古文苑》、《文選補遺》、《揚侍郞集》同。《揚雄集校注》均作予。

慰志賦
崔篆

嘉昔人之遘辰兮，美伊傅之遭時。應規矩之淑質兮，過[一]班、倕而裁之。協準矱之貞度兮，同斷金之玄策。何天衢於盛世兮，超千載而垂績。豈脩德之極致兮，將天祚之攸適？

愍余生之不造兮，丁漢氏之中微。氛霓鬱以橫厲兮，羲和忽以潛暉。六柄制于家門兮，王綱摧以陵遲。黎共奮以跋扈兮，羿浞狂以恣睢。睹嫚臧而乘釁兮，竊神器之萬機。思輔弱以媮存兮，亦號咷以詶咨。嗟三事之我負兮，乃迫余以天威。豈無熊僚之微介兮？悼我生之殲夷。庶朎哲之末風兮。懼《大雅》之所譏。遂翕翼以委命兮，受符守乎艮維。恨遭閉而不隱兮，違石門之高縱。揚蛾眉於復關兮，犯孔戒之治客[二]。懿氓蚩之悟悔兮，慕白駒之所從。乃稱疾而屢復兮，歷三祀而見許。悠輕舉以遠遁兮，託唆詭以幽處。竫潛思於至賾兮，騁《六經》之奧府。皇再命而紹邺兮，乃[三]眷乎建武。運欑槍以電埽兮，清六合之土宇。聖德滂以橫被兮，黎庶愷以鼓舞。闢四門以博兮，彼幽牧之我舉。分畫定而計決兮，豈云貴乎彼鄙苟，遂懸車以繫馬兮，絕時俗之進取。欸暮春之成服兮，闔衡門以埽軌。聊優遊以永日兮，守性命以盡齒。貴啟體之歸全兮，庶不忝乎先子。

【校記】

[一]過，陳本作遇。《後漢書》作過。

[二]客，陳本、《後漢書》作容。

[三]據《後漢書》，此有"云"字。

顯志賦
馮衍

開歲發春兮，百卉含英。甲子之朝兮，汨[一]吾西征。發軔[二]新豐兮，裴回鎬京。陵飛廉而太息兮，登平陽而懷傷。悲時俗之險陀兮，哀好惡之無常。乘衡石而意量兮，隨風波而飛揚。紛綸流於權利兮，親雷同而妬異；獨耿介而慕古兮，豈時人之所熹？沮先聖之成論兮，懇[三]名賢之高風；忽道德之珍麗兮，務富貴之樂耽。遵大路而裴回兮，履孔德之窈冥；固衆夫之所眩兮，孰能觀於無形？行勁直以離尤兮，羌前人之所有；內自省而不慙兮，遂定志而弗改。欣吾黨之唐虞兮，愍吾生之愁勤；聊發憤而揚情兮，將以薄[四]夫憂心。往者不可攀援兮，來者不可與期；病沒世之不稱兮，願橫逝而無由。

陟雍時而消搖兮，超略陽而不反。念人生之不再兮，悲六親之日遠。陟九嵕而臨戔嵲兮，聽涇渭之波聲。顧鴻門而歔欷兮，哀吾孤之早零。何天命之不純兮，信吾罪之所生；傷誠善之無辜兮，齎此恨而入冥。嗟我思之不遠兮，豈敗事之可悔？雖九死而不眠兮，恐余殃之有再。淚汍瀾而雨集兮，氣滂浡而雲披；心怫鬱而紆結兮，意沈抑而內悲。

瞰太行之崒峩兮，觀壺口之崢嶸；悼丘墓之蕪穢兮，恨昭穆之不榮。歲忽忽而日邁兮，壽冉冉其不與；耻功業之無成兮，赴原野而窮處。昔伊尹之干湯兮，七十說而乃信；皋陶釣於雷澤兮，賴虞舜而後親。無二士之遭遇兮，抱忠貞而莫達；率妻子而耕耘兮，委厥美而不伐。韓盧抑而不縱兮，騏驥絆而不試；獨慷慨而遠覽兮，非庸庸之所識。卑衛賜之阜貨兮，高顏回之所慕；重祖考之洪烈兮，故收功於此路。循四時之代謝兮，分五土之刑德；相林麓之所產兮，嘗水泉之所殖。修神農之本業兮，採軒轅之產策；追周弃之遺教兮，軼范蠡之絕迹。陟隴山以踰望兮，眇然覽於八荒；風波飄其並興兮，情惆悵而增傷。覽河華之泱漭兮，望秦晉之故國。憤馮亭之不遂兮，愠去疾之遭惑。

流山岳而周覽兮，徇碣石與洞庭；浮江河而入海兮，泝淮濟而上征。瞻燕齊之舊居兮，歷宋楚之名都；哀羣后之不祀兮，痛列國之爲墟。馳中夏而升降兮，路紆軫而多艱；講聖哲之通論兮，心愊憶而紛紜。惟天路之同軌兮，或帝王之異政；堯舜煥其蕩蕩兮，禹承平而革命。並日夜而幽思兮，終涂憚而洞疑；高陽邈其超遠兮，世孰可與論兹？訊夏啓於甘澤兮，傷帝典之始傾；頌成康之載德兮，詠《南風》之歌聲。思唐虞之晏晏兮，揖稷契與爲朋；苗裔紛其條暢兮，至湯武而勃興。昔三后之純粹兮，每季世而窮禍；弔夏桀於南巢兮，哭殷紂於牧野。詔伊尹於亳郊兮，享呂望於酆州；功與日月齊光兮，名與三王爭流。

楊朱號乎衢路兮，墨子泣乎白絲；知漸染之易性兮，怨造作之弗思。美《關雎》之識微兮，愍王道之將崩；拔周唐之盛德兮，捃桓文之譎功。忿戰國之遘禍兮，憎權臣之擅疆；黜楚子於南郢兮，執趙武於溴梁。善忠信之救時兮，惡詐謀之妄作；聘申叔於陳蔡兮，禽荀息於虞虢。誅犁鉏之介聖兮，討臧倉之愬知；媿子反於彭城兮，爵管仲於夷儀。疾兵革之寖滋兮，苦攻伐之萌生；沈孫武於五湖兮，斬白起於長平。惡叢巧之亂世兮，毒縱橫之敗俗；流蘇秦於洹水兮，幽張儀於鬼谷。澄德化之陵遲兮，烈刑罰之峭峻；燔商鞅之法術兮，燒韓非之說論。誚始皇之跋扈兮，投李斯於四裔；滅先王之法則兮，禍濅淫而弘大。援前聖以制中兮，矯二主之驕奢；饁女齊於絳臺兮，饗椒舉於章華。摘道德之光耀兮，匡衰世之眇風；褒宋襄於泓谷兮，表季札於延陵。摛仁智之英華兮，激亂國之末流；觀鄭僑於溱洧兮，訪晏嬰於營丘。日瞪瞪其將暮兮，獨於邑而煩惑；夫何九州之博大兮，迷不知路之南北。馴素虯而馳騁兮，乘翠雲而相伴；就伯夷而折中兮，得務光而愈明。欵子高於中野兮，遇伯成而定慮；欽真人之美德兮，淹躊躇而弗去。意斟愖而不澹兮，俟回風而容與；求善卷之所存兮，遇許由於負黍。軔吾車於箕陽兮，秣吾馬於潁渚；聞至言而曉領兮，還吾反乎故宇。

覽天地之幽奧兮，統萬物之維綱；究陰陽之變化兮，昭五德之精光。躍青龍於滄海兮，豢白虎於金山；鑿巖石而爲室兮，託高陽以養僊。神雀翔於鴻厓兮，玄武潛於嬰冥；伏朱樓而四望兮，採三秀之華英。纂前修之夸節兮，曜往昔之光勳；披綺季之麗服兮，揚屈原之靈芬。高吾冠之峩峩兮，長吾佩之洋洋；飲六醴之清液兮，食五芝之茂英。

捷六枳而爲籬兮，築蕙若而爲室；播蘭芷於中庭兮，列杜衡於外術。攢射干雜蘼蕪兮，構木蘭與新夷；光焜焜而煬耀兮，紛郁郁而暢美；華芳曄其發越兮，時恍惚而莫貴；非惜身之坱軋兮，怜衆美之憔悴。游精神於大宅兮，抗玄紗之常操；處清靜以養志兮，實吾心之所樂。山峨峨而造天兮，林冥冥而暢茂；鴛回翔索其群兮，鹿哀鳴而求其友。誦古今以散思兮，覽聖賢以自鎮。嘉孔丘之知命兮，大老聃之貴玄；德與道其孰寶兮？名與身其孰親？彼[五]山谷而間處兮，守寂寞而存神。夫莊周之釣魚兮，辭卿相之顯位；於子陵之灌園兮，似至人之髣髴。蓋隱約而得道兮，羌窮悟而入術；離塵垢之窈冥兮，配喬、松之玅節。惟吾志之所庶兮，固與俗其不同。旣俶儻而高引兮，願觀其從容。

【校記】

[一]汩，陳本作泊。《後漢書》、《文選補遺》、張溥《馮曲陽集》作汩。

[二]仞，陳本、《後漢書》、《馮曲陽集》作軔。《文選補遺》作仭。

[三]懇，陳本、《馮曲陽集》作邈。《後漢書》、《文選補遺》作懇。

[四]薄，陳本同。《後漢書》、《文選補遺》、《馮曲陽集》作蕩。

[五]彼，陳本同。《後漢書》、《文選補遺》、《馮曲陽集》作陂。

思游賦
潘岳①

有軒轅之遐胄兮，氏仲壬之洪裔。敷華穎於末葉兮，晞靈根於上世。準乾坤以斡度兮，儀陰陽以定制。匪時運其焉行兮，乘太虛而遙曳。戴朗月之高冠兮，綴太白之明璜。製文霓以爲衣兮，襲采雲以爲裳。要華電之煜爚兮，佩玉衡之琳琅。明景日以鑒形兮，信焕曜而重光。

至美詭好於九觀兮，脩稀合而糜呈。燕石緹襲以華國兮，和璞遙棄於南荆。夏像韜塵于市北兮，瓶罍抗方於兩楹。鷙皇耿介而偏棲兮，蘭桂背時而獨榮。關寒暑以練眞兮，豈改容而爽情。

感昆吾之易越兮，懷暉光之速暮。羨一稔而三春兮，尚含英以容豫。悼曜靈之靡暇兮，限天晷之有度。聆鳴蜩之號節兮，恐隕葉于凝露。希前

---

① 據《晉書》，應爲摯虞作。

軌而增鶩兮，眷後塵而旋顧。往者倏忽而不逮兮，來者冥昧而未著。二儀泊焉其無央兮，四節環轉而靡窮。星鳥逝而時反兮，夕景潛而且融。旻三后之在天兮，歎聖哲之永終。諒道脩而命微兮，孰舍盈而戢沖。握隋珠與蕙若兮，時莫悅而未遑。彼未遑其何恤兮，懼獨美之有傷。蹇委缺[陳]而投粵兮，庶芬藻之不彰。芳處幽而彌馨兮，寶在夜而愈光。逼區內之迫脅兮，思攄翼乎八荒。望雲階之崇壯兮，願輕舉而高翔。

造庖犧以問象兮，辨吉繇於姬文。將遠遊於太初兮，覽形魄之未分。四靈儼而爲衞兮，六氣紛以成羣。驂白獸於商風兮，御蒼龍於景雲。簡厮徒於靈圉兮，從馮夷而問津。召陵陽於游谿兮，旌王子於柏人。前祝融以掌燧兮，殿玄冥以掩塵。形影影而遂遐兮，氣亹亹而愈新。挹玉膏於萊嵎兮，掇芝英於瀛瀕。揮太昊以假憩兮，聽賊政於三春。洪範弇而復張兮，百卉隕而更震。睇玉女之紛葯兮，執懿筐於扶木。覽玄象之韡曅兮，仍騰躍乎陽谷。吸朝霞以療饑兮，降廉泉而濯足。將縱轡以逍遙兮，恨東極之路促。詔纖阿而右迴兮，覿朱朙之赫戲。苙群神於夏庭兮，廻蒼梧而結知。纚焦朙以承斾兮，馹天馬而高馳。讒羲和於丹丘兮，誚倒景之亂儀。尋凱風而南暨兮，謝太陽於炎離。歲海暑之陶鬱兮，余安能乎留斯！聞碧雞之長晨兮，吾將往乎西游。奧浮蠋於弱水兮，泊舳艫兮中流。苟精粹之攸存兮，誠沈羽以沒舟。軼望舒以陵厲兮，羌神漂而氣浮。訊碩老於金石[一]兮，采舊聞於前脩。譏淪陰於危山兮，問王母於椒丘。觀玄鳥之參趾兮，會根一之神籌。擾鬼兔於月窟兮，詰姮娥於蓐收。爰攬轡而旋驅兮，訪北叟之倚伏。乘增冰而遂濟兮，淩固陰之所滀。探黿蛇於幽穴兮，瞰岡養之潛育。哂倏忽之躁往兮，喪中黃於耳目，佴燭龍而游衍兮，窮大明於北陸。

攀招搖而上躋兮，忽蹈廓而淩虛。登閶闔而遺眷兮，頯玄黃於地輿。召黔雷以先導兮，覲天帝於清都。觀渾儀以寓目兮，柎造化之大鑪。爰辨惑於上皇兮，稽吉凶之元符。唐則天而民咨兮，癸亂常而感虞。孔揮涕於西狩兮，臧考祥於婁句。跖肆暴而保乂兮，顏履仁而夙徂。何否泰之靡所兮，眩榮辱之不圖？運可期兮不可思，道可知兮不可爲。求之者勞兮欲之者惑，信天任命兮理乃自得。

且也[二]四位爲匠，乾坤爲均。散而爲物，結而爲人。陽降陰升，一替一興。流而爲川，滯而爲陵。禍不可攘，福不可徵。其否兮有豫，其泰兮有數。成形兮未察，靈像兮已固。承明訓以發蒙兮，審性命之靡求。將澄神而守一兮，奚颺颺而遐遊！

斐陳辭以告退兮，主悖悗而永歎。惟升降之不仍兮，詠別易而會難。願大饗以致好兮，缺[陳]息駕於一湌。會司儀於有始兮，延嘉賓於九乾。陳鈞天之廣樂兮，展萬舞之至歡。枉矢鑠其在手兮，狼弧翾其斯彎。睨翟犬於帝側兮，殪熊羆於靈軒。

爾乃清道夙躋，載輪脩祖。班命授號，轙軥整旅。兆司鬱以屆路兮，萬靈森而陳庭。豐隆軒其警粜兮，鉤陳帥以屬兵。堪輿竦而進時兮，文昌肅以司行。抗蚩尤之脩旍兮，建雄虹之采旌。乘雲車電鞭之扶輿委移兮，駕應龍青虬之容裔陸離。俯遊光逸景倏爍徽霍兮，仰流旌垂旄焱攸徽纚。前湛湛而攝進兮，後僳僳而方馳。且啓行於重陽兮，奄稅駕乎少儀。跨列缺兮闚乾坤，揮玉關兮出天門。涉漢津兮望崐崘，經赤霄兮臨玄根。觀品物兮終復魂，形已消兮氣猶存。眺懸舟之離離兮，懷舊都之藹藹。仍繁榮而督引兮，將遄降而速邁。華雲依霏而翼衡兮，日月炫晃而映蓋。蹈烟熅兮辭天衢，心闓悇兮識故居。路遂逍兮情欣欣，奄忽歸兮反常閭。脩中和兮崇彝倫，大道繇兮味琴書。樂自然兮識窮達，澹無思兮心恒娛。

【校記】

[一]石，陳本同。《晉書》、張溥《摯太常集》作室。

[二]也，陳本作夫。《晉書》作也。《摯太常集》作以。

卷　　六

志下

逸民賦
陸雲

富與貴，人之所欲也。而古之逸民，或輕天下，細萬物，而欲專一丘之歡，擅一壑之美，豈不以身聖當作重[陳]於宇宙，而恬貴於紛華者哉！故天地不易其樂，萬物不干其心。然後可以妙有生之極，享無疆之休也。乃爲賦云：

世有逸民兮，栖遲乎於一丘。委天形之外心兮，淡浩然其何求？陋此世之險隘兮，又安足以盤遊？杖短策而遂徃兮，乃枕石而漱流。載營抱魄，懷元執一。傲物思寧，妙世自逸。靜芬響於永言，滅絕景於無質。相荒土而卜居，度山阿而考室。

曾屑同[陳]丘翳莽[一]，穹谷重深。叢木振穎，葛藟垂陰。潛魚泳沚，嚶鳥來吟。仍疏圃於芝薄兮，即蘭堂於芳林。靡炎飆以赴節兮，揮天籟而興音。假樂器於神造兮，詠幽人於鳴琴。挹回源於別沼兮，飡秋菊於高岑。蒙玉泉以濯髮兮，臨深谷以投簪。

寂然尸居，儼焉山立。遵渚龍見，在林鳳戢。遁綿野以宅心，望空巖而凱入。朗發悟歌，有懷在昔。賓濮水之清淵兮，儀磻溪之一壑。毒萬物之誼譁兮，聊漁釣於此澤。

爾乃薄言容與，式宴盤桓。朝挹芳露，夕玩幽蘭。眇區外而放志兮，眷天路而怡顏。望靈嶽之清景兮，想佳人於雲端。悲滄浪之濁波兮，詠芳池之清蘭。鄙終南之辱節兮，譴伯陽之考槃。眄清霄以寄傲兮，沂[二]淩風而頰歎。

玄微載晏。何思何欲？漂若行雲之浮，泊若窮林之木。咨月得之必喪兮，蓋古[三]寵之名[四]一作召[陳]辱。彼貪夫之死權兮，固遺生以要祿。竦戰兢而履冰兮，祗肅懷以臨谷。亮據畀之無慄兮，在顛沛之必渥。

是故夫形瓌者徵咎，體壯者爲犧。雖明文而龍藻兮，終俛首而受羈。立脩名於禍始兮，登全生於庚階。資朝華之促節兮，抱千載之長懷。擠考終於遠期兮，顛靈根而自摧。殉有喪之假樂兮，彼無身其孰哀？美達人之玄覽兮，邈藏器於無爲。

物有自遺，道無不可。萬殊有同，齊物無寡。竝家於國，等朝於野。榮在此而貴身兮，神居形而忘我。欽妙古之達言兮，信懷莊而悅賈。增-作曾[陳]既明於天爵兮，何掇[五]於人禍？陋國風之皇恤，同嗣哲於大雅。

亂曰：乘白駒兮皎皎，遊穹谷兮藹藹。尋峻路兮崢嶸，臨芳水兮悠裔。槃丘園兮暇豫，翳翠葉兮重蓋。瞻洪涯兮清輝，紛容與兮雲際。欲凌霄兮從之，恨穹天兮未泰。詠歡友兮清唱，和爾音兮此世。

【校記】

[一]莽，陳本同。《陸雲集》作薈。翳莽，《文選補遺》、《陸清河集》作翁薈。

[二]沂，陳本、《文選補遺》、《陸清河集》作泝。

[三]古，陳本、《陸清河集》作怙。《陸雲集》作居。《文選補遺》作古。

[四]名，陳本、《文選補遺》同。《陸清河集》作召。

[五]據《文選補遺》、《陸清河集》，此有"悲"字。

感士不遇賦并序
陶潛

昔董仲舒作《士不遇賦》，司馬子長又爲之。余嘗以三餘之日，講習之暇，讀其文，慨然惆悵。夫履信思順，生人之善行；抱朴守靜，君子之篤素。自眞風告逝，大僞斯興，閭閻懈廉退之節，市朝驅易進之心。懷正志道之士，或潛玉於當年；潔己清操之人，或沒世以徒勤。故夷皓有安歸之歎，三閭發已矣之哀。悲夫！寓形百年，而瞬息已盡；立行之難，而一誠[一]莫賞。此古人所以染翰慷慨，屢伸而不能已者也。夫導達意氣，其惟文乎？撫卷躊躇，遂感而賦之：

咨大塊之受氣，何斯人之獨靈？稟神智以藏照，兼三五而垂名。或擊壤以自歡，或大濟於蒼生。靡潛躍之非分，常傲然以稱情。世流浪而遂徂，物羣分以相形。密網裁而魚駭，宏羅制而鳥驚，彼達人之善覺，乃逃祿而歸耕。山嶷嶷而懷影，川汪汪而藏聲。望軒唐而永歎，甘貧賤以辭榮。淳源汩以長分，美惡作以異途。原百行之攸貴，莫爲善之可娛。奉上天之成命，師聖人之遺書。發忠孝於君親，生信義於鄉閭。推誠心而獲顯，不矯然而祈譽。嗟乎！雷同毀異，物惡其上。妙筭者謂迷，直道者云妄。坦[二]至公而無猜，卒蒙恥以受謗。雖懷瓊而握蘭，徒芳潔而誰亮。哀哉！士之不遇，已不在炎帝帝魁之世。獨祗脩以自勤，豈三省之或廢。庶進德以及時，時既至而不惠。無爰生之晤言，念張季之終蔽。愍馮叟於郎署，賴魏守以納計。雖僅然於必知，亦苦心而曠歲。審夫市之無虎，眩三夫之獻說。悼賈傅之秀朗，紆遠轡於促界。悲董相之淵致，屢乘危而幸濟。感哲人之無偶，淚淋浪以灑袂。承前王之清誨，曰天道之無親。澄得一以作鑒，恒輔善而佑人[三]。夷投老以長饑，囬早夭而又貧。傷請車以備槨，悲茹薇而殞身。雖好學與行義，何死生之苦辛！疑報德之若茲，懼斯言之虛陳。何曠世之無才，罕無路之不澀。伊古人之慷慨，病奇名之不立。廣結髮以從政，不愧賞於萬邑；屈雄志於戚豎，竟尺土之莫及。留誠信於身後，慟衆人之悲泣。商畫規以拯弊，言始順而患入。奚良辰之易傾，胡害勝其乃急。蒼旻遐緬，人事無已。有感有昧，疇測其理。寧固窮以濟意，不委曲而累己。既軒冕之非榮，豈緼袍之爲恥。誠謬會以取拙，且欣然而歸止。擁孤襟以畢歲，謝良價於朝市。

【校記】

[一]誠，陳本、《文選補遺》、袁行霈《陶淵明集箋注》作城。

[二]坦，據《陶淵明集箋注》，一作恒。

[三]人，陳本同。《文選補遺》作仁。佑人，張溥《陶彭澤集》作佐仁。

閑情賦
陶潛

初，張衡作《定情賦》，蔡邕作《靜情賦》，檢逸詞而宗澹泊，始則蕩以思慮，而終歸閑正。將以抑流宕之邪心，諒有助於諷諫。綴文之士，奕代繼作。並因觸類，廣其詞義。余園閭多暇，復染翰爲之。雖文妙不足，庶不謬作者之意乎。

夫何懷[一]逸之令姿，獨曠世以秀羣。表傾城之艷色，期有德於傳聞。佩鳴玉以比潔，齊幽蘭以爭芬。淡柔情於俗內一作累[陳]，負雅志於高雲。悲晨曦之易夕，感人生之長勤。同一盡於百年，何歡寡而愁殷。褰朱幃而正坐，汎清瑟以自欣。送纖指之餘好，攘皓袖之繽紛。瞬美目以流眄，含言笑而不分。曲調將半，景落西軒。悲商叩林，白雲依山。仰睎天路，俯促鳴絃。神儀嫵媚，舉止詳妍。激清音以感余，願接膝以交言。欲自往以結誓，懼冒禮之爲諐。待鳳鳥以致辭，恐他人之我先。意惶惑而靡寧，乖漼奥而九遷。願在衣而爲領，承華首之餘芳；悲羅襟之宵離，怨秋夜之未央。願在裳而爲帶，束窈窕之纖身。嗟溫涼之異氣，或脫故而服新。願在髮而爲澤，刷玄鬢於頽肩；悲佳人之屢沐，從白水而[一]枯煎。願在眉而爲黛，隨瞻視以閑揚；悲脂粉之尚鮮，或取毀於華粧。願在莞而爲席，安弱體於三秋；悲文茵之代御，方經年而見求。願在絲而爲履，附素足以周旋；悲行止之有節，空委弃於牀前。願在晝而爲影，常依形而西東；悲高樹之多蔭，慨有時而不同。願在夜而爲燭，照玉容於兩楹；悲扶桑之舒光，奄滅景而藏朙。願在竹而爲扇，含淒飇於柔握；悲白露之晨零，顧襟袖以緬邈。願在木而爲桐，作膝上之鳴琴；悲樂極以哀來，終推我而輟音。考所願而必違，徒契契以苦心。擁勞情而罔訴，步容與於南林。棲木蘭之遺露，翳青松之餘音[三]。儻行行之有覿，交欣懼於中襟。竟寂寞而無見，獨悁想以空尋。斂輕裾以復路，瞻夕陽而流歎。步徙倚以忘趣，色慘悽而矜顏。葉燮燮以去條，氣淒淒而就寒，日負影以偕沒，月媚景於雲端。鳥悽聲以孤歸，獸索偶而不還。悼當年之晚暮，恨茲歲之欲殫。思宵夢以從之，神飄颻而不安。若憑舟之失棹，譬緣厓而無攀。于時畢昴盈軒，北風淒淒。烱烱不寐，衆念徘徊。起攝帶以伺晨，繁霜粲於素階。鷄歛翅而未鳴，笛流遠以清哀。始妙密以閒和，終寥亮而藏摧。意夫人之在茲，託行雲以送懷。行雲逝而無語，時奄冉而就過。徒勤思以自悲，終阻山而帶[四]河。迎清風以袪累，寄弱志於歸波。尤蔓草之爲會，誦召南之餘歌。坦萬慮以存誠，憇遙情於八遐。

【校記】

[一]懷，陳本、《文選補遺》同。《陶彭澤集》作瓌。
[二]而，陳本、《文選補遺》作以。
[三]音，陳本、《文選補遺》作陰，是。
[四]帶，陳本、《文選補遺》、《陶彭澤集》同。《陶淵明集箋注》作滯。

山居賦
謝靈運

古巢居穴處曰巖棲，棟宇居山曰山居，在林野曰丘園，在郊郭曰城傍，四者不同，可以理推。言心也，黃屋實不殊於汾陽。既事也，山居良有異乎市廛。抱疾就閑，順從性情，敢率所樂，而以作賦。楊子雲云："詩人之賦麗以則。"文體宜兼，以成其美。今所賦既非京都宮觀遊獵聲色之盛，而敘山野草木水石穀稼之事，才乏昔人，心放俗外，詠於文則可勉而就之，求麗，邈以遠矣。覽者廢張、左之艷辭，尋臺、皓之深意，去飾取素，儻值其心耳。意實言表，而書不盡，遺迹索意，託之有賞。其辭曰：

謝子臥疾山頂，覽古人遺書，與其意合，悠然而笑曰：夫道可重，故物為輕；理宜存，故事斯忘。古今不能革，質文咸其常。合宮非縉雲之舘，衢室豈放勳之堂。邁深心於禹湖，送高情於汾陽。嗟文成之却粒，願追松以遠遊。嘉陶朱之皷棹，酒語種以免憂。判身名之有辨，權榮素其無留。孰如牽犬之路既寡，聽鶴之塗何由哉。

若夫巢穴以風露貽患，則《大壯》以棟宇袪弊；宮室以瑤璇致美，則白賁以丘園殊世。惟上[一]缺[劉]於巖壑，幸兼善而罔滯。雖非市朝而寒暑均也，雖是築構而飾朴兩逝。

昔仲長願言，流水高山；應璩作書，邙阜洛川。勢有偏側，地闕周員。銅陵之奧，卓氏克鈲截木為器曰鈲[陳]槶裂帛為衣曰槶[陳]之端；金谷之麗，石子致音徽之觀。徒形域之薈蔚，惜事異於栖盤。至若鳳、叢二臺，雲夢、青丘，漳渠、淇園，橘林、長洲，雖千乘之珍苑，孰嘉遯之所遊。且山川之未備，亦何議於兼求。

覽明達之撫運，乘機緘而理默。指歲暮而歸休，詠宏徽於刊勒。狹三間之丧江，矜望諸之去國。選自然之神麗，盡高棲之意得。

仰前哲之遺訓，俯性情之所便。奉微軀以宴息，保自事以乘間。愧班生之夙悟，慙尚子之晚研。年與疾而偕來，志乘拙而俱旋。謝平生於知遊，捷[二]清曠於山川。

其居也，左湖右江，往渚還汀。面山背阜，東阻西傾。抱含吸吐，款跨紆縈。緜聯邪亘，側直齊平。

近東則上田下湖，西谿南谷，石塿石磅，閟硎黃竹。決飛泉於百仞，森高薄於千麓。寫長源於遠江，派深浤於近瀆。近南則會以雙流，縈以三洲。表裏迴游，離合山川。崿崩飛於東峭，槃傍薄於西阡。拂青林而激波，揮白沙而生漣。近西則楊、賓二江名[陳]接峯，唐皇山名[陳]連縱斜也[陳]。室、壁石室之壁[陳]帶谿，曾、孤二山名[陳]臨江。竹緣浦以被綠，石照澗而映紅。月隱山而成陰，木鳴柯以起風。近北則二巫結湖，兩嵒通沼。橫、石判盡，休、周二山名[陳]分表。引修堤之逶迤，吐泉流之浩漾。山巘下而囬澤，瀨石上而開道。

遠東則天台、桐栢，方石、太平，二韭、四明，五奧、三菁。表神異於緯牒，驗感應於慶靈。凌石橋之莓苔，超栖溪之紆縈。遠南則松箴、棲雞，唐嵫、漫石。崒、嵊對嶺，崑、孟二山名[陳]分隔。八[三]極浦而邅迴，迷不知其所適。上嶔崟而蒙籠，下深沉而澆激。遠西則阙四字[劉]。遠北則長江永歸，巨海延納。崑漲緬曠，島嶼綢沓。山縱橫以布護，水廻沈而縈洰。信荒極之縣眇，究風波之瞹合。

徒觀其南術之阙[劉]生巘阙[劉]成衍阙[劉]岸測深，相渚知淺。洪濤滿則曾石沒，清瀾減則沈沙顯。及風興濤作，水勢奔壯。于歲春秋，在月朔望。湯湯驚波，滔滔駭浪。電擊雷崩，飛流瀷漾。淩絕壁而起岑，橫中流而連薄。始迅轉而騰天，終倒底而見壑。此楚貳心醉於吳客，河靈懷慙於海若。

爾其舊居，曩宅今園，枌阙[劉]槿尚援，基井具存。曲術周乎前後，直陌亘其東西。豈伊臨谿而傍沼，迺抱阜而帶山。考封域之靈異，實茲境之最然。葺駢梁於巖麓，棲孤棟於江源。敞南戶以對遠嶺，辟東窗以矚近田。田連岡而盈疇，嶺枕水而通阡。

阡陌縱橫，塍塥交經。導渠引流，脉散溝並。蔚蔚豐愁，苾苾香秔。送夏蚤秀，迎秋晚成。兼有陵陸，麻麥粟菽。候時覘節，遁蓺邅孰。供粒食與[四]飲，謝工商與衡牧。生何待於多資，理取足於滿腹。

自園之田，自田之湖。泛濫川上，緬邈水區。濳潭潤而窈窕，除菰洲之紆餘。毖溫泉於春流，馳寒波而秋徂。風生浪於蘭渚，日倒景於椒塗。飛漸榭於中沚，取水月之歡娛。旦延陰而物清，夕棲芬而氣敷。顧情交之永絕，覬雲客之暫如。

水草則萍藻蘊荄，藿蒲芹蓀，兼菰蘋繁，蓛荇菱蓮。雖備物之偕美，獨扶渠之華鮮。播綠葉之鬱茂，含紅敷之繽翻。怨清香之難留，矜盛容之易闌。必克給而後寒，豈蕙草之空殘。卷《敂與扣同[陳]弦》之逸曲，感《江南》之哀歎。秦箏倡而溯遊徃，《唐上》奏而舊愛還。

《本草》所載，山澤不一。䕡、桐是別，和、綬是悉。參核六根，五華九實。二冬並稱而殊性，三建異形而同出。水香送秋而擢蓓，林蘭近雪而揚猗。卷栢萬代而不殞，伏苓千歲而知伏。映紅葩於綠蒂，茂素蕤於紫枝。既徃年而增靈，亦驅妖而斥疵。

其竹則二箭殊葉，四苦齊味。水石別谷，巨細各彙。既修竦而便娟，亦蕭森而翁蔚。露夕沾而淒陰，風朝振而清氣。玄捎雲以拂杪，臨碧潭而挺翠。蔑上林與淇澳，驗東南之所遺。企山陽之遊踐，遲鸞鷟之棲託。憶崑園之悲調，慨伶倫之哀籥。衛女行而思歸詠，楚客放而防露作。其木則松栢檀櫟，阙[劉]桐榆，檿山桑也[陳]柘榖惡木[陳]棟苦木[陳]，楸梓檉楮。剛柔性異，貞脆質殊。卑高沃涤，各隨所如。榦合抱以隱岑，杪千仞而排虛。淩岡上而喬竦，蔭澗下而扶疎。沿長谷以傾柯，攢積石以插衢。華映水而增光，氣結風而回敷。當嚴勁而蔥倩，承和煦而芬腴。送墜葉於秋晏，遲含萼於春初。

　　植物既載，動類亦繁。飛泳騁透，胡可根源。觀貌相音，備削山川。寒燠順節，隨宜匪敦。

　　魚則鰻鱧鮒鱮，鱒鯀鰱鯿，魴鮪鯋鱖，鱣鯉鯔鱸。輯采雜色，錦爛雲鮮。唼藻戲浪，汎苻流淵。或皷鰓而湍躍，或掉尾而波旋。鱸鮆乘時以入浦，鱥鮧沿瀨以出泉。鳥則鷗鴻鵁鶄，鶒鷺鴇鶒，雞鵲繡質，鷞伯勞也[陳]鸛綬章。晨梟朝集，時鶊雉也[陳]山梁。海鳥違風，朔禽避涼。黃生歸北，霜降客南。接響雲漢，侶宿江潭。聆清哇以下聽，載王子而上參。薄囮涉以弁翰，映䳺鷙而自耽。

　　山上則猿猵狸玃，犴獌猰㹨。山下則熊羆豺虎，麖鹿麢麞。擲飛枝於窮崖，踔空絕於深硎。蹲谷底而長嘯，攀木杪而哀鳴。緡綸不投，罝羅不披。磻弋靡用，蹄筌誰施。鑑虎狼之有仁，傷遂欲之無涯。顧弱齡而涉道，悟好生之咸宜。率所由以及物，諒不遠之在斯。撫鷗鯫而悅豫，杜機心於林池。

　　敬承聖誥，恭窺前經。山野昭曠，聚落羶腥。故大慈之弘誓，拯羣物之淪傾。豈寓地而空言，必有貸以善成。欽鹿野之華苑，羡靈鷲之名山。企堅固之貞林，希菴羅之芳園。雖粹一作絳[陳]容之緬邈，謂哀音之恆存。建招提於幽峯，冀振錫之息肩。庶鐙王之贈席，想香積之惠餐。事在[五]而思通，理匪絕而可溫。

　　爰初經略，杖策孤征。入澗水涉，登嶺山行。陵頂不息，窮泉不停。櫛風沐雨，犯露乘星。研其淺思，罄其矩規。非龜非筮，擇良選奇。翦榛開逕，尋石覓崖。四山周回，雙流逶迆。面南領，建經臺；倚北阜，築講堂。傍危峯，立禪室；臨浚流，列僧房。對百年之喬木，納萬代之芬芳。抱終古之泉源，美膏液之清長。謝麗塔於郊郭，殊世間於城傍。欣見素以抱樸，果甘露於道場。

　　苦節之僧，明發懷抱。事紹人徒，心通世表。是游是憩，倚石構草。寒暑有移，至業莫矯。觀三世以其夢，撫六度以取道。乘恬知以寂泊，含和理之窈窕。指東山以冥期，實西方之潛兆。雖一日以千載，猶恨相遇之不早。賤物重巳，棄世希靈。駭彼促年，愛是長生。冀浮丘之誘接，望安期之招迎。甘松桂之苦味，夷皮褐以頹形。羡蟬蛻之匪日，撫雲蜺其若驚。陵名山而屢憩，過巖石[六]而披情。雖未階於至道，且緬絕於世纓。指松菌而興言，良未齊於殤彭。

　　山作水役，不以一牧。資待各徒，隨節競逐。陟嶺刊木，除榛伐竹。抽筍自篁，摘篘于谷。揚勝桃也[陳]所拮，秋冬蘦子可食[陳]獲。野有蔓草，獵涉虁荬。亦醻山清，介爾景福。苦以木成，甘以播熟。慕棋高林，剥芨巖椒。掘蕎陽崖，摘擷陰摽。晝見塞茅，宵見索絢。芰菰蒚蒲，以薦以茭。既坁既埏，品收不一。其灰咸各有律，六月採蜜，八月樸栗。備物爲繁，畧載靡悉。

若乃南北兩居，水通陸阻。觀風瞻雲，方知厥所。南山則夾渠二田，周嶺三苑。九泉別澗，五谷異巘。羣峯參差出其間，連岫複陸成其坂。衆流溉灌以環近，諸堤擁抑以接遠。遠堤兼陌，近流開湍。淩阜泛波，水徃步還。還迴往匝，枉渚員蠻俱地名[陳]。呈美表趣，湖[七]可勝單。抗北頂以茸舘，殷南峯以啓軒。羅曾崖於戶裏，列鏡瀾於窗前。因丹霞以頹楣，附碧雲以翠椽。視奔星之俯馳，顧闠[劉]之未牽。鷗鴻翻翥而莫及，何但鷰雀之翩還。沉泉傍出，潺湲於東檐；桀壁對跱，硿礲於西霤。脩竹葳甤以翳薈，灌木森沈以蒙茂。蘿蔓延以攀援，花芬薰而媚秀。日月投光於柯間，風露披清於峴岫。夏涼寒燠，隨時取適。階基囬互，橑櫨乘隔。此焉卜寢，翫水芙石。邇卽囬眺，終歲罔斁。傷美物之遂化，怨浮齡之如借。眇遯逸於人羣，長寄心於雲霓。

因以小湖，鄰於其隈。衆流所湊，萬泉所囬。汎濫異形，首埿終肥。別有山水，路邈緬歸。求歸其路，迆界北山。棧道傾虧，蹬閣連卷。復有水逕，繚繞囬圓。瀰瀰平湖，泓泓澄淵。孤岸竦秀，長洲芊綿。既瞻既眺，曠矣悠然。及其二川合流，異源同口。赴隘入險，俱會山首。瀨排沙以積丘，峯倚渚以起阜。石傾瀾而稍巖，木映坡而結藪。逕南溵以橫前，轉北崖而掩後。隱叢灌故悉晨暮，託星宿以知左右。

山川澗石，州岸草木。既標異於前章，亦列同於後贖。山匪岨而是峙，川有清而無濁。石傍林而插巖，泉協澗而下谷。淵轉渚而散芳，岸靡沙而映竹。草迎冬而結葩，樹凌霜而振綠。向陽則在寒而納煦，面陰則當暑而含雪。連岡則積嶺以隱嶙，舉峯則羣竦以巀嶭。浮泉飛流以寫空，沈波潛溢於洞穴。凡此皆異所而咸善，殊節而俱說。

春秋有待，朝夕須資。既耕以飯，亦桑貿衣。藝菜當肴，採藥救頹。自外何事，順性靡違。法音晨聽，放生夕歸。研書賞理，敷文奏懷。凡厥意謂，揚較以揮。且列于言，誠特此推。

北山二園，南山三苑。百果備列，乍近乍遠。猗蔚溪澗，森疏崖巘。杏壇、棕園、橘林、栗圃。桃李多品，梨棗殊所。枇杷林檎，帶谷映渚。椹梅流芬於囬巒，椑柹被實於長浦。

畦町所藝，含藥藉芳，蓼蕺蔆音宗[陳]薺，葑菲蘇薑。綠葵眷節以懷露，白薤感時而負霜。寒葱摽倩以陵陰，春蒮吐苕以近陽。

弱質難恆，頹齡易喪。撫鬢生悲，視顏自傷。承清府之有術，冀在衰之可壯。尋名山之奇藥，越靈波而憩轅。採石上之地黃，摘竹下之天門。攎曾層同[陳]嶺之細辛，拔幽澗之溪蓀。訪鐘乳於洞穴，訊丹陽於紅泉。
　　安居二時，冬夏三月。遠僧有來，近衆無闕。法皷即響，頌偈清發。散花霏雴，流香飛越。析曠劫之微言，說像法之遺旨。乘此心之一豪，濟彼生之萬理。啓善趣於南倡，歸清暢於北机。非獨愿於予情，諒僉感於君子。山中兮清寂，羣分兮自絕。周聽兮匪多，得理兮俱悅。寒風兮搔屑，面陽兮常熱。炎光兮隆熾，對陰兮霜雪。偈曾層同[陳]台兮陟雲根，坐澗下兮越風穴。在茲城而諧賞，傳古今之不滅。
　　好生之篤，以我而觀。懼命之盡，吝景之懂。分一徃之仁心，拔萬族之險難。招驚魂於殆化，收危形於將闌。漾水性於江流，吸雲物於天端。覿騰翰之頑頡，視皷鰓之徃還。馳騁者儻能狂愈，猜害者或可理攀。
　　哲人不存，懷抱誰質。糟粕猶在，啓膯剖袠。見柱下之經二，覩濠上之篇七。承未散之全樸，救已頽於道術。差[八]夫！六藝以宣聖教，九流以判賢徒。國史以載前紀，家傳以申世模。篇章以陳美刺，論難以覈有無。兵技醫日，龜筴筮夢之法；風角冢宅，算數律曆之書。或平生之所流覽，並於今而棄諸。驗前識之喪道，抱一德而不渝。
　　伊昔韶亂，實愛斯文。援紙握管，會性通神。詩以言志，賦以敷陳。箴銘誄頌，咸各有倫。爰暨山棲，彌歷年紀。幸多暇日，自求諸己。研精靜慮，貞觀厥美。懷秋成章，含笑奏理。若迺乘攝持之告，評養達之篇。畏絕迹之不遠，懼行地之多艱。均上皇之自昔，忌下衰之在旃。投吾心於高人，落賓名於聖賢。廣成子[陳]滅景於崆峒，許由[陳]遁音於箕山。愚公[陳]假駒以表谷，涓子[陳]隱巖以塞芳。闕[劉]萊老萊子[陳]庇蒙以織畚。皓四皓[陳]棲商而頤志，卿長卿[陳]寢茂而敷詞。闕[劉]鄭真子[陳]別谷而永逝。梁伯鸞[陳]去霸而之會，闕[劉]高文通[陳]居唐而胥宇，臺孝威[陳]依崖而穴墀。咸自得以窮年，眇貞思於所遺。
　　暨其窈窕幽深，寂寞虛遠。事與情乖，理與形反。既耳目之靡端，豈足跡之所踐。蘊終古於三季，俟通剛於五眼。權近慮以停筆，抑淺知而絕簡。

【校記】
　　[一]據《宋書》、張溥《謝康樂集》，當有"託"字。
　　[二]捷，陳本同。《宋書》、《謝康樂集》作棲。
　　[三]八，陳本、《宋書》、《謝康樂集》作入。

[四]《宋書》、《謝康樂集》此有"漿"字。
[五]《宋書》、《謝康樂集》此有"微"字。
[六]石,陳本同。《宋書》、《謝康樂集》作室。
[七]湖,陳本、《宋書》、《謝康樂集》作胡。
[八]差,陳本同。《宋書》、《謝康樂集》作嗟。

酬德賦
謝朓

右衛沈侯以冠世偉才,眷余以國士,以建武二年,余將南牧,見贈五言。余時病,既以不堪泣職,又不獲復詩。四年,余忝役朱方,又致一首。迫東偏[一]寇亂,良無暇日。其夏還京師,且事讜言,未遑篇章之思。沈侯之麗藻天逸,固難以報章;且欲申之賦頌,得盡其體物之吉。《詩》不云乎:"無言不酬,無德不報。"言既未敢爲酬,然所報者寡於德耳。故稱之曰《酬德賦》。其辭曰:

悲夫四游之代序,六龍騖而不息;輕蓋靡於駿奔,玉衡勞於拊翼。嗟歲晏之尠歡,曾陰黯以悽惻;玄武伏於重介,宛虹潛以自匿。覽斯物之用捨,相羣方之動植;吊悴軀於華省,理衣簪而自敕。思披文而信道,散奮懣於智臆。嗟民生之知用,知莫深於知己;彼知己之爲深,信懷之其何已!牽弱葛之蔓延,寄陵風於松杞;指曲蓬之直達,固有憑於原枲。彼排虛與蹠[二]實,又相鳴於林沚;興《伐木》於友生,詠《承筐》於君子。矧景行之在斯,方寄言於同恥;求相仁於積習,寓神心於名理。惟敦牂之旅歲,實興齊之二六;奉武運之方昌,覿休風之未淑。龍樓儼而洞開,梁邸煥其重複。君奉筆於帝儲,我曳裾於皇穆;藉風雲之化景,申遊好於蘭菊。結德言而爲佩;帶芳猷而爲服,援雅範以自綏,懿前修之所勖。昔仲宣之發穎,實中郎之倒屣;及士衡之藉甚,託壯武之高義。有杞梓之貞心,協丹采之輝被;伊吾人之陋薄,雖斁藻之何實!惟風雅之未變,知雲綱之不廓;譬曾棟之將傾,必華榱之先落。翳明離以上賓,屬傳體於繊萼;周二輝而分崩,擠九禺於重壑。雖魚鳥之欲安,駭風川而囬薄;微天道之布新,嗟負首其焉託!余窘跡以多愧,塊離尤而獨處;君紆組於名邦,貽話言於川渚。恨分手於東津,望徂舟而延佇;慮古今之爲隔,豈山川之云阻!賴先德之龍興,奉英靈之電舉。事紫泥之密勿,腰青緺而容與;沾後惠以褐來,竟卒獲其笑語。我艤舟以命徒,將汨徂於南夏,既煦余以炯戒,又引之以風雅;若笙簧之在聽,雖舒憂而可假。昔痁病於漳濆,思繼歌而莫寫。恩靈降之未已,奉京扮[三]而作傅。臨邦塗之永陌,懷余馬於騏騄;望平津而出宿，登崇岡而興賦。顧歸幰之南甿，引行鑣而東驅；何瓖才之博侈，申贈辭於萱樹。指代匠而切偲，比治素而引喻；方含毫而報章，迫紛埃之東鶩。釋末位以言歸，忽乘驛以南赴；連篇章之莫訓[四]，欲寄言於徃句。類鍛翮之難矯，似洞源之不注；意搖搖以杼柚不寧貌，黽營營而馳騖。爾腰戟於戎禁，我拂劍於郎闈；願同車以日夜，城望昏而掩扉。時遊盤以未極，眷落景之徂輝；若清顏之倏忽，吝懽賞之多違。排重關而休告，知南館之有依；驂職門以右轉，僕望路其如歸。忘清漏之不緩，惜曉露之方晞。聞夫君之東守，地隱蓄而懷仙；登金華之[五]問道，得石室之名篇。悟寰中之迫脅，欲輕舉而捨旃；離寵辱於毀譽，去夭伐於腥羶。忽攜手以上征，躋中皇之修迥。巾帝車之廣軾，棹河舟之輕艇；歷星街之熠燿，浮天潢之瀁溟。機九轉於玉漿，練七明於神髀；吹萬化而不喧，度千春之可並。齊天地於倏忽，安事人間之紆婷哉！

【校記】

[一] 偏，陳本作編。《文選補遺》、張溥《謝宣城集》、曹融南《謝宣城集校注》作偏。

[二] 躋，陳本作搋。《文選補遺》、《謝宣城集》作躋。

[三] 扮，陳本、《文選補遺》、《謝宣城集》作帉。

[四] 訓，陳本、《文選補遺》、《謝宣城集》同。《謝宣城集校注》作詶。

[五] 之，陳本、《謝宣城集》作以。《文選補遺》作之。

郊居賦
沈約

惟至人之非己，固物我而兼忘。自中智以下愚洎，咸得性以為場。獸因窟而獲騁，鳥先巢而後翔。陳巷窮而業泰，嬰居湫而德昌。僑棲仁於東里，鳳晦跡於西堂。伊吾人之褊志，無經世之大方。思依林而羽戢，願託水而鱗藏。固無情於輪奐，非有欲於康莊。披東郊之寥廓，入蓬藋之荒茫。既從竪而橫構，亦風除而雨攘。

昔西漢之標季，余播遷之云始。違利建於海昏，創惟桑於江汜。同河濟之重世，踰班生之十紀。或辭祿而反耕，或彈冠而來仕。逮有晉之隆安，集艱虞於天步。世交爭而波之，民失時而狼顧。延亂麻於井邑，曝如莽於衢路。大地曠而靡容，昊天遠而誰訴。伊皇祖之弱辰，逢時艱之孔棘。違危邦而竄驚，訪安土而移即。肇胥宇於朱方，掩閑庭而晏息。值龍顏之鬱起，乃憑風而矯翼。指皇邑而南轅，駕修衢以騁力。遷華扉而來啓，張高衡而徒植。傍逸陌之脩平，面淮流之清直。芳塵浸而悠遠，世道忽其窊隆。緜四代於茲日，盈百祀於惟躬。嗟弊廬之難保，若寘籜之從風。或誅茅而翦棘，或既西而復東。乍容身於白社，亦寄孥於伯通。

迹平生之耿介，實有心於獨徃。思幽人而軫念，望東皋而長想。本忘情於徇物，徒羈紲於天壤。應屢歎於牽絲，陸興言於世綱。事滔滔而未合，志悁悁而無奬。路將殫而彌峭，情薄暮而踰廣。抱寸心其如蘭，何斯願之浩蕩。詠歸歟而躑躅，睠巌阿而抵掌。

逢時君之喪德，何凶昏之孔熾。乃戰牧所未陳，實升陑而所不記。彼黎元之喋喋，將垂獸而爲餌。瞻穹昊而無歸，雖非牢而被載。始歎彩絲而未覩，終道組而後值。尋貽愛乎上天，固非民其莫甚。授冥符於井翼，實靈命之所禀。當降監之初辰，值積惡之云稔。寧方割於下墊，廓重氛於上墋。躬靡暇於朝食，常求衣於夜枕。既牢籠於媯、夏，又驅馳乎軒、頊。德無遠而不被，朙無微而不燭。鼓玄澤於大荒，播仁風於遐俗。避終古而遐念，信王猷其如玉。

值銜圖之盛世，遇興聖之嘉期。謝中消於初日，叨光佐於此時。闕投石之猛志，無飛矢之麗辭。排陽烏而命邑，方河山而啓基。翼儲光於三善，長王職於百司。兢鄙夫之易失，懼寵祿之難持。伊前世之貴仕，罕紆情於丘窟。譬叢華於楚、趙，每驕奢以相越。築甲舘於銅馳，並高門於北闕。闢重扃於華閫，豈蓬蒿所能没。教傳嗣於境壤，何安身於窮地。味先哲而爲言，固余心之所嗜。不慕權於城市，豈邀名於屠肆。詠希微以考室，幸風霜之可庇。

爾乃傍窮野，抵荒郊；編霜荄，葺寒茅。構棲噪之所集，築町疃之所交。因犯檐^{虜同[陳]}而刊樹，由妨基而翦巢。決渟洿之汀濴，塞井甃之淪坳。蓺芳枳於北渠，樹脩楊於南浦。遷甕牖於蘭室，同肩牆於華堵。纖宿楚以成門，籍外扉而爲戶。既取陰於庭檽，又因籬於芳杜。開閣室以遠臨，闢高軒而旁覩。漸沼沚於霤垂，周塍陌於堂下。其水草則蘋萍茨芡，菁藻蕪菰；石衣海髪，黄荇緑蒲。動紅荷於輕浪，覆碧葉於澄湖。飡嘉實而却老，振羽服於清都。其陸卉則紫鼈緑蓛，天著山韭；鴈齒麋舌，牛唇彘首。布護南池之陽，爛漫北棲之後。或慕渚而芘地，或縈窓而窺牖。若乃園宅殊製，田圃異區。李衡則橘林千樹，石崇則雜果萬株。並豪情之所侈，非儉志之所娱。欲令紛披蓊鬱，吐緑攢諸[一]；羅窓映戶，接霤承隅。開丹房以四照，舒翠葉而九衢。抽紅英於紫蔕，銜素蘂於青跗。其林鳥則翻泊頡頏，遺音下上；楚雀多名，流嚶雜響。或班尾而綺翼，或緑衿而絳顙。好葉隱而枝藏，乍間關而來徃。其水禽則大鴻小鴈，天狗澤虞；秋鷖寒鵝，脩鶄短鼍。曳參差之弱藻，戲瀺灂之輕軀；翅抨流而起沫，翼鼓浪而成珠。其魚則赤鯉青魴，纖鰷鉅鱨。碧鱗朱尾，脩顱偃額。小則戲渚成文，大則噴流揚白。不興羨於江海。聊相忘於余宅。其竹則東南獨秀，九府擅奇。不遷植於淇水，豈分根於樂池。秋蜩吟葉，寒雀噪枝。來風南軒之下，負雪北堂之垂。訪往塗之畛跡，觀先識之情偽。每誅空而索有，皆指難以為易。不自己而求足，並尤物以興累。亦昔士之所迷，而今余之所避也。

原農皇之攸始，討厥播之云初。肇變腥以粒食，乃人命之所儲。尋井田之往記，考阡陌於前書。顏簞食而樂在，鄭高廩而空虛。頃四百而不足，畝五十而有餘。撫幽衷而跼念，幸取給於庭廬。緯東菑之故耗，浸北畝之新渠。無寨爨於曉蓐，不抱怨於朝蔬。排外物以齊遣，獨為累之在余。安事千斯之積，不羨汶陽之墟。

臨異維而騁目，即堆冢而流眄。雖茲山之培塿，乃文靖之所宴。驅四牡之低昂，響繁箎之清囀。羅方員而綺錯，窮海陸而兼薦。奚一權之足偉，委千金其如線。試撫臆而為言，豈斯風之可扇。將通人之遠旨，非庸情之所見。聊遷情而徙睇，識方阜於歸津。帶修汀於桂渚，肇舉鍾於彊秦。路縈吳而款越，塗被海而通閩。懷三島以長念，伊故鄉之可珍。實褰期於晚歲，非失步於方春。何東川之瀾瀾，獨流涕於吾人。謬參賢於昔代，亟徒游於茲所。侍彩旄而齊響，陪龍舟而遵渚。或列席而賦詩，或班醳而宴語。緫帷一朝冥漠，西陵忽其蔥楚。望商颷而永歎，每樂愷於斯觀。始則鍾石鏘鈜，終以魚龍瀾漫。或升降有序，或浮白無竿。貴則景[二]、魏、蕭、曹，親則梁武、周旦。莫不共霜霧而歇滅，與風雲而消散。眺孫后之墓田，尋雄霸之遺武。實接漢之後王，信開吳之英主。指衡岳而作鎮，苞江漢而為宇。徒徵言於石槨，遂延災於金縷。忽蕪穢而不脩，同原陵之膴膴。寧知螻蟻之與狐兔，無論樵豎之與牧豎。睇東巘以流目，心悽愴而不怡。蓋昔儲之奮苑，實博望之餘基。脩林則表以桂樹，列草則冠以芳芝。風臺累翼，月榭重楣。千櫨捷嶪，百栱相持。阜輣林駕，蘭枻水嬉。踰三齡而事徃，忽二紀以歷茲。咸夷漫以蕩滌，非古今之異時。

囬余眸於艮域，覿高舘於茲嶺。雖混成以無跡，竜遺訓之可秉。始湌霞而吐霧，終陵虛而倒景。駕雌蜺之連卷，泛天一作大[陳]江之悠水一作永[陳]。指咸池而一息，望瑤臺而高騁，匪奘言以自姱，冀神方之可請。惟鍾巖之隱鬱，表皇都而作峻，蓋望秩之所宗，含風雲而吐潤。其為狀也，則巍峩崇崒，喬枝拂日；堯嶷岩崢，墜石堆星。岑岙岬岘，或坳或平；盤堅枕卧，詭狀殊形。孤嶝橫插，洞穴斜經；千丈萬仞，三襲九成。亙繞州邑，款跨郊垌；素烟晚帶，白霧晨縈。近循則一巖異色，遠望則百嶺俱青。

觀二代之塋兆，覩摧殘之餘墢。成顛沛於虐豎，康斂衿於虛器；穆恭己於巖廊，簡遊情於玄肆；烈窮飲以致災，安忘懷而受崇。何宗祖之奇傑，威橫天而陵地。惟聖文之纘武，殆隆平之可至。余世德之所君，仰遺封而掩淚。神寢匪一，靈館相距。席布騂駒，堂流桂酷。降紫皇於天闕，延二妃於湘渚。浮蘭烟於桂棟，召巫陽於南楚。揚玉枹，握椒糈。怳臨風以浩唱，折瓊茅而延佇。敬惟空路邈遠，神蹤迥闊。念甚驚飇，生猶聚沫。歸妙軫於一乘，啓玄扉於三達。欲息心以遣累，必違人而後豁。或結橑於巖根，或開檻於木末。室闇蘿蔦，檐梢松栝。既得理於兼謝，固忘懷於飢渴。或攀枝獨遠，或陵雲高蹈。因葺茨以結名，猶觀空以表號。得忘己於茲日，豈期心於來報。天假余以大德，荷茲賜之無疆。受老夫之嘉稱，班燕禮於上庠。無希驥之秀質，乏如珪之令望。邀昔恩於舊主，重匪服於今皇。仰休老之盛則，請微軀於夕陽。勞蒙司而獲謝，猶奉職於春坊。時言歸於陋宇，聊暇日以翶翔。棲余志於淨國，歸余心於道場。獸依墀而莫駭，魚牣沼而不綱。旋迷塗於去轍，篤後念於徂光。晚樹開花，初英落藥。或異林而分丹青，乍因風而雜紅紫。紫蓮夜發，紅荷曉舒。輕風微動，芬芳襲余。風騷屑於園樹，月籠連於池竹。蔓長柯於簷桂，發黃華於庭菊。冰懸塯而帶坻，雪縈松而被野。鴨屯飛而不散，鴈高翔而欲下。並時物之可懷，雖外來而非假。寔情性之所留滯，亦忘之而不能捨也。
　　傷余情之頹暮，懼憂患其相溢。悲異軫而同歸，懽殊方而並失。時復託情魚鳥，歸閑蓬蓽。旁闕吳娃，前無趙瑟。以斯終老，於焉請[三]日。惟以天地之恩不報，書事之官靡述；徒重於高門之地，不載於良史之筆。長太息其何言，羞[四]愧心之非一。

【校記】

　　[一]諸，陳本、張溥《沈隱侯集》、《宋書》作朱。
　　[二]景，陳本、《宋書》作丙。《沈隱侯集》作景。
　　[三]請，陳本同。《宋書》、《沈隱侯集》作消。
　　[四]羞，陳本、《宋書》作羗。《沈隱侯集》作羞。

知己賦
江淹

　　陳國之華者，故吏部郎殷孚其人也。博而能通，學無不覽；雅賞文章，尤愛奇逸。雖志隱巖石，而名動京師矣。才多深見，氣有遠度。雖安期千里，不能尚焉。始於北府相值，傾蓋無已。僕乃得罪嶠外，遐路窈然。始還舊都，會君尋卒，故爲玆賦，以寄深哀。

　　順祇劾寶，瀆靈會昌。時雨種祉，山雲降祥。承瑤葉之餘曖，系金枝之未光。聳孤韻以風邁，騫逸氣以烟翔。故學不常師，而心鏡群籍；理不啓問，而情炤諸寅。採圖辨緯，遊機[一]訪曆；潛志百氏，沈神六經。冥柝柝同[陳]義象，該洽性靈。儒不隱迹，墨無遁形。既含道潤，亦發才華。采耀秋月，文麗冬霞。有體有艷，光國光家。識包上仁，義兼高行。如彼清波，可挹可鏡；又象沖室，惟清惟淨。氣擬北海，情方中散。風流未輊[二]，盛名猶纂。英馳芬激，譽流聲滿。

　　我筠心而松性，君金采而玉相。伊邂逅之未遇，爰契闊於朱方。丹瓊譬而非寶，綠蘭比而無芳。每賞矜其如契，貴懷允而不忘。亟閒席兮惆悵，屢緩帶而從容。論十代兮興毁，訪五都兮異同。談天理之開墓，辯人道之始終。罄龍圖及鳳書，傾蒼冊與篆字。儲西國之闕文，採東京之逸記。閱歆、向之舊旨，闡鍾、王之新意。對楚、漢之贍墨，覽魏、晉之鴻策。授遠近之眞假，削古今以名實。每齊韻而等逕，輒同懷而其[三]術。吐情志而深賞，忘年齒而隆眷。擬余才兮前華，比余文兮後彥。余結袂於山石，君憑神於寒霰。何遠期之未從，痛戢景其如電。堂酒兮一塵，暮燈兮萬春。黛草兮永祕，朱丹兮何晨？聞瑤質兮可變，知余采兮一奪。唯華名與芳暉兮，爭日月而無沫。

【校記】

　　[一]機，陳本、《江醴陵集》作璣。《江文通集彙注》作機。
　　[二]輊，陳本、《江醴陵集》作輆。
　　[三]其，陳本、《江醴陵集》作共。

思北歸賦
江淹

　　伊小人之薄伎，奉君子而輸力。接河漢之雄才，覽日月之英色。絕雲氣而厲響，負青天而撫翼。德被命而不渝，恩潤身而無極。何規矩之守任，信愚陋而不肖。愧金碧之琳瑯，慙丹船之照曜。樊天網而自離，徒夜分而誰弔。遭大道之隆盛，雖草木而勿履。誤銜造於遠國，出顛沛之願始。去三輔之臺殿，辭五都之城市。

　　惟江南兮丘墟，遙萬里兮長蕪。帶封狐兮上景，連雄虺兮蒼梧。當青春而離散，方仲冬而遂徂。寒兼葭於余馬，傷霧露於農夫。跨金峯與翠巒，涉桂水與碧湍。雲清泠而多緒，風蕭條而無端。獿之吟兮日光迥，狄之啼兮月色寒。究煙霞之繚繞，具林石之巉岏。

於是臨虹蜺以築室，鑿山櫁以爲柱。上暠暠以臨月，下淫淫而愁雨。奔水潦於遠谷，汨木石於深嶼。鷹隼戰而櫓巢，黿鼉怖而穴處。若季冬之嚴月，風搖木而騷屑。玄雲合而爲棟，黃烟起而成雪。虎蹧跼而斂步，蛟虁尼而失穴。至江蘺兮始秀，或杜衡兮初滋。桂含香兮作葉，藕生蓮兮吐絲。俯金波兮百丈，見碧沙兮來徃。霧菡萏兮半出，雲雜錯兮飛上。石炤爛兮各色，峯近遠兮異象。反廻風之搖蕙，天潭潭而下露。木蕭梢而可哀，草林離而欲暮。夜燈光之寥迥，歷隱憂而不去。心湯湯而誰告，魄寂寂而何語。情枯槁而不反，神翻覆而亡據。

夫以雄才不世之主，猶儲精於沛鄉；奇略獨出之君，尚婉戀於樊陽。潘去洛而掩涕，陸出吳而增傷。況北州之賤士，爲炎土之流人。共魍魎而相偶，與蟏蛸而爲鄰。秋露下兮點劍舄，青苔生兮綴衣巾。步庭蕪兮多蒿棘，顧左右兮絕親賓。憂而填骨，思兮亂神。願歸靈於上國，雖圬軹而不惜身。

卷　七

哀傷

悼李夫人賦
漢武帝

　　美連娟以脩嫮兮，命樔絕而不長。飾新官以延貯兮，泯不歸乎故鄉。慘鬱鬱其蕪穢兮，隱處幽而懷傷。釋輿馬於山椒兮，奄脩夜之不陽。秋氣憯以淒淚兮，桂枝落而銷亡。神煢煢以遙思兮，精浮游而出畺。託沈陰以壙久兮，惜蕃華之未央。念窮極之不還兮，惟幼眇之相羊徜徉同[陳]。函菱茯以俟風兮，芳雜襲以彌章。的容與以猗靡兮，縹飄姚虖愈莊。燕淫衍而撫楹兮，連流視而娥楊[一]。既激感而心逐兮，包紅顏而弗明。驊接狎以離別兮，宵寤夢之芒芒[二]。忽遷化而不反兮，魄放逸以飛揚。何靈魂之紛紛兮，哀裴回以躊躇。執[三]路日以遠兮，遂荒忽而辭去。超兮西征，屑兮不見。寖淫敞怳，寂兮無音。思若流波，怛兮在心。

　　亂曰：佳俠函光，隕朱榮兮。嫉妬闟茸，將安程兮！方時隆盛，年夭傷兮。弟子增欷，洿沫悵兮。悲愁於邑，喧不可止兮。嚮不虛應，亦云己兮。譙妍太息，歎稚子兮。懰慄不言，倚所恃兮。仁者不誓，豈約親兮？既徃不來，申以信兮。去彼昭昭，就冥冥兮。既下新宮，不復故庭兮。嗚呼哀哉，想魂靈兮！

【校記】

　　[一]楊，陳本、《漢書》作揚。
　　[二]芒芒，陳本作茫茫。《漢書》作芒芒。
　　[三]執，陳本、《漢書》作勢。

哀二世賦
司馬相如

登陂陁之長阪兮，坌入曾宮之嵯峨。臨曲江之隑州兮，望南山之參差。巖巖深山之窅窱兮，同谷豁乎谽谺。汨澉漱以永逝兮，註平皋之廣衍。觀衆樹之蓊薆兮，覽竹林之榛榛。東馳土山兮，北揭石瀨。弭節容與兮，歷弔二世。持身不謹兮，亡國失埶；信讒不寤兮，宗廟滅絶。嗚呼哀哉！操行之不得兮，墓蕪穢而不修兮，魂無歸而不食。

遂初賦
劉歆

《遂初賦》者，劉歆所作也。歆少通詩書，能屬文，成帝召爲黃門侍郎、中壘校尉、侍中奉車都尉、光祿大夫。歆好《左氏春秋》，欲立於學官。時諸儒不聽，歆乃移書太常博士，責讓深切，爲朝廷大臣非疾，求出補吏，爲河內太守。又以宗室不宜典三河，徙五原太守。是時朝政已多失矣，歆以論議見排擯，志竟不得。之官，經歷故晉之域，感今思古，遂作斯賦，以歎往事，而寄己意。

昔遂初之顯禄兮，遭閶闔之開通。躡三台而上征兮，入北辰之紫宮。侍列宿於鉤陳兮，擁太常之樞極。總六龍於駟房兮，奉華蓋於帝側。惟太階之倚闊兮，機衡爲之難運。懼魁杓之前後兮，遂隆集於河濱。遭陽侯之豐沛兮，乘素波以聊戾。得玄武之嘉兆兮，守五原之烽燧。二乘駕而既俟，僕夫期而在涂。馳太行之嚴防兮，入天井之喬關。歷崗岑以升降兮，馬龍騰以起攄。舞雙駟以優遊兮，濟黎侯之舊居。心滌蕩以慕遠兮，迴高都而北征。劇疆秦之暴虐兮，弔趙括於長平。好周文之嘉德兮，躬尊賢而下士。鶩駟馬而觀風兮，慶辛甲人名[陳]於長子。哀衰周之失權兮，數辱而莫扶。執孫蒯于屯留兮，救王師於余吾縣名[陳]。過下虒地名[陳]而歎息兮，悲平公之作臺。背宗周而不郵兮，苟偸樂而惰怠。枝葉落而不省兮，公族闋其無人。曰不悛而俞甚兮，政委棄於家門。載約履而正朝服兮，降皮弁以爲履。寶礫石於廟堂兮，面隋和而不眠視同[陳]。始建衰而造亂兮，公室由此遂卑。憐後君之寄寓兮，喑靖公之銅鞮。越侯田而長驅兮，釋叔向之飛患。悅善人之有救兮，勞祁奚於太原。何叔子之好直兮，爲羣邪之所惡。賴祁子之一言兮，幾不免乎徂落。靈美不必爲偶兮，時有羞而不相及。雖韞寶而求價兮，嗟千載其焉合？昔仲尼之淑聖兮，竟隘窮乎蔡陳。彼屈原之貞專兮，卒放沉於湘淵。何方直之難容兮，柳下黜而三辱。蘧瑗抑而再犇兮，豈材知之不足。揚蛾眉而見妒兮，固醜女之情也。曲木惡直繩兮，亦小人之誠也。以夫子之博觀兮，何此道之必然。空下時而矘音貫[陳]世兮，自命己之取患。悲積習之生常兮，固明智之所別。叔群既在皁隸兮，六卿興而爲桀。荀寅肆而顓恣兮，吉射叛而擅兵。憎人臣之若茲兮，責趙鞅於晉陽。軼中國之都邑兮，登句注山名[陳]以陵厲。歷鴈門而入雲中兮，超絕轍而遠逝。濟臨沃而遙思兮，垂意乎邊都。野蕭條以寥廓兮，陵谷錯以盤紆。飄寂寥以荒吻音勿[陳]兮，沙埃起而杳冥。廻風育其飄忽兮，廻颴颴之泠泠。薄涸凍之凝滯兮，茀谿谷之清涼。漂積雪之皚皚兮，涉凝露之隆霜。揚雹霰之復一作被[陳]陸兮，慨原泉之淩陰。激流澌之漻淚兮，窺九淵之潛淋。颸悽愴以慘怛兮，憾風漻以冽寒。獸望浪以宂竄兮，鳥脇翼之浚浚竣同[陳]。山蕭瑟以鷗鳴兮，樹木壞而哇吟。地坼裂而憤忽急兮，石捌破之嵓嵓。天烈烈以厲高兮，廖琤窻以梟牢。雁邕邕以遲遲兮，野鸛鳴而嘈嘈。望亭隧之皦皦兮，飛旗幟之翩翩。囧百里之無家兮，路脩遠之綿綿。於是勒障塞而固守兮，奮武靈之精誠。攄趙奢之策慮兮，威謀完乎金城。外折衝以無虞兮，內撫民以永寧。既邕容以自得兮，唯惕懼於竺一作篤[陳]寒。攸潛溫之玄室兮，滌濁穢於太清。反情素於寂寞兮，居華體之冥冥。玩書琴以條暢兮，考性命之變態。運四時而覽陰陽兮，總萬物之珍恠。雖窮天地之極變兮，曾何足乎留意。長恬淡以懽娛兮，固賢聖之所喜。

亂曰：處幽潛德，含聖神兮。抱奇內光，自得真兮。寵幸浮寄，奇無常兮。寄之去留，亦何傷兮。大人之度，品物齊兮。舍位之過，忽若遺兮。求位得位，固其常兮。守信保己，比老彭兮。

悼騷賦
梁竦

彼仲尼之佐魯兮，先嚴斷而後弘衍。雖離讒以鳴邑兮，卒暴誅於兩觀。殷伊周之愜德兮，曁太甲而俱寧。豈齊量其幾微兮，徒信己以榮名。雖吞刀以奉命兮，扶[一]目眦於門閭。吳荒萌其已殖兮，可信顏於王廬？圖往鏡來兮，闕比在篇。君名既泯沒兮，後辟亦然。屈平濯德兮，潔顯芬香。句踐罪種兮，越嗣不長。重耳忽推兮，六卿卒強。趙隕鳴犢兮，秦人入疆。樂毅奔趙兮，燕亦是喪。武安賜命兮，昭以不王。蒙宗不幸兮，長平顛荒。范父乞身兮，楚項不昌。何爾生不先後兮，惟[二]洪勛以遐邁。服荔裳如朱紋兮，騁鷺路於犇瀨。歷蒼梧之崇丘兮，宗虞氏之俊义。臨衆瀆之神林兮，東　職於蓬碣。祖聖道而垂典兮，裹忠孝以爲珍。既匡救而不得兮，必殞命而後仁。惟賈傅其違指兮，何楊生之欺真。彼皇麟之高舉兮，熙太清之悠悠。臨岷川以愴恨兮，指丹海以爲期。

【校記】

［一］扶，陳本同。《後漢書》作抚。
［二］惟，陳本同。《後漢書》作推。

九愁賦
曹植

嗟離思之難忘，心慘毒而含哀。踐有[一]畿之末境，越引領之徘徊。捲[二]浮雲以太息，顧攀登而無階。匪徇榮而愉樂，信舊都之可懷。恨時王之謬聽，受奸枉之虛辭。揚天威以臨下，忽放臣而不疑。登高陵而反顧，心懷愁而荒悴。念先寵之旣隆，哀後施之不遂。

雖危亡之不豫，亮無遠君之心。刈桂蘭而秣馬，舍余車於西林。願接冀於歸鴻，嗟高飛而莫攀。因流景而寄言，響一絕而不還。傷時俗之趨險，獨悵望而長愁。感龍鸞而匿跡。如吾身之不留。竄江介之曠野，獨眇眇而汎舟。思孤客之可悲，愍予身之翩翔。

豈天監之孔明，將時運之無常！謂內思而自策，筭乃昔之愆殃。以忠言而見黜，信毋負於時王。俗參差而不齊，豈毀譽之可同。競昏瞀以營私，害予身之奉公。共朋黨而妬賢，俾予濟乎長江。嗟大化之移易，悲性命之攸遭。愁慊慊而繼懷，惟[三]慘慘而情晚[四]。

曠年歲[五]而不囘，長去君乎悠遠。御飛龍之婉蜒，揚翠霓之華旌。絕紫霄而高騖，飄弭節於天庭。披輕雲而下觀，覽九土之殊形。顧南郢之邦壤，咸蕪穢而倚傾。駸盤桓而思服，仰御驪以悲鳴。紆予袂而收涕，僕夫感以失聲。履先王之正路，豈淫遹之可遵！

知犯君之招咎，恥干媚而求親。顧旋復之無軏，長自棄於遐濱。與麋鹿以爲群，宿林藪之葳蕤。野蕭條而極望，曠千里而無人。民生期於必死，何自苦以終身！寧作清水之沉泥，不爲濁路之飛塵。

踐蹊隧之危阻，登岩嶢之高岑。見失群之離獸，覿偏棲之孤禽。懷憤激以切痛，苦囙―作思[陳]忍之在心。愁戚戚其無爲，遊綠林而逍遙。臨白水以悲嘯，猿驚聽而[六]失條。亮無怨而棄逐，乃余行之所招。

【校記】

［一］有，陳本同。《陳思王集》作南。
［二］捲，陳本同。《陳思王集》作眷。
［三］惟，陳本同。《陳思王集》作怛。《曹植集校注》作恆。
［四］晚，陳本同。《陳思王集》作挽。

[五]歲，陳本同。《陳思王集》作載。
[六]而，陳本、《陳思王集》同。《曹植集校注》作以。

弔秦始皇賦
傅玄①

余治獄至長安，觀乎阿房，而弔始皇曰：

傷秦政之爲暴，棄仁義以自亡，搦紙申辭，以吊始皇。有姬失統，命不于常，六國既平，奄有萬方，政雲刑酷，如火之揚。致周章之百萬，取發掘於項王，疲斯民乎宮墓，甚癸辛于夏商。未旋踵而爲墟，屯麋麇乎廟堂。國既顛而莫扶，孰阻兵之爲強。

哀江南賦
庾信

粵以戊辰之年，建亥之月，大盜移國，金陵瓦解。余乃竄身荒谷，公私塗炭。華陽奔命，有去無歸。中興道銷，窮于甲戌。三日哭於都亭，三年囚於別舘。天道周星，物極必反。傅燮之但悲身世，無處求生；袁安之每念王室，自然流涕。昔桓君山之志士，杜元凱之平生，並有著書，咸能自序。潘岳之文采，始述家風；陸機之詞賦，先陳世德。信年始二毛，即逢喪亂，藐是流離，至於暮齒。《燕歌》遠別，悲不自勝；楚老相逢，泣將何及。畏南山之雨，忽踐秦庭；讓東海之濱，遂餐周粟。下亭漂泊，高橋羈旅。楚歌非取樂之方，魯酒無忘憂之用。追爲此賦，聊以記言，不無危苦之詞，唯以悲哀爲主。

日暮途遠，人間何世！將軍一去，大樹飄零；壯士不還，寒風蕭瑟。荊璧睨柱，受連城而見欺；載書橫階，捧珠盤而不定。鐘儀君子，入就南冠之囚；季孫行人，留守西河之館。申包胥之頓地，碎之以首；蔡威公之淚盡，加之以血。釣臺移柳，非玉關之可望；華亭鶴唳，非河橋之可聞！

孫策以天下爲三分，衆纔一旅；項籍用江東之子弟，人唯八千。遂乃分裂山河，宰割天下。豈有百萬義師，一朝卷甲，芟夷斬伐，如草木焉？江淮無涯岸之阻，亭壁無藩籬之固。頭會箕斂者，合從締交；鋤耰棘矜者，因利乘便。將非江表王氣，終於三百年乎？是知併吞六合，不免軹道之災；混一車書，無救平陽之禍。嗚呼！山嶽崩頹，既履危亡之運；春秋迭代，

---

① 據嚴可均《全晉文》，應爲傅咸作。

必有去故之悲。天意人事，可以悽愴傷心者矣！況復舟楫路窮，星漢非乘槎可上；風飈道阻，蓬萊無可到之期。窮者欲達其言，勞者欲[一]歌其事。陸士衡聞而撫掌，是所甘心；張平子見而陋之，固其宜矣。

　　我之掌庾承周，以世功而爲族；經邦佐漢，用論道而當官。禀嵩、華之玉石，潤河、洛之波瀾。居負洛而重世，邑臨河而晏安。逮永嘉之艱虞，始終[二]原之乏主。民枕倚於牆壁，路交横於豺虎。值五馬之南奔，逢三星之東聚。彼凌江而建國，始播遷於吾祖。分南陽而賜田，裂東嶽而胙土。誅茅宋玉之宅，穿徑臨江之府。

　　水木交運，山川崩竭。家有直道，人多全節。訓子見於純深，事君彰於義烈。新野有生祠之廟，河南有胡書之碣。況乃少微真人，天山逸民，階庭空谷，門巷蒲輪。移談講樹，就簡書筠。降生世德，載誕真臣。文詞高於甲觀，模楷盛於漳濱。嗟有道而無鳳，歎非時而有麟。既奸囘之^{興音備[陳]}匿，終不悅於仁人。

　　王子洛濱之歲，蘭成射策之年。始含香於建禮，仍矯翼於崇賢。遊洊雷之講肆，齒明離之胄筵。既傾蠡而酌海，遂測管而窺天。方塘水白，釣渚池圓。侍戎韜於武帳，聽雅曲於文絃。乃解懸而通籍，遂崇文而會武。居笠轂而掌兵，出蘭池而典午。論兵於江漢之君，拭玉於西河之主。

　　于時朝野歡娛，池臺鐘皷。里爲冠蓋，門成鄒魯。連茂苑於海陵，跨横塘於江浦。東門則鞭石成橋，南極則鑄銅爲柱。橘則園植萬株，竹則家封千戶。西賮浮玉，南琛没羽。吳歈越吟，荊艷楚舞。草木之遇陽春，魚龍之逢風雨。五十年中，江表無事。王歙爲和親之侯，班超爲定遠之使。馬武無預於甲兵，馮唐不論於將帥。豈知山嶽闇然，江湖潛沸，漁陽有閭左戍卒，離石有將兵都尉。

　　天子方删詩書，定禮樂；設重雲之講，開士林之學。談刦燼之灰飛，辨常星之夜落。地平魚齒，城危獸角。卧刁斗於滎陽，絆龍媒於平樂。宰衡以干戈爲兒戲，搢紳以清談爲廟畧。乘漬水以膠船，馭奔駒以朽索。小人則將及水火，君子則方成猿鶴。弊箄不能救鹽池之鹹，阿膠不能止黄河之濁。既而魴魚頳尾，四郊多壘。殿狎江鷗，宮鳴野雉。湛盧去國，艅艎失水。見被髮於伊川，知百年爲戎矣。

　　彼奸逆之熾盛，久遊魂而放命。大則有鯨有鯢，小則爲梟爲獍。負其牛羊之力，囟其水草之性。非玉燭之能調，豈璿璣之可正。值天下之無爲，尚有欲於羈縻。飲其琉璃之酒，賞其虎豹之皮。見胡桐於大夏，識[三]鳥卵於條支。豺牙密厲，虺毒潛吹。輕九鼎而欲問，聞三川而遂窺。

　　始則王子召戎，奸臣介胄。既官政而離逖，遂師言而泄漏。望廷尉之逋囚，反淮南之窮寇。出狄泉之蒼鳥，起橫江之困獸。地則石皷鳴山，天則金精動宿。北闕龍吟，東陵麟鬭。爾乃桀黠構扇，馮陵畿甸。擁狼望於黃圖，塡盧山於赤縣。青袍如草，白馬如練。天子履端廢朝，單于長圍高宴。兩觀當戟，千門受箭。白虹貫日，蒼鷹擊殿。竟遭夏臺之禍，終視堯城之變。官守無奔問之人，干戚非平戎之戰。陶侃空爭米船，顧榮虛搖羽扇。

將軍死綏，路絶重圍。烽隨星落，書逐鳶飛。乃韓分趙裂，鼓卧旗折。失群班馬，迷輪亂轍。猛士嬰城，謀臣卷舌。昆陽之戰象走林，常山之陣虵奔穴。五郡則兄弟相悲，三州則父子離別。

護軍慷慨，忠能死節，二世爲將，終於此滅。濟陽忠壯，身糸末將，兄弟三人，義聲俱唱。主辱臣死，名有身喪。敵人歸元，三軍悽愴。尚書多筭，守備是長。雲梯可拒，地道能防。有齊將之閉壁，無燕師之卧墻。大事去矣，人之云亡！

申子奮發，勇氣咆勃，實惣元戎，身先士卒。胄落魚門，兵塡馬窟，屢犯通中，頻遭刮骨。功業夭柱，身名埋沒。或以隼翼鷃披，虎威狐假。沾漬鋒鏑，脂膏原野。兵弱虜強，城孤氣寡。聞鶴唳而虛驚，聽胡笳而淚下。據神亭而亡戟，臨橫江而棄馬。崩於鉅鹿之沙，碎於長平之瓦。

於是桂林顛覆，長洲麋鹿。潰潰沸騰，茫茫墋[四]黷。天地離阻，人神慘酷。晉、鄭靡依，魯、衛不睦。競動天關，爭廻地軸。探雀鷇而未飽，待熊蹯而詎熟？乃有車側郭門，筋懸廟屋。鬼同曹杜之謀，人有秦庭之哭。

爾乃假刻璽於關塞，稱使者之酬對。逢鄂阪之譏嫌，值耏門之征稅。乘白馬而不前，策青騾而轉礙。吹落葉之扁舟，飄長風於上游。彼鋸牙而鈎爪，又巡江而習流。排青龍之戰艦，鬭飛鷰之船樓。張遼臨於赤壁，王濬下於巴丘。乍風驚而射火，或箭重而沉舟。未辨聲於黃蓋，以先沉於杜侯。落帆黃鶴之浦，藏船鸚鵡之洲。路已分於湘、漢，星猶看於斗、牛。

若乃陰陵路絶，釣臺斜趣。望赤壁而沾衣，艤烏江而不渡。雷池柵浦，鵲陵焚戍。旅舍無烟，巢禽無樹。謂荆、衡之杞梓，庶江、漢之可恃。淮海維揚，三千餘里。過漂渚而寄食，託蘆中而渡水。屆于七澤，濱于十死。嗟天保之未定，見殷憂之方始。本不達於危行，又無情於祿仕。謬掌衛於中軍，誤尸承於御史。信生世等於龍門，辭親同於河洛，奉立身之遺訓，受成書之顧託。昔三世而無慙，今七葉而方落。泣風雨於《梁山》，惟枯魚之銜索。入欹斜之小徑，掩蓬藋之荒扉。就汀洲之杜若，待蘆葦之單衣。

于時西楚霸王，劍及繁陽。麾兵金匱，校戰玉堂。蒼鷹赤雀，鐵軸牙檣。沉白馬而誓衆，負黃龍而渡江，海潮迎艦，江萍送王。戎軍屯于石城，戈船掩于淮、泗。諸侯則鄭伯前驅，盟主則荀罃暮至。剖巢燻穴，奔魍走魅。埋長狄於駒門，斬蚩尤於中冀。燃腹為燈，飲頭為器。直虹貫壘，長星屬地。昔之虎據龍盤，加以黃旗紫氣，莫不隨狐兔而窟穴，與風塵而殄瘁。

　　西瞻博望，北臨玄圃，月榭風臺，池平樹古。倚弓於玉女窗扉，繫馬於鳳皇樓柱。仁壽之鏡徒懸，茂陵之書空聚。

　　若夫立德立言，謨明寅亮；聲超於繫表，道高於河上。更不遇於浮丘，遂無言於師曠。以愛子而托人，知西陵而誰望。非無北闕之兵，猶有靈臺之仗。司徒之表裏經綸，狐偃之惟王實勤。橫琱戈而對霸主，執金鞭而問賊臣。平吳之功，壯於杜元凱；王室是賴，深於溫太眞。始則地名全節，終則山稱枉人。南陽校書，去之已遠；上蔡逐獵，知之何晚！鎮北之負譽矜前，風飈凜然。水神遭箭，山靈見鞭。是以蟄熊傷馬，浮蛟沒鳶。才子拼命，俱非百年。

　　中宗之夷凶靜亂，大雪冤恥，去代邸而承基，遷唐郊而纂祀。反舊章於司隸，歸餘風於正始。沉猜則方逞其欲，藏疾則自矜於己。天下之事沒焉，諸侯之心搖矣。既而齊交北絕，秦患西起。況背關而懷楚，異[五]端委而開吳。驅綠林之散卒，拒驪山之叛徒。營軍梁溠，蒐乘巴渝。問諸滛昏之鬼，求諸厭刻之巫。荊門遭廈延之戮，夏口濫逵泉之誅。蔑因親以致愛，忍和樂於彎弧。既無謀於肉食，非所望於《論都》。未深思於五難，先自擅於三端。登陽城而避險，卧砥柱而求安。既言多於忌刻，實志勇而刑殘。但坐觀於時變，本無情於急難。地惟黑子，城猶彈丸。其怨則黷，其盟則寒。豈冤禽之能塞海，非愚叟之可移山。況以沴氣朝浮，妖精夜殞。赤烏則三朝夾日，蒼雲則七重圍軫。亡吳之歲既窮，入郢之年斯盡。

　　周含鄭怒，楚結秦冤。有南風之不競，值西隣之責言。俄而梯衝亂舞，冀馬雲屯。棧秦車於暢轂，沓漢皷於雷門。下陳倉而連弩，渡臨晉而橫船。雖復楚有七澤，人稱三戶。箭不麗於六麋，雷無驚於九虎。辭洞庭兮落木，去涔陽兮極浦。熾火兮楚旗，貞風兮害蠱。乃使玉軸揚灰，龍文折柱。

　　下江餘成，長林故營。徒思拑馬之秣[六]，未見燒牛之兵。章曼支以轂走，宮之奇以族行。河無冰而馬度，關未曉而雞鳴。忠臣解骨，君子吞聲。章華望祭之所，雲夢偽遊之地。荒谷縊於莫敖，冶父囚於群帥。硎穽摺拉，鷹鸇批攢。冤霜夏零，憤泉秋沸。城崩杞婦之哭，竹染湘妃之淚。

　　水毒秦涇，山高趙陘。十里五里，長亭短亭。饑隨蟄燕，暗逐流螢。秦中水黑，關上泥青。于時瓦解冰泮，風飛雹散，渾然千里，淄、澠一亂。雪暗如沙，冰橫似岸。逢赴洛之陸機，見離家之王粲。莫不聞隴水而掩泣，向關山而長歎。況復君在交河，妾在清波。石望夫而逾遠，山望子而逾多。才人之憶代郡，公主之去清河。枳陽亭有離別之賦，臨江王有愁思之歌。別有飄飄武威，羈旅金微。班超生而望返，温序死而思歸。李陵之雙鳬永去，蘇武之一鴈空飛。

若江陵之中否，乃金陵之禍始。雖借人之外力，實蕭墻之內起。撥亂之主忽焉，中興之宗不祀。伯兮叔兮，同見戮於猶子。荊山鵲飛而玉碎，隨岸蛇生而珠死。鬼火亂於平林，殤魂遊於新市。梁故豐徙，楚實秦亡。不有所廢，其何以昌？有嬀之後，將育於姜。輸我神器，居為讓王。天地之大德曰生，聖人之大寶曰位。用無賴之子弟，舉江東而全棄。惜天下之一家，遭東南之反氣。以鶉首而賜秦，天何為而此醉？

且夫天道廻旋，生民預焉。余烈祖於西晉，始流播於東川。洎余身而七葉，又遭時而北遷。提挈老幼，關河累年。死生契闊，不可問天。況復零落將盡，靈光巋然。日窮于紀，歲將復始。逼切危慮，端憂暮齒。踐長樂之神皋，望宣平之貴里。渭水貫於天門，驪山廻於地市。幕府大將軍之愛客，丞相平津侯之待士。見鍾鼎於金、張，聞絲歌於許、史。豈知灞陵夜獵，猶是故時將軍；咸陽布衣，非獨思歸王子！

【校記】

[一]欲，陳本、《庾開府集》作須。
[二]終，陳本、《庾開府集》作中。
[三]識，陳本作謝。《庾開府集》作識。
[四]塪，陳本作慘。《庾開府集》作塪。
[五]異，陳本、《庾開府集》作冀。《庾子山集注》作異。
[六]秣，陳本作移。《庾開府集》作秣。

泣賦
江淹

秋日之光，流兮以傷。霧離披而殺草，風清泠而繞堂。視左右而不膔，具衣冠而自涼。默而登高谷，坐景山，倚桐栢，對石泉。直視百里，處處秋烟，閴寂以思，情緒留連。江之永矣蓮欲紅，南有喬木葉以窮。心蒙蒙兮怳惚，魄漫漫兮西東。詠河、兗之故俗，眷徐、楊[一]之遺風。眷徐楊[二]兮阻關梁，詠河兗兮路未央。道尺折而寸斷，黿十逝而九傷。欹潺湲兮沫袖，泣鳴唈兮染裳。

若夫景公齊山，荊卿燕市；孟嘗聞琴，馬遷廢史；少卿悼躬，夷甫傷子。皆泣緒如絲，詎能仰視。鏡終古而若斯，況余輩情之所使哉！

【校記】
　　[一][二]陳本、《江醴陵集》皆作徐揚。《江文通集彙注》同劉本。

<h3 style="text-align:center">哀千里賦</h3>
江淹

　　蕭蕭江陰兮，荊山之岑。北繞瑯琊碣石，南馳九疑桂林。山則異嶺奇峯，橫嶼帶江；雜樹億尺，紅霞萬里。水則遠天相逼，浮雲共色；沄沄無底，溶溶不測。其中險如孟門，豁若長河。參差巨石，縱橫龜鼉。

　　若乃夏后未鑿，秦皇未闢。嶄岩生岸，迤邐成迹。馳湍走浪，漂沙擊石。伊孟冬之初立，出首夏以歸來。自出國而辭友，永懷慕而抱哀。黽終朝以三奪，心一夜而九摧。徒望悲其何及，銘此恨於黃埃。

　　於時鴻雁既鳴，秋光亦窮。水黯黯兮蓮葉動，山蒼蒼兮樹色紅。思雲車兮沅北，望蜺裳兮灃東。惜重華之已沒，念芳草之坐空。

　　既而悄愴成憂，憫默自憐。信規行之未曠，知矩步之已難。雖河北之菀塏，猶橘柚之不遷。及年歲之未晏，願匡坐一作主[陳]於霸山。

<h3 style="text-align:center">傷友人賦 并序</h3>
江淹

　　僕之神交者，嘗有陳郡之袁炳焉。有逸才，有妙賞，博學多聞，明敏而識奇異，僕以爲天下絕倫。黯與秋草同折，今不復見才矣。既而陳書有念，橫瑟無從。雖乏張、范通靈之感，庶同嵇、向篤徒之哀。乃爲辭曰：

　　泫然沾衣兮，悲袁友之英秀。系神緒而作民[一]，胤靈枝而啟胄。轢四代而式昌，洎十葉而克茂。友人之生，川岫降明。峻調逈韻，惠志聰情。倜儻遠度，寂寥靈素。文攀淵、卿，史類遷、固。譬如冬雪既潔，將似秋月至徹。乃上代而少雙，故叔世而曠絕。弔蕙若之暫芳，慟琬琰之永闕。

　　余既好於斯友，乃神交於一顧。邈疇年之繾綣，竊生平之遊遇。既遊遇兮可尋，乃協好兮契心。懷愛重於素璧，結分珍於黃金。拾一代而笑淺，訪古人而求深。故高術而共迺，豈異袖而同襟。爾挂情於霜柏，我發意於東[二]桂。攬千品之消散，鏡百侯之哀替。帶瑤玉而爭光，握隨珠而比麗。十[三]圖兮炤籍，抽經兮閱史。共檢兮雑書，同抃古柝字[陳]兮河紀。既思遊兮百說，亦窮精兮萬微[四]。愛詩文之綺發，賞賦艷兮錦起。罄古今之寶賣，殫竹素之琛奇。信朝日之徒昊[五]，屬夜星之空移。覽秋實於西苑，摘春華於東池。蚉同歲於上京,未滿年於下國,爾湘水兮深沈,我前山兮眇默,惟音華與書酒,伊楚越兮南北。

余結誼兮梁門,復從官兮朱藩。何人遙之困阻,而天道之匪存。凋碧玉之神樹,銷紫石之靈根。永遠書於江澨,結深痛於爾亹。竃綫昧其若絕,泣縈盈其若結。丞妙賞之不留,悼知音之已逝。金雖重而見鑄,桂徒芳而被折。百年一盡兮,貴揚蕤於後烈。

【校記】
[一]民,陳本、《江醴陵集》作氏。
[二]東,陳本同。《江醴陵集》作冬。
[三]十,陳本、《江醴陵集》作披。《江文通集彙注》作拾。
[四]微,據陳本補。《江醴陵集》作里。
[五]昊,陳本同。《江醴陵集》作昃。

論文

禮賦
荀況

爰有大物,非絲非帛,文理成章。非日非月,爲天下明。生者以壽,死者以葬,城郭以固,三軍以強。粹而王,駮而伯,無一焉而亡。臣愚不識,敢請之王。

王曰:此夫文而不采者與?簡然易知而致有理者與?君子所敬而小人所不㪍同[陳]敬者與?性不得則若禽獸,性得之則甚雅似者與?匹夫隆之則爲聖人,諸侯隆之則一四海者與? 致[一]明而約,甚順而體,請歸之禮。

【校記】
[一]致,陳本作至。《荀子集解》作致。

知賦
荀況

皇天隆物,以示下民,或厚或薄,常不齊均。桀、紂以亂,湯、武以賢,涽涽淑淑,皇皇穆穆。周流四海,曾不崇日。君子以修,跖以空室。大參乎天,精微而無形。行義以正,事業以成。可以禁暴足窮,百姓待之而後寧泰,臣愚不識,願問其名。

曰：此夫安寬平而危險隘者邪？修潔之爲親而雜汙之爲狄者邪？甚深藏而外勝[一]敵者邪？法禹、舜而不能揜迹者邪？行以動靜，待之而後適者邪？血氣之精也，志意之榮也。百姓待之而[二]後寧也，天下待之而後平也。明達純粹而無疵也，夫是之謂君子之知。

【校記】

[一]"勝"字據陳本補。《荀子集解》有。

[二]"後適者邪？"至此，劉本無，據陳本補。《荀子集解》有。

太玄賦

楊雄

觀大《易》之損益兮，覽老氏之倚伏。省憂喜之共門兮，察吉凶之同域。皦皦著乎日月兮，何俗聖之暗燭。豈憩寵以冒災兮，將噬臍之不及。若飄風不終朝兮，驟雨不終日。雷隆隆而輒[一]息兮，火燄—作尤[陳]熾而速滅。自夫物有盛衰兮，況人事之所極。奚貪婪於富貴兮，迄喪躬而危族。

豐盈禍所棲兮，名譽怨所集。熏以芳而致燒兮，膏含肥而見炳。翠羽微[二]而殃身兮，蚌含珠而擘裂。聖作典以濟時兮，驅蒸民而入甲。張仁義以爲綱兮，懷忠貞以矯俗。指尊選以誘世兮，疾身沒而名滅。

豈若師由聃兮，執玄靜於中谷。納僑祿於江淮兮，揖松喬於華嶽。升崑崙以散髮兮，踞弱水而濯足。朝發軔於流沙兮，夕翱翔于[三]碣石。忽萬里而一頓兮，過列仙以託宿。役青要以承戈兮，舞馮夷以作樂。聽素女之清聲兮，觀宓妃之妙曲。茹芝英以禦餓兮，飲玉醴以解渴。排閶闔以窺天庭兮，騎騂駥以蜘蟵。載羨門與儷遊兮，永覽周乎八極。

亂曰：甘餌含毒，難數嘗兮。麟而可羈，近犬羊兮。鸞鳳高翔，戾青雲兮。不掛網羅，固足珍兮。斯錯位極，離大戮兮。屈子慕清，葬魚腹兮。伯姬曜名，焚厥身兮。孤竹二子，餓首山兮。斷跡屬婁，何足稱兮。辟斯數子，智若淵兮。我異於此，執太玄兮。蕩然肆志，不拘攣兮。

【校記】

[一]輒，陳本、《古文苑》、《揚侍郎集》同。《揚雄集校注》作輟。

[二]微，陳本、《揚侍郎集》作嫩。

[三]于，陳本、《揚侍郎集》作乎。

卷　八

音樂

笛賦
宋玉

余嘗觀於衡山之陽，見奇篠異幹、罕節間枝之叢生也。其處磅礴千仞，絕溪淩阜，隆崛萬丈，磐石雙起，丹水涌其左，醴泉流其右。其陰則積雪凝霜，霧露生焉。其東則朱天皓日，素朝翢焉。其南則盛夏清微，春陽榮焉。其西則涼風遊旋，吸逮存焉。幹枝洞長，桀出有良。名高師曠，將爲《陽春》《北鄙》《白雪》之曲，假塗南國，至此山，望其叢生，見其異形，曰命陪乘，取其雄焉。宋意將送荆卿於易水之上，得其雌焉，於是乃使王爾、公輸之徒，合妙意，角較手，遂以爲笛。於是天旋少陰，白日西靡，命嚴春，使午子，廷長頸，奮玉手，摛朱脣，曜皓齒，頰顔臻，玉貌起，吟清商，追流徵，歌《伐檀》，號《孤子》，發久轉，舒積鬱。其爲幽也，甚乎懷永抱絕，喪夫天，亡稚子，纖悲徵痛毒，離肌腸腠理，激叫入青雲，慷慨切窮土[一]，度曲羊腸坂，揆狹振奔逸。遊泆志，列絃節，武毅發，沈憂結，呵鷹揚，叱太一，聲淫淫以黯黮，氣旁合而爭出，歌壯士之必往，悲猛勇乎飄疾。麥秀漸兮，鳥聲革翼，招伯奇於源陰，追申子於晉域。夫奇曲雅樂，所以禁淫也；錦繡黼黻，所以禦暴也。繆則泰過，是以檀卿刺鄭聲，周人傷《北里》也。

亂曰：芳林皓幹，有奇寶兮，博人通翢，樂斯道兮。般衍瀾漫，終不老兮，雙枝間麗，貌甚好兮。八音和調，成稟受兮，善善不衰，爲世保兮。絕鄭之遺，離南楚兮，美風洋洋，而暢茂兮。嘉樂悠長，俟賢士兮，鹿鳴萋萋，思我友兮，安心隱志，可長久兮。

【校記】

[一]土，陳本、《古文苑》、《文選補遺》作士。

琴賦
蔡邕

清聲發兮五音舉，韻宮商兮動徵羽，曲引興兮繁絲撫。然後哀聲既發，祕弄乃開。左手抑揚，右手徘徊。抵掌反復，抑按藏摧。於是繁絃既抑，雅韻乃揚。仲尼《思歸》，《鹿鳴》三章。《梁甫》悲吟，周公《越裳》。青雀西飛，別鶴東翔。飲馬長城，楚曲朗光。走獸率舞，飛鳥下翔。感激絃歌，一低一昂。

觀舞賦
張衡

昔客有觀舞於淮南者，美而賦之，曰：

音樂陳兮肴酒施，擊靈鼓兮吹參差。叛淫衍兮漫陸離。於是飲者皆醉，日亦既昃。美人興而將舞，乃脩容而改服。襲羅縠而雜錯，申綢繆而自飾。柎者啾其齊列，盤鼓煥以駢羅。抗脩袖以翳面，展清聲而長歌。歌曰："驚雄遊兮孤雌翔，臨歸風兮思故鄉。"搦纖腰以玄[一]折，嬛傾倚兮低昂。增芙蓉之紅華兮，光灼爍以發揚。騰嫇目以顧眄，盼爛爛以流光。連翩絡繹，乍續乍絕。裾似飛鷰，袖如迴雪。於是粉黛弛兮玉質粲，珠簪挺兮緇髮亂。然後飾笄整髮，被纖垂縈。同服駢奏，合體齊聲。進退無差，若影追形。

【校記】

[一]玄，陳本、《古文苑》、《張河間集》同。《張衡詩文集校注》作互。

橫吹賦
江淹

驃騎公以劍卒十萬，禦荊人於外郊。鐵馬煩而人簪色，綵旄耀而士銜威。軍容有橫吹，僕感而為之賦，云：

北陰之竹兮，百尺而不見日。石碐礋而成象，山沓合而為一。雲逕逕而孤去，風時時而寒出。木欹柯而攢抏，草騫葉而蕭瑟。故左崎巇，右硱磳，樹嵩嵺，水泓澄。鎮雄蛟及雌虺，颭獨鷗與單鷹。白山顥，赤山艳，匝流沙，經西極。原陸窈，灌莽深，人聲絕，馬迹沉。寂然四顧，增欷累吟，雖欲上[一]而不能禁。此竹方可為器，迺出天下之英音。

於是帶以泯[二]色，扣以瓊文。潤如沉水，華若浮雲。赤綟[三]紫駁，星含露分。其聲也，則鞅鬱有意，摧萃不群。超遙衝山，崎曲抱津。綿冪順序，周流銜呂。故西骨秦氣，悲憾如懟；北質燕聲，酸極無已。斷絕百意，繚繞萬情。吟黃烟及白草，泣虜軍與漢兵。

於是海外之雲，處處而秋色；河中之鴈，一一而學飛。素野黯以風暮，金天瓻以霜威。衣袂動兮霧入剄，弓刀勁兮馬毛寒。五方軍兮出不及，雜色騎兮往來還。瞻如雲兮志如星，山可動兮石可銘。功一堅兮迹不奪，覭既英兮鬼亦靈。奏此吹兮有曲，何歌盡而淚續。重一命而若烟，知半氣之如燭。美人戀而嬋媛，壯夫去而躑躅。故感魂傷情，獲賞彌倍。妙器奇製，見貴歷代。所以韻起西國，響流東都。浮江繞泗，歷楚傳吳。故函夏以爲寶飾，京關以爲戎儲。

至于具曹[四]象弭之威，纖文魚服之容，鄞山錫刃，耶溪銅鋒，皆陸斷犀象，水斬蛟龍。載雲旗之逶迤，扈屯騎之溶溶。啾寥亮於前衡，嘈陸離於後陣。視眹眩而或近，聽嘹嘈而遠震。奏白登之二曲，起關山之一引。吐哀也，則瓊瑕失綵；銜樂也，則鈖堊生潤。採菱謝而自罷，綠水憖而不進。代能識此聲者，長滅淫而何吝。

【校記】

[一]上，陳本同。《江醴陵集》作止。
[二]泯，陳本、《江醴陵集》作珉。
[三]綟，陳本、《江醴陵集》同。《江文通集彙注》作綬。
[四]具曹，陳本同。《江醴陵集》作貝冑。

情

美人賦
司馬相如

司馬相如美麗閑都，遊于梁王，梁王悅之。鄒陽譖之於王曰："相如美則美矣，然服色容冶，妖麗不忠，將欲媚辭取悅，遊王後宮，王不察之乎？"王問相如曰："子好色乎？"相如曰："臣不好色也。"王曰："子不好色，何若孔墨乎？"

相如曰："古之避色，孔墨之徒，聞齊饋女而遐逝，望朝歌而廻車，譬於防火水中，避溺山隅，此乃未見其可欲，何以朗不好色乎？若臣者，少長西土，鰥處獨居，室宇遼廓，莫與爲娛。臣之東鄰，有一女子，雲髮豐艷，蛾眉皓齒；顏盛色茂，景曜光起。恒翹翹而西顧，欲留臣而共止。登垣而望臣，三年于茲矣，臣棄而不許。竊慕大王之高義，命駕東來。途出鄭、衛，道由桑中，朝發溱洧，暮宿上宮。上宮間[一]舘，寂寞雲虛，門閤晝掩，曖若神居。臣排其戶，而造其堂，芳香芬烈，黼帳高張；有女獨處，婉然在牀；奇葩逸麗，淑質艷光。覩臣遷延，微笑而言曰：'上客何國之公子，所從來無乃遠乎？'遂設旨酒，進鳴琴。臣遂撫琴爲《幽蘭》《白雪》之曲。女乃歌曰：'獨處室兮廓無依，思佳人兮情傷悲！有美人兮來何遲，日既暮兮華色衰，敢託身兮長自私。'玉釵挂臣冠，羅袖拂臣衣。時日西夕，玄陰晦冥，流風慘洌，素雪飄零。閑房寂謐，不聞人聲。於是寢具旣設，服玩珍奇，金鉔薰香，黼帳低垂，裀褥重陳，角枕橫施。女乃弛其上服，表其褻衣，皓體呈露，弱骨豐肌，時來親臣，柔滑如脂。臣乃氣服[二]於內，心正於懷，信誓旦旦，秉志不回。翻然高舉，與彼長辭。"

【校記】

[一]間，《文選補遺》、《司馬文園集》作閒。《古文苑》作間。

[二]氣服，《文選補遺》、《司馬文園集》作脈定。《古文苑》存兩說。

擣素賦
班婕妤

測平分以知歲，酌玉衡之初臨。見禽華以鹿色，聽霜鶴之傳音。佇風軒而結睇，對愁雲之浮沉。雖松梧之貞脆，豈榮彫其異心。若乃廣儲懸月，暉水流清，桂露朝蒲，涼衿夕輕。燕姜含蘭而未吐，趙女抽簧而絕聲。改容飾而相命，卷霜帛而下庭。曳羅裙之綺靡，振珠佩之精朗。若乃盼睞生姿，動容多製，弱態含羞，妖風靡麗。皎若朙魄之升崖，煥若荷華之昭晰。調鉛無以玉其貌，凝朱不能異其脣。勝雲霞之迴日，似桃李之向春。紅黛相媚，綺組流光，笑笑移妍，步步生芳。兩靨如點，雙眉如張，頰肌柔液，音性閑良。

於是投香杵，扣玟砧，擇鷰聲，爭鳳音。梧因虛而調遠，柱由貞而響沉。散繁輕而浮捷，節踈亮而清深。含笙總筑，比玉兼金，不塤不簴，匪瑟匪琴。或旅環而紆鬱，或相參而不雜，或將往而中還，或已離而復合。翔鴻爲之徘徊，落英爲之颯沓。調非常律，聲無定本，任落手之參差，從風飇之遠近。或連躍而更投，或暫舒而長卷。清寡鶯之命羣，哀離鶴之歸晚。苟是時也，鐘期改聽，伯牙弛琴，桑間絕響，濮上傳音，蕭史編管以擬吹，周王調笙以象吟。若乃窈窕姝妙之年，幽閑貞專之性，符皎日之心，甘首疾之病，歌《采綠》之章，發《東山》之詠。望明月而撫心，對秋風而掩鏡。閱絞練之初成，擇玄黃之妙匹。準華裁於昔時，疑異形於今日。想嬌—作驕[陳]奢之或至，許椒蘭之多術。薰[一]陋製之無韻，慮蛾眉之爲愧。懷百憂之盈抱，空千里兮飲淚。侈長袖於妍袂，綴半月於蘭襟。表織手於微縫，庶見跡而知心。計脩路之遐覆，怨芳菲之易泄。書既封而重題，笥已緘而更結。憗行客而一作之[陳]無言，還空房而掩咽。

【校記】

[一]薰，陳本、《文選補遺》作憗。《古文苑》作薰。《全漢文》作勳。

自悼賦
班婕妤

承祖考之遺德兮，何性命之淑靈。登薄軀於宮闕兮，充下陳於後庭。蒙聖皇之渥惠兮，當日月之盛明，揚光烈之翕赫兮，奉隆寵於增成。既過幸於非位兮，竊庶幾乎嘉時，每寤寐而累息兮，申佩離以自思，陳女圖以鏡鑒兮，顧女史而問詩。悲晨婦之作戒兮，哀褒、閻之爲郵；美皇、英之女虞兮，榮妊、姒之母周。雖愚陋其靡及兮，敢舍心而忘茲？歷年歲而悼懼兮，閔蕃華之不滋。痛陽祿與柘舘兮，仍襁褓而離災。豈妾人之殃咎兮？將天命之不可求。

白日忽已移光兮，遂晻莫而昧幽，猶被覆載之厚德兮，不廢捐於罪郵。奉共養于東宮兮，託長信之末流，共灑掃於帷幄兮，永終死以爲期。願歸骨於山足兮，依松柏之餘休。

重曰：潛玄宮兮幽以清，應門閉兮禁闥扃。華殿塵兮玉階莈音苔[陳]，中庭萋兮綠草生。廣室陰兮帷幄暗，房櫳虛兮風泠泠。感帷裳兮發紅羅，紛綷縩兮紈素聲。神眇眇兮密靚處，君不御兮誰爲榮？俯視兮丹墀，思君兮履綦。仰視兮雲屋，雙涕兮橫流。顧左右兮和顏，酌羽觴兮銷憂。惟人生兮一世，忽一過兮若浮。已獨享兮高明，處生民兮極休。勉虞精兮極樂，與福祿兮無期。《綠衣》兮《白華》，自古兮有之。

誚青衣賦
張超

彼何人斯，悅此艷資，麗辭美譽，雅句斐斐，文則可佳，志卑意微。鳳兮鳳兮，何德之衰，高岡可華，何必棘茨，醴泉可飲，何必涔池。隨—

作隋[陳]珠彈雀，堂溪刈葵，鴛雛啄鼠，何異乎鷦。歷觀古今，禍福之階，多由孼妾淫妻，《書》戒牝鷄，《詩》載哲婦，三代之季，皆由斯起。晉獲驪戎，斃懷恭太子謳[陳]子，有夏取去聲[陳]仍，覆宗絕祀。叔盻納申，聽聲狼似，穆子私庚，豎牛餒己。黃歇之敗，從李園始，魯受齊樂，仲尼逝矣。文公懷安，姜笑其鄙，周漸將衰，康王晏起，畢公喟然，深思古道，感彼《關雎》，性不雙侶，願得周公，妃以窈窕。防微消漸，諷諭君父，孔氏大之，列冠篇首。晏嬰潔志，不顧景女，乃雋不疑，奉霍不受。見尊不迷，況此麗竪，三族無紀，綢繆不序。蟹行索妃，旁行求偶，昏無媒理，宗廟無主。門戶不名，依其在所，生女爲妾，生男爲虜。歲時酹祀，詣其先祖。或於馬厩，厨間竈下，東向長跪，接狎觴酒，悉請諸靈，僻邪無主。多乞少出，銅丸鐵柱，積繒累億，皆來集聚，嫡婉憪心，各有先後，臧獲之類，蓋不足數。古之贅壻，尚猶塵垢，況明智者，欲作奴父。勤節君子，無當自逸。宜如防水，守之以一。秦繆思謷，故獲終言[一]。

【校記】

[一]言，陳本、《古文苑》作吉。

清思賦
阮籍

余以爲形之可見，非色之美；音之可聞，非聲之善。昔黃帝登仙於荆山之上，振咸池于南胅之岡，鬼神其幽，而夔牙不聞其童[一]。女姓耀榮於東海之濱，而翻翻於洪西之旁，林石之隩從，而瑤臺不照其光。是以微玅無形，寂寞無聽，然後乃可以覩窈窕而淑清。故白日麗光，則季后不步其容；鍾皷闛鞈，則延子不揚其聲。

夫清虛寥廓，則神物來集；飄颻恍惚，則洞幽貫冥；冰心玉質，則激潔思存；恬淡無慾，則泰志適情。伊哀慮之道好兮[二]，又焉處而靡逞。寒風邁於黍穀兮，誨子而遊鷸。申孺悲而毋歸兮，吳鴻哀而象生。茲感激以達神，豈浩瀁而弗營？志不覬一作凱[陳]而神正，心不蕩而自誠。固秉一而內修，堪粤止之匪傾。惟清朝而夕晏兮，指濛汜[三]以永寧。是時羲和既頹，玄夜始扃，望舒整轡，素風來征。輕帷運颺，華茵肅清，彭虾微吟，螻蛄徐鳴。望南山之崔巍兮，顧北林之蔥青。太陰潛乎後房兮，朗月耀乎前庭。廷申展而缺寐兮，忽一悟而自驚。

焉長靈以遂寂兮，將有歆乎所之。意流盪而改慮兮，心震動而有思。若有來而可接兮，若有去而不辭。嗟博或作薄[陳]賤而失廣[四]，情散越而靡治。豈覺察而覵眞兮，誠雲夢其如茲。驚奇聲之異缺[陳]兮，鑑殊色之在斯。開丹桂之琴瑟兮，聆崇陵之參差。始徐唱而微響兮，情悄慧以蜉蚰。

遂招雲以致氣兮，乃振動而大駭。聲颺颺以洋洋，若登崑崙而臨西海。超遙茫渺，不能究其所在。心濆濆而無所終薄兮，思悠悠而未半。鄧林殪於大澤兮，欽邳悲於瑤岸。徘徊夷由兮，猗靡廣衍；游平圃以長望兮，乘脩水之華旍。長思肅以永至兮，滌平衢之大夷。循路曠以徑通兮，群閨閟而洞闌。羨要眇之飄遊兮，猗東風以揚暉。沐消淵以淑密兮，體清潔而靡譏。厭白玉以爲面兮，披丹霞以爲衣。襲九英之曜精兮，珮瑤先[五]以發微。服瀊煜以繽紛兮，綷衆采以相綏。色熠熠以流爛兮，紛雜錯以葳蕤。象朝雲之一合兮，似變化之相依；麾常儀使先好兮，命河女以胥歸。步容與而特進兮，眇兩楹而升壙；振瑤豁而鳴玉兮，播陵陽之斐斐。蹈消瀷之危跡兮，躡離散之輕微。釋安朝之朱履兮，踐席假而集帷。敷斯來之在室兮，乃飄忽之所晞。馨香發而外揚兮，媚顏灼以顯姿。清言竊其如蘭兮，辭婉嫕[六]而靡違。託精靈之運會兮，浮日月之餘暉。假淳氣之精微兮，幸備嬿以自私。願申愛於今夕兮，尚有訪乎是非。被芬芳之夕暢兮，將暫往而永歸。觀悅懌而未靜兮，言未究而心悲。嗟雲霓之可憑兮，翻摍[七]翼而俱飛。

棄中堂之局促兮，遺戶牖之不處。帷幕張而靡御兮，几筵設而莫輔一作拊[陳]。載雲輿之奄靄兮，乘夏后之雨記[八]龍。折丹木以蔽陽兮，竦芝蓋之三重。翩翼翼以左右兮，紛悠悠以容容。瞻朝一作雲[陳]霞之相承兮，似美人之懷憂。采色雜以成文兮，忽離散而不留。若將言之未發兮，又氣變而飄浮。若垂髦而失髾兮，飾未集之形消。目流眄而自別兮，心欲來而貌遼。

紛綺靡而未盡兮，先列宿之規矩。時黨莽而陰曀兮，忽不識乎舊宇。邁黃妖之崇臺兮，雷雨奪[九]奮而下雨。罔[十]英哲與長年兮，笞離倫與膚賈。摧魍魎而折鬼神兮，直徑登乎所期，歷四方而縱懷兮，誰云顧乎或疑。超高躍而鷩兮，至北極而放之！援閒維以相示兮，臨[十一]門而長辭。既不以萬物累心兮，豈一女子之足思！

【校記】

[一]童，陳本同。《阮步兵集》作章。

[二]是句陳本作"伊衷慮之道好兮"。《阮步兵集》同陳本。

[三]記，陳本、《阮步兵集》作汜。

[四]廣，陳本作庚。《阮步兵集》本句作"心恍忽而失度"。

［五］先，陳本同。《阮步兵集》作光。
［六］嬥，陳本、《阮步兵集》作婉。
［七］撝，陳本、《阮步兵集》作揮。
［八］雨，陳本作兩，無"記"字。《阮步兵集》同陳本。
［九］雨雩，陳本、《阮步兵集》作師。
［十］罔，陳本、《阮步兵集》作內。
［十一］據《阮籍集校注》，此或有"寒"字。《阮步兵集》有。

神女賦
張敏

　　世之言神僊者多矣，然未之或驗也。至如絃氏之婦，則近信而有證者。夫鬼魅之下人也，無不羸病損瘦。今義起平安無恙，而與神女飲宴寢處，縱情極意，豈不異哉！余覽其歌詩，辭旨清偉，故爲之作賦：

　　皇覽余之純德，步朱闕之崢嶸。靡飛除而入秘殿，侍太極之穆清。帝愍余之勤肅，將休余於中州。託玄靜以自處，是夫子之好仇。於是主人憮然而問之曰："爾豈是周之褒姒，齊之文姜，孽婦淫鬼，來自藏乎？儻亦漢之遊女，江之娥皇，猒貞[一]慫，倦僊侍乎？"於是神女乃歛袂正襟而對曰："我實貞淑，子何猜焉？且辯言知禮，恭爲令則。美姿天挺，盛飾表德。以此承歡，君有何惑？"爾乃敷茵席，垂組帳。嘉旨既設，同牢而饗。微聞芳澤，心盪意放。於是尋房中之至嬿，極長夜之懽情，心眇眇以忽忽，想北里之遺聲。賦斯時之要眇，進偉服之紛敷。俛撫衽而告辭，仰長歎以歔吁。乘雲霧而變化，遙棄我其焉如。

【校記】
　　［一］據《全晉文》，此有"樂"字。

江妃賦
謝靈運

　　《招魂》、《定神》[一]、《洛神》、《清思》，覃囊日之敷陳，盡古來之妍媚。矧今日之逢逆，還前世之靈異。姿非定容，服無常度。兩宜歡嚬，俱適華素。于時升月隱山，落日映岐，收霞斂色，廻飆拂渚。每馳情於晨暮，矧良遇之莫叙。投砌瓊以申贈，顏色授而甍與。

　　沉分湘岸，延情蒼陰，隔山川之表裏，判天地之浮沉。承嘉約于往昔，寧更貳與在今，儻借訪於交甫，知斯言之可諶。蘭音未吐，紅顏若暉，留眖光溢，動袂芳菲。散雲轡之絡驛，案靈輻而徘徊，建羽旌而逶迤，奏情管之依微。慮一別之長絕，渺天末而永違。

【校記】

[一]神，《藝文類聚》、《謝康樂集》作情，是。

水上神女賦
江淹

江上丈人，游宦荊吳。首衛國，望燕途，歷秦關，出宋都。遍覽下蔡之女，具悅淇上之妹[一]，未有粉白黛黑，鬼神之所無也。

廼造南中，渡炎洲，逕玉磵，越金流。路逶迤而無軌，野忽潾而尟儔。山反覆而糺錯，水澆灌而縈薄。石五采而橫峯，雲千色而承蕚。日炯炯而舒光，雨屑屑而稍落，紫莖繞逕始參差，紅荷綠水纔灼爍。忽而精飛視亂，意走心移。綺靡菱蓋，悵望黃枝。一麗女兮，碧渚之崖。曖曖也，非雲非霧，如烟如霞；諸光諸色，雜卉雜葩。的的也，象珪象璧，若虛若實；綾錦共文，瑤貝合質。

遂乃紅脣寫朱，真眉學月。美目艶起，秀色爛發。窈窕暫見，偃蹇還没，冶異絶俗，奇麗不常。青娥羞艶，素女慙光，笑李后於漢主，耻西施於越王。神飜覆而愉悅，志離合而感傷。女遂俯整玉軼，仰肅金鑣。或採丹葉，或拾翠條。守珂璣而為誓，解琅玕而相要。情乍合而還散，色半親而復嬌。聱軿車於水際，亭雲霓於山椒。奄人祇之仿像，共光氣而寂寥。

於時也，綵霞繞繞，卿雲縵縵。石瓊文而翕艳，山龍鱗而炤爛。苔綠根而攢集，草紅葩而舒散。日炫晃以朧光，樹葳蕤而葱粲。無西海之浩蕩，見若木之千尋。非丹山之赫曦，聞琴瑟之空音。理洞徹於俗聽，物驚怪於世心。恨精影之不滯，悼光晷之難惜。閱有無於俄頃，驗變化於咫尺。視空同而失貌，察倏忽而亡迹。野田田而虛翠，水湛湛而空碧。廼唱桂櫂，淩衝波；背橘浦，向椒阿。碑砎木石，洪溽蛟黽。顧御僕而情饒，巡左右而怨多。弔石渚而一歔，悵沙洲而少歌。苟懸天兮有命，永離決兮若何？退以為妙聲無形，奇色非質。麗於嬋嫣，精於琴瑟。尋漢女而空佩，觀清角而無疋。嬪楊不足聞知，夔牙焉能委悉！何如朗月之忌玄雲，秋露之慙白日。愁知形有之留滯，非英靈之所要術也。

【校記】

[一]妹，陳本、《江醴陵集》作姝，是。

麗色賦
江淹

楚臣既放，亂往江南。弟子曰：玉釋珮，馬解驂。瀁瀁淥水，裊裊青衫。乃召巫史：茲憂何止？

史曰：臣野膠學蔽理，臣之所知，獨有麗色之說耳！夫絕代獨立者，信東方[一]之佳人。既翠眉而瑤質，亦盧瞳而頳唇。鍒金花於珠履，颯綺袂與錦紳。色練練而含奪，光炎炎其若神。非氣象之可譬，奚影響而能親？故仙草靈艷，金華玉儀。其始見也，若紅蓮映池；其少進也，如綵雲出衣。五光徘徊，十色陸離。實[二]過珊瑚同樹，價直瓊草共枝。雖玉堂春姬，石室素女，張烟霧於海際，耀光影於河渚。乘天梁而皓蕩，叫帝閽而延佇。猶比之無色，方之非侶。於是離臺繡戶，當衢橫術；椒庭承月，碧幌延日。架虹柱之嚴躍，亙虹梁之峻竊。錦幔垂而杳寂，桂煙起而清溢。女乃耀邯鄲之麗步，媚趙北之鳴瑟。

若夫紅葉舒春，黃鳥飛時；紺蕙初嫩，頳蘭始滋。不摩蘅帶，無倚桂旗；摘芳拾藥，含詠吐辭。笑月出於陳歌，感蔓草於衛詩。故氣炎日永，離明火中。槿榮任露，蓮花勝風。後箙丹葵，前軒碧桐，笙歌畹右，琴儷池東，嗟靈王之心悅，怨漢女之情空。

至乃西陸始秋，白道月弦。金波炤戶，玉露曖天。網絲挂牆，綵螢繞梁。氣已溫兮曉未半，星雖流兮夜何央？憶雜珮兮且一歇，念錦衾兮以九傷。及泲陰涸時，冰泉凝節；軒疊厚霜，庭澄積雪。鳥封魚歛，河凝海結。紫帷鈴匝，翠屏環合；麝密周彰，燈爐重沓。耻新臺之青樓，想上宮之邃閣。

若乃水炤景而見底，煙尋風而無極。霧出吳而綺章，雲堆趙而碧色。霧辭楚而容裔，風去燕而悽惻。莫不輟鏡徙倚，撆琴心息。

於是帳必藍田之寶，席必蒲陶之菅。[三]圖晡月，室畫浮雲。春蠶度網，綺地應紡。秋梭鳴機，織爲褧衣。象奩瓊盤，神瀝仙丹。雕柱彩瑟，九華六出。翠氄羽釵，綠秀金枝。言必入媚，動必應規。有光有豔，如合如離。氣柔色摩，神凝骨充[四]。經秦歷趙，既無其雙；尋楚訪蔡，不覿其容。亦可駐髮還質，驂星馭龍。蠲憂忘死，保其家邦。非天下之至麗，孰能預於此哉！

宋大夫耀影汰迹，縈魂洒魄。賞以雙珠，賜以合璧。拂巫禜祝，永爲上客。

【校記】
　［一］方，《江文通集彙注》作隣。《江醴陵集》作方。
　［二］實，《江文通集彙注》作寶。《江醴陵集》作實。
　［三］據《江醴陵集》、《江文通集彙注》，此有"館"字。
　［四］充，《江醴陵集》、《江文通集彙注》作奇。

卷　　九

雜賦上廣

蠶賦
荀况

　　有物於此，儀儀兮其狀，屢化如神。功被天下，爲萬世文。禮樂以成，貴賤以分。養老長幼，待之爲[一]而後存。名號不美，與暴爲隣。功立而身廢，事成而家敗。弃其耆老，收其後世。人屬所利，飛鳥所害。臣愚而不識，請占之五泰。

　　五泰占之曰：此夫身女好而頭馬首者與？屢化而不壽者與？善壯而拙老者與？有父母而無牝牡者與？冬伏而夏游，食桑而吐絲，前亂而後治，夏生而惡暑，喜濕而惡雨。蛹以爲母，蛾以爲父。三俯三起，事乃大已。夫是之謂蠶理。

【校記】

　　[一]《荀子集解》無"爲"字。

箴賦
荀况

　　有物於此，生於山阜，處於室堂。無知無巧，善治衣裳。不盜不竊，穿窬而行。日夜合離，以成文章。以能合從，又善連衡。下覆百姓，上飾帝王。功業甚博，不見賢良。時用則存，不用則亡。臣愚不識，敢請之王。

　　王曰：此夫始生鉅，其成功小者邪？長其尾而銳其剽者邪？頭銛達而剽[一]趙繚者邪？一徃一來，結尾以爲事。無羽無翼，反覆甚極。尾生而事起，尾邅而事已。簪以爲父，管以爲母。旣以縫表，又以連裏[二]。夫是之謂箴理。

【校記】
　［一］剽，陳本同。《荀子集解》作尾。
　［二］囊，陳本、《荀子集解》作裏。

大言賦
宋玉

　楚襄王與唐勒、景差、宋玉遊於陽雲之臺。王曰："能爲寡人大言者上座。"

　王因唏曰："操是太阿，戮剝一世，流血沖天，車不可以屬。"至唐勒，曰："壯士憤兮絕天維，北斗戾兮太山夷。"至景差，曰："校士猛毅皋陶嘻，大笑至兮摧覆思。鋸牙裾雲睎甚大，吐舌萬里唾一世。"至宋玉，曰："方地爲車，圓天爲蓋，長劍耿耿倚天外。"

　王者："未也。"

　玉曰："并吞四夷，飲枯河海；跋越九州，無所容止；身大四塞，愁不可長。據地盼天，迫不得仰。"

小言賦
宋玉

　楚襄王既登陽雲之台，令諸大夫景差、唐勒、宋玉等並造《大言賦》，賦畢而宋玉受賞。王曰："此賦之迂誕，則極巨偉矣。抑未備也。且一陰一陽，道之所貴；小往大來，剝復之類也。是故卑高相配，而天地位；三光並照，則大小備。能高而不能下，非兼通也；能麁而不能細，非妙工也。然則上座者未足朗賞，賢人有能爲《小言賦》者，賜之雲夢之田。"

　景差曰："載氛埃兮乘剽塵，體輕蚊翼，形微蚤鱗，聿遑浮踊，淩雲縱身。經由鍼孔，出入羅巾，飄妙翩綿，乍見乍泯。"

　唐勒曰："析飛糠以爲輿，剖粃糠以爲舟，泛然投乎杯水中，淡若巨海之洪流。蠅[一]蚋皆以顧盼，附蠛蠓而遨遊。寧隱微以無准，原存亡而不憂。"又曰："舘於蠅鬚，宴于毫端；烹虱脛，切蟣肝；會九族而同嚌，猶委餘而不殫。"

　宋玉曰："無內之中，微物潛生，比之無象，言之無名。蒙蒙滅景，昧昧遺形。超於太虛之域，出於未兆之庭。纖於毳末之微蔑，陋於茸毛之方生。視之則眇眇，望之則冥冥。離朱爲之歎悶，神䁰不能察其情。二子之言磊磊皆不小，何如此之爲精。"

　王曰："善。"賜以雲夢之田。

【校記】

[一]蠅，陳本、《文選補遺》作憑。

諷賦
宋玉

楚襄王時，宋玉休歸。唐勒讒之於王曰："玉爲人身體容冶，口多微詞，出愛主人之女，入事大王，願王疏之。"玉休還，王謂玉："爲人身體容冶，口多微詞，出愛主人之女，入事寡人，不亦薄乎？"玉曰："臣身體容冶，受之二親；口多微詞，聞之聖人。臣嘗出行，僕饑馬疲，正值主人門開，主人翁出，嫗又到市，獨有主人女在。女欲置臣，堂上太高，堂下太卑，乃更於蘭房之室，止臣其中。中有鳴琴焉，臣援而鼓之，爲《幽蘭》《白雪》之曲。主人之女，翳承日之華，披翠雲之裘，更被白縠之單衫，垂珠步搖，來排臣戶曰：'上客日高，無乃饑乎？'爲臣炊彫胡之飯，烹露葵之羹，來勸臣食。以其翡翠之釵，挂臣冠纓，臣不忍仰視。爲臣歌曰：'歲將暮兮日已寒，中心亂兮勿多言。'臣復援琴而鼓之，爲《秋竹》《積雪》之曲。主人之女又爲臣歌曰：'內怵惕兮徂玉牀，橫自陳兮君之傍。君不御兮妾誰怨，日將至兮下黄泉。'"玉曰："吾寧殺人之父，孤人之子，誠不忍愛主人之女。"王曰："止止。寡人於此時，亦何能已也！"

釣賦
宋玉

宋玉與登徒子偕受釣於玄洲，止而並見於楚襄王。登徒子曰："夫玄洲，天下之善釣者也，願王觀焉。"王曰："其善柰何？"登徒子對曰："夫玄洲釣也，以三尋之竿，八絲之線，餌若蛆螾，鉤如細鍼，以出三赤之魚於數仞之水中，豈可謂無術乎？夫玄洲，芳水餌，挂繳鉤，其意不可得。退而牽行，下觸清泥，上則波颺。玄洲因水勢而施之，頡之頏之，委縱收斂，與魚沉浮。及其解弛，因而獲之。"襄王曰："善。"

宋玉進曰："今察玄洲之釣，未可謂能持竿也，又烏足爲大王言乎！"王曰："子之所謂善釣者何？"玉曰："臣所謂善釣者，其竿非竹，其綸非絲，其鉤非鍼，其餌非螾也。"王曰："願遂聞之。"宋玉對曰："昔堯、舜、禹、湯之釣也，以聖賢爲竿，道德爲綸，仁義爲鉤，祿利爲餌，四海爲池，萬民爲魚。釣道微矣，非聖人其孰能察之！"王曰："迅哉說乎！其鉤[一]不可見也。"宋玉對曰："其鉤易見，王不察爾。昔殷湯以七十里，周文以百里，興利除害，天下歸之，其餌可謂芳矣。南面而掌天下，歷載數百，到今不廢，其綸可謂紉矣。羣生寖其澤，民氓畏其罰，其鉤可謂拘矣。功成而不隳，名立而不改，其竿可謂強矣！若夫竿折輪絕，餌墜鉤決，波涌魚失，是則夏桀、商紂不通夫釣術也。今察玄洲之釣也，左挾魚罶，右執槁竿，立於橫汙之涯，倚乎楊柳之間，精不離乎魚喙，思不出乎鮒鯿，形容枯槁，神色憔悴，樂不役勤，獲不當費，斯乃水濱之役夫也已，君王又何稱焉？王若[二]堯、舜之洪竿，攄禹、湯之修綸，投之於瀆，視之於海，漫漫羣生，孰非吾有？其爲大王之釣，不亦樂乎！"

【校記】

[一]釣，陳本作鉤。《古文苑》、《文選補遺》作釣。

[二]據《全上古三代文》，當有"建"字。《古文苑》該字作見。

九宮賦
黃香

伊黃虛之典度，存斗文之會宮。翳華蓋之葳蕤，依上帝以隆崇。握璇璣而布政，摠四七而持綱。和日月之光曜，均節度以運行。序列宿之煥爛，咸垂景以煌煌。歷天陰之晦暗，陽玉石以炳明。鏡大道之浩廣，泑沉潹以坱圠。眂旭歷而銳銀，廓岷峞以閌閬。即蹴縮以撒檽，坎竤援以溰煬。驤騮驪以羌嬴，磋磔皓皢以駿樂。銀佛律以順遊，徑閶闔而出玉房。謁五嶽而朝六宗，對祝融而督勾芒。蕩翊翊以敝[一]降，聊憂游以尚陽[二]。躪崑崙而蹈碣石，跪底柱而跨太行。肘熊耳而據桐柏，介嶓冢而持外方。浣彭蠡而洗北海，淬五湖而漱華池。粉白沙而噉定容，卷南越以騰歷。連明月以爲懸，剝駮鷄以爲釵，繞繢組而攝雲鬱。垂獨璽而服離貴，戴巢炗而帶繚繞，曳陶匏以委蛇。乘根車而駕神馬，驂駁駧而俠窮奇，使織女驂乘王良爲之御。三台執兵而奉引，軒轅乘駏驉而先驅，招搖豐隆騎師子而俠轂，各先後以爲雲車。左青龍而右觜觿，前七星而後騰蛇。徵太一而聚群神，趣熒惑而叱太白。東井輟轄而播灑，彗勃佛仿以梢擊。四徹塵於干道，絕引者而驚[三]轔。蚩尤之倫玢璘而要斑斕，垂金干而捷雄戟。操巨蠡之礚弩，齊佩機而鳴廓，狼弧彀張而外饗，枉矢持芒以岞崿。迅衝風而突飛電，振雲嵱峒而土峌山。龍狡猾而蹴踐，蜃走札揭而獠桔梗。櫟略獲而突列，蛸槁肩屈而却梁。黨叱巷滽而觸螟蜓，扶礓礫而抹一本作扑[陳]雷公。摽擎缺而拂勃決，奮雲旗而椎鴻鐘。聲湻淪以純命，四海澹而拓地梁。碎太山而刺嵩高，吸洪河而啑九江。登崔嵬之鼇臺，闚天門而閃帝宮。享嘉命而延壽，樂斯宮之無窮。

【校記】

[一]敝，陳本作㡀。《古文苑》作敝。
[二]陽，陳本作羊。《古文苑》作陽。
[三]驚，陳本作警。《古文苑》作驚。

髑髏賦
張衡

張平子將遊目於九野，觀化乎八方。星囘日運，鳳舉龍驤。南遊赤岸，北泄幽鄉。西經昧谷，東極扶桑。於是季秋之辰，微風起涼。聊回軒駕，左翔右昂。步馬于疇皋，逍遙乎陵岡。顧見髑髏，委於路旁。下居淤壤，上有玄霜。

平子悵然而問之曰："子將并糧推命，以夭逝乎？本喪此土，流遷來乎？爲是上智，爲是下愚？爲是女人，爲是丈夫？"

於是肅然有靈，但聞神響，不見其形。荅曰："吾，宋人也，姓莊名周。遊心方外，不能自修。壽命終極，來此幽玄[一]。公子何以問之？"

對曰："我欲告之於五嶽，禱之於神祇。起子素骨，反子四支。取耳北坎，求目南離；使東震獻足，西坤授腹。五內皆還，六神皆復。子欲之不乎？"

髑髏曰："公子言之[二]殊難也。死爲休息，生爲役勞。冬氷之凝，何如春氷之消？榮位在身，不亦輕于塵毛？巢許所恥，伯成所逃。況我已化，與道逍遙。離朱不能見，子野不能聽。堯舜不能賞，桀紂不能刑。虎豹不能害，劍戟不能傷。與陰陽同其流，與元氣合其樸。以造化爲父母，天地爲床蓐，雷電爲鼓扇，日月爲燈燭，雲漢爲川池，星宿爲珠玉。合體自然，無情無欲。澄之不清，渾之不濁。不行而至，不疾而速。"

於是言卒響絕，神光除滅。顧時發軫，乃命僕夫，假之以縞巾，衾之以玄塵，爲之傷涕，酹於路濱。

【校記】

[一]幽玄，《古文苑》同。《張衡詩文集校注》作玄幽。《文選補遺》該句作"來西玄丘"、《張河間集》作"來齒玄土"。

[二]言之，《文選補遺》、《張河間集》、《張衡詩文集校注》作之言。《古文苑》作言之。

車渠椀賦
曹植

惟斯椀之所生，于涼風之浚濱。採金光之定色，擬朝陽而發輝。豐玄素之暐曄[一]，帶朱榮之葳蕤。緼絲綸以肆采，藻繁布以相追。翩飄飄而浮景，若驚鵠之雙飛。隱神璞於西野，彌百葉之莫希。于時乃有篤神后，廣被仁聲。夷慕義而重使，獻茲寶於斯庭。命公輸使制匠，窮妍麗之殊形。華色粲爛，文若點成。鬱蓊雲蒸，婉蟬龍征，光如激電，影若浮星。何神怪之巨偉，信一覽而九欷。雖離朱之聰目，內炫耀而失精。何䎹麗之可悅，超群寶而特章。俟[二]君子之閑宴，酌甘醴於斯觥，既娛情而可貴，故求[三]御而不忘。

【校記】

[一]暐，《陳思王集》作暐。《文選補遺》作曄。
[二]俟，《曹植集校注》作侍。《文選補遺》、《陳思王集》作俟。
[三]求，《陳思王集》作永。《文選補遺》作求。

函谷關賦
李尤

惟皇漢之休烈兮，包八極以據中。混無外之滔滔兮，惟唐典之極崇。萬國喜而洞洽兮，何天衢以流通。襟要約之險固兮，制關楗以擒并[一]。其南則有蒼梧荔浦，離水謝沭，涯浦零中，以窮海陸。於北則有蕭居天井，壺口石經一作徑[陳]，貫越伐朔，以臨胡庭。緣邊邪詣一作指[陳]，陽會玉門，淩測龍堆。或置於西，則有隨隴武夷，白水江零，泗漢阻曲，路由山泉。奮水遼濫，沐落是經。廼周覽以汎觀兮，歷眾關以遊目。惟夸閎之宏麗兮，羗莫盛於函谷。施雕甍以作好，建峻敞之堅重。殊中外以隔別，翼巍巍之高崇。命尉臣以執鑰，統羣類之所從。嚴固守之猛厲，操戈鉞而普聰聽也[陳]。蕃鎮造而惕息，侯伯過而震惶。惟函谷之初設險，前有姬之苗流。嘉尹喜之望氣，知真人之西遊。爰物色以遮道，為著書而肯留。自周轍之東遷，秦虎視乎中州。文馳齊而懼追，譎雞鳴於狗偷。睢背魏而西逝，托裘衣以免搜。大漢承弊以建德，革厥舊而運脩。准令宜以就制，因茲勢以立基。蓋可以詰非司邪，括執喉咽。季末荒戍，墮闕有年。天閔羣黎，命我聖君。稽符皇乾，孔適河文。中興再受，二祖同勳。永平承緒，欽明奉循。上羅三關[二]，下列九門。會萬國之玉帛，徠百蠻之貢琛。冠蓋紛其雲合，車馬動而雷奔。察言服以有譏，捐繡傳而勿論。于以廓襟度於神聖，法易簡於乾坤。

【校記】

[一]并，陳本、《古文苑》、《張河間集》同。《全後漢文》作非。

[二]闗，陳本作闗。《古文苑》、《張河間集》作關。

夢賦
王延壽

臣弱冠，嘗夜寢，見鬼物與臣戰，遂得東方朔與臣作《罵鬼》之書，臣遂作賦一篇敘夢。後人夢者讀誦以却鬼，數數有驗，臣不敢蔽。其詞曰：

余宵夜寢息，忽則有非常之物夢焉。其爲夢也，悉覿鬼物之變恠，則有蛇頭而四角，魚尾而鳥身。或三足而六眼，或龍形而似人。群行而奮飆，忽來到吾前；伸臂而舞手，意欲相引牽。於是夢中驚怒，膈臆紛紜，曰："吾含天地之淳和，何妖孼之敢臻！"爾乃揮手振拳，雷發電舒。斯游光，斬猛猪，批䰰毅，斫魅虛，捎魍魎，拂諸渠，撞縱目，打三顱，撲苔蕘，扶夔䰠，搏睍睆，蹴睢肝。剖列蘑，掣羯孽，劓尖鼻，踏赤舌，挈傖毻，揮髯鬐，於是手足佢中，捷獵摧拉，澎濞趺抗，揩倒批笞，強梁搚捋，劇捘撩予。摠攬點，施頯髖，抨橙軋一作軋[陳]。於是群邪衆魅，駭擾遑邃。煥衍叛散，乍留乍去。變形瞪昒，顧望猶豫。吾於是更奮奇譎脉，捧獲噴。扼撓峴，撞咿嘎，批擂噴。於是三三四四，相隨佷傍而歷僻；礨礨磕磕，揹齊亥布；誓誓磬磬，鬼驚魅怖。或盤跚而欲走，或拘攣而不能步。或中瘡而婉轉，或捧痛而號呼。奄霧消而光散，寂不知其何故。嗟妖邪之恠物，敢干眞人之正度！耳唧嘈而外即，忽屈申而覺寤。於是雞知天曙而奮羽，忽嘈然而自鳴，鬼聞之以迸失，心懾怖而皆驚。

亂曰：齊桓夢物，而以霸兮。武丁夜感，得賢佐兮。周夢九齡，年克百兮。晉文鹽腦，國以竟兮。老子役鬼，爲神將兮。轉禍爲福，永無恙兮。

疾邪賦
趙壹

伊五帝之不同禮，三王亦又不同樂。數極自然變化，非是故相反駁。德政不能救世溷亂，賞罰豈足懲時清濁？春秋時禍敗之始，戰國逾復增其荼毒。秦、漢無以相踰越，乃更加其怨酷。寧計生民之命？唯利己而自足。

于兹迄今，情僞萬方。佞諂日熾，剛克消亡。舐痔結駟，正色徒行。嫗媽名勢，撫拍豪強。偃蹇反俗，立致咎殃。捷懾逐物，日富月昌。渾然同惑，孰溫孰涼。邪夫顯進，直士幽藏。

原斯瘼之攸興，實執政之匪賢。女謁掩其視聽兮，近習秉其威權。所好則鑽皮出其毛羽，所惡則洗垢求其瘢痕。雖欲竭誠而盡忠，路絕嶮而靡緣。九重既不可啓，又群吠之狺狺。安危亡於旦夕，肆嗜欲於目前。奚異涉海之失柂，積薪而待然與燃同[陳]。榮納由於閃楡，孰知辨其蚩妍？故法禁屈撓於勢族，恩澤不逮於單門。寧饑寒於堯舜之荒歲兮，不飽暖於當今之豐年。乘[一]理雖死而非亡，違義雖生而匪存。

有秦客者，乃爲詩曰：河清不可俟，人命不可延。順風激靡草，富貴者稱賢。文籍雖滿腹，不如一囊錢。伊優北堂上，抗[二]髒倚門邊。

魯生聞此辭，繫而作歌曰：勢家多所宜，咳唾自成珠。被褐懷金玉，蘭蕙化爲芻。賢者雖獨悟，所困在群愚。且各守爾分，勿復空馳驅。哀哉復哀哉，此是命矣夫！

【校記】

[一] 乘，陳本作秉。《後漢書》、《文選補遺》作乘。
[二] 抗，陳本作骯。《後漢書》、《文選補遺》作抗。

元父賦[一]

阮籍

吾嘗遊元一作元父，登其城，使人愁，思作賦以詓之，言不足樂也。

元父者，九州之窮也[二]，先代之幽虛者也。故其地郭卑小局促，危隘不遐；其土田則汙除漸淤，泥涅盤洿。方池邊屬兮容水滂沱，穢菜惟產兮不食實多，地下沉陰兮受氣匪和，太陽不周兮殖物靡加。故其人民頑嚚檮杌，下愚難化。

其區域雍絕斷塞，分迫旋淵，終始同貫，本末相牽，疇昔訖今，曠世歷年。鉅野潴其後，窮齊盡其前，删澮不暢，垢濁寔臻，不肖群聚，屋空無賢。故其民放散肴亂，藪竄澤居，比跡麋鹿，齊志豪樞一作貙[陳]。是以其原壤不辟，樹藝希疏，莧葦彌皋，蚊蝱慘膚也。

于其遠險，則右金鄉而左高平，崇陵崔巍，深溪峥嶸；美類不處，熊虎是生，故人民被害嚼齧，禽性獸情。爾之近阻，則鳴鳩麐其前，曲城發其後。鴟梟群翔之可悼，豈有志於須臾？故其人民狼風缺氣，蟄霆無厚。

南望春申，東瞻孟嘗，衺界薛邑，境邊山陽；逆旅行合，姦盜所藏。北臨平陸，齊之西封；捷徑燕趙，迖齒逍遙；故其人民側匿頗僻，隱蔽不公，懷私抱詐，奬匿一作慝[陳]是從，禮義不設，淳化匪同。

先哲遺言，有昭有襲一作聾[陳]。如何君子，栖遲斯邦！

【校記】
　　[一]據《阮籍集校注》，文中"元父"皆當作"亢父"。
　　[二]也，陳本同。《阮步兵集》、《阮籍集校注》作地。

歲暮賦
陸雲

　　余祇役京邑，載離永久。永寧二年春，忝寵北郡，其夏又轉大將軍右司馬於鄴都。自去故鄉，荏苒六年，惟姑與姊，仍見背棄。銜痛萬里，哀恩[一]傷毒，而日月逝速，歲聿云暮。感萬物之既改，瞻天地而傷懷，乃作賦以言情焉。
　　夫何乾行之變通兮，昏明迭而載路。羨飛轡之遠御兮，騰六龍於天步。時赴節而漸流兮，氣移數而改度。揮促節於短日兮，振修策於長夜。運攸[二]忽其既周兮，歲冉冉而告暮。變棘心之柔風兮，滋豐草之湛露。玄暉邈以峻服兮，黃裳皓而振素。
　　於是顓頊御時，玄冥統官。天廟既底，日月貞觀。淪重陽於潛戶兮，嚴徹積陰於司寒。日回天以滅景兮，飂衝淵而無瀾。堅冰涸於川底兮，白雪隕於雲端。普區宇之瘁景兮，頻萬物之衰顏。
　　時禀戾其可悲兮，氣蕭索而傷心。淒風愴其鴻[三]條兮，落葉翻而灑林。獸藏丘而絕迹兮，鳥攀木而栖音。山振枯於曾與層同[陳]嶺兮，民懷慘於重襟。
　　寒與暑其代謝兮，年冉冉其將老。豐顏曄而朝[四]兮，玄髮粲其夕皓。感芳華之志學兮，悲時暮而難考。遠圖逝而辭懷兮，密思集而盈抱。羨厚德之溥載兮，嘉豐化之大造。恨盛來之苦晏兮，悲衰至之常蚤。指[五]晞露而怵心兮，衍死生於靡草。
　　蒙時來之嘉運兮，遊上京而凱入。委乘輅於紫宮兮，剖金虎而底邑。憑台光之發暉兮，荷寵靈而來集。望故疇之迥遼兮，泝南風而頹泣。長歎息而永懷兮，感逝物而傷悲。哀年歲之攸徂兮，伊行人之思歸。結隆思於朝日兮，綴永念於紀暉。表寸陰而貞吝兮，盼[六]盈尺其若遺。嗟我行之久永兮，何歸途之芒芒！
　　憩遵渚於川盼，[七]攸逝兮江湘。處孝敬於神丘兮，結祇慕於帷桑。瞻山川而物存兮，思六親而人亡。問仁[八]姑而背世兮，及伯姊而淪喪。尋餘蹤於空宇兮，想絕景於遺堂。悲山林之杳藹兮，痛華構之丘荒。
　　靖深情以遐慕兮，思纏綿而懷楚。涕垂頤以交頰兮，哀凌心而洞駭。神尋路而窘逝兮，形頻蹙乎其所。心悠悠其若懸兮，音既絕而復舉。悲人生之有終兮，何天造而罔極？

仰悲谷之方中兮，顧懸車而日昃[九]。百年迅於分嘘兮，千歲疾於一息。詠大椿之萬祀兮，同螻蛄於未識。歲難停而易逝兮，情艱多而泰寡。年有來而棄予兮，時無算而非我。祗生心於日順兮，雖呼吸其難假。攝儵生於逆旅兮，欲淹留其焉可？

彼鑒寐之有時兮，亦始卒之固然。舒遠懷於千載兮，悵同感乎中山。鑒通人之炯戒兮，懼晏平之達言。啓貞心以自貫[十]兮，覽遺籍而問道。亮爽鳩之既徂兮，故營丘之有紹。在吾儕之陋心兮，豈取樂於東表？苟長生而自得兮，將奚待而有夭？考大德於天地兮，知斯言之益矯。

【校記】

[一]恩，陳本同。《陸清河集》作思。
[二]攸，陳本作儵。《陸清河集》作悠。
[三]鴻，陳本、《陸清河集》作鳴。
[四]陳本、《陸清河集》"朝"後有"榮"字。
[五]指，陳本作措。《陸清河集》作指。
[六]盼，陳本、《陸清河集》同。《陸雲集》作盻。
[七]據《陸雲集》，有"盻"字。
[八]仁，陳本作二。《陸清河集》作仁。
[九]昃，陳本、《陸清河集》同。《陸雲集》作昊。
[十]貫，陳本、《陸清河集》作責。

南征賦

陸雲

太安二年秋八月，奸臣羊玄之、皇甫商敢行稱亂，凌逼乘輿，天子蒙塵于外。自秋徂冬，大將軍敷命群后，同恤社稷，乃身統三軍，以謀國難。自義聲所及，四海之內，朔漠之表，莖徒贏糧而請奮，胡馬擬[一]塞[二]思征。四方之會，衆以百萬。軍旅之盛，威靈之著，自古已來，未之有也。粵十月，軍次于朝歌，講武治戎，以觀兵于殷墟。於是美義征之舉，壯師徒之盛，乃作《南征賦》以揚匡霸之勳云爾。

有皇晉之霸后，資濬哲之叡聖。崇文德於緝熙，濟武功而保定。應天鑑之昭華，荷帝祐之休命。步玉衡以觀八方，在旋璣而齊七政。芒芒神道，化洽崇深，卬戾天飛，俯洞淵沈。振南箕以鼓物，冒慶雲而崇蔭。宏[三]天維以籠世，廓宇宙而宅心。濟溥[四]施之厚德，鏗希聲之大音。淵澤回而泣注，豪彥萃而爲林。九服惟清，諸夏謐靜。肅慎回首，沙漠引領。天和時降,地靈夙挺。結芳林之奇幹,垂珍禾之神穎。勵脩德於億兆,端澄形於萬景。

在中葉之不競,遭皇家之毒亂。悲國步之未夷,仰夙興而昧旦。括無[五]方而大誥,集率土而貞觀。致天屬於王畿,肅有征而省難。爾乃建黃鉞之靈威,樹戎輅之高蓋。伐隱天之雷鼓,振淩霄之電旆。介天[六]揮戈而夙興,輕武摠千而啓萬。振靈韶之嘈嘈,飛旐旌之藹藹。虹旒沴風以委虵,霓旄蒙光而容裔。公徒十萬,其會雲興。悠悠華戎,時罔不承。爾乃命屏翳以夕降,式飛廉以朝升。塗蒙雨而復清,景帶天而光澄。陪武臣於彤軒,列名僚於後乘。猛將起而虎嘯,商飆肅其來應。士憑威而嚮駭,馬歔天而景凌。臨川屯於廣陸,武騎被乎中陵。

類禡比[七]京,師徒經始。桓桓先征,在河之涘。順彼長道,懸旌千里。羨王師之遵時,茂七德而發止。

爾乃稅駕殷墟,我徒既閑。順時講武,簿[八]狩于原。紛同方而類聚,煥副翼而䎡[九]分。祗䎡刑以誓衆,習軍政於舊聞。儼山立以崇薈,粲煙駭而興紛。若冥海之引回流,岱靈之吐行雲。

于時玄冬首時,陰風戒煞。山澤含哀,天地肅乂。閑夜冽以澄清,中原曠而曖昧。戎士肅而咸戒,三軍紛而雜遝。長角哀呌以命旅,金鼓隱旬而啓伐。景凌冥而四播,音乘雲而上逝。

火烈具舉,伐鼓淵淵。朱光倪而丹野,炎暉仰而絳天。曜靈翕赫以增熾,憤氣怫悅而淩煙。狂飆起而妄駭,行雲藹而千[十]眠色深貌[陳]。旌旆翻其猗靡,警熛因而嬋娟。

爾乃洪音雷憤[十一],之[十二]問尫廣。淩雲發揮,萬里振響。聲馮虛而天回,烈駭[十三]而地蕩。映皓月而望舒闇,照重昏而大夜朗。服縣炎揚而晃儵,飛烽戩煜而泱漭。乃有熊羆之旅、虓闞之將。雄聲泉湧,逸氣風亮。超三軍以奔厲,賈餘勇而成壯。兆洪音於寂漠,先無形而高唱。

紛若屯雲,渙若積波。遁陰匿[十四]景,靜言勿嘩一作詭[陳]。絕倡寂其既收,萬夫僉而咸和。嚴敊隱而重戒,景燧曄而星羅。烈豢陰而印[十五]假,曜憑陽而登遐。若扶桑之振華葉,皓天之散朝霞。超燭龍之絕景,豈比象于百華。

【校記】

[一]擬,陳本、《陸清河集》作欵。

[二]據《陸清河集》,有"而"字。

[三]宏,陳本同。《陸清河集》作恢。

[四]溥，陳本同。《陸清河集》作博。
[五]無，陳本作庶。《陸清河集》作無。
[六]天，陳本、《陸清河集》作夫。
[七]比，陳本作北。《陸清河集》作比。
[八]簿，陳本同。《陸清河集》作薄。
[九]朏，陳本、《陸清河集》同。《陸雲集》作朋。
[十]千，陳本、《陸清河集》作芊。《陸雲集》作千。
[十一]潰，陳本同。《陸清河集》作動。
[十二]之，陳本作所。《陸清河集》作清。
[十三]據《陸清河集》，有"空"字。
[十四]"匿"字據陳本補，《陸清河集》同。
[十五]卬，陳本同。《陸清河集》作仰。

函谷關賦
江統

登彼函谷，爰覽丘陵，地險逶迤，山岡相承，深壑累降，修衣重升，下[一]杳冥而幽曖，上穹從而高興。帶以河洛，重以崤阻，經畧封畿，因固設險，異服則呵，奇言必撿[二]，逍姦究於未芽，殿邪偽於萌漸，及文仲之斯廢，乃建仁而受貶。聖王制典，蓋以防淫，萬里順範，壃場不侵，撫四夷而守境，豈恃阻於高岑，彼桀紂以顛墜，非山河而不深，顧晉平之愛險，獲汝叔之忠箴，鄙魏武之墜志，嘉吳起之弘心。未[三]代陵遲，惡嬴氏之叛渙，乃因茲而自增，下陵上替，山冢卒崩。覽孟嘗之獲免，賴博愛而多寵，惟七國之西征，仰斯阻而震恐，豈險隘之難犯，將群帥之無勇，咨漢祖之絕關，又見敗於勛項。尹喜爰處，觀妙研情；李老西徂，五千遺聲；張祿既入，穰侯乃傾；營陵之出，稟築由生；衛鞅及商，喪宗摧名；終軍棄繻，擁節飛榮。覬浮偽於末俗，思玄真乎大庭。

【校記】
[一]"下"字據陳本補。《初學記》同。
[二]撿，陳本作檢。《初學記》作撿。
[三]未，陳本、《初學記》作末，是。

觀漏賦
鮑照

客有觀於漏者，退而歎曰："夫及遠者箭也，而定遠非箭之功；爲生者我也，而制生非我之情。故自箭而爲心，不可憑者絃；因生以觀我，不可恃者年。憑其不可恃，故以悲哉！況乎沉華窅遠，輕波潛耗，而感神嬰慮者，又自外而傷壽，以是思生，生以勤矣！"乃爲賦云：

佩流歎於馳年，纓華思於奔月。結蘭苕以望楚，弄參差以歌越。撫凝肌於遷滯，鑑雕容於鬚髻。景有墜而易昏，憂無方而難歇。歷玟階而升陝，訪金壺之盈闕。觀騰波之吞寫，視驚箭之登沒。箭既沒而復登，波長瀉而弗歸。注沈穴而海漏，射懸途而電飛。堙戶牖而知天，掩雲霧而測暉。創百齡於纖隱，積千里於空微。彼崢崢而行溢，此冉冉而逾衰。撫寸心而未改，指分光而永違。昔傷矢之奔禽，聞虛弦之顛扑。徒嬰刃而知懼，豈潛機之能覺。惟生經之霹靂，亦悲長而懼促。橫[一]證古而秉心，抱空意其如玉。波沈沈而東注，日滔滔而西屬。落繁馨於纖草，殞豐華於喬木。對吳[二]離而後歌，據窮蹊而方哭。雖接薪之更傳，寧絕研之還續，貫古今而并念，信寡易而多難。時不留乎激矢，生乃急於走丸。既河源之莫壅，又吹波而助瀾。神怵迥而多慮，心轄轔而尟歡。望天涯而佇念，擢雄劍而長歎。嗟生民之永迷，躬與後而皆恤。死零落而無二，生差池之非一。理幽分於化前，算冥定於天秩。與艾骨而招病，猶刳腸而興疾。情殊用而俱盡，事離方而同失。聊弭志以高歌，順烟雨而沈逸。於是隨秋鴻而汎渚，逐春燕而登梁。進賦詩而展念，退陳酒以排傷。物不可以兩大，得[三]無得而雙昌。薰晚華而後落，槿早秀而前亡。姑屛憂以愉思，樂茲情於寸光。從江河之紆直，委天地之圓方。漏盈兮漏虛，長無絕兮芬芳。

【校記】

[一]橫，陳本、《鮑參軍集》作恒。《鮑參軍集注》從恒。《文選補遺》作橫。

[二]吳，陳本、《文選補遺》同。《鮑參軍集》作戾。

[三]得，陳本作運。《文選補遺》、《鮑參軍集》作時。

感物賦
傅亮

余以暮秋之月，述職內禁，夜清務隙，遊目藝苑。于時風霜初戒，蟄類尚繁，飛蛾翔羽，翩翾滿室，赴軒幌，集明燭者，必以燋滅爲度。雖則微物，矜懷者久之。退感莊生異鵲之事，與彼同迷而忘反鑒之道，此先師所以鄙智，及齊客所以難目論也。悵然有懷，感物興思，遂賦之云爾。

在西成之暮晷，肅皇命於禁中。聆蜻蜫於前廡，鑒朗月於房櫳。風蕭瑟以陵幌，霜澒澒而被埔。怜鳴蜩之應節，惜落景之懷東。嗟勞人之萃感，何夕永而慮充。眇今古以遐念，若循環之無終。詠倚相之遺短[一]，希董生之方融。鑽光燈而散袞，溫聖哲之遺蹤。墳素杳以難暨，九流紛其異封。領三百於無邪，貫五千於有宗。考舊聞於前史，訪心跡於汙隆。豈夷阻之在運，將全喪之田[二]躬。游翰林之彪炳，嘉美手於良工。辭存麗而去穢，旨既雅而能通。雖源流之深浩，且揚榷而發蒙。

習習飛蚋，飄飄纖蠅，緣幌求隙，望燭思陵。麋蘭膏而無悔，赴朗燭而未懲。瞻前軌之既覆，忘改轍於後乘。匪微物之足悼，悵永念而撫膺。彼人道之爲貴，參二儀而比靈。稟清曠以授氣，脩緣督而爲經。照安危於心術，鏡纖兆於未形。有徇末而捨本，或就欲而忘生。碎隨侯一作珠[陳]於微爵，捐所重而要輕。矧昆蟲之所昧，在智士而猶嬰。悟雕陵於莊氏，幾鑒濁而迷清。仰前修之懿軌，知吾跡之未并。雖宋元之外占，曷在予之克明。豈知反之徒爾，喟投翰以增情。

【校記】

[一]短，陳本同。《宋書》作矩。

[二]田，陳本、《宋書》作由。

燈賦

江淹

淮南王信自華淫，命綵女兮，餌丹砂而學鳳音。紫霞沒，白日沉。挂明燈，散玄陰。顧謂小山儒士，斯可賦乎？於是泛瑟而言曰：

若大王之燈者，銅華金熒，錯質鏤形，碧爲雲氣，玉爲仙靈，雙椀百枝，艷帳充庭，炤錦地之文席，映繡柱之鴻筝，恣靈修之浩盪，釋心疑而未平，茲侯服之誇誚，而處士所莫營也。若庶人之燈者，非珠非銀，無藻無縟，心不貴美，器窮於樸。是以露冷帷幔，風結羅紈；螢已別桂，蛾命辭蘭。秋夜如歲，秋情如絲。怨此愁抱，傷此秋期。必丹燈坐歎，停說忘辭。

至夫霜封園橘，冰裂池蓀。雲雪無際，河海方昏。冬膏既凝，冬箭未度。泪連冬心，寂歷冬暮，亦復朱燈空明，但爲傷故。乃知燈之爲寶，信可賦也。

　　王遂讚善，澄意斂神。屈原才華，宋玉英人。恨不得與之同時，結佩共紳。今子凝章挺秀，近出嘉寶，吐蘅吐蕙，含瓊含珉，摧驂雕輦，以愛國之有臣焉。

卷 十

雜賦下

几賦
鄒陽

高樹淩雲，蟠污[一]煩冤，旁生附枝。王爾公舒之徒，荷斧斤，援葛虆，攀喬枝，上不測之絕頂，伐之以歸。眇者督直，聾者磨磨，齊貢金斧，楚入名工，廼成斯几。離奇髣髴，似龍盤馬迴，鳳去鷩歸。君王憑之，聖德日躋。

【校記】

[一]污，陳本、《文選補遺》同。《全漢文》作紆。

屏風賦
劉安

惟茲屏風，出自幽谷。根深枝茂，號爲喬木。孤生陋弱，畏金強族。移根易土，委伏溝瀆。飄颻殆危，靡安措足。思在蓬蒿，林有樸樕。然常無緣，悲愁酸毒。天啓我心，遭遇徵祿徵祿游言收錄[陳]。中郎繕理，收拾捐樸。大匠攻之，刻彫削斲。表雖裂剝，心實貞慤。等化器類，庇蔭尊屋。列在左右，近君頭足。賴蒙成濟，其恩弘篤。何恩施遇，分好沾渥。不逢仁人，永爲枯木。

圍棊賦
馬融

畧觀圍棊兮法於用兵，三尺之局兮爲戰鬬場。陳聚士卒兮兩敵相當，拙者無功兮弱者先亡。自有中和兮請說其方，先據四道兮保角依旁。緣邊遮列兮徃徃相望，離離馬首兮連連鴈行。踔度間置兮徘徊中央，違閣奮翼兮左右翱翔。道狹敵衆兮情無遠行，棋多無冊兮如聚群羊。駱驛自保兮先後來迎，攻寬擊虛兮蹌踆內房。利則爲時兮便則爲強，獣於食兮壞决垣墻。堤潰不塞兮泛濫遠長，橫行陣亂兮敵心駭惶，迫兼碁雅兮頗棄其裝。已下險口兮鑿置清坑，窮其中罜兮如鼠入囊。收死卒兮無使相迎，當食不食兮反受其殃。勝負之攃兮於言如髮，乍緩乍急兮上且未別。白黑紛亂兮於約如葛，雜亂交錯兮更相度越。守規不固兮爲所唐突，深入貪地兮殺亡士卒，狂攘相救兮先後并沒。上下離遮兮四面隔閉，圍合罕散兮所對哽咽。韓信將兵兮難通易絕，自陷死地兮設見權譎。誘敵先行兮徃徃一室，捐碁委食兮遺三將七，遲逐樊問兮轉相伺窋。商度道地兮碁相連結，蔓延連閣兮如火不滅，扶疎布散兮左右流溢。浸淫不振兮敵人懼慄，迫促踧踖兮惆悵自失，計功相除兮以時各[一]訖。事留變生兮拾碁欲疾，營惑窘乏兮無令詐出，深念遠慮兮勝乃可必。

【校記】

[一]各，陳本同。《文選補遺》、《馬季長集》作早。《古文苑》存兩說。

冢賦
張衡

載輿載步，地勢是觀。降此平土，陟彼景山景猶高也[陳]。一升一降，乃心斯安。爾乃隳巍山，平險陸，刊蓁林，鑿盤石，起峻壟，構大廓一作槨[陳]。高岡冠其南，平原承其北，列石限其壇，羅竹藩其域。系以修隧，洽以溝瀆。曲折相連，迤靡相屬。乃樹靈木，靈木戎戎。繁霜岌峩，匪雕匪琢。周旋顧盼，亦各有行。乃相厥宇，乃立厥堂。直之以繩，正之以日。有覺其材，以構玄室。奕奕將將，崇棟廣宇。在冬不良[一]，在夏不暑。祭祀是居，神朗是處。修墜之際，亦有掖門。掖門之西，十一餘半，下有直渠，上有平岸，舟車之道，交通舊館。寒[二]一作塞[陳]淵慮弘，存不忘亡。恢厥朝壇，祭我兮子孫。宅兆之形，規矩之制，希而望之方以麗，踐而行之巧以廣。幽墓既美，鬼神既寧，降之以福，如水之平，如春之卉，如日之升。

【校記】

[一]良，陳本、《古文苑》、《文選補遺》、《張河間集》作涼，是。

[二]寒，陳本、《古文苑》同。《張河間集》作思。《張衡詩文集校注》作塞。

酒賦
曹植

余覽楊雄《酒賦》，辭甚瑰瑋，頗戲而不雅，聊作《酒賦》，粗究其終始。賦曰：

嘉儀氏之造思，亮茲美之獨珍。[一]仰酒旗之景曜，協[二]嘉號於天辰。穆生以[三]醴而辭楚，侯嬴感爵而增深[四]。其味有宜城醪醴，蒼梧縹青。或秋藏冬發，或春醞夏成，或雲沸潮湧，或素蟻浮[五]萍。爾乃王孫公子，遊俠翺翔。將承芬[六]以接意，會陵雲於[七]朱堂。獻酬交錯，宴笑無方。於是飲者並醉，縱橫諠譁。或揚袂屢舞，或扣劍清歌，或嚬噈辭觴，或奮爵橫飛，或歎驪駒既駕，或稱朝露未晞。於斯時也，質者或文，剛者或仁，卑者忘賤，窶者忘貧。[八]於是矯俗先生聞之而歎曰：噫！夫言何容易，此乃淫荒之源，非作者之事。若躭于觴酌，流情縱逸，先生所禁，君子所斥[九]。

【校記】

［一］《曹植集校注》此有：嗟麴蘖之殊味。

［二］協，陳本、《文選補遺》、《陳思王集》同。《曹植集校注》作徵。

［三］以，陳本、《文選補遺》、《陳思王集》同。《曹植集校注》作失。

［四］增深，陳本、《陳思王集》作輕身。《文選補遺》作憎深。

［五］浮，陳本、《文選補遺》、《陳思王集》同。《曹植集校注》作如。

［六］芬，陳本、《文選補遺》、《陳思王集》同。《曹植集校注》作歡。

［七］於，陳本、《文選補遺》同。《陳思王集》作之。

［八］《曹植集校注》此有：和睢昔之宿憾，雖怨讎其必親。

［九］斥，陳本、《文選補遺》、《陳思王集》同。《曹植集校注》作失。

白髮賦
左思

星星白髮，生於鬢垂。雖非青蠅，穢我光儀。策名觀國，以此見疵。將拔將鑷，好爵是縻。白髮將拔，怒然自訴：稟命不幸，值君年莫。偪迫秋霜，生而皓素。始覽朗鏡，惕然見惡。朝生晝拔，何罪之故？子觀橘柚，一篙一曄，貴其素華，匪尚綠葉。願戢子之手，攝子之鑷。

咨爾白髮，觀世之途。靡不追榮，貴華賤枯。赫赫閶闔，藹藹紫廬。弱冠來仕，童髫獻謨。甘羅乘軫，子奇剖符。英英終賈，高論雲衢。拔白就黑。此自在吾。

白髮臨拔，瞋目號呼：何我之冤，何子之誤！甘羅自以辯惠見稱，不以髮黑而名著；賈生自以良才見異，不以烏鬢而後舉。聞之先民，國用老成。二老歸周，周道肅清；四皓佐漢，漢德光䩄。何必去我，然後要榮？

咨爾白髮，事故有以，爾之所言，非不有理。曩貴耆老，今薄舊齒。皤皤榮期，皓首田里。雖有二毛，河清難俟。隨時之變，見歎孔子。髮乃辭盡，誓以固窮。昔臨玉顏，今從飛蓬。髮膚至昵，尚不克終。聊用擬辭，比之國風。

鏡賦
傅玄①

順陰位於西裔[一]，採秋金之剛精。醮祝融以致虔，命歐治[二]而是營。晞日月之光烈，儀厥象乎曜靈。不有心於好醜，而衆形其必祥。同實錄於良史，隨善惡而是彰。猗猗淑媛，裁裁后妃。眷春榮之零悴，懼玉顏之有衰。盼清揚而自鏡，竸崇姱以相暉。若乃雲髻亂於首，頰黛渝於色。設有之[三]於斯器兮，孰厥貌之能飾。與一作苟[陳]瞽一作盲[陳]瞽而同昧兮，近有面而不識。君子之[四]貌之不可以不飾，則內省而自箴。既見前而慮後，則祗畏於幽深。察䁈䁈之待瑩，則以此而洗心。睹日觀之有瑕，則稽訓於儒英。夫然尚何厥容之有慢，而厥思之有淫？

【校記】
  [一]西裔，陳本、張溥《傅中丞集》同。《全晉文》作清商。
  [二]治，陳本、《傅中丞集》、《全晉文》作冶。
  [三]之，陳本同。《傅中丞集》、《全晉文》作乏。
  [四]之，陳本、《傅中丞集》、《全晉文》作知。

船賦
束據

伊河海之深廣，吁嗟綿邈而無垠。彼限隔而靡覩兮，此由茲而莫聞。雖后土之同載兮，實殊代而乖分。加[一]聖王之神化兮，理通微而達幽。悼生民之隔塞兮，愍王教之不周。立成器以被用兮，因垂象以造舟。濟淩波之絕軌兮，越巨川之玄流。水無深而不度兮，路無廣而不由，運重固之滯質，雖載沉而載浮。飄燕舁於吳會，轉金石於洪濤，愬無涯之浩浩，不抑

---

① 據嚴可均《全晉文》，應爲傅咸作。

進而輟留。登揚侯之激浦兮，方湧翔而龍遊。雖滔天而橫厲，長抱樂而無憂。乘流則逝，遇抵而停；受命若饗[二]，唯時而征。不辭勞而惡動，不偷安而自寧；不貪財以徇功，不愛力而欲輕。豐儉隨乎質量，所勝任乎本形。雖不乘而長浮，雖涉險而必正。周遊曲折，動與時併；博載善施，心無所營；囊括品物，受辱含榮。唯載涉之所欲，混貴賤於一門。包湮通於道德，普納比乎乾坤。感思用之却廣，信人道之所存。

【校記】

［一］加，陳本、《初學記》作嘉。

［二］饗，陳本作嚮。《初學記》作響。

觀魚賦
摯虞

觀鱗族於彪池兮，睠羽羣於瀨涯，乃有沿泉之鯉，濯陂之鯶；瀺灂涌躍，没浪赴遠，集于曲湒之隈，逐乎澹淡之深。攢聚輻蹙，或躍或沉；修[一]樂攸驛，眩目驚心。徒極觀而無獲兮，羨鮮肴之柔嘉。於是六柱俱起，參構橫羅；編莞爲^{原缺[陳]}木激波[二]。奔突轉薄，流不及瀾。魚未驚而失行，忽浪達於急湍；諒形勝之得勢，實有徃而無反。炰鱔脍鯉，亦有庶羞；肴核並陳，既旨且柔。沉溢爵於通溝，因素波以獻酬；騁微巧於浮觴，競機捷於迅流。既歡豫而不倦，顧窮晝而兼夜，獨臨川而慷慨，感逝者之不捨，惟脩名之求立，戀景曜之西謝。懼留連之敗德，遂收歡而命駕。是時也，含懷湛遁，需于酒食；盤衍宴安，歡情未極；選興之言，矯枉以直；悅而不懌，莫不歎息。

【校記】

［一］修，陳本、《摯太常集》同。《初學記》作倏。

［二］《初學記》、《摯太常集》本句作：編莞爲筏，撼木激波。

洛禊賦
張協

夫何三春之令月，嘉天氣之氤氳。和風穆以布暢，百卉曄而敷芬。川流清泠以汪濊，原隰蔥翠以龍鱗。游魚瀺灂於渌波，玄鳥鼓翼於高雲。美節慶之動物，悅羣生之樂欣。顧新服之既成，將禊除于水濱。於是縉紳先生，嘯[一]儔命友。攜朋接黨，冠童八九。主希孔墨，賓慕顏柳。臨涯詠吟，濯足揮手。乃至都人士女，奕奕祁祁。車駕岬碣，克溢中逵。粉葩翕習，緣阿被湄。振袖坐風，接袵成幃。若夫權戚之家，豪侈之族。采騎齊鑣，華輪方轂。青蓋雲浮，參差相屬。集乎長州之浦，曜乎洛川之曲。遂乃停輿蕙渚，稅駕蘭田。朱幔虹舒，翠幕蜺連。羅樽列爵，周以長筵。於是布椒醑，薦柔嘉，祈休吉，蠲百痾。漱清源以滌穢兮，攬綠藻之纖柯，浮素卵以蔽水，灑玄醪於中河。

【校記】

［一］嘯，陳本作肅。《初學記》、張溥《張景陽集》作嘯。

火賦
潘尼

覽天人之至周，嘉火德之爲貴，含太陽之靈暉，體淳剛之正氣。先聖仰觀，通神悟靈，窮物盡數，研機至精。鑽燧造火，陶冶群形，協和五味，革變羶腥。爾乃狄牙典膳，百品既陳，和羹酋醳，旨酒釀醇，烹黿羹鼈，灼龜臛鱗。若乃流金化石，鑠鐵融銅，造制戎器，以戒不恭，砥煉兵械，整飾軍容。四海康又[一]，邊境無寇，韜弓戢劍，解甲釋胄，銷鏑爲耒，鑄戈爲耨，戰士反於耕農，戎馬放乎外厩。及至焚野燎原，陸火赫羲，林木摧拉，沙粒並糜，騰光絕覽，雲散霓披。去若風驅，疾若電逝，芬輪紆轉，倏忽橫厲，震響達乎八冥，流光燭乎四裔。

【校記】

［一］又，陳本、《潘太常集》作乂，是。

釣賦
潘尼

抗余志於浮雲，樂余身於蓬廬。尋渭濱之遠跡，且遊釣以自娛。左援修竹，右縱飛綸。金鉤屬釣，甘餌垂芬。衆鯤奔湧，遊鱗橫集。觸餌見擒，值鉤被執。長繳繽紛，輕竿翕習。雲徃颷馳，光飛電入。躍靈未及警策，蓋已獲其數十。且夫燔炙之鮮，煎熬之味。百品千變，殊芳異氣。隨心適好，不可勝紀。乃命宰夫，膾此潛鯉。電割星流，芒散縷解。隨風離鍔，連翩雪累。西戎之蒜，南夷之薑。酸醎調適，齊和有方。和神安體，易思難忘。

游後園賦
謝朓

積芳兮選木，幽蘭兮翠竹。上蕪蕪兮蔭景，下田田兮被谷。左蕙畹兮彌望，右芝園兮寫目，山霞起而削成，水積駉以經復。於是蔽風闥之藹藹，聳雲館之迢迢。周步檐以升降，對玉堂之沉寥。追夏德之方暮，望秋清之始飈。藉宴私而游衍，時晤語而逍遙。爾乃日西[一]榆柳，霞照夕陽，孤蟬已散，去鳥成行。惠氣湛兮帷殿肅，清陰起兮池舘涼。陳象設兮以玉塡，披蘭籍兮咀桂漿。仰徽塵兮美無度，奉英軌兮式如璋。藉高文兮清談，預含毫兮握芳。則觀海兮爲富，乃遊聖兮知方。

【校記】
[一]西，陳本、《古文苑》、《謝宣城集》作栖。

酃酒賦
張載

惟聖賢之興作，貴垂功而不泯。嘉康狄之先職，亦應天而順人。擬酒旗於玄象，造甘醴以頤神。雖賢愚之同好，似大化之齊均。物無往而不變，獨居舊而彌新。經盛衰而無廢，歷百代而作珍。若乃中山冬啓，醇酎秋發。長安春御，樂浪夏設。漂蟻萍布，分香酷列。播殊美於聖載，信人神之所悅。未聞珎酒，出於湘東，丕顯於皇都，乃潛淪于吳邦。徃逢天地之否運，今遭六合之開通。播殊美於聖代[一]，宣至味而大同。匪徒法用之窮理，信泉壤之所鍾。

故其爲酒也，殊功絕倫。三事旣節，五齊必均。造釀在秋，告成以春。備味滋和，體色淳清。宣御神志[二]，道氣養形。遣憂消患，適性順情。言之者嘉其美志，味之者弃事忘榮。于是纠合同好，以遨以遊，嘉賓雲會，矩坐四周；設金樽於南楹，酌浮觴以施[三]流。備鮮肴以綺進，錯時膳之珍羞。禮儀攸序，是獻是酬。賴顏發溢，脱[陳]思凱休。德音晏晏，弘此徽猷。咸德[四]志以自足，願棲遲於一丘。於是懽樂旣洽，日薄西隅。主稱湛露，賓歌驪駒。僕夫整駕，言旋其居。乃憑軾以廻軌，騁輕駟於通衢。反衡門以隱跡，覽前聖之典謨。感夏禹之防微，悟儀氏之見疏。鑒往事而作戒，罔非酒而惟愆。哀秦穆之旣醉，殲良人而棄賢。嘉衛武之能悔，著屢舞於初筵。察成敗於徃古，垂將來於茲篇。

【校記】
　　[一]"播殊美於聖代"一句，陳本無。《初學記》、《張孟陽集》有。
　　[二]陳本作"宣神御志"。《初學記》、《張孟陽集》同劉本。
　　[三]施，陳本、《張孟陽集》同。《初學記》作旋。
　　[四]德，陳本、《初學記》作得。《張孟陽集》作德。

丹砂可學賦
江淹

　　咸一作或曰：金不可儔[一]。僕不信也，試爲此辭，精思云爾。
　　惟雲場之少折，乃人逕之多憂。雖瑤笙及金瑟，雜翠帳與丹幬。吞悲欣於得失，銜哀樂於春秋。煥如星絕，黯如火滅。星絕難光，火滅可傷。故從師而問道，冀幽路之或暘。測神宗之無緩，踐雲根[二]之不賒。信名山及石室，驗青傾與丹砾[三]。撝五難之重滯，挈九仙之輕華。故抱魄寂處，凝神空居。泯邈深晝，窈鬱重虛。覷炫燿而可見，聽沉[四]寥而有餘。
　　於是乘河漢之光氣，騎列星之綵色。輟陰陽於形有，傳變化於心識。浮恍惚而無涯，泛靈恬而未極。架日月之精照，騫蛟龍之毛翼。
　　遂乃氣穆肅而神奔，骨窈窈而鬼怪。綴葳甤而成冠，點雜錯而爲佩。出瀺灂而逞鶩，貫濛鴻而上勵。鳳之來兮蔽日，鷩之集兮爲群。左昆吾之炎景，右崦嵫之卿雲。爛七采之焰燿，漫五色之縕烟—作縕[陳]。非世俗之質見，焉鬼神之嘗聞？
　　既而曖碧臺之錯落，燿金宮之玲瓏。幻蓮華於繡閨，化蒲桃於錦屏。艷丹光而電姬，颸翠氛而杳冥。軒徹[五]惘於冤虹，階宅[六]僚於奔鯨。惑龍宮之殿稱，迷忉利之宮名。故靈偃蹇兮姣服，女嬋娟兮可觀。秀青色之泯靡，熳美目之波瀾。襲日月之篆組，襲星宿之羅紈。百味酒兮靈之集，河供鯉兮靈之安。卻交甫之玉質，笑陳王之妙顏。所以樂精玄於太一，妙宮徵於清都。簫含聲而遠近，琴吐音而有無。奏神鼓於玉袂，舞靈衣於金裾。韻躑躅而易變，律參差而難圖。非《南風》之能擬，詎濮水之可摹。
　　於是流濼不一，遨曹無邊。蛾眉既散，鍾鼓都捐。乘綵霞於西海，驛行兩於丹淵。山差池而鏡墜，水清朗而抱天。山含玉以永歲，水藏珪以窮年。擬若木以寫意，拾瑤草而悠然。
　　遂乃凝虛飲一，守先閉方；智寂術盡，鬼尢心亡。白生不能關其說，惠子無以挫其芒。原其恥市朝之失道，疾讒嬖之不祥。卻文綵之娓冶，去利劍之鏗鎗。慷生死於半氣，惜百年於一光。故以鑄金爲器，丹砂爲漿。憨吞既盡，妖怨當忘。吾師以爲可學，而公子謂之不良歟！

【校記】

[一]儔，陳本、《江醴陵集》作鑄。

[二]根，陳本同。《江醴陵集》作柢。

[三]硃，陳本同。《江醴陵集》作砂。

[四]沉，陳本同。《江醴陵集》作沆。

[五]㣲，陳本同。《江醴陵集》作惝。《江文通集彙注》作憿。

[六]宅，陳本、《江醴陵集》作侘。

卷十一

詩

逸詩 廣

逸詩
翹翹車乘，招我以弓。豈不欲往，畏我友朋。
又
周到挺挺，我心扃扃。講事不令，集人來定。
又
巧笑倩兮，美目盼兮。素以爲絢兮。
又
棠棣之華，翩其反而。豈不爾思，室是遠而。
又
雖無絲麻，無棄菅蒯。雖有姬姜，無棄蕉萃。凡百君子，莫不代匱。
又
溪河之清，人壽幾何。兆多訽多，職競作羅
又
禮義不愆，何恤人之言。
又
淑慎爾止，無載爾僞。
又
我無所監，夏后及商。用亂之故，民卒流亡。
又
相彼盍旦，尚猶患之。
又

昔吾有先，正其言朙。且清國家，以寧都邑，以成庶民。
以生誰能秉國成，不自爲政，卒勞百姓。

又

天之所支，不可壞也。其所壞亦不可支也。

招祈詩

祈招之愔愔，式昭德音，思我王度。
形如玉，形如金，形民之力，而無醉飽之心。

射詩

曾孫侯氏，四正具舉。大夫君子，凡以庶士。
小大莫處，御于君所，以燕以射，則燕則譽。

述德

漢廟登歌詩
漢東平王蒼

於穆世廟，肅雍顯清。俊乂翼翼，秉文之成。戜序上帝，駿奔來寧。
建立三雍，封禪泰山。章朙圖讖，放唐之文。休矣惟德，罔射協同。
本支百世，永保厥功。

歌魏德詩 二首
魏文帝

堯任舜禹，當復何爲。百獸率舞，鳳凰來儀。得人則安，失人則危。
唯賢知賢，人不易知。歌以永言，誠不易移。鳴條之役，萬舉必全。
全德道通，降福自天。

汎汎[一]綠池，中有浮萍。寄身流波，隨風靡傾。芙蓉含芳，菡萏垂榮。
朝采其實，夕佩其英。采之遺誰，所思在庭。雙魚比目，鴛鴦交頸。
有美一人，婉如青陽。知音識曲，善爲樂方。

【校記】

[一]汎汎，陳本作汜汜。《樂府詩集》作泛泛。

勸厲

佹詩 音詭
荀況

天下不治,請陳佹詩:天地易位,四時易鄉。
列星隕墜,旦暮晦盲。幽暗登昭,日月下藏。
公正無私,反見從橫。志愛公利,重樓疏堂。
無私罪人,憼革二兵。道德純備,讒口將將。
仁人詘約,敖暴擅強。天下幽險,恐失世英。
螭龍猶蝘蜓,鴟梟爲鳳皇。比干見刳,孔子拘匡。
昭昭乎其知之明也,郁郁乎其遇時之不祥也。
拂乎其欲禮義之大行也,闇乎天下之晦盲也。
皓天不復,憂無疆也。千秋必反,古之常也。
弟子勉學,天不忘也。聖人共拱同[劉]手,時幾將矣。
與愚亦疑,願聞反辭。其小歌也。
念彼遠方,何其塞矣。仁人詘約,暴人衍矣。
忠臣危殆,讒人般矣。琁玉瑤珠,不知佩也。
雜布與錦,不知異也。閭娵子奢,莫之媒也。
嫫母刀[一]父,是之喜也。以盲爲明,以聾爲聰;
以危爲安,以吉爲凶。嗚呼上天!曷維其同。

【校記】

[一]刀,陳本作刁。《荀子集解》作力。

戒子詩
東方朔

明者處世,莫尚于中,優哉游哉,與道相從。
首陽爲拙,柳惠爲工。飽食安步,在仕代農。
依隱玩世,詭時不逢。
才盡者身危,好名者得華,有羣累生,孤貴失和,遺餘不匱,自盡無多。
聖人之道,一龍一蛇,形見神藏,與物變化,隨時之宜,無有常家。

自劾詩
韋玄成

赫矣我祖，侯于豕韋，賜命建伯，有殷以綏。
厥積既昭，車服有常，朝宗商邑，四牡翔翔。
德之令顯，慶流于裔，宗周至漢，群后歷世。
肅肅楚傅，輔翼元夷，厥駟有庸，惟慎惟祗。
嗣王孔佚，越遷于鄒，五世壙僚，至我節侯。
惟我節侯，顯德遐聞，左右昭宣，五品以訓。
既苟致位，惟懿惟奐，厥賜祁祁，百金洎舘。
國彼扶陽，在京之東，惟帝是留，政謀是從。
繹繹六轡，是列是理，威儀濟濟，朝享天子。
天子穆穆，是宗是師，四方遐爾，觀國之輝。
茅土之繼，在我俊兄，惟我俊兄，是讓是形[一]。
於休厥德，於赫有聲。致我小子，越留於京。
惟我小子，不肅會同，媠彼車服，黜此附庸。
赫赫顯爵，自我隊之；微微附庸，自我招之。
誰能忍媿，寄之我顏；誰將遐征，從之夷蠻。
於赫三事，匪俊匪作，於蔑小子，終焉其度。
誰謂華高，企其齊而；誰謂德難，厲其庶而。
嗟我小子，于貳其尤。隊彼令聲，申此擇辭。
四方群后，我監我視，威儀車服，唯肅是履！

【校記】
[一]形，陳本作刑。《漢書》作形。

戒子孫詩
韋玄成

於肅君子，既令儀德，服此溫恭，棣棣其則。咨予小子，既德靡逮，
曾是車服，恭嫚以隊。翩翩天子，俊德烈烈，不遂我遺，恤我九列。
我既茲恤，惟夙惟夜，畏忌是申，供事靡惰。天子我監，登我三事，
顧我傷隊，爵復我舊。我既此登，望我舊階，先后茲度，漣漣孔懷。
司直御事，我熙我盛；群公百僚，我嘉我慶。于異卿士，非同我心，
三事惟饎，莫我肯矜。赫赫三事，力[一]雖此畢，非我所度，退其罔曰。
昔我之隊，畏不此居，今我度茲，戚戚其懼。嗟我後人，命其靡常，

靖共爾位，瞻仰靡荒。慎爾會同，戒爾車服，無媿爾儀，以保爾域。爾無我視，不慎不整；我之此復，惟祿之幸。於戲後人，惟肅惟栗，無忝顯位，以蕃漢室！

【校記】

[一]力，陳本作刀。《漢書》作力。

迪志詩
傅毅

咨爾庶士，迨時斯勖。日月逾邁，豈云旋復！
哀我經營，旅[一]力靡及。在茲弱冠，靡所樹立。
於赫我祖，顯于殷國。二迹阿衡，克光其則。
武丁興商，伊宗皇士。爰作股肱，萬邦是紀。
奕世載德，迄我顯考。保膺淑懿，纘修其道。
漢之中葉，俊乂式序。秩彼殷宗，光此勳緒。
伊余小子，穢陋靡逮。懼我世烈，自茲以墜。
誰能革濁，清我濯溉？誰能昭闇，啓我童昧？
先人有訓，我訊我誥。訓我嘉務，誨我博學。
爰率朋友，尋此舊則。契闊夙夜，庶不懈忒。
秩秩大猷，紀綱庶式。匪勤匪昭，匪壹匪測。
農夫不怠，越有黍稷。誰能云作，考之居息？
二事敗業，多疾我力。如彼遵衢，則罔所極。
二[二]志靡成，聿勞我心。如彼兼聽，則溷於音。
於戲君子，無恒自逸。徂年如流，鮮茲暇日。
行邁屢稅，胡能有迄。密勿朝夕，聿同始卒。

【校記】

[一]旅，陳本作膂。《後漢書》作旅。
[二]二，陳本作貳。《後漢書》作二。

述志詩 二首
仲長統

飛鳥遺跡，蟬蛻亡殼。騰蚳棄鱗，神龍喪角。
至人能變，達士拔俗。乘雲無轡，聘風無足。

垂露成幄，張霄成幄。沉瀣當餐，九陽代燭。
恒星豔珠，朝霞潤玉。六合之內，恣心所欲。
人事可遺，何爲局促。

大道雖遺，見幾者寡。任意無非，適物無可。
古來繚繞，委曲如瑣。百慮何爲，至要在我。
寄愁天上，埋憂地下。叛散五經，滅棄《風》《雅》。
百家雜碎，請用從火。抗志山西，游心海左。
元氣爲舟，微風爲柂。翱翔大清，縱意容冶。

矯志詩
曹植
芳[一]樹雖香，難以餌烹[二]。尸位素餐，難以成名[三]。
磁石引鐵，於金不連。大朝舉士，愚不聞[四]焉。
抱璧塗乞，無爲貴寶。履仁遘禍，無爲貴道。
鴛雛遠害，不羞卑棲。靈虬避難，不耻污泥。
都蔗雖甘，杖之必折。巧言雖美，用之必滅。
濟濟唐朝，萬邦作孚。逢蒙雖巧，必得良弓。
聖主雖知，必得[五]英雄。螳螳見嘆，齊士輕戰。
越王輕[六]蛙，國以死獻。道遠知驥，世僞知賢。
覆之幬[七]之，順天之矩。澤如飢[八]風，惠如時雨。
口爲禁闥，舌爲發機。門機之關[九]，楛矢不追。

【校記】
　[一]芳，陳本同。《曹植集校注》作桂。
　[二]烹，陳本同。《曹植集校注》作魚。
　[三]名，陳本同。《曹植集校注》作居。
　[四]聞，陳本同。《曹植集校注》作閒。
　[五]必得，陳本同。《曹植集校注》作亦待。
　[六]輕，陳本同。《曹植集校注》作軾。
　[七]幬，陳本同。《曹植集校注》作燾。
　[八]飢，陳本、《曹植集校注》作凱，是。
　[九]關，陳本同。《曹植集校注》作闔。

言志詩
嵇康①

曰余不師訓。潛志去世塵。遠想出宏域。高步超常倫。
靈鳳振羽儀。戢景西海濱。朝食琅玕實。夕飲玉池津。
處順故無累。養德乃入神。曠哉宇宙惠。雲羅更四陳。
哲人貴識義。大雅阤庇身。莊生悟無爲，老氏守其眞。
天下皆得一，名實久相賓。咸池饗爰民[一]，鐘鼓或愁辛。
柳惠善直道，孫登庶知人。寫懷良未遂[二]，感贈以書紳。

【校記】
[一]民，陳本、《江文通集彙注》作居。
[二]遂，陳本、《江文通集彙注》作遠。

命子詩十首
陶潛

悠悠我祖，爰自陶唐。邈焉虞賓，歷世[一]重光。
御龍勤夏，豕韋翼商。穆穆司徒，厥族以昌。

紛紛戰國，漠漠衰周。鳳隱於林，幽人在丘。
逸虬遶雲，奔鯨駭流。天集有漢，眷予愍侯。

於赫愍侯，運當攀龍。撫劍夙[二]邁，顯茲武功。
書誓山河，啓土開封。亹亹丞相，允迪前蹤。

渾渾長源，蔚蔚洪柯。羣川載導，衆條載羅。
時有語默，運因隆窊。在我中晉，業融長沙。

桓桓長沙，伊勳伊德。天子疇我，專征南國。
功遂辭歸，臨寵不忒。孰謂斯心，而近可得。

肅矣我祖，愼終如怡[三]。直方二[四]臺，惠和千里。
於皇[五]仁考，淡焉虛止。寄迹風雲，冥茲溫[六]喜。

---

① 據《江文通集彙注》，本詩應爲江淹所作《雜體詩·嵇中散言志》。

嗟余寡陋，瞻望弗及。顧慚華鬢，負影隻立。
三千之罪，無後爲急。我誠念哉，呱聞爾泣。

卜云嘉日，占亦良時。名汝曰儼，字汝求思。
溫恭朝夕，念茲在茲。尚想孔伋，庶其企而！

厲夜生子，遽而求火。凡百有心，奚特於我！
既見其生，實欲其可。人亦有言，斯情無假。

日居月諸，漸免于孩。福不虛至，禍亦易來。
夙興夜寐，願爾斯才。爾之不才，亦已焉哉！

【校記】
　　[一]歷世，陳本、《文選補遺》同。《陶淵明集箋注》作世歷。
　　[二]夙，陳本、《文選補遺》同。《陶淵明集箋注》作風。
　　[三]台，陳本、《文選補遺》、《陶淵明集箋注》作始。
　　[四]二，陳本、《文選補遺》同。《陶淵明集箋注》作三。
　　[五]皇，陳本、《文選補遺》同。《陶淵明集箋注》作穆。
　　[六]溫，陳本同。《文選補遺》、《陶淵明集箋注》作愠。

勸農詩六首
陶潛

一

悠悠上古，厥初生人。傲然自足，抱朴含眞。
智巧既萌，資待靡因。誰其贍之，實賴哲人。

二

哲人伊何？時爲后稷。贍之伊何？實曰播殖。
舜既躬耕，禹亦稼穡。遠若周典，八政始食。

三

熙熙令音[一]，猗猗原陸。卉木繁榮，和風清穆。
紛紛士女，趨時競逐。桑婦宵征，農夫野宿。

四

氣節易過，和澤難久。冀缺攜儷，沮溺結耦。
相彼賢達，猶勤壟畝。矧伊眾庶，曳裾拱手。

五

民生在勤，勤則不匱。宴安自逸，歲暮奚冀！
儋[二]石不儲，飢寒交至。顧爾[三]儔列，能不懷愧！

六

孔耽道德，樊須是鄙。董樂琴書，田園不履。
若能超然，投跡高軌，敢不歛衽，敬讚德美。

【校記】

[一]音，陳本、《文選補遺》同。《陶淵明集箋注》作德。
[二]儋，陳本、《文選補遺》同。《陶淵明集箋注》作檐。
[三]爾，陳本、《文選補遺》同。《陶淵明集箋注》作余。

獻詩

應詔詩二首
張華

赫赫大晉，奄有萬方。陶以仁化，曜以天光。
二跡陝西，實在我王。內鈺玉鉉，外惟鷹揚。
四牡揚鑣，玄輅振綏。庶寮群后，餞飲洛湄。
感離嘆悽，慕德遲遲。

崇選穆穆，利建朙德。於顯穆親，時惟我王。
禀姿自然，金質玉相。光宅舊趙，作鎮異[一]方。
休寵曲錫，備物煥彰。發軔上京，出自天邑。
百寮餞行，搢紳具集。軒冕峩峩，冠蓋習習。
戀德惟懷，永嘆弗及。

【校記】

[一]異，陳本、丁福保《全漢三國晉南北朝詩》作冀。

應詔詩
何劭

穆穆聖王，體此慈仁。友于之至，通于明神。遊宴綢繆，情戀所親。
薄言餞之，于洛之濱。嵩崖巖巖，洪流湯湯。春風動衿，歸鴈和鳴。

我后饗客，皷瑟吹笙。舉爵惟別，聞樂傷情。嘉宴既終，白日西歸。
羣司告旋，鸞輿整綏。我皇重離，頓轡驂騑。臨川永歎，酸涕霑頤。
崇恩感物，左右同悲。

應詔詩 二首
閭丘冲

暮春之月，春服既成。陽升土潤，氷渙川盈。餘萌達壤，嘉木敷榮。
后皇宣遊，既宴且寧。光光華輦，詵詵從臣。微風扇穢，朝露翳塵。
上薩丹幄，下藉文茵。臨川洍盥，濯故潔新。俯鏡清流，仰睇天津。
藹藹華林，巖巖景陽。業業峻宇，奕奕飛梁。垂蔭倒景，若沉若翔。

浩浩白水，汎汎龍舟。皇在靈沼，百辟同遊。擊櫂清歌，鼓枻行酬。
聞樂咸和，具醉斯柔。在昔帝虞，德被遐荒。干戚在庭，苗民來王。
今我哲后，古聖齊芳。惠此中國，以綏四方。元首既明，股肱惟良。
樂酒今日，君子惟康。

應詔詩
顏延之

太儀在御，皇聖居真。旁緝民紀，仰緯天經。
物資感變，神以瑞形。川無遁寶，山不閟靈。
亦既戒裝，皇心載遠。夕帳亭皋，晨儀禁苑。
神行景騖，發由靈閫。對宴感分，瞻秋到晚。

應詔詩
沈約

皇情悵東舟，羽飾拂南虡。夏雲清朝景，秋風揚早蟬。
飲和陪下席，論道光上筵。

應詔詩
沈約

沃若動龍驂，參差凝鳳管。金塘草未合，玉池泉將滿。

應詔詩
王筠
金版韜英，玉牒蘊精。帝德乃武，王威有征。
軒習弧矢，夏陳干戚。周鶩戎車，漢馳羽檄。
我皇俊聖，千年踵武。德洞十門，威加八柱。
金正紀德，水行失道。胡馬南牧，戎徒西保。
荐食伊瀍，整居灃鎬。金關揚塵，銅臺茂草。
命彼膳夫，爰詔協律。樂舞出車，絃操吉日。
玉饌駢羅，瓊漿泛溢。聖德溫溫，寶儀秩秩。

應詔詩
劉孝綽
皇心眷將遠，悵餞靈芝側。是日青春獻，林塘多秀色。
芳卉疑綸組，嘉樹似雕飾。遊絲綴鶯領，光風送綺翼。
下輦朝旣盈，留宴景將昃。高辯競談端，奇文爭筆力。
伊臣獨無伎，何用奉吹息。

卷十二

詩

公讌

元會詩
曹植

初會[一]元祚，吉日惟良。乃爲嘉會，宴此高堂。
衣裳鮮潔，黼黻玄黃。珍膳雜遝，充溢圓方。
俯視文軒，仰瞻華梁。願保茲喜[二]，千載爲常。
歡笑盡娛，樂哉未央。皇家榮貴，壽考無疆。

【校记】
[一] 會，陳本同。《古文苑》、《曹植集校注》作歲。
[二] 喜，陳本同。《古文苑》、《曹植集校注》作善。

後園會詩
張華

暮春元日，陽氣清朗。祁祁甘雨，膏澤流盈。
習習祥風，啓滯導生。禽鳥逸豫，桑麻滋榮。
　　　　　纖條被綠，翠華含英。
於皇我后，欽若昊乾。順時省物，言觀中園。
讌及群辟，乃命乃延。合樂華池，被濯清川。
　　　　　汎彼龍舟，泝遊渚源。

太子賜宴詩
陸機

朙朙隆晉,茂德有赫。思媚上帝,配天光宅。誕育皇儲,儀刑在昔。
微言時宣,福禄來格。勞謙降貴,肆敬下臣。肇彼先驅,翻成嘉寶。

洛水詩
潘尼

晷運無窮已,時逝焉可追。斗酒足爲歡,臨川胡獨悲。
暮春春服成,百草敷英蕤。聊爲三日遊,芳駕結龍旂。
廟廊多豪俊,都邑有艷姿。朱軒蔭蘭臯,翠幰暎洛湄。
臨岸濯素手,涉水褰輕衣。沉鈎出比目,舉弋落雙飛。
羽觴乘波進,素卵隨流歸。

侍皇太子宴玄圃詩
潘尼

商風初授,辰火微流。朱朙送夏,少昊迎秋。
嘉禾茂園,芳草被疇。於是我后,以豫以遊。

華林園詩
王濟

蠢爾長虵,荐食江汜。我皇神武,汎舟萬里。迅雷電邁,弗及掩耳。
思樂華林,薄采其蘭。皇居偉則,芳園巨觀。仁以山悅,水爲智歡。
清池流爵,祕樂通玄。物以時序,情以化宣。

侍宴西池詩
謝靈運

詳觀記牒,鴻荒莫傳。降及雲鳥,曰聖則天。
虞承唐命,周襲商艱。江之永矣,皇心惟眷。
矧乃暮春,時物芳衍。濫觴遂迤,周流蘭殿。
禮備朝容,樂閲夕宴。

詔宴西池詩
顏延之

河岳曜圖，聖時利見。於赫有皇，升中納禪。載貞其恒，載通其變。
大哉人文，至矣天睠。昭哉儲德，靈慶攸繁。朗兩紫宸，景物乾元。
帝宗菴藹，惟城惟蕃。袞衣善職，彤弓受言。飾館春宮，稅鑣青輅。
長筵逶迤，浮觴氿汦。

侍華光殿爲太子作
謝朓

傍求遂古，逖聽鴻名。大寶曰位，得一爲貞。
朱綈叶祉，綠字摘英。升配同貫，進讓殊聲。
大橫[一]將屬，會昌已命。國步中阻，震[二]居膺慶。
璽劍克[三]傳，龜玉增映。
玄塞北靡，丹徼南極。浮毳駕風，非泳非[四]陟。
西京藹藹，東都濟濟。秋祓濯流，春禊浮醴。
初吉云獻，上除方啓。昔駕陽潁，今帳雲陛。
嘉樂舊矣，芳宴在斯。載留神矚，有睟天儀。
龍精已映，威仰未移。葉依黃鳥，花落春池。
高殿弘敞，禁林稠密。青陸崛起，丹樓間出。
翠葆隨風，金戈動日。惆悵清管，徘徊輕佾。
灞滻入筵，河淇流阼。媧[五]若來徃，觴肴氿汦。
歡飫有終[六]，清光欲暮。輕輢迴首，華組徐步。

【校記】

  [一]橫，陳本作行。《文選補遺》、《謝宣城集校注》作橫。
  [二]震，陳本同。《文選補遺》、《謝宣城集校注》作宸。
  [三]克，陳本同。《文選補遺》、《謝宣城集校注》作先。
  [四]非，陳本同。《文選補遺》、《謝宣城集校注》作登。
  [五]媧，據《謝宣城集校注》，或作海。《文選補遺》作海。
  [六]有終，據《謝宣城集校注》，一作終日。

九日侍宴樂游苑詩
丘遲

朱明已謝，蓐收司禮。爰理秋祓，備揚旌榮。奉璋峩峩，金貂濟濟。

上林弘敞，離宮非一。綵殿迴風，丹樓映日。隨珠甲帳，屯衛周悉。睟容徐動，天儀澄謐。雲物游颺，光景高麗。枯葉未落，寒花委砌。絲桐激舞，楚雅閑慧。參差繁響，殷勤流詣。

侍宴樂遊苑詩
任昉

帝德峻韶夏，王功書頌平。共貫淞五勝，濁道邁三英。我皇撫歸運，時乘信告成。一唱革鐘石，再撫被絲笙。黃草歸雒木，梯山薦玉榮。時來濁河變，瑞起溫洛清。物色動震眷，民豫降皇情。

侍太子九日宴玄圃詩
王儉

朙朙儲后，冲黙其量。徘徊禮樂，優遊風高[一]。微言外融，幾神內王。就日齊暉，儀雲等望。本茂條榮，源澄流潔。漢稱間平，周云魯衛。咨我藩華，方軑前軌。秋日在房，鴻雁來翔。寥寥清景，靄靄微霜。草木搖落，幽蘭獨芳。眷言淄苑，尚想濠梁。既暢吉酒，亦飽微猷。有來斯悅，無遠不柔。

【校記】

[一]高，陳本作亮。《全漢三國晉南北朝詩》作尚。

侍曲水宴詩
沈約

光遲蕙敏，氣婉椒臺。皇心愛矣，帝曰遊哉。玉鑾徐騖，翠鳳輕迴。別殿廣臨，離宮洞啓。川祇奉壽，河宗相禮。清洛漸筵，長伊流陛。泂酌嘉羞，搖漾芳醴。輕歌易繞，弱舞難持。素雲留管，玄鶴停絲。引思爲歲，歲亦陽止。加服賁身，身亦昌止。徒勤丹漆，終愧文梓。

侍太子九日宴詩
沈約

涼風北起，高鴈南翻。葉浮楚水，草折梁園。

淒清霜野,惆悵晨鷗。雲輕寒樹,日麗秋原。
三金廣設,六羽高陳。寒英始獻,涼酎初醇。
靡靡神襟,鏘鏘群彥。思媚儲猷,洽和奉宴。
恩暢蘭席,歡同桂殿。景遽樂推,臨風以眷。
麗景天枝,位非德舉。任伍辰階,祚均河楚。
負岳未勝,瞻雲難侶。望古興惕,心焉載佇。

侍宴樂游苑詩
沈約

憑玉宅海,端扆御天。上流飛甍,靜震騰川。
凝神貫極,摛道漏泉。西裘委衱,南風在弦。
暮芝始綠,年桂初丹。上林葉下,滄池水寒。
霜霑玉樹,鴈動輕瀾。停蹕玉陛,徙衛琁墀。
琱箱鳳綵,羽蓋鷖姿。虹旌迢遞,翠華葳蕤。
禮弘灞汭,義高洛湄。

九日侍宴樂游苑詩
劉苞

六郡良家子,幽并遊俠兒,立乘爭飲羽,倒騎競紛馳。
鳴珂飾華珥毛羽爲飾曰珥[陳],金鞍映玉羈,膳羞殫海陸,和齊眂秋宜。
雲飛雅琴奏,風起洞簫吹,曲終高宴罷,景落樹陰移。
微薄承嘉惠,飲德良不貲,取効績無紀,感恩心自知。

祖餞

別詩二首
應瑒

朝雲浮四海,日暮歸故山。行役懷舊土,悲思不能言。
悠悠涉千里,未知何時旋。

浩浩長河水,九折東北流。晨夜赴滄海,海流亦何抽。
遠適萬里道,歸來未有由。臨河累太息,五內懷傷憂。

送別王世冑詩
潘岳

朱鑣既揚，四轡既整。駕言餞行，告辭芒嶺。
情有遷延，日無餘影。廻轅既翔，心焉北騁。

送盧景宣詩
潘尼

揚[一]朱焉所哭，歧路重別離。屈原何傷悲，生離情獨哀。
知命雖無憂，含卒意低廻。歡氣從中發，灑淚隨襟頰。
九重[二]不常鍵，閶闔有時開。愧無紵衣獻，貽言取諸懷。

【校記】
[一]揚，陳本、《全漢三國晉南北朝詩》作楊。
[二]劉本"九重"後衍一"重"字，據陳本刪。

徒幸洛水餞王公歸國詩
王浚

聖主應期運，至德敷彝倫。神道垂大教，玄化被無垠。
欽若崇古制，建侯屏四鄰。皇輿廻羽蓋，高會洛水濱。
臨川講妙藝，縱酒釣潛鱗。八音以迭奏，蘭羞備時珍。
古人亦有言，爲國不思貧。與蒙廟庭施，幸得厠太鈞。
群僚荷恩澤，朱顏感獻春。賦詩盡下情，至感暢人神。
長流無舍逝，白日入西津。奉辭慕華輦，侍衛路無因。
馳情繫帷幄，乃心戀軌塵。

贈妹九嬪悼離詩
左思

鬱鬱岱青，海瀆所經。陰精以靈，爲祥爲禎。峩峩令妹，應期挺生。
如蘭之秀，如芝之榮。總角岐嶷，亂韶夙成。比德古烈，異世同聲。
惟我惟妹，寔惟同生。早喪先妣，百恩常情。女子有行，實遠父兄。
骨肉之恩，固有歸寧。何悟離析祈同[陳]，隔以天庭。自我不見，于今二齡。
穆穆令妹，有德有言。才麗漢班，朗朗楚樊。默識若記，下筆成篇。
行顯中閨，名播外藩。何以爲贈，勉以列圖。何以爲言，申以詩書。
相去在近，上下欷歔。含辭滿胷，鬱憤不舒。

與廬陵王紹別詩
宋武帝

連歲矜離心,今茲幸良集。信宿窮晨暮,開顏披所戢。
未盡歡晤懷,已傷歧路及。舳艫引江介,飛旌背爾邑。
悄擾徒旅戒,團欒流景入。遲遲分手念,泫泫登路泣。

吳興高浦亭庚中郎別詩
鮑照

風起洲渚寒,雲上日無輝。連山眇烟霧,長波迥難依。
旅鴈方南過,浮客未[一]西歸。已經江海別,復與親眷違。
奔景易[二]有窮,離袖安可揮。懽觴爲悲酌,歌朋成泣衣。
溫念終不渝,藻志遠存追。役人多牽滯,顧路慙奮飛。
昧心附遠翰,炯言藏佩韋。

【校記】
[一]未,陳本同。《鮑參軍集注》作未。
[二]易,陳本作亦。《鮑參軍集注》作易。

贈傅都曹別詩
鮑照

輕鴻戲江潭,孤雁集洲沚。邂逅兩相親,緣念[一]共無已。
風雨好東西,一隔頓萬里。追憶棲宿時,聲容滿心耳。
落日川渚寒,愁雲繞天起。短翩不能翔,徘徊烟霧裡。

【校記】
[一]念,陳本同。《鮑參軍集注》作念。

送盛侍郎餞侯亭詩
鮑照

霑霜襲冠帶,駈駕越城闉。北臨出塞道,南望入鄉津。
高墉宿寒霧,平野走秋塵。君爲坐堂子,予乃負羈人。
欣悲豈等志,甘苦誠異身。結涕園中草,憔悴悲此春。

臨岐贈別詩[一]
謝朓

悵望南浦時，徙倚北梁步。華夏[二]涼風初，日隱輕霞暮。
荒城迥易陰，秋溪廣難渡。沫泣豈徒然，君子行多露。

【校記】
　　[一]據《鮑參軍集注》，題作《臨溪贈別》。《文選補遺》作《臨溪送別》。
　　[二]華夏，陳本同。《文選補遺》、《鮑參軍集注》作葉下。

別蕭咨議詩
任昉

離燭有窮輝，別念無終緒。歧言未及申，離目已先舉。
揆景巫衡阿，臨風長楸浦。浮雲難嗣音，徘徊恨誰與。
倘有關外驛，聊訪狎鷗渚。

餞錢文學詩
沈約

漢池水如帶，巫山雲似蓋。瀄汨背吳潮，潺湲橫楚瀨。
一望沮漳水，寧思江海會。以我徑寸心，從君千里外。

詠史

詠史詩
班固

三王德彌薄，惟後用肉刑。太倉令有罪，就逮長安城。
自恨身無子，困急獨煢煢。小女痛父言，死者不可生。
上書詣闕下，思古歌雞鳴。憂心摧折裂，晨風揚激聲。
聖漢孝文帝，惻然感至情。百男何憒憒，不如一緹[一]縈。

【校記】
　　[一]緹，陳本、《史記》張守節"正義"作緹。

詠史詩 二首
阮瑀

誤哉秦穆公，身沒從三良。忠臣不達[一]命，隨軀就死亡。
低頭窺壙戶，仰視日月光。誰謂此何處，恩義不可忘。
路人為流涕，黃鳥鳴高桑。

燕丹養勇士，荊軻為上賓。圖擢盡[二]匕首，長驅西入秦。
素車駕白馬，相送易水津。漸離擊筑歌，悲聲感路人。
舉坐同咨嗟，歎氣若青雲。

【校記】
[一]達，陳本同。《建安七子集》作違。
[二]擢盡，陳本同。《建安七子集》作盡擢。

秋胡詩
傅玄

秋胡納令室，三日宦他鄉。皎皎潔婦姿，冷冷守空房。
嬿婉不終夕，別如參與商。積誠馳萬里，既至兩相忘。
行人悅令顏，借息此樹傍。言以逢鄉喻，遂下黃金裝。

詠史詩 二首
袁宏

周昌梗槩臣，辭達不為訥。汲黯社稷器，棟樑表天骨。
陸賈厭解分，時與酒檻机。婉轉將相門，一言和平勃。
趨舍各有之，俱令道不沒。

無名因螻蟻，有名世所疑。中庸難為體，狂狷不及時。
楊惲非忌貴，知及有餘辭。躬耕南山下，蕪穢不遑治。
趙瑟奏哀音，秦聲歌新詩。吐音非凡唱，負此欲何之。

詠荊軻詩
陶潛

燕丹善養士，志在報強嬴。招集百夫良，歲暮得荊卿。
君子死知己，提劍出燕京。素驥鳴廣陌，慷慨送我行。

雄髮指危冠，猛氣充[一]長纓。飲餞易水上，四座列羣英。
漸離擊悲筑，宋意唱高聲。蕭蕭哀風逝，淡淡寒波生。
商音更流涕，羽奏壯士驚。心[二]知去不歸，且有後世名。
登車何時顧，飛蓋入秦庭。凌厲越萬里，逶迤過千城。
圖窮事日[三]至，豪主正怔營。惜哉劍術疎，奇功遂不成。
其人雖已沒，千載有餘情。

【校記】

[一]充，陳本、《陶淵明集箋注》作衝。《文選補遺》作充。
[二]心，陳本、《文選補遺》同。《陶淵明集箋注》作公。
[三]日，陳本、《文選補遺》同。《陶淵明集箋注》作自。

詠三良詩
陶潛

彈冠乘通津，但懼時我遺。服勤盡歲月，常恐功愈微。
忠情謬獲露，遂爲君所私。出則陪文輿，入必侍丹帷。
箴規嚮已從，計議初無虧。一朝長逝後，願言同此歸。
厚恩固難忘，君命安可違！臨穴罔惟疑，投義志攸希。
荊棘籠高墳，黃鳥聲正悲。良人不可贖，泫然沾我衣。

詠二疏詩
陶潛

大象轉四時，功成者自去。借問衰周來，幾人得其趣？
游目漢廷中，二疏復此舉。高嘯返舊居，長揖儲君傅。
餞送傾皇朝，華軒盈道路。離別情所悲，餘榮何足顧。
事勝感行人，賢哉豈常譽？厭厭閭里歡，所營非近務。
促席延故老，揮觴道平素。問金終寄心，清言曉未悟。
放意樂餘年，遑恤身後慮。誰云其人亡，久而道彌著。

桃源詩
陶潛

嬴秦亂天紀，賢者避其世。黃綺之商山，伊人亦云逝。
徃迹浸復湮，來逕遂蕪廢。相命肆農耕，日入從所憩。
桑竹垂餘蔭，菽稷隨時藝；春蠶取[一]長絲，秋熟靡王稅。

荒路暖交通，雞犬互鳴吠。俎豆猶古法，衣裳無新製。
童孺縱行歌，斑白歡游詣。草榮識節和，木衰知風厲。
雖無紀曆誌，四時自成歲。怡然有餘樂，于何勞智慧？
奇蹤隱五百，一朝敞神界。淳薄既異源，旋復還幽蔽。
借問游方士，焉測塵囂外。願言躡輕風，高舉尋吾契。

【校記】
[一]取，陳本、《陶淵明集箋注》作收。

和南海王詠秋胡妻詩七首
王融

日月共爲照，松筠俱以眞。佩紛甘自遠，結鏡待君靭。
且協金蘭好，方愉琴瑟情。佳人忽千里，幽閨積思生。

景落中軒坐，悠悠望城闕。高樹升夕煙，層樓滿初月。
光陰非或異，山川屢難越。輟泣捐鉛姿，搔首亂雲髮。

傾巵屬徂火，搖念待方秋。涼氣承宇結，靭熠儻堦流。
三星亦虛暎，四屋慘多愁。思君如萱草，一見乃忘憂。

杼袖鬱不諧，契闊彌新故。朔風欄上發，寒鳥林間度。
客遠乏衣裘，歲晏饒霜露。參差興別緒，依遲起離慕。

願言如可信，行邁亦云反。睇景不告勞，瞻途寧邇遠。
何以淹歸轍，蠶妾事春晚。送目亂前華，馳心迷舊婉。

椒珮客有結，振方跋路隅。黃金徒以賦，白珪終不渝。
靭心良自皎，安用久踟躕。遄車及枌巷，流日下西虞。

披帷惕有望，出門遲所欲。彼美後來儀，慙顏變欣矚。
蘭艾隔芳臭，涇渭分清濁。去去夫人子，請殉川之曲。

百一

百一詩
應璩

年命在桑榆，東嶽與我期。長短有常命，遲速不敢辭。
斗酒多爲樂，無爲待來茲。室廣致凝陰，臺高來積陰。
奈何季世人，侈靡在宮墻。飾巧無窮極，土木被朱光。
徵求傾四海，雅意猶未康。

卷十三

詩

遊仙

遊仙詩
魏文帝
西山一何高,高高殊無極。上有兩仙童,不飲亦不食。
與我一丸藥,光耀有五色。服藥四五日,胷臆生羽翼。
輕舉生風雲,倏忽行萬億。流覽觀四海,茫茫非所識。

遊仙詩
曹植
人生不滿百,歲歲少歡娛。意欲奮六翮,排霧陵紫虛。
蟬蛻同松喬,翻跡登鼎湖。翱翔九天上,騁轡遠行遊。
東觀扶桑曜,西臨弱水流。北極玄天渚,南翔陟丹丘。

五遊詩
曹植
九州不足步,願得淩雲翔。逍遙八紘外,遊目歷遐荒。
披我丹霞衣,襲我素霓裳。華蓋芬晻藹,六龍仰天驤。
曜露未移景,倏忽造昊蒼。閶闔啓丹扉,雙闕曜朱光。
徘徊文昌殿,登陟太微堂。上帝休[一]西欞,群后集東廂。
帶我瓊瑤佩,漱我沉瀣漿。踟躕玩靈芝,徙倚弄華芳。
王子奉仙藥,羨門進奇方。服食享遐紀,延壽保無疆。

【校記】
　　[一]休，陳本同。《曹植集校注》作伏。

遊仙詩
嵇康

　　遙望山上松，隆谷鬱青葱。自遇一何高，獨立迥無雙。
　　願想遊其下，蹊路絕不通。王喬棄我去，乘雲駕六龍。
　　飄颻戲玄圃，黃老路相逢。授我自然道，曠若發童蒙。
　　採藥鍾山隅，服食改姿容。蟬蛻棄穢累，結友家板桐。
　　臨觴奏九韶，雅歌何邕邕。長與俗人別，誰能覩其蹤。

遊仙詩
張華

　　雲霓垂藻旒，羽挂揚輕裾。飄登清雲間，論道神皇廬。
　　簫史登鳳音，王后吹鳴竽。守精味玄妙，逍遙無爲墟。

遊仙詩
郭璞

　　璇臺冠崑嶺，西海濱招搥[一]。瓊林籠藻映，碧樹疏英翹。
　　丹泉漂朱沫，黑水皺玄濤。尋仙萬餘日，今乃見子喬。
　　振髮睎翠霞，解褐被絳綃。總轡臨少廣，盤虯舞雲軺。
　　永偕帝鄉侶，千齡共逍遙。

【校記】
　　[一]搥，陳本、《全漢三國晉南北朝詩》作搖。

遊仙詩
成公綏

　　盛年無幾時，奄忽行欲老。那得赤松子，從學度世道。
　　西入華陰山，求得神芝草。珠玉猶戴上[一]，何惜千金寶。
　　但願壽無窮，與君長相保。

【校記】
　　[一]戴上，陳本作糞土。《全漢三國晉南北朝詩》作戴土。

遊仙詩五首
王融

桃李不奢年，桑榆多暮節。常恐秋蓬根，連翩因風雪。
習道遍槐岻，追仙度瑤磍。綠帙啓眞詞，丹經流妙說。
　　　　長河且已縈，曾山方可礪。

獻歲和風起，日出東南隅。鳳旂亂煙道，龍駕溢雲區。
結賞自雲嶠，移燕乃方壺。金芝浮水翠，玉罩挹泉珠。
　　　　徒用霜露改，終然天地俱。

命駕瑤池隈，過息嬴女臺。長袖何靡靡，簫管清且哀。
璧門涼月舉，珠殿秋風迴。青鳥驚高羽，王母停玉盃。
　　　　舉手暫爲別，千年將復來。

湘沅有蘭芷，洎吾欲南征。遺佩長出浦，舉袂望增城。
朱霞拂綺樹，白雲照金楹。五芝多秀色，八桂常冬榮。
　　　　弭節且夷與，參差聞鳳笙。

命駕隨所卽，燭龍導輕轊。沙澤振寒草，弱水駕冰潮。
遠翔馳聲響，流雲自飄飄。忽與若人遇，長舉入雲霄。
　　　　羅繹徒有睠，鶄䴏已寥寥。

和竟陵王遊仙詩二首
沈約

夭矯乘絳仙，螭衣方陸離。玉鑾隱雲霧，溶溶紛上馳。
瑤臺風不息，赤水正漣漪。崢嶸玄圃上，聊攀瓊樹枝。

朝止閶闔宮，暮宴清都闕。騰蓋隱奔星，低鑾避行月。
九疑紛相從，虹旌乍升沒。青鳥去復還，高唐雲不歇。
　　　　若華有餘照，淹留且晞髮。

招隱

招隱詩
張載

出處雖殊途，居然有輕易。山林有悔悋，人間實多累。
鵷雛翔穹冥，蒲且不能視。鸛鷺遵臯渚，數爲矰所繫。
隱顯雖在心，彼我共一地。不見巫山火，芝艾豈相離。
去來捐時俗，超然辭世偽。得意在丘中，安事愚與智。

招隱詩
張協

結宇窮嵐曲，耦耕幽藪陰。荒庭寂已閑，山岫峭且深。
淒風起東谷，有弇興南岑。雖無箕畢期，膚寸自成霖。
澤雉登壟雊，寒猿擁條吟。溪壑無人迹，荒楚鬱蕭森。
投禾修岸垂，時聞樵採音。重葩可擬志，回淵可比心。
養貞尚無爲，道勝貴陸沉。遊思竹素園，寄辭翰墨林。

招隱詩
陸機

駕言尋飛遁，山路鬱盤桓。芳蘭振蕙葉，玉泉涌微瀾。
嘉卉獻時服，靈木進朝飱。朝採南澗藥，夕息西山足。
輕條象雲構，密葉成翠屋。結風佇蘭林，回芳薄秀木。

遊覽

遊宴詩
魏文帝[1]

置酒坐飛閣，逍遙臨華池。神飈自遠至，左右芙蓉披。
綠竹夾清水，秋蘭被幽崖。月出照園中，冠佩相追隨。
客從南楚來，爲我吹參差。淵魚猶伏浦，聽者未云疲。
高文一何綺，小儒安足爲。肅肅廣殿陰，雀聲愁北來。
眾賓還城邑，何以慰我心。

---

[1] 據《江文通集彙注》，本詩應爲江淹所作《雜體詩·魏文帝遊宴》。

於玄武陂作
魏文帝

兄弟共行遊，駈車出西城。野田廣開闢，川渠互相經。
黍稷何鬱鬱，流波激悲聲。菱芡覆綠水，芙蓉發丹榮。
柳垂重蔭綠，向我池邊生。乘渚望長洲，群鳥讙譁鳴。
萍藻濫泛浮，澹澹隨風傾。忘憂共容與，暢此千秋情。

黎陽作 二首
魏文帝

朝發鄴城，夕宿韓陵。霖雨譏塗，輿人困窮。載馳載驅，沐雨櫛風。
舍我高殿，何爲泥中。在昔周武，爰暨公旦。載主而征，救民塗炭。
　　彼此一時，惟天所讚。我獨何人，餘不靜亂。

殷殷其雷，濛濛其雨。我徒我車，涉此艱阻。遵彼洹湄，言刈其楚。
班之中路，塗潦是御。轔轔大車，載低載昂。嗷嗷僕夫，載仆載僵。
　　蒙塗冒雨，霑衣霑裳。

清河作
魏文帝

方舟戲長水，湛淡自浮沈。絃歌發中流，悲響有餘音。
音聲入君懷，悽愴傷人心。心傷安所念，但願恩情深。
　　願爲晨風鳥，雙飛翔北林。

銅雀園詩
魏文帝

朝遊高臺觀，夕宴華池陰。大酋奉甘醪，獸人獻嘉禽。
　　齊倡發東舞，秦箏奏西音。
飛鳥翻翔舞，悲鳴集北林。樂極哀情來，寥恨摧肝心。

清河作 二首
王粲

悠悠涉荒路，靡靡我心愁。四望無煙火，但見林與丘。
城郭生榛棘，蹊徑無所由。雚蒲竟廣澤，葭葦夾長流。
遊客多悲傷，淚下不可收。朝入譙郡界，曠然消人憂。

　　　　　　　詩人美樂土，雖客猶願留。

列車息衆駕，相伴綠水湄。幽蘭吐芳烈，芙蓉發紅暉。
百鳥何繽翻，振翼羣相追。投網引潛鯉，強弩下高飛。
　　　　　　　白日已西邁，歡樂忽忘歸。

遊覽詩 二首
陳琳
高會時不娛，覊客難爲心。慇懷從中發，悲感激清音。
投觴罷歡坐，逍遙步長林。蕭蕭山谷風，黙黙天路陰。
　　　　　　　惆悵忘旋反，歔欷涕霑襟。

節運時氣舒，秋風涼且清。閑居心不娛，駕言從友生。
翶翔戲長流，逍遙登高城。東望看疇野，迴顧覽園庭。
嘉木凋綠葉，芳草纖紅榮。騁哉日月遠，年命將西傾。
建功不及時，鐘鼎何所銘。收念還房寢，慷慨詠墳經。
　　　　　　　庶幾及君在，立德垂功名。

登成都白菟樓
張載
重城結曲阿，飛宇起層樓。累棟出雲表，嶢巘臨太虛。
高軒啓朱扉，迴望暢八隅。西瞻岷山領，崟峩似荊巫。
蹲鴟蔽地生，原隰殖嘉蔬。雖遇堯湯世，民食恒有餘。
鬱鬱小城中，岌岌百族居。街術紛綺錯，高甍夾長衢。
　　　　　　　借問楊子舍，想見長卿廬。

華林園詩
晉武帝
習習春楊，帝出乎震。天施地生，以應仲春。思文聖皇，順時秉仁。
欽若靈則，飮御嘉賓。洪恩普暢，慶乃衆臣。其慶維何，錫以帝祉。
肆覲羣后，有客戾止。外納要荒，內延卿士。簫管詠德，八音咸理。
　　　　　　　豈樂飲酒，莫不燕喜。

三月三日詩
王讚

招搖啓運，寒暑代新。亹亹不舍，如彼行雲。猗猗季月，穆穆和春。
皇儲降止，宴及家賓。嘉賓伊何，具惟姻族。如彼葛藟，衍于樛木。
郁郁近侍，巖巖台嶽。庶寮鱗次，以崇天禄。如彼崑山，列此琚玉。
巍巍天階，亦降列宿。右載元首，左光儲副。大祚無窮，天地爲壽。

上巳會詩
阮脩

三春之季，歲惟嘉時。靈雨旣零，風以散之。英華扇耀，样鳥群嬉。
澄澄綠水，澹澹其波。修岸透迤，長川相過。聊且逍遙，其樂如何。
坐此修筵，臨彼素流。嘉肴旣設，舉爵獻酬。彈箏吳琴，新聲上浮。
水有七德，智者所娛。清瀨濺瀰，菱葭芬敷。沉此芳鈞，引彼潛魚。
　　　　　　　　委餌芳美，君子戒諸。

蘭亭集詩
謝安

相與欣佳節，率爾同褰裳。薄雲羅陽景，微風翼輕航。
醇醑陶丹府，兀若遊羲唐。萬殊混一象，安復覺彭殤。

蘭亭集詩
王羲之

仰視碧天際，俯瞰淥水賓[一]。寥聞無涯觀，寓目理自陳。
大矣造化工，萬殊莫不均。群籟雖參差，適我無非親。

【校記】
　　[一]賓，陳本、沈德潛《古詩源》作濱。

蘭亭詩
孫綽

流風拂枉渚[一]地名[陳]，停雲蔭九皐。鶯語吟修竹，游鱗戲瀾濤。
携筆落雲藻，微言剖纖毫。時珍豈不甘，忘味在聞韶。

【校記】

[一]渚，陳本作陼。《全漢三國晉南北朝詩》作渚。

曲水集詩
謝惠連

四時著平分，三春禀融爍。遲遲和景婉，夭夭園桃灼。
携朋適郊野，昧旦辭墠廓。裴雲興翠嶺，芳飈起華薄。
解轡偃崇丘，藉草繞廻塈。際渚羅時蕺，託波汎輕爵。

遊覽詩
棗據

矯足登雲閣，相伴步九華。徙倚憑高山，仰攀桂樹柯。
延首觀神州，迴睛盼曲阿。芳林挺修幹，一歲再三花。
何以濟不朽，噓吸漱朝霞。重巖吐神溜，傾觴挹涌波。
恢恢大道間，人事足爲多。

時運詩四首
陶潛

邁邁時運，穆穆良朝。襲我春服，薄言東郊。
山滌餘靄，宇曖微霄。有風自南，翼彼新苗。

洋洋平津，乃漱乃濯。邈邈遐景，載欣載矚之欲初視也[劉]。
稱心而言，人亦易足。揮茲一觴，陶然自樂。

延目中流，悠想清沂[一]。童冠齊業，閒詠以歸。
我愛其靜，寤寐交揮。但恨殊世，邈不可追。

斯晨斯夕，言息其廬。花藥分殊[二]，林竹翳如。
清琴橫床，濁酒半壺。黃唐莫逮，慨獨在余。
《史記》曰：黃帝爲有熊帝，堯爲陶唐。

【校記】

[一]沂，陳本、《文選補遺》作沂。
[二]殊，陳本、《文選補遺》作列。

遊斜川詩 有敘
陶潛

辛丑正月五日，天氣澄和，風物閒美。與二三隣曲，同遊斜川。臨長流，望曾城，魴鯉躍鱗於將夕，水鷗乘和以翻飛。彼南阜者，名實舊矣，不復乃爲嗟嘆。若夫曾城，傍無依接，獨秀中皋，遥想靈山，有愛嘉名。欣對不足，率[一]爾賦詩。悲日月之遂往，悼吾年之不留。各疏年紀鄉里，以記其時日。[二]

    開歲倏五日，吾生行歸休。念之動中懷，及辰爲兹遊。
    氣和天惟澄，班坐依遠流。弱湍馳文魴，閑谷矯鳴鷗。
    迥澤散遊目，緬然睇曾丘。雖微九重秀，顧瞻無匹儔。
    提壺接賓侶，引滿更獻酬；未知從今去，當復如此不？
    中觴縱遙情，忘彼千載憂。且極今朝樂，明日非所求。

【校記】
 [一]率，《文選補遺》同。《陶淵明集箋注》作共。
 [二]序文劉本無，據陳本補。

從宋公遊戲馬臺詩
謝瞻

風至授寒服，霜降休百工。巢幕無留鷰，遵渚有來鴻。
輕霞冠秋日，迅商薄清穹。聖心眷佳節，揚鑾戾行宮。
四筵霑芳醴，中堂起絲桐。扶光迫西汜，歡餘宴有窮。

東山望海詩
謝靈運

開春獻初歲，白日出悠悠。蕩志將愉樂，瞰海庶忘憂。
策馬度蘭皋，緤鞁息椒丘。采蕙遵大浦，搴苕履長洲。
白花皜陽林，紫囂[一]燁春流。非徒不彌忘，覽物情彌遒。
  萱蘇始無畏，寂寞終可求。

【校記】
 [一]囂，陳本作翹。黃節《謝康樂詩注》作蘤。

登永嘉綠嶂山詩
謝靈運

裹糧杖輕筇[一]，懷遲上幽室。行源徑轉遠，距陸情未畢。
澹瀲結寒姿，團欒潤霜質。澗委水屢迷，林迥巖逾密。
眷西謂初月，顧東疑落日。踐夕奄昏曙，蔽翳皆周悉。
蠱上貴不事，履二美貞吉。幽人常坦步，高尚邈難匹。
頤阿竟何端，寂寂寄抱一。恬如既已交，繕性自此出。

【校記】

[一]筇，陳本、《謝康樂詩注》作策。

遊嶺門山人詩
謝靈運

西京誰修政？龔汲稱良吏。君子豈定所，清塵慮不嗣。
早蒞建德鄉，民懷虞芮意。海岸常寥寥，空舘盈清思。
協以上冬月，晨遊肆所喜。千圻邈不同，萬嶺狀皆異。
威摧三山峭，瀨汩兩江駛。漁商[一]豈安流，樵拾謝西芘。
人生誰云樂？貴不屈所志。

【校記】

[一]商，陳本作舟。《謝康樂詩注》從商。

石室山詩
謝靈運

清旦索幽異，放舟越坰郊。苺苺蘭渚急，藐藐苔嶺高。
石室冠林陬，飛泉發山椒。虛泛徑千載，崢嶸非一朝。
鄉村絕聞見，樵蘇限風霄。微戎無遠覽，總笄羨升喬。
靈域久韜隱，如與心賞交。合歡不容言，摘芳弄寒條。

登上戍石鼓山詩
謝靈運

旅人心長久，憂憂自相接。故鄉路遙遠，川陸不可步。
汩汩莫與娛，發春托登躡。歡願既無並，戚慮庶有悏[一]。
極目睞左闊，迴顧眺右狹。日末澗增波，雲生嶺逾疊。

白芷競新苔，綠蘋齊初葉。摘芳芳靡諼，愉樂樂不燮。
佳期緬無像，騁望誰云愜。

【校記】
［一］愜，陳本作協。《樂府詩集》作協。

春遊詩
張公庭

勾芒御春正，衡紀運玉瓊。朗庶起祥風，和氣翕來征。
慶雲蔭八極，甘寸潤四坰。昊天降靈澤，朝日耀華精。
嘉苗布原野，百卉敷時榮。鳩鵲與鵽[一]黃，間關相和鳴。
菉萍覆靈沼，香花揚芳馨。春遊誠可樂，感此曰日傾。
休否有終極，落葉思本莖。臨川悲遊者，節變動中情。

【校記】
［一］鵽，陳本、《樂府詩集》作鶩。

登景陽樓詩
劉義恭

丹墀設金屏，瑤榭陳玉床。溫宮冬開燠，清殿夏含霜。
弱荾布遐馥，輕葉振遠芳。彌望少無際，肆睇周華疆。
象闕對馳道，飛廉矚方塘。邸寺送暉曜，槐柳自成行。
通川溢輕艫，長街盈方箱。顧此爓火微，胡顏廁天光。

游邸園詩
王融

道勝業茲遠，心閑地能隟。桂崦鬱初裁，蘭墀坦將闢。
虛檐對長嶼，高軒臨廣液液池水也[劉]。芳草列成行，嘉樹紛如積。
流風轉還逕還音旋，謂回旋之逕，清煙泛喬石。日汨山照紅，松映水華碧。
暢哉人外賞，遲遲眷西夕。

登高望春詩
沈約

登高眺京洛，街巷何紛紛。迴首望長安，城闕鬱盤桓。

齊童躡朱履，趙女揚翠翰。春風搖雜樹，葳蕤綠且丹。
寶瑟玫瑰柱，金羈玳瑁鞍。淹留宿下蔡，置酒過上蘭。
日出照鈿黛，風過動羅紈。

游鐘山詩
沈約
靈山紀地德，地險資岳靈。終南表秦館，少室邇王城。
北阜何其峻，林薄杳蔥青。發地多奇嶺，干雲非一狀。
合沓共隱天，參差分相望。欝律搆丹巘，崚嶒起青嶂。
即事既多美，臨眺殊復奇。南瞻儲胥觀，西望昆朗池。
山中咸可悅，賞逐四時移。春光發隴首，秋風生桂枝。
多值息心侶，結架山之足。八解鳴澗流，四禪隱巖曲。

望湖北詩
劉孝威
紫川通太液，丹岑聯少華。堂皇更隱映，松灌雜交加。
荇蒲浮新葉，漁舟繞落花。浴童爭淺岸，漂女擇平沙。
極望傷春目，廻車歸狹邪。

出新林詩
劉孝威
芒山眠洛邑，函谷望秦京。遙分承露掌，遠見長安城。
故鄉已可識，遊子必勞情。霧罷前村見，風息涌川平。
坐觀暮潮落，漸見夕煙生。無由一羽化，徒想風御輕。

江州還入石頭詩
劉峻
鼓枻浮大川，遙睇觀洛城。洛城何鬱鬱，杳與雲霄半。
前望蒼龍門，斜瞻白鶴舘。槐垂御溝道，柳綴金堤岸。
迅馬晨風趨，輕輿流水散。高唱梁塵下，緪瑟荆禽亂。
我思江海遊，曾無朝市玩。忽寄靈臺宿，空軫及關歎。
仲子入南楚，伯鸞出東漢。何能栖樹枝，取斃王孫彈。

東亭望極詩
蕭子範
晚流稍東急，暝景促西暉。水鳥銜魚望，蓮舟拂芰歸。
郊原共超遠，林野雜依菲。從君採蘿葛，寧復想輕肥。

應教使客春遊詩
蕭子暉
上林看草色，河橋望日暉。洛陽城閉晚，金鞍橫路歸。

卷十四

詠懷

在鄒詩
韋孟

微微小子，既苟且陋，豈不牽位，穢我王朝。
王朝肅清，唯俊之庭，顧瞻余躬，懼穢此征。
我之退征，請于天子，天子我恤，矜我髮齒。
赫赫天子，朗哲且仁，縣車之義，以洎小臣。
嗟我小子，豈不懷土？庶我王寤，越遷于魯。
既去禰祖，惟懷惟顧，祁祁我徒，戴負盈路。
爰戾于鄒，鬋茅作堂，我徒我環，築室于牆。
我既遷逝，心存我舊，夢我瀆上，立于王朝。
其夢如何？夢爭王室。其爭如何，夢王我弼。
寤其外邦，嘆其喟然，念我祖考，泣涕其漣。
微微老夫，咨既遷絕，洋洋仲尼，視我遺烈。
濟濟鄒魯，禮義唯恭，誦習弦歌，於異他邦。
我雖鄙耇，心其好而。我徒侃爾，樂亦在而。

酈文勝詩二首[一]
酈炎

大道夷且長，窘路狹且促。修翼無卑栖，遠趾不步局。
舒吾陵霄羽，奮此千里足。超邁絕塵驅，倐忽誰能逐。
賢愚豈常類，稟性在清濁。富貴有人籍，貧賤無天錄。
通塞苟由己，志士不相卜。陳平傲里社，韓信釣河曲。
終居天下宰，食此萬鐘祿。德音流千載，功名重山嶽。

靈芝生河洲，動搖因洪波。蘭榮一何晚，嚴霜悴其柯。
哀哉二芳草，不植泰山阿。文質道所貴，遭時用有嘉。
絳灌臨衡宰，謂宜崇浮華。賢才抑不用，遠投荊南池。
抱玉乘龍驥，不逢樂與和。安得孔仲尼，爲世陳四科。

【校記】
[一]陳本詩題作《見志詩二首》。

臨終詩
孔融

言多令事敗，器漏苦不密。河潰蟻孔端，山壞由猿穴。
涓涓江漢流，天窗通冥室。讒邪害公正，浮雲翳白日。
靡辭無忠誠，華繁竟不實。人有兩三心，安能合爲一？
三人成市虎，浸漬解膠漆。生存多所慮，長寢萬事畢。

懷德詩
王粲

伊昔值世亂，秣馬辭帝京。旣傷蔓草別，方知杕杜情。
崤函復丘墟，冀闕緬縱橫。倚棹汎涇渭，日暮山河清。
蟋蟀依素野，嚴風吹若莖。鸛鷁在幽草，客子淚子零。
去鄉三十載，幸遭天下平。賢主降嘉賞，金貂服玄纓。
侍宴出河曲，飛蓋遊鄴城。朝露竟幾何，忽如水上萍。
君子篤惠義，柯葉終不傾。福履旣所綏，千載垂令名。

感遇詩
劉楨①

蒼蒼山中桂，團圓霜露色。霜露一何繁，桂枝生自直。
橘柚在南國，因君爲羽翼。謬蒙聖主私，託身文墨職。
丹彩旣已過，敢不自彫飾。華月照芳池，列坐金殿側。
　　　　　　微臣固受賜，鴻恩良未測。

---

① 據《江文通集彙注》，本詩應爲江淹所作《雜體詩・劉文學感遇》。

述志詩 二首
嵇康

潛龍育神軀，濯鱗戲蘭池。延頸慕大庭，寢足俟皇羲。
慶雲未垂景，盤桓朝陽陂。悠悠非吾匹，疇肯應俗宜。
殊類難徧周，鄙議紛流離。轗軻丁悔吝，雅志不得施。
耕耨感甯越，馬席激張儀。逝將離羣侶，杖策追洪崖。
焦鵬振六翮，羅者安所羈。浮遊太清中，更求新相知。
比翼翔雲漢，飲露飡瓊枝。多念世間人，夙駕咸驅馳。
　　　　　　沖靜得自然，榮華安足爲。

斥鷃擅蒿林，仰笑神鳳飛。坎井蜩蛭宅，神龜安所歸。
恨自用身拙，任意多永思。遠實與世殊，義譽非所希。
往事既已謬，來者猶可追。何爲人事間，自令心不夷。
慷慨思古人，夢想見容輝。願與知己遇，舒憤啓其微。
巖穴多隱逸，輕舉求吾師。晨登箕山巔，日夕不知饑。
　　　　　　玄居養營魄，千載長自綏。

情詩
徐幹

高殿鬱崇崇，廣廈淒泠泠。微風起閨闥，落日照階庭。
踟躕雲屋下，嘯歌倚華楹。君行殊不返，我飾爲崇[一]榮。
鑪薰閣不用，鏡匣上塵生。綺羅失常色，金翠暗無精。
嘉肴既忘御，旨酒亦常情[二]。顧瞻空寂寂，唯聞燕雀聲。
　　　　　　憂思連相屬，中心如宿醒。

【校記】
　［一］崇，陳本同。《建安七子集》作誰。
　［二］情，陳本同。《建安七子集》作停。

詠懷詩 十九首
阮籍

懸車在西南，羲和將欲傾。流光耀四海，忽忽至夕冥。
朝爲咸池暉，濛汜受其榮。豈知窮達士，一死不再生。
視彼桃李花，誰能久熒熒！君子在何計，歎息未合并。
　　　　　　瞻仰景山松，可以慰吾情。

西方有佳人，皎若白日光。被服纖羅衣，左右佩雙璜。
修容耀姿美，順風振微芳。登高眺所思，舉袂當朝陽。
寄顏雲霄間，揮袖凌虛翔。飄颻恍惚中，流盼顧我傍。
悅懌未交接，晤言用感傷。

東南有射山，汾水出其陽。六龍服氣輿，雲蓋覆天綱。
仙者四五人，逍遙宴蘭房。寢息一純和，呼噏成露霜。
沐浴丹淵中，炤耀日月光。豈安通靈臺，游濊去高翔。

殷憂令志結，怵惕常若驚。逍遙未終宴，朱華忽西傾。
蟋蟀在戶牖，蟪蛄號中庭。心腸未相好，誰云亮我情。
願爲雲間鳥，千里一哀鳴。三芝延瀛洲，遠遊可長生。

炎光延萬里，洪川蕩湍瀨。彎弓掛扶桑，長劍倚天外。
泰山成砥礪，黃河爲裳帶。視彼莊周子，榮枯何足賴。
捐身弃中野，烏鳶作患害。豈若雄傑士，功名從此大。

壯士何慷慨，志欲威八荒。驅車遠行役，受命念自忘。
良弓挾烏號，明甲有精光。臨難不顧生，身死魂飛揚。
豈爲全軀士，效命爭戰場。忠爲百世榮，義使令名彰。
垂聲謝後世，氣節故有常。

若花[一]耀四海，扶桑翳瀛洲。日月經天塗，明暗不相投。
窮達自有常，得失又何求。豈效路上童，攜手共遨遊。
陰陽有變化，誰云沉不浮。朱鼈躍飛泉，夜飛過吳洲。
俛仰運天地，再撫四海流。繫累名利場，駑駿同一輈。
豈若遺耳目，升遐去殷憂。

駕言發魏都，南向望吹臺。簫管有遺音，梁王安在哉！
戰士食糟糠，賢者處蒿萊。歌舞曲未終，秦兵已復來。
夾林非吾有，朱宮生塵埃。軍敗華陽下，身竟爲土灰。

朝陽不再盛，白日忽西幽。去此若俯仰，如何似九秋。
人言若塵露，天道邈悠悠。齊景升丘山，涕泗紛交流。

孔孟臨長川，惜逝忽若浮。去者余不及，來者吾不留。
願登太華山，上與松子遊。漁父知世患，乘流泛輕舟。

混元生兩儀，四象運衡璣。暾日布炎精，素月垂景輝。
暑度有昭回，哀哉人命微。飄若風塵逝，忽若慶雲晞。
修齡適余願，光寵非己威。安期步天路，松子與世違。
焉得凌霄翼，飄飄登雲巍。嗟哉尼父志，何爲居九夷。

天網彌四野，六翮掩不舒。隨波紛綸客，汎汎若鳧鷖。
生命無期度，朝夕有不虞。列仙停修齡，養志在沖虛。
飄飄雲日間，邈與世路殊。榮名非己寶，聲色焉足娛。
採藥無旋返，神仙志不符。逼此良可惑，令我多躊躇。

王業須良輔，建功俟英雄。元凱康哉美，多士頌聲隆。
陰陽有舛錯，日月不常融。天時有否泰，人事多盈沖。
園綺遯南岳，伯陽隱西戎。保身念道眞，寵耀焉足崇。
人誰不善始，尠能克厥終。休哉上世士，萬載垂清風。

鴻鵠相隨飛，浩渺運荒裔。揮翮凌長風，須臾萬里逝。
朝餐琅玕實，夕栖丹山際。抗身青雲中，網羅孰能制？
　　　　　　豈與鄉曲士，攜手共言誓。

拔劍臨白刃，安能相中傷。但畏工言子，稱我三江旁。
飛泉流玉山，懸車栖扶桑。日月徑千里，素風發微霜。
　　　　　　世路異窮達，咨嗟安可長。

朝登洪坡顛，日夕望西山。荊棘被原野，羣鳥飛翩翩。
鸞鷟時西[二]宿，性命有自然。庭木誰能近，秋月復嬋娟。
　　　　　　不見林中葛，延蔓相勾連。

驅車出門去，意欲遠征行。征行安所如？背棄夸與名。
夸名不在己，但願適中情。單帷蔽皎日，高榭隔微聲。
讒邪使交流，浮雲令畫冥。嬿婉同衣裳，一顧傾人城。
從容在一時，繁華不再榮。晨朝奄復暮，不見所歡形。

　　　　　　黃鳥東南飛，寄言謝友生。

一日復一夕，一夕復一朝。顏色改平常，精神自損消。
胷中懷湯火，變化故相招。萬事無窮理，知謀苦不饒。
但恐須臾間，魂氣隨風飄。終身履薄冰，誰知我心焦。

一日復一朝，一昏復一晨。容色改平常，精神自飄淪。
臨觴多哀楚，思我故時人。對酒不能言，悽愴懷酸辛。
願耕東皋陽，誰與守其眞？愁苦在一時，高行傷微身。
　　　　　　曲直何所爲？龍蛇爲我憐。

世務何繽紛，人道苦不遑。壯年以時逝，朝露待太陽。
願攬羲和轡，白日不移光。天階路殊絕，雲漢邈無梁。
濯髮暘谷濱，遠遊崑岳傍。登彼列仙岨，採此秋蘭芳。
　　　　　　時路烏足爭，太極可翺翔。

【校記】
　[一]花，陳本作水。《阮籍集校注》作木。
　[二]西，陳本同。《阮籍集校注》作棲。

情詩二首
張華

北方有佳人，端坐鼓鳴琴。終晨撫管弦，日夕不成音。
憂來結不解，我思存所欽。君子尋時役，幽妾懷苦心。
初爲三載別，於今久滯淫。若耶生戶牖，庭內自成陰。
翔鳥鳴翠偶，草蟲相和吟。心悲易感激，俛仰淚流衿。
　　　　　　願託晨風翼，束帶侍衾裳。

朗月曜清景，曨光照玄墀。幽人守靜夜，迴身入空帷。
束帶俟將朝，廓落晨星稀。寐假交精爽，覿我佳人姿。
巧笑媚懽靨，聯娟眸與眉。寐言增長嘆，淒然心獨悲。

榮木詩四首
陶潛

采采榮木，結根于茲。晨耀其華，夕已喪之。
人生若寄，顦顇有時。靜言孔念，中心悵而。

采采榮木，于茲託根。繁華朝起，慨暮不存。
貞脆由人，禍福無門。匪道曷依，匪善奚敦？

嗟余小子，稟茲固陋。徂年既流，業不增舊。
志彼不舍，安此日富。我之懷矣，怛焉內疚。

先師遺訓，余豈云[一]墜？四十無聞，斯不足畏。
脂我名車，策我名驥。千里雖遙，孰敢不至。

【校記】

［一］云，陳本、《文選補遺》同。《陶淵明集箋注》作之。

哀傷

怨詩
王嬙

秋木萋萋，其葉萎黃。有鳥處山，集于苞桑。養育毛羽，形容生光。
既得行雲，上遊曲房。離宮絕曠，身體摧藏。志念抑沉，不得頡頏。
雖得委食，心有徊徨。我獨伊何，來往變常。翩翩之燕，遠集西羌。
高山峨峨，河水泱泱。父兮母兮，道里悠長。嗚呼哀哉，憂心惻傷！

悲憤詩二首
蔡琰

嗟薄祜兮遭世患，宗族殄兮門戶單。身執略兮入西關，歷險阻兮之羌蠻。
山谷眇兮路曼曼[一]，眷東顧兮但悲歎。冥當寢兮不能安，饑當食兮不能餐，
常流涕兮皆不乾，薄志節兮念死難，雖苟活兮無形顏。惟彼方兮遠陽精，
陰氣凝兮雪夏零。沙漠壅兮塵冥冥，有草木兮春不榮。人似禽兮食臭腥，
言兜離兮狀窈停。歲聿暮兮時邁征，夜悠長兮禁門扃。不能寐兮起屏營，
登胡殿兮臨黃庭。玄雲合兮翳月星，北風厲兮肅泠泠[二]。胡笳動兮邊馬鳴，

孤雁歸兮聲嚶嚶。樂人興兮彈琴箏，音相和兮悲且清。心吐思兮胸憤盈，欲舒氣兮恐彼驚，含哀咽兮涕沾頸。家旣迎兮當歸寧，臨長路兮捐所生。兒呼母兮嘑失聲，我掩耳兮不忍聽。追持我兮走熒熒，頓復起兮毀顏形。還顧之兮破人情，心怛絕兮死復生。

　　漢季失權柄，董卓亂天常。志欲圖篡弑，先害諸賢良。
　　逼迫遷舊邦，擁主以自彊。海內興義師，欲共討不祥。
　　卓衆來東下，金甲耀日光。平土人脆弱，來兵皆胡羌。
　　獵野圍城邑，所向悉破亡。斬殲無孑遺，尸骸相穿拒。
　　馬邊懸男頭，馬後載婦女。長驅西入關，迥路險且阻。
　　還顧邈冥冥，肝脾爲爛腐。所畧有萬計，不得令屯聚。
　　或有骨肉俱，欲言不敢語。失意幾微間，輒言斃降虜。
　　要當以亭刃，我曹不活汝。豈復惜性命，不堪其詈罵。
　　或便加棰杖，毒痛參幷下。旦則號泣行，夜則悲吟坐。
　　欲死不能得，欲生無一可。彼蒼者何辜，乃遭此戹禍！
　　邊荒與華異，人俗少義理。處所多霜雪，胡風春夏起。
　　翩翩吹我衣，肅肅入我耳。感時念父母，哀嘆無窮已。
　　有客從外來，聞之常歡喜。迎問其消息，輒復非鄉里。
　　邂逅徼時願，骨肉來迎己。己得自解免，當復棄兒子。
　　天屬綴人心，念別無會期。存亡永乖隔，不忍與之辭。
　　兒前抱我頸，問母欲何之。"人言母當去，豈復有還時。
　　阿母常仁惻，今何更不慈。我尚未成人，奈何不顧思。"
　　見此崩五內，恍惚生狂癡。號泣手撫摩，當發復回疑。
　　兼有同時輩，相送告離別。慕我獨得歸，哀叫聲摧裂。
　　馬爲立踟躕，車爲不轉轍。觀者皆歔欷，行路亦嗚咽。
　　去去割情戀，遄征日遐邁。悠悠三千里，何時復交會。
　　念我出腹子，匈[三]臆爲摧敗。旣至家人盡，又復無中外。
　　城廓爲山林，庭宇生荊艾。白骨不知誰，縱橫莫覆蓋。
　　出門無人聲，豺狼號且吠。煢煢對孤景，怛咤糜肝肺。
　　登高遠眺望，魂神忽飛逝。奄若壽命盡，旁人相寬大。
　　爲復彊視息，雖生何聊賴！託命於新人，竭心自勗厲。
　　流離成鄙賤，常恐復損廢。人生幾何時，懷憂終年歲！

【校記】
　　[一]曼曼，陳本作漫漫。

[二]冷冷，陳本、《後漢書》作泠泠。
[三]匃，陳本作訇。

怨篇詩
張衡
猗猗秋蘭，植彼中阿。有馥其芳，有黃其葩。
雖曰幽深，厥美稱嘉。之子之遠，我勞如何。

七哀詩
阮瑀
丁年難再遇，富貴不重來。良時忽一過，身體爲土灰。
冥冥九泉室，漫漫長夜臺。身盡氣力索，精魂靡所廻[一]。
嘉殽設不御，旨酒盈觴杯。出壙望故鄉，但見蒿與萊。

【校記】
[一]廻，陳本同。《建安七子集》作能。

思慕詩
吳質
愴愴懷殷憂，殷憂不可居。徙倚不能坐，出入步踟躕。
念蒙聖主恩，榮爵與衆殊。自謂永終身，志氣甫當舒。
何意中見弃，弃我就黃壚。煢煢靡所恃，淚下如連珠。
隨没無所益，身死名不書。慷慨自俛仰，庶幾烈丈夫。

哀詩
潘岳
漼如葉落樹，邈若雨絕天。雨絕有歸雲，葉落何連山。
時氣冒岡嶺，長風皺松栢。堂虛聞鳥聲，室暗如日夕。
晝愁奄逮昏，夜思忽終昔。展轉獨悲窮，泣下沾枕席。
人居天地間，飄若遠行客。先後詎能幾，誰能弊金石。

表哀詩
孫綽
茫茫太極，賦授[一]理殊。咨生不辰，仁考夙徂。微微沖弱，眇眇偏孤。

叩心昊蒼，痛貫黃墟。肅我以義，鞠我以仁。嚴邁商風，恩洽陽春。
昔聞鄒母，勤教善分。懿矣慈妣，曠世齊運。嗟予小子，譬彼土糞。
俯愧陋質，仰天^[二]高訓。悠悠玄運，四氣錯序。自我酷痛，載離寒暑。
寥寥空堂，寂寂響戶。塵蒙几筵，風生棟宇。感昔有恃^[三]，望晨遲顔。
婉孌懷袖，極願盡歡。柰何兹妣，歸體幽埏。酷矣痛深，剖髓摧肝。

【校記】

[一]授，陳本、《全漢三國晉南北朝詩》作受。

[二]天，陳本、《全漢三國晉南北朝詩》作忝。

[三]恃，陳本作侍。《全漢三國晉南北朝詩》作恃。

悲從弟仲德詩
陶潛

銜哀過舊宅，悲淚應心零。借問爲誰悲？懷人在九冥。
禮服名羣從，恩愛若同生。門前執手時，何意爾先傾。
在數竟不免，爲山不及成。慈母沈哀疚，二胤纔數齡。
雙泣^[一]委空館，朝夕無哭聲。流塵集虛坐，宿草旅前庭。
階除曠遊迹，園林獨餘情。翳然乘化去，終天不復形。
遲遲將回步，惻惻悲襟盈。

【校記】

[一]泣，陳本、《文選補遺》同。《陶淵明集箋注》作位。

卷十五

贈答上

錄別詩六首
李陵

有鳥西南飛，熠熠似蒼鷹。朝發天北隅，暮聞日南陵。
欲寄一言辭，託之牋綵繒。因風附輕翼，以遺心蘊蒸。
鳥辭路悠長，羽翼不能勝。意欲從鳥逝，駑馬不可乘。

爍爍三星列，拳拳月初生。寒涼應節至，蟠蟀夜悲鳴。
晨風動喬木，枝葉日夜零。遊子暮思歸，塞耳不能聽。
遠望正蕭條，百里無人聲。豺狼鳴後園，虎豹步前庭。
遠處天一隅，苦困獨零丁。親人隨風散，歷歷如流星。
三苹離不結，思心獨屏營。願得萱草枝，以解饑渴情。

寂寂君子坐，奕奕合衆芳。溫聲何穆穆，因風動馨香。
清言振東序，良時著西庠。乃令絲竹音，列席無高唱。
悲意何慷慨，清歌正激揚。長哀發華屋，四坐莫不傷。

晨風鳴北林，熠熠東南飛。願言所相思，日暮不垂帷。
朗月照高樓，想見餘光輝。玄鳥夜過庭，髣髴能復飛。
褰裳路踟躕，彷徨不能歸。浮雲日千里，安知我心悲。
思得瓊樹枝，以解長渴饑。

陟彼南山隅，送子淇水陽。爾行西南遊，我獨東北翔。

轅馬顧悲鳴，五步一彷徨。雙鳧相背飛，相遠日已長。
遠望雲中路，相見來珪璋。萬里遙相思，何益心獨傷。
隨時愛景曜，願言莫相忘。

鐘子歌南音，仲尼歎歸與。戎馬悲邊鳴，遊子戀故廬。
陽鳥歸飛雲，蛟龍樂潛居。人生一世間，貴與願同俱。
身無四凶罪，何爲天一隅。與其苦筋力，必欲榮薄軀。
不如及清時，策名於天衢。

答別詩二首
蘇武

童童孤生柳，寄根河水泥。連翩遊客子，于冬服涼衣。
去家千里餘，一身常渴饑。寒夜立清庭，仰瞻天漢湄。
寒風吹我骨，嚴霜切我肌。憂心常慘戚，晨風爲我悲。
瑤光游何速，行願艿荷遲。仰視雲間星，忽若割長帷。
低頭還自憐，盛年行已衰。依依戀蚵世，愴愴難久懷。

雙鳧俱北飛，一鳧獨南翔。子當留斯館，我當歸故鄉。
一別如秦胡，會見何詎央。愴恨切中懷，不覺淚沾裳。
願子長努力，言笑莫相忘。

贈婦詩三首
秦嘉

人生譬朝露，居世多屯蹇。憂艱常早至，歡會常苦晚。
念當奉時役，去爾日遙遠。遣車迎子還，空往復空返。
省書情悽愴，臨食不能飯。獨坐空房中，誰與相勸勉。
長夜不能眠，伏枕獨輾轉。憂來如循環，匪席不可卷。

皇靈無私親，爲善荷天祿。傷我與爾身，少小罹煢獨。
既得結大義，歡樂苦不足。念當遠離別，思念敘欸曲。
河廣無舟梁，道近隔丘陸。臨路懷惆悵，中駕正踟躕。
浮雲起高山，悲風激深谷。良馬不迴鞍，輕車不轉轂。
針藥可屢進，愁思難爲數。貞士篤終始，恩義不可促。

蕭蕭僕夫征，鏘鏘揚和鈴。清晨當引邁，束帶待雞鳴。
顧看空室中，髣髴想姿形。一別懷萬恨，起坐爲不寧。
何用敘我心，遺思致欵誠。寶釵好耀首，朗鏡可鑒形。
芳香去垢穢，素琴有清聲。詩人感木瓜，乃欲答瑤瓊。
愧彼贈我厚，慙此往物輕。雖知未足報，貴用敘我情。

答秦嘉詩
徐淑

妾身兮不令，嬰疾兮來歸。沉滯兮家門，歷時兮不差。
曠廢兮侍覲，情敬兮有違。君今兮奉命，遠適兮京師。
悠悠兮離別，無因兮敘懷。瞻望兮踴躍，佇立兮徘徊。
思君兮感結，夢想兮容輝。君發兮引邁，去我兮日乖。
恨無兮羽翼，高飛兮相追。長吟兮永歎，淚下兮沾衣。

答對元式詩
蔡邕

伊余有行，爰戾茲邦。先進博學，同類率從。濟濟羣彥，如雲如龍。
君子博文，貽我德音。辭之集矣，穆如清風。

答劉公幹詩
徐幹

與子別無幾，所經未一旬。我思一何篤，其愁如三春。
雖路在咫尺，難涉如九關。陶陶諸夏別，草木昌且繁。

贈毋丘儉詩
杜摯

騏驥馬不試，婆婆[一]槽櫪間。壯士志未申，坎坷多辛酸。
伊摯爲媵臣，呂望身操竿。夷吾困商販，甯戚對牛嘆。
食其處監門，淮陰饑不餐。買臣老負薪，妻叛呼不還。
釋之宦十年，位不增故官。才非八子倫，而與齊其患。
無知不在此，袁盎未有言。被此萬病久，榮衛動不安。
聞有韓衆藥，信來給一丸。

【校記】
　　[一]婆，陳本、《三國志》作娑。

答杜摯詩
毋丘儉

鳳鳥翔京邑，哀鳴有所思。才爲聖世出，德音何不怡。
八子未際遇，今者遭朏時。胡康出壟畝，楊偉無根基。
飛騰沖雲天，奮迅協光熙。駿驥骨法異，伯樂觀知之。
但當養羽翮，鴻舉必有期。體無纖微疾，安用問良醫。
聯翩輕栖集，還爲燕雀嗤。韓衆藥雖良，恐便不能治。
悠悠千里情，薄言荅嘉詩。信心感諸中，中賞不在辭。

贈梅公朗詩
繁欽

瞻我北國，有條者桑。遘此春景，既茂且長。氤氳吐葉，柔潤有光。
黃條蔓衍，青鳥來翔。日月其邁，時不可忘。公子瞻旃，勳名乃彰。

答贈詩
邯鄲淳

我受上命，來隨臨菑。與君子處，曾未盈朞。見召本朝，駕言趣期。
羣子重離，首命于時。餞我路隅，贈我嘉辭。既受德音，敢不答之。
余惟薄德，既局且鄙。見養賢侯，於今四祀。既庇西伯，永誓沒齒。
今也被命，我[一]在不俟。瞻戀我侯，又慕君子。行道遲遲，體逝情止。
豈無好爵，懼不我與。聖主受命，千載一遇。攀龍附鳳，必在初舉。
行矣去矣，別易會難。自強不息，人誰獲安。願子大夫，勉匪[二]成山。
天休方至，萬福爾臻。

【校記】
　　[一]我，陳本、《全漢三國晉南北朝詩》作義。
　　[二]匪，陳本、《全漢三國晉南北朝詩》作簣。

答二郭詩三首
嵇康

天下悠悠者，下京趨上京。二郭懷不羣，超然來北征。

樂道託萊廬，雅志無所營。良時遘其願，遂結歡愛情。
君子義是親，恩好篤平生。寡志自生災，屢使衆譽成。
豫子匿梁側，聶政變其形。顧此懷怛惕，慮在苟自寧。
今當寄他域，嚴駕不得停。本圖終宴婉，今更不克并。
三子贈嘉詩，馥如幽蘭馨。戀土思所親，不如氣憤盈。

昔蒙父兄祚，少得離負荷。因疏遂成懶，寢跡北山阿。
但願養性命，終己靡有他。良辰不我期，當年值紛華。
坎凜趣世教，常恐嬰網羅。羲農邈已遠，拊膺獨咨嗟。
朔戒貴尚容，漁父好揚波。雖逸亦以難，非余心所嘉。
豈若翔區外，飡瓊漱朝霞。遺物棄鄙累，逍遙游太和。
結友集靈岳，彈琴登清歌。有能從我者，古人何足多。

詳觀淩世務，屯險多憂虞。施報更相市，大道匿不舒。
夷路值枳棘，安步將焉如。權智相傾奪，名位不可居。
鸞鳳避罻羅，遠託崑崙墟。莊周悼靈龜，越稷嗟王輿。
至人存諸己，隱璞樂玄虛。功名何足殉，乃欲列簡書。
所好亮若茲，楊氏歎交衢。去去從所志，敢謝道不俱。

與阮德如詩
嵇康

含哀還舊廬，感切傷心肝。良時遘數子，談慰臭如蘭。
疇昔恨不早，既面侔舊歡。不悟卒永離，念隔悵[一]憂歎。
事故無不有，別易會良難。郢人忽已逝，匠石寢不言。
澤雉窮野草，靈龜樂泥蟠。榮名穢人身，高位多災患。
未若捐外累，肆志養浩然。顏氏稀有虞，隰子慕黃軒。
涓彭獨何人，唯志在所安。漸漬殉近欲，一往不可攀。
生生在豫積，勿以恔自寬。南土旱不涼，衿計宜早完。
君其愛德素，行路慎風寒。自力致所懷，臨文情辛酸。

【校記】

[一]悵，陳本作長。《嵇康集校注》作悵。

贈秀才入軍詩
嵇康

流俗難悟，逐物不還。至人遠鑒，歸之自然。
萬物爲一，四海同宅。與彼共之，予何所惜。
生若浮寄，暫見忽終。世故紛紜，棄之八戎。
澤雉雖饑，不願園林。安能服御，勞形苦心。
身貴名賤，榮辱何在。貴得肆志，縱心無悔。

答程曉詩
傅玄

奕奕兩儀，昭昭太陽。四氣代升，三朝受祥。濟濟羣后，峩峩聖皇。
元服肇御，配天垂光。伊周作弼，王室惟康。顒顒兆民，蠢蠢戎羯。
率土充庭，萬國奉蕃。皇澤雲行，神化風宣。六合咸熙，遐邇同歡。
赫赫朗朗，天人合和。下罔遺滯，焦朽斯華。矧我良朋，如玉之嘉。
穆穆雝雝，興頌作歌。

贈長安令劉正伯詩
潘尼

遊鷥憑太虛，騰鱗託浮霄。過蒙嘉時會，假翼陵扶瑤。
疲駑充時乏，及余再同僚。並跡侍儲宮，攜手登皇朝。
劉侯撫西都，邁績糸豹喬。德厚化必深，政朗姦自消。
萬尋由積匱，千里一步超。爾其騁逸軌，遠塗固可要。

又贈隴西太守張正治詩
潘尼

二八由唐顯，周以多士隆。羣靈感韶運，理翮應翔風。
張生拔幽華，蘋繁登二宮。未幾振朱錦，剖符撫西戎。
及子仍同僚，贈言貽爾躬。威刑有時用，唯德可念終。

答傅咸詩
潘尼

悠悠羣吏，非子不整。嗷嗷衆議，非子不靖。
忽荷畧紐，握網提領。矯矯貞臣，惟國之屏。

答陸士衡詩
潘尼

顧兹蓬蔚，厠根蘭陂。膏澤雖均，華不足披。逮春不茂，未秋先萎。
子濯鱗翼，我挫羽儀。願言難常，載今[一]載離。昔遊禁闥，祇畏夕惕。
今放丘園，縱心夷易。口詠新時，目玩文跡。予志耕圃，爾勤王役。
慙無琬琰，以詶酬同[陳]尺璧。

【校記】

[一]今，陳本、《全漢三國晉南北朝詩》作合。

贈潘岳詩[一]
陸機

水會于海，雲翔于天。道之所混，孰後孰先？及子雖殊，同升太玄。
舍被玄冕，襲此雲冠。遺情市朝，永志丘園。靜猶幽谷，動若揮蘭。

【校記】

[一]據《陸機集校箋》，詩題作《贈潘尼》。

贈傅咸詩
程曉

煢煢獨夫，寂寂靜處。酒不盈觴，肴不掩俎。
厥客伊何，許由巢父，厥醴伊何，玄酒瓠脯。

贈褚武良詩
傅咸

爰暨于褚，惟晉之禎。肇振鳳翼，羽儀上京。聿作喉舌，納言紫庭。
光贊帝道，敷皇之甿。方任之重，實在江揚。乃授旄鉞，宣曜威靈。
悠悠遐邁，東夏于征。

又贈崔伏二郎詩
傅咸

英妙之選，二生之授。顒顒兩城，歡德之茂。君子所居，九夷非陋。
無狹百里，而不垂覆。人之好我，贈我清詩。示我周行，心與道期。
誠發自忠，義行於辭。古人辭讓，豈不爾思。

又與尚書同僚詩
傅咸

非望之寵，謬加于己。猥授非據，奄司萬里。煌煌朱軒，服驥糸騄。
曄曄初星，肅肅臣僕。暉光顯赫，衆目所屬。斯之弗稱，匪榮伊辱。
質弱尚甫，受任膺揚。德非樊仲，王命是將。百城或違，無能有匡。
一州之矜，將弛其綱。得意忘言，言在意後。夫惟神交，可以長久。
我心之孚，有盈于缶。與子偕老，豈曰執手。出司萬里，牧彼朔濱。
　　　　服冕乘軒，六轡既均。威風先邁，百城肅震。

又答潘尼詩
傅咸

貽我妙文，繁春之榮。匪榮斯尚，乃新其聲。吉甫作頌，有馥其馨。
寔由樊仲，其德克朙。授此瓦礫，厠彼瑤瓊。覘非其喻，聞寵若驚。

答孫楚詩
董京

獨處無娛，我以爲歡。清流可飲，至道可飱。
何爲栖栖，自使疲单。玄鳥紆幎，而不被害。
鴟隼遠巢，咸以欲死。盻彼梁魚，逡巡倒尾。
沉吟不決，忽焉失水。嗟呼魚鳥，萬世不悟。
以我觀之，乃朙其知。知哉達人，深穆其度。

贈棗腆詩
石崇

久官無成績，栖遲於徐方。寂寂守空城，悠悠思故鄉。
恂恂二三賢，身遠屈龍光。攜手沂泗間，遂登舞雩堂。
文藻譬春華，談話猶蘭芳。消憂以觴醴，娛耳以名娼。
　　　　博弈逞妙思，弓矢威邊疆。

贈石崇詩
曹攄

涓涓谷中泉，鬱鬱岩下林。泄泄羣翟飛，咬咬春鳥吟。
野次何寂寞，薄暮愁人心。三軍望衡蓋，歎息有餘音。
臨肴忘肉味，對酒不能斟。人言重別離，斯情效於今。

答石崇詩
棗腆

昔我不造，備嘗顛沛，后土傾基，皇天隕蓋。少懷蒙昧，長無耿介。
遺訓莫聞，出入靡賴。我舅敷命，于彼徐方，載詠陟岡，言念渭陽。
乃泝洪流，汎身餘艎，宵寢晨逝，曷路之長。亦既至止，願言以寫。
爰有石侯，作鎮東夏。寬以撫戎，從容柔雅，我聞有言，居安思危。
極位則遷，勢至必移。上德無欲，貴道不爲。
妙識先覺，通夢皇義。竊覘堂奧，欽蹈朙規。

贈虞顯度詩
張協

疇昔協蘭房，繾綣在華年。嘉好結平素，分著寮友前。
謂得終遲日，綢繆永周旋。吾子遭不造，遘閔丁憂艱。
俾我失良朋，誰與吐語言。一日爲三秋，歲況乃三年。
離居一何闊，結思如廻川。

答杜育詩
摯虞

越有杜生，既文且哲。龍躍潁豫，有聲彰澈。賴茲三益，如瓊如切。
好以義結，友以文會。豈伊在高，分定傾蓋。其人如玉，美彼生芻。
鐘皷匪樂，安用百壺。老夫灌灌，離羣索居。懷戀結好，心焉恨如。

贈摯虞詩[①]
杜育

之子于歸，言秣其駒。矧乃斯人，乃邁乃徂。雖非顯甫，餞彼百壺。
雖非張仲，將膾河魚。人亦有言，貴在同音。雖曰翻飛。曾未異林。
顧戀同枝，增其慨心。望爾不遐，無金玉音。

答棗腆詩
歐陽建

於鑠我舅，朙德塞違。俾扦東藩，在徐之邘。載播其惠，載揚其威。
濟寬以猛，方夏以綏。光啓先業，增耀重暉。咨余冲人，艱苦攸離。

---

① 陳本《贈摯虞詩》在《答杜育詩》之前。

過庭無聞，頑固匪移。寔賴茲誨，導之軌儀。仰遵嘉訓，俯蹈朗規。
如葛如[一]蔓，如樛斯垂。我遘君子，仰之彌高。巖巖其高，即之惟溫。
　　　　居盈思冲，在貴忘尊。縱酒嘉讌，自朝及昏。
　　　　無幽不妍，靡奧不論。人樂其量，士感其敦。

【校記】
　　［一］如，陳本、《藝文類聚》作斯。

贈海法師
蕭子雲
　　直心好丘壑，偏悅幽栖人。忽聞甑山旅，萬里自相親。
　　沉寥晚霖霽，重疊晴雲新。秋至蟬鳴柳，風高露起塵。
　　　　動予憶山思，惆悵惜荷巾。

卷十六

贈答下

贈長沙公詩四首
陶潛

同源分流，人易世疎。慨然寤歎，念兹厥初。
禮服遂悠，歲月眇徂。感彼行路，眷然躊躇。

於穆令族，允構斯堂。諧氣冬暄，映懷珪璋。
爰采春花，載警秋霜。我曰欽哉，實宗之光。

伊余云遘，在長忘同。笑言未久，逝焉西東。
遙遙三湘，滔滔九江。山川阻遠，行李時通。

何以寫心，貽此話言。進簣雖微，終焉爲山。
敬哉離人，臨路悽然。款襟或遼，音問其先。

酬丁柴桑詩二首
陶潛

有客有客，爰來爰止。秉直司聰，于惠百里。
　飡勝如歸，聆[一]善若始。

匪惟諧也，屢有良由。載言載眺，以寫我憂。
放歡一遇，既醉還休。寔欣心期，方從我遊。

【校記】

[一]聆，陳本、《文選補遺》同。《陶淵明集箋注》作矜。

答龐參軍詩六首
陶潛

衡門之下，有琴有書。載彈載詠，爰得我娛。
豈無他好，樂是幽居。朝爲灌園，夕偃蓬廬。

人之所寶，尚或未珍。不有同愛，云胡以親？
我求良友，寔覯懷人。懽心孔洽，棟宇惟隣。

伊余懷人，欣德孜孜。我有旨酒，與汝樂之。
乃陳好言，乃著新詩。一日不見，如何不思。

嘉遊未斁，誓將離分。送爾于路，銜觴無欣。
依依舊楚，邈邈西雲。之子之遠，良話曷聞。

昔我云別，倉庚載鳴。今也遇之，霰雪飄零。
大藩有命，作使上京。豈忘宴安，王事靡寧。

慘慘寒日，肅肅其風。翩彼方舟，容裔[一]江中。
勗哉征人，在始思終。敬兹良辰，以保爾躬。

【校記】
　[一]裔，陳本、《文選補遺》同。《陶淵明集箋注》作與。

和劉柴桑詩
陶潛

山澤久見招，胡事乃躊躇。直爲親舊故，未忍言索居。
良辰入奇懷，挈杖還西廬。荒塗無歸人，時時見廢墟。
茅茨已就治，新疇復應[一]畬。谷風轉淒薄，春醪解饑劬。
弱女雖非男，慰情良勝無。栖栖世中事，歲月共相疎。
耕織稱其用，過此奚所須。去去百年外，身名同翳如。

【校記】
　[一]應，陳本、《文選補遺》同。《陶淵明集箋注》作舊。

和郭主簿詩 二首
陶潛

藹藹堂前林，中夏貯清陰。凱風因時來，回飆開我襟。
息交遊閑業，卧起弄書琴。園蔬有餘滋，舊穀猶儲今。
營己有良極[一]，過足非所欽。春秫作美酒，酒熟吾自斟。
弱子戲我側，學語未成音。此事眞復樂，聊用忘華簪。
遙遙望白雲，懷古一何深！

和澤周三春，清涼素秋節。露凝無游氛[二]，天高風景澈。
陵岑聳逸峰，遙瞻皆奇絕。芳菊開林耀，青松冠巖列。
懷此眞[三]秀姿，卓爲霜下傑。銜觴念幽人，千載撫爾訣。
檢素不獲展，厭厭竟良月。

【校記】
[一]陳本、《文選補遺》、《陶淵明集箋注》本句作"營己良有極"。
[二]氣，陳本同。《文選補遺》、《陶淵明集箋注》作氛。
[三]眞，陳本同。《文選補遺》、《陶淵明集箋注》作貞。

贈羊長史詩
陶潛

愚生三季後，慨然念黃虞。得知千載外，正[一]賴古人書。
聖賢留餘迹，事事在中都。豈忘游心目？關河不可踰。
九域甫已一，逝將理舟輿。聞君當先邁，負痾不獲俱。
路若經商山，爲我少躊躇。多謝綺與角，精爽今何如？
紫芝誰復採？深谷久應蕪。駟馬無貰患，貧賤有交娛。
清謠結心曲，人乘[二]運見疎。擁懷累代下，言盡意不舒。

【校記】
[一]正，陳本、《文選補遺》同。《陶淵明集箋注》作政。
[二]乘，陳本同。《文選補遺》、《陶淵明集箋注》作乖。

和胡西曹詩
陶潛

蕤賓五月中，清朝起南颸。不駃[一]亦不遲，飄飄吹我衣。

重雲蔽白日，閑雨紛微微。流目視西園，曄曄榮紫葵。
於今甚可愛，奈何當復衰。感物願及時，每恨靡所揮。
悠悠待秋稼，寥落將賒遲。逸想不可淹，倡[二]狂獨長悲。

【校記】
[一]駛，陳本同。《文選補遺》、《陶淵明集箋注》作駛。
[二]倡，陳本同。《陶淵明集箋注》作猖。《文選補遺》作猖。

示周祖謝三郎詩
陶潛

負痾頹簷下，終日無一欣。藥石有時閑，念我意中人。
相去不尋常，道路邈何因。周生述孔業，祖謝響然臻。
道喪向千載，今朝復斯聞。馬隊非講肆，校書亦已勤。
老夫有所愛，思與爾爲鄰。願言誨諸子，從我潁水濱。

與從弟敬遠
陶潛

寢迹衡門下，邈與世相絕。顧眄莫誰知，荆扉晝常閉[一]。
凄凄歲暮風，翳翳經日雪。傾耳無希聲，在目皓已潔[二]。
勁氣侵襟袖，簞瓢[三]謝屢設。蕭索空宇中，了無一可悅！
歷覽千載書，時時見遺烈。高操非所攀，深[四]得固窮節。
平津苟不由，棲遲詎爲拙！寄意一言外，茲契誰能別？

【校記】
[一]閉，陳本作聞。《文選補遺》、《陶淵明集箋注》作閉。
[二]潔，陳本同。《陶淵明集箋注》作結。《文選補遺》存兩說。
[三]瓢，陳本、《文選補遺》、《陶淵明集箋注》作瓢，是。
[四]深，陳本、《文選補遺》同。《陶淵明集箋注》作謬。

答王僧達詩
顏延之

玉水記芳流，琁原載圓折。蓄寶每希聲，雖祕猶彰澈。
玲[一]龍際九州，聞鳳窺丹穴。歷聽豈多士，歸然覯時哲。
舒文廣國華，敷言遠朝烈。德輝灼光茂，芳風被鄉壘。

恻[二]同幽人居，郊扉常晝聞。林間時宴開，亟廻長者轍。
庭昏見野陰，山明望松雪。靜惟[三]浹羣化，徂生入窮節。
豫徃誠歡聚，悲來非樂闋。屬美謝繁翰，遙懷具短札。

【校記】

[一]玲，陳本、《全漢三國晉南北朝詩》作聆。
[二]恻，陳本、《全漢三國晉南北朝詩》作側。
[三]惟，陳本作性。《全漢三國晉南北朝詩》作惟。

贈馬子喬詩
鮑照

雙劒將離別，先在匣中鳴。煙雨交將夕，從此忽分形。
雌沈吳江裏，雄飛入楚城。吳江深無底，楚闕有崇扃。
一爲天地別，豈直限幽明。神物終不隔，千祀儻還并。

贈荀丞詩
鮑照

旅人乏愉樂，薄暮增[一]思深。日落嶺雲歸，延頸望江陰。
亂流灇大壑，長霧匝高林。林際無窮極，雲邊不可尋。
惟見獨飛鳥，千里一揚音。推其感物情，則知遊子心。
君居帝京內，高會日揮金。豈念暮羣客，咨嗟戀景沉。

【校記】

[一]增，陳本同。《鮑參軍集注》作憂。

贈顧倉曹詩
王僧孺

洛陽十二門，樓闕似西崑。曖曖罘罳下，相望隔畫垣。
畫垣[一]向阿閣，栖鳳復栖鴛。五曹均趨奏，六尚等便煩。
朝爐何馥馥，夜錦有餘溫。日中驅上駟，驪首遍京苑。
夙昔今何在，生平棄不論。譬如卷施草，心謝葉空存。
誰復三承睫，獨念九飛魂。

【校記】

[一] 劉本衍"畫垣"二字，據陳本刪。晝，陳本、《全漢三國晉南北朝詩》作畫。

奉賀隨王詩二首
謝朓

星回夜未央，洞房凝遠情。雲陰滿地[一]樹，中月懸高城。
喬木含風霧，行鴈飛且鳴。平臺盛文雅，西園富羣英。
芳慶良永矣，君王嗣德聲。眷此伊洛詠，載懷汾水情。
顧已非麗則，恭惠奉仁朙。觀蒫詠已失，憮然愧簪纓。

神心遺魏闕，沖想顧汾陽。肅景懷辰豫，捐玦剪山楊。
時惟清夏始，雲景曖含芳。月陰洞野色，日華麗池光。
草合亭臯遠，霞生川路長。端坐聞《鶴引》，靜瑟愴復傷。
懷哉泉石思，歌詠鬱瓊相。春塘多迭駕，言從伊與商。
袞職眷英覽，獨善伊何忘。願輟東都遠，弘道侍云梁。

【校記】

[一] 地，陳本同。《謝宣城集校注》作池。

夏始和劉屎陵詩
謝朓

威仰弛蒼郊，龍曜表皇隩。春色卷遙甸，炎光麗近邑。
白蘋望已騁，緗荷紛可襲。徒願尺波旋，終怜寸景戢。
對窗斜日過，洞隙鮮飈入。浮雲去欲窮，暮鳥飛相及。
柔翰縝芳塵，清源非易揖。廻江難絕濟，云誰暢佇立。
良宰暍夜漁，出入事朝汲。積羽余既裳，更賦子盈粒。
椅梧何必零，歸來共栖集。

答贈別詩[一]
謝朓

春夜別清樽，江潭復爲客。歎息東流水，何如故鄉陌。
重樹始芬葐，芳洲轉如積。望望荊臺下，歸夢相思夕。

【校記】

[一]陳本詩題作《和沈右率諸君餞錢文學詩》。

答張齊興詩
謝朓

荆山縱百里，漢廣流無極。北馳星斗正，南望朝雲色。
子肅兩岐功，我滯三冬臧。誰知京洛念，彷佛昆山側。
向夕登城濠，潛池隱復直。地迥聞遙蟬，天長望歸翼。
清文忽景麗，思泉紛寶飾。勿言脩路阻，勉子康衢力。
曾匡寂且寥，歸軫逝言陟。

贈族叔衛軍詩
王融

台曜澄華，鉉岳裁峻。經天爲象，麗地作鎮。不器其德，有菲斯文。
質起瑚璉，才逸卿雲。搖筆泉瀉，動詠霓紛。德馨伊何，如蘭之宣。
眞筠柚箭，潤璧懷山。六樂畢該，五禮備貫。
七訓是敷，三英有粲。惟旦惟公，惟公惟旦。

酬謝宣城朓詩
沈約

王喬飛鳧舄，東方金馬門。從宦非宦侶，避世非避諠。搽予發皇鑒，
短翮屢飛翻。晨趨朝建禮，晚沐臥郊園。賓至下塵榻，憂來命綠尊。
昔賢侔時雨，今守馥蘭蓀。神交疲夢寐，路遠隔思存。

行旅

行詩二首
阮瑀

臨川多悲風，秋日苦清涼。客子易爲戚，感此用哀傷。
攬衣起躑躅，上觀心[一]與房。三星守故次，朤月未收光。
雞鳴當何時，朝晨尚未央。還坐長歎息，憂憂安可忘。

我行自凜秋，季冬乃來歸。置酒高堂上，友朋集光輝。
念當復離別，涉路險且夷。思慮益惆悵，淚下沾裳衣。

【校記】
　　[一]心，陳本同。《建安七子集》作星。

帆入南湖詩
湛方生
　　彭蠡紀三江，廬岳主衆阜。白沙淨川路，青松蔚巖首。
　　此水何時流？此山何時有？人運互推遷，茲器獨長久。
　　　　　　悠悠宇宙中，古今迭先後。

行詩
成公綏
　　洋洋熊耳流，巍巍伊闕山。高岡碣崔嵬，雙阜夾長川。
　　素石何磷磷，水禽何翩翩。遠涉許潁路，顧思邈綿綿。
　　　　　　鬱陶懷所親，引領情緬然。

入東道路詩
謝靈運
　　整駕辭金門，命旅惟詰朝。懷居顧歸雲，指途泝行飇。
　　屬值清朗節，榮華感和韶。陵隰繁綠杞，墟囿粲紅桃。
　　鸎鸎翬方雊，纖纖麥垂苗。隱軫邑里密，緬邈江海遼。
　　滿目皆古事，心賞貴所高。魯連謝千金，延州權去朝。
　　　　　　行路既經見，願言寄吟謠。

發歸瀨三瀑布望兩溪詩
謝靈運
　　我行乘日垂，放舟候月圓。末江兔風濤，涉清弄漪漣。
　　積石竦兩溪，飛泉倒三山。亦既窮登陟，荒藹橫日[一]前。
　　窺巖不睹景，披林豈見天。陽烏尚傾翰，幽篁未爲邅。
　　退尋平常時，安知巢穴難。風雨非攸戾，擁志誰與宣。
　　　　　　倘有同枝條，此日卽千年。

【校記】
　　[一]日，陳本、《謝康樂詩注》作目。

過白岸亭詩
謝靈運

拂衣遵沙垣，緩步入蓬屋。近澗涓密石，遠山映疎木。
空翠難強名，漁釣易爲曲。援蘿聆青崖，春心自相屬。
交交止栩[一]黃，呦呦食萍鹿。傷彼人百哀，嘉爾承筐樂。
榮悴迭去來，窮通成休慼。未若長疎散，萬事恒抱朴。

【校記】

[一]栩，陳本、《謝康樂詩注》作栩。

行田登海口盤嶼山詩
謝靈運

羈苦孰云慰，觀海藉朝風。莫辯洪波極，誰知大壑東。
依稀採菱歌，仿佛含嚬容。遨遊碧沙渚，游衍丹山峯。

夜宿石門詩
謝靈運

朝搴苑中蘭，畏彼霜下歇。暝還雲際宿，弄此石上月。
鳥鳴識夜棲，木落知秋發。異音同至聽，殊響俱清越。
妙物莫爲賞，芳醑誰與伐。美人竟不來，鳴珂徒晞髮。

北邙客舍詩
劉伶

泱漭望舒隱，黤黮玄夜陰。寒雞思天曙，擁翅吹長音。
蚊蚋歸豐草，枯葉散蕭林。陳醴發悴顏，色歠暢眞心。
緼被終不曉，斯嘆信難任。何以除斯嘆，付之與瑟琴。
長笛響中夕，聞此消胸襟。

宿南洲浦詩
何遜

幽栖多暇豫，從役知辛苦。解纜及朝風，落帆依暝浦。
違鄉已信次，江月初三五。沉沉夜看流，淵淵朝聽鼓。
霜洲渡旅鴈，朝飈吹宿莽。夜淚坐淫淫，是節偏懷土。

將命至鄴詩
庾信

大國修聘禮，親隣自此敦。張旃事原隰，負扆報成言。
西過犯風露，北指度轘轅。交歡值公子，展禮覯王孫。
何以譽嘉樹，徒欣賦采蘩。四牢盈折俎，三獻滿罍樽。
人臣無境外，何由欣此言。風俗既險阻，山河不復論。
無因旅南館，空欲祭西門。眷然惟此別，夙期幸共存。

軍戎

從軍詩
李陵①

樽酒送征人，踟躕在親宴。日暮浮雲滋，握手淚如霰。
悠悠清水川，嘉魴得所薦。而我在萬里，結髮不相見。
　　　袖中有短書，願寄雙飛燕。

安封侯詩
崔駰

戎馬鳴兮金鼙震，壯士激兮忘身命。
破光甲兮跨良馬，揮長戟兮廓[一]強弩。

【校記】

[一]廓，陳本作毃。《藝文類聚》作廓。

廣陵觀兵詩
魏文帝

觀兵臨江水，水流何湯湯。戈矛成山林，玄甲耀日光。
猛將懷暴怒，膽氣正縱橫。誰云江水廣，一葦可以航。
不戰屈敵虜，戢兵稱賢良。古公宅岐邑，實始翦殷商。
孟獻營虎牢，鄭人懼稽顙。充國務耕殖，先零自破亡。
興農淮泗間，築室都徐方。量宜運權畧，六軍咸悅康。
　　　豈如東山詩，悠悠多憂傷。

---

① 據《江文通集彙注》，本詩應爲江淹所作《雜體詩·李都尉從軍》。

遠戍勸戒詩
繁欽

肅將王事，集此揚土。凡我同盟，既文既武。郁郁桓桓，有規有矩。
務在和光，同塵共垢。各竟其心，為國蕃輔。誾誾衎衎，非法不語。
可否相濟，闕則云補。

贈兄公穆入軍詩 八首
嵇康

雙鸞匿景曜，戢翼太山崖。抗首漱朝露，晞陽振羽儀。
長鳴戲雲中，時下息蘭池。自謂絕塵埃，終始永不虧。
何意世多艱，虞人來我疑。雲網塞四區，高羅正參差。
奮迅勢不便，六翮無所施。隱姿就長纓，卒為時所羈。
單雄翻孤逝，哀吟傷生離。徘徊戀儔侶，慷慨高山陂。
鳥盡良弓藏，謀極身心危。吉凶雖在己，世路多嶮巇。
安得反初服，抱玉寶六奇。逍遙遊太清，攜手長相隨。

　　鴛鴦于飛，肅肅其羽。朝遊高原，夕宿蘭渚。
　　邕邕和鳴，顧眄儔侶。逸[一]仰慷慨，優游容與。

　　鴛鴦于飛，嘯侶命儔。朝遊高原，夕宿中洲。
　　交頸振翼，容與清流。咀嚼蘭蕙，逸[二]仰優游。

　　泳彼長川，言息其滸；陟彼高岡，言刈其楚。
　　嗟我征邁，獨行踽踽。仰彼凱風，涕泣如雨！

　　泳彼長川，言息其沚；陟彼高岡，言刈其杞。
　　嗟我獨征，靡瞻靡恃。仰彼凱風，載坐載起。

　　穆穆惠風，扇彼輕塵；弈弈素波，轉此遊鱗。
　　伊我之勞，有懷佳人。寤言永思，實鍾所親。

　　所親安在？舍我遠邁。棄此蓀芷，襲彼蕭艾。
　　雖曰幽深，豈無顛沛？言念君子，不遐有害。

凌高遠盼，俯仰咨嗟。怨彼幽縶，邈爾路遐。
雖有好音，誰與清歌？雖有姝顏，誰與發華？
仰訊高雲，俯託輕波。乘流遠遁，抱恨山阿。

【校記】
　　[一][二]逸，陳本、《嵇康集校注》皆作佚。

命將出征詩
張華

重華隆帝道，戎蠻或[一]來賓。徐夷興有周，鬼方亦違殷。
今在盛明世，寇虐動四垠。單[二]醪豈有味，挾纊感至仁。

【校記】
　　[一]或，陳本作咸。《晉書》作或。
　　[二]單，陳本作簞。《晉書》作單。

北戍琅琊城詩
江孝嗣

驅馬一連翩，日下情不息。芳樹似佳人，惆悵余何極。
薄暮苦羇愁，終朝傷旅食。丈夫許人世，安得顧心臆。
　　按劍勿復言，誰能耕與織。

和江丞北戍琅琊城詩
謝朓

春城麗白日，阿閣跨層樓。蒼江忽渺渺，驅馬復悠悠。
京洛多塵霧，淮濟未安流。豈不思撫劍，惜哉無輕舟。
　　夫君良自勉，歲暮勿淹留。

卷十七

詩

郊廟

漢安世房中歌十七首
唐山夫人

大孝備矣，休德昭清。高張四縣平聲[陳]，樂充宮庭。
芬樹羽林，雲景杳冥。金支秀華，庶旄翠旌。

七始華始，肅倡和聲。神來宴娭，庶幾是聽。
鬻鬻音送，細齊人情。忽乘青玄，熙事備成。
清思眑眑窈同[陳]，經緯冥冥。

我定歷數，人告其心。敕身齊戒，施教申申。
乃立祖廟，敬明尊親。大矣孝熙，四極爰轃。

王侯秉德，其鄰翼翼。顯明昭式，清明鬯矣。
皇帝孝德，竟全大功，撫安四極。

海內有姦，紛亂東北。詔撫成師，武侯承德。
行樂交逆，簫勺羣慝。肅為濟哉，蓋定燕國。

大海蕩蕩水所歸，高賢愉愉民所懷。
太山崔，百卉殖。民何貴？貴有德。

安其所，樂終產。樂終產，世繼緒。
飛龍秋，游上天。高賢愉，樂民人。

豐草葽，女羅施。善何如，誰能回！
大莫大，成教德；長莫長，被無極。

靁震震，電燿燿。明德鄉，治本約。治本約，澤弘大。
加被寵，咸相保。德施大，世曼壽。

都荔遂芳，窅窊桂華。孝奏天儀，若日月光。乘玄四龍，回馳北行。
羽旄殷盛，芬哉芒芒。孝道隨世，我署文章。

馮馮翼翼，承天之則。吾易久遠，燭明四極。
慈惠所愛，美若休德。杳杳冥冥，克綽永福。

磑磑即即，師象山則。嗚呼孝哉，案撫戎國。
蠻夷竭歡，象來致福。兼臨是愛，終無兵革。

嘉薦芳矣，告靈饗矣。告靈既饗，德音孔臧。
惟德之臧，建侯之常。承保天休，令問不忘。

皇皇鴻明，蕩侯休德。嘉承天和，伊樂厥福。在樂不荒，惟民之則。

浚則師德，下民咸殖。令問在舊，孔容翼翼。

孔容之常，承帝之明。下民之樂，子孫保光。
承順溫良，受帝之光。嘉薦令芳，壽考不忘。

承帝明德，師象山則。雲施稱民，永受厥福。
承容之常，承帝之明。下民安樂，受福無疆。

漢郊祀歌十九首

【練時日】

練時日，侯有望。焫膋蕭，延四方。九重開，靈之斿。

垂惠恩，鴻祜休。靈之車，結玄雲。駕飛龍，羽旄紛。
靈之下，若風馬。左蒼龍，右白虎。靈之來，神哉沛。
先以雨，般裔裔。靈之至，慶陰陰。相放㒟，震澹心。
靈已坐，五音飭。虞至旦，承靈億。牲繭栗，粢盛香。
尊桂酒，賓八鄉。靈安留，吟青黃。徧觀此，眺瑤堂。
眾嫭並，綽奇麗。顏如荼，兆逐靡。被華文，廁霧縠。
曳阿錫，佩珠玉。俠嘉夜，荐蘭芳。淡容與，獻嘉觴。

【帝臨】
帝臨中壇，四方承宇。繩繩意變，備得其所。清和六合，制數以五。
海內安寧，興文偃武。后土富媼，昭明三光。穆穆優遊，嘉服上黃。

【青陽】
青陽開動，根荄以遂。膏潤并愛，跂行畢逮。霆聲發榮，壧處頃聽。
枯槁復產，乃成厥命。眾庶熙熙，施及夭胎。羣生啿啿，惟春之祺。

【朱明】
朱明盛長，敷與萬物。桐生茂豫，靡有所詘。敷華就實，既阜既昌。
登成甫田，百鬼迪嘗。廣大建祀，肅雍不忘。神若宥之，傳世無疆。

【西顥】
西顥沉碭，秋氣肅殺。含秀垂穎，續舊不廢。姦偽不萌，祅孽伏息。
隅辟越遠，四貉咸服。既畏茲威，惟慕純德。附而不驕，正心翊翊。

【玄冥】
玄冥陵陰，蟄蟲蓋臧。草木零落，抵冬降霜。易亂除邪，革正異俗。
兆民反本，抱素懷樸。條理信義，望禮五嶽。籍斂之時，掩收嘉穀。

【惟泰元】
惟泰元尊，媼神蕃釐。經緯天地，作成四時。精建日月，星辰度理。
陰陽五行，周而復始。雲風靁電，降甘露雨。百姓蕃滋，咸循厥緒。
繼統共泰同勤，順皇之德。鸞路龍鱗，罔不肸飾。嘉邊列陳，庶幾宴享。
滅除凶災，烈騰八荒。鐘鼓竽笙，雲舞翔翔。招搖靈旗，九夷賓將。

【天地】

天地並況，惟余有慕。爰熙紫壇，思求厥路。

恭承禋祀，緼豫爲紛。黼繡周張，承神至尊。

千童羅舞成八溢[一]，合好效歡虞泰一。九歌畢奏斐然殊，鳴琴竽瑟會軒朱。

璆磬金鼓，靈其有喜，百官濟濟，各敬厥事。

盛牲實俎進聞膏，神奄留，臨須搖。長麗星明[陳]前掞光耀明，寒暑不忒況皇章。

展詩應律鋗玉鳴，含宮吐角激徵清。發梁揚羽申以商，造茲新音永久長。

聲氣遠條鳳鳥翔翔同[陳]，神夕奄虞蓋孔享。

【日出入】

日出入安窮？時世不與人同。

故春非我春，夏非我夏，秋非我秋，冬非我冬。

泊如四海之池，徧觀是邪謂何？

吾知所樂，獨樂六龍，六龍之調，使我心若。訾黃其何不徠下？

【天馬】

太一況，天馬下。霑赤汗，沫流赭。志俶儻，精權奇。
籋浮雲，晻上馳。體容與，迣萬里。今安匹，龍爲友。
天馬徠，從西極。涉流沙，九夷服。天馬徠，出泉水。
虎脊兩，化若鬼。天馬徠，歷無草。徑千里，循東道。
天馬徠，執徐時。將搖舉，誰與期？天馬徠，開遠門。
竦予身，逝昆侖。天馬徠，龍之媒。遊閶闔，觀玉臺。

【天門】

天門開，詄蕩蕩，穆並聘，以臨饗。

光夜燭，德信[二]著，靈浸鴻，長生豫。

大朱塗廣，夷石爲堂，飾玉梢以舞歌，體招搖若永望。

星留俞，塞隕光，照紫幄，珠熉黃。

幡比翄回集，貳雙飛常羊。月穆穆以金波，日華燿以宣明。

假清風軋忽，激長至重觴。神裴回若留放，殣冀親以肆章。

函蒙祉福常若期，寂謬上天知厥時。泛泛滇滇從高斿，殷勤此路臚所求。

佻正嘉吉弘以昌，休嘉砰隱溢四方。專精厲意逝九閡，紛雲六幕浮大海。

【景星】

景星顯見，信星彪列，象載昭庭，日親以察。
參侔開闔，爰推本紀，汾脽出鼎，皇祐元始。
五音六律，依韋饗昭，雜變並會，雅聲遠姚。
空桑琴瑟結信成，四興遞代八音生，殷殷鐘石羽籥鳴。
河龍供鯉醇犧牲，百末旨酒布蘭生，泰尊柘漿析朝酲。
微感心攸通修名，周流常羊思所幷。
穰穰復正直往甯，馮蠵切和疏寫平。
上天布施后土成，穰穰豐年四時榮。

【齊房】

齊房產草，九莖連葉，宮童效異，披圖案諜。
玄氣之精，回復此都，蔓蔓日茂，芝成靈華。

【后皇】

后皇嘉壇，立玄黃服，物發冀州，兆蒙祉福。
沆沆四塞，假狄合處，經營萬億，咸遂厥宇。

【華曄曄】

華爗爗，固靈根。神之斿，過天門。車千乘，敦昆崙。
神之出，排玉房。周流雜，拔蘭堂。神之行，旌容容，
騎沓沓，般縱縱。神之徠，泛翊翊，甘露降，慶雲集。
神之愉，臨壇宇，九疑賓，夔龍舞。神安坐，翔吉時，
共翊翊，合所思。神嘉虞，申貳觴，福滂洋，邁延長。
沛施祐，汾之阿，揚金光，橫泰河。
莽若雲，增陽波。徧臚驩，騰天歌。

【五神】

五神相，包四鄰。土地廣，揚浮雲。扢嘉壇，椒蘭芳。
璧玉精，垂華光。益億年，美始興。交於神，若有承。
廣宣延，咸畢觴。靈輿位，偃蹇驤。
卉汨臚，析奚遺？淫淥澤，汪然歸。

【朝隴首】

朝隴首，覽西垠。雷電尞，獲白麟。爰五止，顯黃德。
圖匈虐，熏鬻殈。闢流離，抑不詳。賓百僚，山河饗。
掩回轅，鬗長馳。騰雨師，洒路陂。
流星雲，感惟風。籋歸雲，撫懷心。

【象載瑜】

象載瑜，白集西，食甘露，飲榮[三]泉。赤鴈集，六紛員，
殊翁雜，五采文。神所見，施祉福，登蓬萊，結無極。

【赤蛟】

赤蛟綏，黃華蓋。露夜零，晝晻薀。百君禮，六龍位。
勺椒漿，靈已醉。靈既享，錫吉祥。芒芒極，降嘉觴。
靈殷殷，爛揚光。延壽命，永未央。杳冥冥，塞六合。
澤汪濊，輯萬國。靈禩禩，象輿轙。票然逝，旗逶蛇。
禮樂成，靈將歸。託玄德，長無衰。

【校記】

[一]溢，陈本作佾。《漢書》顏注曰"溢與佾同"。
[二]信，陈本作音。《漢書》作信。
[三]榮，陳本作雲。《漢書》作榮。

靈芝歌
古辭

因靈寑兮產靈芝，象三德兮瑞應圖。
延壽命兮光此都，配上帝兮象太徽，參日月兮揚光輝。

聖人制禮樂篇
古辭

昔皇文武邪，彌彌舍善，誰吾時吾，行許帝道。
銜來治路萬邪，治路萬邪，赫赫，意黃運道吾，治路萬邪。
善道䎡邪金邪，善道，䎡邪金邪帝邪，近帝武武邪邪。
聖皇八音，偶邪尊來。聖皇八音，及來儀邪同邪，烏及來義邪。
善草供國吾，咄等邪烏，近帝邪武邪，近帝武邪武邪。

應節合用，武邪尊邪。應節合用，酒期義邪同邪，酒期義邪。
善草供國吾，咄等邪烏，近帝邪武邪，近帝武武邪邪。
下音足木，上為鼓義邪，應眾義邪，樂邪供邪延否。
已邪烏已禮祥，咄等邪烏，素女有絕其聖，烏烏武邪。

晉郊祀歌五首
傅玄
【夕牲歌】

天命有晉，穆穆駉駉。我其夙夜，祇事上靈。常于時遐，迄用其成。
於薦玄牡，進夕其牲。崇德作樂，神祇是聽。

【迎送神歌】

宣文蒸哉，日靖四方。永言保之，夙夜匪康。光天之命，上帝是皇。
嘉樂殷薦，靈祚景祥。神祇隆假，享福無疆。

【饗神歌】

天祚有晉，其命惟新。受終於魏，奄有兆民。燕及皇天，懷柔百神。
不顯遺烈，之德之純。享其玄牡，式用肇禋。神祇來格，福祿是臻。

【饗神歌】二首

時邁其猶，昊天子之。祐享有晉，兆民戴之。畏天之威，敬授人時。
不顯不承，於猶繹思。皇極斯建，庶績咸熙。庶幾夙夜，惟晉之祺。

宣文惟后，克配彼天。撫寧四海，保有康年。於乎緝熙，肆用靖民。
爰立典制，爰修禮紀。作民之極，莫匪資始。克昌厥後，永言保之。

晉天地郊朙堂歌五首
傅玄
【夕牲歌】

皇矣有晉，時邁其德。受終于天，光濟萬國。萬國既光，神定厥祥。
虔于郊祀，祇事上皇。祇事上皇，百福是臻。巍巍祖考，克配彼天。
嘉牲匪歆，德馨惟饗。受天之祐，神化四方。

【降神歌】
於赫大晉，膺天景祥。二帝邁德，宣茲重光。我皇受命，奄有萬方。
郊祀配享，禮樂孔章。神祇嘉饗，祖考是皇。克昌厥後，保祚無疆。

【天郊饗神歌】
整泰壇，祀皇神。精氣感，百靈賓。蘊朱火，燎芳薪。紫煙遊，冠青雲。
神之體，靡象形。曠無方，幽以清。神之來，亢[一]景照。聽無聞，視無兆。
神之至，舉欿欿。靈爽協，動余心。神之坐，同歡娛。澤雲翔，化風舒。
嘉樂奏，文中聲。八音諧，神是聽。咸潔齊，並芬芳。烹牷牲，享玉觴。
神悅饗，歆禋祀。祐大晉，降繁祉。祚京邑，行四海。保天年，窮地紀。

【地郊饗神歌】
整泰圻，竢皇祇。衆神感，羣靈儀。陰祀設，吉禮施。夜將極，時未移。
祇之體，無形象。潛泰幽，洞忽荒。祇之出，薆若有。靈無遠，天下母。
祇之來，遺光景。昭若存，終冥冥。祇之至，舉欣欣。舞象德，歌成文。
祇之坐，同歡豫。澤雨施，化雲布。樂八變，聲教敷。物咸亨，祇是娛。
齊既潔，侍者肅。玉觴進，咸穆穆。饗嘉豢，歆德馨。祚有晉，暨群生。
溢九壤，格天庭。保萬壽，延億齡。

【明堂饗神歌】
經始明堂，享祀匪懈。於皇烈考，光配上帝。赫赫上帝，既高既崇。
聖考是配，昭德顯融。率土敬職，萬方來祭。常于時假，保祚永世。

【校記】
［一］亢，陳本、《宋書》作光。

晉江左宗廟歌
曹毗
【四時祠祀歌】
肅肅清廟，巍巍聖功。萬國來賓，禮儀有容。
鐘鼓振，金石熙，宣兆祚，武開基，神斯樂兮。
理管絃，有來斯和。說功德，吐清歌，神斯樂兮。
洋洋玄化，潤被九壤。民無不悅，道無不往。
禮有儀，樂有式，詠九功，永無極，神斯樂兮。

宋南郊登歌
顏延之
【饗神歌】

營泰時，定天夷。思心睿，謀筮從。建表蕝，設郊宮。田燭置，爟火通。
曆元旬，律首吉。飾紫壇，坎列室。中星兆，六宗秩。乾宇晏，地區謐。
大孝昭，祭禮供。牲日展，盛自躬。具陳器，備禮容。形儷綴，被歌鐘。
望帝閽，聳神躔。靈之來，辰光溢。潔粢酌，娛太一。朗輝夜，華皙日。
祼既始，獻又終。烟薌邕，報清穹。饗宋德，祚王功。休命永，福履充。

宋䂵堂歌九首
謝莊
【迎神歌】

地紐謐，乾樞回。華蓋動，紫微開。旌蔽日，車若雲。駕六龍，乘絪縕。
曄帝京，輝天邑。聖祖降，五靈集。構瑤池[一]，聳珠簾。漢拂幌，月棲檐。
舞綴暢，鐘石融。駐飛景，鬱行風。懋粢盛，潔牲牷。百禮肅，羣司虔。
皇德遠，大孝昌。貫九幽，洞三光。神之安，解玉鑾。景福至，萬寓歡。

【登歌】

雍臺辨朔，澤宮練服。潔火夕照，朗水朝陳。六瑚貢室，八羽華庭。
照事先聖，懷濡上靈。肆夏戒敬，升歌發德。永固鴻基，以綏萬國。

【歌太祖文皇帝】

維天為大，維聖祖是則。辰居萬萬，綴旒下國。內靈八輔，外光四瀛。
蒿宮仰蓋，日舘希旌。複殿留景，重檐結風。刮楹接緯，達嚮承虹。
設業設虡，在王庭。肇禋祀，克配乎靈。
我將我享，維孟之春。以孝以敬，以立我蒸民。

【歌青帝】

參映夕，駟照晨。靈乘震，司青春。鴈將向，桐始甤。
柔風舞，暄光遲。萌動達，萬品新。潤無際，澤無垠。

【歌赤帝】

龍精初見大火中，朱光北至圭景同。
帝在在[一]離寔司衡，水雨方降木槿榮。

庶物盛長咸殷阜，恩覃四冥被九有。

【歌黃帝】
履建宅中寓，司繩御四方。裁化遍寒燠，布政周炎涼。
景麗條可結，霜朎水可折。凱風扇朱唇，白雲流素節。
分至乘結曩，啓閉集恒度。帝運緝萬有，皇靈澄國步。

【歌白帝】
百川如鏡，天地奭且朎。雲沖氣舉，德盛在素精。
木葉初下，洞庭始揚波。夜光徹地，飜霜照懸河。
庶類收成，歲功行欲寧。浹地奉渥，馨宇承秋靈。

【歌黑帝】
歲月既宴方馳，靈乘坎德司規。玄雲合晦鳥路，白雲繁亘天涯。
雷在地，時未光。飾國典，閉關梁。
四節遍，萬物殿。福九域，祚八鄉。
晨晷促，夕漏延。太陰極，微陽宣。
鵲將巢，冰已解。氣濡水，風動泉。

【送神歌】
蘊禮容，餘樂度。靈方留，景欲暮。開九重，肅五達。
鳳參差，龍已秣。雲既動，河既梁。萬里照，四空香。
神之車，歸清都。琁庭寂，玉殿虛。
睿化凝，孝風熾。顧靈心，結皇思。

【校記】
[一]池，陳本、《宋書》作阤。
[二]在在，陳本作在南。《宋書》作位在。

宋宗廟登歌
王韶之
七廟享神歌
奕奕寢廟，奉章在庭。笙籥既列，犧象既盈。黍稷匪芳，朎祀惟馨。
樂具禮充，潔羞薦誠。神之格思，介以休禎。濟濟羣辟，永觀厥成。

齊雩祭樂歌八首
謝朓

清朗暢，禮樂新。候龍景，選眞辰。一解
陽律元[一]，陰晷伏。耕[二]下土，荐種稑。二解
宸儀警，王度宣。瞻雲漢，望旻天。三解
張盛樂，奏《雲儛》。集五精，延帝祖。四解
雩有飄[三]，禜有秩。秬鬯芬，圭瓚苾。五解
靈之來，帝閽開。車煜燿，吹徘徊。六解
停龍轙，徧觀此。凍雨飛，祥風靡。七解
壇可臨，奠可歆。對旳祉，鑒皇心。八解
右迎神歌八章章四句

濬哲維祖，長發其武。帝出自震，重光御寓。
七德攸宣，九疇咸敘。靜難荊衡，凝威蠡浦。
昧旦丕承，夕惕刑正。化一車書，德馨粢盛。
昭星夜景，非[四]雲曉慶。衢室成陰，璧水如鏡。
禮克玉帛，樂被匏絃。於鑠在詠，陟配于天。
自古[五]徂兆，靡愛牲牷。我將我享，永祚豐年。
右世祖武皇帝歌三章章八句

營翼日，鳥殷宵。凝冰泮，玄蟄昭。
景陽陽，風習習。女夷歌，東皇集。
奠春酒，秉青珪。命田祖，渥羣黎。
右青帝歌三章章四句

惟此夏德德恢台，兩龍在御炎精來。
火景方中南譌秩，靡草云黃含桃實。
族雲蓊鬱溫風煽，興雨祁祁黍苗徧。
右赤帝歌三章章二句

稟火自高明，毓金挺剛克。涼燠資成化，羣方載厚德。
陽季勾萌達，炎徂海暑融。商暮百工止，歲極凌陰沖。
皇流疏已清，原隰遠而一作句平。咸言祚惟億，敦民保高京。
右黃帝歌三章章四句

帝說于兌，執矩固司藏。百川收潦，精景應金方。
嘉樹離披，榆關命賓鳥。夜月初霜，秋風方弱弱^{嫋同[陳]}。
商陰肅殺，萬寶咸迹^[六]遒。勞哉望歲，場功冀可收。
右白帝歌三章章二句

白日短，玄夜深。招搖轉，移太陰。霜鐘鳴，冥陵起。星回天，月窮紀。
聽嚴風，來不息。望玄雲，黝無色。曾冰洌，積羽幽。飛雪至，天山側。
關梁閉，方不巡。合國吹，饗蠟賓。統微陽，究終始。百禮洽，萬祚臻。
右黑帝歌三章章四句

敬如在，禮將周。神之駕，不少留。
蹕龍鑣，轉會^[七]蓋。紛上馳，雲之外。
警七曜，詔人^[八]神。排閶闔，渡天津。
有滂興，膚寸積。雨冥冥，又終夕。
俾栖糧，惟萬箱。皇情暢，景命昌。
右送神歌五章章四句

【校記】
[一]元，陳本、《謝宣城集校注》作六。《文選補遺》作元。
[二]耕，陳本、《文選補遺》同。《謝宣城集校注》作秏。
[三]飄，陳本同。《文選補遺》作諷。
[四]非，陳本作霏。《文選補遺》作非。
[五]古，陳本同。《文選補遺》作宮。
[六]迹，陳本同。《文選補遺》作亦。
[七]會，陳本、《文選補遺》作金。
[八]人，陳本同。《文選補遺》作八。

梁南郊登歌二首
沈約

曒既朗，禮告成。惟聖祖，主上靈。爵已獻，罍又盈。
息羽籥，展歌聲。儼如在，結皇情。

禮容盛，尊俎列。玄酒陳，陶匏設。獻清自，致虔潔。
王既升，樂已闋。降蒼昊，垂芳烈。

梁北郊登歌二首
沈約

方獻旣埏。地祇已出。盛典弗諐。羣望咸秩。乃升乃獻。敬成禮卒。靈成無兆。神饗載謐。允矣嘉祚。其升如日。

至哉坤元，實惟厚載。躬茲奠饗，誠交顯晦。或升或降，搖珠動佩。德表成物，慶流皇代。純嘏不諐，祺福是賚。

梁宗廟登歌七首
沈約

功高禮洽，德尊樂備。三獻具舉，百同在位。誠敬罔諐，幽明同致。茫茫億兆，無思不遂。蓋之如天，容之如地。

殷兆玉筐，周始郊王。於赫文祖，基我太梁。肇土七十，奄有四方。帝軒百祀，人思未忘。永言聖烈，祚我無疆。

有夏多罪，殷人塗炭。四海倒懸，十室思亂。自天命我，殲兇殄難。旣躍乃飛，言登天漢。爰饗爰祀，福祿攸贊。

犧象旣飾，罍俎斯具。我鬱載馨，黃流乃注。我我[一]卿士，駿奔是務。佩上鳴諧，纓還拂樹。悠悠億兆，天臨日煦。

猗與至德，光被黔首。鑄鎔蒼昊，甄陶區有。虔恭三獻，對揚萬壽。比屋可封，含生無咎。匪徒七百，天長地久。

有命自天，於皇后帝。悠悠四海，莫不來祭。繁祉具膺，八神聳衛。福至有兆，慶來無際。播此餘休，于彼荒裔。

祀典昭潔，我禮莫違。八簋充室，六龍解騑。神宮肅肅，靈寢微微。嘉薦旣饗，景福攸歸。至德光被，洪祚載輝。

【校記】

[一]我我，陳本作羲羲。

梁雅樂歌五首
沈約
【滌雅】
將修盛禮,其儀孔熾。有脀斯牲,國門是置。不黎不逍[一],靡愆靡忌。
　　呈肌獻體,永言昭事。俯休皇德,仰綏靈志。
　　百福具膺,嘉祥允洎。駿奔伊在,慶覃遐嗣。

【牷雅】
反本興敬,復古昭誠。禮容宿設,祀事孔明。華俎待獻,崇碑麗牲。
　　充哉繭握,肅矣簪纓。其脀既啓,我豆既盈。
　　庖丁游刃,葛盧驗聲。多祉攸集,景福來并。

【諴[二]雅】三首
懷忽慌,瞻浩蕩。盡誠潔,致虔想。出杳冥,隆無象。
　　皇情肅,具僚仰。人禮盛,神途敞。
　　僾䀰靈,申敬享。咸蒼極,洞玄象。
　　　　二
地德溥,崑丘峻。揚羽翟,鼓應櫬。出尊祇,展誠信。
　　招海賈,羅嶽鎮。惟福祉,咸[三]昭晉。
　　　　三
我有䀰德,馨非黍稷。牲玉孔備,嘉薦惟旅。金懸宿設,和樂具舉。
　　禮達幽䀰,敬行尊俎。鐘鼓云送,遐福是與。

【校記】
　[一]逍,陳本、《樂府詩集》作瘤。
　[二]諴,陳本作誠。《樂府詩集》作諴。
　[三]"咸"字據陳本補,《樂府詩集》同。

周祀方澤歌四首
庾信
【昭夏】
報功陰澤,展禮玄郊。平琮鎮瑞,方罍升庖。
　　調歌絲一作孫[陳]竹,縮酒江茅。聲舒鐘鼓,器質陶匏。
　　列燿秀華,凝芳都荔。川澤茂祉,丘陵容衛。

雲飾山罍，蘭浮汎齊。日至之禮，歆茲大祭。

【昭夏】

曰若厚載，欽砠方澤。敢以敬恭，陳之玉帛。
德包含養，功藏靈迹。斯箱旣千，子孫則百。

【登歌】

質砠孝敬，求陰順陽。壇有四陛，琮分八方。
牲牷蕩滌，蕭合馨香。和鑾戾止，振露[一]來翔。
威儀簡簡，鐘鼓喤喤。聲和孤竹，韻入空桑。
封中雲氣，坎上神光。下元之主，功深蓋藏。

【皇夏】

司筵撤席，掌禮移次。廻顧封壇，恭臨坎位。
瘞玉埋俎，藏芬斂氣。是白就幽，成此地意。

【校記】

[一]露，陳本、《樂府詩集》作鷺。

周宗廟歌 二首
庾信

【皇夏】

肅肅清廟，巖巖寢門。欹器防滿，金人戒言。
應棟音通[陳]懸鼓，崇牙樹羽。階變升歌，庭紛象舞。
閑安象設，緝熙清奠。春鮪初登，新蓱先薦。
僾然入室，儼乎在位。悽愴履之，非寒之謂。

【昭夏】

永維祖武，僭慶靈長。龍圖革命，鳳曆歸昌。
功移上塎土也[陳]，德耀中陽。清廟肅肅，猛虡煌煌。
曲高大夏，聲和盛唐。牲牷蕩滌，蕭合馨香。
和鑾戾止，振露來翔。永敷萬國，是則四方。

周大洽歌二首
庾信

【昭夏】

律在夾鐘，服居蒼袞。杳杳清思，綿綿長遠。
就祭於合，班神於本。來庭有序，助祭有章。
樂舞六代，實歌二王。和鈴以節，鏺革斯鏘。
齊宮饌玉，鬱罕浮金。洞庭鐘鼓，龍門瑟琴。
其樂已變，惟神是臨。

【登歌】

神惟顯思，不言而令。玉帛之禮，敢陳莊敬。
奉如弗勝，薦如受命。交於神明，愨於言行。

卷十八

詩

樂府一

漢鼓吹鐃歌曲十八首
【朱鷺】
朱鷺，魚以烏路訾邪。鷺何食？食茄下。
不之食，不以吐，將以問誅一作諫[陳]者。

【思悲翁】
思悲翁，唐思，奪我美人侵以遇。悲翁也，但我思。
蓬首狗，逐狡兎，食交君。梟子五，梟母六，拉沓高飛莫安宿。

【艾如張】
艾而張羅，夷於何，行成之，四時和。
山出黃雀亦有羅，雀以高飛奈雀何？爲此倚欲，誰肯礫室。

【上之回】
上之回，所中益。夏將至，行將北，以承甘泉宮。
寒暑德。游石關，望諸國。
月支臣，匈奴服。令從百官疾驅馳，千秋萬歲樂無極。

【翁離】
擁離趾中可築室，何用茸之蕙用蘭，擁離趾中。

【戰城南】
戰城南，死郭北，野死不葬烏可食。
爲我謂烏，且爲客豪，野死諒不葬，腐肉安能去子逃？
水深激激，蒲葦冥冥。梟騎戰鬭死，駑馬徘徊鳴。
梁築室，何以南，梁何北，禾黍不獲君何食？願爲忠臣安可得？
思子良臣，良臣誠可思，朝行出攻，暮不夜歸。

【巫山高】
巫山高，高以大；淮水深，難以逝。我欲東歸，害梁不爲。
我集無高，曳水何梁，湯湯回回。臨水遠望，泣下沾衣。
遠道之人心思歸，謂之何！

【上陵】
上陵何美美，下津風以寒。問客從何來，言從水中央。
桂樹爲君船，青絲爲君笮，木蘭爲君櫂，黃金錯其間。
滄海之雀赤翅鴻，白雁隨。山林乍開乍合，曾不知日月明。
醴泉之水，光澤何蔚蔚。芝爲車，龍爲馬，覽遨遊，四海外。
甘露初二年，芝生銅池中，仙人下來飲，延壽千萬歲。

【將進酒】
將進酒，乘大白。辨加哉，詩審搏。放故歌，心所作。
同陰氣，詩悉索。使禹良工，觀者苦。

【君馬黃】
君馬黃，臣馬蒼，二馬同逐臣馬良，易之有騩蔡有赭。
美人歸以南，駕車馳馬，美人傷我心。
佳人歸以北，駕車馳馬，佳人安終極。

【芳樹】
芳樹，日月君亂如於風。芳樹不上無心。
溫而鵠，三而爲行，臨蘭池，心中懷我悵。
心不可匡，目不可顧，妬人之子愁殺人。
君有它心，樂不可禁。王將何似，如孫如魚乎？悲矣！

【有所思】

有所思，乃在大海南。何用問遺君？雙珠玳瑁簪，用玉紹繚之。
聞君有他心，拉雜摧燒之。摧燒之，當風揚其灰。
從今已往，勿復相思。相思與君絕！雞鳴狗吠，兄嫂當知之。
妃呼豨！秋風肅肅晨風颸，東方須臾高知之。

【雉子班】

雉子，班如此，之于雉梁，無以吾翁孺。
雉子，知得雉子高蜚止，黃鵠蜚之以千里。
王可思，雄來蜚從雌，視子趨一雉。
雉子車大駕馬滕，被王送行所中。堯羊蜚從王孫行。

【聖人出】

聖人出，陰陽和。美人出，遊九河。佳人來，騑離哉何。
駕六飛龍四時和，君之臣朗護不道，美人哉，宜天子。
免甘星筮樂甫始，美人子，含四海。

【上邪】

上邪！我欲與君相知，長命無絕衰。
山無陵，江水爲竭，冬雷震震，夏雨雪，天地合，乃敢與君絕！

【臨高臺】

臨高臺以軒，下有清水清且寒。江有香草目以蘭，黃鵠高飛離哉翻。
關弓射鵠，令我生[一]壽萬年。收中吾[二]。

【遠如期】

遠如期，益如壽。處天左側，大樂，萬歲與天無極。
雅樂陳，佳哉紛。單于自歸，動如驚心。虞心大佳，萬人還來。
謁者引鄉殿陳，累世未嘗聞之。增壽萬年亦誠哉。

【石留】

石留涼，陽涼石，水流爲沙錫以微。
河爲香，向始襍，將風陽北逝，肯無敢與于揚心邪。
懷蘭志，金安薄，北方開，留離蘭。

【校記】
　　[一]生，陳本、《樂府詩集》作主。
　　[二]吾，陳本作吉。《樂府詩集》作吾。

臨高臺
魏文帝

　　臨臺行高，高以軒。下有水，清且寒；
　　中有黃鵠徃且翻。行爲臣，當盡忠，
　　願令皇帝陛下三千歲，宜居此宮。
　鵠欲南遊，雌不能隨，我欲躬銜汝，口噤不能開。
　　欲負之，毛衣摧頹，五里一顧，六里徘徊。

釣竿
魏文帝

　　東越河濟水，遙望大海涯。
　　釣竿何珊珊，魚尾何簁簁。
　　行路之好者，芳餌欲何爲。

魏鼓吹曲五首
繆襲

【楚之平】

　楚之平，義兵征。神武奮，金鼓鳴。邁武德，揚洪名。
　漢室微，社稷傾。皇道失，桓與靈。閹宦熾，群雄爭。
　邊韓起，亂金城。中國擾，無紀經。赫武皇，起旗旌。
　麾天下，天下平。濟九州，九州寧。創武功，武功成。
越五帝，邈三王[一]。興禮樂，定紀綱。普日月，齊輝光。

【戰滎陽】

　　戰滎陽，汴水陂。戎士憤怒，貫甲馳。
　陳未成，退徐榮。二萬騎，塹壘平。戎馬傷，六軍驚。
　　勢不集，衆幾傾。白日沒，時晦冥，顧中牟，心屏營。
　　　同盟疑，計無成。賴我武皇，萬國寧。

【獲呂布】

獲呂布，戮陳宮。芟夷鯨鯢，驅騁羣雄。囊括天下運掌中。

【平關中】

平關中，路向潼。濟濁水，立高埔。鬭韓馬，離群凶。
選驍騎，縱兩翼，虜崩潰，級萬億。

【邕熙】

邕熙，君臣念德，天下治。登帝道，獲瑞寶，頌聲並作，洋洋浩浩。
吉日臨高堂，置酒列名倡。歌聲一何紆餘，雜笙簧。
八音諧，有紀綱。子孫永建萬國，壽考樂無央。

【校記】

［一］"越五帝，邈三王"，陳本無。

吳鼓吹曲 二首
韋昭
【炎精缺】

炎精缺，漢道微。皇綱弛，政德違。衆奸熾，民罔依。赫赫烈，越龍飛。
陟天衢，耀靈威。鳴雷鼓，抗電麾。撫乾衡；鎮地機。厲虎旅，騁熊羆。
發神聰，吐英奇。張角破，邊韓羈。宛潁平，南土綏。神武章，渥澤施。
金聲震，仁風馳。顯高門，啓皇基。統罔極，垂將來。

【克皖城】

克滅皖城，遏寇賊。惡此凶孼，阻姦慝。王師赫征，衆傾覆。
除穢去暴，戢兵革。民得就農，邊境息。誅君弔臣，昭至德。

晉鼓吹曲 三首
傅玄
【金靈運】

金靈運，天符發。聖征見，參日月。惟我皇，體神聖。受魏禪，應天命。
皇之興，靈有徵。登大麓，禦萬乘。皇之輔，若闞虎。爪牙奮，莫之禦。
皇之佐，贊清化。百事理，萬邦賀。神祇應，嘉瑞章。恭享禮，薦先皇。
樂時奏，磬管鏘。鼓淵淵，鐘喤喤。奠樽俎，實玉觴。神歆饗，咸悅康。

宴孫子，祐無疆。大孝烝烝，德教被萬方。

【玄雲】

玄雲起丘山，祥氣萬里會。龍飛何蜿蜿，鳳翔何翩翩。
昔在唐虞朝，時見青雲際。今親遊萬國，流光溢天外。
鶴鳴在後園，清音隨風邁。成湯隆顯命，伊摯來如飛。
周文獵渭濱，遂載呂望歸。符合如影響，先天天弗違。
輟耕綜時綱，解褐衿天維。元功配二王，芬馨世所稀。
我皇敘群才，洪烈何巍巍。桓桓征四表，濟濟理萬幾。
神化感無方，髦才盈帝畿。丕顯惟昧旦，日新孔所咨。
　　茂哉明聖德，日月同光輝。

【釣竿】

釣竿何冉冉，甘餌芳且鮮。臨川運思心，微綸沉九淵。
太公寶此術，乃在靈秘篇。機變隨物移，精妙貫未然。
游魚驚著鉤，潛龍飛戾天。戾天安所至，撫翼翔太清。
太清一何曠，兩儀出渾成。玉衡正三辰，造化賦群形。
退願輔聖君，與神合其靈。我君弘遠略，天人不足并。
天人初并時，昧昧何芒芒。日月有徵兆，文象興三皇。
蚩尤亂生民，黃帝用兵征萬方。逮夏禹，不及虞與唐。
我皇受魏禪，及祚享天祥。率土蒙祐，靡不肅，庶事康。
　　庶事康，穆穆明明，荷百祿，保無極，永泰平。

宋鼓吹曲 六首
何承天
【朱路篇】

朱路揚和鸞，翠蓋耀金華。玄牡飾樊纓，流旍拂飛霞。
雄戟闞曠塗，班劍翼高車。三軍且莫喧，聽我奏鐃歌。
清鞞驚短簫，朗鼓節鳴笳。人心惟愷豫，茲音亮且和。
輕風起紅塵，渟瀾發微波。逸韻騰天路，頹響結城阿。
仁聲被八表，威靈振九遐。嗟嗟介胄士，勗哉念皇家。

【思悲公篇】

思悲公，懷袞衣，東國何悲公西歸。公西歸，流二叔，幼主既悟偃禾復。

傴禾復，聖志申。營都新邑從斯民。從斯民，德惟明，制禮作樂興頌聲。
興頌聲，致嘉祥，鳴鳳爰集萬國康。萬國康，猶弗已，握髮吐餐下群士。
惟我君，繼伊周，親覯盛世復何求。

【將進酒篇】

將進酒，慶三朝。備繁禮，薦嘉肴。榮枯換，霜霧交。緩春帶，命朋僚。
車等旗，馬齊鑣。懷溫克，樂林濠。士失志，慍情勞。思旨酒，寄遊遨。
敗德人，甘醇醪。耽長夜，或滔妖。興屢舞，屬哇謠。形佁佁，聲號呶。
首既濡，赤亦荒。性命夭，國家亡。嗟後生，節酬觴。匪酒辜，孰為殃。

【上邪篇】

上邪下難正，衆枉不可矯。音和響必清，端影緣直表。
大化揚仁風，齊人猶傴草。聖王既已沒，誰能弘至道。
開春湛柔露，代終肅嚴霜。承平貴孔孟，政獎侯申商。
孝公明賞罰，六世猶克昌。李斯肆濫刑，秦民所以亡。
漢宣隆中興，魏祖寧三方。譬彼針與石，效疾而稱良。
行葦非不厚，悠悠何詎央。琴瑟時未調，改弦當更張。
矧乃治天下，此要安可忘。

【臨高臺篇】

臨高臺，望天衢。飄然輕舉，陵太虛。
攜列子，超帝鄉。雲衣雨帶，乘風翔。
肅龍駕，會瑤臺。清暉浮景，溢蓬萊。
濟西海，濯沕盤。佇立雲岳，結幽蘭。
馳迅風，遊炎州。願言桑梓，思舊遊。
傾霄蓋，靡電旌。降彼天塗，積窈冥。
辭仙族，歸人群。懷忠抱義，奉明君。
任窮達，隨所遭。何為遠想，令心勞。

【石流篇】

石上流水，湍湍其波。發源幽岫，永歸長河。
瞻彼逝者，歲月其偕。子在川上，惟以增懷。
嗟我殷憂，載勞寤寐。遘此百罹，有志不遂。
行年倏忽，長勤是嬰。永言沒世，悼茲無成。

幸遇開泰，沐浴嘉運。緩帶安寢，亦又何慍。
古之爲仁，自求諸己。虛情遙慕，終於徒已。

梁鼓吹曲五首
沈約
【木紀謝】
木紀謝，火運昌。炳南陸，耀炎光。民去癸，鼎歸梁。
　　　鮫魚出，慶雲翔。德無外，化溥將。
仁蕩蕩，義湯湯。浸金石，達昊蒼。橫四海，被八荒。
舞干戚，垂衣裳。對天眷，坐巖廊。胤有錫，祚無疆。
風教遠，禮容盛。感人神，宣舞詠。降繁祉，延嘉慶。

【峴首山】
賢首山，險而峻。乘峴憑，臨胡陣。騁奇謀，奮卒徒。
斷白馬，塞飛狐。殪日逐，殲骨都。刃谷蠡，馘林胡。
草既潤，原亦塗。輪無反，幕有烏。掃殘孽，震戎逋。
　　　揚凱奏，展歡酺。詠杕杜，旋京吳。

【桐柏山】
　　桐柏山，淮之首。肇基帝迹，遂光區有。
大震邊關，殪獫醜。農既勸，民惟阜。穗充庭，稼盈畝。
迨嘉辰，薦芳糗。納寒塲，爲春酒。昭景福，介眉壽。
　　　天斯長，地斯久。化無極，功無朽。

【漢東流】
　　漢東流，江之汭。逆徒蜂聚，旌旗紛蔽。
仰震威靈，乘高騁銳。至仁解網，窮鳥入懷。
　　　　因此龍躍，言登泰階。

【於穆】
於穆君臣，君臣和以肅。闡王道，定天保。
樂均靈囿，宴同在鎬。前庭懸鼓鐘，左右列笙鏞。
纓佩俯仰，有則備禮容。翔振鷺，騁群龍。
　　　隆周何足擬，遠與唐比蹤。

卷十九

詩

樂府二

蜨蝶行
古辭

蜨蝶之遨遊東園，奈何卒逢三月養子燕，接我苜蓿間。
持之我入紫深宮中，行纏之傅檽櫨間。
雀來燕，燕子見嗍哺來，搖頭鼓翼，何軒奴軒。

前緩聲歌
古辭

水中之馬，必有陸地之船。但有意氣，不能自前。
心非木石，荊根株數得覆蓋天。當復思東流之水，必有西上之魚。
不在大小，但有朝於復來。長笛續短笛，欲今皇帝陛下三千萬。

東光
古辭

東光平，蒼梧何不平。
蒼梧多腐粟，無益諸軍糧。諸軍遊蕩子，早行多悲傷。

城上烏
古辭

城上烏，尾畢逋。公爲吏，子爲徒。一徒死，百乘車。
車班班，入河間，河間姹女工數錢。

以錢[一]爲室金爲堂,石上慊慊舂黃粱。梁下有懸豉,我欲擊之丞卿怒。

【校記】

[一]"以錢"二字據陳本補,《後漢書》同。

雞鳴
古辭

雞鳴高樹巔,狗吠深宮中。蕩子何所之?天下方太平。
刑法非有貸,柔協正亂名。黃金爲君門,璧玉爲軒堂。
上有雙樽酒,作使邯鄲倡。劉王碧青甓,後出郭門王。
舍後有方池,池中雙鴛鴦。鴛鴦七十二,羅列自成行。
鳴聲何啾啾,聞我殿東廂。兄弟四五人,皆爲侍中郎。
五日一時來,觀者滿路旁。黃金絡馬頭,熲熲何煌煌!
桃生露井上,李樹生桃旁。蟲來齧桃根,李桃[一]代桃殭。
樹木身相代,兄弟還相忘。

【校記】

[一]桃,陳本、《宋書》作樹。

烏生
古辭

烏生八九子,端坐秦氏桂樹間。
唶我!秦氏家有遊遨蕩子,工用睢陽彊蘇合彈。
左手持彊彈兩丸,出入烏東西。
唶我!一丸卽發中烏身,烏死魂魄飛揚上天。
阿母生烏子時,乃在南山嵒石間。
唶我!人民安知烏子處?蹊徑窈窕安從通?
白鹿乃在上林西苑中,射工尚復得白鹿脯。
唶我!黃鵠摩天極高飛,後宮尚復得烹之。
鯉魚乃在洛水深淵中,鈎鈎尚得鯉魚口。
唶我!人民生各各有壽命,死生何須復道前後?

王子喬
古辭

王子喬，參駕白鹿雲中遨，參駕白鹿雲中遨，下遊來。
王子喬，參駕白鹿上至雲，戲遊遨。上建逋陰，廣里踐近高。
結仙宮，過謁三台，東遊四海五嶽，上過蓬萊紫雲臺。
三王五帝不足令，令我聖朝應太平。
養民若子事父硎，當究天祿永康寧。
玉女羅坐吹笛簫，嗟行聖人遊八極。
鳴吐銜福翔殿側，聖主享萬年，悲吟皇帝延壽命。

董逃行
古辭

吾欲上謁從高山，山頭危險道路難。
遙望五嶽端，黃金爲闕，班璘。但見芝草，葉落紛紛。一解
百鳥集來如烟，山獸紛綸，麟辟邪。
其端鶌鶏聲鳴，但見山獸援戲相拘攀。二解
小復前行玉堂，未心懷流還，傳教出門來。
門外人何求？所言欲從聖道，求一得命延。三解
教敕凡吏受言，採取神藥若木端。
白兔長跪搗藥蝦蟆丸，奉上陛下一玉柈，服此藥可得神仙。四解
服爾神藥，莫不歡喜，陛下長生老壽，四面肅肅稽首。
天神擁護左右，陛下長與天相保守。五解

西門行
古辭

出西門，步念之。今日不作樂，當待何時？一解
夫爲樂，爲樂當及時。何能坐愁怫鬱，當復待來茲？二解
飲醇酒，炙肥牛，請呼心所歡，可用解愁憂。三解
人生不滿百，常懷千歲憂。晝短苦夜長，何不秉燭遊。四解
自非仙人王子喬，計會壽命難與期。自非仙人王子喬，計會壽命難與期。五解
人壽非金石，年命安可期？貪財愛惜費，但爲後世嗤。六解

東門行
古辭

出東門，不顧歸。來入門，悵欲悲。盎中無斗儲，還視桁上無懸衣。一解
　拔劍出門去，兒女牽衣啼：他家但願富貴，賤妾與君共餔糜。二解
上用倉浪天故，下爲黃口小兒。今時清廉難犯，教言君復自愛莫爲非。三解
　今時清廉，難犯教言，君復自愛莫爲非。
　　行！吾去爲遲，平慎行，望君歸。四解

滿歌行
古辭

　爲樂未幾時，遭時嶮巇。逢此百罹，伶丁荼毒。
　愁苦難爲，遙望極辰。天曉月移，憂來塡心，誰當我知。一解
　戚戚多思慮，耿耿殊不寧，禍福無形。惟念古人，遜位躬耕。
　遂我所願，以茲自寧。自鄙棲棲，守此末榮。二解
　暮秋烈風，昔蹈滄海。心不能安，攬衣瞻夜。
北斗闌干，星漢照我。去自無他，奉事二親，勞心可言。三解
　窮達天爲，智者不愁。多爲少憂，安貧樂道。
　師彼莊周，遺名者貴，子遐同遊。往者二賢，名垂千秋。四解
　飲酒歌舞，樂復何須。照視日月，日月馳驅。
　轔軻人間，何有何無。貪財惜費，此一何愚。
鑿石見火，居代幾時。爲當權[一]樂，心得所喜。安神養性，得保遐期。

【校記】
　[一]權，陳本作懽。《樂府詩集》作歡。

箜篌引
古辭

　公無渡河，公竟渡河！墮河而死，當奈公何！

枯魚過河泣
古辭

　枯魚過河泣，何時悔復及。作書與魴鱮，相教慎出入。

獨漉篇
古辭

獨漉獨漉，水深泥濁。泥濁尚可，水深殺我。
雍雍雙鴈，遊戲田畔。我欲射鴈，念子孤散。
翩翩浮萍，得風遙輕。我心何合，與之同并。
空牀低帷，誰知無人。夜衣錦繡，誰別偽真。
刀鳴削中，倚牀無施。父冤不報，欲活何為。
猛虎班班，遊戲山間。虎欲齧人，不避豪賢。

善哉行
古辭

來日大難，口燥脣乾。今日相樂，皆當喜歡。 一解
經歷名山，芝草翻翻。仙人王喬，奉藥一丸。 二解
自惜袖短，內手知寒。慚無靈輒，以救趙宣。 三解
月沒參橫，北斗闌干。親交在門，飢不及飧。 四解
歡日尚少，戚日苦多。以何忘憂？彈箏酒歌。 五解
淮南八公，要道不煩。參駕六龍，遊戲雲端。 六解

白鳩篇
古辭

翩翩白鳩，載飛載鳴。懷我君德，來集君庭。
白雀呈瑞，素羽㓗鮮，翔庭舞翼，以應仁乾。
交交鳴鳩，或丹或黃。樂我君惠，振羽來翔。
東璧餘光，魚在江湖。惠而不費，敬我微軀。
策我良駟，習我馳[一]馳。與君周旋，樂道亡餘。
我心虛靜，我志霑濡。彈琴皷瑟，聊以自娛。
凌雲登臺，浮遊太清。扳龍附鳳，目望身輕。

【校記】

[一]馳，陳本、《宋書》作驅，是。

怨詩行
古辭

天德悠且長，人命一何促。百年未幾時，奄若風吹燭。

嘉賓難再遇，人命不可續。齊度遊四方，各繫太山錄。
人閒樂未央，忽然歸東嶽。當須盪中情，遊心恣所欲。

艷歌行二首
古辭

翩翩堂前燕，冬藏夏來見。兄弟兩三人，流宕在他縣。
故衣誰當補，新衣誰當綻？賴有賢主人，覽取爲吾組。
夫婿從門來，斜柯西北眄。語卿且勿眄，水清石自見。
　　石見何纍纍，遠行不如歸。

南山石嵬嵬，松柏何離離。上枝拂青雲，中心十數圍。
洛陽發[一]中梁，松樹竊自悲。斧鋸截是松，松樹東西摧。
特作四輪車，載至洛陽宮。觀者莫不嘆，問是何山材。
誰能刻鏤此？公輸與魯班。被之用丹漆，薰用蘇合香。
　　本自南山松，今爲宮殿梁。

【校記】
　　[一]發，陳本作乏。《樂府詩集》作發。

艷歌何嘗行
古辭

飛來雙白鵠，乃從西北來。十十五五，羅列成行。一解
妻卒被病，行不能相隨。五里一反顧，六里一徘徊。二解
吾欲銜汝出，口噤不能開；吾欲負汝去，毛羽何摧頹。三解
樂哉新相知，憂來生別離。躇躊顧羣侶，淚下不自知。四解
念與君離別，氣結不能言。各各重自愛，遠道歸還難。
妾當守空房，閉門下重關。若生當相見，亡者會黃泉。
　　今日樂相樂，萬歲期延年。

白頭吟
古辭

皚如山上雪，皎如雲閒月。聞君有兩意，故來相決絕。一解
平生共城中，何嘗斗酒會。今日斗酒會[一]，朋旦溝水頭。
　　蹀躞御溝上，溝水東西流。二解

郭東亦有樵，郭西亦有樵。兩樵相推與，無親爲誰驕？_{三解}
淒淒重淒淒，嫁娶亦不啼。願得一心人，白頭不相離。_{四解}
　竹竿何嫋嫋，魚尾何離筵。男兒欲相知，何用錢刀爲？
　齦_{如如字或下有五字}馬噉萁，川上高士嬉。今日相對樂，延年萬歲期。

【校記】

　　［一］"今日斗酒會"一句，據陳本補。《宋書》有。

相逢行
古辭

相逢狹路間，道隘不容車。不知何年少？夾轂問君家。
君家誠易知，易知復難忘；黃金爲君門，白玉爲君堂。
堂上置樽酒，作使邯鄲倡。中庭生樹桂，華燈何煌煌。
兄弟兩三人，中子爲侍郎；五日一來歸，道上自生光；
黃金絡馬頭，觀者盈道傍。入門時左顧，但見雙鴛鴦；
鴛鴦七十二，羅列自成行。音聲何噰噰，鶴鳴東西廂。
大婦織綺羅，中婦織流黃；小婦無所爲，挾瑟上高堂：
　　丈人且安坐，調絲方未央。

長安有狹斜行
古辭

長安有狹斜，狹斜不容車。適逢兩少年，挾轂問君家。
　　君家新市旁，易知復難忘。
大子二千石，中子孝廉郎。小子無官職，衣冠仕洛陽。
　　三子俱入室，室中自生光。
大婦織綺紵，中婦織流黃。小婦無所爲，挾琴上高堂。
　　丈人且徐徐，調絃詎未央。

隴西行
古辭

天上何所有，歷歷種白榆。桂樹夾道生，青龍對道隅。
　　鳳凰鳴啾啾，一母將九雛。
顧視世間人，爲樂甚獨殊。好婦出迎客，顏色正敷腴。
　　伸腰再拜跪，問客平安否。

請客北堂上，坐客氈㲣㲣。清白各異樽，酒上正華疏。
　　　酌酒持與客，客言主人持。
却略再拜跪，然後持一盃。談笑未及竟，左顧敕中厨。
　　　促令辦麤飯，愼莫使稽留。
廢禮送客出，盈盈府中趨。送客亦不遠，足不過門樞。
取婦得如此，齊姜亦不如。健婦持門戶，亦勝一丈夫。

飛鵠行
古辭

飛來雙白鵠，乃從西北來。十十將五五，羅列行不齊。
忽然卒疲病，不能飛相隨。五里一返顧，六里一徘徊。
吾欲啣汝去，口噤不能開，吾欲負汝去，毛羽日摧頹。
樂者新相知，憂來生別離。躊躇顧羣侶，泪落縱橫垂。
　　　今日樂相樂，延年萬歲期。

陌上桑
古辭

日出東南隅，照我秦氏樓。秦氏有好女，自名爲羅敷。
羅敷喜蠶桑，採桑城南隅。青絲爲籠繫，桂枝爲籠鈎。
頭上倭墮髻，耳中明月珠。緗綺爲下裙，紫綺爲上襦。
行者見羅敷，下擔捋髭鬚。少年見羅敷，脫帽著帩頭。
耕者忘其犁，鋤者忘其鋤。來歸相怨怒，但坐觀羅敷。一解
使君從南來，五馬立踟躕。使君遣吏往，問是誰家姝？
　　秦氏有好女，自名爲羅敷。羅敷年幾何？
二十尚不足，十五頗有餘。使君謝羅敷：寧可共載不否同？
羅敷前致辭：使君一何愚！使君自有婦，羅敷自有夫！二解
東方千餘騎，夫壻居上頭。何用識夫壻？白馬從驪駒。
青絲繫馬尾，黃金駱馬頭；腰中鹿盧劍，可值千萬餘。
十五府小吏，二十朝大夫，三十侍中郎，四十專城居。
爲人潔白皙，鬑鬑頗有鬚。盈盈公府步，冉冉府中趨。
　　　坐中數千人，皆言夫壻殊。三解

羽林郎
辛延年

昔有霍家奴，姓馮名子都。依倚將軍勢，調笑酒家胡。
胡姬年十五，春日獨當壚。長裾連理帶，廣袖合歡襦。
頭上藍田玉，耳後大秦珠。兩鬟何窈窕，一世良所無。
一鬟五百萬，兩鬟千萬餘。不意金吾子，娉婷過我廬。
銀鞍何煜爚，翠蓋空踟躕。就我求清酒，絲繩提玉壺。
就我求珍肴，金盤膾鯉魚。貽我青銅鏡，結我紅羅裾。
不惜紅羅裂，何論輕賤軀。男兒愛後婦，女子重前夫。
人生有新故，貴賤不相踰。多謝金吾子，私愛徒區區。

江南
古辭

　　江南可採蓮，蓮葉何田田，魚戲蓮葉間。
魚戲蓮葉東，魚戲蓮葉西，魚戲蓮葉南，魚戲蓮葉北。

冉冉孤生竹
古辭

冉冉孤生竹，結根泰山阿。與君為新婚，兔絲附女蘿。
兔絲生有時，夫婦會有宜。千里遠結婚，悠悠隔山陂。
思君令人老，軒車來何遲！傷彼蕙蘭花，含英揚光輝；
過時而不采，將隨秋草萎。君亮執高節，賤妾亦何為？

平陵東
古辭

　　平陵東，松柏桐，不知何人刼義公。
　　刼義公在高堂下，交錢百萬兩走馬。
　　兩走馬，亦誠難，顧見追吏心中惻。
　　心中惻，血出漉，歸告我家賣黃犢。

淮南王篇
古辭

　　淮南王，自言尊，百尺高樓與天連。
　　後園鑿井銀作牀，金瓶素綆汲寒漿。

汲寒漿，飲少年，少年窈窕何能賢，揚聲悲歌音絕天。
我欲渡河河無梁，願化雙黃鵠，還故鄉。
還故鄉，入故里，徘徊故鄉，苦身不已。
繁舞寄聲無不泰，徘徊桑梓遊天外。

長歌行
古辭

仙人騎白鹿，髮短耳何長。導我上太華，攬芝獲赤幢。
來到主人門，奉藥一玉箱。主人服此藥，身體一日康。
疆髮白更黑，延年壽命長。岩岩山上亭，皎皎雲間星。
遠望使心思，遊子戀所生。驅車出北門，遙觀洛陽城。
凱風吹長棘，夭夭枝葉傾。黃鳥飛相追，咬咬芺音聲。
佇立望西河，泣下沾羅纓。

悲歌
古辭

悲歌可以當泣，遠望可以當歸。思念故鄉，欝欝纍纍。
欲歸家無人，欲渡河無船。心思不能言，腸中車輪轉。

折楊柳
古辭

默默施行違，厥罰隨事來。妹喜殺龍逢，桀放於鳴條。一解
祖伊言不用，紂頭懸白旄。指鹿用爲馬，胡亥以喪軀。二解
夫差臨命絕，乃云負子胥。戎王納女樂，以亡其由余。
璧馬禍及虢，二國俱爲墟。三解
三夫成市虎，慈母投杼趍。卞和之刖足，接輿歸草廬。四解

焦仲卿妻
古辭

孔雀東南飛，五里一徘徊。
"十三能織素，十四學裁衣，十五彈箜篌，十六誦詩書。十七爲君婦，心中常苦悲。君旣爲府吏，守節情不移。雞鳴入機織，夜夜不得息。三日斷五疋，大人故嫌遲。非爲織作遲，君家婦難爲！妾不堪驅使，徒留無所施。便可白公姥，及時相遣歸。"

府吏得聞之，堂上啓阿母：「兒已薄祿相，幸復得此婦，結髮同枕席，黃泉共爲友。共事二三年，始爾未爲久。女行無偏斜，何意致不厚？」阿母謂府吏：「何乃太區區。此婦無禮節，舉動自專由。吾意久懷忿，汝豈得自由！東家有賢女，自名秦羅敷，可憐體無比，阿母爲汝求。便可速遣之，遣去愼莫留！」府吏長跪告：「伏惟啓阿母，今若遣此婦，終老不復取！」阿母得聞之，槌牀便大怒：「小子無所畏，何敢助婦語！吾已失恩義，會不相從許！」

府吏默無聲，再拜還入戶。舉言謂新婦，哽咽不能語：「我自不驅卿，逼迫有阿母。卿但暫還家，吾今且報府。不久當歸還，還必相迎取。以此下新意，愼勿違吾語。」新婦謂府吏：「勿復重紛紜。往昔初陽歲，謝家來貴門。奉事循公姥，進心敢自專？晝夜勤作息，伶俜縈苦辛。謂言無罪過，供養卒大恩；仍更被驅遣，何言復來還！妾有繡腰襦，葳蕤自生光；紅羅複斗帳，四角垂香囊；箱簾六七十，綠碧青絲繩，物物各自異，種種在其中。人賤物亦鄙，不足迎後人，留待作遣施，於今無會因。時時爲安慰，久久莫相忘！」

雞鳴外欲曙，新婦起嚴妝。著我繡裌裙，事事四五通。足下躡絲履，頭上玳瑁光。腰若流紈素，耳著明月璫。指如削蔥根，口如含朱丹。纖纖作細步，精妙世無雙。上堂謝阿母，母聽去不止：「昔作兒女時，生小出野里。本自無教訓，兼愧貴家子。受母錢帛多，不堪母驅使。今日還家去，念母勞家裏。」却與小姑別，淚落蓮珠子。「新婦初來時，小姑如我長。勤心養公姥，好自相扶將。初七及下九，嬉戲莫相忘。」出門登車去，涕落百餘行。

府吏馬在前，新婦車在後。隱隱何甸甸，俱會大道口。下馬入車中，低頭共耳語：「誓不相隔卿，且暫還家去；吾今且赴府，不久當還歸。誓天不相負！」新婦謂府吏：「感君區區懷！君旣若見錄，不久望君來。君當作磐石，妾當作蒲葦，蒲葦紉如絲，磐石無轉移。我有親父兄，性行暴如雷，恐不任我意，逆以煎我懷。」舉手長勞勞，二情同依依。

入門上家堂，進退無顏儀。阿母大拊掌：「不圖子自歸！十三教汝織，十四能裁衣，十五彈箜篌，十六知禮儀，十七遣汝嫁，謂言無誓違。汝今無罪過，不迎而自歸？」蘭芝慙阿母：「兒實無罪過。」阿母大悲摧。還家十余日，縣令遣媒來。云有第三郎，窈窕世無雙。年始十八九，便言多令才。阿母謂阿女：「汝可去應之。」阿女銜淚答：「蘭芝初還時，府吏見丁寧，結誓不別離。今日違情義，恐此事非奇。自可斷來信，徐徐更謂之。」阿母白媒人：「貧賤有此女，始適還家門。不堪吏人婦，豈合令郎君？幸可廣問訊，不得便相許。"

媒人去數日，尋遣丞請還，誰有蘭家女，承籍有宦官。云有第五郎，嬌逸未有婚。遣丞爲媒人，主簿通語言。直說太守家，有此令郎君，既欲結大義，故遣來貴門。阿母謝媒人："女子先有誓，老姥豈敢言！"阿兄得聞之，悵然心中煩。舉言謂阿妹："作計何不量！先嫁得府吏，後嫁得郎君，否泰如天地，足以榮汝身。不嫁義即體，其往欲何云？"蘭芝仰頭答："理實如兄言。謝家是夫壻，中道還兄門。處分適兄意，那得自任專！雖與府吏要，渠會永無緣。登即相許和，便可作婚姻。"

媒人下牀去，諾諾復爾爾。還部白府君："下官奉使命，言談大有緣。"府君得聞之，心中大歡喜。視歷復開書，便利此月內，六合正相應。良吉三十日，今已二十七，卿可去成婚。交語速裝束，絡繹如浮雲。青雀白鵠舫，四角龍子幡。婀娜隨風轉，金車玉作輪。躑躅青驄馬，流蘇金鏤鞍。齎錢三百萬，皆用青絲穿。雜綵三百匹，交廣市鮭珍。從人四五百，鬱鬱登郡門。阿母謂阿女："適得府君書，明日來迎汝。何不作衣裳？莫令事不舉！"阿女默無聲，手巾掩口啼，淚落便如瀉。移我琉璃榻，出置前窗下。左手持刀尺，右手執綾羅。朝成繡袷裙，晚成單羅衫。晻晻日欲暝，愁思出門啼。

府吏聞此變，因求假暫歸。未至二三里，摧藏馬悲哀。新婦識馬聲，躡履相逢迎。悵然遙相望，知是故人來。舉手拍馬鞍，嗟嘆使心傷："自君別我後，人事不可量。果不如先願，又非君所詳。我有親父母，逼迫兼弟兄。以我應他人，君還何所望！"府吏謂新婦："賀卿得高遷！磐石方且厚，可以卒千年；蒲葦一時紉，便作旦夕間。卿當日勝貴，吾獨向黃泉！"新婦謂府吏："何意出此言！同是被逼迫，君爾妾亦然。黃泉下相見，勿違今日言！"執手分道去，各各還家門。生人作死別，恨恨那可論？念與世間辭，千萬不復全！

府吏還家去，上堂拜阿母："今日大風寒，寒風摧樹木，嚴霜結庭蘭。兒今日冥冥，令母在後單。故作不良計，勿復怨鬼神！命如南山石，四體康且直！"阿母得聞之，零淚應聲落："汝是大家子，仕宦於臺閣。慎勿爲婦死，貴賤情何薄！東家有賢女，窈窕豔城郭，阿母爲汝求，便復在旦夕。"府吏再拜還，長嘆空房中。作計乃爾立，轉頭向戶裏，漸見愁煎迫。其日牛馬嘶，新婦入青廬。菴菴黃昏後，寂寂人初定。"我命絕今日，魂去尸長留！"攬裙脫絲履，舉身赴清池。府吏聞此事，心知長別離。徘徊庭樹下，自掛東南枝。

兩家求合葬，合葬華山傍。東西植松柏，左右種梧桐。枝枝相復蓋，葉葉相交通。中有雙飛鳥，自名爲鴛鴦。仰頭相向鳴，夜夜達五更。行人駐足聽，寡婦赴彷徨。多謝後世人，戒之愼勿忘！

驅車上東門行
古辭

驅車上東門，遙望郭北墓。白楊何蕭蕭，松栢夾廣路。
下有凍死人，杳杳卽長暮。潛寐黃泉下，千載永不寤。
浩浩陰陽移，年命如朝露。人生忽如寄，壽無金石固。
萬歲更相送，賢聖莫能度。
服食求神仙，多爲藥所誤。不如飲美酒，被服紈與素。

步出夏門行
古辭

邪徑過空廬，好人常獨居。卒得神仙道，上與天相扶。
過謁王父母，乃在太山隅。離天四五里，道逢赤松俱。
攬轡爲我御，將吾上天遊。
天上何所有？歷歷種白榆。桂樹夾道生，青龍對伏趺。

婦病行
古辭

婦病連年累歲，傳呼丈人前一言。
當言未及得言，不知淚下一何翩翩。
"屬累君兩三孤子，莫我兒饑且寒，
有過愼莫笪笞，行當折搖，思復念之！"
亂曰：抱時無衣，襦復無裏。閉門塞牖，舍孤兒到市。
道逢親交，泣坐不能起。從乞求與孤買餌。
對交啼泣，淚不可止。我欲不傷悲，不能已。
探懷中錢持授，交入門，見孤兒啼索其母抱。
徘徊空舍中，行復爾耳，弃置勿復道！

孤兒行
古辭

孤兒生，孤子遇生，命獨當苦。
父母在時，乘堅車，駕駟馬。父母已去，兄嫂令我行賈。

南到九江，東到齊與魯。臘月來歸，不敢自言苦。
頭多蟣虱，面目多塵。大兄言辦飯，大嫂言視馬。
上高堂，行取殿下堂。孤兒淚下如雨。
使我朝行汲，暮得水來歸。手爲錯，足下無菲。
愴愴履霜，中多蒺藜。拔斷蒺藜腸心中，愴欲悲。
淚下渫渫，清涕纍纍。冬無複襦，夏無單衣。
居生不樂，不如早去，下從地下黃泉。
春氣動，草萌芽。三月蠶桑，六月收瓜。
將是瓜車，來到還家。瓜車反覆，助我者少，啗瓜者多。
願還我蒂，兄與嫂嚴。獨且急歸，當興校計。
亂曰：里中一何譊譊，願欲寄尺書。
將與地下父母，兄嫂難與久居。

木蘭辭二首
古辭

唧唧復唧唧，木蘭當戶織。不聞機杼聲，唯聞女歎息。問女何所思，問女何所憶，女亦無所思，女亦無所憶。昨夜見軍帖，可汗大點兵。軍書十二卷，卷卷有爺名。阿爺無大兒，木蘭無長兄。願爲市鞍馬，從此替爺征。東市買駿馬，西市買鞍韉，南市買轡頭，北市買長鞭。旦辭爺娘去，暮宿黃河邊。不聞爺娘喚女聲，但聞黃河流水鳴濺濺。旦辭黃河去，暮至黑山頭。不聞爺娘喚女聲，但聞燕山胡騎鳴啾啾。萬里赴戎機，關山度若飛。朔氣傳金柝，寒光照鐵衣，將軍百戰死，壯士十年歸。

歸來見天子，天子坐明堂。策勳十二轉，賞賜百千彊。可汗問所欲，"木蘭不用尚書郎，願馳千里足，送兒還故鄉"。爺娘聞女來，出郭相扶將。阿姊聞妹來[一]，當戶理紅妝。小弟聞姊來，磨刀霍霍向豬羊。開我東閣門，坐我西間牀。脫我戰時袍，著我舊時裳。當窗理雲鬢，挂鏡帖花黃。出門看火伴，火伴皆驚忙。"同行十二年，不知木蘭是女郎"。雄兔腳撲朔，雌兔眼迷離。雙兔傍地走，安能辯我是雄雌。

木蘭抱杼嗟，借問復爲誰。欲聞所慽慽，感激彊其顏。老父隸兵籍，氣力日衰耗，豈足萬里行。有子復尚少。胡沙沒馬足，朔風裂人膚。老人舊羸病，何以強自扶。木蘭代父去，秣馬備戎行。易却紈綺裳，洗却鉛粉妝。馳馬赴軍幕，慷慨携干將。朝屯雪山下，暮宿青海傍。夜襲月支虜。更携于闐羌。將軍得勝歸，士卒還故鄉。父母見木蘭，喜極成悲傷。木蘭能承父母顏，却御巾幗理絲簧。昔爲烈士雄，今復嬌子容。親戚持酒賀，父母始知生女與男同。門前舊軍都，十年共崎嶇，本結兄弟交，死戰誓不渝。今也見木蘭，言聲雖是顏貌殊。驚愕不敢前，歎重徒嘻吁。世有臣子心，能如木蘭郎[二]。忠孝兩不渝，千古之名焉可滅！

【校記】

[一]陳本本句作"阿妹聞姊來"。《樂府詩集》從劉本。

[二]郎，陳本、《樂府詩集》作節。

雁門太守行
古辭

孝和帝在時，洛陽令王君，本自益州廣漢蜀民。

少行官，學通五經論。朗知法令，歷世衣冠。

從溫補洛陽令，治行致賢。擁護百姓，子養萬民。

外行猛政，內懷慈仁。文武備具，料民富貧。移惡子姓，篇著裡端。

傷殺人，比伍同罪對門。禁鋻矛八尺，布輕薄少年。

加笞決罪，詣馬市論。

無妄發賦，念在理冤。敕吏正獄，不得苛煩。財用錢三十，買繩禮竿。

賢哉賢哉，我縣王君。臣吏衣冠，奉使皇帝。功曹主簿，皆得其人。

臨部居職，不敢行恩，青身苦體，夙夜勞勤。治有能名，遠近所聞。

天年不遂，早就奄昏。爲君作祠，安陽亭西，欲令後世莫不稱傳。

巾舞歌
古辭

吾不見公莫，時吾何嬰，公來嬰姥時吾哺聲何爲茂。

時爲來嬰，當恩吾朗月之士，轉起吾何嬰，土來嬰轉。

去吾哺聲何爲，土轉南來嬰當去吾。

城上羊，下食草吾何嬰。下來吾食草吾哺聲。

汝何三年針縮何來嬰，吾亦老。

吾平平門淫涕下，吾何嬰，何來嬰，涕下吾哺聲。

昔結吾馬，客來嬰吾當行吾。

度四州，洛四海。吾何嬰，海何來嬰，四海吾哺聲。

燋西馬頭香，來嬰吾，洛道五治，五丈度汲水，吾噫邪哺。

誰當求兒，母何意零邪。錢健步哺。誰當吾求兒。

母：何吾。哺聲三針一發交時還弩心。

意何零，意弩心遙來嬰。

弩心哺聲復相頭巾，意何零，何邪。

相哺頭巾相，吾來嬰頭巾。

母：何何吾，復來推排，意何零。

相哺推相來嬰，推非。母：何吾。復車輪，意何零。

子：以邪！相哺轉輪，吾來嬰轉，母：何吾。使君去時，意何零。

子：以邪！使君去時，使來嬰去時，母：何吾。思君去時，意何零。

子：以邪！思君去時，思來嬰吾去時，母：何何吾吾。

西洲曲
古辭

憶梅下西洲，折梅寄江北。单衫杏子紅，雙鬢鴉雛色。
西洲在何處？兩槳橋頭渡。日暮伯勞飛，風吹烏舊[一]樹。
樹下即門前，門中露翠鈿。開門郎不至，出門採紅蓮。
採蓮南唐秋，蓮花過人頭。低頭弄蓮子，蓮子清如水。
置蓮懷袖中，蓮心徹底紅。憶郎郎不至，仰首望飛鴻。
鴻飛滿西洲，望郎上青樓。樓高望不見，盡日欄干頭。
欄干十二曲，垂手明如玉。卷簾天自高，海水搖空綠。
海水夢悠悠，君愁我亦愁。南風知我意，吹夢到西洲。

【校記】

[一]舊，陳本、《樂府詩集》作柏。

長干曲
古辭

逆浪故相邀，菱舟不怕遙。
妾家楊子住，便弄廣陵潮。

卷二十

詩

樂府三

同聲歌
張衡

邂逅承際會，得充君後房。情好新交接，恐慄若探湯。
不才勉自竭，賤妾職所當。綢繆主中饋，奉禮助烝嘗。
思惟苑蒻席，在下蔽匡牀。願得羅衾幬，在上衛風霜。
灑掃清枕席，鞮芬以狄香。重戶納金扃，高下華燈光。
衣解巾粉御，列圖陳枕張。素女爲我師，儀容盈萬方。
衆夫希所見，天老教軒皇。樂莫斯夜樂，沒齒焉可忘。

董嬌饒
宋子侯

洛陽城東路，桃李生路傍。花花自相對，葉葉自相當。
春風東北起，花葉正低昂。不知誰家子，提籠行採桑。
纖手折其枝，花落何飄颺。請謝彼姝子，何爲見損傷？
高秋八九月，白露變爲霜。終年會飄墮，安得久馨香？
秋時自零落，春月自芬芳。何時盛年去，懽愛永相忘？
吾欲竟此曲，此曲愁人腸。歸來酌美酒，挾瑟上高堂。

梁甫吟
諸葛亮

步出齊城門，遙望蕩陰里。里中有三墓，累累正相似。

問是誰家墓？田疆古冶子。力能排南山，文能絕地紀。
一朝被讒言，二桃殺三士。誰能爲此謀，國相齊晏子。

碣石篇四首
魏武帝

東臨碣石，以觀滄海。水何澹澹，山島竦峙。
樹木叢生，百草豐茂。秋風蕭瑟，洪波湧起。
日月之行，若出其中。星漢燦爛，若出其裏。
　　幸甚至哉，歌以詠志。
　　　　右觀滄海

孟冬十月，北風徘徊，天氣肅清，繁霜霏霏。
鵾雞晨鳴，鴻雁南飛，鷙鳥潛藏，熊羆窟棲。
錢鎛停置，農收積場。逆旅整設，以通商賈。
　　幸甚至哉！歌以詠志。
　　　　右冬十月

鄉土不同，河朔隆寒。流澌浮漂，舟船行難。
錐不入地，豐籟深奧。水竭不流，冰堅可蹈。
士隱者貧，勇俠輕非。心常歎怨，戚戚多悲。
　　幸甚至哉！歌以詠志。
　　　　右土不同

神龜雖壽，猶有竟時；騰蛇乘霧，終爲土灰。
老驥伏櫪，志在千里；烈士暮年，壯心不已。
盈縮之期，不但在天；養怡之福，可得永年。
　　幸甚至哉，歌以詠志。
　　　　右龜雖壽

度關山
魏武帝

天地間，人爲貴。立君牧民，爲之軌則。
車轍馬迹，經緯四極。黜陟幽明，黎庶繁息。
於鑠賢聖，摠統邦域。封建五爵，井田刑獄，有燔丹書，無普赦贖。皋陶甫侯，何有失職。
嗟哉後世，改制易律。勞民爲君，役賦其力。
舜漆食器，畔者十國，不及唐堯，采椽不斷。
世嘆伯夷，欲以厲俗。侈惡之大，儉爲共德。
許由推讓，豈有訟曲。兼愛尚同，疏者爲戚。

陌上桑
魏武帝

駕虹霓，乘赤雲，登彼九疑歷玉門。
濟天漢，至崑崙，見西王母謁東君。
交赤松，及羨門，受要祕道愛精神。
食芝英，飲醴泉，柱杖桂枝佩秋蘭。
絕人事，遊渾元，若疾風遊欻飄飆。
景未移，行數數千，壽如南山不忘愆。

短歌行
魏武帝

周西伯昌，懷此聖德。三分天下，而有其二。
修奉貢獻，臣節不墜。崇侯讒之，是以拘繫。一解
後見赦原，賜之斧鉞，得使征伐。
爲仲尼所稱，逮及德行。猶奉事殷，論敘其美。二解
齊桓之功，爲霸之首。九合諸侯，一匡天下。
一匡天下，不以兵車。正而不譎，其德傳稱。三解
孔子所歎，並稱夷吾，民受其恩。
賜與廟胙，命無下拜。小白不敢爾，天威在顏咫尺。四解
晉文亦霸，躬奉天王，受賜珪瓚。
和鬯彤弓，盧弓矢千，虎賁三百人。五解
威服諸侯，師之者尊。八方聞之，名亞齊桓。
河陽之會，詐稱周王，是其名紛葩[一]。六解

【校記】
　　[一]葩，陳本無。《樂府詩集》有。

秋胡行
魏武帝

願登泰華山，神人共遠遊。願登泰華山，神人共遠遊.
經歷崑崙山，到蓬萊。飄遙八極，與神人俱。
思得神藥，萬歲爲期，歌以言志。願登泰華山。一解
天地何長久！人道居之短。天地何長久！人道居之短。
世言伯陽，殊不知老；赤松王喬，亦云得道。
得之未聞，庶以壽考，歌以言志。天地何長久！二解
明明日月光，何所不光昭！明明日月光，何所不光昭！
二儀合聖化，貴者獨人不？萬或率土，莫非王臣。
仁義爲名，禮樂爲榮，歌以言志。明明日月光。三解
四時更逝去，晝夜以成歲。四時更逝去，晝夜以成歲。
大人先天，而天弗違。不戚年往，憂世不治。
存亡有命，慮之爲蚩，歌以言志。四時更逝去。四解
戚戚欲何念！歡笑意所之。
壯盛智惠，殊不再來。愛時進趣，將以惠誰？
汎汎放逸，亦同何爲！歌以言志。戚戚欲何念！五解

善哉行
魏武帝

古公亶甫，積德垂仁。思弘一道，哲王於豳。一解
太伯仲雍，王德之仁。行施百世，斷髮文身。二解
伯夷叔齊，古之遺賢。讓國不用，餓殂首山。三解
智哉山甫，相彼宣王。何用杜伯，累我聖賢。四解
齊桓之霸，賴得仲父。後任豎刁，蟲流出戶。五解
晏子平仲，積德兼仁。與世沈德，未必思命。六解
仲尼之世，王國爲君。隨制飲酒，揚波使官。七解

對酒
魏武帝

對酒歌，太平時，吏不呼門。王者賢且朙，宰相股肱皆忠良。
咸禮讓，民無所爭訟。三年耕有九年儲，倉穀滿盈。
斑白不負載，雨澤如此。百穀用成，却走馬，以糞其上田。
爵公侯伯子男，咸愛其民，以黜陟幽朙。子養有若父與兄。

犯禮法，輕重隨其刑。路無拾遺之私，囹圄空虛，冬節不斷人。
耄耋皆得以壽終，恩德廣及草木昆蟲。

唐上行
魏武帝[一]

蒲生我池中，其葉何離離。旁能行仁義，莫若妾自知。
衆口鑠黃金，使君生別離。念君去我時，獨愁常苦悲。
想見君顏色，感結傷心脾。念君常苦悲，夜夜不能寐。
莫以豪賢故，棄捐素所愛。莫以魚肉賤，棄捐葱與韭[二]。
莫以麻枲賤，棄捐菅與蒯。出亦復苦愁，入亦復苦愁。
邊地多悲風，樹木何脩脩[三]。從君致獨樂，延年壽千秋。

【校記】
[一]陳本題爲魏甄后作。《樂府詩集》題爲魏武帝作。
[二]韭，陳本、《樂府詩集》作薤。
[三]脩脩，陳本作翛翛。《樂府詩集》作蕭蕭。

却東西門行
魏武帝

鴻鴈出塞北，乃在無人鄉。舉翅萬里餘，行止自成行。
冬節食南稻，春日復北翔。田中有轉蓬，隨風遠飄揚。
長與故根絕，萬歲不相當。奈何此征夫，安得去四方。
戎馬不解鞍，鎧甲不離傍。冉冉老將至，何時返故鄉。
神龍藏深泉，猛獸步高崗。狐死歸首丘，故鄉安可忘。

精列
魏武帝

厥初生，造化之陶物，莫不有終期。
莫不有終期，聖賢不能免，何爲懷此憂？
願螭龍之駕，思想崑崙居。
思想崑崙居，見期於迂怪，志意在蓬萊。
志意在蓬萊，周孔聖徂落，會稽以墳丘。
會稽以墳丘，陶陶誰家度？君子以弗憂。
年之暮奈何，時過時來微。

善哉行
魏文帝

有美一人，婉如清揚。妍姿巧笑，和媚心腸。
知音識曲，善爲樂方。哀弦微妙，清氣含芳。
流鄭激楚，度宮中商。感心動耳，綺麗難忘。
離鳥夕宿，在彼中洲。延頸鼓翼，悲鳴相求。
眷然顧之，使我心愁。嗟爾昔人，何以忘憂。

燕歌行
魏文帝

別日何易會日難，山川悠遠路漫漫。
鬱陶思君未敢言，寄書浮雲徃不還。
涕零雨面毀容顏，誰能懷憂獨不嘆。
展詩清歌聊自寬，樂徃哀來摧肺肝。
耿耿伏枕不能眠，披衣出戶步東西，悲風清厲秋氣寒。
羅帷徐動經秦軒，[一]仰看星月觀雲間。
飛鶬[二]晨鳴聲可憐，留連顧懷不能存。

【校記】
[一]"悲風清厲秋氣寒""羅帷徐動經秦軒"兩句，據陳本補，《樂府詩集》有。
[二]鶬，陳本、《樂府詩集》作鳥。

上留田行
魏文帝

居世一何不同，上留田。富人食稻與粟，上留田。
貧子食糟與糠，上留田。貧賤一何傷，上留田。
祿命懸在蒼天，上留田。今爾嘆息，將欲誰怨，上留田。

月重輪行
魏文帝

三辰垂光，照臨四海，煥哉何煌煌，悠悠與天地久長。
愚見目前，聖覩萬年。昒闇相絕，何可勝言。

陌上桑
魏文帝

棄故鄉，離室宅，遠從軍旅萬里客。
披荊棘，求阡陌，側足獨竄步，路局苲。
虎豹嗥動，雞驚，禽失羣，鳴相索。
登南山，奈何蹈盤石，樹木叢生鬱羌錯。
寢蒿草，蔭松柏，涕泣雨面露枕席。
伴旅單，稍稍日零落。惆悵竊自憐，相痛惜。

短歌行
魏文帝

仰瞻帷幕，俯察几筵。其物如故，其人不存。一解
神靈倏忽，棄我遐遷。靡瞻靡恃，泣涕連連。二解
呦呦遊鹿，銜草鳴麑。翩翩飛鳥，挾子巢棲。三解
我獨孤煢，懷此百離。憂心孔疚，莫我能知。四解
人亦有言，憂令人老。嗟我白髮，生一何早。五解
長吟永歎，懷我聖考。曰仁者壽，胡不是保。六解

折楊柳行
魏文帝

西山一何高，高高殊無極。上有兩僊僮，不飲亦不食。
　　與我一丸藥，光耀有五色。一解
服藥四五日，身體生羽翼。輕舉乘浮雲，倏忽行萬億。
　　流覽觀四海，茫茫非所識。二解
彭祖稱七百，悠悠安可原。老聃適西戎，於今竟不還。
　　王喬假虛辭，赤松垂空言。三解
達人識眞僞，愚夫好妄傳。追念往古事，憒憒千萬端。
　　百家多迂怪，聖道我所瞻。四解

豔歌何嘗行
魏文帝

何嘗快，獨無憂，但當飲醇酒，炙肥牛。一解
　　長兄爲二千石，中兄被貂裘。二解
小弟雖無官爵，鞍馬馺馺，往來王侯長者遊。三解

但[一]當在王侯殿上，快獨樗蒲六博，對坐彈棊。四解
男兒居世，各當努力，蹉迫日暮，殊不久當。五解
少小相觸抵，寒苦常相隨。忿恚安足諍，吾中道與卿共別離。
約身奉事若，禮節不可虧。上愍倉浪之天，下顧黃口小兒。
柰何復老心皇皇，獨悲誰能知。

【校記】
[一]但，陳本作佀。左克明《古樂府》作佀。

惶惶京洛行
魏文帝

夭夭園桃，無子空長。虛美難假，偏輪不行。一解
淮陰五刑，鳥得弓藏。保身全名，獨有子房。
大憤不收，褒衣無帶。多言寡誠，祇令事敗。二解
蘇秦之說，六國以亡。傾側賣主，車裂固當。
賢矣陳軫，忠而有謀。楚懷不從，禍卒不救。三解
禍夫吳起，智小謀大，西河何健，伏尸何劣。四解
嗟彼郭生，古之雅人，智矣燕昭，可謂得臣。
峩峩仲連，齊之高士，北辭千金，東蹈滄海。五解

十五
魏文帝

登山而遠望，溪谷多所有。梗柟千餘尺，衆草之盛茂。
華葉耀人目，五色難可紀。雉雊山雞鳴，虎嘯谷風起。
號罷當我道，狂顧動牙齒。

大牆上蒿行
魏文帝

陽春無不長成，草木羣類隨大風起，零落若何翩翩。
中心獨立一何煢。四時舍我驅馳。
今我隱約欲何爲，人生居天壤間，忽如飛鳥栖枯枝。
我今隱約欲何爲，適君身體所服，何不恣君口腹所嘗。
冬被貂鼲溫暖，夏當服綺羅輕涼。行力自苦，我將欲何爲。
不及君少壯之時，乘堅車，策肥馬良。上有滄浪之天，今我難得久來視。

下有蠕蠕之地，今我難得久來履。何不恣意遨遊，從君所喜。
帶我寶劍，今爾何爲自低昂，悲麗平壯觀。
白如積雪，利如秋霜。駮犀摽首，玉琢中央。帝王所服，辟除凶殃。
御左右，柰何致福祥。吳之辟間，越之步光。
楚之龍泉。韓有墨陽。苗山之鋋，羊頭之鋼。
知名前伐，咸自謂麗且美，曾不如君劍良。
綺難忘。冔青雲之崔嵬，纖羅爲纓，飾以翠翰。
既美且輕，表容儀，俯仰垂光榮。
宋之章甫，齊之高冠，亦自謂美，蓋何足觀。
排金鋪，坐玉堂。風塵不起，天氣清涼。
奏桓瑟，舞趙倡。女娥長歌，聲協宮商。感心動耳，荡氣回腸。
酌桂酒，膾鯉魴，與佳人期爲樂康。
前奉玉巵，爲我行觴。今日樂不可忘，樂未央。
爲樂常苦遲，歲月逝，忽若飛。何爲自苦，使我心悲。

秋胡行
魏文帝

堯任舜禹，當復何爲。百獸率舞，鳳皇來儀。
得人則安，失人則危。唯賢知賢，人不易知。
歌以詠言，誠不易移。鳴條之役，萬舉必全。朗德通靈，降福自天。

丹霞蔽日
魏文帝

丹霞蔽日，采虹垂天。谷水潺潺，木落翩翩。
孤禽失羣，悲鳴雲間。月盈則沖，華不再繁。古來有之，嗟我何言。

佳人期
魏文帝

朝與佳人期，日夕殊不來。嘉肴不嘗，旨酒停盃。
寄言飛鳥，告余不能。俯折蘭黃，仰結桂枝。
佳人不在，結之何爲？從爾何所之？乃在大海隅。
靈若道言，貽爾朗珠。企予望之，步立踟躕。
佳人不來，何得斯須。

浮萍篇
魏文帝

汎汎綠池，中有浮萍。寄身流波，隨風靡傾。
芙蓉含芳，菡萏垂榮。朝采其實，夕采其榮。
采之儀誰，所思在庭。雙魚比目，鴛鴦交頸。
有美一人，婉如清揚。知音識曲，善爲藥方。

桂之樹行
曹植

桂之樹，桂之樹，桂生一何麗佳。
揚朱華而翠葉，流芳布天涯。上有棲鸞，下有盤螭。
桂之樹，得道之眞人咸來會講，儇教爾服食日精。
要道甚省不煩，淡泊無爲自然。
乘蹻萬里之外，去留隨意所欲存。
高高上際於衆外，下下乃窮極地天。

怨歌行
曹植

爲君旣不易，爲臣良獨難。忠信事不顯，乃有見疑患。
周公佐成王[一]，金縢功不刊。推心輔王室，二叔反流言。
待罪居東國，泣涕常流連。皇靈大動變，震雷風且寒。
拔樹偃秋稼，天威不可干。素服開金縢，感悟求其端。
公旦事旣顯，成王乃哀歎。吾欲竟此曲，此曲悲且長。
今日樂相樂，別後莫相忘。

【校記】

[一]周公佐成王，陳本同。《文選補遺》、《曹植集校注》作周旦佐文武。

遠遊篇
曹植

遠遊臨四海，俯仰觀洪波。大魚若曲陵，承浪相經過。
靈鼇戴方丈，神嶽儼嵯峨。仙人翔其隅，玉女戲其阿。
瓊蕊可療饑，仰首吸[一]朝霞。崐崙本吾宅，中州非我家。
將歸謁東父，一舉超流沙。鼓翼舞時風，長嘯激淸歌。
金石固易敝，日月同光華。齊年與天地，萬乘安足多。

【校記】
　　[一]吸，陳本、《文選補遺》同。《曹植集校注》作潡。

浮萍篇
曹植

　　浮萍寄清水，隨風東西流。結髮辭嚴親，來爲君子仇。
各[一]勤在朝夕，無端獲罪尤。在昔蒙恩惠，和樂如瑟琴。
何意今摧頹，曠古[二]商與參。茱萸自有芳，不若桂與蘭。
新人雖可愛，不若故所懽。行雲有返期，君恩儻中還。
慊慊仰天嘆，愁心將何訴。日月不恒處，人生忽若寓。
悲風未[三]入帷，淚下如垂露。發篋造新衣，裁縫紈與素。

【校記】
　　[一]各，陳本同。《曹植集校注》作恪。
　　[二]古，陳本、《曹植集校注》作若。
　　[三]未，陳本同。《曹植集校注》作來。

僊人篇
曹植

　　仙人攬六箸，對博太山隅。湘娥拊琴瑟，秦女吹笙竽。
玉樽盈桂酒，河伯見[一]神魚。四海一何局，九州安所如。
韓終與王喬，要我於天衢。萬里不足步，輕舉淩太虛。
飛騰踰景雲，高風吹我軀。廻駕觀紫微，與帝合靈符。
閶闔正崔嵬，雙闕萬丈餘。玉樹扶道生，白虎夾門樞。
驅風游四海，東過王母廬。俯觀五嶽間，人生如寄居。
潛光養羽翼，進趨且徐徐。不見軒轅氏，乘龍出鼎湖。
　　　　徘徊九天下，與爾長相須。

【校記】
　　[一]見，陳本、《曹植集校注》作獻。

惟漢篇
曹植

　　太極定二儀，清濁始以形。三光炤八極，天道甚著眀。

爲人立君長，欲以遂其生。行仁章以瑞，變故誠驕盈。
神高而聽卑，報若響應聲。朙主敬細微，三季薔天經。
三皇稱至化，盛哉唐虞庭。禹湯繼厥德，周亦致太平。
在昔懷帝京，日昃不敢寧。濟濟在公朝，萬載馳其名。

飛龍篇
曹植

晨遊泰山，雲霧窈窕。忽逢二童，顏色鮮好。
乘彼白鹿，手翳芝草。我知眞人，長跪問道。
西登玉堂，金樓複道。授我仙藥，神皇所造。
教我服食，還精補腦。壽同金石，永世難老。

吁嗟篇
曹植

吁嗟此轉蓬，居世何獨然。長去本根逝，夙夜無休閒。
東西經七陌，南北越九阡。卒遇迴風起，吹我入雲間。
自謂終天路，忽然下沉泉[一]。驚飆接我去，故歸彼中田。
當南而更北，謂東而反西。宕若[二]當何依，忽忘而反存。
飄飄周八澤，連翩歷五山。流轉無恒處，誰知吾苦艱。
願爲中林草，秋隨野火燔。糜滅豈不痛，願與根荄連。

【校記】
  [一]泉，陳本作淵。《文選補遺》、《曹植集校注》作泉。
  [二]若，陳本同。《曹植集校注》作宕。

種葛篇
曹植

種葛南山下，葛藟自成陰。與君初婚時，結髮恩義深。
懽愛在枕席，宿昔同衣衾。竊慕棠棣篇，好樂和瑟琴。
行年將晚莫，佳人懷異心。恩紀曠不接，我情遂抑沉。
出門當何顧，徘徊步北林。下有交頸獸，仰見雙棲禽。
攀枝長嘆息，淚下霑羅襟。良馬知我悲，延頸代我吟。
昔爲同池魚，今爲商與參。往古皆歡遇，我獨困於今。
　　　　棄置爲天命，悠悠安可任。

鬭鷄篇
曹植

遊目極妙伎，清聽厭宮商。主人寂無爲，衆賓進樂方。
長筵坐戲客，鬭鷄觀閑房。羣雄正翕赫，雙翹自飛揚。
揮羽激清風，悍目發朱光。觜落輕毛散，嚴距往往傷。
長鳴入青雲，扇翼獨翱翔。願蒙狸膏助，常得擅此場。

泰山梁甫行
曹植

八方各異氣，千里殊風雨。劇哉邊海民，寄身於草墅[一]。
妻子象禽獸，行止依林阻。柴門何蕭條，狐兔翔我宇。

【校記】
　　[一]墅，《曹植集校注》作野。

妾薄命 二首
曹植

攜玉手，喜同車，北上雲閣飛除。釣臺蹇産清虛，池塘觀[一]沼可娛。
仰泛龍舟綠波，俯擢神草枝柯。想彼宓妃洛河，退詠漢女湘娥。

日月既逝[二]西藏，更會蘭室洞房。華燈步障[三]舒光，皎若日出扶桑。
　　促樽合坐行觴，主人起舞娑盤，能者穴觸別端。
騰觚飛爵闌干，同量等色齊顏。任意交屬所歡，朱顏發外形蘭。
袖隨禮容極情，妙舞僛僛體輕。裳解履遺絕纓，俛仰笑喧無呈。
　　　　覽持佳人玉顏，齊舉金爵翠盤。
　　手形羅袖良難，腕弱不勝珠環，坐者嘆息舒顏。
　　　　御巾裹粉君傍，中有霍納都梁，
　　雞舌五味雜香，進者何人齊姜，恩重愛深難忘。
召延親好宴私，但歌杯來何遲。客賦既醉言歸，主人稱露未晞。

【校記】
　　[一]觀，陳本、《曹植集校注》作靈。
　　[二]日月既逝，陳本同。《曹植集校注》作日既逝矣。
　　[三]步障，陳本同。《曹植集校注》作先置。

驅車篇
曹植

驅車揮[一]駑馬，東到奉高城。神哉彼泰山，五嶽專其名。
隆高貫雲霓，崔峩出太清。周流二六候，間置十二亭。
上有涌醴泉，玉石揚華英。東北望吳野，西眺觀日精。
魂神所繫屬，逝者感斯征。王者以歸天，效厥元功成。
歷代無不遵，禮記[二]有品程。探策或長短，唯德亨利貞。
封者七十帝，軒皇元獨靈。飡霞[三]漱沆瀣，毛羽被身形。
發舉蹈虛廓，徑廷[四]升窈冥。同壽東父年，曠代永長生。

【校記】

[一]揮，陳本同。《曹植集校注》作揮。
[二]記，陳本同。《曹植集校注》作祀。
[三]"霞"字據陳本補。《曹植集校注》有。
[四]廷，陳本同。《曹植集校注》作庭。

種瓜篇
魏明帝

種瓜東井上，冉冉自踰垣。與君新爲婚，瓜葛相結連。
寄託不肖軀，有如倚泰山。兔絲無根株，蔓延自登緣。
萍藻託清流，常恐身不全。被蒙丘山惠，賤妾執拳拳。
天日照知之，想君亦俱然。

善哉行
魏明帝

我徂我征，伐彼蠻虜。練師簡卒，爰正其旅。
輕舟竟川，初鴻依浦。桓桓猛毅，如羆如虎。
發枹音孚[陳]若雷，吐氣如雨。旌旆指麾，進退應矩。
百馬齊轡，御由造父。休休六軍，咸同斯武。
兼塗星邁，亮兹行阻。行行日遠，西背京許。
遊弗淹旬，遂屆揚土。奔寇震懼，莫敢當御。
虎臣列將，怫鬱充怒。淮泗肅清，奮揚微所。
運德曜威，惟鎮惟撫。反旆言歸，旋入皇祖。

櫂歌行
魏朙帝

王者布大化，配乾稽后柢。陽育則陰殺，晷景應度移。一解
文德以時振，武功伐不隨。重華舞干戚，有苗服從嫣。二解
蠢爾吳中虜，憑江棲山阻。哀哉王士民，瞻仰靡依怙。三解
皇上悼愍斯，宿昔奮天怒。發我許昌宮，列舟千長浦。四解
翌日乘波揚，棹歌悲且涼。太常拂白日，旗幟紛設張。五解
將抗旄與鉞，耀威於彼方。伐罪以吊民，清我東南疆。六解

燕歌行
魏朙帝

白日晼晼忽西傾，霜露慘悽塗階庭。
秋草捲葉摧枝莖，翩翩飛蓬常獨征，有似遊子不遑寧。

長歌行
魏朙帝

靜夜不能寐，耳聽眾禽鳴。大城育狐兔，高墉多鳥聲。
壞宇何寥廓，宿屋邪草生。中心感時物，撫劍下前庭。
翔佯於階際，景星一何䁅。仰首觀靈宿，北辰奮休榮。
哀彼失羣燕，喪偶獨煢煢。单心誰與侶，造房孰與成。
徒然喟有和，悲慘傷人情。餘情偏易感，懷徃增憤盈。
吐吟音不徹，泣涕沾羅纓。

步出夏門行
魏朙帝

步出夏門，東登首陽山。嗟哉夷叔，仲尼稱賢。
君子退讓，小人爭先。惟斯二子，於今稱傳。
林鐘受謝，節改時遷。日月不居，誰得久存。
善哉殊復善，絃歌樂情。一解
商風夕起，悲彼秋蟬。變形易色，隨風東西。
乃眷西顧，雲霧相連。丹霞蔽日，彩虹帶天。
弱水潺潺，葉落翩翩。孤禽失羣，悲鳴其間。
善哉殊復善，悲鳴在其間。二解
朝游青冷，日暮嗟歸。蹴迫日暮，烏鵲南飛。

繞樹三匝,何枝可依。卒逢風雨,樹折枝摧。
雄來驚雌,雌獨愁棲。夜失羣侶,悲鳴徘徊。
芃芃荊棘,葛生綿綿。感彼風人,惆悵自憐。
月盈則沖,華不再繁。古來之說,嗟哉一言。

樂府
魏眀帝

昭昭素眀月,暉光燭我牀。憂人不能寐,耿耿夜何長。
微風衝閨闥,羅帷自飄颺。攬衣曳長帶,縱屐下高堂。
東西安所之,徘徊以傍徨。春鳥向南飛,翩翩獨翱翔。
悲聲命儔匹,哀鳴傷我腸。感物懷所思,泣涕忽沾裳。
佇立吐高吟,舒憤訴穹蒼。

苦寒行
魏眀帝

悠悠發洛都,茀我征東行。悠悠發洛都,茀我征東行。
征行彌二旬,屯吹龍陂城。一解
顧觀故壘處,皇祖之所營。故壘處,皇祖之所營。
屋室若平昔,棟宇無邪傾。二解
奈何我皇祖,潛德隱聖形。
我皇祖,潛德隱聖形。雖沒而不朽,書匱垂休名。三解
光光我皇祖,軒曜同其榮,遺化布四海,八表以肅清。四解
雖有吳蜀寇,春秋足耀兵。吳蜀寇,春秋足耀兵。
徒悲我皇祖,不享永百齡。賦詩以寫懷,伏軾淚霑纓。五解

短歌行
魏眀帝

翩翩春鷰,端集余堂。陰匿陰[一]顯,節運自常。
厥貌淑美,玄衣素裳。歸仁服德,雌雄頡頏。
執志精專,潔行馴良。銜土繕巢,有式宮房。
不規自圓,無矩自方。

【校記】
　　[一]陰,陳本、《樂府詩集》作陽。

卷二十一

詩

樂府四

飲馬長城窟行
陳琳

飲馬長城窟，水寒傷馬骨。往謂長城吏："慎莫稽留太原卒！"
官作自有程，舉築諧汝聲！男兒寧當格鬭死，何能怫鬱築長城。
長城何連連，連連三千里。邊城多健少，內舍多寡婦。
作書與內舍："便嫁莫留住。善待新姑嫜，時時念我故夫子！"
報書往邊地："君今出語一何鄙？""身在禍難中，何爲稽留他家子？
生男慎莫舉，生女哺用脯。君獨不見長城下，死人骸骨相撐拄。"
"結髮行事君，慊慊心意關。明知[一]邊地苦，賤妾何能久自全？"

【校記】

[一]"明知"二字二本皆無，據《建安七子集》補。

定情篇
繁欽

我出東門遊，邂逅承清塵。思君即幽房，侍寢執衣巾。
時無桑中契，迫此路側人。我即媚君姿，君亦悅我顏。
何以致拳拳？綰臂雙金環。何以道慇懃？約指一雙銀。
何以致區區？耳中雙明珠。何以致叩叩？香囊繫肘後。
何以致契闊？繞腕雙跳脫。何以結恩情？珮玉綴羅纓。

何以結中心？素縷連雙針。何以結相於？金薄畫搔頭。
何以慰別離？耳後瑇瑁釵。何以答歡悅？紈素三條裙。
何以結愁悲？白絹雙中衣。與我期何所？乃期東山隅。
日旰兮不至，谷風吹我襦。遠望無所見，涕泣起踟躕。
與我期何所？乃期山南陽。日中兮不來，飄風吹我裳。
逍遙莫誰覯，望君愁我腸。與我期何所？乃期西山側。
日夕兮不來，躑躅長歎息。遠望涼風至，俯仰正衣服。
與我期何所？乃期山北岑。日暮兮不來，淒風吹我襟。
望君不能坐，悲苦愁我心。愛身以何為，惜我華色時。
中情既欸欸，然後剋密期。裹衣躡花草，謂君不我期。
厠此醜陋質，徒倚無所之。自傷失所欲，淚下如連絲。

秋胡行七首
嵇康

富貴尊榮，憂患諒獨多。富貴尊榮，憂患諒獨多。
　古人所懼，豐屋蔀家。人害其上，獸惡罔羅。
　惟有貧賤，可以無他。歌以言之，富貴憂患多。

貧賤易居，貴盛難為。工貧賤易居，貴盛難為工。
　恥佞直言，與禍相逢。變故萬端，俾吉作凶。
　思牽黃犬，其莫之從。歌以言之，貴盛難為工。

勞謙有悔，忠信可久安。勞謙有悔，忠信可久安。
　天道害盈，好勝者殘。彊梁致災，多招禍患。
　欲得安樂，獨有無愆。歌以言之，忠信可久安。

役神者，獘極欲疾枯。役神者，獘極欲疾枯。
　顏回短折，不及童烏。縱體淫恣，莫不早徂。
　酒色何物，今自不辜。歌以言之，酒色令人枯。

絕智棄學，遊心於玄默。絕智棄學，遊心於玄默。
　過而悔，當不自得。垂釣一壑，所樂一國。
　被髮行歌，和者四塞。歌以言之，遊心於玄默。

思與王喬，乘雲遊八極。思與王喬，乘雲遊八極。

凌厲五嶽，忽行萬億。授我神藥，自生翼羽[一]。
呼吸太和，練形易色。歌以言之，思行遊八極。

徘徊鍾山，息駕於層城。徘徊鍾山，息駕於層城。
上蔭華蓋，下采若英。受道王母，遂升紫庭。
逍遙天衢，千載長生。歌以言之，徘徊於層城。

【校記】
[一]翼羽，陳本作羽翼。

遊俠篇
張華

翩翩四公子，濁世稱賢明。龍虎相交爭，七國并抗衡。
食客三千餘，門下多豪英。遊說朝夕至，辯士自縱橫。
孟嘗東出關，濟身由雞鳴。信陵西反魏，秦人不窺兵。
趙勝南詛楚，乃與毛遂行。黃歇北適秦，太子還入荊。
美哉遊俠士，何以尚四卿。我則異於是，好古師老彭。

壯士篇
張華

天地相震蕩，回薄不知窮。人物稟常格，有始必有終。
年時俛仰過，功名宜速崇。壯士懷憤激，安能守虛沖？
乘我大宛馬，撫我繁弱弓。長劍橫九野，高冠拂玄穹。
慷慨成素霓，嘯咤起清風。震響駭八荒，奮威曜四戎。
濯鱗滄海畔，馳騁大漢中。獨步聖明世，四海稱英雄。

輕薄篇
張華

末世多輕薄，驕代好浮華。志氣既放逸，貲財亦豐奢。
被服極纖麗，肴膳盡柔嘉。僮僕餘梁肉，婢妾蹈綾羅。
文軒樹羽蓋，乘馬鳴玉珂。橫簪刻玳瑁，長鞭錯象牙。
足下金鑮履，手中雙莫邪。賓從煥絡繹，侍御何芬葩。
朝與金張期，暮宿許史家。甲第面長街，朱門赫嵯峨。
蒼梧竹葉清，宜城九醞醝。浮醪隨觴轉，素蟻自跳波。

美女興齊趙，妍唱出西巴。一顧傾國城，千金不足多。
北里獻奇舞，大陵奏名歌。新聲踰激楚，妙妓絕陽阿。
玄鶴降浮雲，鱏魚躍中河。墨翟且停車，展季猶咨嗟。
淳于前行酒，雍門坐相和。孟公結重關，賓客不得蹉。
三雅來何遲？耳熱眼中花。盤按互交錯，坐席咸喧譁。
簪珥或墮落，冠冕皆傾邪。酣飲終日夜，朗燈繼朝霞。
絕纓尚不尤，安能復顧他？留連彌信宿，此歡難可過。
人生若浮寄，年時忽蹉跎。促促朝露期，榮樂遽幾何？
念此腸中悲，涕下自滂沱。但畏執法吏，禮防且切蹉。

思歸引[一]
傅玄

景龍飛，御天威。聰鑒玄察，動與神明協機。
從之者顯，逆之者滅夷。文教敷，武功巍，普被四海。
萬邦望風，莫不來綏。聖德潛斷，先天弗違。
弗違祥，享世永長，猛以致寬。道化光，赤明明。
祚隆無疆，帝績惟期。有命既集，崇此洪基。

【校記】
[一]陳本詩題作《景龍飛》。

董逃行歷九秋篇
傅玄

歷九秋兮三春，遺貴客兮遠賓，顧多君心所親。
乃命妙妓才人，炳若日月星辰。其一
序金罍兮玉觴，賓主遞起寫[一]行，杯若飛電絕光。
交觴接卮結裳，慷慨歡笑萬方。其二
奏新詩兮夫君，爛然虎變龍文，渾如天地未分。
齊謳楚舞紛紛，歌聲上激青雲。其三
窮八音兮異倫，奇聲靡靡每新，微披素齒丹唇。
逸響飛薄梁塵，精爽眇眇入神。其四
坐咸醉兮沾歡，引樽促席臨軒，進爵獻壽翻翻。
千秋要君一言，願愛不移若山。其五
君恩愛兮不竭，譬若朝日夕月，此景萬里不絕。

長保初醮結髮，何憂坐隔[二]胡越。其六
　　攜弱手兮金環，上遊飛閣雲間，穆若駕鳳雙鸞。
　　還幸蘭房自安，娛心樂意難原。其七
　　樂既極兮多懷，盛時忽逝若穨，寒暑革御景迴。
　　春榮隨風飄摧，感物動心增哀。其八
　　妾受命兮孤宮，男兒墮地稱姝，女弱難存若無。
　　骨肉至親更疏，奉事他人託軀。其九
　　君如影兮隨形，賤妾如水浮萍，朗月不能常盈。
　　誰能無根保榮，良時冉冉代征。其十
　　顧繡領兮含暉，皎日回光則微，朱華忽是漸衰。
　　影欲捨形高飛，誰言徃恩可追。其十一
　　薺與麥兮夏零，蘭桂踐霜逾馨，祿命懸天難朗。
　　妾心結意丹青，何憂君心中傾。其十二

【校記】
　[一]寫，陳本作鴈。《樂府詩集》從雁。
　[二]"隔"字據陳本補。《樂府詩集》作生。

車遙遙篇
傅玄

　　車遙遙兮馬洋洋，追思君兮不可忘。
　　君安遊兮西入秦，願爲影兮隨君身。
　　君在陰兮影不見，君依光兮妾所願。

飲馬長城窟行
傅玄

　　青青河邊草，悠悠萬里道。草生在春時，遠道還有期。
　　春至草不生，期盡歎無聲。感物懷思心，夢想發中情。
　　夢君如鴛鴦，比翼雲間翔。既覺寂無見，曠若參與商。

豫章行
傅玄

　　苦相身爲女，卑陋難再陳。男兒當門戶，墮地自生神。
　　雄心志四海，萬里望風塵。女育無欣愛，不爲家所珍。

長大逃深室，藏頭羞見人。垂淚適他鄉，忽如雨絕雲。
低頭和顏色，素頗結朱唇。跪拜無復數，婢妾如嚴賓。
情合雙雲漢，葵藿仰陽春。心乖甚水火，百惡集其身。
玉顏隨年變，丈夫多好新。昔爲形與影，今爲胡與秦。
胡秦時相見，一絕踰參辰。

有女篇
傅玄

有女懷芬芳，提提步東廂。蛾眉分翠羽，朗發目清揚。
丹唇翳皓齒，秀色若珪璋。巧笑露權靨，衆媚不可詳。
容儀希世出，無乃古毛嬙。頭安金步搖，耳繫朗月璫。
珠環約素腕，翠爵垂鮮光。文袍綴藻黼，玉體映羅裳。
容華旣以艷，志節擬秋霜。徹音冠青雲，聲響流四方。
妙哉英媛德，宜配侯與王。靈應萬世合，日月時相望。
媒氏陳束帛，羔鴈鳴前堂。百兩盈中路，起若鸑鳳翔。
凢夫徒踴躍，望絕殊參商。

朝時篇
傅玄

昭昭朝時日，皎皎最朗月。十五入君門，一別終華髮。
同心忽異離，曠如胡與越。胡越有會時，參辰遼且闊。
形影無髣髴，音聲寂無達。纖絃感促柱，觸之哀聲發。
情思如循環，憂來不可遏。塗山有餘恨，詩人詠《採葛》。
蜻蚓[一]吟牀下，迴風起幽闥。春榮隨露落，芙蓉生木末。
自傷命不遇，良辰永乖別。已爾可柰何，譬如紈素裂。
孤雌翔故巢，星流光景絕。魂神馳萬里，甘心要同穴。

【校記】
[一]蜻蚓，陳本作蟋蟀。《樂府詩集》同劉本。

朗月篇
傅玄

皎皎朗月光，灼灼朝日輝。昔爲春蠶[一]絲，今爲秋女衣。
丹唇列素齒，翠彩發蛾眉。嬌子多好言，歡合易爲姿。

玉顏盛有時，秀色隨年衰。常恐新間舊，變故興細微。
浮萍無根本，非水將何依。憂喜更相接，樂極還自悲。

【校記】
[一]璽，陳本、《樂府詩集》作鹽。

艷歌行
傅玄

日出東南隅，照我秦氏樓。秦氏有好女，自字爲羅敷。
首戴金翠飾，耳綴明月珠。白素爲下裾，丹霞爲上襦。
一顧傾朝市，再顧國爲虛。問女居安在，堂在城南居。
青樓臨大巷，幽門結重樞。使君自南來，駟馬立踟躕。
遣吏謝賢女：豈可用行車。斯女長跪對，使君言何殊！
使君自有婦，賤妾有鄙夫。天地正厥位，願君改其圖。

長歌行
傅玄

利害同根源，賞下有甘鈎。義門近橫塘，獸口出通侯。
撫劍安所趨，蠻方未順流。蜀賊阻石城，吳寇馮龍舟。
二軍多壯士，聞賊如見讎。投身効知己，徒生心所羞。
鷹隼厲天翼，恥與鷰雀遊。成敗在縱者，無令鷖鳥憂。

短歌行
傅玄

長安高城，層樓亭亭。干雲四起，上貫天庭。
蜉蝣何整，行如軍征。蟋蟀何感，中夜哀鳴。
蚍蜉愉樂，粲粲其榮。寤寐念之，誰知我情。
昔君視我，如掌中珠。何意一朝，棄我溝渠。
昔君與我，如影如形。何意一去，心如流星。
昔君與我，兩心相結。何意今日，忽然兩絕。

雲中白子高行
傅玄

陵陽子，來朗意，欲作天與仙人遊。

超登元氣攀日月，遂造大門將上謁。閶闔辟，見紫微絳闕，
　　　紫宮崔嵬，高殿嵯峨，雙闕萬丈玉樹羅。
　　童女挈電策[一]，童男挽雷車。雲漢隨天流，浩浩如江河。
　　　　因王長公謁上皇，鈞天樂作不可詳。
龍仙神仙，教我靈祕，八風子儀，與遊我祥。我心何戚戚，思故鄉。
　　　　俯看故鄉，二儀設張。樂哉二儀，日月運移。
　　　地東南傾，天西北馳。鶴五氣所補，鰲四足所支。
齊駕飛龍駸赤螭，逍遙五嶽間，東西馳。期與天地並，復何爲，復何爲？

【校記】
　[一]"策"字二本皆缺，據《樂府詩集》補。

牆上難爲趨
傅玄

　　門有車馬客，驂服若騰飛。革組結玉佩，縈藻紛葳蕤。
　　馮軾垂長纓，顧盼有餘輝。貧主躧獘履，整比藍縷衣。
　　客曰嘉病乎，正色意無疑。吐言若覆水，搖舌不可追。
　　渭濱漁釣翁，乃爲周所諮。顏回處陋巷，大聖稱庶幾。
　　苟富不知度，千駟賤采薇。季孫由儉顯，管仲病三歸。
　　夫差耽滛佟，終爲越所圍。遺身外榮利，然後享巍巍。
　　迷者一何衆，孔難知德希。甚美致憔悴，不如豚豕肥。
　　陽朱泣路歧，失道令人悲。子貢欲自矜，原憲知共非。
　　屈伸各異勢，窮達不同資。夫唯體中庸，先天天不違。

西長安行
傅玄

　　所思兮何在？乃在西長安。何用存問妾？香橙雙珠環。
　　何用重存問？羽爵翠琅玕。今我兮問君，更有兮異心。
　　香亦不可燒，環亦不可沈。香燒日有歇，環沈日自深。

昔思君
傅玄

　　昔君與我兮，形影潛結。今君與我兮，雲飛雨絕。
　　昔君與我兮，音響相和。今君與我兮，落葉去柯。

昔君與我兮，金石無虧。今君與我兮，星滅光離。

惟漢行
傅玄

危哉鴻門會，沛公幾不還。輕裝入人軍，投身湯火間。
兩雄不俱立，亞父見此權。項莊奮劍起，白刃何翩翩。
伯身雖為蔽，事促不及旋。張良憎坐側，高祖變龍顏。
賴得樊將軍，獸_{當作虎}叱項王前。嗔目駭三軍，磨牙咀豚肩。
空厄讓霸主，臨急吐奇言。威淩萬乘主，指顧回泰山。
神龍困鼎鑊，非噲豈得全。狗屠登上將，功業信不原。
　　　　健兒寔可慕，腐儒安足歎。

思歸引
石崇

思歸引，歸河陽。假余翼，鴻鶴高飛翔。
經芒阜，濟河梁，望我舊舘心悅康。
清渠激，魚彷徨。鴈鷖沂波群相將，終日周覽樂無方。
登雲閣，列姬姜。拊絲竹，叩宮商。宴華池，酌玉觴。

楚妃嘆
石崇

蕩蕩大楚，跨土萬里。北據方城，南接交趾。
西撫巴漢，東被海涘。五侯九伯，是疆是理。
矯矯莊王，淵停嶽峙。冕旒垂精，克纊塞耳。
韜光戢耀，潛默恭己。內委樊姬，外任孫子。
猗猗樊姬，體道履信。既紬虞丘，九女是進。
杜絕邪佞，廣啟令胤。割歡抑寵，居之不吝。
不吝實難，可謂知幾。化自近始，著於閨闈。
光佐霸業，邁德揚威。群后列辟，式瞻洪規。
譬彼江海，百川咸歸。萬邦依歌，身沒名飛。

鞠歌行
陸機

朝雲升，應龍攀，乘風遠遊騰雲端。

皷鐘歇，豈自歡？急弦高張思和彈。
時希值，年夙怨，循己雖易人知難。
王陽登，貢公歡，罕生既沒國子歎。
嗟千載，豈虛言？邈矣遠念情悇然。

董逃行
陸機

和風習習薄林，柔條布葉垂陰。
鳴鳩拂羽相尋，倉庚喈喈弄音，感時悼逝傷心。
日月相追周旋，萬里倏忽幾年。
人皆冉冉西遷，盛時一往不還，慷慨乖念悽然。
昔爲少年無憂，常恠秉燭夜遊。
翩翩宵征何求，於今知此有由，但爲老去年逎。
盛固有衰不疑，長夜冥冥無期。
何不驅馳及時，聊樂永日自怡。齎此遺情何之？
人生居世爲安，豈若及時爲歡？
世道多故萬端。憂慮紛錯交顏，老行及之長歎！

折楊柳
陸機

邈矣垂天景，壯哉奮地雷。豐隆豈久響，華光但^[一]西隤。
日落似有竟，時逝恒若催。仰悲朗月運，坐觀璇蓋廻。
盛門無再入，哀房莫苦開。人生固已短，出處鮮爲階^[二]。
慷慨惟昔人，興此千載懷。升龍悲絕處，葛藟變條枚。
寤寐豈虛嘆，曾是感與推^[三]。弭意無足歡^[四]，願言有餘哀。

【校記】

[一]但，陳本同。《陸機集校箋》作恒。
[二]階，陳本同。《陸機集校箋》作諧。
[三]推，陳本同。《陸機集校箋》作摧。
[四]歡，陳本同。《陸機集校箋》作嘆。

胡姬年十五
劉琨
虹梁照曉日，淥水泛香蓮。如何十五少，含笑酒壚前。
花將面自許，人共影相連。回頭堪百萬，價重爲時年。

怨詩行
陶潛
天道幽且遠，鬼神茫昧然。結髮念善事，僶俛五十_{一作六九}年。
弱冠逢世阻，始室喪其偏。炎火屢焚如，螟蜮恣中田。
風雨縱橫至，收斂不盈廛。夏日長抱饑，寒夜無被眠。
造夕思雞鳴，及晨願烏遷。在己亦何怨_{一作何怨天}，離憂悽目前。
吁嗟身後名，於我若浮煙。慷慨激_{一作獨}悲歌，鍾期信爲賢。

卷二十二

詩

樂府五

君子有所思行
謝靈運
總駕越鍾陵，還顧望京畿。躑躅周名都，遊目倦忘歸。
市鄽無陋室，世族有高閈。密親麗華苑，軒冕飾通逵。
孰是金章樂，諒由燕趙詩。長夜恣酣飲，窮年弄音徽。
盛往速露墜，哀來疾風飛。餘生不歡娛，何以竟暮歸。
寂寥曲肱子，瓢飲療朝饑。所秉自天性，貴富豈相譏。

悲哉行
謝靈運
萋萋春草生，王孫遊有情。差池燕始飛，夭裊柳始榮。
灼灼桃悅色，飛飛鷰弄聲。簷上雲結陰，澗下風吹清。
幽樹雖改觀，終始殊初生。松蔦歡蔓延，樛葛欣藟榮。
眇然遊宦子，晤言時未并。鼻感改朔氣，眼傷變節榮。
侘傺豈徒然，澶漫絕音形。風來不可托，鳥去豈爲聽。

折楊柳行二首
謝靈運
鬱鬱河邊樹，青青野田草。舍我故鄉客，將適萬里道。

妻子牽衣袂，抆淚沾懷抱。還拊幼童子，顧托兄與嫂。
辭訣未及終，嚴駕一何早。負笙引文舟，饑渴常不飽。
　　　　　　　　誰令爾貧賤，咨嗟何所道。

騷屑出穴風，揮霍見日雪。颼颼無久搖，皎皎幾時潔。
未覺泮春冰，已復謝秋節。空對尺素遷，獨視寸陰滅。
否桑未易繫，泰茅難重拔。桑茅迭生運，語黙寄前哲。

善哉行
謝靈運

陽谷躍升，虞淵引落。景曜東隅，晼晚西薄。
三春燠敷，九秋蕭索。涼來溫謝，寒徂暑却。
居德斯頤，積善嬉謔。陰灌陽叢，凋華墮蕚。
歡去易慘，悲至難鑠。激涕當歌，對酒當酌。
鄙哉愚人，戚戚懷瘼。善哉達士，滔滔處樂。

上留田行
謝靈運

薄遊出彼東道，上留田。薄遊出彼東道，上留田。
循聽一何矗矗，上留田。澄川一何皎皎，上留田。
悠哉瘍矣征夫，上留田。悠哉瘍矣征夫，上留田。
兩服上阪雷[一]遊，上留田。舫舟下遊颷驅，上留田。
此別既久無適，上留田。此別既久無適，上留田。
寸心繫枉[二]萬里，上留田。尺遠遵此千夕，上留田。
秋冬迭相去就，上留田。秋冬迭相去就，上留田。
素雪紛紛鶴委，上留田。清風颼颼入袖，上留田。
歲云暮矣增憂，上留田。歲雲暮矣增憂，上留田。
誠知運來詎抑，上留田。熟視年徃莫留，上留田。

【校記】

[一]雷，陳本作電。《謝康樂詩注》從電。
[二]枉，陳本、《謝康樂詩注》作在。

燕歌行
謝靈運

孟冬初寒節氣成，悲風入閨霜依庭。秋蟬噪柳鶯棲楹，念君行役怨邊城。
君何崎嶇久徂征，豈無膏沐感鸛鳴。對君不樂淚沾纓，闢牕開幌弄秦箏。
調弦促柱多哀聲，遙夜皎月鑒帷屏。誰知河漢淺且清，展轉思服悲朗星。

長歌行
謝靈運

倐爍夕星流，昱弈朝露團。粲粲烏有停，泫泫豈暫安。
徂齡速飛電，頹節騖驚湍。覽物起悲緒，顧己識憂端。
朽貌改鮮色，悴容變柔顏。變改苟催促，容色烏盤桓。
亹亹衰期迫，靡靡壯志闌。既慼臧孫慨，復愧楊子歎。
寸陰果有逝，尺素竟無觀。幸賒道念戚，且取長歌懽。

隴西行
謝惠連

運有榮枯，道有舒屈。潛保黃裳，顯服朱黻。
誰能守靜，棄華辭榮。窮谷是處，考槃是營。
千金不迴，百代傳名。厥包者柚，忘憂者萱。
何爲有用，自乖中原。實摘柯摧，葉殞條煩。

猛虎行
謝惠連

貧不攻九疑王[一]，倦不憩三危峯，九疑有或號，三危無安容。
美物摽貴用，志士屬奇蹤。如何抵遠役，王命宜肅恭。
伐鼓功未著，振旅何時從？

【校記】
[一]王，陳本、《樂府詩集》作玉。

善哉行
謝惠連

涼來溫謝，寒往暑卻。陰灌陽蕚，彤華墜萼。
擊節當歌，對酒親酌。鄙哉愚人，戚戚懷瘼。

善哉達士，滔滔處樂。

塘上行
謝惠連

芳草秀凌阿，菲質不足營。幸有忘憂用，移根託君庭。
垂穎臨清池，擢彩仰華甍。霡渥雲雨潤，葳蕤吐芳馨。
願君春傾葉，留景惠餘酊。

燕歌行
謝惠連

四時推遷迅不停，三秋蕭瑟葉解輕。飛霜被野鴈南征，念君客遊羈思盈。
何爲淹留無歸聲，愛而不見傷心情。朝日潛輝華燈朙，林鵲同栖渚鴻并。
接翩偶羽依蓬瀛，仇依務[一]類相和鳴。余獨何爲志無成，憂緣物感淚沾纓。

【校記】
　　[一]務，陳本、《樂府詩集》作旅。

鞠歌行
謝惠連

翔馳騎，伯樂不舉誰能知。
南荆璧，萬金貲，卞和不斲與石離。
年難留，時易隕，厲志莫賞徒勞疲。
沮齊音，溺趙吹，匠石善運郢不危。
古綿眇，理參差，單心慷慨雙淚垂。

相逢行
謝惠連

行行卽長道，道長息班草。邂逅賞心人，與我傾懷抱。
夷世信難值，憂來傷人，平生不可保。
陽華與春渥，陰柯長秋槁。心慨榮去速，情苦憂來早。
日華難久居，憂來傷人，諄諄亦至老。
親黨近邺庇，昵君不常好。九族悲素霰，三良怨黃鳥。
迴朱白卽頳，憂來傷人，近繢潔必造。
水流理就濕，火炎同歸燥。賞契少能諧，斷金斷可寶。

千計莫適從，萬端信紛繞。
巢林宜擇木，結友使心曉。心曉形迹略，略週誰能了。
相逢旣若舊，憂來傷人，片言代紵縞。

悲哉行
謝惠連
羈人感淑節，緣感欲囬沉[一]。我行詎幾時，華實驟舒結。
覩實情有悲，瞻華意無悅。覽物懷同志，如何復乖別。
翩翩翔禽羅，關關鳴鳥列。翔鳴常疇偶，所歡獨乖絕。

【校記】
[一]沉，陳本作轍。《樂府詩集》作沇。

相逢狹路間
孔欣
相逢狹路間，道狹正踟躕。如何不群士，行吟戲路衢。
輟步相與言，君行欲焉如？淳朴久已凋，榮利迭相驅。
流落尚風波，人情多遷渝。勢集堂必滿，運去庭亦虛。
競趨嘗不暇，誰肯眷桑樞。無爲肆獨徃，只將困淪胥。
未若及初九，携手歸田廬。躬耕東山畔，樂道詠玄書。
狹路安足遊，方外可寄娛。

從軍行
顔延年
苦哉遠征人，畢力幹時艱。秦初略揚越，漢世爭陰山。
地廣旁無界，嵒阿上虧天。嶠霧下高鳥，冰沙固流川。
秋飆冬未至，春液夏不涓。閩烽指荊吳，胡埃屬幽燕。
横海咸飛驪，絕漠皆控弦。馳檄發章表，軍書交塞邊。
接鏑赴陣首，卷甲起行前。羽驛馳無絕，旌旗晝夜懸。
臥伺金柝響，起候亭燧烟。逖矣遠征人，惜哉私自憐！

寒夜怨
陶弘景
夜雲生，夜鴻驚，悽切嘹唳傷夜情。

空山霜滿高夆平，鉛華沈照帳孤䴊。
寒日微，寒風緊。愁心絕，愁淚盡。
情人不勝怨，思來誰能忍。

白馬篇
鮑照

白馬騂角弓，鳴鞭乘北風。要途問邊急，雜虜入雲中。
閉壁自徃夏，清野徑還冬。僑裝多闕絕，旅服少裁縫。
埋身守漢境，沉命對胡封。薄暮塞雲起，飛沙披遠松。
含悲望兩都，楚歌登四墉。丈夫設計誤，懷恨逐邊戎。
棄別中國愛，要驥[一]胡馬功。去來今何道，單賤生所終[二]。
但令塞上兒，知我獨爲雄。

【校記】
　　[一]驥，陳本、《鮑參軍集注》作冀。
　　[二]終，陳本同。《鮑參軍集注》作鐘。

煌煌京洛行
鮑照

鳳樓十二重，四戶八綺牕。繡桷金蓮花，桂柱玉盤龍。
珠簾無隔路，羅幌不勝風。寶帳三千所，爲爾一朝容。
揚芬紫烟上，垂綵綠雲中。吹回白日霜，歌落遠塞鴻。[一]
但懼秋塵起，盛愛逐衰蓬。坐視青苔滿，卧對錦筵空。
琴瑟縱橫散，舞衣不復縫。古來共歇薄，君意豈獨濃？
唯見雙黃鵠，千里一相從。

【校記】
　　[一]"吹回白日霜，歌落遠塞鴻"，《鮑參軍集注》作"春吹回白日，霜高落塞鴻"。

君子有所思行
鮑照

西上登雀臺，東下望雲闕。層關肅天居，馳道直如髮。
繡甍結飛霞，璇題納朗[一]月。築山擬蓬壺，穿地類溟渤。

選色徧齊代，徵聲匝邛越。陳鐘陪夕宴，笙歌待朏發。
年貌不可邅，身意會盈歇。蟻壤漏山阿[二]，絲淚毀金骨。
器惡含滿欹，物忌厚生没。智哉衆多士，服理辨昭晣[三]。

【校記】

[一]朏，陳本同。《鮑參軍集注》作行。
[二]阿，陳本作河。《鮑參軍集注》從阿。
[三]晣，陳本同。《鮑參軍集注》作昧。

空城雀
鮑照

雀乳四鷇，空城之阿。朝拾[一]野粟，夕飲氷河。
高飛畏鴟鳶，下飛畏網羅。辛傷伊何言，怵迫良已多。
誠不及青鳥，遠食玉山禾。猶勝吳宮鷰，無罪得焚窠。
賦命有厚薄，長嘆欲如何。

【校記】

[一]拾，陳本同。《鮑參軍集注》作食。

行路難三首
鮑照

奉君金巵之美酒，瑇瑁玉匣之彫琴。七綵芙蓉之羽帳，九華蒲萄之錦衾。
紅顏零落歲將暮，寒光宛轉時欲沈。願君裁悲且減思，聽我抵節行路吟。
不見栢梁銅雀上，寧聞古時清吹音。

瀉水置平地，各自東西南北流。人生亦有命，安能行嘆復坐愁？
酌酒以自寬，舉杯斷絕歌路難。心非木石豈無感？吞聲躑躅不敢言。

剉蘗染黃絲，黃絲歷亂不可治。昔我與君始相值，爾時自謂可君意。
結帶與我言，死生好惡不相置。今日見我顏色衰，意中索寞與先異。
還君金釵瑇瑁簪，不忍見之益愁思。

白紵歌六首
鮑照

朱唇動，素袖[一]舉，洛陽少童—作年邯鄲女。

古稱《淥水》今《白紵》，催弦急管爲君舞。
窮秋九月荷葉黃，北風驅鴈天雨霜，夜長酒多樂未央。

春風澹蕩俠思多，天色净淥氣妍和。
含桃紅萼蘭紫芽，朝日灼爍發園華。
卷幌結帷羅玉筵，齊謳秦吹盧女絃，千金雇笑買芳年。

吳刀楚製爲佩褘，纖羅霧縠垂羽衣。
含商咀徵歌露晞，珠屣—作履[劉]颯沓紈袖飛。
淒風夏起素雲迴，車怠馬煩客忘歸，蘭膏䑝燭承夜暉。

桂宮柏寢—作梁[劉]擬天居，朱爵文牕韜綺疏。
象床瑤席鎮犀渠，雕屏鉿—作匜[劉]匜組帷舒。
秦箏趙瑟挾笙竽，垂璫散珮—作綏[劉]盈玉除，停觴不語[二]欲誰須。

三星參差露沾濕，絃悲管清月將入。
寒光簫條候蟲急，荆王流歡楚妃泣。
紅顏難長時易戢，凝華結藻—作彩[劉]久延立，非君之故豈安集。

池中赤鯉庖所捐，琴高乘雲騰—作飛[劉]上天。
命逢福世丁溢恩—作徵命逢福丁溢恩[劉]，簪金藉綺升曲筵。
思君厚德委如山，潔誠洗志期暮年，烏白馬角寧足言。

【校記】
　　[一]袖，陳本、《文選補遺》同。《鮑參軍集注》作腕。
　　[二]語，陳本同。《鮑參軍集注》作御。

門有車馬客行
鮑照

門有車馬客，問君何鄉士？捷步徃相訊，果得—作遇[劉]舊隣里。
　　悽悽聲中情，慊慊增下俚。語昔有故悲，論今無新喜。
清晨相訪慰，日暮不能已。歡戚競尋緒—作敍[劉]，談調何終止。
　　辭端竟未究，忽唱分塗始。前悲尚未弭，後戚方復起。
嘶聲盈我口，談言在君耳。手跡可傳心，願爾篤行李。

淮南王
鮑照

淮南王，好長生，服食鍊氣讀仙經。
琉璃藥椀牙作盤，金鼎玉匕合神丹。
合神丹，賜紫房，紫房綵女弄朋璫，鸞歌鳳舞斷君腸。
朱門九重—作朱城九重[劉]門九闈，願逐朗月入君懷。
入君懷，結君佩，怨君恨君恃君愛。築城思堅劒思利，同盛同衰莫相棄。

北風行
鮑照

北風凉，雨雪雰，京洛女兒多嚴妝。
遙艷帷中自悲傷，沉吟不語若爲—作有[劉]忘。
問君何行何當歸，苦使妾坐自傷悲。
慮年至—作去[劉]，慮顏衰。情易復，恨難追。

朗月行
鮑照

朗月出東山，照我綺窓前。窓中多佳人，被服妖且妍。
靚妝坐帷裏，當戶弄清絃。鬢奪衛女迅，體絕飛燕先。
爲君歌一曲，當作朗月篇—作堂上朗月篇[劉]。酒至顏自解，聲和心亦宣。
千金何足重？所存意氣間。

堂上歌行
鮑照

四坐且莫—作勿[劉]諠，聽我堂上歌。昔仕京洛時，高門臨長河。
出入重宮裏，結友曹與何。車馬相馳逐，賓朋好容華。
陽春孟春月，朝光散流霞。輕步逐芳風，言笑弄丹葩。
暉暉朱顏酡，紛紛織女梭。滿堂皆美人，自我[一]對湘娥。
雖謝侍君閑，朗妝帶綺羅。箏笛更彈吹，高唱好相和。
萬曲不關情—作心[劉]，一曲動情多。欲知情厚薄，更聽此聲過。

【校記】

[一]自我，陳本、《鮑參軍集注》作目成。

長相思
吳邁遠

扅有行路客，依依造門端。人馬風塵色，知從何塞還。
時我有同棲，結宦遊邯鄲。將不異俗子，分饑復共寒。
煩君尺帛書，寸心從此殫。遣妾長憔悴，豈復歌笑顏。
簷隱千霜樹，庭枯十載蘭。經春不舉袖，秋落寧復看。
一見願道意，君門已九關。虞卿棄相印，擔簦爲同歡。
閨陰欲早霜，何事空盤桓。

杞梁妻
吳邁遠

燈竭從初晡，蘭凋猶[一]早薰。扼腕非一代，千載炳遺文。
貞夫淪莒役，杜吊結齊君。驚心眩白日，長洲崩秋雲。
精微貫穹旻，高城爲隤墳。行人既迷徑，飛鳥亦失群。
壯哉金石軀，出門形影分。一隨塵壤消，聲響誰共論。

【校記】

[一]猶，陳本作由。《樂府詩集》作猶。

陽春曲
吳邁遠

百里望咸陽，知是帝京邑。綠樹搖雲光，春城起風色。
佳人愛華景，流靡園塘側。妍姿艷月映，羅衣飄蟬翼。
宋玉歌陽春，巴人長歎息。郢鄭不同賞，那令君愴惻。
生平重愛惠，私自憐何極。

雙鵠篇
吳邁遠

可憐雙白鵠，雙雙絕塵氛。連翩弄光景，交頸遊青雲。
逢羅復逢繳，雌雄一旦分。哀聲流海曲，孤叫出江濆。
豈不慕前侶？爲爾不及羣。步步一零淚，千里猶待君。
樂哉心相知，悲來生別離。持此百年命，共逐寸陰移。
譬如空山草，零落心自知。

櫂歌行
吳邁遠
十三爲漢使，孤劍出臯蘭。西南窮天險，東北畢地關。
岷山高以峻，燕水清且寒。一去千里孤，邊馬何時還？
遙望煙嶂外，障氣鬱雲端。始知身死處，平生從此殘。

長離別
吳邁遠
生離不可聞，況復長相思。如何與君別，當我少年時。
蕙華每搖蕩，妾心長_{一作空[劉]}自持。榮乏草木歡，悴極霜露悲。
富貴貌_{一作身}難變，貧賤顏易衰。持此斷君腸，君亦宜自疑。
淮陰有逸將，析[一]羽不曾飛。楚有扛鼎士，出門不得歸。
正爲隆準公，仗劍入紫微。君才定何如，白日不爭暉。

【校記】
　[一]析，陳本作柝。《樂府詩集》作析。

較獵曲
謝朓
凝霜冬十月，殺盛涼飆開。原澤曠千里，騰騎紛徃來。
平罝望煙合，烈火從風回。殪獸華容浦，張樂荊山臺。
　　　虞人昔有喻，明哲時戒哉。

銅雀[一]悲
謝朓
落日高城上，餘光入總帷。寂寂深松晚，寧知琴瑟悲。

【校記】
　[一]雀，陳本同。《文選補遺》、《謝宣城集校注》作爵。

有所思
謝朓
佳期期未歸，望望下鳴機。徘徊東陌上，月出行人稀。

邯鄲才人嫁爲廝養卒婦
謝朓
生平宫閤裏，出入侍丹墀。開筐方羅縠，窺鏡比蛾眉。
初別意未解，去久日生悲。顦顇不自識，嬌羞餘故姿。
夢中忽髣髴，猶言承讌私。

王孫游
謝朓
綠草蔓一作蔓[劉]如絲，雜樹紅英發。無論君不歸，君歸芳已歇。

有所思
劉繪
別離安可再，而我更重之。佳人不相見，朗月空在帷。
共御滿堂酌，獨斂向隅眉。中心亂如雲，寧知有所思。

有所思
王融
如何有所思，而無相見時。宿昔夢顏色，階庭尋履綦。
高歌更何已，引滿終自期[一]。欲知憂能老，爲視鏡中絲。

【校記】
[一]期，陳本作欹。《文選補遺》、《謝宣城集校注》作期。

淥水曲
王融
湛露改寒司，文[一]鶯變春旭。瓊樹落晨紅，瑤塘水初淥。
日霽沙潋䃾，風動泉華燭。遵渚泛蘭艚，乘漪弄清曲。
斗酒千金輕，寸陰百年促。何用盡歡娛，王度式如玉。

【校記】
[一]文，陳本作交。《樂府詩集》作文。

古別離
江淹

遠與君別者，乃至鴈門關。黃雲蔽千里，遊子何時還？
送君如昨日，簷前露已溥[一]。不惜蕙草晚，所悲道路寒。
君在天一涯，妾身長別離。願一見顏色，不異瓊樹枝。
兔絲及水萍，所寄終不移。

【校記】

[一]溥，陳本同。《江文通集彙注》作團。

烏生八九子
劉孝威

城上烏，一年生九雛。枝輕巢本狹，風多葉早枯。
氄毛不相煖，張翼強相呼。
金柝嚴兮翠樓蕭蕭，蜃辟光兮椒泥馥。
虞機衡網不得猜，鷹鷟隼搏無由逐，永顛共栖曾氏冠[一]。
同瑞周王屋，莫啼城上寒。猶賢野間宿，羽成翮備各西東。
丁年賦命有窮通，不見高飛帝輦側，遠託日輪終。
尚逢王吉箭，猶嬰夏羿弓。豈如變彩救燕質，入夢祚昭公。
留聲表師退，集幕示營空。靈台已鑄像，流蘇時候風。

【校記】

[一]冠，陳本作觀。《樂府詩集》作冠。

臨高臺
沈約

高臺不可望，望遠使人愁。連山無斷絕，河水復悠悠。
所思曖何在，洛陽南陌頭。可望不可見，何用解人憂。

日出東南隅行
沈約

朝日出邯鄲，照我叢臺端。中有傾城豔，顧影織羅紈。
延軀以纖約，遺視若回瀾。瑤妝映層綺，金服炫彫欒[一]。
幸有同匡好，西仕服秦官。寶劍垂玉貝，漢馬飾金鞍。

縈場類轉雪，逸控寫騰鷺。羅衣夕解帶，玉釵暮垂冠。

【校記】

[一]"延軀以纖約"至"金服炫彫爍"，據陳本補。《樂府詩集》有。

塘上行
沈約

澤蘭被荒徑，孤芳豈自通。幸逢瑤池曠，得與金芝叢。
朝承紫臺露，夕潤綠池風。既美脩嫮女，復悅繁華童。
夙昔玉霜滿，旦暮翠條空。葉飄儲胥右，芳歇露寒冬。
紀化尚盈炅，俗志信頹隆。財殫交易絕，華落色難終。
所惜改驪盼，豈恨逐征蓬。所願昭陽景，持照長門宮。

長歌行二首
沈約

連連舟壑改，微微市朝變。來切嗣往迹，莫武徂升彥。
局塗頓遠策，留懽限奔箭。拊戚狀驚瀾，循休擬回電。
歲去方願違，年來苦心薦。春貌既移紅，秋林豈停蒨。
一倍茂陵道，寧思柏梁宴。長戢兔園情，永別金華殿。
聲徽無感簡，丹青有餘絢。幽籥且未調，無使長歌倦。

春隰薰綠柳，寒墀積皓雪。依依徂紀盈，霏霏來思結。
思結纏歲晏，曾是掩初節。初節曾不掩，浮榮逐弦缺。
弦缺更圓合，浮榮永沉滅。色隨夏蓮變，能[一]與秋霜耋。
道迫無異期，賢愚有同絕。銜恨豈云忘，天道無甄別。
功名識所職，竹帛尋摧裂。生外苟難尋，吐爲長歎設。

【校記】

[一]能，陳本作態。《樂府詩集》從態。

梁甫吟
沈約

龍駕有馳策，日御不停陰。星籥亟迴變，氣化坐盈侵。

寒光稍眇眇，秋塞日沉沉。高窗灰餘火，傾河駕騰參。
飇風折暮草，驚竿貫層林。時雲靄空遠，淵水結清深。
奔樞豈易細，珠庭不可臨。懷仁每多意，履順孰能禁。
露清一唯促，緩志且移心。哀歌步梁甫，歎絕有遺音。

君子有所思行
沈約

晨策終南首，顧望咸陽川。戚里遡層闕，甲館負崇軒。
複塗希紫閣，重臺擬望仙。巴姬幽蘭奏，鄭女陽春弦。
共矜紅顏日，俱忘白髮年。寂寥茂陵宅，照曜未央蟬。
無以五鼎盛。顧嗤三經玄。

白馬篇
沈約

白馬紫金鞍，停鑣過上蘭。寄言狹斜子，詎知隴道難。
赤阪途三折，龍堆路九[一]盤。冰生肌裏冷，風起骨中寒。
功名志所急，日暮不遑飡。長驅入右地，輕舉出樓蘭。
直去已垂涕，寧可望長安。匪期定遠封，無羨輕車官。
唯見恩義重，豈覺衣裳單。本持軀命答，幸遇身名完。

【校記】
[一]九，陳本作几。《樂府詩集》作九。

前緩聲歌
沈約

羽人廣宵宴，帳集瑤池東。開霞泛綵靄，澄霧迎香風。
龍駕出黃苑，帝服起河宮。九疑轔煙雨，三山馭螭鴻。
玉鑾乃排月，瑤軑信凌空。神行燭玄漠，帝斾委曾虹。
簫歌妙嬴女，笙吹悅姬童。瓊漿且未洽，羽轡已騰空。
息鳳曾城曲，滅景清都中。隆佑集皇代，委祚溢華嵩。

長安有狹斜行
沈約

長安有狹斜，狹斜不容車。適逢兩少年，夾轂問君家。

君家新市旁，易知復難忘。大子二千石，中子孝廉郎。小子無官職，衣冠仕洛陽。三子俱入室，室中自生光。大婦織綺紵，中婦織流黃。小婦無所爲，挾瑟上高堂。丈人且徐徐，調絃詎未央。

卷二十三

詩

操 上廣

思親操
大舜
陟彼歷山兮遵鬼,有鳥翔兮高飛。瞻彼鳩兮徘徊,河水洋洋兮青泠。
深谷鳥鳴兮嚶嚶,設罥張罝兮思我父母力耕。
日與月兮往如馳,父母遠兮吾當安歸。

襄陵操
大禹
嗚呼,洪水滔天,下民愁悲,上帝愈咨。
三過吾門不入,父子道衰。嗟嗟,不欲煩下民。

拘幽操
文王
殷道溷溷,浸濁煩兮。朱紫相合,不別分兮。
迷亂聲色,信讒言兮。炎炎之虐,使我愆兮。
幽閉牢穽,由其言兮。遘我四人,憂勤勤兮。

克商操
武王
上告皇天兮,可以行乎?

傷殷操
微子
麥秀漸漸兮，禾黍油油。彼狡童兮，不我好仇。

越裳操
周公
於戲嗟嗟，非旦之力，乃文王之德。

神鳳操
成王
鳳凰翔兮於紫庭，予何德兮以感靈。
賴先人兮恩澤臻，于胥樂兮民以寧。

文王操
孔子
黬而黑，頎而長，曠然如望羊。奄有四方，非文王，其孰能爲此？

將歸操
孔子
周道衰微，禮樂陵遲。文武既墜，吾將焉歸。周遊天下，靡邦可依。
鳳鳥不識，珍寶梟鴟。眷然顧之，惏然心悲。巾車命駕，將適唐都。
黃河洋洋，悠悠之魚。臨津不濟，還轅息鄹。傷予道窮，哀彼無辜。
翱翔于衛，復我舊廬。從吾所好，其樂只且。

猗蘭操
孔子
習習谷風，以陰以雨。之子于歸，遠送于野。
何彼蒼天，不得其所。逍遙九州，無有定處。
世人暗蔽，不知賢者。年紀逝邁，一身將老。

龜山操
孔子
余欲望魯兮，龜山蔽之。手無斧柯，奈龜山何！

履霜操
尹伯奇

履朝霜兮採晨寒，考不明其心兮信讒言。
孤恩別離兮摧肺肝，何辜皇天兮遭斯愆。
痛殁不同兮恩有偏，誰說顧兮知此冤。

雉朝飛操
牧犢子

雉朝飛兮鳴相和，雌雄羣遊兮山阿，
我獨何命未有家，時將暮兮可柰何，嗟嗟暮兮柰若何。

別鶴操
陵穆子

將乖比翼兮隔天端，山川悠遠兮路漫漫，攬衾不寐兮食忘餐。

採芝操
四皓

皓天嗟嗟，深谷逶迤。樹木莫莫，高山崔嵬。巖居穴處，以爲幄茵。
曄曄紫芝，可以療饑。唐虞往矣，吾當安歸。

操下補

胡笳十八拍
蔡琰

我生之初尚無爲，我生之後漢祚衰。
天不仁兮降亂離，地不仁兮使我逢此時。
干戈日尋兮道路危，民卒流亡兮共哀悲。
煙塵蔽野兮胡虜盛，志意乖兮節義虧。
對殊俗兮非我宜，遭惡辱兮當告誰。
笳一會兮琴一拍，心憤怨兮無人知。

戎羯逼我兮爲室家，將我行兮向天涯。
雲山萬重兮歸路遐，疾風千里兮揚塵沙。
人多暴猛兮如虺蛇，控弦被甲兮爲驕奢。

兩拍張絃兮絃欲絕，志摧心折兮自悲嗟。

越漢國兮入胡城，亡生失家兮不如無生。
氈裘為裳兮骨肉震驚，羯羶為味兮枉遏我情。
鞞鼓喧兮從夜達明，朔風浩浩兮暗塞[一]營。
傷今感昔兮三拍成，啣悲畜恨兮何時平！

無日無夜兮不思我鄉土，稟氣含生兮莫過我最苦。
天災國亂兮人無主，惟我薄命兮沒戎虜。
殊俗心異兮身難處，嗜欲不同兮誰可與語。
尋思涉歷兮多艱阻，四拍成兮益悽楚。

雁南征兮欲寄邊聲[二]，雁北歸兮為得漢音。
雁飛高兮邈難尋，空斷腸兮思愔愔。
攢眉向月兮撫雅琴，五拍泠泠兮意彌深。

冰霜凜凜兮身苦寒，飢對肉酪兮不能餐。
夜聞隴水兮聲嗚咽，朝見長城兮路杳漫。
追思往日兮行李難，六拍悲來兮欲罷彈。

日暮風悲兮邊聲四起，不知愁心兮說向誰是。
原野蕭條兮烽戍萬里，俗賤老弱兮少壯為美。
逐有水草兮安家葺壘，牛羊邊野兮聚如蜂蟻。
草盡水竭兮牛羊皆徙，七拍流恨兮惡居於此。

為天有眼兮，何不見我獨飄流。為地有靈兮，何事處我天南海北頭。
我不負天兮天何配我殊匹，我不負神兮神何殛我越荒州。
製斯八拍兮擬排憂，何知曲成兮心轉愁。

天無涯兮地無邊，我心愁兮亦復然。
人生倏忽兮如白駒之過隙，然不得歡樂兮當我之盛年。
怨兮欲問天，天蒼蒼兮上無緣。舉頭仰望兮空雲烟。九拍懷情兮誰與傳。

城頭烽火不曾滅，疆場征戰何時歇。

殺氣朝朝衝塞門，胡風夜夜吹邊月。
故鄉隔兮音塵絕，哭無聲兮氣將咽，
一生辛苦緣離別，十拍悲深兮淚成血。

我非貪生而惡死，不能損身兮心有以。
生仍冀得兮歸桑梓，死當埋骨兮長已矣。
日居月諸兮在戎壘，胡人寵我兮有二子。
鞠之育之兮不羞恥，愍之念之兮生長邊鄙。
十有一拍兮因茲起，哀響纏綿兮徹心髓。

東風應律兮暖氣多，知是漢家天子兮布陽和。
羌胡蹈舞兮共謳歌，兩國交懽兮罷兵戈。
忽逢漢使兮稱近詔，遣千金兮贖妾身。
喜得生還兮逢聖君，嗟別稚子兮會無因。
十有二拍兮哀樂均，去住兩情兮難具陳。

不謂殘生兮却得旋歸，撫抱胡兒兮泣下沾衣。
漢使迎我兮四牡騑騑，悲號失聲兮誰得知，
與我生死兮逢此時，愁爲子兮日無光輝，焉得翼羽兮將汝歸。
一步一遠兮足難移，䰟消影絕兮恩愛遺。
十有三拍兮絃急調悲，肝腸攪刺兮人莫我知。

身歸國兮兒莫知[三]隨，心懸懸兮長如饑。
四時萬物兮有盛衰，唯我愁苦兮不暫移。
山高地闊兮見汝無期，更深夜闌兮夢汝來斯。
夢中執手兮一喜一悲，覺後痛吾心兮無休歇時。
有十四拍[四]兮涕淚交垂，河水東流兮心是思。

十五拍兮節調促，氣填胸兮誰識曲。
處穹廬兮偶殊俗，欲得歸來兮天從欲，再還漢國兮懽心足。
心有懷兮愁轉深，日月無私兮曾不照臨。
子母分離兮意難任，同天隔越兮如參商，生死不相知兮何處尋。

十六拍兮思茫茫，我與兒兮各一方。

日東月西兮徒相望，不得相隨兮空斷腸。
對萱草兮憂不忘，彈鳴琴兮情何傷。
今別子兮歸故鄉，舊怨平兮新怨長。
泣血仰頭兮訴蒼蒼，胡爲生兮獨罹此殃。

十七拍兮心鼻酸，關山阻脩兮行路難。
去時懷土兮心無緒，來時別兒兮思漫漫。
塞上黃蒿兮枝枯葉乾，沙場白骨兮刀痕箭瘢。
風霜凜凜兮春夏寒，人馬饑觑兮筋力單。
豈知重德兮入長安，歎息欲絕兮淚闌干。

胡笳本自出胡中，緣琴翻出音律同。
十八拍兮曲雖終，響有餘兮思無窮。
是知絲竹微妙兮，均造化之功；哀樂各隨人心兮，有變則通。
胡與漢兮異域殊風，天與地隔兮子西母東。
苦我怨氣兮浩於長空，六合雖廣兮受之應不容。

【校記】
[一]陳本、《樂府詩集》此有"昏"字。《文選補遺》無。
[二]聲，陳本、《文選補遺》同。《樂府詩集》作心。
[三]知，陳本作之。《文選補遺》、《樂府詩集》從知。
[四]有十四拍，陳本、《文選補遺》、《樂府詩集》作十有四拍，是。

挽歌

薤露
古辭

薤上露，何易晞！露晞明朝更復落，人死一去何時歸。

薤露
魏武帝

惟漢二十二世，所任誠不良。沐猴而冠帶，知小而謀疆。
猶豫不敢斷，因狩執君王。白虹爲貫日，己亦先受殃。
賊臣執國柄，殺主滅宇京。蕩復[一]帝基業，宗廟以燔喪。

播越西遷移，號泣而且行。瞻彼洛城郭，微子爲哀傷。

【校記】

[一]復，陳本、《樂府詩集》作覆。

薤露
曹植

天地無窮極，陰陽轉相因。人居一世間，忽若風吹塵。
願得展功勤，輸力於明君。懷此王佐才，慷慨獨不羣。
鱗介尊神龍，走獸宗麒麟。蟲獸猶知德，何況於士人。
孔子刪詩書，王業燦已分。騁我徑寸翰，流藻垂華芬。

蒿里
古辭

蒿里誰家地？聚斂魂魄無賢愚。
鬼伯一何相催促？人命不得少踟躕。

蒿里
魏武帝

關東有義士，興兵討羣兇。初期會盟津，乃心在咸陽。
軍合力不齊，躊躇而鴈行。勢利使人爭，嗣還自相戕。
淮南弟稱號，刻璽於北方。鎧甲生蟣虱，萬姓以死亡。
白骨露於野，千里無雞鳴。生民百遺一，念之絕人腸。

蒿里
鮑照

同盡無貴賤，殊願有窮伸。馳波催永夜，零露逼短晨。
結我幽山駕，去此滿堂親。虛容遺劒佩，實貌戢衣巾。
斗酒安可酌，尺書誰復陳。年代稍推遠，懷抱日幽淪。
人生良自劇，天道與何人？齎我長恨意，歸爲狐兔塵。

挽歌
陶潛

有生必有死，早終非命促。昨暮同爲人，今旦在鬼錄。

覔氣散何之，枯形寄空木。嬌兒索父啼，良友拊我哭。
得失不復知，是非安能覺。千秋萬歲後，誰知榮與辱。
但恨在世時，飲酒恒不足[一]。

【校記】
[一]恒不足，陳本同。《陶淵明集箋注》作不得足。

挽歌
鮑照

獨處重冥下，憶昔登高臺。傲岸平生中，不爲物所裁。
埏門只復閉，白蟻相將來。生時芳蘭體，小蟲今爲災。
玄鬢無復根，枯髏依青苔。憶昔好飲酒，素盤進青梅。
彭韓及廉藺，疇昔已成灰。壯士皆死盡，余人安在哉？

挽歌
祖珽

昔日驅駟馬，謁帝長楊宮。旌懸白雲外，騎獵紅塵中。
今來向章[一]浦，素蓋轉悲風。榮華與歌笑，萬事盡成空。

【校記】
[一]章，陳本、《樂府詩集》作漳。

雜歌上

擊壤歌
老人

日出而作，日入而息，鑿井而飲，耕田而食。帝力於我何有哉！

卿雲歌
大舜

卿雲爛兮，禮縵縵兮。日月光華，旦復旦兮。

南風歌
大舜

南風之薰兮，可以解吾民之慍兮。南風之時兮，可以阜吾民之財兮。

夏人歌 二章
大舜

江水沛兮，舟楫敗兮，我王廢兮。趣歸于亳，亳亦大兮。
樂兮樂兮，四牡蹻兮，六轡沃兮。去不善而從善。何不樂兮。

塗山歌
大舜

綏綏白狐，九尾龐龐。我家嘉夷，來賓爲王。
成于家室。我都攸昌。天人之際，於玆則行焉矣哉。

采薇歌
伯夷

登彼西山兮，采其薇矣。以暴易暴兮，不知其非矣。
神農虞夏忽焉沒兮，我適安歸矣。于嗟徂兮，命之衰矣。

飯牛歌
甯戚

南山燦，白石爛，生不遭堯與舜禪。
短布單衣適至骭，從昏飯牛至夜半，長夜漫漫何時旦？

龍蛇歌
介子推

有龍矯矯，頃失其所。五蛇從之，周流天下。龍饑無食，一蛇割股。
龍及[一]其淵，安其壤土。四蛇入穴，皆有處所。一蛇無穴，號於中野。

【校記】
[一]及，陳本、《樂府詩集》作反。

侏儒歌
魯人

臧之狐裘，敗我於狐駘。我君小子，朱儒是使。朱儒朱儒，使我敗於邾。

築者歌
宋人
澤門之晳，實興我役。邑中之黷，實慰我心。

輿人歌
晉人
原田每每舍其舊，而是新謀。

孔子歌
魯人
袞衣章甫，實獲我所。章甫袞衣，惠我無私。

驪駒歌
驪駒在門，僕夫具存。驪駒在路，僕夫整駕。

河激歌
女娟 趙簡子夫人，河津吏之女也
升彼河兮而觀清，水揚波兮冒冥冥。禱求福兮醉不醒，誅將加兮妾心驚。罰既釋兮瀆乃清，妾持檝兮操其維。蛟龍助兮主將歸，呼來櫂兮行勿疑。

楚商歌
優孟
貪吏不可爲而可爲，廉吏可爲而不可爲。
貪吏而不可爲，當時有污名。而可爲者，子孫以家成。
廉吏而可爲，當時有清名。而不可爲者，子孫困窮，被褐而賣薪。
貪吏常苦富，廉吏常苦貧。獨不見楚相孫叔敖，廉潔不受錢。

延陵季子歌
徐人
延陵季子兮不忘故，脫千金之劍兮帶丘墓。

子產歌
鄭人
我有子弟，子產誨之。我有田疇，子產殖之。子產而死，誰其嗣之？

齊臺歌
晏嬰
庶民之餒，我若之何。奉上靡獘，我若之何。

師乙歌
彼婦之口，可以出走。彼婦之謁，可以死敗。優哉游哉，聊以卒歲。

大道歌
孔子
大道隱兮禮爲基，賢人竄兮將待時，天下如一兮欲何之。

丘陵歌
孔子
登彼丘陵，峛崺其阪。仁道在邇，求之若遠。
遂迷不復，自嬰迍蹇。喟然回慮，題彼泰山。
鬱確其高，梁父回連。枳棘充路，陟之無緣。
將伐無柯，患茲蔓延。惟以永歎，涕霣潺湲。

獲麟歌
孔子
唐虞世兮麟鳳遊，今非其時來何求，麟兮麟兮我心憂。

曳杖歌
孔子
泰山其頹乎？梁木其壞乎？哲人其萎乎？

鳳兮歌
楚狂接輿
鳳兮鳳兮，何德之衰。往者不可諫，來者猶可追。
已而，已而，今之從政者殆而！

孺子歌
滄浪之水清兮，可以濯我纓。滄浪之水濁兮，可以濯我足。

狐裘歌
士蒍
狐裘蒙茸，一國三公，吾誰適從。

鄉人飲酒歌
我之圃，生之杞乎。從我者子乎？去我者鄙乎？
信其鄙者耻乎？已乎！非吾黨之士乎。

優施歌
暇豫之吾吾，不如烏烏。人皆集於苑，己獨集於枯。

成相三首
荀況
請成相，世之殃，愚闇愚闇墮賢良。人主無賢，如瞽無相何悵悵！
請布基，慎聖人，愚而自專事不治。主忌苟勝，羣臣莫諫必逢災。
論臣過，反其施，尊主安國尚賢義。拒諫飾非，愚而上同國必禍。
曷謂罷？國多私，比周還主黨與施。遠賢近讒，忠臣蔽塞主勢移。
曷謂賢？朗君臣，上能尊主下愛民。主誠聽之，天下爲一海內賓。
主之孽，讒人達，賢能遁逃國乃蹷。愚以重愚，闇以重闇成爲桀。
世之災，妬賢能，飛廉執政壬惡來。卑其志意，大其園囿高其臺。
武王怒，師牧野，紂卒易鄉啓乃下。武王善之，封之于宋立其祖。
世之衰，讒人歸，比干見刳箕子累。武王誅之，呂尚招麾殷民懷。
世之禍，惡賢士，子胥見殺百里徙。穆公得之，彊配五伯六卿施。
世之愚，惡大儒，逆斥不通孔子拘。展禽三絀，春申道綴基畢輸。
請牧基，賢者思，堯在萬世如見之。讒人罔極，險陂傾側此之疑。
基必施，辨賢罷音疲[陳]，文武之道同伏羲。由之者治，不由者亂何疑爲？
凡成相，辯法方，至治之極復後王。慎墨季惠，百家之說誠不祥。
治復一，脩之吉，君子執之心如結。衆人貳之，讒夫棄之形是詰。
水至平，端不傾，心術如此象聖人。脫字而有埶，直而用枻必參天。
世無王，窮賢良，暴人芻豢仁人糟糠。禮樂滅息，聖人隱伏墨術行。
治之經，禮與刑，君子以脩百姓寧。朗德慎罰，國家既治四海平。
治之志，後埶富，君子誠之好以待。處之敦固，有深[一]藏之能遠思。
思乃精，志之榮，好而壹之神以成。精神相反，一而不貳爲聖人。
治之道，美不老，君子由之佼以好。下以教誨子弟，上以事祖考。

成相竭，辭不蹷，君子道之順以達。宗其賢良，辨其殃[二]孽。

請成相，道聖王，堯舜尚賢身辭讓。許由善卷，重義輕利行顯明。
堯讓賢，以爲民，氾利兼愛德施均。辨治上下，貴賤有等明君臣。
堯授能，舜遇時，尚賢推德天下治。雖有賢聖，適不遇世孰知之？
堯不得，舜不辭，妻以二女任以事。大人哉舜！南面而立萬物備。
舜授禹，以天下，尚得推賢不失序。外不避仇，內不阿親賢者予。
禹勞心力，堯有德，干戈不用三苗服。舉舜甽畝，任之天下身休息。
得后稷，五穀殖，夔爲樂正鳥獸服。契爲司徒，民知孝弟尊有德。
禹有功，抑下鴻，辟除民害逐共工。北決九河，通十二渚疏三江。
禹敷土，平天下，躬親爲民行勞苦。得益、皋陶、橫革，直成爲輔。
契玄王，生昭明，居於砥石遷于商。十有四世，乃有天乙是成湯。
天乙湯，論舉當，息讓卞隨舉牟務同[陳]光，道古賢聖基必張。
願陳辭，世亂惡善不此治。隱諱疾賢，良由姦詐鮮無災。
患難哉！阪爲先 此爲有脫[劉]，聖知不用愚者謀。
前車已覆，後未知更何覺時！ 此上有脫字[劉]
不覺悟，不知苦，迷惑失指易上下。中不上達，矇揜耳目塞門戶。
門戶塞，大迷惑，悖亂昏莫不終極。是非反易，比周欺上惡正直。
正是惡，心無度，邪枉辟回去[三]道途。己無郵[四]人，我獨自美豈無故！
不知戒，後必有，恨後遂過不肯悔。讒夫多進，反覆言語生詐態。
人之態，不如備，爭寵嫉賢利惡忌。妬功毀賢，下斂黨與上蔽匿。
上壅蔽，失輔埶，任用讒夫不能制。孰當作郭公長父之難，厲王流于彘。
周幽厲，所以敗，不聽規諫忠是害。嗟我何人，獨不遇時當亂世！
欲對衷[五]，言不從，恐爲子胥身離凶，進諫不聽，到而獨鹿棄之江。
觀往事，以自戒，治亂是非亦可識，託於成相以喻意。

請成相，言治方，君論有五約以明。君謹守之，下皆平正國乃昌。
臣下職，莫游食，務本節用財無極。事業聽上，莫得相使一民力。
守其職，足衣食，厚薄有等明爵服。利往卬[六]上，莫得擅與孰私得？
君法明，論有常，表儀既設民知方，進退有律，莫得貴賤孰私王？
君法儀，禁不爲，莫不說教名不移。脩之者榮，離之者辱孰它師？
刑稱陳，守其銀 垠同[陳]，下不得用輕私門。罪禍有律，莫得輕重威不分。
請牧祺，用有基，主好論議必善謀。五聽循[七]領，莫不理續主執持。
聽之經，明其請 當作情[劉]，參伍明謹施賞刑。顯者必得，隱者復顯民反誠。

言有節，稽其實，信誕以分賞罰必。下不欺上，皆以情言明若日。
上通利，隱遠至，觀法不法見不視。耳目旣顯。吏敬法令莫敢恣。
君教出，行有律，吏謹將之無鈹音披[陳]滑音汩[陳]。
下不私請，各以所宜舍巧拙。臣謹修，君制變，公察善思論不亂。
以治天下，後世法之成律貫。

【校記】

[一]"深"字據陳本補，《荀子集解》同。
[二]殃，陳本作妖。《荀子集解》作殃。
[三]去，陳本、《荀子集解》作失。
[四]郵，陳本作尤。《荀子集解》作郵。
[五]欲對衷，陳本、《荀子集解》作欲衷對。
[六]卬，陳本作仰。《荀子集解》作卬。
[七]循，陳本、《荀子集解》作脩。

卷二十四

詩

雜歌下

渡伍員歌
楚漁父
日月昭昭乎浸已馳,與子期乎蘆之漪。
日之夕兮予心憂悲,月已馳兮何不渡爲,事寖急兮將柰何。

越人歌
榜枻越人
今夕何夕兮,搴舟中流。今日何日兮,得與王子同舟。
蒙羞被好兮,不訾詬恥。心幾頑而不絕兮,得知王子。
山有木兮木有枝,心悅君兮君不知。

㱇㹠歌
百里奚妻
百里奚,五羊皮。憶別時,烹伏雌,炊㱇㹠。今日富貴忘我爲!

黃鵠歌
陶寡妻名嬰[陳]
悲夫黃鵠之早寡兮,七年不雙。宛頸獨宿兮,不與衆同。
夜半悲鳴兮,想其故雄。天命早寡兮,獨宿何傷。
寡婦念此兮,泣下數行。嗚呼哀哉兮,死者不可忘。
飛鳥尚然兮,況於貞良。雖有賢雄兮,終不重行。

紫玉歌
吳夫差女

南山有鳥，北山張羅。意欲從君，讒言孔多。
悲結成疹，殁命黃壚。命之不造，冤如之何！
羽族之長，名爲鳳凰。一日失雄，三年感傷。
雖有衆鳥，不爲匹雙。故見鄙姿，逢君輝光。身遠心近，何曾暫忘。

魏河內歌

鄴有賢令兮爲史公，決漳水兮灌鄴旁，終古舄鹵兮生稻粱。

長鋏歌
馮驩

長鋏歸來兮！食無魚。長鋏歸來兮！出無車。長鋏歸來兮！無以爲家。

采芝歌
四皓

漠漠商洛，深谷逶迤。曄曄紫芝，可以療饑。皇農邈遠，吾將安歸。
駟馬高蓋，其憂甚大。富貴之畏人，不如貧賤之輕世。

垓下帳中歌
項羽

力拔山兮氣蓋世，時不利兮騅不逝。
騅不逝兮可奈何，虞兮虞兮奈若何。

鴻鵠歌
漢高帝

鴻鵠高飛，一舉千里。羽翼已就，橫絕四海。
橫絕四海，又可奈何？雖有矰繳，尚安所施？

平城歌
漢高帝

平城之圍[一]亦誠苦，七日不食，不能彀弩。

【校記】

[一]圍，《漢書》作下。

種田歌
劉章
深耕概種，立苗欲疏。非其種者，鉏而去之。

百姓歌
蕭何爲政，較若畫一。曹參代之，守而勿失。載其清淨，民以寧一。

淮南民歌
一尺布，尚可縫；一斗粟，尚可舂。奈何兄弟二人不相容。

瓠子歌
漢武帝
瓠子決兮將柰何，浩浩洋兮，慮殫爲河。
殫爲河兮地不得寧，功無已時兮吾山平。
吾山平兮鉅野溢，魚弗鬱兮柏冬日。
正道弛兮離常流，蛟龍騁兮放遠遊。
歸舊州兮神哉沛，不封禪兮安[一]知外！
爲我謂河伯[二]兮何不仁，泛濫不止兮愁吾人。
齧桑浮兮淮、泗滿，久不返兮水維緩。

河蕩蕩兮激潺湲，北渡回兮汛流難。
搴長筊兮湛美玉，河伯許兮薪不屬。
薪不屬兮衛人罪，燒蕭條兮噫乎何以御水。
隤林竹兮楗石菑，宣防塞兮萬福來。

【校記】
[一]安，陳本作焉。《漢書》作安。
[二]我謂河伯，陳本同。《漢書》作皇謂河公。

天馬歌
漢武帝
太乙況，天馬下。霑赤汗，沫流赭。志俶儻，精權奇。
籋[踊劉]浮雲，晻上馳。驅容與，達萬里。今安匹？龍爲友。

天馬徠，從西極，涉流沙，九夷服。
天馬徠，出泉水，虎脊兩，化若鬼_{變化如神[劉]}。
天馬徠，歷無草，徑千里，循東道。
天馬徠，執徐時_{歲在辰[劉]}，將遙舉，誰與期？
天馬徠，開遠門，竦予身，逝崑崙。
天馬徠，龍之媒，遊閶闔，登玉臺。

蒲稍天馬歌
漢武帝

天馬徠兮從西極，經萬里兮歸有德。
承靈威兮障外國，涉流沙兮四夷服。

落葉哀蟬曲
漢武帝

羅袂兮無聲，玉墀兮塵生。虛房冷而寂寞，落葉依於重扃。
望彼美之女兮，安得感余心之未寧？

八公操
劉安

煌煌上天，照下土兮。知我好道，公來下兮。
公將與予，生毛羽兮。超騰青雲，蹈梁甫兮。
觀見瑤光，過北斗兮。馳乘風雲，使玉女兮。
含精吐氣，嚼芝草兮。悠悠將將，天相保兮。

烏孫公主歌

吾家嫁我兮天一方，遠託異國兮烏孫王。
穹廬為室兮旃為墻，以肉為食兮酪為漿。
居常土思兮心肉傷，願為黃鵠兮歸故鄉。

李延年歌

北方有佳人，絕世而獨立，一顧傾人城，再顧傾人國。
寧不知傾城與傾國，佳人難再得。

李夫人歌
是邪？非邪？立而望之，翩何姍姍其來遲。

琴歌
霍去病
四夷既護，諸夏康兮。國家安寧，樂無央兮。
載戢干戈，弓矢藏兮。麒麟來臻，鳳凰翔兮。
與天相保，永無疆兮。親親百年，各延長兮。

拊缶歌
楊惲
田彼南山，蕪穢不治。種一頃豆，落而爲萁。
人生行樂耳，湏富貴何時。

處女吟
魯處女
菁菁茂木，隱歔榮兮。變化垂枝，含欸英兮。
脩身養志，建令女兮。厥道不同，善惡并兮。
屈身身獨，去微淸兮。懷忠見疑，何貪生兮。

黃鵠歌
漢昭帝
黃鵠飛兮下建章，羽肅肅兮行蹡蹡，金爲衣兮菊爲裳。
唼喋荷荇，出入蒹葭；自顧菲薄，愧爾嘉祥。

淋池歌
漢昭帝
秋素景兮泛洪波，揮纖手兮折芰荷，涼風淒淒揚棹歌。
雲光開曙月低河，萬歲爲樂豈云多。

望鄉歌
背尊章，嫖以忽。謀屈奇，起自絕。
行周流，自生患。諒非望，今誰怨。

馮君歌

大馮君,小馮君,兄弟繼踵相循,聰䎙賢知惠吏民。
政如魯、衛德化鈞,周公、康叔猶二君。

印綬歌

牢耶石耶?五鹿客耶?印何纍纍?綬若若耶。

瑟歌

欲久生兮無終,長不樂兮安窮,奉天期兮不得須臾。
千里馬兮駐待路,黃泉下兮幽深。人生要死,何爲苦心。
何用爲樂心所喜,出入無惊爲樂亟。
蒿里召兮鄙門閭,死不得取代庸身自逝。

五歌
燕王

歸空城兮狗不吠,雞不鳴。
橫術何廣廣兮,固知國中之無人。

華容夫人歌
燕王

髮紛紛兮寘渠,骨籍籍兮亡居。母求死子兮妻求死夫,徘徊兩渠間兮君子獨安居。

五噫歌
梁鴻

陟彼北邙兮,噫!
顧瞻帝京兮,噫!
宮闕崔嵬兮,噫!
民之劬勞兮,噫!
遼遼未央兮,噫!

武溪深行
馬援

滔滔武溪一何深!鳥飛不度,獸不敢臨。嗟哉武溪多毒淫!

招商
漢靈帝
涼風起兮日照渠，青荷晝偃葉夜舒，惟日不足樂有餘。
清絲流管歌玉凫，千年萬歲嘉難踰。

定情歌
張衡
大火流兮草蟲鳴，繁霜降兮草木零。
秋爲期兮時已征，思美人兮愁屛營。

莋都夷歌
【遠夷樂德歌】
大漢是治，與天合意，吏譯平端，不從我來。
聞風向化，所見寄[一]異，多賜繒布，甘美酒食。昌樂肉飛，屈申悉備。
蠻夷貧薄，無所報嗣。願主長壽，子孫昌熾。

【遠夷慕德歌】
蠻夷所處，日出之部。慕義向化，歸日出主。
聖德深恩，與人富厚。冬多霜雪，夏多和雨。寒溫時適，部人多有。
涉危歷險，不遠萬里。去俗歸德，心歸慈母。

【遠夷懷德歌】
荒服之外，土地墝埆。食肉衣皮，不見鹽穀。
吏譯傳風，大漢安樂。攜負歸仁，觸冒險狹。
高山岐峻，緣崖磻石。木薄發家，百宿到洛。
父子同賜，懷抱四帛。傳告種人，長願臣僕。

【校記】
[一]寄，陳本、《全漢三國晉南北朝詩》作奇。

涼州歌
游子常苦貧，力子天所富。寧見乳虎穴，不入冀府寺。
大笑期必死，忿怒或見置。嗟哉樊府君，安可再遭值。

魏都輿人歌

我有枳棘，岑君伐之。我有蟊賊，岑君遏之。
狗吠不驚，足下生氂。含哺鼓腹，焉知凶災。
我喜我生，獨不斯時。美矣岑君，於戲休茲。

蔡伯皆[一]歌

練余心兮浸太清，滌穢濁兮存正靈。
和液暢兮神氣寧，情志泊兮心亭亭，嗜欲息兮無由生。
踔宇宙而遺俗兮，少翩翩而獨征。

【校記】
[一]皆，陳本作喈，《後漢書》亦云："蔡邕字伯喈。"是。

視刀鐶歌

常恨言語淺，不如人意深。今朝兩相視，脉脉動人言。

燕人歌
傅玄

燕人美兮趙女佳，其室則邇兮限曾崖。
雲爲車兮風爲馬，玉在山兮蘭在野。
雲無期兮風有止，思多端兮誰能理？

謠 廣

康衢謠

立我烝民，莫匪爾極，不識不知，順帝之則。

白雲謠
周穆王

白雲在天，山陵自出。道里悠遠，山川間之。將子無死，尚復能來。

穆天子謠

子歸東土，和洽諸夏，萬民平均。吾顧見汝，比及三年，將復而野。

齊嬰兒謠

大冠若箕，脩劍拄頤。攻敵不能，下壘於枯丘。

晉童謠

丙之晨，龍尾伏辰，均服振振，取虢之旂。
鶉之奔奔，天策焞焞，火中成軍，虢公其奔。

西漢童謠

燕燕尾涎涎，張公子，時相見。
木門倉琅根，燕來啄皇孫，皇孫死，燕啄矢。

西漢童謠

邪徑敗良田，讒口亂善人。桂樹華不實，黃爵巢其巔。
故爲人所羨，今爲人所憐。

鴻隙陂童謠

壞陂誰，翟子威。飯我豆食羹芋魁。
反乎覆，陂當復。誰去者？兩黃鵠。

長安謠

城中好高髻，四方高一尺。
城中好廣眉，四方且半額。
城中好大袖，四方全匹帛。

小麥謠

小麥青青大麥枯，誰當穫者婦與姑，丈人何在西擊胡。
吏買馬，君具車，請君皷嚨胡。

城上烏謠

城上烏，尾畢逋。公爲吏，子爲徒。
一徒死，百乘車。車班班，入河間。
河間姹女工數錢。以錢爲室金爲堂，石上慊慊舂黃粱。
粱下有懸皷，我欲擊之丞相怒。

卷二十五

雜詩上

栢梁體詩
漢武帝

日月星辰和四時_{武帝}，驂駕駟馬從梁來_{梁王}。
郡國士馬羽林材_{大司馬霍去病}，摠領天下誠難治_{丞相石慶}。
和撫四夷不易哉_{大將軍衛青}，刀筆之吏臣執之_{御史大夫倪寬}。
撞鐘伐鼓聲中詩_{太常周建德}，宗室廣大日益滋_{宗正劉安國}。
周衛交戟禁不時_{衛尉路博德}，摠領從官栢梁臺_{光祿勳涂自爲}。
平理請讞決嫌疑建[一]_{尉杜周}，修飾與馬待駕來_{太僕公孫賀}。
郡國吏功差次之_{大鴻臚壺充國}，乘輿御物主治之_{少府王溫舒}。
陳粟萬石揚筥箕_{大司農張成}，徼道宮下隨討治_{執金吾中丞豹}。
三輔盜賊天下危_{左馮翊咸[二]宣}，盜阻南山爲民災_{右扶風李成信}。
外家公主不可治_{京兆尹}，椒房率領更其材_{詹事陳掌}。
蠻夷朝賀常舍其_{典屬國}，柱枅欂櫨相枝持_{大匠}。
枇杷橘栗桃李梅_{大官令}，走狗走兔張罘罳_{上林令}。
齧妃女脣甘如飴_{郭舍人}，迫窘詰屈幾窮哉_{東方朔}。

【校記】
[一]建，陳本、《古文苑》作廷，當是。
[二]咸，陳本作戚。《古文苑》作盛。

古詩五首
漢武帝

上山採蘼蕪，下山逢故夫。長跪問故夫，新人復何如？

新人雖言好，未若故人姝。顏色類相似，手爪不相如。
新人從門入，故人從門去。新人工織縑，故人工織素。
織縑日一匹，織素五丈餘。將縑來比素，新人不如故。

四坐且莫諠，願聽歌一言。請說銅爐器，崔嵬象南山。
上枝似松栢，下根據銅盤。雕文各異類，離婁目相聯。
誰能為此器，公輸與魯班。朱火然其中，青煙颺其間。
從風入君懷，四坐且莫歎。香風難久居，空令蕙草殘。

悲與親友別，氣結不能言。贈子以自愛，道遠會見難。
人生無幾時，顛沛在其間。念子棄我去，新心有所歡。
　　　　　結志青雲上，何時復來還？

穆穆清風至，吹我羅衣裾。青袍似春草，長條隨風舒。
朝登津梁山，褰裳望所思。安得抱柱言，皎日以為期。

蘭若生春陽，涉冬猶盛滋。願言追昔愛，情款感四時。
美人在雲端，天路隔無期。夜光照玄陰，長嘆念所思。
　　　　　誰謂我無憂，積念發狂癡。

雜詩二首
孔融

巖巖終山首，赫赫炎天路。高明曜雲門，遠景灼寒素。
昂昂累世上，結根在所固。呂望老匹夫，苟為因世故。
管仲小囚臣，獨能建功祚。人生有何常？但患年歲暮。
幸託不肖軀，且當猛虎步。安能苦一身？與世同舉措。
由不慎小節，庸夫笑我度。呂望尚不希，夷齊何足慕。

遠送新行客，歲暮乃來歸。入門望愛子，妻妾向人悲。
聞子不可見，日已潛光輝。孤墳在西北，常念君來遲。
褰裳上虛丘，但見蒿與薇。白骨歸黃泉，肥體乘塵飛。
生時不識父，死後知我誰。孤魂遊窮暮，飄飄安所依？
人生圖享嗣同[陳]息，爾死我念追。俛仰內傷心，不覺淚沾衣。
　　　　　人生自有命，但恨生日希。

閨情詩
曹植

攬衣出中閨，逍遙步兩楹。闌[一]房何寂寥，綠草被堦庭。
空穴—作室自生風，百鳥翩南征。春思安可忘，憂戚與君并。
佳人在遠道，妾身單且煢。歡會難再逢—作遇，蘭芝不重榮。
人皆棄舊愛，君豈若平生。寄松為女蘿，依水如浮萍。
齎身奉衿帶，朝夕不墮傾。儻終顧盻恩—作儻願終盻盻[劉]，永副我中情。

【校記】
[一]闌，陳本同。《曹植集校注》作閒。

雜詩
曹植

悠悠遠行客，去家千餘里。出亦無所之，入亦無所止。
浮雲翳日光，悲風動地起。

雜詩四首
王粲

吉日簡清時，從君出西園。方軌策良馬，並驅厲中原。
北臨清漳水，西看柏楊山。回翔遊廣囿，逍遙波水間。

列車息衆駕，相伴綠水湄。幽蘭吐芳烈，芙蓉發紅暉。
百鳥何繽翻，振翼羣相追。投網引潛魚，強弩下高飛。
白日已西邁，歡樂忽忘歸。

聯翩飛鸞鳥，獨遊無所因。毛羽照野草，哀鳴入層雲。
我尚假羽翼，飛覩爾形身。願及[一]春陽會，交頸覯殷勤。

鷙鳥化為鳩，遠竄江漢邊。遭遇風雲會，託身鸞鳳間。
天姿既否戾，受性又不閑。邂逅見逼迫，俛仰不得言。

【校記】
[一]及，陳本同。《古文苑》、《建安七子集》作乃。

雜詩五首
徐幹

沉陰結愁憂，愁憂爲誰興？念與君相別，各在天一方。
良會未有期，中心摧且傷。不聊憂飡食，慊慊常飢空。
　　　端坐而無爲，髣髴君容光。

峨峨高山首，悠悠萬里道。君去日已遠，鬱結令人老。
人生一世間，忽若暮春草。時不可再得，何爲自愁腦[一]？
　　　每誦昔鴻恩，賤軀焉自保。

浮雲何洋洋，願因通我辭。飄飄不可寄，徙倚徒相思。
人離皆復會，君獨無反期。自君之出矣，明鏡暗不治。
　　　思君如流水，何有窮已時。

慘慘時節盡，蘭華凋復零。喟然長嘆息，君期慰我情。
展轉不能寐，長夜何綿綿。躡履起出戶，仰觀三星連。
　　　自恨志不遂，泣涕如涌泉。

思君見巾櫛，以益我勞勤。安得鴻鸞羽，覯此心中人。
誠心亮不遂，搔首立悁悁。何言一不見，復會無因緣。
　　　故然比目惠[二]，今隔如參辰。

【校記】
　[一]腦，陳本同。《建安七子集》作惱。
　[二]故然比目惠，陳本同。《建安七子集》作故如比目魚。

室思詩
徐幹

人靡不有初，想君能終之。別來歷年歲，舊恩何可期。
重新而忘故，君子所猶譏。寄身雖在遠，豈忘君須臾。
　　　既厚不爲薄，想君時見思。

大蜡詩
裴秀

日躔星紀，大吕司辰。玄象改次，度衆更新。歲事告成，八蜡報勤。

告成伊何，年豐物阜。豐禋孝祀，介茲景福。報勤伊何，農功是歸。
穆穆我后，矜茲蒸黎。飲饗清祀，四方來綏。充牣郊甸，鱗集京師。
交蜡貿遷，紛葩相追。摻袂成幕，連衼成帷。有肉如丘，有酒如泉。
有肴如林，有貨如山。率土同懽，和氣來臻。碩風叶順，降祉自天。
方隅清謐，嘉祚日延。與民優遊，享壽萬年。

雜詩
應瑒[①]

細微可不慎，隄潰白蟻穴。腠理早從事，安復勞鍼石。
哲人覩未形，愚夫闇朙白。曲突不見賓，燋爛爲上客。
思願獻良規，江海倘不逆。狂言雖寡善，猶有如雞跖。
雞跖食不已，齊王爲肥澤。

雜詩二首
傅玄

鵲巢丘城側，雀汝乳井中。居不附龍鳳，常畏蛇與虺。
依賢義不恐，近暴自當窮。

閑夜微風起，朙月照高臺。清響呼不應，玄景招不來。
廚人進藿茹，有酒不盈杯。安貧福所與，富貴爲禍媒。
金玉雖高堂，於我賤蒿菜。

雜詩二首
張華

逍遙游春空，容與綠池阿。白蘋齊素葉，朱草茂丹華。
微風搖楉若，增波動芰荷。榮彩曜中林，流馨入綺羅。
王孫游不歸，修路邈以遐。誰與翫遺芳，佇立獨咨嗟。

荏苒日月運，寒暑忽流易。同好逝不存，莒莒遠離析。
房櫳自來風，戶庭無行迹。蒹葭生床下，蛛蝥網四壁。
懷思見不隆，感物重鬱積。游鴈比翼翔，歸鴻知接翮。
來哉彼君子，無愁徒自隔。

[①] 據《全漢三國晉南北朝詩》，此爲應璩作《百一詩》。

雜詩
司馬彪
百草應節生，含氣有深淺。秋蓬獨何辜？飄搖隨風轉。
長飈臺飛薄，吹我之四遠。搔首望故株，邈然無由返。

雜詩
陸冲
命駕遵長途，綿邈塗難尋。我行一何艱，山川阻且深。
洿澤無夷軌，重巒有層陰。零雨淹中路，玄雲蔽高岑。
俯悼孤竹[一]獸，仰嘆偏翔禽。空谷回悲響，流風漂哀音。
羈旅淹留久，悵望愁我心。

【校記】

[一]竹，陳本、《藝文類聚》作行。

停雲詩 四首
陶潛

靄靄停雲，濛濛時雨。八表同昏，平路伊阻。
靜寄東軒，春醪獨撫。良朋悠邈，搔首延佇。

停雲靄靄，時雨濛濛。八表同昏，平陸成江。
有酒有酒，閑飲東窗。願言懷人，舟車靡從。

東園之樹，枝條再榮。競用新好，以招[一]余情。
人亦有言，日月于征。安得促席，說彼平生。

翩翩飛鳥，息我庭柯。斂翮間止，好聲相和。
豈無他人，念子寔多。願言不獲，抱恨如何！

【校記】

[一]招，陳本、《文選補遺》同。《陶淵明集箋注》作怡。

歸鳥詩四首
陶潛

翼翼歸鳥，晨去于林。遠之八表，近憩雲岑。
和風不洽，翻翻求心。顧儔相鳴，景庇清陰。

翼翼歸鳥，載翔載飛。雖不懷游，見林情依。
遇雲頡頏，相鳴而歸。遐路誠悠，性愛無遺。

翼翼歸鳥，馴林徘徊。豈思天路，欣及舊棲。
雖無昔侶，眾聲每諧。日夕氣清，悠然其懷。

翼翼歸鳥，戢羽寒條。游不曠林，宿則森標。
晨風清興，好音時交。矰繳奚施[一]，已卷安勞！

【校記】
[一]施，陳本、《文選補遺》同。《陶淵明集箋注》作功。

九日閑居
陶潛

世短意常[一]多，斯人樂久生。日月依辰至，舉俗愛其名。
露淒暄[二]風息，氣澈天象明。往燕無遺影，來鴈有餘聲。
酒能祛百慮，菊爲制頹齡。如何蓬廬士，空視時運傾！
塵爵恥虛罍，寒華徒自榮。斂襟獨閑謠，緬焉起深情。
栖遲固多娛，淹留豈無成。

【校記】
[一]常，陳本、《文選補遺》同。《陶淵明集箋注》作恒。
[二]暄，陳本同。《文選補遺》、《陶淵明集箋注》作喧。

歸田園居五首
陶潛

少無適俗韻，性本愛丘山。誤落塵網中，一去三十年。
羈鳥戀舊林，池魚思故淵。開荒南野際，守拙歸田園。
方宅十餘畝，草屋八九間。榆柳蔭後園，桃李羅堂前。

曖曖遠人村，依依墟里烟。狗吠深巷中，雞鳴桑樹顛。
戶庭無雜塵，虛室有餘閑。久在樊籠裏，復得返自然。

野外罕人事，窮巷寡輪鞅。白日掩荆扉，虛室絕塵想。
時復墟曲中，披草共來徃。相見無雜言，但道桑麻長。
桑麻日已長，我土日已廣。常恐霜霰至，零落同草莽。

種豆南山下，草盛豆苗稀。晨興理荒穢，帶月荷鉏歸。
道狹草木長，夕露沾我衣。衣沾不足惜，但使願無違。

久去山澤游，浪莽林野娛。試攜子姪輩，披榛步荒墟。
徘徊丘壟間，依依昔人居。井竈有遺處，桑竹殘杇[一]株。
借問採薪者，此人皆焉如？薪者向我言，死沒無復餘。
一世異朝市，此語真不虛。人生似幻化，終當歸空無。

悵恨獨策還，崎嶇歷榛曲。山澗清且淺，遇以濯吾足。
漉我新熟酒，隻雞招近局。日入室中闇，荆薪代明燭。
歡來苦夕短，已復至天旭。

【校記】

[一]杇，陳本同。《文選補遺》、《陶淵明集箋注》作朽。

移居二首
陶潛

昔欲居南村，非爲卜其宅。聞多素心人，樂與數晨夕。
懷此頗有年，今日從茲役。敝廬何必廣，取足蔽牀席。
鄰曲時時來，抗言談在昔。奇文共欣賞，疑義相與析。

春秋多佳日，登高賦新詩。過我更相呼，有酒斟酌之。
農務各自歸，閑暇輒相思。相思則披衣，言笑無厭時。
此理將不勝？無爲忽去茲。衣食當須紀，力耕不吾欺。

歲暮和張常侍
陶潛

市朝悽舊人，驟驥感悲泉。朗旦非今日，歲暮余何言！
素顏斂光潤，白髮一已繁。闊哉秦穆談，旅力豈未愆！
向夕長風起，寒雲沒西山。厲厲氣遂嚴，紛紛飛鳥還。
民生鮮常在，矧伊愁苦纏。屢闕清酤至，無以樂當年。
窮通靡攸慮，顦顇由化遷。撫己有深懷，履運增慨然。

戊申歲六月中遇火
陶潛

草廬奇[一]窮巷，甘以辭華軒。正夏長風急，林室頓燒燔。
一宅無遺宇，舫舟蔭門前。迢迢新秋夕，亭亭月將圓。
果菜始復生，驚鳥尚未還。中宵佇遙念，一盼[二]周九天。
總髮抱孤念，奄出四十年。形迹憑化往，靈府長獨閑。
貞剛自有質，玉石乃非堅。仰想東戶時，餘糧宛[三]中田。
鼓腹無所思，朝起暮歸眠。既已不遇茲，且遂灌西[四]園。

【校記】

[一]奇，陳本、《陶淵明集箋注》作寄。
[二]盼，陳本同。《陶淵明集箋注》作盻。
[三]宛，陳本同。《陶淵明集箋注》作宿。
[四]西，陳本同。《陶淵明集箋注》作我。

己酉九月九日
陶潛

靡靡秋已夕，淒淒風露交。蔓草不復榮，園木空自凋。
清氣澄餘滓，杳然天界高。哀蟬無歸[一]響，叢鴈鳴雲霄。
萬化相尋繹，人生豈不勞？從古皆有役[二]，念之中心焦。
何以稱我情？濁酒且一作思自陶。千載非所知，聊以永今朝。

【校記】

[一]歸，陳本同。《陶淵明集箋注》作留。
[二]役，陳本同。《陶淵明集箋注》作沒。

始春懷古田園
陶潛

先師有遺訓，憂道不憂貧。瞻望邈難逮，轉欲志長勤。
秉來[一]歡時務，解顏勸農人。平疇交遠風，良苗亦懷新。
雖未量歲功，即事多所欣。耕種有時息，行者無問津。
日入相與歸，壺漿勞近鄰。長吟掩柴門，聊爲隴畝民。

【校記】
[一]來，陳本、《文選補遺》、《陶淵明集箋注》作耒。

西田穫稻
陶潛

人生歸有道，衣食固其端。孰是都不營，而以求自安？
開春理常業，歲功聊可觀。晨出肆微勤，日入負禾還。
山中饒霜露，風氣亦先寒。田家豈不苦？弗獲辭此難。
四體誠乃疲，庶異無[一]患干。盥濯息簷下，斗酒散襟顏。
遙遙沮溺心，千載乃相關。但願長如此，躬耕非所歎。

【校記】
[一]異無，陳本同。《陶淵明集箋注》作無異。

雜詩八首
陶潛

人生無根蒂，飄如陌上塵。分散逐風轉，此已非常身。
落地爲兄弟，何必骨肉親！得歡當作樂，斗酒聚比鄰。
盛年不重來，一日難再晨。及時當勉勵，歲月不待人。

白日淪西河，素月出東嶺。遙遙萬里輝，蕩蕩空中景。
風來入房戶，夜中枕席冷。氣變悟時易，不眠知夕永。
欲言無予和，揮杯勸孤影。日月擲人去，有志不獲騁。
念此懷悲悽，終曉不能靜。

榮華不[一]久居，盛衰不可量。昔爲三春蕖，今作秋蓮房。
嚴霜結野草，枯悴未遽央。日月有環周，我去不再陽。

眷眷徃昔時，憶此斷人腸。
丈夫志四海，我願不知老。親戚共一處，子孫還相保。
觴絃肆朝日，樽中酒不燥。緩帶盡歡娛，起晚眠常早。
孰若當世士，冰炭滿懷抱。百年歸丘壟，用此空名道！

憶我少壯時，無榮自欣豫。猛志逸四海，騫翮思遠翥。
荏苒歲月穨，此心稍已去。值歡無復娛，每每多憂慮。
氣力漸衰損，轉覺日不如。壑舟無須臾，引我不得住。
前塗當幾許，未知止泊處。古人惜寸陰，念此使人懼。

昔聞長者言，掩耳每不喜。奈何五十年，忽已親此事。
求我盛年歡，一毫無復意。去去轉欲速[二]，此生豈再值。
傾家時作樂，竟此歲月駛[三]。有子不留金，何用身後置！

日月不肯遲，四時相催迫。寒風拂枯條，落葉掩長陌。
弱質與運穨，玄鬢早已白。素標插人頭，前塗漸就窄。
家為逆旅舍，我如當去客。去去欲何之？南山有舊宅。

代耕本非望，所業在田桑。躬親未曾替，寒餒常糟糠。
豈期過滿腹[四]，但願飽粳粮。禦冬足大布，粗絺以應陽。
正[五]爾不能得，哀哉亦可傷！人皆盡獲宜，拙生失其方。
理也可奈何！且為陶一觴。

【校記】

[一]不，陳本、《文選補遺》、《陶淵明集箋注》作難。
[二]速，陳本同。《文選補遺》、《陶淵明集箋注》作遠。
[三]駛，陳本、《文選補遺》、《陶淵明集箋注》作駃。
[四]腸，陳本、《文選補遺》、《陶淵明集箋注》作腹。
[五]正，陳本、《文選補遺》同。《陶淵明集箋注》作政。

詠貧士 六首
陶潛

淒厲歲云暮，擁褐曝前軒。南圃無遺秀，枯條盈北園。
顧[一]壺絕餘瀝，闚竈不見煙。詩書塞座外，日昃不遑研。

閑居非陳厄,竊有慍見言。何以慰吾懷,賴古多此賢。

榮叟老帶索,欣然方彈琴。原生納決履,清歌暢高[二]音。
重華去我久,貧士世相尋。弊襟不掩肘,藜羹常乏斟。
豈志襲輕裘,苟得非所欽。賜也徒能辨,乃不見吾心。

安貧守賤者,自古有黔婁。好爵吾不縈,厚饋吾不酬。
一旦壽命盡,弊復[三]仍不周。豈不知其極,非道故無憂。
從來將千載,未復見斯儔。朝與仁義生,夕死復何求。

袁安困積雪,邈然不可干。阮公見錢入,即日棄其官。
芻藁有常溫,採莒足朝餐。豈不實辛苦,所懼非飢寒。
貧富常交戰,道勝無戚顏。至德冠邦閭,清節映西關。

仲蔚愛窮居,遶宅生蓬蒿。翳然絕交游,賦詩頗能工;
舉世無知者,止有一劉龔。此士胡獨然?寔由罕所同;
介焉安其業,所樂非窮通。人事固已拙,聊得長相從。

昔在[四]黃子廉,彈冠佐名州。一朝辭吏歸,清貧略難儔。
年飢感仁妻,泣涕向我流。丈夫雖有志,固爲兒女憂。
惠孫一晤歎,腆贈竟莫酬。誰云固窮難,邈哉此前修。

【校記】
[一]顧,陳本、《文選補遺》、《陶淵明集箋注》作傾。
[二]高,陳本、《文選補遺》同。《陶淵明集箋注》作商。
[三]弊復,陳本作敝服。復,《文選補遺》、《陶淵明集箋注》作服。
[四]在,陳本、《文選補遺》同。《陶淵明集箋注》作有。

雜詩
鮑照

十五諷《詩》《書》,篇翰靡不通。弱冠糸多士,飛步遊春宮。
側覿君子論,預見古人風。兩說窮舌端,五車摧筆鋒。
羞當白璧貺,恥受聊城功。晚節從世務,乘彰遠和戎。
解佩襲犀渠,卷帙奉盧弓。始願力不及,安知命不終。

居山營室
劉峻

自昔厭諠嚻，執志好栖息。嘯歌棄城市，歸來事畊織。
鑿戶窺嶕嶢，開軒望嶄崱。激水簷前溜，脩竹堂陰植。
香風鳴紫鸎，高梧巢緑翼。泉脉洞杳杳，流波下不及。
髣髴玉山隈，響像瑤池側。夜誦神仙記，旦吸雲霞色。
將馭六龍輿，行從三鳥食。誰與金門士，撫心論胸臆。

山中懷故人
范雲

終朝吐祥霧，薄晚孕奇煙。洞澗生芝草，重崖出醴泉。
中有懷貞士，被褐守沖玄。石戶栖十秘，金壇謁九僊。
乘鵃方履漢，彎鶴上騰天。

還山 二首
吳筠

山際見來煙，竹中窺落日。鳥向簷上飛，雲從窗裏出。

緑竹可充食，女蘿可代裙。山中自有宅，桂樹籠青雲。

春夜山庭
江總

春夜芳時晚，幽庭野氣深。山疑刻削意，樹接縱橫陰。
戶對忘憂草，池驚旅浴禽。樽中良得性，物外知余心。

夏日山庭
江總

獨於幽栖地，山庭暗女蘿。澗漬長低篠，池開半卷荷。
野花朝暝落，盤根歲月多。停樽無賞慰，狎鳥自經過。

卷二十六

詩

雜詩下

述昏詩
秦嘉

羣祥旣集，二族交歡。敬茲新昏，六禮不愆。
羔鴈總備，玉帛戔戔。君子將事，威儀孔閑。
　　　　猗兮容兮，穆矣其言。
紛彼婚姻，禍患之由。衛女興齊，褒姒滅周。
戰戰兢兢，懼德不仇。神啓其吉，果獲令攸。
　　　　我之愛矣，荷天之休。

翠鳥詩
蔡邕

庭陬有若榴，緑葉含丹榮。翠鳥時來集，振翼脩形容。
廻顧生碧色，動搖楊縹青。幸脱虞人機，得親君子庭。
　　　　馴心托君素，雌雄保百齡。

爲潘文則思親詩
王粲

穆穆顯妣，德音徽止。思齊仙姑，志侔姜似[一]。
躬此勞瘁，鞠予小子。小子之生，遭世罔寧。
烈考勤時，從之于征。奄遘不造，殷憂是嬰。
詻予靡及，退守枕枋。五服荒離，四國分爭。

禍難斯逼，救死於頸。嗟我懷歸，弗克弗遑。
　　聖善獨勞，莫慰其心。春秋代逝，于茲九齡。
　　緬彼行路，焉託予誠。予誠既否，委之於天。
　　庶我剛[二]妣，克保遐年。亹亹惟懼，心乎如懸。
　　如何不弔，早世徂顛。於存弗養，於後弗臨。
　　遺衍在體，慘痛切心。形景尸立，䳒鷟飛沉。
　　在昔蓼莪，哀有餘音。我之此譬，憂其獨深。
　　胡寧視息，以濟于今。巖巖蒙險，則不可摧。
　　仰瞻歸雲，俯聆飆回。飛焉靡翼，超焉靡階。
　　思若流波，情似坻頹。詩之作矣，情以告哀。

【校記】
　　［一］似，陳本、《古文苑》同。《建安七子集》作姒。
　　［二］剛，陳本作顯。《古文苑》、《建安七子集》作剛。

蕙詠詩
繁欽
　　蕙草生山北，托身失所依。植根陰崖側，夙夜懼危頹。
　　寒泉浸我根，淒風常徘徊。三光照八極，獨不蒙餘暉。
　　葩葉永彫悴，凝露不暇晞。百草皆含榮，己獨失時姿。
　　　　比我英芳發，鶗鴂鳴已衰。

爲挽船士與新娶妻別詩
徐幹
　　與君結新婚，宿昔當別離。涼風動秋草，蟋蟀鳴相隨。
　　洌洌寒蟬吟，蟬吟抱枯枝。枯枝時飛揚，身體忽遷移。
　　不悲身體移，但惜歲月馳。歲月無窮極，會合安可知。
　　　　願爲雙黃鵠，悲鳴戲清池。

思親詩
嵇康
　　奈何愁兮愁無聊，恒側側兮心若抽。愁奈何兮悲思多，情欝結兮不可化。
　　奄失恃兮孤煢煢，內自悼兮啼失聲。思報德兮邈已絕，感鞠育兮情剝裂。
　　嗟母兄兮永潛藏，想形容兮內摧傷。感陽春兮思慈親，欲一見兮路無因。

望南山兮發哀嘆,感机杖兮涕汎瀾。念疇昔兮母兄在,心逸豫兮壽四海。
忽已逝兮心崩摧,中夜悲兮當告誰,獨扶[一]淚兮抱哀戚。
日遠邁兮思予心,戀所生兮淚不禁。慈母殁兮誰予驕,顧自憐兮心切切。
訴蒼天兮天不聞,淚如雨兮嘆青雲。欲棄憂兮尋復來,痛殷殷兮不可裁。

【校記】
　　[一]扶,陳本作扠。《全漢三國晉南北朝詩》作收。

酒會詩六首
嵇康

淡淡流水,淪胥而逝。汎汎柏舟,載浮載滯。
微嘯清風,鼓檝容裔。放櫂投竿,優游卒歲。

婉彼鴛鴦,戢翼而遊。俯唼綠藻,託身洪流。
朝翔素瀨,夕棲靈洲。搖蕩清波,與之沉浮。

_{原缺二字}蘭池,和聲激朗。操縵清商,遊心大象。
傾昧脩身,惠音遺響。鍾期不存,我志誰賞。

斂絃散思,遊釣九淵。重流千仞,或餌者懸。
猗與莊老,棲遲永年。寔惟龍化,蕩志浩然。

肅肅笭風,分生江湄。却背華林,俯泝丹坻。
含陽吐英,履霜不衰。嗟我殊觀,百卉具腓。
心之憂矣,孰識玄機。

猗猗蘭藹,殖彼中原。綠葉幽茂,麗蕚濃繁。
馥馥蕙芳,順風而宣。將御椒房,吐熏龍軒。
瞻彼秋草,悵矣惟騫。

北芒客舍詩
劉伶

決潢望舒隱,黮黭玄夜陰。寒雞思天曙,擁翅吹長音。
蚊蚋歸豐草,枯葉散蕭林。陳醴發悴顏,色歛暢真心。

緼被終不曉，斯嘆信難任。何以除斯歎，付之與瑟琴。
長笛響中夕，聞此消胸襟。

擣衣詩
曹毗
寒興御紈素，佳人治衣衾。冬夜清且永，皓月照堂陰。
纖手疊輕素，朗杵叩鳴砧。清風流繁節，廻颸灑微吟。
嗟此嘉運速，悼彼幽帶[一]心。二物感余懷，豈但聲與音。

【校記】

[一]帶，陳本、吳兆宜《玉臺新詠箋注》作滯。

內顧詩
潘尼
靜居懷所歡，登城望四澤。春草欝青青，桑者何奕奕。
芳華[一]振丹榮，淥水激素石。初征冰未泮，忽焉振絺綌。
漫漫三千里，迢迢遠行客。馳情戀朱顏，寸陰過盈尺。
夜愁極清晨，朝悲終日夕。山川自悠永，願言良不獲。
別領訴歸期，雲沉不可釋。

【校記】

[一]芳，陳本作若。華，《藝文類聚》作林。

孫登隱居詩
庾闡
靈巖霞蔚，石室鱗構。青松標空，蘭泉吐漏。
籠薈可遊，芳津可漱。玄谷蕭寥，鳴琴獨奏。
先生體之，寂坐幽岸。凝水結樸，熙陽靡煥。
潛眞內全，飛榮外散。淩崖高嘯，希風朗彈。
道有冥廢，運有昏消。達隱不巖，玄跡不標。
或曰先生，晦德逍遙。稽子秀達，英風朗烈。
道雋薰芳，鮮不玉折。兆動初萌，妙鑒奇絕。
翹首丘冥，仰想玄哲。

贈虞士詩
王褒

我行無歲月，征馬屢盤桓。崤曲三危阻，關重九折難。
猶持漢使節，尚服楚臣冠。巢禽疑上幕，驚羽畏虛彈。
飛蓬去不已，客思漸無端。壯志與時歇，生年隨事闌。
百齡悲促命，數刻念餘懽。雲生壠坻黑，桑踈薊北寒。
鳥道無蹊徑，清談有波瀾。思君化羽翮，要我鑄金丹。

秋日詩
孫綽

蕭瑟仲秋月，飂戾風雲高。山居感時變，遠客興長謠。
疎林積凉風，虛岫結凝霄。湛露灑庭林，密葉辭榮條。
撫菌悲先落，攀松羨後凋。垂綸在林野，交情遠市朝。
澹然古懷心，濠上起伊遙。

形影神
陶潛

貴賤賢愚，莫不營營以惜生，斯甚惑焉！故極陳形影之苦言，神辨自然以釋之。好事君子，共取其心焉。

【形贈影】

天地常不沒，山川無改時。草木得常理，霜露榮悴之。
謂人最靈智，獨復不如兹。適見在世中，奄去靡歸期。
奚覺無一人，親識豈相思。但餘平生物，舉目情悽洏。
我無騰化術，必爾不復疑。願君取吾言，得酒莫苟辭。

【影荅形】

存生不可言，衛生每苦拙。誠願游崑華，邈然兹道絕。
與子相遇來，未嘗異悲悅。憩蔭若暫乖，止日終不別。
此同旣難常，黯爾俱時滅。身沒名亦盡，念之五情熱。
立善有遺愛，胡爲[一]不自竭？酒云能消憂，方此詎不劣！

【神釋】

大鈞無私力，萬理[二]自森著。人爲三才中，豈不以我故。

與君雖異物，生而相依附。結託善惡同，安得不相語。
三皇大聖人，今復在何處？彭祖愛[三]永年，欲留不得住。
老少同一死，賢愚無復數。日醉或能忘，將非促齡具？
立善常所欣，誰當爲汝譽？甚念傷吾生，正宜委運去。
縱浪大化中，不喜亦不懼。應盡便須盡，無復獨多慮。

【校記】

[一]爲，陳本、《文選補遺》同。《陶淵明集箋注》作可。
[二]理，陳本、《文選補遺》同。《陶淵明集箋注》作物。
[三]愛，陳本、《文選補遺》、《陶淵明集箋注》作壽。

乞食詩
陶潛

饑來驅我去，不知竟何之。行行至斯里，叩門拙言辭。
主人解余意，遺贈豈虛來。談話[一]終日夕，觴至輒傾杯。
情欣新知歡，言詠遂賦詩。感子漂母惠，愧我非韓才。
銜戢知何謝，冥報以相貽。

【校記】

[一]話，陳本、《文選補遺》同。《陶淵明集箋注》作諧。

連雨獨飲詩
陶潛

運生會歸盡，終古謂之然。世間有松喬，於今定何間。
故老贈余酒，乃言飲得仙。試酌百情遠，重觴忽忘天。
天際[一]去此幾[二]，任眞無所先。雲鶴有奇翼，八表須臾還。
自我抱兹獨，僶俛四十年。形骸久已化，心在復何言。

【校記】

[一]際，陳本、《陶淵明集箋注》作豈。《文選補遺》作際。
[二]幾，陳本、《陶淵明集箋注》作哉。《文選補遺》作幾。

飲酒詩十八首
陶潛

衰榮無定在，彼此更共之。邵生瓜田中，寧似東陵時！

寒暑有代謝，人道每如茲。達人解其會，逝將不復疑；
　　　忽與一觴酒，日夕歡相持。

積善云有報，夷叔在西山。善惡苟不應，何事空立言！
九十行帶索，饑寒況當年。不賴固窮節，百世當誰傳。

道喪向千載，人人惜其情。有酒不肯飲，但顧世間名。
所以貴我身，豈不在一生？一生復能幾，倏如流電驚。
　　　鼎鼎百年內，持此欲何成！

棲棲失羣鳥，日暮猶獨飛。徘徊無定止，夜夜聲轉悲。
厲響思清遠，去來何依依。自[一]值孤生松，斂翮遙來歸。
勁風無榮木，此蔭獨不衰。託身已得所，千載不相違。

行止千萬端，誰知非與是。是非苟相形，雷同共譽毀。
三季多此事，達士似不爾。咄咄俗中愚，且當從黃綺。

青松在東園，衆草沒奇[二]姿。凝霜殄異類，卓然見高枝。
連林人不覺，獨樹衆乃奇。提壺撫寒柯，遠望時復爲。
　　　吾生夢幻間，何事紲塵羈。

清晨聞叩門，倒裳往自開。問子爲誰歟？田父有好懷。
壺漿遠見候，疑我與時乖。襤縷茅簷下，未足爲高棲。
一世皆尚同，願君汩其泥。深感父老言，稟氣寡所諧。
紆轡誠可學，違己詎非迷。且共歡此飲，吾駕不可回。

在昔曾遠遊，直至東海隅。道路廻[三]且長，風波阻中塗。
此行誰使然？似爲饑所驅。傾身營一飽，少許便有餘。
　　　恐此非名計，息駕歸閒居。

顏生稱爲仁，榮公言有道。屢空不獲年，長饑至于老。
雖留身後名，一生亦枯槁。死去何所知，稱心固爲好。
客[四]養千金軀，臨化消其寶。裸葬何必惡，人當解意表。

長公曾一仕，壯節忽失時。杜門不復出，終身與世辭。
仲理歸大澤，高風始在茲。一往便當已，何爲復狐疑？
去去當奚道，世俗久相欺。擺落悠悠談，請從余所之。

有客常同止，趣捨邈異境。一士常獨醉，一夫終難[五]醒。
醒醉還相笑，發言各不領。規規一何愚，兀傲差若穎。
寄言酣中客，日沒燭當秉。

故人賞我趣，挈壺相與至。班荆坐松下，數斟已復醉。
父老雜亂言，觴酌失行次。不覺知有我，安知物爲貴？
悠悠迷所留，酒中有深味。

貧居乏人工，灌木荒余宅。班班有翔鳥，寂寂無行迹。
宇宙一何悠，人生少至百。歲月相催逼，鬢邊早已白。
若不委窮達，素抱深可惜。

少年罕人事，遊好在六經。行行向不惑，淹留遂無成。
竟抱固窮節，饑寒飽所更。弊廬交悲風，荒草沒前庭。
披褐守長夜，晨鷄不肯鳴。孟公不在茲，終以翳吾情。

幽蘭生前庭，含薰待清風。清風脫然至，見別蕭艾中。
行行失故路，任道或能通。覺悟當念還，鳥盡廢良弓。

子雲性嗜酒，家貧無由得。時賴好事人，載醪袪所惑。
觴來爲之盡，是諮無不塞。有時不肯言，豈不在伐國。
仁者用其心，何嘗失顯默。

疇昔苦長饑，投耒去學仕。將養不得節，凍餒固纏己。
是時向立年，志意多所恥。遂盡介然分，終死歸田里。
冉冉星氣流，亭亭復一紀。世路廓[六]悠悠，楊朱所以止。
雖無揮金事，濁酒聊可恃。

羲農去我久，舉世少復眞。汲汲魯中叟，彌縫使其淳。
鳳鳥雖不至，禮樂暫得新。洙泗輟微響，漂流逮狂秦。

詩書復何罪？一朝成灰塵。區區諸老翁，爲事誠慇懃。
如何絕世下，六籍無一親。終日馳車走，不見所問津。
若復不快飲，空負頭上巾。但恨多謬誤，君當恕醉人。

【校記】

[一]自，陳本同。《文選補遺》、《陶淵明集箋注》作因。
[二]奇，陳本、《文選補遺》同。《陶淵明集箋注》作其。
[三]廻，陳本作迥。《文選補遺》、《陶淵明集箋注》作迴。
[四]客，陳本、《文選補遺》同。《陶淵明集箋注》作各。
[五]難，陳本同。《文選補遺》、《陶淵明集箋注》作年。
[六]廊，陳本同。《文選補遺》、《陶淵明集箋注》作廓。

述酒詩
陶潛

重離照南陸，鳴鳥聲相聞。秋草雖未黃，融風久已分。
素礫皛脩渚，南嶽無餘雲。豫章抗高門，重華固靈墳。
流淚抱中歎，傾耳聽司晨。神州獻嘉粟，西靈爲我馴。
諸梁董師旅，羊[一]勝喪其身。山陽歸下國，成名猶不勤。
卜生善斯牧，安樂不爲君。平生[二]去舊京，峽中納遺薰。
雙陵甫云育，三趾顯奇文。王子愛清吹，日中翔河汾。
朱公練九齒，閒居離世紛。峨峨西嶺內，偃息常所親。
　　　　　天容自永固，彭殤非等倫。

【校記】

[一]羊，陳本、《文選補遺》同。《陶淵明集箋注》作芊。
[二]生，陳本同。《陶淵明集箋注》作王。《文選補遺》存兩說。

種桑詩
謝靈運

詩人陳條柯，亦有美穰剔。前脩爲誰故，後事資紡績。
常佩智方誠，愧微富教溢[一]。浮陽騖嘉月，藝桑迨間[二]隙。
踈欄發近郛，長行達廣場。曠流始毖泉，涵塗猶跬跡。
　　　　俾此將長成，慰我海外役。

【校記】

［一］溢，陳本、《謝康樂詩注》作益。
［二］間，陳本作閒。《謝康樂詩注》作閑。

雜擬

擬古
何晏

雙鶴比翼遊，群飛戲太清。常恐天網羅，憂禍一旦并。
豈若集五湖，順流唼浮萍。逍遙放志意，何爲怵惕驚？

擬古八首
陶潛

榮榮牕下蘭，密密堂前柳。初與君別時，不謂行當久。
出門萬里客，中道逢嘉友。未言心相醉，不在接杯酒。
蘭枯柳亦衰，遂令此言負。多謝諸少年，相知不忠[一]厚。
意氣傾人命，離隔復何有？

辭家夙嚴駕，當往至無終。問君今何行？非商復非戎。
聞有田子春，節義爲士雄。斯人久已死，鄉里習其風。
生有高世名，既沒傳無窮。不學狂馳子，直在百年中。

仲春遘時雨，始雷發東隅。衆蟄各潛駭，草木縱橫舒。
翩翩新來燕，雙雙入我廬。先巢故尚在，相將還舊居。
自從分別來，門庭日荒蕪。我心固匪石，君情定何如？

迢迢百尺樓，分朙望四荒，暮作歸雲宅，朝爲飛鳥堂。
山河滿目中，平原獨茫茫。古時功名士，慷慨爭此場。
一旦百歲後，相與還北邙。松栢爲人伐，高墳互低昂。
頹基無遺主，遊魂在何方！榮華誠足貴，亦復可憐傷。

東方有一士，被服常不完。三旬九遇食，十年著一冠。
辛勤無此比，常有好容顏。我欲觀其人，晨去越河關。

青松夾路生，白雲宿簷端。知我故來意，取琴爲我彈。
　　上弦驚別鶴，下弦操孤鸞。願留就君住，從今至歲寒。<small>弦與絃同[陳]</small>
　　蒼蒼谷中樹，冬夏常如茲。年年見霜雪，誰謂不知時？
　　厭聞世上語，結友到臨淄。稷下多談士，指彼決吾疑。
　　裝束既有日，已與家人辭。行行停出門，還坐更自思。
　　不怨道里長，但畏人我欺。萬一不合意，永爲世笑之。
　　　　伊懷難具道，爲我[二]作此詩。

　　少時壯且厲，撫劍獨行遊。誰言行遊近？張掖至幽州。
　　饑食首陽薇，渴飲易水流。不見相知人，惟見古時丘。
　　路邊兩高墳，伯牙與莊周。此士難再得，吾行欲何求！

　　種桑長江邊，三年望當採。枝條始欲茂，忽值山河改。
　　柯葉自摧折，根株浮滄海。春蠶既無食，寒衣欲誰待。
　　本不値高原，今日復何悔！

【校記】
　　[一]忠，陳本、《文選補遺》同。《陶淵明集箋注》作中。
　　[二]我，陳本同。《文選補遺》、《陶淵明集箋注》作君。

華林園效栢梁體詩
宋武帝

　　九宮盛事予旒繢<small>宋孝武帝</small>，三輔務根誠難亮<small>揚州刺史江夏王臣義恭</small>。
　　策拙枌鄉慙恩望<small>南徐州刺史竟陵王臣誕</small>，折衝莫效興民謗<small>領軍將軍臣元景</small>。
　　侍禁衛儲恩踰量<small>太子右率臣暢</small>，呂謬叨寵九流曠<small>吏部尚書呂莊</small>。
　　喉脣廢職方思讓<small>侍中臣偃</small>，朗筆直繩天威諒<small>御史中丞臣顏師伯</small>。

學劉公幹體
鮑照

　　白日正中時，天下共光耀[一]。北園有細草，當晝正含霜。
　　乖榮頓如此，何用獨芬芳。抽琴爲爾聲，絃斷不成章。

【校記】
　　［一］光硎，陳本同。《鮑參軍集注》作明光。

擬阮公夜中不能寐
鮑照
漏分不能卧，酌酒亂繁憂。惠氣憑夜清，素景綠[一]隟流。
鳴鶴時一聞，千里絶無儔。佇立爲誰久，寂寞空自愁。

【校記】
　　［一］綠，陳本同。《鮑參軍集注》作緣。

學陶公體
鮑照
長憂非生意，短願不須多。但使樽酒滿，朋舊數相過。
秋風七八月，清露潤綺羅。提瑟當戶坐，欷息望天河。
保此無傾動，寧復滯風波。

擬古
鮑照
幽、并重騎射，少年好馳逐。氈帶佩雙鞬，象弧插雕服。
獸肥春草短，飛鞚越平陸。朝遊鴈門上，暮還樓煩宿[一]。
石梁有餘勁，驚雀無全目。漢虜方未和，邊城累翻覆。
留我一白羽，將以分虎[二]竹。

【校記】
　　［一］"樓煩宿"至詩末，劉本無，據陳本補。
　　［二］虎，陳本同。《鮑參軍集注》作符。

擬客從遠方來
鮑令暉
客從遠方來，贈我漆鳴琴。木有相思文，絃有別離音。
終身執此調，歲寒不改心。願作陽春曲，宮商長相尋。

清晨殿効柏梁體
梁武帝

居中負扆寄纓紱帝，言愬輻湊政無術新安太守任昉。
至德無恨愧違弼侍中徐勉，燮贊京河豈微物丹陽丞劉汎。
竊侍兩宮憼樞密黃門侍郎柳憕，清通簡要臣豈泪吏部郎中謝覽。
出入帷扆濫榮秩侍中張卷，複道龍樓歌楸實太子中庶子王峻。
空班獨坐憼羊質御史中丞陸杲，嗣以書記臣敢匹右軍主簿陸倕。
謬參和鼎講畫一司徒主簿劉洽，鼎味參和臣多嫟司徒左西屬江菖。

効古
沈約

可憐桂樹枝，單雄憶故雌。歲暮異棲宿，春至猶別離。
山河隔長路，路遠絕容儀。豈云無我匹，寸心終不移。

戲作謝慧連
沈約

雜蕤映南庭，庭中光景媚。可憐枝上花，早得春風意。
春風復有情，拂幔[一]且開檻。盈盈開碧煙，拂慢復乖簾。
偏使紅花散，飄揚落眼前。眼亦多無況，參差欝相望。
珠繩翡翠帷，綺幕芙蓉帳。香煙出牎裏，落月斜階上。
日影去遲遲，節花咸在茲。桃花紅若點，柳葉亂如絲。
絲條轉暮光，影落暮光長。春燕雙雙舞，春心處處揚。
酒滿心聊足，萱枝愁不忘。

【校記】

[一]慢，陳本、《玉臺新詠箋注》作幔。

効阮公體三首
江淹

夏后乘兩龍，高會在帝靈。榮光河雒出，白雲蒼梧來。
侍御多賢聖，升降有羣才。四時有變化，盛明不徘徊。
高陽邈已遠，竚立誰語哉？

昔余登大梁，西南望洪河。時寒原野曠，風急霜露多。

仲冬正慘切，日月少光華。落葉縱橫起，飛鳥時相過。搔首廣川陰，懷歸思如何？常願反初服，閑步頻水阿。

從軍出隴北，長望陰山雲。涇渭各異流，恩情於此分。故人贈寶劍，鏤以瑤草[一]文。一言鳳獨立，再說鸞無群。何得晨風起，悠哉淩翠氛。黃鵠去千里，垂涕爲報君。

【校記】

[一]草，陳本同。《江文通集彙注》作華。

卷二十七

騷上

九歌五首
屈原
【大司命】
　　廣開兮天門，紛吾乘兮玄雲。令飄風兮先驅，使凍雨兮灑塵。君迴翔兮以下，踰空桑兮從女。紛[一]總總兮九州，何壽夭兮在予。高飛兮安翔，乘清氣兮御陰陽。吾與君兮齊速，導帝之兮九坑。靈衣兮被被，玉佩兮陸離。一陰兮一陽，衆莫知兮余所爲。折疏麻兮瑤華，將以遺兮離居。老冉冉兮既極，不寖近兮愈疏。乘龍兮轔轔，高駝兮冲天。結桂枝兮延竚，羌愈思兮愁人。愁人兮奈何，願若今兮無虧。固人命兮有當，孰離合兮可爲？

【東君】
　　暾將出兮東方，照吾檻兮扶桑。撫余馬兮安驅，夜皎皎兮既明。駕龍輈兮乘雷，載雲旗兮委蛇。長太息兮將上，心低佪兮顧懷。羌聲色兮娛人，觀者憺兮忘歸。絚瑟兮交鼓，簫鐘兮瑤簴。鳴篪虎同[陳]兮吹竽，思靈保兮賢姱。翾飛兮翠曾，展詩兮會舞。應律兮合節，靈之來兮蔽日。青雲衣兮白霓裳，舉長矢兮射天狼。操余弧兮反淪降，援北斗兮酌桂漿。撰余轡兮高駝翔，杳冥冥兮以東行。

【河伯】
　　與女汝，下同[陳]遊兮九河，衝風起兮橫波。乘水車兮荷蓋，駕兩龍兮驂螭。登崑崙兮四望，心飛揚兮浩蕩。日將暮兮悵忘歸，惟極浦兮寤懷。魚鱗屋兮龍堂，紫貝闕兮珠宮，靈何爲兮水中？乘白黿兮逐文魚，與女遊兮河之渚，流澌紛兮將來下。子交手兮東行，送美人兮南浦。波滔滔兮來迎，魚鄰鄰兮媵予。

【國殤】

操吳戈兮被犀甲，車錯轂兮短兵接。旌蔽日兮敵若雲，矢交墜兮士爭先。凌余陣兮躐余行，左驂殪兮右刃傷。霾兩輪兮縶四馬，援玉枹_{音孚}[陳]兮擊鳴鼓。天時懟兮威靈怒，嚴殺盡兮棄原壄。出不入兮往不反，平原忽兮路超遠。帶長劍兮挾秦弓，首身[二]離兮心不懲。誠既勇兮又以武，終剛強兮不可凌。身既死兮神以靈，魂魄毅兮為鬼雄。

【禮魂】

成禮兮會鼓，傳芭兮代舞，姱女倡兮容與。春蘭兮秋鞠，長無絕兮終古。

【校記】

[一]朱熹《楚辭集注》無"紛"字。《文選補遺》有。
[二]身，陳本、《文選補遺》、《楚辭集注》作雖。

九章_{九首}
屈原
【惜誦】

惜誦以致愍兮，發憤以抒情。所非忠而言之兮，指蒼天以為正。令五帝以折中兮，戒六神與嚮服。俾山川以備御兮，命咎繇使聽直。竭忠誠以事君兮，反離羣而贅肬。忘儇媚以背眾兮，待朙君其知之。言與行其可迹兮，情與貌其不變。故相臣莫若君兮，所以證之不遠。吾誼先君而後身兮，羌眾人之所仇也。專惟君而無他兮，又眾兆之所讐也。壹心而不豫兮，羌不可保也。疾親君而無他兮，有招禍之道也。思君其莫我忠兮，忽忘身之賤貧。事君而不貳兮，迷不知寵之門。忠何辜以遇罰兮，亦非余之所志也。行不羣以顛越兮，又眾兆之所咍也。紛逢尤以離謗兮，謇不可釋也。情沉抑而不達兮，又蔽而莫之白也。心鬱邑余佗傺兮，又莫察余之中情。固煩言不可結而詒兮，願陳志而無路。退靜默而莫余知兮，進號呼又莫余聞。申佗傺之煩惑兮，中悶瞀之忳忳。昔余夢登天兮，魂中道而無杭。吾使厲神占之兮，曰"有志極而無旁"。終危獨以離異兮，曰"君可思而不可恃"。故眾口其鑠金兮，初若是而逢殆。懲熱羹者而吹齏兮，何不變此志也？欲釋階而登天兮，猶有曩之態也。眾駭遽以離心兮，又何以為此伴也？同極而異路兮，又何以為此援也？晉申生之孝子兮，父信讒而不好。行婞直而不豫兮，鮌功用而不就。吾聞作忠以造怨兮，忽謂之過言。九折臂而成醫兮，吾至今乃知其信然。矰弋機而在上兮，罻羅張而在下。設張辟以娛君兮，願側身而無所。欲儃佪以干傺兮，恐重患而離尤。欲高飛而遠集兮，君罔謂女何之？欲橫奔而失路兮，蓋堅志而不忍。背膺胖以交痛兮，心鬱結而紆軫。檮[一]木蘭以矯蕙兮，鑿申椒以爲糧。播江離與滋菊兮，願春日以爲糗芳。恐情質之不信兮，故重著以自明。矯[二]茲媚以私處兮，願曾思而遠身。

【校記】

[一]檮，陳本同。《文選補遺》、《楚辭集注》作擣。

[二]矯，陳本同。《文選補遺》、《楚辭集注》作撟。

【哀郢】

皇天之不純命兮，何百姓之震愆？民離散而相失兮，方仲春而東遷。去故鄉而就遠兮，遵江夏以流亡。出國門而軫懷兮，甲之鼂吾以行。發郢都而去閭兮，怊荒忽其焉極？楫齊[一]揚以容與兮，哀見君而不再得。望長楸而太息兮，涕淫淫其若霰。過夏首而西浮兮，顧龍門而不見。心嬋媛而傷懷兮，眇不知其所蹠。順風波以從流兮，焉洋洋而爲客。凌陽侯之氾濫兮，忽翱翔之焉薄？心絓結而不解兮，思蹇產而不釋。將運舟而下浮兮，上洞庭而下江。去終古之所居兮，今逍遙而來東。羌靈魂之欲歸兮，何須臾而忘反！背夏浦而西思兮，哀故都之日遠。登大墳以遠望兮，聊以舒吾憂心。哀州土之平樂兮，悲江介之遺風。當陵陽之焉至兮，淼南渡之焉如？曾不知夏之爲丘兮，孰兩東門之可蕪？心不怡之長久兮，憂與愁[二]其相接。惟郢路之遼遠兮，江與夏之不可涉。

忽若去不信兮，至今九年而不復。慘鬱鬱而不通[三]兮，蹇侘傺而含慼。外承歡之汋^{音綽}[踔]約兮，諶荏弱而難持。忠湛湛而願進兮，妬被離而鄣之。[四]堯舜之抗行兮，瞭杳杳而薄天。衆讒人之嫉妬兮，被以不慈之僞名。憎慍惀之修美兮，好夫人之忼慨。衆踥蹀而日進兮，美超遠而踰邁。

亂曰：曼余目以流觀兮，冀壹反之何時？鳥飛返故鄉兮，狐死必首丘。信非吾罪而棄逐兮，何日夜而忘之？

【校記】

[一]齊，陳本同。《文選補遺》、《楚辭集注》作叄。

[二]愁，陳本同。《文選補遺》、《楚辭集注》作憂。

[三]通，陳本作開。《文選補遺》、《楚辭集注》作通。
[四]《文選補遺》、《楚辭集注》此處有"彼"字。

【抽思】

心鬱鬱之憂思兮，獨永歎乎增傷。思蹇產之不釋兮，曼遭夜之方長。悲夫[一]秋風之動容兮，何回極之浮浮！數惟蓀之多怒兮，傷余心之慢慢。願搖起而橫奔兮，覽民尤以自鎮。結微情以陳詞兮，矯以遺夫美人。昔君與我成言兮，曰"黃昏以爲期"。羌中道而回畔兮，反既有此他志。憍吾以其美好兮，覽余以其修姱。與余言而不信兮，蓋爲余而造怒。願承間而自察兮，心震悼而不敢。悲夷猶而冀進兮，心怛傷之憺憺。茲歷情以陳辭兮，蓀佯聾而不聞。固切人之不媚兮，衆果以我爲患。初吾所陳之耿著兮，豈不至今其庸亡？何毒藥[二]斯之謇謇兮？願蓀美之可完。望三五以爲像兮，指彭咸以爲儀。夫何極而不至兮，故遠聞而難虧。善不由外來兮，名不可以虛作。孰無施而有報兮，孰不實而有獲？

少歌曰：與美人之抽怨兮，并日夜而無正。憍吾以其美好兮，敖朕辭而不聽。

倡曰：有鳥自南兮，來集漢北。好姱佳麗兮，牉音判[陳]獨處此異域。既惸獨而不羣兮，又無良媒在其側。道卓遠而日忘兮，願自申而不得。望北山而流涕兮，臨流水而太息。望孟夏之短夜兮，何晦明之若歲！惟郢路之遼遠兮，魂一夕而九逝。曾不知路之曲直兮，南指月與列星。願徑逝而不得兮，魂識路之營營。何靈魂之信直兮，人之心不與吾心同！理弱而媒不通兮，尚不知余之從容。

亂曰：長瀨湍流，泝一作沸[陳]江潭兮。狂顧南行，聊以娛心兮。軫石崴音隗[陳]嵬，蹇吾願兮。超回忘度，行隱進兮。低佪夷猶，宿北姑兮。煩冤瞀容，實沛徂兮。愁歎苦神，靈遙思兮。路遠處幽，又無良媒兮。道思作頌，聊以自救兮。憂心不遂，斯言誰告兮！

【校記】

[一]《文選補遺》、《楚辭集注》無"夫"字。
[二]毒藥，陳本、《文選補遺》、《楚辭集注》作獨樂。

【思美人】

思美人兮，攬涕而竚眙。媒絕路阻兮，言不可結而詒。蹇蹇之煩冤兮，陷[一]滯而不發。申旦以舒中情兮，志沉菀辭同[陳]而莫達。願寄言於浮雲兮，遇豐隆而不將。因歸鳥而致辭兮，羌迅高而難當。高辛之靈盛[二]兮，遭玄鳥而致詒。欲變節以從俗兮，媿易初而屈志。獨歷年而離愍兮，羌馮心猶未化。寧隱閔而壽考兮，何變易之可爲。知前轍之不遂兮，未改此度。車既覆而馬顛兮，蹇獨懷此異路。勒騏驥而更駕兮，造父爲我操之。遷逡次而勿驅兮，聊假日以須臾。指嶓冢之西隈兮，與纁黃以爲期。

開春發歲兮，白日出之悠悠。吾將蕩志而愉樂兮，遵江夏以娛憂。擥大薄之芳茝兮，搴長州之宿莽。惜吾不及古[三]人兮，吾誰與玩此芳草。解篇薄與雜菜兮，備以爲交佩。佩繽紛以繚轉兮，遂萎絕而離異。吾且儃佪以娛憂兮，觀南人之變態。竊快[四]中心兮，揚厥憑而不竢。芳與澤其雜糅兮，羌芳華自中出。紛郁郁其遠承[五]兮，滿內而外揚。情與質信可保兮，羌居蔽而聞章。令薜荔以爲理兮，憚舉趾而緣木。因芙蓉而爲媒兮，憚褰裳而濡足。登高吾不說兮，入下吾不能。固朕形之不服兮，然容與而狐疑。廣遂前畫兮，未改此度也。命則處幽，吾將罷兮，願及白日之未暮[六]。獨煢煢而南行兮，思彭咸之故也。

【校記】

[一]滔，陳本、《文選補遺》、《楚辭集注》作陷。
[二]盛，陳本同。《文選補遺》、《楚辭集注》作晟。
[三]《文選補遺》、《楚辭集注》有"之"字。
[四]《文選補遺》、《楚辭集注》有"在其"二字。
[五]承，陳本、《文選補遺》、《楚辭集注》作烝。
[六]《文選補遺》、《楚辭集注》有"也"字。

【懷沙】

陶陶孟夏兮，草木莽莽。傷懷永哀兮，汩徂南土。眴瞬同[陳]兮杳杳，孔靜幽默。鬱結紆軫兮，離愍而長鞠。撫情効志[一]兮，俛屈而自抑。刓方以爲圜兮，常度未替。易初本迪兮，君子所鄙。章畫志墨兮，前圖未改。內厚質正兮，大人所盛。巧陲不斲兮，孰察其撥正。玄文處幽兮，矇瞍謂之不章。離婁微睇兮，瞽以爲無明。變白以爲黑兮，倒上以爲下。鳳皇在笯音奴[陳]兮，雞鶩翔舞。同糅玉石兮，一槩而相量。夫惟黨人鄙固兮，羌不知余之所臧。任重載盛兮，陷滯而不濟。懷瑾握瑜兮，窮不知所示。邑犬羣吠兮，吠所怪也。誹[二]駿[三]疑傑兮，固庸態也。文質疏內[四]兮，眾不知余之異采。材樸委積兮，莫知余之所有。重仁襲義兮，謹厚以爲豐。重華不可遻兮，孰知余之從容！古固有不並兮，豈知其[五]故也？湯禹久遠兮，邈[六]不可慕也。懲違改忿兮，抑心而自强。離慜而不遷兮，願志之有像。進路北次兮，日昧昧其將暮。舒憂娛哀兮，限之以大故。

亂曰：浩浩沅湘，分流汨兮。修路幽蔽，道遠忽兮。曾吟恒悲兮，永歎慨兮。世既莫吾知兮，人心不可謂兮。[七]懷情抱質兮，獨無匹兮。伯樂既歿兮，驥焉程兮。人生有命兮，各有所錯兮。定心廣志，余何畏懼兮！曾傷爰哀，永歎喟兮。世既[八]莫吾知兮，人心不可謂兮。知死不可讓兮，願勿愛兮。朙告君子兮，吾將以爲類兮。

【校記】

[一]志，陳本、《文選補遺》同。《楚辭集注》作忠。

[二]誹，陳本同。《文選補遺》、《楚辭集注》作非。

[三]駿，陳本、《文選補遺》、《楚辭集注》作俊。

[四]陳本此有"訥"字，《文選補遺》、《楚辭集注》無，當爲衍字。

[五]其，陳本作何。《文選補遺》、《楚辭集注》本句作"豈知其何故"。

[六]《文選補遺》、《楚辭集注》此有"而"字。

[七]"曾吟恒悲兮"至"人心不可謂兮"，陳本、《文選補遺》、《楚辭集注》無。

[八]既，陳本作濁。《文選補遺》作溷濁。

【惜徃日】

惜徃日之曾信兮，受命詔以昭詩[一]。奉先功以照下兮，朙法度之嫌疑。國富强而法立兮，屬貞臣而日娛_{嬉同[陳]}。秘密事之載心兮，雖過失猶弗治。心純厖而不泄兮，遭讒人而嫉之。君含怒而待臣兮，不清徹[二]其然否。蔽晦君之聰朙兮，虛惑誤又以欺。弗參驗以考實兮，遠遷臣而弗思。信讒諛之溷濁兮，盛氣志而過之。何貞臣之無[三]罪兮，被離謗而見尤！慙光景之誠信兮，身幽隱而備之。

臨沅湘之玄淵兮，遂自忍而沉流。卒沉身而絕名兮，惜壅君之不昭。君無度而弗察兮，使芳草爲藪幽。焉舒情而抽信兮，恬死亡而不聊。獨彰壅而蔽隱兮，使貞臣而無由。聞百里之爲虜兮，伊尹烹於庖廚。呂望屠於朝歌兮，甯戚歌而飯牛。不逢湯武與桓繆兮，世孰云而知之！吳信讒而弗味兮，子胥死而後憂。介子忠而立枯兮，文君寤而追求；封介山而爲之禁兮，報大德之優遊。思久故之親身兮，因縞素而哭之。

或忠信而死節兮，或訑謾而不疑。弗省察而按實兮，聽讒人之虛詞。芳與澤其雜糅兮，孰申旦而別之？何芳草之早殀兮，微霜降而下戒。諒不聰朙而蔽雍兮，使讒諛而日得。自前世之嫉賢兮，謂蕙若其不可佩。妒佳冶之芬芳兮，嫫母姣而自好。雖有西施之美容兮，讒妒入以自代。願陳情以白行兮，得罪過之不意。情冤見之日朙兮，如列宿之錯置。乘騏驥而馳騁兮，無轡銜而自載。乘氾泭以下流兮，無舟楫而自備。背法度而心治兮，辟與此其無異。寧溘死而流亡兮，恐禍殃之有再。不畢辭而赴淵兮，惜雍君之不識。

【校記】

[一]詩，陳本、《文選補遺》作時。《楚辭集注》作詩。

[二]徹，陳本、《文選補遺》、《楚辭集注》作澂。

[三]《楚辭集注》此有"片"字。《文選補遺》無。

【橘頌】

后皇嘉樹，橘徠服兮。受命不遷，生南國兮。深固難徙，更壹志兮。綠葉素榮，紛其可喜兮。曾[層同[陳]]枝剡棘，圓果摶兮。青黃雜糅，文章爛兮。精色內白，類可任[一]兮。紛縕宜修，姱而不醜兮。

嗟爾幼志，有以異兮。獨立不遷，豈不可喜兮？深固難徙，廓其無求兮。蘇世獨立，橫而不流兮。閉心自慎，終不過失兮。秉德無私，參天地兮。願歲並謝，與長友兮。淑離不淫，梗其有理兮。年歲雖少，可師長兮。行比伯夷，置以爲像兮。

【校記】

[一]可任，陳本、《文選補遺》、《楚辭集注》作任道。

【悲回風】

悲回風之搖蕙兮，心冤結而內傷。物有微而隕性兮，聲有隱而先倡。夫何彭咸之造思兮，暨志介而不忘！萬變其情豈可蓋兮，孰虛偽之可長！鳥獸鳴以號群兮，草苴比而不芳。魚葺鱗以自別兮，蛟龍隱其文章。故荼苦[一]不同畝兮，蘭茝幽而獨芳。惟佳人之永都兮，更統世而自貺。眇遠志之所及兮，憐浮雲之相佯。介眇志之所惑兮，竊賦詩之所明。

惟佳人之獨懷兮，折芳椒以自處。增歔欷之嗟嗟兮，獨隱伏而思慮。涕泣交而淒淒兮，思不眠以至曙。終長夜之曼曼兮，掩此哀而不去。寤從容以周流兮，聊逍遙以自恃。傷太息之愍憐[二]兮，氣於邑而不可止。糺思心以爲纕兮，編愁苦以爲膺。折若木以蔽光兮，隨飄風之所仍。存髣髴而不見兮，心踊躍其若湯。撫珮袵以案志兮，超惘惘而遂行。歲曶曶忽同[陳]其若頹兮，時亦冉冉而將至。蘋蘅槁而節離兮，芳以歇而不比。憐思心之不可懲兮，證此言之不可聊。寧逝[三]死而流亡兮，不忍此心之常愁。孤子唫而抆淚兮，放子出而不還。孰能思而不隱兮，照[四]彭咸之所聞。

登石巒以遠望兮，路眇眇之默默。入景嚮之無應兮，聞省想而不可得。愁鬱鬱之無快兮，居戚戚而不可解。心鞿羈而不開兮，氣繚轉而自締。穆眇眇之無垠兮，莽芒芒之無儀。聲有隱而相感兮，物有純而不可爲。藐蔓蔓之不可量兮，縹綿綿之不可紆。愁悄悄之常悲兮，翩冥冥之不可娛。凌大波而流風兮，託彭咸之所居。

上高巖之峭岸兮，處雌蜺之摽顛。據青冥而攄虹兮，遂儵忽而捫天。吸湛露之浮涼兮，漱凝霜之雰雰。依風穴以自息兮，忽傾寤以嬋媛。馮音平[陳]崑崙以瞰霧露兮，隱岷山以清江。憚涌湍之礚礚音磕[陳]兮，聽波聲之洶洶。紛容容之無經兮，罔芒芒之無紀。軋洋洋之無從兮，馳委移之焉止。漂翻翻其上下兮，翼遙遙其左右。氾潏潏其前後兮，伴張馳[五]之信期。觀炎氣之相仍兮，窺煙液之所積。悲霜雪之俱下兮，聽潮水之相擊。借光景以往來兮，施黃棘之枉策。求介子之所存兮，見伯夷之放迹。心調度而弗去兮，刻著志之無適。曰：吾怨往昔之所冀兮，悼來者之愁愁。浮江淮而入海兮，從子胥而自適。望大河之洲渚兮，悲申徒之抗迹。驟諫君而不聽兮，任重石之何益！心結絓[六]而不解兮，思蹇產而不釋。

【校記】

　　[一]苦，陳本、《楚辭集注》作薺。《文選補遺》存兩說。
　　[二]歎，陳本同。《楚辭集注》作憐。《文選補遺》存兩說。
　　[三]逝，陳本、《文選補遺》、《楚辭集注》作溘。
　　[四]照，陳本、《文選補遺》、《楚辭集注》作昭。
　　[五]馳，陳本、《文選補遺》作弛。《楚辭集注》作弛。
　　[六]結絓，陳本、《文選補遺》、《楚辭集注》作絓結。

【涉江】[一]

余幼好此奇服兮，年既老而不衰。帶長鋏之陸離兮，冠切雲冠名[陳]之崔嵬。被明月兮佩寶璐。世溷濁而莫余知兮，吾方高馳而不顧。駕青虬兮驂白螭，吾與重華遊兮瑤之圃。登崑崙兮食玉英，吾與天地兮比壽，與日月兮齊光。哀南夷之莫吾知兮，旦余濟乎江湘。

乘鄂渚而反顧兮，欸哀同[陳]秋冬之緒風。步余馬兮山皋，邸余車兮方林。乘舲船余上沅兮，齊吳榜以擊汰。船容與而不進兮，淹回水而凝滯。朝發枉陼兮，夕宿辰陽。苟余心之端直兮，雖僻遠其何傷。入漵浦余儃徊兮，迷不知吾所如。深林杳[二]以冥冥兮，乃猿狖之所居。山峻高以蔽日兮，下幽晦以多雨。霰雪紛其無垠兮，雲霏霏而承宇。哀吾生之無樂兮，幽獨處乎山中。吾不能變心而從俗兮，固將愁苦而終窮。

接輿髡首兮，桑扈臝行。忠不必用兮，賢不必以。伍子逢殃兮，比干菹醢。與前世而皆然兮，吾又何怨乎今之人！余將董道而不豫兮，固將重昏而終身！

亂曰：鸞鳥鳳皇，日以遠兮。燕雀烏鵲，巢堂壇兮。露申辛夷，死林薄兮。腥臊並御，芳不得薄兮。陰陽易位，時不當兮。懷信侘傺，忽乎吾將行兮！

【校記】

[一]《涉江》一篇陳本有，劉本無。
[二]《楚辭集注》此有"晦"字。

【遠遊】

悲時俗之迫阨兮，願輕舉而遠遊。質菲薄而無因兮，焉託乘而上浮？遭沉濁而汙穢兮，獨鬱結其誰語！夜炯炯而不寐兮，魂營營而至曙。惟天地之無窮兮，哀人生之長勤。往者余弗及兮，來者吾不聞。步徙倚而遙思兮，怊惝怳而永懷。意荒忽而流蕩兮，心愁悽而增悲。神儵忽而不反兮，形枯槁而獨留。內惟省以端操兮，求正氣之所由。漠虛靜以恬愉兮，澹無為而自得。聞赤松之清塵兮，願承風乎遺則。貴真人之休德兮，羨[一]往世之登倦[二]；與化去而不見兮，名聲著而日延。奇傅說之託辰星兮，羨韓眾之得一。形穆穆以浸遠兮，離人羣而遁逸。因氣變而遂曾舉兮，忽神奔而鬼怪。時髣髴以遙見兮，精皎皎以往來。超氛埃而淑尤[三]兮，終不反其故都。免衆患而不懼兮，世莫知其所如。恐天時之代序兮，耀靈曄而西征。微霜降而下淪兮，悼芳草之先零。聊仿佯而逍遙兮，永歷年而無成。誰可與玩斯遺芳兮？晨[四]向風而舒情。高陽邈以遠兮，余將焉所程？

重曰：春秋忽其不淹兮，奚久留此故居。軒轅不可攀援兮，吾將從王喬而娛戲。湌六氣而飲沆瀣兮，漱正陽而含朝霞。保神朙之清澄兮，精氣入而麤穢除。順凱風以從遊兮，至南巢而壹息。見王子而宿之兮，審壹氣之和德。曰：道可受兮不可傳；其小無內兮，其大無垠。無滑而魂兮，彼將自然；壹氣孔神兮，於中夜存。虛以待之兮，無為之先；庶類以成兮，此德之門。

聞至貴而遂徂兮，忽乎吾將行。仍羽人於丹丘兮，留不死之舊鄉。朝濯髮於湯谷兮，夕晞余身[五]兮九陽。吸飛泉之微液兮，懷琬琰之華英。玉色頩音姘以脫[六]顏兮，精醇粹而始壯。質銷鑠以汋約兮，神要眇以淫放。嘉南州之炎德兮，麗桂樹之冬榮；山蕭條而無獸兮，野寂寞乎無人。載營魄而登霞兮，掩浮雲而上征。

命天閽其開關兮，排閶闔而望予。召豐隆使先導兮，問太微之所居。集重陽入帝宮兮，造旬始而觀清都。朝發軔於太儀兮，夕始臨乎微閭。屯余車之萬乘兮，紛容與而並馳。駕八龍之婉婉兮，載雲旗之委蛇。建雄虹之采旄兮，五色雜而炫耀。服偃蹇以低昂兮，驂連蜷以驕驁。騎膠葛以雜亂兮，斑漫衍而方行。撰余轡而正策兮，吾將過乎鉤芒。歷太皓以右轉兮，前飛廉以啓路。陽杲杲其未光兮，凌天地以徑度。風伯爲余先驅兮，辟氛埃而清涼[七]。鳳凰翼其承旂兮，遇蓐收乎西皇。擎彗星以爲旍雅同[陳]兮，舉斗柄以爲麾。叛陸離其上下兮，遊驚霧之流波。旹晻曀其矓莽兮，召玄武而奔屬。後文昌使掌行兮，選署衆神以並轂。路曼曼其悠遠兮，徐弭節而高厲。左雨師使徑侍兮，右雷公以爲衛。欲度世以忘歸兮，意恣睢以担[八]揭同矯。內欣欣而自美兮，聊媮娛以自樂。涉青雲以汎濫游兮，忽臨睨夫舊鄉。僕夫懷余心悲兮，邊馬顧而不行。思舊故以想像兮，長太息而掩涕。氾容與而遐舉兮，聊抑志而自弭。指炎神而直馳兮，吾將徃乎南疑。覽方外之荒忽兮，沛罔象[九]而自浮。祝融戒而蹕御兮，騰告鸞鳥迎宓妃。張樂咸池奏承雲兮，二女御九韶歌。使湘靈鼓瑟兮，令海若舞馮夷。玄螭蟲象並出進兮，形蟉虯而逶迤。雌蜺便娟以增橈兮，鸞鳥軒翥而翔飛。音樂博衍無終極兮，焉乃逝以徘徊。舒并節以馳騖兮，逴絕垠乎寒門。軼迅風於清源兮，從顓頊乎增冰。歷玄冥以邪徑兮，乘間維以反顧。召黔嬴水神[陳]而見之兮，爲余先乎平路。經營四荒兮，周流六漠。上至列缺兮，降望大壑。下崢嶸而無地兮，上寥廓而無天。視儵忽而無見兮，聽惝怳而無聞。超無爲以至清兮，與泰初而爲鄰。

【校記】

[一]羡，陳本、《文選補遺》、《楚辭集注》作美。

[二]倦，陳本、《文選補遺》、《楚辭集注》作僊。

[三]尤，陳本、《文選補遺》、《楚辭集注》作郵。

[四]晨，陳本同。《文選補遺》、《楚辭集注》作長。

[五]身，陳本、《文選補遺》作目。《楚辭集注》作身。

[六]脱，陳本同。《文選補遺》、《楚辭集注》作脫。
[七]陳本作"氛埃辟而清凉"，《文選補遺》、《楚辭集注》同。
[八]担，陳本同。《文選補遺》、《楚辭集注》作揭。
[九]罔象，陳本、《楚辭集注》作涆瀁。《文選補遺》作涆瀁。

九辯 四首
宋玉

霜露慘悽而交下兮，心尚幸其弗濟。霰雪雰糅揉同[陳]其增加兮，乃知遭命之將至。願徼幸而有待兮，泊莽莽與墅草同死。願自往而徑游[一]兮，路壅絕而不通。欲循道而平驅兮，又未知其所從。然中路而迷惑兮，自壓按而學誦。性愚陋以褊淺兮，信未達乎從容。竊美申包胥之氣盛兮，恐時世之不固[二]。何時俗之工巧兮？滅規榘而改鑿！獨耿介而不隨兮，原慕先聖之遺教。處濁世而顯榮兮，非余心之所樂。與其無義而有名兮，寧窮處而守高。食不媮而爲飽兮，衣不苟而爲溫。竊慕詩人之遺風兮，願託志乎素餐。蹇充倔而無端兮，泊莽莽而無垠。無衣裘以禦冬兮，恐溘死而不得見乎陽春。

靚杪秋之遙夜兮，心繚悷而有哀。春秋逴逴而日高兮，然惆悵而自悲。四時遞來而卒歲兮，陰陽不可與儷偕。白日晼晚其將入兮，明月銷鑠而減毀。歲忽忽而遒盡兮，老冉冉而愈弛。心搖悅而日幸兮，然怊悵而無冀。中憯惻之悽愴兮，長太息而增欷。年洋洋以日往兮，老嶚廓而無處。事亹亹而覬進兮，蹇淹留而躊躇。

河[三]氾濫之浮雲兮，焱音慓[陳]壅蔽此朗月。忠昭昭而願見兮，然霧除同[陳]曖而莫達。願皓日之顯行兮，雲濛濛而蔽之。竊不自聊[四]而願忠兮，或黕點而汙之。堯舜之抗行兮，瞭冥冥而薄天。何險巇之嫉妒兮？被以不慈之偽名。彼日月之照明兮，尚黯黮而有瑕。何況一國之事兮，亦多端而膠加。被荷裯之晏晏兮，然潢洋而不可帶。既驕美而伐武兮，負左右之耿介。憎慍惀之修美兮，好夫人之慷慨。衆踥蹀而日進兮，美超遠而逾邁。農夫輟耕而容與兮，恐田野之蕪穢。事綿綿而多私兮，竊悼後之危敗。世雷同而炫曜兮，何毀譽之昧昧！今修飾而窺鏡兮，後尚可以竄藏。願寄言夫流星兮，羌儵忽而難當。卒壅蔽此浮雲兮，下暗漠而無光。

堯舜皆有所舉任兮，故高枕而自適。諒無怨於天下兮，心焉取此怵惕？

乘騏驥之瀏瀏兮，馭安用夫強策？諒城郭之不足恃兮，雖重介之何益？邅翼翼而無終兮，忳惛惛而愁約。生天地之若過兮，功不成而無効。願沈滯而無見兮，尚欲布名乎天下。然潢洋而不遇兮，直怐音遘[陳]愁音茂[陳]而自苦。莽洋洋而無極兮，忽翱翔之焉薄？國有驥而不知乘兮，焉皇皇而更索？甯戚謳於車下兮，桓公聞而知之。無伯樂之善相兮，今誰使乎訾[五]之？罔流涕以聊慮兮，惟著意而得之。紛純純之願忠兮，妒被離而鄣之。願賜不肖之軀而別離兮，放遊志乎雲中。乘精氣之摶摶兮，鶩諸神之湛湛。驂白霓之習習兮，歷羣靈之豐豐。左朱雀之茇茇兮，右蒼龍之躍躍音衢[陳]。屬雷師之闐闐[六]兮門，通飛廉之衙衙。前輕輬之鏘鏘兮，後輜乘之從從。載雲旗之委蛇兮，扈屯騎之容容。計專專之不可化兮，願遂推而爲臧。賴皇天之厚德兮，還及君之無恙。

【校記】
　　[一]游，陳本、《文選補遺》、《楚辭集注》作徃。
　　[二]固，陳本作同。《文選補遺》、《楚辭集注》作固。
　　[三]河，陳本、《文選補遺》、《楚辭集注》作何。
　　[四]聊，陳本、《文選補遺》、《楚辭集注》作料。
　　[五]訾，陳本、《文選補遺》、《楚辭集注》作譽。
　　[六]闐闐，陳本同。《文選補遺》、《楚辭集注》作闐闐。

卷二十八

騷中

大招
景差

青春受謝,白日昭只。春氣奮發,萬物遽只。冥凌浹行,魂無逃只。魂魄歸徠!無遠遙只。魂乎歸徠!無東無西,無南無北只。東有大海,溺水浟浟只。螭龍並流,上下悠悠只。霧雨淫淫,白皓膠只。魂乎無東!湯谷宗[一]只。魂乎無南!南有炎火千里,蝮蛇蜒只。山林險隘,虎豹蜿只。鰅鱅短狐,王<small>天也[陳]</small>虺騫只。魂乎無南!蜮傷躬只。魂乎無西!西方流沙,漭洋洋只。豕首縱目,被髮鬤只。長爪踞牙,誒<small>譆同[陳]</small>笑狂只。魂乎無西!多害傷只。魂乎無北!北有寒山,逴龍赩只。伐[二]水不可涉,深不可測只。天白顥顥,寒凝凝只。魂乎無往!盈北極只。魂魄歸徠!閒以靜只。

自恣荊楚,安以定只。逞志究欲,心意安只。窮身安樂,年壽延只。魂乎歸徠!樂不可言只。五穀六仞,設菰粱只。鼎臑盈望,和致芳只。內鶬鴿鵠,味豺羹只。魂乎歸徠!恣所嘗只。鮮蠵<small>音維[陳]</small>甘雞,和楚酪只。醢豚苦狗,膾苴蓴只。吳酸蒿蔞,不沾薄只。魂兮歸徠!恣所擇只。炙鴰烝鳧,煔鶉敶只。煎鰿臛<small>音郝[陳]</small>雀,遽爽存只。魂乎歸徠!麗以先只。四酎並孰<small>熟同[陳]</small>,不澀嗌只。清馨凍飲,不歠役只。吳醴白糱,和楚瀝只。魂乎歸徠!不遽惕只。

代秦鄭衛,鳴竽張只。伏戲駕辯,楚勞商只。謳和揚阿,趙簫倡只。魂乎歸徠!定空桑只。二八接舞[三],投詩賦只。叩鍾調磬,娛人亂只。四上競氣,極聲變只。魂乎歸徠!聽歌譔只。朱脣皓齒,嫭以姱只。比德好閒,習以都只。豐肉微骨,調以娛只。魂乎歸徠!安以舒只。嫮目宜笑,蛾眉曼只。容則秀雅，稚朱顏只。魂乎歸徠！靜以安只。姱脩滂浩，麗以佳只。曾頰倚耳，曲眉規只。滂心綽態，姣麗施只。小腰秀頸，若鮮卑只。魂乎歸徠！思怨移只。易中利心，以動作只。粉白黛黑，施芳澤只。長袂拂面，善留客只。魂乎歸徠！以娛昔只。青色直眉，美目媔只。靨輔奇牙，宜笑嘕只。豐肉微骨，體便娟只。魂乎歸徠！恣所便只。

　　夏屋廣大，沙砂同[陳]堂秀只。南房小壇，觀絕霤只。曲屋步壛，宜擾畜只。騰駕步遊，獵春囿只。瓊轂錯衡，英華假只。茝蘭桂樹，鬱彌路只。魂乎歸徠！恣志慮只。孔雀盈園，畜鸞皇只。鵾鴻群晨，雜鶖鶬只。鴻鵠代遊，曼鷫鵝只。魂乎歸徠！鳳皇翔只。曼澤怡面，血氣盛只。永宜厥身，保壽命只。室家盈廷，爵祿盛只。魂乎歸徠！居室定只。接徑千里，出若雲只。三圭重侯，聽類神只。察篤夭隱，孤寡存只。魂乎歸徠！正始昆只。

　　田邑千畛，人阜昌只。美冒眾流，德澤章只。先威後文，善美明只。魂乎歸徠！賞罰當只。名聲若日，照四海只。德譽配天，萬民理只。北至幽陵，南交阯只。西薄羊腸，東窮海只。魂乎歸徠！尚賢士只。發政獻行，禁苛暴只。舉傑壓陛，誅譏罷只。直贏在位，近禹麾只。豪傑執政，流澤施只。魂乎徠歸，國家爲只。雄雄赫赫，天德明只。三公穆穆，登降堂只。諸侯畢極，立九卿只。昭質既設，大侯張只。執弓挾矢，揖辭讓只。魂乎徠歸！尚三王只。

【校記】

　　[一]《文選補遺》、《楚辭集注》此有"寥"字。

　　[二]伐，陳本同。《文選補遺》、《楚辭集注》作代。

　　[三]舞，陳本同。《文選補遺》、《楚辭集注》作武。

惜誓
賈誼

　　惜余年老而日衰兮，歲忽忽而不反。登蒼天而高舉兮，歷眾山而日遠。觀江河之紆曲兮，離四海之霑濡。攀北極而一息兮，吸沆瀣以充虛。飛朱鳥使先驅兮，駕太一之象輿。蒼龍蚴虯於左驂兮，白虎騁而爲右騑。建日月以爲蓋兮，載玉女於後車。馳騖於杳冥之中兮，休息虖崑崙之墟。樂窮極而不猒兮，願從容虖神明。涉丹水而駝騁兮，右大夏之遺風。黃鵠之一舉兮，知山川之紆曲。再舉兮，睹天地之圜方。臨中國之眾人兮，託迴飇乎尚羊。乃至少原之壄兮，赤松王喬皆在旁。二子擁瑟而調均兮，余因稱乎清商。澹然而自樂兮，吸衆氣而翱翔。念我長生而久僊兮，不如反余之故鄕。

黃鵠後時而寄處兮，鴟梟群而制之。神龍失水而陸居兮，爲螻蟻之所裁。夫黃鵠神龍猶如此兮，況賢者之逢亂世哉。壽冉冉而日衰兮，固儃佪而不息。俗流從而不止兮，衆枉聚而矯直。或偸合而苟進兮，或隱居而深藏。苦稱量之不審兮，同權槩而就衡。或推迻移同[陳]而苟容兮，或直言之諤諤。傷誠是之不察兮，並紉茅絲以爲索。方世俗之幽昏兮，眩白黑之美惡。放山淵之龜玉兮，相與貴夫礫石。梅伯數諫而至醢兮，來革順志而用國。悲仁人之盡節兮，反爲小人之所賊。比干忠諫而剖心兮，箕子被髮而佯狂。水背流而源竭兮，木去根而不長。非重軀以慮難兮，惜傷身之無功。

已矣哉！獨不見夫鸞鳳之高翔兮，乃集太皇之墀。循四極而回周兮，見盛德而後下。彼聖人之神德兮，遠濁世而自藏。使麒麟可得羈而係兮，又何以異虖犬羊？

七諫七首
東方朔
【初放】

平生於國兮，長於原壄。言語訥譅兮，又無彊輔。淺智褊能兮，聞見又寡。數言便事兮，見怨門下。王不察其長利兮，卒見棄乎原壄。伏念思過兮，無可改者。群衆成朋兮，上浸以惑。巧佞在前兮，賢者滅息。堯舜聖已没兮，孰爲忠直？高山崔巍兮，水流湯湯。死日將至兮，與麋鹿同阬。塊鞠兮，當道宿，舉世皆然兮，余將誰告？斥逐鴻鵠兮，近習鴟梟，斬伐橘柚兮，列樹苦桃。便娟之脩竹兮，寄生乎江潭。上葳蕤而防露兮，下泠泠而來風。孰知其不合兮，若竹栢之異心。徃者不可及兮，來者不可待。悠悠蒼天兮，莫我振理。竊怨君之不寤兮，吾獨死而後已。

【沈江】

惟往古之得失兮，覽私微之所傷。堯舜聖而慈仁兮，後世稱而弗忘。齊桓失於專任兮，夷吾忠而名彰。晉獻惑於驪姬兮，申生孝而被殃。偃王行其仁義兮，荆文寤而徐亡。紂暴虐以失位兮，周得佐乎呂望。修往古以行恩兮，封比干之丘壟。賢俊慕而自附兮，日浸淫而合同。朗法令而修理兮，蘭芷幽而有芳。

苦衆人之妒予兮，箕子寤而佯狂。不顧地以貪名兮，心怫鬱而内傷。聯蕙芷以爲佩兮，過鮑肆而失香。正臣端其操行兮，反離謗而見攘。世俗更而變化兮，伯夷餓於首陽。獨廉潔而不容兮，叔齊久而逾明。浮雲陳而蔽晦兮，使日月乎無光。忠臣貞而欲諫兮，讒諛毀而在旁。秋草榮其將實兮，微霜下而夜降。商風肅而害生兮，百草育而不長。衆並諧以妬賢兮，孤聖特而易傷。懷計謀而不見用兮，巖穴處而隱藏。成功隳而不卒兮，子胥死而不葬。世從俗而變化兮，隨風靡而成行。信直退而毀敗兮，虛偽進而得當。追悔過之無及兮，豈盡忠而有功。廢制度而不用兮，務行私而去公。終不變而死節兮，惜年齒之未央。將方舟而下流兮，冀幸君之發矇。痛忠言之逆耳兮，恨申子之沈江。願悉心之所聞兮，遭值君之不聰。不開寤而難道兮，不別橫之與縱。聽奸臣之浮說兮，絕國家之久長。滅規榘而不用兮，背繩墨之正方。離憂患而乃寤兮，若縱火於秋蓬。業失之而不救兮，尚何論乎禍凶。彼離畔而朋黨兮，獨行之士其何望？日漸染而不自知兮，秋毫微哉而變容。衆輕積而折軸兮，原咎雜而累重。赴湘沅之流澌兮，恐逐波而復東。懷沙礫而自沉兮，不忍見君之蔽壅。

【怨世】

世沉淖而難論兮，俗岭峨而嶒嵯。清泠泠而殲滅兮，溷湛湛而日多。梟鴞既以成羣兮，玄鶴弭翼而屏移。蓬艾親入御於牀第音子[陳]兮，馬蘭踸踔而日加。棄捐药芷與杜衡兮，余奈世之不知芳何？何周道之平易兮，然蕪穢而險巇。高陽無故而委塵兮，唐虞點灼而毀議。誰使正其真是兮，雖有八師而不可爲。

皇天保其高兮，后土持其久。服青白以逍遙兮，偏與乎玄英異色。西施媞媞而不得見兮，嫫母勃屑而日侍。桂蠹不知所淹留焉，蓼蟲不知徙乎葵菜。處溷溷之濁世兮，今安所達乎吾志。意有所載而遠逝兮，固非衆人之所識。驥躊躇於弊輂兮，遇孫陽而得代。呂望窮困而不聊生兮，遭周文而舒志。甯戚飯牛而商歌兮，桓公聞而弗置。路室女之方桑兮，孔子過之以自侍。

吾獨乖剌而無當兮，心悼怵而耄思。思比干之恲恲兮，哀子胥之慎事。悲楚人之和氏兮，獻寶玉以爲石。遇厲武之不察兮，羌兩足以畢斮。小人之居勢兮，視忠正之何若？改前聖之法度兮，喜囁嚅而妄作。親讒諛而疏賢聖兮，訟謂閒娺美婦[陳]爲醜惡。愉近習而蔽遠兮，孰知察其黑白？卒不得效其心容兮，安眇眇而無所歸薄。專精爽以自硎兮，晦冥冥而壅蔽。年既已過太半兮，然韜軻而留滯。欲高飛而遠集兮，恐離罔而滅敗。獨冤抑而無極兮，傷精神而壽夭。皇天既不純命兮，余生終無所依。願自沈於江流兮，絕橫流而徑逝。寧爲江海之泥塗兮，安能久見此濁世？

【怨思】

賢士窮而隱處兮，廉方正而不容。子胥諫而靡軀兮，比干忠而剖心。子推自剖而飤（飼同[陳]）君兮，德日忘而怨深。行明白而曰黑兮，荊棘聚而成林。江離棄於窮巷兮，蒺藜蔓乎東廂。賢者蔽而不見兮，讒諛進而相朋。梟鴞並進而俱鳴兮，鳳皇飛而高翔。願壹徃而徑逝兮，道壅絕而不通。

【自悲】

居愁勤其誰告兮，獨永思而憂悲。內自省而不慙兮，操愈堅而不衰。隱三年而無決兮，歲忽忽其若頹。憐余身不足以卒意兮，冀一見而復歸。哀人事之不幸兮，屬天命而委之咸池。身被疾而不閒兮，心沸熱其若湯。冰炭不可以相並兮，吾固知乎命之不長。哀獨苦死之無樂兮，惜余年之未央。悲不反余之所居兮，恨離予之故鄉。鳥獸驚而失羣兮，猶高飛而哀鳴。狐死必首丘兮，夫人孰能不反其真情？故人疏而日忘兮，新人近而俞好。莫能行於杳冥兮，孰能施於無報？

若[一]衆人之皆然兮，乘回風而遠遊。凌恒山其若陋兮，聊愉娛以忘憂。悲虛言之無實兮，苦衆口之鑠金。過故鄉而一顧兮，泣歔欷而霑衿。厭白玉以為面兮，懷琬琰以為心。邪氣入而感內兮，施玉色而外淫。何青雲之流瀾兮，微霜降之濛濛。徐風至而徘徊兮，疾風過之湯湯。聞南藩樂而欲徃兮，至會稽而且止。見韓衆而宿之兮，問天道之所在？借浮雲以送予兮，載雌霓而為旌。駕青龍以馳騖兮，班衍衍之冥冥。忽容容其安之兮，超慌忽其焉如？苦衆人之難信兮，願離羣而遠舉。登巒山而遠望兮，好桂樹之冬榮。觀天火之炎煬兮，聽大壑之波聲。引八維以自道兮，含沉濇以長生。居不樂以時思兮，食草木之秋實。飲菌若之朝露兮，構桂木而為室。雜橘柚以為圍兮，列新夷與椒楨。鵾鶴孤而夜號兮，哀居者之誠貞。

【哀命】

哀時命之不合兮，傷楚國之多憂。內懷情之潔白兮，遭亂世而離尤。惡耿介之直行兮，世溷濁而不知。何君臣之相失兮，上沉湘而分離。測汨羅之湘水兮，知時固而不反。傷離散之交亂兮，遂側身而既遠。處玄舍之幽門兮，穴巖石而窟伏。從水蛟而為徙兮，與神龍乎休息。何山石之嶄巖兮，靈魂屈而偃蹇。含素水而蒙深兮，日眇眇而既遠。哀形體之離解兮，神罔兩而無舍。惟椒蘭之不反兮，魂迷惑而不知路。願無過之設行兮，雖滅沒之自樂。痛楚國之流亡兮，哀靈脩之過到。固時俗之溷濁兮，志瞀迷而不知路。念私門之正匠兮，遙涉江而遠去。念女嬃（屈原姊也[陳]）之嬋媛兮，涕泣流乎於悒。我決死而不生兮，雖重追吾何及。戲疾瀨之素水兮，望高山之蹇產。哀高丘之赤岸兮，遂沒身而不反。

【謬諫】

怨靈修之浩蕩兮，夫何執操之不固？悲泰山之為隍兮，孰江河之可涸？願承間而效志兮，恐犯忌而干諱。卒撫情以寂寞兮，然怊悵而自悲。玉與石而同匱兮，貫魚眼與珠璣。駑駿雜而不分兮，服罷牛而驂驥。年滔滔而日遠兮，壽冉冉而愈衰。心悇憛而煩冤兮，蹇超搖而無冀。

固時俗之工巧兮，滅規榘而改錯。却騏驥而不乘兮，策駑駘而取路。當世豈無騏驥兮，誠無王良之善馭。見執轡者非其人兮，故駒跳而遠去。不量鑿而正枘兮，恐矱獲之不同。不論世而高舉兮，恐操行之不調。弧弓弛而不張兮，孰云知其所至？無傾危之患難兮，焉知賢士之所死？俗推佞而進富兮，節行張而不著。賢良蔽而不群兮，朋曹比而黨譽。邪[二]說飾而多曲兮，正法弧而不公。直士隱而避[三]匿兮，讒諛登乎朗堂。棄彭咸之娛樂兮，廢巧倕之繩墨。茛蓈雜於叢[四]蒸兮，機蓬矢以射革。駕蹇驢而無策兮，又何路之能極？以直鍼而為釣兮，又何魚之能得？伯牙之絕弦兮，無鍾子期而聽之。和抱璞而泣血兮，安得良工而剖之？

同音者相和兮，同類者相似。飛鳥號其羣兮，鹿鳴求其友。故叩宮而宮應兮，彈角而角動。虎嘯而谷風至兮，龍舉而景雲往。音聲之相和兮，言物類之相感也。夫方圓之異形兮，勢不可以相錯。列子隱身而窮處兮，世莫可以寄託。眾鳥皆有行列兮，鳳有翔翔而無所簿。經濁世而不得志兮，願側身巖穴而自託。欲闔口而無言兮，嘗被君之厚德。獨便悁而懷毒兮，愁鬱鬱之焉極？念三年之積思兮，願壹見而陳辭。不及君而騁說兮，世孰可為明之？身寢疾而日愁兮，情沉抑而不揚。眾人莫可與論道兮，悲精神之不通。

亂曰：鸞皇孔鳳日以遠兮，畜鳧駕鵝。雞鶩滿堂壇兮，鼁黽遊乎華池。要褭奔亡兮，騰駕橐駝。鈆刀進御兮，遙棄太阿。拔搴玄芝兮，列樹芋荷。橘柚萎枯兮，苦李旖旎。甂甌登於明堂兮，周鼎潛乎深淵。自古而固然兮，吾又何怨乎今之人。

【校記】

[一] 若，陳本同。《楚辭章句》作苦。
[二] 《楚辭章句》此有"枉"字。

[三]避，陳本作辟。《楚辭章句》作避。

[四]叢，陳本同。《楚辭章句》作廠。

哀時命
莊忌

哀時命之不及古人兮，夫何予生之不遘時！往者不可扳援兮，俫者不可與期。志憾恨而不逞兮，杼中情而屬詩。夜烱烱而不寐兮，懷隱憂而歷茲。心鬱鬱而無告兮，衆孰可與深謀！欲愁悴而委惰兮，老冉冉而逮之。居處愁以隱約兮，志沉抑而不揚。道壅塞而不通兮，江河廣而無梁。願至崑崙之懸圃兮，采鍾山之玉英。擥瑶木之橝枝兮，望閬風之板桐。弱水汩其爲難兮，路中斷而不通。勢不能淩波以徑度兮，又無羽翼而高翔。然隱悶而不達兮，獨徙倚而彷徉[一]。悢悢罔目永思兮，心紆軫而增傷。倚躊躇以淹留兮，日飢饉而絕糧。廓抱景而獨倚兮，超永思乎故鄉。廓落寂而無友兮，誰可與玩此遺芳？白日晼晚其將入兮，哀余壽之弗將。車既弊而馬罷兮，蹇邅徊而不能行。身既不容於濁世兮，不知進退之宜當。

冠崔嵬而切雲兮，劍淋離而從橫。衣攝葉以儲與兮，左袪掛於榑桑；右衽拂於不周兮，六合不足以肆行。上同鑿枘於伏戲兮，下合矩矱於虞唐。願尊節而式高兮，志猶卑夫禹湯。雖知困其不改操兮，終不以邪枉害方。世並舉而好朋兮，壹斗斛而相量。衆比周以肩迫兮，賢者遠而隱藏。爲鳳皇作鶉籠兮，雖翕翅其不容。靈皇其不寤知兮，焉陳詞而效忠。俗嫉妒而蔽賢兮，孰知余之從容？願舒志而抽馮兮，庸詎知其吉凶？璋珪雜於甑窒兮，隴廉醜女[陳]與孟娵同宮。舉世以爲恒俗兮，固將愁苦而終窮。幽獨轉而不寐兮，惟煩懣而盈匈[二]。魂眇眇而馳騁兮，心煩冤之惷惷。

志欲憾而不儋兮，路幽昧而甚難。塊獨守此曲隅兮，然欲切而永歎。愁修夜而宛轉兮，氣涫𣵀音沸[陳]其若波。握剞劂而不用兮，操規榘而無所施。騁騏驥於中庭兮，焉能極夫遠道？置猨狖於欞檻兮，夫何以責其捷巧？駟跛鼈而上山兮，吾固知其不能陞。釋管晏而任臧獲兮，何權衡之能稱？篾簬雜於廳音鄒[陳]蒸兮，機蓬矢以射革。負檐荷以丈尺兮，欲伸要而不可得。外迫脅於機臂兮，上牽聯於繒繳。肩傾側而不容兮，固陿腹而不得息。務光自投於深淵兮，不獲世之塵垢。孰魁摧未詳[陳]之可久兮，願退身而窮處。鑿山楹而爲室兮，下被衣于水渚。霧露濛濛其晨降兮，雲依斐而承宇。虹霓紛其朝霞兮，夕淫淫而淋雨。怊茫茫而無歸兮，悵遠望此曠野。下垂釣于谿谷兮，上要求於僊者。與赤松而結友兮，比王僑而爲耦。使梟楊山神[陳]先導兮，白虎爲之前後。浮雲霧而入冥兮，騎白鹿而容與。

　　黿眰眰以寄獨兮，汩徂徃而不歸處。卓卓而日遠兮，志浩蕩而傷懷。鷿鳳翔於蒼雲兮，故繒繳而不能加。蛟龍潛於旋淵兮，身不挂于罔羅。知貪餌而近死兮，不如下游乎清波。寧幽隱以遠禍兮，孰侵辱之可爲。子胥死而成義兮，屈原沉于汩羅。雖體解其不變兮，豈忠信之可化。志怦怦而內直兮，履繩墨而不頗。執權衡而無私兮，稱輕重而不差。摡塵垢之枉攘兮，除穢累而反眞。形體白而質素兮，中皎潔而淑清。時猒飫而不用兮，且隱伏而遠身。聊竄端而匿迹兮，嘆寂黙而無聲。獨便悁而煩毒兮，焉發憤而抒[三]情。時曖曖其將罷兮，遂悶歎而無名。伯夷死于首陽兮，卒夭隱而不榮。太公不遇文王兮，身至死而不得逞。懷瑤象而佩瓊兮，願陳列而無正。生天墜之若過兮，忽爛漫而無成。邪氣襲余之形體兮，疾憯怛而萌生。原壹見陽春之白日兮，恐不終乎永年。

【校記】
　　[一]徉，陳本作徨。《文選補遺》、《楚辭集注》作徉。
　　[二]匈，陳本、《文選補遺》同。《楚辭集注》作胷。
　　[三]抒，陳本作紓。《楚辭集注》作抒。《文選補遺》作舒。

九懷 九首
王襃
【匡機】

　　極運兮不中，來將屈兮困窮。余深愍兮慘怛，願一列兮無從。乘日月兮上征，顧遊心兮鄗酆。彌覽兮九隅，彷徨兮蘭宮。芷閭兮药房，奮搖兮衆芳。菌閣兮蕙樓，觀道兮從橫。寶金兮委積，美玉兮盈堂。桂水兮潺湲，揚流兮洋洋。蓍蔡兮踊躍，孔鶴兮回翔。撫檻兮遠望，念君兮不忘。怫鬱兮莫陳，永懷兮內傷。

【通路】

　　天門兮墜地同戶，孰由兮賢者？無正兮溷厠，懷德兮何覩？假寐兮愍斯，誰可與兮寤語？痛鳳兮遠逝，畜鴳兮近處。鯨鱣兮幽潛，從蝦兮遊渚。乘虬兮登陽，載象兮上行。朝發兮葱嶺，夕至兮明光。北飲兮飛泉，南采兮芝英。宣遊兮列宿，順極兮彷徉。紅采兮驂衣，翠縹兮爲裳。舒佩兮緉纚，竦余劒兮干將。騰蛇兮後從，飛駏兮步旁。微觀兮玄圃，覽察兮瑤光。啓匱兮探筴，悲命兮相當。紉蕙兮永詞，將離兮所思。浮雲兮容與，道余兮何之？遠望兮仟[一]眠色深貌[陳]，聞雷兮闐闐。陰憂兮感余，惆悵兮自憐。

【校記】
[一]仟，陳本作芊。《楚辭章句》作仟。

【危俊】

林不容兮鳴蜩，余何留兮中州？陶嘉月兮總駕，搴玉英兮自修。結榮茞兮逶逝，將去烝兮遠遊。徑岱土兮魏闕，歷九曲兮牽牛。聊假日兮相佯，遺光燿兮周流。望太一兮淹息，紆余轡兮自休。晞白日兮皎皎，彌遠路兮悠悠。顧列孛兮縹縹，觀幽雲兮陳浮。鉅寶遷兮砏磤，雉咸雛兮相求。泱莽莽兮究志，懼吾心兮憛憛。步余馬兮飛柱，覽可與兮匹儔。卒莫有兮纖介，永餘思兮怞怞。

【昭世】

世溷兮冥昏，違君兮歸眞。乘龍兮偃蹇，高回翔兮上臻。襲英衣兮緹繻，披華裳兮芳芬。登羊角兮扶輿，浮雲漠兮自娛。握神精兮雍容，與神人兮相胥。流星墜兮成雨，進瞵盼兮上丘墟。覽舊邦兮滃鬱，余安能兮久居。志懷逝兮心懰慄，紆余轡兮躑躅。聞素女兮微歌，聽王后兮吹竽。魂悽愴兮感哀，腸回回兮盤紆。撫余佩兮繽紛，高太息兮自憐。使祝融兮先行，令昭朗兮開門。馳六蛟兮上征，竦余駕兮入冥。歷九州兮索合，誰可與兮終生。忽反顧兮西圄，覯軫丘兮崎傾。橫垂涕兮泫流，悲余后兮失靈。

【尊嘉】

季春兮陽陽，列草兮成行。余悲兮蘭生，委積兮從縱同橫。江離兮遺捐，辛夷兮擠臧。伊思兮徃古，亦多兮遭殃。伍胥兮浮江，屈子兮沈湘。運余兮念茲，心內兮懷傷。望淮兮沛沛，濱流兮則逝。榜舫兮下流，東注兮磕磕。蛟龍兮導引，文魚兮上瀨。抽蒲兮陳坐，援芙蕖兮爲蓋。水躍兮余旌，繼以兮微蔡。雲旗兮電騖，儵忽兮容裔。河伯兮開門，迎余兮歡欣。顧念兮舊都，懷恨兮艱難。竊哀兮浮萍，汎淫兮無根。

【蓄英】

秋風兮蕭蕭，舒芳兮振條。微霜兮眇眇，病殀兮鳴蜩。玄鳥兮辭歸，飛翔兮靈丘。望谿兮滃鬱，熊羆兮呴嘷。唐虞兮不存，何故兮久留？臨淵兮汪洋，顧林兮忽荒。修余兮袿衣，騎霓兮南上。乘同[陳]雲兮回回，亹亹兮自強。將息兮蘭皋，失志兮悠悠。菸蒀兮黴黧，思君兮無聊。身去兮意存，愴恨兮懷愁。

【思忠】

登九靈兮遊神，靜女歌兮微晨。悲皇丘兮積葛，衆體錯兮交紛。貞枝抑兮枯槁，枉車登兮慶雲。感余志兮憭慄，心愴愴兮自憐。駕玄螭兮北征，騑吾路兮葱嶺。連五宿兮建旄，揚氛氣兮爲旌。歷廣漠兮馳騖，覽中國兮冥冥。玄武步兮水母，與吾期兮南榮。登華蓋兮乘陽，聊逍遙兮播光。抽庫婁兮酌醴，援爬瓜兮接糧。畢休息兮遠逝，發玉軔兮西行。惟時俗兮疾正，弗可久兮此方。寤辟摽兮永思，心怫鬱兮內傷。

【陶壅】

覽杳杳兮世惟，余惆悵兮何歸。傷時俗兮溷亂，將奮翼兮高飛。駕六[一]龍兮連蜷，建虹旌兮威夷。觀中宇兮浩浩，紛翼翼兮上躋。浮溺水兮舒光，淹低佪兮京祉。屯余軍兮索反，覩皇公兮問師。道莫遺兮歸眞，羨余術兮可夷。吾乃逝兮南娛，道幽路兮九疑。越炎火兮萬里，過萬首兮嶷嶷。濟江海兮蟬蛻，絕北梁兮永辭。浮雲鬱兮晝昏，霾土忽兮塵塵。息陽城兮廣夏，衰色罔兮中怠。意曉陽兮燎寤，乃息軫兮在兹。思尭舜兮襲興，幸咎繇兮獲謀。悲九州兮靡君，撫軾歎兮作詩。

【校記】

[一]六，陳本同。《楚辭章句》作八。

【株昭】

悲哉于嗟兮，心內切磋。欸冬而生兮，凋彼葉柯。瓦礫進寶兮，捐棄隨和。鉛刀厲御兮，頓[一]棄太阿。驥垂兩耳兮，中坂蹉跎。塞驢服駕兮，無用日多。修潔處幽兮，貴寵沙劘。鳳皇不翔兮，鶉鴳飛揚。乘虹驂蜺兮，載雲變化。鷦鵬開路兮，後屬青蛇。步驟桂林兮，超驤卷阿。丘陵翔儛兮，谿谷悲歌。神章靈篇兮，赴曲相和。余私娛兹兮，孰哉復加。還顧世俗兮，壞敗罔羅。卷佩將逝兮，涕流滂沲。

亂曰：皇門開兮照下土，株穢除兮蘭芷覩。四佞放兮後得禹，聖舜攝兮昭堯緒，孰能若兮願爲輔。

【校記】
　　［一］頓，陳本、《楚辭章句》作頓。

卷二十九

騷下

九歎九首
劉向
【逢紛】

伊伯庸之末[一]胄兮，諒皇直之屈原。云余肇祖于高陽兮，惟楚懷之嬋連。原生受命于貞節兮，鴻永路有嘉名。齊名字於天地兮，並光朙於列星。吸精粹而吐氛濁兮，橫邪世而不取容。行扣誠而不阿兮，遂見排而逢讒。后聽虛而黜實兮，不吾理而順情。腸憤悁而含怒兮，志遷蹇而左傾。心懭慌其不我與兮，躬速速而不吾親。辭靈修而隕意兮，吟澤畔之江濱。椒桂羅以顛覆兮，有竭信而歸誠。讒夫藹藹而曼著兮，曷其不舒予情？

始結言於廟堂兮，信中塗而叛之。懷蘭蕙與衡芷兮，行中壄而散之。聲哀哀而懷高丘兮，心愁愁而思舊邦。願承閒而自恃兮，徑淫曀而道壅。顏黴黧以沮敗兮，精越裂而衰耄。裳襜襜而含風兮，衣納納而掩露。赴江湘之湍流兮，順波湊而下降。徐徘徊於山阿兮，飄風來之洶洶。馳余車兮玄石，步余馬兮洞庭。平朙發兮蒼梧，夕投宿兮石城。芙蓉蓋而菱華車兮，紫貝闕而玉堂。薜荔飾而陸離薦兮，魚鱗衣而白蜺裳。登逢龍而下隕兮，違故鄉之漫漫。思南郢之舊俗兮，腸一夕而九運。揚流波之潢潢兮，體溶溶而東回。心怊悵以永思兮，意晻晻而自頹。白露紛[二]以塗塗兮，秋風瀏瀏以蕭蕭。身永流而不還兮，魂長逝而常愁。

歎曰：譬彼流水，紛揚磕兮，波逢洶涌，紛滂沛兮。揄揚滌盪，漂流隕往，觸岑石兮。龍邛脟圈，繚戾宛轉，阻相薄兮。遭紛逢凶，蹇離尤兮。垂文揚采，遺將來兮。

【校記】

[一]末，陳本作永。《楚辭章句》作末。
[二]陳本此多一"紛"字，據《楚辭章句》，當爲衍文。

【靈懷】

靈懷其不吾知兮，靈懷其不吾聞。就靈懷之皇祖兮，愬靈懷之鬼神。靈懷曾不吾知兮，即聽夫讒人之諛辭。余辭上參於天墜兮，旁引之於四時。指日月使延照兮，撫招搖以質正。立師曠俾端詞兮，命咎繇使並聽。兆出名曰正則兮，卦發字曰靈均。余幼既有此鴻節兮，長愈固而彌純。不從俗而詖行兮，直躬指而信志。不枉繩以追曲兮，屈情素以從事。端余行其如玉兮，述皇輿之踵跡。群阿容以晦光兮，皇輿覆以幽辟。輿中塗以回畔兮，馱馬驚而橫犇。執組者不能制兮，必折軛而摧轅。斷鑣銜以馳騖兮，暮去次而敢止。路蕩蕩其無人兮，遂不禦乎千里。

身衡陷而下沈兮，不可獲而復登。不顧身之卑賤兮，惜皇輿之不興。出國門而端指兮，方冀壹寤而錫還。哀僕夫之坎毒兮，屢離憂而逢患。九年之中不吾反兮，思彭咸之水遊。惜師延之浮渚兮，赴汨羅之長流。遵曲江之逶移兮，觸石碕而衡遊。波澧澧而揚澆兮，順長瀨之濁流。淩黃沱而下低兮，思還流而復反。玄輿馳而並集兮，身容與而日遠。櫂舟杭以橫[一]濿兮，濟湘流而南極。立江界而長吟兮，愁哀哀而累息。情慌忽以忘歸兮，神浮遊以高厲。志蛩蛩而懷顧兮，魂眷眷而獨逝。

歎曰：余思舊邦，心依違兮。日暮黃昏，嗟幽悲兮。去郢東遷，余誰慕兮。讒夫黨旅，其以茲故兮。河水淫淫[二]，情所願兮。顧瞻郢路，終不返兮。

【校記】

[一]橫，陳本同。《楚辭章句》作橫。
[二]陳本少一"淫"字。

【離世】

惟鬱鬱之憂毒兮，志坎壈而不違。身憔悴而考旦兮，日黃昏而長悲。閔空宇之孤子兮，哀枯楊之冤雛。孤雌吟於高墉兮，鳴鳩棲於桑榆。玄蝯猿同[陳]失於潛林兮，獨偏弃而遠放。征夫勞於周行兮，處婦憤而長望。申誠信而罔違兮，情素潔於紉帛。光明齊於日月兮，文采燿於玉石。傷厭次而不發兮，思沈抑而不揚。芳懿懿而終敗兮，名糜散而不彰。

背玉門以犇騖兮，蹇離尤而干詬。若龍逢之沈首兮，王子比干之逢醢。念社稷之幾危兮，反爲讐而見怨。思國家之離沮兮，躬獲愆而結難。若青繩之僞質兮，晉驪姬之反情。恐登階之逢殆兮，故退伏於末庭。孼子之號咷兮，本朝蕪而不治。犯顏色而觸諫兮，反蒙辜而被疑。菀蘼蕪與菌若兮，漸藁本於洿瀆。淹芳芷於腐井兮，棄雞駭於筐簏。執棠谿以刜蓬兮，秉干將以割肉。筐澤瀉以豹鞹兮，破荊和以繼築。時溷濁猶未清兮，世殽亂猶未察。欲容與以竢時兮，懼年歲之既晏。顧屈節以從流兮，心鞏鞏而不夷。寧浮沉而馳騁兮，下江湘以邅廻。

歎曰：山中檻檻，余傷懷兮。征夫皇皇，其孰依兮。經榮原野，杳冥冥兮。乘騏騁驥，舒吾情兮。歸骸舊邦，莫誰語兮。長辭遠逝，乘湘去兮。

【怨思】

志隱隱而鬱怫兮，愁獨哀而冤結。腸紛紜以繚轉兮，涕漸漸其若屑。情慨慨而長懷兮，信上皇而質正。合五嶽與八靈兮，訊九魁[一]與六神。指列宿以白情兮，訴五帝以置詞。北斗爲我質中兮，太一爲余聽之。云服陰陽之正道兮，御后土之中和。佩蒼龍之蚴虬兮，帶隱虹之逶虵。曳彗星之皓旴兮，撫朱爵與鵁鶄。遊清霧之颯戾兮，服雲衣之披披。杖玉策與朱旗兮，垂明月之玄珠。舉霓旌之墆翳兮，建黃昏之總旄。躬純粹而罔愆兮，承皇考之妙儀。

惜往事之不合兮，橫汨羅而下屬。乘隆波而南度兮，逐江湘之順流。赴陽侯之潢洋兮，下石瀨而登洲。陸魁堆以蔽視兮，雲冥冥而闇前。山峻高以無垠兮，遂曾閎而迫身。雪雰雰而薄木兮，雲霏霏而隕集。阜隘狹而幽險兮，石嶙嵯而翳日。悲故鄉而發忿兮，去余邦之彌久。背龍門而入河兮，登大墳而望夏首。橫舟航而濟湘兮，耳聊啾而憓慌。波淫淫而周流兮，鴻溶溢而滔蕩。路曼曼其無端兮，周容容而無識。引日月以指極兮，少須臾而釋思。水波遠以冥冥兮，眇不睹其東西。順風波以南北兮，霧宵晦以紛闇。日杳杳以西頹兮，路長遠而窘迫。欲酌醴以娛意兮，蹇騷騷而不釋。

歎曰：飄風蓬龍，埃拂拂兮。中木搖落，時槁悴兮。遭傾遇禍，不可救兮。長吟永欷，涕凭凭兮。舒情敶詩，冀以自免兮。頹流下隕，身日以遠兮。

【校記】

[一]魁，陳本作魁。《楚辭章句》作魁。

【遠逝】

　　悲余性之不可改兮，屢懲艾而不迻移同。服覺酷以殊俗兮，貌揭揭以巍巍。譬若王僑之乘雲兮，載赤霄而淩太清。欲與天地參壽兮，與日月而比榮。登崑崙而北首兮，悉靈圉而來謁。選鬼神於太陰兮，登閶闔於玄闕。回朕車俾西引兮，褰虹旗於玉門。馳六龍於三危兮，朝四靈於九濱。結余軫於西山兮，橫飛谷以南征。絕都廣以直指兮，歷祝融於朱冥。枉玉衡於炎火兮，委兩舘於咸唐。貫顓濛目東揭兮，維六龍於扶桑。

　　周流覽於四海兮，志升降目高馳。徵九神於回極兮，建虹采目招指。駕鸞鳳目上遊兮，從玄鶴與鷦朋[一]。孔鳥飛而送迎兮，騰群鶴於瑤光。排帝宮與羅圉兮，升懸圃目眩滅。結瓊枝目雜佩兮，立長庚目繼日。凌驚雷以軼駭電兮，綴鬼谷於北辰。鞭風伯使先驅兮，囚靈玄於虞淵。愬高風以低[二]佪兮，覽周流於朔方。就顓頊而敶詞兮，考玄冥於空桑。旋車逝於崇山兮，奏虞舜於蒼梧。濟楊舟於會稽兮，就申胥於五湖。見南郢之流風兮，殞余躬於沅湘。望舊邦之黯黮兮，時溷濁猶未央。懷蘭苣之芬芳兮，妬被離而折之。張絳帷目襜襜兮，風邑邑而蔽之。日噉噉其西舍兮，陽焱焱而復顧。聊假日以須臾兮，何騷騷而自故。

　　歎曰：譬彼蛟龍，乘雲浮兮。汎淫頹溶，紛若霧兮。潺湲轇轕，雷動電發，馺高舉兮。升虛淩冥，沛濁浮清，入帝宮兮。搖翹奮羽，馳風騁雨，遊無窮兮。

【校記】

[一] 朋，陳本作鵬。《楚辭章句》作明。
[二] 低，陈本同。《楚辭章句》作徘。

【惜賢】

　　覽屈氏之《離騷》兮，心哀哀而怫鬱。聲嗷嗷以寂寥兮，顧僕夫之憔悴。撥謟諛而匡邪兮，切洟泹之流俗。盪溰溰之姦咎兮，夷蠢蠢之溷濁。懷芬香而挾蕙兮，佩江離之菲菲。握申椒與杜若兮，冠浮雲之峨峨。登長陵而四望兮，覽芷圃之蠱蠱。游蘭皐與蕙林兮，睨玉石之嶜嵯。揚精華以眩燿兮，芳鬱渥而純美。結桂樹之旖旎兮，紉荃蕙與辛夷。芳若茲而不御兮，捐林薄而菀死。

　　驅子僑之犇走兮，申徒狄之赴淵。若夷由之純美兮，介子推之隱山。晉申生之離殃兮，荊和氏之泣血。吳子胥之抉眼兮，王子比干之橫廢。欲卑身而下體兮，心隱惻而不置。方圓殊而不合兮，鉤繩用而異態。欲竢時於須臾兮，日陰曀其將暮。時遲遲其日進兮，年忽忽而日度。妾周容而入世兮，內距閉而不開。俟時風之清激兮，愈氛霧其如塵。進雄鳩之耿耿兮，讒介介而蔽之。默順風以偃仰兮，尚由由而進之。心慏悢以冤結兮，情舛錯以曼憂。搴薜荔於山野兮，采撚枝於中洲。望高丘而歎涕兮，悲吸吸而長懷。孰契契而委棟兮，日晻晻而下頹。

歎曰：油油江湘，長流汩兮。挑揄揚汰[一]，盪迅疾兮。憂心輾轉，愁怫鬱兮。冤結未舒，長隱忿兮。丁時逢殃，可柰何兮。勞心悁悁，涕滂沱兮。

【校記】

[一]汰，陳本作波。《楚辭章句》作汰。

【憂苦】

悲余心之悁悁兮，哀故邦之逢殃。辭九年而不復兮，獨縈縈而南行。思余俗之流風兮，心紛錯而不受。遵壄莽以呼風兮，步從容於山藪。巡陸夷之曲衍兮，幽空虛以寂寞。倚石巖以流涕兮，憂憔悴而無樂。登巑岏以長企兮，望南郢而闚之。山修遠其遼遼兮，塗漫漫其無時。聽玄鶴之晨鳴兮，于高岡之峨峨。獨憤積而哀娛兮，翔江洲而安歌。三鳥飛飛以自南兮，覽其志而欲北。願寄言於三鳥兮，去飄疾而不可得。

欲遷志而改操兮，心紛結而未離。外彷徨而遊覽兮，內惻隱而含哀。聊須臾以時忘兮，心漸漸其煩錯。原假簧以舒憂兮，志紆鬱其難釋。歎《離騷》以揚意兮，猶未殫於《九章》。長噓吸以於悒兮，涕橫集而成行。傷明珠之赴泥兮，魚眼璣之堅藏。同駑贏與乘駔兮，雜斑駮與闐茸。葛藟虆於桂樹兮，鴟鴞集於木蘭。偓促談於廊廟兮，律魁放乎山閒[一]。惡虞氏之《簫韶》兮，好遺風之《激楚》。潛周鼎於江淮兮，爨土鬵於中宇。且人心之持[二]舊兮，而不可保長。遵彼南道兮，[三]征夫宵行。思念郢路兮，還顧睠睠。涕流交集兮，泣下漣漣。

歎曰：登山長望，中心悲兮。菀彼青青，泣如頹兮。留思北顧，涕漸漸兮。折銳摧矜，凝氾濫兮。念我縈縈，魂誰求兮。僕夫慌悴，散若流兮。

【校記】

[一]閒，陳本同。《楚辭章句》作間。

[二]持，陳本、《楚辭章句》作有。

[三]《楚辭章句》此有"以"字。

【愍命】

昔皇考之嘉志兮，喜登能而亮賢。情純潔而罔蔽兮，姿盛質而無愆。放佞人與諂諛兮，斥讒夫與便嬖。親忠正之悃誠兮，招貞良與明智。心溶溶其不可量兮，情澹澹其若淵。回邪辟而不能入兮，誠願藏而不可遷。逐下袟[一]音逸[陳]於後堂兮，迎宓妃於伊雒。刺讒賊於中廇兮，選呂管於榛薄。叢林之下無怨士兮，江河之畔無隱夫。三苗之徒以放逐兮，伊皋之倫以充廬。

今反表以爲裏兮，顛裳以爲衣。戚宋萬於兩楹兮，廢周邵於遐夷。却騏驥以轉運兮，騰驢驘以馳逐。蔡女黜而出帷兮，戎婦入而綵繡服。慶忌囚於阱室兮，陳不占戰而赴圍。破伯牙之號[二]鍾兮，挾人箏而彈緯。藏瑉石於金匱兮，捐赤瑾於中庭。韓信蒙於介胄兮，行夫將而攻城。莞芎棄於澤洲兮，蚒螻蠹於筐簏。麒麟奔於九皋兮，熊羆群而逸囿。折芳枝與瓊華兮，樹枳棘與薪柴。掘荃蕙與射干兮，耘藜藿與襄荷。惜今世其何殊兮，遠近思而不同。或沉淪其無所達兮，或清激其無所通。哀余生之不當兮，獨蒙毒而逢尤。雖謇謇以申志兮，君乖差而屏之。誠惜芳之菲菲兮，反以茲爲腐也。懷椒聊之藹藹兮，乃逢紛以罹詬。

歎曰：嘉皇既殁，終不返兮。山中幽險，郢路遠兮。讒人諓諓，孰可愬兮。征夫罔極，誰可語兮？行唫累欷，聲喟喟兮。懷憂含戚，何侘傺兮。

【校記】

[一]袟，陳本作妷。《楚辭章句》作袟。

[二]號，陳本作遞。《楚辭章句》作號。

【思古】

冥冥深林兮，樹木鬱鬱。山參差以嶄巖兮，阜杳杳以蔽日。悲予心之悁悁兮，目眇眇而遺泣。風騷屑以搖木兮，雲吸吸以湫戾。悲余生之無歡兮，愁悀悀於山陸。且徘徊於長阪兮，夕彷徨而獨宿。髮披披以鬤鬤兮，躬劬勞而瘏悴。魂俇俇而南行兮，泣霑襟而濡袂。心嬋媛而我告兮，口噤閉而不言。違郢都之舊閭兮，迴湘沅而遠遷。念余邦之橫陷兮，宗鬼神之無次。閔先嗣之中絕兮，心惶惑而自悲。聊浮遊於山陿兮，步周流於江畔。臨深水而長嘯兮，且倘佯而氾觀。

興《離騷》之微文兮，冀靈脩之壹悟。還余車於南郢兮，復往軌於初古。道修遠其難遷兮，傷余心之不能已。背三五之典刑兮，絕《洪範》之辟紀。播規榘以背度兮，錯權衡而任意。操繩墨而放弃兮，傾容幸而侍側。

甘棠枯於豐草兮，藜棘樹於中庭。西施斥於北宮兮，伣倛倚於彌楹。烏獲戚而驂乘兮，燕公操於馬圉。蒯聵登於清府兮，咎繇棄於壍外。蓋見茲以永歎兮，欲登階而狐疑。乘白水而高騖兮，因徙弛而長詞。

歎曰：倘佯壚阪，沼水深兮。容與漢渚，涕淫淫兮。鍾牙已死，誰爲聲兮？纖阿不遇，焉舒情兮。曾哀悽歔，心離離兮。還顧高丘，泣如灑兮。

反騷
楊雄

有周氏之蟬嫣兮，或鼻祖於汾隅，靈宗初諜伯僑兮，流於末之揚侯。淑周楚之豐烈兮，超既離虖皇波，因江潭而汜音匜[陳]記兮，欽弔楚之湘纍。惟天軌之不辟兮，何純絜而離紛！紛纍以其溰溰兮，暗纍以其繽紛。漢十世之陽朔兮，招搖紀于周正，正皇天之清則兮，度后土之方貞。圖纍承彼洪族兮，又覽纍之昌辭，帶鉤矩而佩衡兮，履欃槍以爲綦。素[一]初貯厥麗服兮，何文肆而質薄！資娵娃之珍髢兮，鬻九戎而索賴。鳳皇翔於蓬陼兮，豈駕鵝之能捷！騁驊騮以曲囏兮，驢騾連蹇而齊足。枳棘之榛榛兮，蝯狖擬而不敢下。靈修既信椒蘭之唼佞兮，吾纍忽焉而不早睹？袨芰茄之綠衣兮，被夫容之朱裳，芳酷烈而莫聞兮，不如襞而幽之離房。閨中容競淖約兮，相態以麗佳，知衆嫭之嫉妬兮，何必颺纍之娥眉。懿神龍之淵潛兮，竢慶雲而將舉，亡春風之被披同[陳]離兮，孰焉知龍之所處？懟吾纍之衆芬兮，颺爆爆之芳苓，遭季夏之凝霜兮，慶夭顇而喪榮。橫江湘以南洭兮，云走乎彼蒼吾，馳江潭之汎溢兮，將折衷虖重華。舒中情之煩或兮，恐重華之不纍與，陵陽侯之素波兮，豈吾纍之獨見[二]許？精瓊靡與秋菊兮，將以延夫天年；臨汨羅而自隕兮，恐日薄於西山。解扶桑之總轡兮，縱令之遂奔馳，鷥皇騰而不屬兮，豈獨飛廉與雲師！卷薜芷與若惠兮，臨湘淵而投之；棍火束也[陳]申椒與菌桂兮，赴江湖而漚之。費椒稰以要神兮，又勤索彼瓊茅，違靈氛而不從兮，反湛身於江皐！纍既扎古攀字[陳]夫傅說兮，奚不信而遂行？徒恐鶂鴂之將鳴兮，顧先百草爲不芳！初纍棄彼虙妃兮，更思瑤臺之逸女，抨雄鳩以作媒兮，何百離而曾不壹耦！乘雲蜺之旖柅[三]兮，望崑崙以樛流，覽四荒而顧懷兮，奚必云女被高丘？既亡鸞車之幽藹兮，焉駕八龍之委蛇？臨江瀨而掩涕兮，何有《九招》與《九歌》？夫聖哲之不遭兮，固時命之所有；雖增歔以於邑兮，吾恐靈修之不纍改。昔仲尼之去魯兮，斐斐[四]遲遲而周邁，終回復於舊都兮，何必湘淵與濤瀨！溷漁父之餔歠兮，絜沐浴之振衣，棄由、聃[五]之所珍兮，蹠彭咸之所遺！

【校記】

[一]素，陳本、《楚辭集注》作㮺。《文選補遺》作素。
[二]見，陳本、《文選補遺》同。《楚辭集注》作未。
[三]桅，陳本、《文選補遺》、《楚辭集注》作旎。
[四]斐斐，陳本、《文選補遺》同。《楚辭集注》作蜚蜚。
[五]眲，陳本同。《文選補遺》、《楚辭集注》作聃。

九思
王逸
【逢尤】

悲兮愁，哀兮憂！天生我兮當闇時，被讒譖兮虛獲尤。心煩憒兮意無聊，嚴載駕兮出戲遊。周八極兮歷九州，求軒轅兮索重華。世既卓兮遠眇眇，握佩玖兮中路躇。羨皋繇兮建典謨，懿風后兮受瑞圖。愍余命兮遭六極，委玉質兮於泥塗。遽偉遑兮驅林澤，步屏營兮行丘阿。車軏折兮馬虺穨，慸悵立兮涕滂沱。思丁文兮聖眀哲，哀平差兮迷謬愚。呂傅舉兮殷周興，忌嚭專兮郢吳虛。仰長嘆兮氣餚結，忉殟絕兮活復蘇。虎兕爭兮於廷中，豺狼鬭兮我之隅。雲霧會兮日冥晦，飄風起兮揚塵埃。走鬯㾕兮乍東西，欲竄伏兮其焉如？念靈閨兮奧重深，願竭節兮隔無由。望舊邦兮路委隨，憂心悄兮志勤劬。冤煢煢兮不遑寐，目眩眩兮寤終朝。

【怨上】

令尹兮警警，羣[一]司兮讙讙。哀哉兮淈淈，上下兮同流。菽藟兮蔓衍，芳虈兮挫枯。朱紫兮雜亂，曾莫兮別諸。倚此兮巖穴，永思兮窈悠。嗟懷兮眩惑，用志兮不昭。將喪兮玉斗，遺失兮鈕樞。我心兮煎熬，惟是兮用[二]憂。集慕兮九旬，退顧兮彭務。擬斯兮二蹤，未知兮所投。謠吟兮中壄，上察兮璇璣。大火兮西睨，攝提兮運低。雷霆兮硠磕，雹霰兮霏霏。奔電兮光晃，涼風兮愴悽。鳥獸兮驚駭，相從兮宿棲。鴛鴦兮噰噰，狐狸兮徵徵。哀吾兮介特，獨處兮岡依。螻蛄兮鳴東，蟊蠡兮號西。戴絻兮我裳，蠋入兮我懷。蟲豸兮夾余，惆悵兮自悲。佇立兮忉怛，心結絪兮折摧。

【校記】

[一]羣，陳本作郡。《楚辭章句》作羣。
[二]用，陳本作周。《楚辭章句》作用。

【疾世】

周徘徊兮漢渚，求水神兮靈女。嗟此國兮無良，媒女詘兮謰謱。鷦雀列兮讙譁，鶬鶊鳴兮聒余。拘昭華兮寶璋，欲衒鬻兮莫取。言旋[一]邁兮北徂，叫我友兮配耦。日陰曀兮未光，閴睄寠[二]兮靡睹。紛載驅兮高馳，將諮詢兮皇羲。遵河臯兮周流，路變易兮時乖。灑滄海兮東遊，沐盬浴兮天池。訪太昊兮道要，云靡貴兮仁義。志欣樂兮反征，就周文兮郟歧。秉玉英兮結誓，日欲暮兮心悲。惟天祿兮不再，背我信兮自違。踰隴堆兮渡漠，過桂車兮合黎。赴崑山兮罷驂，從盧遨[三]兮棲遲。吮玉液兮止渴，齧芝華兮療飢。居嶁廓兮尠疇，遠梁昌兮幾迷。望江漢兮濩渃，心縈縈兮傷懷。時朏朏兮且[四]旦，塵漠漠兮未晞。憂不暇兮寢食，吒增歎兮如雷。

【校記】

[一] 旋，陳本、《楚辭章句》作逝。
[二] 窛，陳本、《楚辭章句》作霓。
[三] 遨，陳本、《楚辭章句》作敖。
[四] 且，陳本同。《楚辭章句》作旦。

【憫上】

哀世兮睩睩，諓諓兮嗌喔。衆多兮阿媚，骫靡兮成俗。貪枉兮黨比，貞良兮煢獨。鶹鸒兮枳棘，鵜集兮帷幄。蒿蘩兮青葱，槁本兮萎落。覿斯兮偽惑，心爲兮隔錯。逡巡兮圃藪，率彼兮畛陌。川谷兮淵淵，山峊兮硈硈。叢林兮崟崟，株榛兮岳岳。霜雪兮灌澟，冰凍兮洛澤。東西兮南北，罔所兮歸薄。庇廕兮枯樹，匍匐兮巖石。蜷跼兮寒局數，獨處兮志不申。年齒盡兮命迫促，魁壘擠摧兮常困辱。含憂強老兮愁無樂，鬢髮蔓頒兮顙鬢白。思靈澤兮一膏沐，懷蘭英兮把瓊若，待天明兮立躑躅。雲濛濛兮電儵爍，孤鴛驚兮鳴呴呴。思怫鬱兮肝切剥，忿悁悒兮孰訴告。

【遭厄】

悼屈子兮遭厄，沈玉[一]躬兮湘汨。何楚國兮難化，迄于今兮不易。士莫志兮羔裘，競佞諛兮讒閲。指正義兮爲曲，訛璧玉兮爲石。鵾鵬遊兮華屋，鶿鵜棲兮柴蔟。起奮迅兮奔走，違群小兮謑詢。載青雲兮上昇，適昭明兮所處。躡天衢兮長驅，踵九陽兮戲蕩。越雲漢兮南濟，秣余馬兮河鼓。霄霓紛兮晻翳，參辰回兮顚倒。逢流星兮問路，顧指我兮從左。俓娵觜兮直馳，御者迷兮失軌。遂踢達兮邪造，與日月兮殊道。志悶絶兮安如，哀所求兮不耦。攀天階兮下視，見鄢郢兮舊宇。意逍遙兮欲歸，衆穢盛兮杳杳。思哽饐兮詰詘，涕流瀾兮如雨。

【校記】
　[一]王，陳本同。《楚辭章句》作玉。

【悼亂】
　嗟嗟兮悲夫，殽亂兮紛挐。茅絲兮同綟，冠履兮共絇。督萬兮侍宴，周邵兮負蒭。白龍兮見射，靈龜兮執拘。仲尼兮困厄，鄒衍兮幽囚。伊余兮念茲，奔遁兮隱居。將升兮高山，上有兮猴猿。欲入兮深谷，下有兮虺蛇。左見兮鳴鵙，右睹兮呼梟。惶悸兮失氣，踊躍兮距跳。便旋兮中原，仰天兮增歎。菅蒯兮壄莽，藋葦兮千[一]眠。鹿蹊兮躚躚，貒貉兮蟬蟬。鸒鶋兮軒軒，鴾鷽兮甄甄。哀我兮寡獨，靡有兮匹倫。意欲兮沈吟，迫日兮黃昏。玄鶴兮高飛，曾[二]逝兮青冥。鵁鶄兮喈喈，山鵲兮嚶嚶。鴻鸞兮振翅，歸鴈兮未[三]征。吾志兮覺悟，懷我兮聖京。垂屣兮將起，跙踠兮洟洏。

【校記】
　[一]千，陳本、《楚辭章句》作芊。
　[二]曾，陳本、《楚辭章句》作增。
　[三]未，陳本同。《楚辭章句》作于。

【傷時】
　惟昊天兮昭靈，陽氣發兮清冽。風習習兮薌媆，百草萌兮華榮。堇荼茂兮敷疏，蘅芷彫兮瑩嬛。愍貞良兮遇害，將夭折兮碎糜。時混混兮澆饡，哀當世兮莫知。覽往昔兮俊彥，亦詘辱兮系纍。管束縛兮桎梏，百貿易兮傳賣。遭桓繆兮識舉，才德用兮列施。且從容兮自慰，玩琴書兮遊戲。迫中國兮迮陿，吾欲之兮九夷。超五嶺兮嵯峨，觀浮石兮崔嵬。陟丹山兮炎野，屯余車兮黃支。就祝融兮稽疑，嘉己行兮無爲。乃回揭兮北逝，遇神嫣兮宴娭。欲靜居兮自娛，心愁感兮不能。放余轡兮策駟，忽風騰兮雲浮。蹠飛杭兮越海，從安期兮蓬萊。緣天梯兮北上，登太一兮玉臺。使素女兮鼓簧，乘戈穌兮謳謠。聲敫誂兮清和，音晏衍兮要婬。咸欣欣兮酣樂，余眷眷兮獨悲。顧章華兮太息，志戀戀兮依依。

【哀歲】

旻天兮清涼，玄氣兮高朗。北風兮潦洌[一]，草木兮蒼唐。蟋蟀兮噍噍，蜘蛆兮穰穰。歲忽忽兮惟暮，余感時兮悽愴。傷俗兮泥濁，曚蔽兮不章。寶彼兮沙礫，捐此兮夜光。椒瑛兮涅汗，菓耳兮充房。攝衣兮緩帶，操我兮墨陽。昇車兮命僕，將馳兮四荒。下堂兮見蠆，出門兮觸蚉。巷有兮蚰蜓，邑多兮螳螂。睹斯兮嫉賊，心爲兮切傷。俛念兮子胥，仰憐兮比干。投劍兮脫冕，龍屈兮蜿蟺。潛藏兮山澤，匍匐兮叢攢。窺見兮溪澗，流水兮沄沄。黿鼉兮欣欣，鱣鮎兮延延。群行兮上下，駢羅兮列陳。自恨兮無友，特處兮煢煢。冬夜兮陶陶，雨雪兮冥冥。神光兮熲熲，鬼火兮熒熒。修德兮困控，愁不聊兮遑生。憂紆兮鬱鬱，惡所兮寫情。

【校記】

[一]洌，陳本、《楚辭章句》作烈。

【守志】

陟玉巒兮逍遙，覽高岡兮嶢嶢。桂樹列兮紛敷，吐紫華兮布條。實孔鸞兮所居，今其集兮惟鴞。烏鵲驚兮啞啞，余顧盼[一]兮怊怊。彼日月兮闇昧，障覆天兮祲氛。伊我后兮不聰，焉陳誠兮効忠。攎羽翮兮超俗，遊陶遨兮養神。乘六蛟兮蜿蟬，遂馳騁兮陞雲。揚彗光兮爲旗，秉電策兮爲鞭。朝晨發兮鄢郢，食時至兮增泉。繞曲阿兮北次，造我車兮南端。謁玄黃兮納贄，崇忠貞兮彌堅。歷九宮兮徧觀，睹祕藏兮寶珍。就傅說兮騎龍，與織女兮合婚。舉天罼兮掩邪，彀天弧兮射姦。隨眞人兮翱翔，食元氣兮長存。望太微兮穆穆，睨三階兮炳分。相輔政兮成化，建烈業兮垂勳。目瞥瞥兮西沒，道遲迴兮阻歎。志稸積兮未通，悵敞罔兮自憐。

亂曰：天庭朗兮雲霓藏，三光朗兮鏡萬方。斥蜥蜴兮進龜龍，策謀從兮翼機衡。配稷契兮恢唐功，嗟英俊兮未爲雙。

【校記】

[一]盼，陳本、《楚辭章句》作瞻。

九愍
陸雲

昔屈原放逐，而《離騷》之辭興。自今及古，文雅之士，莫不以其情而玩其辭，而表意焉。遂厠作者之末[一]，而述《九愍》。

【修身】

裔皇聖之豐祜,膺萬乘之多福。真龍暉以底載,啓元辰而誕育。考度中以錫命,端嘉令而自肅。蘭情馥以芬香,瓊懷皎其如玉。希千載以遙想,昶遠思而自怡。範方地而式矩,儀穹天而承規。結丹欵於璇璣,協朱誠於四時。咨中心之信脩,佩日月以爲旗。悲年歲之晚暮,殉脩名而競心。仰勳華之耿暉,詠三辟之遐音。握遺芳而自玩,挹浩露於蘭林。陰雲紛以興靄,颮風起而佪波。黨明淫以惡美,疾傾宮之楊娥。樹椒蘭餘[二]瑤圃,掩夜光於瓊華。邁貞心以推忒,毀玉質而蒙瑕。甘秀[三]言而棄予,忽遐放其若遺。瞻前軹而我先,顧後乘而駕遲。遵荒塗而伏軾,撫鳴鷖而稱悲。感瞻烏之有集,嗟離瘼[四]之焉歸。靜沉思以自瘁,願凌雲而天飛。

【校記】

[一]未,陳本、《陸雲集》作末。
[二]餘,陳本、《陸雲集》作於。
[三]秀,陳本、《陸雲集》作莠。
[四]瘼,陳本、《陸雲集》作鴈。

【涉江】

逢天怒而離紛,邁時咎於惟塵。端周誠以恪民[一],祗後命而自寅。悲讒口之罔極,高離情於參辰。豈三錫之又晞,乃裔予於遐賓[二]。運羽櫂以涉江,浮鄂渚而駕言。背夏首以窘逝兮,泝行川而永欷。結風回而薄水兮,源波縈而重瀾。情懷眷以疊結,舟淹流而中盤。昶愁心以自邁,肅榜人而曾驅。韶河馮以清川,命湘娥而安流。濟南韶以佇望,野蕭條而振疇。獸悲號以命旅,鳥枉顧而鳴仇。悲我行之悠悠,怨同懷之莫求。發辰陽而往彼,緣湘沅而來假。亦芳樹於縣車,秣梁苗于樊馬。山嵩高以藏景,雲晻靄而荒野。鳥拊翼於薆巘,水回波於宇下。指明星以脉路,景即陰而無旅。隨長川以問津,響脩聲而和予。聽歸音以自聞,踐無迹以窮處。雖邁愍之既多,亦顛沛其何侮!仰衆芳之遺情,希絕風之延佇。

亂曰:有鳥翩飛,集江湘兮。彼美一人,莫予將兮。念兹涉江,懷故鄉兮。生日何短,感日長兮。顧我愁景,惟永傷兮。

【校記】

[一]民,陳本同。《陸雲集》作居。
[二]賔,陳本作濱。《陸雲集》作賓。

【悲郢】

[一]積沉毒於苦心。冤憑虛以飄蕩，形息景於重陰。虎鳴飇以拂谷，螭囤雲而結林。操土音以懷郢，涕頻代而盈襟。辭終古之舊墟，託茲邦而遙集。望龍門而屢顧，攀惟桑而秪泣。悲惠[二]之難狀，振枯形而獨立。撫彫容之日頹，訒炯思而弗及。聞先黎之達教，固積善於遺慶。晞明休而受言，想介福之保定。糜心貞以祇服，泝大順而委命。君在初之嘉惠，每成言而永日。怨谷風之攸歎，彌九齡而未徹。願自獻於承間，悲黨人之造膝。舒幽情其曷訴，卷永懷而淹恤。嗟哲士之足歎，傷邦家之殄瘁。痛靈修之匪懷，頹九成於一匱。忘大寶之勿假，輕挈瓶之守器。仰蔥翮於凌霄，俯歸飛於矰尉。毀方城於秦川，投江漢於泥渭。悲彼黍之在郢，悼宗楚之莫餞，撫傷心以告哀，將斯情之孰慰？

【校記】

[一]據《陸雲集》，此有六字脫文。
[二]惠，陳本同。《陸雲集》作愁心。

【行吟】

登高山以遐望，悲悠處之淹流。豈大川之難濟，悲利涉之莫由。申修誠以底節，反內鑒而自求。考余心其焉可，徍稽度於神謀。訪斯言以卜居，想貞龜以告猷。將矯翼而塗險，思振清而世濁。羌釋笑而評子，諒不疑其何卜。朝彈冠以晞髮，夕振裳而濯足。有懷沙以赴淵，無抱素而蒙辱。愁纏綿以宅心，長歎息而飲淚。步江潭以彷徉，頻行吟而含瘁。遇漁父之戾止，興讜言而來懋。雖懷芳而握瑜，懼惟塵之我穢。顧虛景而端形，矧同波於其[一]醉。迨伊人之逍遙，聊仰葉于林側。懷達心以遠寤，怡哀顏而表色。仰班荊之遺情，想嘉訊而良食。若有言而未吐，忽棄予而凌波。揮龍榜以鼓汰，遺芬響而清歌。俟滄浪之濯纓，悲余壽之幾何。愧褊心之歎渝，恨爾謁之莫和。捐江魚之言志，營玄寢於汨羅。苟懷忠而死節，豈有生之足嘉。

【校記】

[一]其，陳本同。《陸雲集》作俱。

【紆思】

悲怨思之多感，情惆悵而遠慕。世玄黃而既渝，心居貞而抱素。冀斯氣之一清，要佳人于天路。考年載以遲之，悲歲聿之已暮。攬豐草於朝日，思先晞於湛露。規法圓而天象，矩則方於地形。祗信順以自範，邀式穀於神聽。悲登覓之無抗，訊貞夢而遷靈。悔相道而懷顧，悲實蕃之已盈。頑[一]椒丘而息駕，振初服而翱翔。結瓊蕤之芳襟，襲淩華之藻裳。懷瑤林之珍秀，握蘭野之芳香。命巫咸以啓期，訪百神而考祥。靖永言以聽命，欽靈諄而肅邁。振華冕之玉藻，樹象軒之高蓋。率假翼以鳴和，霓揮景而縈施。芳塵穆以煙熅，彤雲起而深藹。遊八極以大觀，解飛轡以長想。將結軔而世狹，願授楫而川廣。雖我服之方壯，思振策其安往？舒遠懷以弭節，褰世羅於天網。

亂曰：猗猗芳草，殖山阿兮。朝日來照，發豐華兮。秋風蕭瑟，凝霜加兮。傾葉懷春，猶俟河兮。

【校記】

[一]頑，陳本、《陸雲集》作頓。

【考志】

徧周流而無過，悲窮思之永久。聽幽荒而罔詔，眷寥廓而無友。沉流[一]液於繩樞，迊回飇於甕牖。呼寂寞而靡應，覽虛無其何有？神悠悠而永念，憂綢繆而盈室。哀惻心而響起，時棄予而景逸。招逝運其難徵，儀遺範而無律。雖芳林之將焚，豈蘭響之可謐？晞馥風於曠野，思同芬而靡質。命險太其靡常，道離隆而匪易。紆幽情而思古，援在昔而立辟。俟重華以同遊，悲瑤囿之難適。舟登陸其焉濟，輪涉淵而無迹。悲荒途之既舛，臨遵渚而投策。欲隨波以周流，恨匪石之難頹。將從風而卷舒，悲宜矢之辭懷。貞郎[二]志而玉折，厲勁心而蘭摧。唱我懷以痛歎，闡前鑒而自融。忠與邪其莫可，豈余命之所窮。俯投迹而世洴，仰晞志而道隆。耻蒙姤於同塵，思振揮[三]於別風。翩奭心以畢志，考吾道以自終。

【校記】

[一]沉流，陳本同。《陸雲集》作流沉。
[二]郎，陳本、《陸雲集》作朗。
[三]揮，陳本同。《陸雲集》作袂。

【感逝】

天機偏其挺蓋，玉衡運而回襄。景彌修而日短，時愈促而夜長。和音變而改律，乘風革而爲商。感秋林之夙暮，悲芳草之中霜。存倏忽而風過，逝揮霍而雲散。方輕焱而炯遲，比收電而景宴。將愉樂以夙興，迢良日於昧旦。痛予生之不辰，逢此世之多難。將[一]藹藹而未颺，世渾渾其難澄。風頹山以離谷，波平淵而爲陵。道曠世而朴散，化固滯而物凝。恨轆德以莫舉，悲民鮮之孰勝？景照䀝以妙見，音振響而攄聞。金淬堅以示斷，芑靡質而效芬。罄貞規以殉節，反蒙謫於䀝[二]群。咨小心以惴惴，悲江草之芸芸。

亂曰：乳雲晻靄，天䀝息兮，繒羅重設，鳳矯翼兮。梧桐逝矣，樹榛棘兮。思我芳林，喟歎息兮。

【校記】

　　[一]將，陳本同。《陸雲集》作時。
　　[二]䀝，陳本同。《陸雲集》作朋。

【征】

　　哀時命之險薄，懷斯類以結憂。手拊膺而永歎，形顧景而長愁。生遺年而有盡，居靜言其何須。將輕舉以遠覽，眇天路而高遊。結垂雲之翠虹，駕琬琰之玉輿。揮采旄以煙指，靡華旌而電舒。命日月以清天，吾將遊乎九閡。命屏翳以夕降，式飛廉以朝興。塗蒙雨而後清，景貞暉而先登。陪湘妃於彤輅，列漢女以後乘。瓊娥起而清嘯，神風穆其來應。騑憑雲而響駭，驂噓天而景凌。望紫微以振策，姍太階而遂升。飛芝蓋之翼翼，囬雲車之轔轔。朝總轡於扶桑，夕飲馬於天津。伐河皷以解徵，迄昆崙而凱振。軓[一]凌虛而遺迹，塵濛飈而絕輪。豈遠遊之無樂，懷故都而傷情。靡龍首以還顧，轉瑤衡而囬縈。泝凱風以流盼，悲舊邦之穢傾。眷南雲以興悲，蒙東雨而涕零。凌百川而絕蹈，仰濯髮於崢嶸。豈沉淬之足弭，將蟬蛻于長生。

【校記】

　　[一]軓，陳本同。《陸雲集》作軌。

　　痛世路之隘狹，詠遂古而長悲。鏡端形於三接，照直影於太微。祇中懷以眷慕，豈鑒寐而忘歸。悼天朝之遂晦，構貝錦於繁文。侈南箕以鼓物，藹清陽而播芬。迹同塵而壤絕，景和光而天分。俯隕息於縈波，仰頹歎而崩雲。折若華以翳日，時靡靡而難停。飡秋菊以却老，年冉冉其既盈。欲假翼以天飛，怨曾飈之我經。思戢鱗以遁沼，悲沉網之在淵。有河清而志得，挫千載之長年。擠哀響於頹風，寓悲音於絕絃。嗟有生之必死，固逸我以自休。彼達人之遺物，甘搴裳而赴流。矧余情之沉毒，資有生以速憂。悼居世其何感，固形存其為尤。想百年之促期，悲樂少而難多。修與短其足矣。曷久沉於汨羅。投攔漪而負石，涉清湘以懷沙。臨恒流而自墜，蒙濬壑之隆波。接申胥於南江，皷冕雲以攜手，仰接景而登遐。[一]

【校記】
   [一]據《陸雲集》，此篇脫標題。

卷三十

七

七激
傅毅

徒華公子託病幽處，游心於玄妙，清思乎黃老。於是玄通子聞而往屬曰："僕聞君子當世而光迹，因時以舒志，必將銘勒功勳，懸著隆高。今公子削迹藏體，當年陸沉，變度易趣，違拂雅心。挾六經之指，守偏塞之術，意亦有所蔽與，何圖身之謬也？僕將爲公子論天下之至妙，列耳目之通好，原情心之性理，綜道德之彌奧，豈欲聞之乎？"公子曰："僕雖不敏，固願聞之。"

玄通子曰："洪梧幽生，生於遐荒。陽春後榮，涉秋先彫。晨飈飛礫，孫禽相求。積雪峨峨，中夏不流。於是乃使夫遊官失勢窮擯之士，泳溺水，越炎火，窮林薄，歷隱深，三秋乃獲，斷之高岑，梓匠摹度，擬以斧斤。然後背洞壑，臨絕谿，聽迅波，望層崖。太師奏操，榮期清歌。歌曰：陟景山兮採芳苓，哀不慘傷，樂不流聲。彈羽躍水，叩角奮榮。沉微玄穆，感物悟靈。此亦天下之妙音也，子能強起而聽之乎？"

玄通子曰："單極滋味，嘉旨之膳。芻豢常珍，庶羞異饌。浡養之魚，膾其鯉魴。分毫之割，纖如髮芒。散如絕縠，積如委紅。殊芳異味，厥和不同。既食日晏，乃進夫雍州之梨，出於麗陰，下生正隙，上託柱林。甘露閏其葉，醴泉漸其根。脆不抗齒，在口流浦。握之摧沮，批之離坼。可以解煩，悁悅心意，子能起而食之乎？"

玄通子曰："驥騄之乘，龍驦超攄，騰虛鳥踊，莫能執御。於是乃使王良理轡，操以術教，踐路促節，機登飈驅。前不可先，後不可追，踰埃絕影，倏忽若飛。日不轉曜，窮遠旋歸。此蓋天下之駿馬，子能強起而乘之乎？"

玄通子曰："三時既逝，季冬暮歲，玄冥終統，庶卉零悴。王在靈囿，講戎簡旅，於是馴驥駥，乘輕軒，麾旄旗，鳴八鸞。陳衆車于廣隰，散列騎乎平原。屬還網以彌野，連罻羅以營山。部曲周匝，風動雲旋。合圍促陣，禽獸駭殫。僕不暇起，窮不及旋。擊不待刃，骨解肉離，摧牙碎首，分其文皮，流血丹野，羽毛翳日。於是下蘭皋，臨流泉，觀通谷，望景山，酌旨酒，割芳鮮。此天下之至娛也，子能強起而觀之乎？」

玄通子曰：「當舘侈飾，洞房華屋，楹桷雕藻，文以朱綠。曾臺百仞，臨望博見，俯視雲霧，騁目窮觀。園藪平夷，沼池漫衍。禽獸羣交，芳草華蔓。於是賓友所歡，近覽從容，詹公沉餌，蒲且飛紅。綸不虛出，矢不徒降，投鉤必獲，控弦加雙。俯盡深潛，仰殫輕翼。日移怠倦，然後讌息。列觴酌醴，妖靡侍側。被華文，曳綾穀，珥隨珠，佩琚玉。紅顏呈素，蛾眉不畫，唇不旋朱，髮不加澤。升龍舟，浮華池。紆帷翳而永望，鏡形影於玄流。偏滔滔以南北，似漢女之神遊。笑比目之雙躍，樂偏禽之匹嬉。此亦天下之歡也，子能強起而與之遊乎？」

玄通子曰：「漢之盛世，存乎永平，太和協暢，萬機穆清。於是群俊學士，雲集辟雍。含詠聖術，文質發曚。達犧農之妙旨，照虞夏之典墳。遵孔氏之憲則，投顏閔之高迹。推義窮類，靡不博觀。光潤嘉美，世宗其言。」

公子瞿然而興曰：「至乎！主得聖道，天基允臧。明哲用思，君子所常。自知沉溺，久蔽不悟，請誦斯語，仰子法度。」

七辯
張衡

無爲先生，祖述列仙，背世絕俗，唯誦道篇。形虛年衰，志猶不遷。於是七辯謀焉，曰：「無爲先生淹在幽隅，藏聲隱景，剗迹窮居。抑其不韙，盍徃辯諸，乃階而就之。」

虛然子曰：「樂國之都，設爲閑舘。工輸制匠，譎詭煥爛。重屋百屋[一]，連閣周漫。應門鏘鏘，華闕雙建。彤虬彫綠，螭虹蜿蜒。於是彈比翼，落鵷黃，加雙鶃，經鴛鴦。然後擢雲舫，觀中流，搴芙蓉，集芳洲，縱文身，搏潛鱗，探水玉，拔瓊根。收朗月之照曜，玩赤瑕之璘㻞。此宮室之麗也，子盍歸而處之乎？」

雕華子曰：「玄清白醴，蒲陶醲醴，嘉殽雜醢。三臡七菹，荔支黃甘。寒梨韓[二]榛，沙餳石蜜，遠國儲珍。於是乃有蒭豢腯牲，麋麑豹胎。飛鳬棲鷩，養之以時。審其齊和，適其辛酸。芳以薑椒，拂以桂蘭。會稽之菰，冀野之粱。珍羞雜遝，灼爍芳香。此滋味之麗也，子盍歸而食之？」

安存子曰：「淮南清歌，燕餘材舞，列乎前堂，遞奏代敘。結鄭、衛之遺風，揚流哇而脉激。楚聲鼓吹，竽籟應律。金石合奏，妖冶邀會。觀者交目，衣解忘帶。於是樂中日晚，移即昏庭。美人妖服，變曲爲清。改賦新詞，轉歌流聲。此音樂之麗也，子盍歸而聽諸？"

闕丘子曰："西施之徒，姿容修嫮。弱顏回植，妍夸閑暇。形似削成，胥如束素。淑性窈窕，秀色美豔。鬒髮玄髻，光可以鑒。靨輔巧笑，清眸流盼。皓齒朱唇，的礫粲練。於是紅華曼理，遺芳酷烈。侍夕先生，同兹宴袭。假屈[一]蘭燈，指圖觀列。蟬綿宜愧，夭紹紆折。此女色之麗也，子盍歸而從之？"

空桐子曰："交阯緻絺，筒中之紵。京城阿縞，譬之蟬羽。製爲時服，以適寒暑。馴秀騏之駮駿，載軥獵之輷車。建采虹之長旟，系雌霓而爲旗。逸駭飈於青丘，超廣漢而永逝。此輿服之麗也，子盍歸而乘之？"

依衛子曰："若夫赤松王喬，羨門安期。嘘吸沉瀣，飲醴茹芝。駕應龍，戴行雲，桴弱水，越炎氛，覽八極，度天垠，上游紫宮，下棲崑崙。此神仙之麗也，子盍行而求之？"

先生乃興而言曰："吁，美哉！吾子之誨，穆如清風。啓乃嘉猷，寔慰我心。"矯然傾首，邪睨玄圃。軒臂矯翼，將飛未舉。

髣無子曰："在我聖皇，躬勞至思。参天兩地，匪怠厥司。率由舊章，遵彼前謀。正邪理謬，靡有所疑。旁窺《八索》，仰鏡《三墳》。講禮習樂，儀則彬彬。是以英人底材，不賞而勸。學而不厭，教而不倦。於是二八之儔，列乎帝庭。揆事施教，地平天成。然後建明堂而班辟雍，和邦國而悅遠人。化明如日，下應如神。漢雖舊邦，其政惟新。"

而先生乃翻然迴面曰："君子一言，於是觀智，先民有言，談何容易。予雖蒙蔽，不敏指趣。敬授教命，敢不是務。"

【校記】

[一]屋，《張衡詩文集校注》作層。
[二]韓，《張衡詩文集校注》作乾。

七徵

陸機

玄虛子耽性冲素，雍容玄泊，棄時俗而弗徇，甘漁釣於一壑。乃有通微大夫，怨皇居之失寶，傷鴻誓之後聞，策玄黃於榛險，憑穴嵒而放言。

通微大夫曰：奇膳玉食，窮滋致豐。簡犧羽族，考牲毛宗。俯出沉鮪，仰落歸鴻。剖柔胎於孕豹，宰潛肝乎豢龍。拾朝陽之遺卵，納丹穴之飛皇。

神宰奇稌，嘉禾之穗。含滋發馨，素穎玉銳。灼若皓雪之頹玄雲，皎若明珠之積緇匱。素蟣踊而瀺爵，滋芬溢而相徹。味雖濃而弗爽，氣既惠而復奇。介景福於眉壽，裕溫克乎齊聖。子能饗之乎？

通微大夫曰：豐屋華殿，奇構磊落。萬宇雲覆，千楹林錯。仰綴瑰木，俯積瑣石。敷延袤之廣廡，矯陵霄之高閣。秀清暉乎雲表，騰藻蔭之奕奕。珍觀清樹，岳立連行。雲階飛陛，仰陟穹蒼。筈浮柱而虬立，施飛檐以龍翔。回房旋室，綴珠襲玉。圖畫神仙，延祐承福。懸闥高達，長廊廻屬。於是登漸臺，理俊音。鏡玄沚，望長林。逐狡獸，弋輕禽。覽壯藝以悅觀，聆和樂而怡心。子能居之乎？

通微大夫曰：金石諧而齊響，塤篪協而和鳴。於是才人進羽籥，玄弁被藻襲。俯縈領以鴻歸，仰矯首而鶴立。激長歌於丹脣，發鏗鏘乎柔木。合清商以絕節，揮流徵而赴曲。奏南荊之高歎，詠易水之清角。爾乃覿蛾眉之群麗，容[一]既都而又閑。矯纖腰以逐節，頓皓足於鼓盤。舒妍暉以妖韶，若陵危之未安。

通微大夫曰：蓋聞洙北有采唐之思，淇上有送予之歎。《關雎》以寤寐為戚，《溱洧》以謔浪為歡。若夫妖嬪豔女，蒐群擢俊。穆藻儀於令表，茂當年之柔嫚。罄妍規之約綽，體每變而增閑。秀紅犪其愉愉，若餘穎之可飡。若夫靈景潛，祖顏退，羽觴升，清琴厲。音清朗以宣誠，流微涕而授愛。纖手揮而鳴佩鏗，華衿被則芳塵萃。子其納之乎？

通微大夫曰：塗有殊而一致，業有殊而名約。各因姿以效績，期寄響於天人也。孰與顯奇蹤於萬邦，撫六轡而高遊。瞰八宇以攄眄，齊[二]清風乎諸侯。言成否泰，氣作溫涼。弭侵暴於強暴，綜墜紀乎危邦。子豈不願斯之雍容乎？

通微大夫曰：朗主應期，撫民以德。配仁風於黃唐，齊威靈乎宸極。彝倫幸序，庶績咸乂。盪流風於雍俗，給天民乎齊泰。是以玄靈感而表應，嘉神繁而畢覯。舞唐庭之來儀，鳴岐陽之鸑鷟。膺天監之休命，荷神聽之介福。然聖主達特盈之寶術，寤經國之在賢。各畢榮於分局，期贊化於大鈞。吾子豈不欲縻好爵於天宇，顯列業乎帝臣歟？

玄虛子作而曰：甚哉，鄙人之惑也！猶窮繩自逸于井幹，憑河盜本於黃川。欽至論，敷蔽裋，謹聞命於王孫。

【校記】

[一]容，《陸機集校箋》作羌。

[二]齊，《陸機集校箋》作濟。

卷三十一

詔上

入關告諭詔
漢高帝

父老苦秦苛法久矣！誹謗者族，偶語者棄市。吾與諸侯約，先入關者王之，吾當王關中。與父老約，法三章耳：殺人者死，傷人及盜抵罪。餘悉除去秦法。吏民皆安堵如故。凡吾所以來，爲父兄除害，非有所侵暴，毋恐！且吾所以軍霸上，待諸侯至而定要束耳。

告爲義帝發喪詔
漢高帝

天下共立義帝，北面事之。今項羽放殺義帝江南，大逆無道。寡人親爲發喪，兵皆縞素。悉發關中兵，收三河士，南浮江漢以下，願從諸侯王擊楚之殺義帝者。

尊太公曰太上皇詔
漢高帝

人之至親，莫親於父子，故父有天下傳歸於子，子有天下尊歸於父，此人道之極也。前日天下大亂，兵革並起，萬民苦殃，朕親被堅執銳，自帥士卒，犯危難，平暴亂，立諸侯，偃兵息民，天下大安，此皆太公之教訓也。諸王、通侯、將軍、羣卿、大夫已尊朕爲皇帝，而太公未有號。今尊太公曰太上皇。

赦天下詔
漢高帝

兵不得休八年，萬民與苦甚。今天下事畢，其赦天下殊死以下。

求賢詔
漢高帝

蓋聞王者莫高於周文，伯者莫高於齊桓，皆待賢人而成名。今天下賢者智能豈特古之人乎？患在人主不交故也，士奚由進！今吾以天之靈，賢士大夫定有天下，以爲一家，欲其長久，世世奉宗廟亡絕也。賢人已與我共平之矣，而不與吾共安利之，可乎？賢士大夫有肯從我遊者，吾能尊顯之。布告天下，使朙知朕意，御史大夫昌下相國，相國酇侯下諸侯王，御史中執法下郡守，其有意稱朙德者，必身勸，爲之駕，遣詣相國府，署行、義、年。有而弗言，覺，免。年老癃病，勿遣。

獄讞詔
漢高帝

獄之疑者，吏或不敢決，有罪者久而不論，無罪者久繫不決。自今以來，縣道官獄疑者，各讞所屬二千石官，二千石官以其罪名當報之。所不能決者，皆移廷尉，廷尉亦當報之。廷尉所不能決，謹具爲奏，傳所當比律令以聞。

答有司請建太子詔
漢文帝

朕既不德，上帝神朙未歆饗也，天下人民未有愜志。今縱不能博求天下賢聖有德之人而嬗禪同天下焉，而曰豫建太子，是重吾不德也。謂天下何？其安之。

議犯法相坐詔
漢文帝

法者，治之正，所以禁暴而衛善人也。今犯法者已論，而使無罪之父母妻子同產坐之及收，朕甚弗取。其議。朕聞之：法正則民愨，罪當則民從。且夫牧民而道之以善者，吏也；既不能道，又以不正之法罪之，是法反害於民，爲暴者也。朕未見其便，宜孰計之。

議振貸詔
漢文帝

方春和時，草木羣生之物皆有以自樂，而吾百姓鰥寡孤獨窮困之人或阽於死亡，而莫之省憂。爲民父母將何如？其議所以振貸之。

養老詔
漢文帝

老者非帛不煖，非肉不飽。今歲首，不時使人存問長老，又無布帛酒肉之賜，將何以佐天下子孫孝養其親？今聞吏稟當受鬻者，或以陳粟，豈稱養老之意哉！具爲令。

日食詔
漢文帝

朕聞之：天生斯民，爲之置君以養治之。人主不德，布政不均，則天示之災以戒不治。乃十一月晦，日有食之，適見于天，災孰大焉！朕獲保宗廟，以微眇之身託于士民君王之上，天下治亂，在予一人，唯二三執政猶吾股肱也。朕下不能治育羣生，上以累三光之眀，其不德大矣。令至，其悉思朕之過失，及知見之所不及，匄丐同[陳]以啓生[一]朕。及舉賢良方正能直言極諫者，以匡朕之不逮。因各敕以職任，務省繇費以便民。朕旣不能遠德，故憫然念外人之有非，是以設備未息。今縱不能罷邊屯戍，又飭兵厚衛，其罷衛將軍軍。大僕見馬遺財足，餘皆以給傳置。

【校記】

[一]生，陳本、《漢書》作告。

除誹謗法詔
漢文帝

古之治天下，朝有進善之旌，誹謗之木，所以通治道而來諫者也。今法有誹謗訞言之罪，是使衆臣不敢盡情，而上無由聞過失也。將何以來遠方之賢良？其除之。民或祝詛上，以相約而後相謾，吏以爲大逆；其有他言，吏又以爲誹謗。此細民之愚，無知抵死，朕甚不取。自今以來，有犯此者勿聽治。

勸農詔
漢文帝

道民之路，在於務本。朕親率天下農，十年于今，而野不加辟。歲一不登，民有饑色，是從事焉尚寡，而吏未加務也。吾詔書數下，歲勸民種樹，而功未興，是吏奉吾詔不勤，而勸民不眀也。且吾農民甚苦，而吏莫之省，將何以勸焉？其賜農民今年租稅之半。

置三老孝悌力田常員詔
漢文帝

孝悌,天下之大順也;力田,爲生之本也;三老,衆民之師也;廉吏,民之表也。朕甚嘉此二三大夫之行。今萬家之縣,云無應令,豈實人情?是吏舉賢之道未備也。其遣謁者勞賜三老、孝者帛人五匹,悌者、力田二匹,廉吏二百石以上率百石者三匹。及問民所不便安,而以戶口率置三老孝悌力田常員,令各率其意以道民焉。

除肉刑詔
漢文帝

蓋聞有虞氏之時,畫衣冠異章服以爲僇,而民弗犯,何治之至也!今法有肉刑三,而姦不止,其咎安在?毋乃朕德之薄,而教不明與?吾甚自愧。故夫訓道不純而愚民陷焉。《詩》曰:"愷弟君子,民之父母。"今人有過,教未施而刑已加焉,或欲改行爲善,而道亡繇至。朕甚憐之!夫刑至斷支體,刻肌膚,終身不息,何其刑之痛而不德也!豈稱爲民父母之意哉?其除肉刑,有以易之;及令罪人各以輕重,不亡逃,有年而免。具爲令。

增祀無祈詔
漢文帝

朕獲執犧牲珪幣以事上帝宗廟,十四年于今。曆日彌長,以不敏不明而久撫臨天下,朕甚自愧。其廣增諸祀壇場珪幣。昔先王遠施不求其報,望祀不祈其福,右賢左戚,先民後己,至明之極也。今吾聞祠[一]官祝釐,皆歸福於朕躬,不爲百姓,朕甚愧之。夫以朕之不德,而專嚮獨美其福,百姓不與焉,是重吾不德也。其令祠官致敬,無有所祈。

【校記】

[一]祠,陳本作祀。《漢書》作祠。

議佐百姓詔
漢文帝

間者數年比不登,又有水旱疾疫之災,朕甚憂之。愚而不明,未達其咎。意者朕之政有所而行有過與?乃天道有不順,地利或不得,人事多失和,鬼神廢不享與?何以致此?將百官之奉養或廢[一],無用之事或多與?何其民食之寡乏也?夫度田非益寡,而計民未加益,以口量地,其于古猶有餘，而食之甚不足者，其咎安在？無乃百姓之從事於末以害農者[二]蕃，爲酒醪以靡穀者多，六畜之食焉者衆與？細大之義，吾未能得其中。其與丞相列侯吏二千石博士議之，有可以佐百姓者，率意遠思，無有所隱。

【校記】

[一]廢，陳本同。《漢書》作費。

[二]"其咎安在"至"以害農者"，劉本無，據陳本補。《漢書》亦有。

遺詔
漢文帝

朕聞之：蓋天下萬物之萌生，靡不有死。死者天地之理，萬物之自然，奚可甚哀！當今之世，咸嘉生而惡死，厚葬以破業，重服以傷生，吾甚不取。且朕既不德，無以佐百姓；今崩，又使重服久臨，以罹寒暑之數，哀人父子，傷長老之志，損其飲食，絕鬼神之祭祀，以重吾不德，謂天下何！朕獲保宗廟，以眇眇之身託于天下君王之上，二十有餘年矣。賴天之靈，社稷之福，海內安寧，靡有兵革。朕既不敏，常畏過行，以羞先帝之遺德；惟年之久長，懼于不終。今乃幸以天年得復供養于高廟，朕之不明[一]，其奚哀念之有！其令天下吏民，令到出臨三日，皆釋服。無禁取婦嫁女祠祀飲酒食肉[二]。自當給喪事服臨者，皆無踐。絰帶無過三寸。毋布車及兵器。毋發人男女哭臨宮殿中。宮殿中當臨者，皆以旦夕各十五舉聲，禮畢罷。非旦夕臨時，禁毋得擅哭臨。已下，服大紅十五日，小紅十四日，纖七日，釋服。他不在令者，皆以此令比率從事。布告天下，使明知朕意。霸陵山川因其故，毋有所改。

【校記】

[一]《漢書》此有"與嘉之"三字。

[二]陳本此有"者"字，《漢書》無。

立孝文廟樂舞詔
漢景帝

蓋聞古者祖有功而宗有德，制禮樂各有由[一]。歌者，所以發德也；舞者，所以明功也。高廟酎，奏《武德》《文始》《五行》之舞。孝惠廟酎，奏《文始》《五行》之舞。孝文皇帝臨天下，通關梁，不異遠方；除誹謗，去肉刑，賞賜長老，收恤孤獨，以遂羣生；減耆欲，不受獻，罪人不帑挙同[陳],不誅亡罪,不私其利也;除宮刑,出美人,重絕人之世也。朕既不敏,弗能勝識。此皆上世之所不及,而孝文皇帝親行之。德厚侔天地,利澤施四海,靡不獲福。眇象乎日月,而廟爲《昭德》之舞,以朗休德。然後祖宗之功德,施乎萬世,永永無窮,朕甚嘉之。其與丞相、列侯、中二千石、禮官具禮儀奏。

【校記】

[一]田,陳本、《漢書》作由。

頌繫老幼等詔
漢景帝

高年老長,人所尊敬也;鰥寡不屬逮者,人所哀憐也。其著令:年八十以上,八歲以下,及孕者未乳,師、朱儒當鞫繫者,頌繫之。

讞獄詔
漢景帝

獄,重事也。人有智愚,官有上下。獄疑者讞有司,有司所不能決,移廷尉。有令讞而後不當,讞者不爲失。欲令治獄者務先寬。

令二千石修職詔
漢景帝

雕文刻鏤,傷農事者也;錦繡纂組,害女工者也。農事傷則饑之本也,女紅害則寒之源也。夫饑寒並至,而能亡爲非者寡矣。朕親耕,后親桑,以奉宗廟粢盛祭服,爲天下先;不受獻,減太官,省繇賦,欲天下務農蠶,素有畜積,以備災害。彊毋攘弱,衆毋暴寡;老耆以壽終,幼孤得遂長。今歲或不登,民食頗寡,其咎安在?或詐偽爲吏,吏以貨賂爲市,漁奪百姓,侵牟萬民。縣丞,長吏也,奸法與盜盜,甚無謂也。其令二千石各修其職;不事官職耗亂者,丞相以聞,請其罪。布告天下,使朗知朕意。

禁采黄金珠玉詔
漢景帝

農,天下之本也。黄金珠玉,饑不可食,寒不可衣,以爲幣用,不識其終始。間歲或不登,意爲末者衆,農民寡也。其令郡國務勸農桑,益種樹,可得衣食物。吏發民若取庸采黄金珠玉者,坐贓爲盜。兩千石聽者,與同罪。

復高年子孫詔
漢武帝

古之立孝[一]，鄉里以齒，朝廷以爵，扶世導民，莫善於德。然則於鄉里先耆艾，奉高年，古之道也。今天下孝子順孫願自竭盡以承其親，外迫公事，內乏資財，是以孝心闕焉。朕甚哀之。民年九十以上，已有受鬻法，爲復子若孫，令得身帥妻妾遂其供養之事。

【校記】

[一]孝，陳本、《漢書》作教。

議不舉孝廉者罪詔
漢武帝

公卿大夫，所使總方略，壹統類，廣教化，美風俗也。夫本仁祖義，襃德祿賢，勸善刑暴，五帝、三王所繇昌也。朕夙興夜寐，嘉與宇內之士臻於斯路。故旅耆老，復孝敬，選豪俊，講文學，精參政事，祈進民心，深詔執事，興廉舉孝，庶幾成風，紹休聖緒。夫十室之邑，必有忠信；三人並行，厥有我師。今或至閭郡而不薦一人，是化不下究，而積行之君子壅於上聞也。二千石官長紀綱人倫，將何以佐朕燭幽隱，勸元元，厲蒸庶，崇鄉黨之訓哉？且進賢受上賞，蔽賢蒙顯戮，古之道也。其與中二千石、禮官、博士議不舉孝廉[一]者罪。

【校記】

[一]"孝廉"二字《漢書》無。

造太初曆詔
漢武帝

乃者，有司言星度之未定也，廣延宣問，以理星度，未能詹也。蓋聞昔者黃帝合而不死，名察度驗，定清濁，起五部，建氣物分數。然蓋尚矣。書缺樂弛，朕甚閔焉。朕唯未能循明也。[一]續日分，率應水德之勝。今日順夏至，黃鐘爲宮，林鐘爲徵，太蔟爲商，南呂爲羽，姑洗爲角。自是以後，氣復正，羽聲復清，名復正變，以至子日當冬至，則陰陽離合之道行焉。十一月甲子朔旦冬至已詹，其更以七年爲太初元年。

【校記】
　　［一］《史記》此有"紃"字。

令禮官勸學詔
漢武帝
　　蓋聞導民以禮，風之以樂。今禮壞樂崩，朕甚閔焉。故詳延天下方聞之士，咸薦諸朝。其令禮官勸學，講議洽聞，舉遺舉禮，以爲天下先。太常其議予博士弟子，崇鄉黨之化，以厲賢材焉。

止田輪臺詔
漢武帝
　　前有司奏，欲益民賦三十助邊用，是重困老弱孤寡也。而今又請遣卒田輪臺。輪臺西於車師千餘里，前開陵侯擊車師時，危湏、尉犁、樓蘭六國子弟在京師者皆先歸，發畜食迎漢軍，漢軍[一]又自發兵，凡數萬人，王各自將，共圍車師，降其王。諸國兵便罷，力不能復至道上食漢軍。漢軍破城，食至多，然士自載不足以竟師，強者盡食畜產，羸者道死數千人。朕發酒泉驢橐駝負食，出玉門迎軍。吏卒起張掖，不甚遠，然尚厮留其衆。
　　曩者，朕之不明，以軍候弘上書言"匈奴縛馬前後足，置城下，馳言'秦人，我匄若馬'"，又漢使者久留不還，故興遣貳師將軍，欲以爲使者威重也。古者卿大夫與謀，參以蓍龜，不吉不行。乃者以縛馬書徧視丞相御史二千石諸大夫郎爲文學者，乃至郡屬國都尉成忠、趙破奴等，皆以"虜自縛其馬，不祥甚哉！"，或以爲"欲以見彊，夫不足者視人有餘。"《易》之，卦得《大過》，爻在九五，匈奴困敗。公軍方士、太史治星望氣，及大卜龜蓍，皆以爲吉，匈奴必破，時不可再得也。又曰"北伐行將，於鬴山必克。"卦諸將，貳師最吉。故朕親發貳師下鬴山，詔之必毋深入。今計謀卦兆皆反繆。重合侯得虜候者，言"聞漢軍當來，匈奴使巫埋牛羊所出諸道及水上以詛軍。單于遺天子馬裘，常使巫祝之。縛馬者，詛軍事也。"又卜"漢軍一將不吉"。匈奴嘗言"漢極大，然不能饑渴，失一狼，走千羊。"乃者貳師敗，[二]軍士死略離散，悲痛常在朕心。今請遠田輪臺，欲起亭隧，是擾勞天下，非所以優民也。今朕不忍聞。大鴻臚等又議，欲募囚徒送匈奴使者，朙封侯之賞以報忿，五伯所弗能爲也。且匈奴得漢降者，常提掖搜索，問以所聞。今邊塞未正，闌出不禁，障候長吏使卒獵獸，以皮肉爲利，卒苦而烽火乏，失亦上集不得，後降者來，若捕生口虜，乃知之。當今務在禁苛暴，止擅賦，力本農，修馬復令，補以缺，毋乏武備而已。郡國二千石各上進畜馬方畧補邊狀，與計對。

【校記】
　　[一]陳本、《漢書》無"漢軍"二字。
　　[二]陳本此有"漢"字。《漢書》無。

舉賢良文學詔
漢昭帝

朕以眇身獲保宗廟，戰戰栗栗，夙興夜寐，修古帝王之事，通《保傅傳》《孝經》《論語》《尚書》，未云有䪨。其令三輔、太常舉賢良各二人，郡國文學高第各一人。

卷三十二

詔下

置廷平詔
漢宣帝

間者吏用法，巧文寖深，是朕之不德也。夫決獄不當，使有罪興邪，不辜蒙戮，父子悲恨，朕甚傷之。今遣廷史與郡鞫獄，任輕祿薄，其為廷平，秩員四人，其務平之，以稱朕意。

議孝武廟樂詔
漢宣帝

朕以眇身，奉承祖宗，夙夜惟念孝武皇帝躬履仁義，選卹將，討不服，匈奴遠遁，平氐、羌、昆邪、南越，百蠻鄉風，欵塞來享；建太學，修郊祀，定正朔，協音律，封泰山，塞宣房，符瑞應，寶鼎出，白麟獲。功德茂盛，不能盡宣，而廟樂未稱。其議奏。

有喪者勿繇事詔
漢宣帝

道民以孝，則天下順。今百姓或遭衰絰凶災，而吏繇事，使不得葬，傷孝子之心，朕甚憐之。自今諸有大父母、父母喪者勿繇事，使得收斂送終，盡其子道。

地震詔
漢宣帝

蓋災異者，天地之戒也。朕承洪業，奉宗廟，託于士民之上，未能和羣生。乃者地震北海、琅邪，壞祖宗廟，朕甚懼焉。丞相、御史其與列侯、中二千石博問經學之士，有以應變，輔朕之不逮，毋有所諱。令三輔、太常、內郡國舉賢良方正各一人。律令有可蠲除以安百姓，條奏。被地震壞敗甚者，勿收租賦，大赦天下。

子首匿父母等勿坐詔
漢宣帝

父子之親，夫婦之道，天性也。雖有患禍，猶蒙死而存之。誠愛結於心，仁厚之至也，豈能違之哉！自今子首匿父母，妻匿夫，孫匿大父母，皆勿坐。其父母匿子，夫匿妻，大父母匿孫，罪殊死，皆上請廷尉以聞。

令郡國舉孝弟等詔
漢宣帝

朕既不逮，導民不朙，反側晨興，念慮萬方，不忘元元。惟恐羞先帝聖德，故並舉賢良方正以親萬姓，歷載臻茲。然而俗化闕焉。《傳》曰："孝弟也者，其爲人[一]之本與？"其令郡國舉孝弟、有行義聞於鄉里者各一人。

【校記】

[一]人，陳本、《漢書》作仁。

令八十以上非誣告等勿坐詔
漢宣帝

朕惟耆老之人，髮齒墮落，血氣衰微，亦亡暴虐之心，今或罹文法，拘執囹圄，不終天命，朕甚憐之。自今以來，諸年八十以上，非誣告殺傷人，他皆勿坐。

遣太中大夫彊等十二人循行天下，存問鰥寡，覽觀風俗，察吏治得失，舉茂材異倫之士。

親奉祀詔
漢宣帝

蓋聞天子尊事天地，修祀山川，古今通禮也。間者，上帝之祠闕而不親十有餘年，朕甚懼焉。朕親飭躬齋戒，親奉祀，爲百姓蒙嘉氣、獲豐年焉。

褒黃霸詔
漢宣帝

潁川太守霸，宣布詔令，百姓鄉化，孝子弟弟貞婦順孫日以衆多，田者讓畔，道不拾遺，養視鰥寡，贍助貧窮，獄或八年亡重罪囚，吏民鄉於教化，興于行誼，可謂賢人君子矣。《書》不云乎"股肱良哉"！其賜關內侯，黃金百斤，秩中二千石，而潁川孝弟、有行義民、三老、力田，皆以差賜爵及帛。

議律令詔
漢宣帝

夫法令者，所以抑暴扶弱，欲其難犯而易避也。今律令煩多而不約，自典文者不能分明，而欲羅元元之不[一]逮，斯豈刑中之意哉？其議律令可蠲除輕減者，條奏，唯在便安萬姓而已。

【校記】

[一]"不"字劉本無，據陳本補。《漢書》有。

罷擊珠厓詔
漢元帝

珠厓虜殺吏民，背畔爲逆，今廷議者或言可擊，或言可守，或欲棄之，其指各殊。朕日夜惟思議者之言，羞威不行，則欲誅之；狐疑辟難，則守屯田；通于時變，則憂萬民。夫萬民之饑餓，與遠蠻之不討，危孰大焉？且宗廟之祭，凶年不備，況乎辟不嫌之辱哉！今關東大困，倉庫空虛，無以相贍，又以動兵，非特勞民，凶年隨之。其罷珠厓郡，民有慕義內屬，便處之；不欲，勿彊。

罷甘泉建章宮衛等詔
漢元帝

蓋聞安民之道，本繇陰陽。間者陰陽錯謬，風雨不時，朕之不德。庶幾羣公有敢言朕之過者，今則不然。媮合苟從，未肯極言，朕甚閔焉。永惟烝庶之饑寒，遠離父母妻子，勞於非業之作，衛於不居之宮，恐非所以佐陰陽之道也。其罷甘泉、建章宮衛，令就農。百官各省費。條奏毋有所諱。有司勉之，毋犯四時之禁。丞相御史舉天下明陰陽災異者各三人。

議罷郡國廟詔
漢元帝

蓋聞明王之御世也，遭時爲法，因事制宜。往者天下初定，遠方未賓，因嘗所親以立宗廟。蓋建威銷萌，一民之至權也。今賴天地之靈，宗廟之福，四方同軌，蠻貊貢職，久遵而不定，令疏遠卑賤共承尊祀，殆非皇天祖宗之意，朕甚懼焉。《傳》不云乎？"吾不與祭，如不祭。"其與將軍、列侯、中二千石、二千石、諸大夫、博士、議郎議。

議廟禮詔
漢元帝

蓋聞王者祖有功而宗有德，尊尊之大義也；存親廟四，親親之至恩也。高皇帝爲天下誅暴除亂，受命而帝，功莫大焉。孝文皇帝國爲代王，諸呂作亂，海內搖動，然羣臣黎庶靡不一意，北面歸心，猶謙辭固讓而後即位，削亂秦之迹，興三代之風，是以百姓晏然，咸獲嘉福，德莫盛焉。高皇帝爲漢太祖，孝文皇帝爲太宗，世世承祀，傳之無窮，朕甚樂之。孝宣皇帝爲孝昭皇帝後，於義一體。孝景皇帝廟及皇考廟皆親盡，其正禮儀。

日食求直言詔
漢元帝

蓋聞明王在上，忠賢布職，則羣生和樂，方外蒙澤。今朕晻于大道，夙夜憂勞，不通其理，靡瞻不眩，靡聽不惑，是以政令多還，民心未得，邪說空進，事亡成功，此天下所著聞也。公卿大夫好惡不同，或緣姦作邪，侵削細民，元元安所歸命哉！乃六月晦，日有食之，《詩》不云乎？"今此下民，亦孔之哀。"自今以來，公卿大夫其勉思天戒，愼身修永，以輔朕之不逮。直言盡意，無有所諱。

減死刑詔
漢成帝

《甫刑》云"五刑之屬三千，大辟之罰其屬二百"，今大辟之刑千有餘條，律令煩多，百有餘萬言，奇請它比，日以益滋，自明習者不知所由，欲以曉諭衆庶，不亦難乎！於以羅元元之民，夭絕亡辜，豈不哀哉！其令中二千石、二千石、博士及明習律令者議減死刑及可蠲除約省者，令較然易知，條奏。《書》不云乎？"惟刑之恤哉。"其審核之，務準古法，朕將盡心覽焉。

罷昌陵詔
漢成帝

朕執德不固,謀不盡下,過聽將作大匠萬年言昌陵三年可成。作治五年,中陵、司馬殿門內尚未加功,天下虛耗,百姓罷勞,客土疏惡,終不可成。朕惟其難,怛然傷心。夫"過而不改,是謂過矣",其罷昌陵,及故陵勿徙吏民,令天下毋有動搖之心。

立太子詔
漢成帝

朕承太祖鴻業,奉宗廟二十五年,德不能綏理宇內,百姓怨恨者衆。不蒙天祐,至今未有繼嗣,天下無所係心。觀于往古近事之戒,禍亂之萌,皆由斯焉。定陶王欣於朕爲子,慈仁孝順,可以承天序,繼祭祀。其立欣爲皇太子。封中山王舅諫大夫馮參爲宜鄉侯,益中山國三萬戶,以慰其意。賜諸侯王、列侯金,天下當爲父後者爵,三老、孝弟力田帛,各有差。

封卓茂詔
漢光武

前密令卓茂,束身自修,執節淳固,誠能爲人所不能爲。夫名冠天下,當受天下重賞,故武王誅紂,封比干之墓,表商容之閭。今以茂爲太傅,封褒德侯。

日食詔
漢光武

吾德薄不明,寇賊爲害,彊弱相陵,元元失所。《詩》云:"日月吉凶,不用其行。"永念厥咎,內疚於心。其勑公卿舉賢良公[一]正各一人;百僚並上封事,無有隱諱;有司修職,務遵法度。

【校記】

[一]公,陳本同。《後漢書》作方。

令太官勿受異味詔
漢光武

往年已勑郡國,異味不得有所獻御,今猶未止,非徒有豫養導擇之勞,至乃煩擾道上,疲費過所。其令太官勿復受。朗勑下以遠方口實所以薦宗廟，自如舊制。

地震詔
漢光武

　　日者地震，南陽尤甚。夫地者，任物至重，靜而不動者也。而今震裂，咎在君上。鬼神不順無德，災殃將及吏民，朕甚懼焉。其令南陽勿輸今年田租芻稿。遣謁者案行，其死罪繫囚在戊辰以前，減死罪一等；徒皆弛解鉗，衣絲絮。賜郡中居人壓死者棺錢，人三千。其口賦逋稅而廬宅尤破壞者，勿收責。吏民死亡，或在壞垣毀屋之下，而家羸弱不能收拾者，其以見錢穀取傭，爲尋求之。

作壽陵詔
漢光武

　　古者帝王之葬，皆陶人瓦器，木車茅馬，使後世之人不知其處。太宗識終始之義，景帝能述遵孝道，遭天下反覆，而霸陵獨完受其福，豈不美哉！令所制地不過二三頃，無爲山陵，陂池栽令流水而已。

賜周黨帛詔
漢光武

　　詔曰：自古明王聖主必有不賓之士。伯夷、叔齊不食周粟，太原周黨不受朕祿，亦各有志焉。其賜帛四十匹。

行養老禮詔
漢明帝

　　光武皇帝建三朝之禮，而未及臨饗。眇眇小子，屬當聖業。間暮春吉辰，初行大射；令月元日，復踐辟雍。尊事三老，兄事五更，安車軟輪，供綏執授。侯王設醬，公卿饌珍，朕親袒割，執爵而酳。祝哽在前，祝噎在後。升歌《鹿鳴》，下管《新宮》，八佾具修，萬舞於庭。朕固薄德，何以克當？《易》陳負乘，《詩》刺彼己，永念慙疚，無忘厥心。三老李躬，年耆學明。五更桓榮，授朕《尚書》。《詩》曰：“無德不報，無言不醻。”其賜榮爵關內侯，食邑五千戶。三老、五更皆以二千石祿養終厥身。其賜天下三老酒人一石，肉四十斤。有司其存耆耋，恤幼孤，惠鰥寡，稱朕意焉。

有司順時勸農詔
漢朙帝

朕奉郊祀，登靈臺，見史官，正儀度。夫春者，歲之始也。始得其正，則三時有成。比者水旱不節，邊人食寡，政失於上，人受其咎，有司其勉順時氣，勸督農桑，去其螟蜮，以及蝥賊；詳刑慎罰，朙察單辭，夙夜匪懈，以稱朕意。

引咎詔
漢朙帝

朕以無德，奉承大業，而下貽人怨，上動三光。日食之變，其災尤大，《春秋》圖讖所爲至譴。永思厥咎，在予一人。羣司勉修職事，極言無諱。又曰：羣僚所言，皆朕之過。人冤不能理，吏黠不能禁；而輕用人力，繕修宮宇，出入無節，喜怒過差。昔應門失守，《關雎》刺世；飛蓬隨風，微子所歎。永覽前戒，竦然兢懼。徒恐薄德，久而致怠耳。

尊師傅詔
漢章帝

朕以眇身，託于王侯之上，綂理萬機，懼失厥中，兢兢業業，未知所濟。深惟守文之主，必建師傅之官。《詩》不云乎："不愆不忘，率由舊章。"行太尉事節鄉侯熹三世在位，爲國元老；司空融典職六年，勤勞不怠。其以熹爲太傅，融爲太尉，並錄尚書事。"三事大夫，莫肯夙夜"，《小雅》之所傷也。"予違汝弼，汝無而[一]從"，股肱之正義也。羣后百僚勉思厥職，各貢忠誠，以輔不逮。申勑四方，稱朕意焉。

【校記】

[一]從，陳本、《後漢書》作面。

講議五經同異詔
漢章帝

蓋三代導人，教學爲本。漢承暴秦，褒顯儒術，建立《五經》，爲置博士。其後學者精進，雖曰承師，亦別名家。孝宣皇帝以爲去聖久遠，學不厭博，故遂立"大、小夏侯《尚書》"，後又立"京氏《易》"。至建武中，復置"顏氏、嚴氏《春秋》"，"大、小戴《禮》"博士。此皆所以扶進微學，尊廣道藝也。中元元年詔書，《五經》章句頗[一]多，議欲減省。至永平元年，長水校尉儵奏言，先帝大業，當以時施行。欲使諸儒共正經義，頗[一]令學者得以自助。孔子曰："學之不講，是吾憂也。"又曰："博學而篤志，切問而近思，仁在其中矣。"於戲，其勉之哉！

【校記】
　　[一]頗，陳本、《後漢書》作煩。
　　[二]陳本無"頗"字。《後漢書》有。

地震詔
漢章帝

　　朕以無德，奉承大業，夙夜慄慄，不敢荒寧。而災異仍見，與政相應。朕既不明，涉道日寡；又選舉乖實，俗吏傷人，官職耗亂，刑罰不中，可不憂與！昔仲弓季氏之家臣，子游武城之小宰，孔子猶誨以賢才，問以得人。明政無大小，以得人為本。夫鄉舉里選，必累功勞。今刺史、守相不明真偽，茂才、孝廉歲以百數，既非能顯，而當授之政事，甚無謂也。每尋前世舉人貢士，或起甽畝，不繫閥閱。敷奏以言，則文章可採；明試以功，則政有異迹。文質彬彬，朕甚嘉之。其令太傅、三公、中二千石、二千石、郡國守相，舉賢良方正能直言極諫之士各一人。

選高才生受學詔
漢章帝

　　《五經》剖判，去聖彌遠，章句遺辭，乖疑難正，恐先師微言將遂廢絕，非所以重稽古，求道真也。其令羣儒選高才生，受學《左氏》《穀梁春秋》《古文尚書》《毛詩》，以扶微學，廣異義焉。

蠲除禁錮詔
漢章帝

　　《書》云："父不慈，子不祗，兄不友，弟不恭，不相及也。"徃者妖言大獄，所及廣遠，一人犯罪，禁至三屬，莫得垂纓仕宦王朝。如有賢才而沒齒無用，朕甚憐之，非所謂與之更始也。諸以前妖惡禁錮者，一皆蠲除之，以明棄咎之路，但不得在宿衛而已。

告諭伐魏詔
漢後主

朕聞天地之道，福仁而禍淫；善積者昌，惡積者喪，古今常數也。是以湯、武脩德而王，桀、紂極暴而亡。曩者漢祚中微，網漏凶慝，董卓造難，震蕩京畿。曹操階禍，竊執天衡，殘剝海內，懷無君之心。子丕孤豎，敢尋亂階，盜據神器，更姓改物，世濟其凶。當此之時，皇極幽昧，天下無主，則我帝命隕越于下。昭烈皇帝體明叡之德，光演文武，應乾坤之運，出身平難，經營四方，人鬼同謀，百姓與能。兆民欣戴。奉順符讖，建位易號，丕承天序，補弊興衰，存復祖業，膺誕皇綱，不墜于地。萬國未靖，早世遐殂。朕以幼冲，繼綂鴻基，未習保傅之訓，而嬰祖宗之重。六合壅否，社稷不建，永惟所以，念在匡救，光載前緒，未有攸濟，朕甚懼焉。是以夙興夜寐，不敢自逸，每崇菲薄以益國用，勸分稼穡以阜民財，授才任能以參其聽，斷思[一]降意以養將士。欲奮劍長驅，指討凶逆，朱旗未舉，而丕復隕喪，斯所謂不燃我薪而自焚也。殘類餘醜，又支天禍，恣睢河、洛，阻兵未弭。諸葛丞相弘毅忠壯，忘身憂國，先帝託以天下，以勗朕躬。今授之以旄鉞之重，付之以專命之權，綂領步騎二十萬衆，董督元戎，襲行天罰，除患寧亂，克復舊都，在此行也。昔項籍摠一彊衆，跨州兼土，所務者大，然卒敗垓下，死於東城，宗族如焚，爲笑千載，皆不以義，陵上虐下故也。今賊傚尤，天人所怨，奉時宜速，庶憑炎精祖宗威靈相助之福，所向未克。吳王孫權同恤災患，潛軍合謀，掎角其後。涼州諸國王各遣月支、康居胡侯支富、康植等二十餘人詣受節度，大軍北出，便欲率將兵馬，奮戈先驅。天命既集，人事又至，師貞勢并，必無敵矣。夫王者之兵，有征無戰，尊而且義，莫敢抗也，故鳴條之役，軍不血刃，牧野之師，商人倒戈。今旂麾首路，其所經至，亦不欲窮兵極武。有能棄邪從正，簞食壺漿以迎王師者，國有常典，封寵大小，各有品級。及[二]魏之宗族、支葉、中外，有能規利害、審逆順之數，來詣降者，皆原除之。昔輔果絕親於智氏，而蒙全宗之福，微子去殷，項伯歸漢，皆受茅土之慶。此前世之明驗也。若其迷沈不反，將助亂人，不式王命，戮及妻孥，罔有攸赦。廣宣恩威，貸其元帥，弔其殘民。他如詔書律令，丞相其露布天下，使稱朕意焉。

【校記】

[一]思，陳本同。《後漢書》作私。

[二]陳本無"及"字。《後漢書》有。

卷三十三

璽書廣

答鼌錯璽書
漢文帝
皇帝問太子家令：上書言兵體三章，聞之。《書》言"狂夫之言，而明主擇焉"，今則不然。言者不狂，而擇者不明，國之大患，故在於此。使夫不明擇於不狂，是以萬聽而萬不當也。

賜吾丘壽王璽書
漢武帝
子在朕前之時，智略輻湊，以爲天下少雙，海內寡二。及至連十餘城之守，任四千石之重，職事並廢，盜賊從橫，甚不稱在前時，何也？

賜燕王旦璽書
漢昭帝
昔高皇帝王天下，建立子弟以藩屏社稷。先日諸呂陰謀大逆，劉氏不絕若髮，賴絳侯等誅討賊亂，尊立孝文，以安宗廟，非以中外有人，表裏相應故邪？樊、酈、曹、灌，攜劍摧鋒，從高皇帝墾災除害，耘鉏海內。當此之時，頭如蓬葆，勤苦至矣，然其賞不過封侯。今宗室子孫曾無暴衣露冠之勞，裂地而王之，分財而賜之，父死子繼，兄終弟及。今王骨肉至親，敵吾一體，廼與他姓異族謀害社稷，親其所疏，疏其所親，有逆悖之心，無忠愛之義。如使古人有知，當何面目復奉齊酎見高祖之廟乎？

賜馮奉世璽書
漢元帝

皇帝問將兵右將軍，甚苦暴露。羌虜侵邊境，殺吏民，甚逆天道，故遣將軍帥士大夫行天誅。以將軍材質之美，奮精兵，誅不軌，百下百全之道也。今乃有畔敵之名，大爲中國羞。以昔不閑習之故邪？以恩厚未洽，信約不明也？朕甚悵之。上書言羌虜依深山，多徑道，不得不多分部遮要害，須得後發營士，足以決事，部署已定，執不可復置大將，聞之。前爲將軍兵少，不足自守，故發近所騎，日夜詣，非爲擊也。今發三輔、河東、弘農、越騎、迹射、伉飛、彀者、羽林孤兒及呼速絫、嗕種，方急遣。且兵，兇器也，必有成敗者，患策不豫定，料敵不審也，故復遣奮武將軍。兵法曰"大將軍出必有偏裨"，所以揚威武，參計策，將軍又何疑焉？夫愛吏士，得衆心，舉而無悔，禽敵必全，將軍之職也。若罷[一]轉輸之費，則有司存，將軍勿憂。須奮武將軍兵到，合擊羌虜。

【校記】

[一]罷，陳本同。《漢書》作乃。

賜淮陽王欽璽書
漢元帝

皇帝問淮陽王。有司奏[一]，王舅張博數遺王書，非毀政治，謗訕天子，褒舉諸侯，稱引周、湯，以譎惑王，所言尤惡，悖逆無道。王不舉奏而多與金錢，報以好言，罪至不赦，朕惻焉不忍聞，爲王傷之。推原厥本，不祥自博。惟王之心，匪同于凶。已詔有司勿治王事，遣諫大夫駿申諭朕意。《詩》不云乎？"靖恭爾位，正直是與。"王其勉之！

【校記】

[一]《漢書》此有"王"字。

賜竇融璽書
漢光武

制詔行河西五郡大將軍事、屬國都尉：勞鎮守邊五郡，兵馬精彊，倉庫有蓄，民庶殷富，外則折挫羌胡，內則百姓蒙福。威德流聞，虛心相望，道路隔塞，邑邑何已！長史所奉書獻馬悉至，深知厚意。今益州有公孫子陽，天水有隗將軍，方蜀漢相攻，權在將軍，舉足左右，便有輕重。以此言之，欲相厚豈有量哉！諸事具長史所見，將軍所知。王者迭興，千載一會，欲遂立桓、文，輔微國，當勉卒功業；欲三分鼎足，連衡合從，亦宜以時定。天下未并，吾與爾絕域，非相吞之國。今之議者，必有任囂效^{或作教非}[陳]尉佗制七郡之計。王者有分土，無分民，自適己事而已。今以黃金二百斤賜將軍，便宜輒言。

賜書_廣

賜南粵王佗書
漢文帝

皇帝謹問南粵王，甚苦心勞思。朕，高皇帝側室之子，弃外奉北藩于代，道里遼遠，壅蔽樸愚，未嘗致書。高皇帝棄羣臣，孝惠皇帝即世，高后自臨事，不幸有疾，日進不衰，以故悖暴乎治。諸呂為變故亂法，不能獨制，廼取它姓子為孝惠皇帝嗣。賴宗廟之靈，功臣之力，誅之已畢。朕以王侯吏不釋之故，不得不立，今即位。乃者聞王遺將軍隆慮侯書，求親昆弟，請罷長沙兩將軍。朕以王書罷將軍博陽侯，親昆弟在真定者，已遣人存問，修治先人冢。前日聞王發兵於邊，為寇災不止。當其時長沙苦之，南郡尤甚，雖王之國，庸獨利乎！必多殺士卒，傷良將吏，寡人之妻，孤人之子，獨人父母，得一亡十，朕不忍為也。朕欲定地犬牙相入者，以問吏，吏曰"高皇帝所以介長沙土也"，朕不得擅變焉。吏曰："得王之地不足以為大，得王之財不足以為富，服領以南，王自治之。"雖然，王之號為帝。兩帝並立，無一乘之使以通其道，是爭也；爭而不讓，仁者不為也。願與王分弃前患，終今以來，通使如故。故^[一]使賈馳諭告王朕意，王亦受之，毋為寇災矣。上褚五十衣，中褚三十衣，下褚二十衣，遺王。願王聽樂娛憂，存問鄰國。

【校記】

　　[一]陳本無"故"字。《漢書》有。

遺匈奴書_{二首}
漢文帝

皇帝敬問匈奴大單于無恙。使係虖淺遺書朕^[一]，云"願寢兵休士，除前事，復故約，以安邊民，世世平樂"，朕甚嘉之。此古聖王之志也。漢與匈奴約為兄弟，所以遺單于甚厚。背約離兄弟之親者，常在匈奴。然右賢王事已在赦前，勿深誅。單于若稱書意，明告諸吏，使無負約，有信，敬如單于書。使者言單于自將并國有功，甚苦兵事。服繡袷綺衣、長襦、錦袍各一，比疎一，黃金飾具帶一，黃金犀毗一，繡十匹，錦二十匹，赤綈、綠繒各四十匹，使中大夫意、謁者令肩遺單于。

皇帝敬問匈奴大單于無恙。使當戶且渠雕渠難、郎中韓遼遺朕馬二匹，已至，敬受。先帝制，長城以北引弓之國受令單于，長城以內冠帶之室朕亦制之。使萬民耕織，射獵衣食，父子毋離，臣主相安，俱無暴虐。今聞渫惡民貪降其趨，背義絕約，忘萬民之命，離兩主之歡，然其事已在前矣。書曰[二]：「二國已和親，兩主驩說，寢兵休卒養馬，世世昌樂，翕然更始。」朕甚嘉之。聖德日新，改作更始，使老者得息，幼者得長，各保其首領，而終其天年。朕與單于俱由此道，順天恤民，世世相傳，施之無窮，天下莫不咸嘉。使漢與匈奴鄰敵之國，匈奴處北地，寒，殺氣早降，故詔吏遺單于秫糵金帛絲絮他物歲有數。今天下大安，萬民熙熙，朕與單于為之父母。朕追念前事，薄物細故，謀臣計失，皆不足以離兄弟之驩。朕聞天不頗覆，地不偏載。朕與單于皆捐細故，俱蹈大道[三]，墮壞前惡，以圖長久，使兩國之民若一家子。元元萬民，下及魚鱉，上及飛鳥，跂行喙息蠕動之類，莫不就安利而避危殆。故來者不止，天之道也。俱去前事，朕釋逃虜民，單于毋言章尼等。朕聞古之帝王，約分明而不食言。單于留志，天下大安，和親之後，漢過不先。單于其察之。

【校記】

[一]遺書朕，陳本、《漢書》作遺朕書。

[二]曰，陳本、《漢書》作云。

[三]陳本、《漢書》此有"也"字。

賜嚴助書
漢武帝

制詔會稽太守：君厭承明之廬，勞侍從之事，懷故土，出為郡吏。會稽東接於海，南近諸越，北枕大江。間者，闊焉久不聞問，具有《春秋》對，毋以蘇秦從橫。

賜趙充國書五首
漢宣帝

皇帝問後將軍，甚苦暴露。將軍計欲正月迺擊罕羌，羌人當穫麥，已遠其妻子，精兵萬人，欲爲酒泉、燉煌寇。邊兵少，民守保不得田作。今張掖以東粟石百餘，芻藳束數十[一]。轉輸並起，百姓煩擾。將軍將萬餘之衆，不早反[二]秋共水草之利爭其畜食，欲至冬，虜皆當畜食，多臧[三]匿山中，依險阻，將軍士寒，手足皸瘃，寧有利哉？將軍不念中國之費，欲以歲數而勝微，將軍誰不樂此者！

　　今詔破羌將軍武賢將兵六千一百人，燉煌太守快將二千人，長水校尉富昌、酒泉侯奉世將婼、月氏兵四千人，無慮萬二千人，齎三十日食，以七月二十二日擊罕羌，入鮮水北句廉上，去酒泉八百里，去將軍可千二百里。將軍其引兵便道西並進，雖不相及，使虜聞東方北方兵並來，分散其心意，離其黨與，雖不能殄滅，當有瓦解者。已詔中郎將卬將胡越僦飛射士、步兵二校尉，益將軍兵。

　　今五星出東方，中國大利，蠻夷大敗。太白出高，用兵深入敢戰者吉，弗敢戰者凶。將軍急裝，因天時，誅不義，萬下必全，勿復有疑。

　　制詔後將軍：聞苦腳脛、寒泄，將軍年老加疾，一朝之變不可諱，朕甚憂之。今詔破羌將軍詣屯所，爲將軍副，急因天時地利，吏士銳氣，以十二月擊先零羌，即疾劇，留屯毋行，獨遣破羌、彊弩將軍。

　　皇帝問後將軍，言欲罷騎兵萬人留田，即如將軍之計，虜當何時伏誅，兵當何時得決？孰計其便，復奏。

　　皇帝問後將軍，言十二便，聞之。虜雖未伏誅，兵決可期月而望，期月而望者，謂今冬邪？謂何時也？將軍獨不計虜聞兵頗罷，且丁壯相聚，攻擾田者及道上屯兵，復殺略人民，將何以止之？又大開、小開前言曰：「我告漢軍先零所在，兵不徑擊，久留，得亡校五年時不分別人而并擊我。」其意常恐。今兵不出，得亡變生，與先零爲一？將軍孰計復奏。

　　皇帝問後將軍，上書言羌虜可勝之道，今聽將軍，將軍計善。其上留屯田及當罷者人馬數。將軍彊食，慎兵事，自愛！

【校記】

　　[一]十，陳本作千。《漢書》作十。
　　[二]反，陳本、《漢書》作及。
　　[三]臧，陳本、《漢書》作藏。

冊上廣

晉公九錫文

朕以寡德，獲承天序，嗣我祖宗之洪烈。遭家多難，不覭于訓。曩者奸逆屢興，方寇內侮，大懼淪喪四海，以墮三祖之弘業。惟公經德履哲，朗允廣深，迪宣武文，世作保傅，以輔乂皇家。櫛風沐雨，周旋征伐，劬勞王室，二十有餘載。毗翼前人，仍斷大政，克厭不端，維安社稷。暨儉、欽之亂，公綏援有衆，分命興師，綂紀有方，用緝寧淮浦。其後巴蜀屢侵，西土不靖，公奇畫指授，制勝千里。是以段谷之戰，乘釁大捷，斬將搴旗，效首萬計。孫峻猾夏，致寇徐方，戎車首路，威靈先邁，黃鉞未啓，鯨鯢竄迹。孫壹構隙，自相疑阻，幽鑒遠照，奇策洞微，遠人歸命，作藩南夏，爰授銳卒，畢力戎行。暨諸葛誕滔天作逆，稱兵揚楚，欽、咨逋罪，同惡相濟，帥其孟賊，以入壽春，憑阻淮山，敢距王命。公躬擐甲冑，襲行天罰，玄謀廟筭，遵養時晦。奇兵震擊，而朱異摧破；神變應機，而全琮稽服；取亂攻昧，而高墉不守。兼九伐之弘罿，究五兵之正度。用能戰不窮武，而大敵殲潰；旗不再麾，而元憝授首。收勍吳之雋臣，係王命之逋虜。交臂屈膝，委命下吏，俘馘十萬，積尸成京。雪宗廟之滯耻，拯兆庶之艱難。掃平區域，信威吳會，遂戢干戈，靖我疆土，天地鬼神，罔不獲乂。乃者王定之難，變起蕭牆，賴公之靈，弘濟艱險。宗廟危而獲安，社稷墜而復寧。忠格皇天，功濟六合。是用疇咨古訓，稽諸典籍，命公崇位相國，加於群后，啓土參墟，封以晉域。所以方軌齊魯，翰屏帝室。而公遠蹈謙損，深履沖讓，固辭策命，至於八九。朕重違讓德，抑禮虧制，以彰公志，于今四載。上闕在昔建侯之典，下違兆庶具瞻之望。

惟公嚴虔王度，闡濟大猷，敦尚純樸，省繇節用，務穡勤分，九野康乂[一]。老叟荷崇養之德，鰥寡蒙矜卹之施，仁風興於中夏，流澤布於遐荒。是以東夷西戎，南蠻北狄，狂狡貪悍，世爲寇讎者，皆感義懷惠，款塞內附，或委命納貢，或求置官司。九服之外，絕域之氓，曠世所希至者，咸浮海來享，鼓舞王德，前後至者八百七十餘萬口。海隅幽裔，無思不服，雖西旅遠貢，越裳九譯，義無以踰。維翼朕躬，下匡萬國，思靖殊方，寧濟八極。以庸蜀未賓，蠻荊作猾，潛謀獨斷，整軍經武。簡練將帥，授以成策，始踐賊境，應時摧陷。狂狡奔北，首尾震潰，禽其戎帥，屠其城邑。巴漢震疊，江源雲徹，地平天成，誠在斯舉。公有濟六合之勳，加以茂德，實揔百揆，允釐庶政。敦五品以崇仁，恢六典以敷訓。而靖恭夙夜，勞謙昧旦，雖尚父之左右文武，周公之勤勞王家，罔以加焉。

昔先王選建朙德，光啓諸侯，體國經野，方制五等。所以藩翼王畿，垂祚百世也。故齊魯之封，於周爲弘，山川土田，邦畿七百，官司典策，制殊羣后。惠襄之難，桓文以翼戴之勞，猶受錫命之禮，咸用光疇大德，作範于後。惟公功邁於前烈，而賞闕於舊式，百辟於邑，人神同恨焉，豈可以公謙冲而久淹弘典哉？今以并州之太原、上黨、西河、樂平、新興、雁門，司州之河東、平陽、弘農，雍州之馮靖凡十郡，南至於華，北至於陘，東至于壺口，西踰于河，提封之數，方七百里，皆晉之故壤，唐叔受之，世作盟主，實紀綱諸夏，用率舊職。爰胙茲土，封公爲晉公。命使持節、兼司徒、司隸校尉陔即授印綬策書，金獸符第一至第五，竹使符第一至第十。錫茲玄土，苴以白茅，建尔國家，以永藩魏室。

昔在周召，並以公侯，入作保傅。其在近代，鄧侯蕭何，實以相國，光尹漢朝，隨時之制，禮亦宜之，今進公位爲相國，加綠綟綬。又加公九錫，其敬聽後命。以公思弘大猷，崇正典禮，儀刑作範，旁訓四方，是用錫公大輅、戎輅各一，玄牡二駟。公道和陰陽，敬授人時，嗇夫反本，農殖維豐，是用錫公袞冕之服，赤舄副焉。公光敷顯德，惠下以和，敬信思順，庶尹允諧，是用錫公軒懸之樂、六佾之舞。公鎮靖宇宙，翼播聲教，海外懷服，荒裔款附，殊方馳義，諸夏順軌，是用錫公朱戶以居。公簡賢料材，營求俊逸，爰升多士，寔彼周行，是用錫公納陛以登。公嚴恭寅畏，底平四國，式遏寇虐，苛慝不作，是用錫公武賁之士三百人。公朙慎用刑，簡恤大中，章厥天威，以糾不虔，是用錫公鈇、鉞各一。公爰整六軍，典司征伐，犯命凌正，乃維誅殄，是用錫公彤弓一、彤矢百、玈弓十、玈矢千。公饗祀蒸蒸，孝思維則，篤誠之至，通于神朙，是用錫公秬鬯一卣，瓚副焉。晉國置官司以下，率由舊式。

往欽哉！抵服朕命，弘敷訓典，光澤庶方，永終尔朙德，丕顯余一人之休命。

【校記】

[一]又，《晉書》作乂。

卷三十四

冊下

宋公九錫文

　　朕以寡昧，仰贊洪基，夷羿乘釁，蕩覆王室，越在南鄙，遷于九江。宗祀絕饗，人神無位，提挈群凶，寄命江湏。則我祖宗之業，奄墜於地，七百之祚，剪焉既傾，若涉淵海，罔知攸濟。天未絕晉，誕育英輔，振厥弛維，再造區物，興亡繼絕，俾昏作明。元勳至德，朕實賴焉。今將授公典策，其敬聽朕命：

　　乃者桓玄肆僭，滔天泯夏，拔本塞源，顛倒六位，庶僚俛眉，四方莫郵。公精貫朝日，氣淩霄漢，奮其靈武，大殲羣慝，尅復皇邑，奉帝歆神。此公之節，始於勤王者也。授律羣后，沂流長騖，薄伐崢嶸，獻捷南郢，大憝折首，羣逆畢夷，三光旋采，舊物反正。此又公之功也。出藩入輔，弘茲保弼，阜財利用，繁殖生民，編戶歲滋，疆宇日啓，導德朙刑，四境有截。此又公之功也。鮮卑負衆，僭盜三齊，狼噬冀、青，虔劉沂、岱，介恃遐阻，仍為邊毒。公蒐乘秣駟，夐入遠疆，衝櫓四臨，萬雉俱潰，竊號之虜，顯戮司寇，拓土三千，申威龍漢。此又公之功也。盧循妖凶，伺隙五嶺，乘虛肆逆，侵覆江、豫，旂拂寰內，矢及王城，朝野喪沮，莫有固志，家獻徙卜之計，國議遷都之規。公乘轅南濟，義形于色，嶷然內湛，視嶮若夷，攄略運奇，英謨不世，狡寇窮岫，喪旗宵遁，俾我畿甸，拯於將墜。此又公之功也。追奔逐北，揚旆江濆，偏旅浮海，指日遄至。番禺之功，俘馘萬數，左里之捷，魚潰鳥散。元凶遠進，傳首萬里，海南肅清，荒服來款。此又公之功也。劉毅叛換，負豐西夏，凌上罔主，志肆奸暴，附麗協黨，扇蕩王畿。公御軌以刑，消之不日，倉兕電泝，神兵風掃，罪人斯得，荊、衡清晏。此又公之功也。譙縱怙亂，寇竊一隅，王化阻閡，三巴淪溺。公指命偏師，授以良圖，凌波浮湍，致屆并絡，僭豎伏鑕，梁、岷革偃。此又公之功也。馬休、魯宗，阻兵內侮，驅率二方，連旗稱亂。公投袂星言，研其上略，江津之師，勢踰風電，迴斾沔川，寔繁震慴，二叛奔迸，荊、雍來蘇，玄澤浸育，溫風潛被。此又公之功也。永嘉不競，四夷擅華，五都幅裂，山陵幽辱，祖宗懷沒世之憤，遺氓有匪風之思。公遠齊伊宰納隍之仁，近同小白滅亡之恥，鞠旅陳師，赫然大號，分命群帥，北徇司、兗。許、鄭風靡，鞏、洛載清，偽牧逆藩，交臂請罪，百年榛穢，一朝掃濟。此又公之功也。

公有康宇內之勳，重之以嗣德。爰初發迹，則奇譽冠古，電擊疆妖，則鋒無前對，聿寧東畿，大造黔首。若乃草昧經綸，化融於歲計，扶危靜亂，道固於苞桑。辯方正位，納之軌度，蠲削煩苛，較若畫一，淳風美化，盈塞宇宙。是以絕域獻琛，遐夷納貢，王略所宣，九服率從。雖文命之東漸西被，咎繇之邁于種德，何以尚茲。朕聞先王之宰世也，庸勳尊賢，建侯胙土，襃以寵章，崇其徽物，所以協輔皇家，永隆藩屏。故曲阜光啓，遂荒徐宅，營丘表海，四履有聞。其在襄王，亦賴匡霸，又命晉文，備物光錫。惟公道冠前烈，勳高振古，而殊典未加，朕旣懷懵焉。今進授相國，以徐州之彭城、沛、蘭陵、下邳、淮陽、山陽、廣陵，兗州之高平、魯、泰山十郡，封公爲宋公。錫茲玄土，苴以白茅，爰定爾居，用建家社。昔晉、鄭啓藩，入作卿士，周、召保傅，出摠二南，內外之重，公實兼之。命使持節、太尉、尚書左僕射、晉寧縣五等男湛授相國印綬，宋公璽紱，使持節、兼司空、散騎常侍、尚書、陽遂鄉侯泰授宋公茅土，金虎符第一至第五左，竹使符第一至第十右。相國位無不摠，禮絕朝班，居常之名，宜與事革。其以相國摠百揆，去"錄尚書"之號。上送所假節、侍中、中外都督、太傅太尉印綬，豫章公印策。進揚州牧，領征西將軍、司豫北徐雍四州刺史如故。

公紀綱禮度，萬國是式，乘介蹈方，罔有遷志。是以錫公大輅、戎輅各一，玄牡二駟。公抑末敦本，務農重積，采蘩寔殷，稼穡惟阜。是用錫公袞冕之服，赤舃副焉。公閑邪納正，移風改俗，陶鈞品物，如樂之和。是用錫公軒縣之樂，六佾之舞。公宣美王化，導蕩伏風，華夷企踵，遠人胥萃。是用錫公朱戶以居，公官方任能，網羅幽滯，九皐辭野，髦士盈朝。是用錫公納陛以登，公當軸處中，率下以義，式遏寇讎，清除苛慝，是用錫公虎賁之士三百人。公嗣罰恤刑，庶獄詳允，放命干紀，罔有攸縱。是用錫公鈇、鉞各一。公龍驤鳳矯，岊尺八紘，括囊四海，折衝無外。是用錫公彤弓一，彤矢百，盧弓十，盧矢千。公溫恭孝思，致虔禋祀，忠肅之志，儀刑萬方。是用錫公秬鬯一卣，圭瓚副焉。宋國置丞相以下，一遵舊儀，欽哉。其祗服往命，茂對天休，簡恤庶邦，敬敷顯德，以終我高祖之嘉命。

策 廣

封齊王策
漢武帝

惟元狩六年四月乙巳，皇帝使御史大夫湯廟立子閎爲齊王。

嗚呼！小子閎，受茲青社。朕承天序，惟稽古建爾國家，封于東土，世爲漢藩輔。嗚呼念哉！共朕之詔。惟命不于常，人之好德，克卹顯光；義之不圖，俾君子怠。悉爾心，允執其中，天祿永終；厥愆不臧，廼凶于廼國，害于爾躬。嗚呼！保國艾民，可不敬與！王其戒之！

封燕王策
漢武帝

嗚呼！小子旦，受茲玄社，建爾國家，封於北土，世爲漢藩輔。嗚呼！薰鬻氏虐老獸心，以姦巧邊甿，朕命將率，徂征厥罪。萬夫長，千夫長，三十有二帥，降旗奔師。薰鬻徙域，北州以妥。悉爾心，毋作怨，毋作棐德，毋乃廢備。非教士不得從徵。王其戒之！

封廣陵王策
漢武帝

嗚呼！小子胥，受茲赤社，建爾國家，封于南土，世世爲漢藩輔。古人有言曰："大江之南，五湖之間，其人輕心。揚州保彊，三代要服，不及以正。"嗚呼！悉爾心，祗祗兢兢，廼惠廼順；毋桐[一]好逸，毋邇宵人，惟法惟則！《書》云"臣不作福，不作威"，靡有後羞。王其戒之！

【校記】

[一]桐，陳本作相。《漢書》作桐。《文選補遺》作同。

賜韓福策
漢昭帝

朕閔勞以官職之事，其務修孝弟以孝鄉里。令郡縣常以正月賜羊酒。有不幸者賜衣被一襲，祠以中牢。

賜史丹策
漢成帝

左將軍寢病不衰，願歸治疾，朕愍以官職之事久留將軍，使躬不瘳。使光祿勳賜將軍黃金五十斤，安車駟馬，其上將軍印綬。宜專精神，務近醫藥，以輔不衰。

賜鄧禹爲太司徒策
漢光武

制詔前將軍鄧禹：深執忠孝，與朕謀謨帷幄，決勝千里。孔子曰："自吾有回，門人日親。"斬將破軍，平定山西，功效尤著。百姓不親，五品不遜[一]，汝作司徒，敬敷五教，五教[二]在寬。今遣奉車都尉授印綬，封爲酇侯，食邑萬戶。敬之哉！

【校記】
　　[一]遜，陳本同。《後漢書》作訓。
　　[二]陳本無"五教"二字。《後漢書》有。

賜諸侯策
漢光武

策曰：在上不驕，高而不危；制節謹度，滿而不溢。敬之戒之。傳爾子孫，長爲漢藩。

封張飛策
漢先主

朕承天序，嗣奉洪業，除殘靖亂，未燭厥理。今寇虜作害，瓦[一]被荼毒，思漢之士，延頸鶴望。朕用悒然，坐不安席，食不甘味，整軍誥誓，將行天罰。以君忠毅，侔蹤召虎，名宣遐邇，故特顯命，高墉進爵，兼司于京。其誕將天威，柔服以德，伐叛以刑，稱朕意焉。《詩》不云乎："匪疚匪棘，王國來極。肇敏戎功，用錫爾祉"。可不勉歟！

【校記】
　　[一]瓦，陳本、《三國志》作民。

封馬超策
漢先主

朕以不德,獲繼至尊,奉承宗廟。曹操父子,世載其罪,朕用慘怛,疢如疾首。海內怨憤,歸正反本,曁于氐、羌率服,獯鬻慕義。以君信著北土,威武並昭,是以委任授君,抗颺虓虎,兼董萬里,求民之瘼。其朗宣朝化,懷保遠邇,肅慎賞罰,以篤漢祜,以對於天下。

賜許靖策
漢先主

朕獲奉洪業,君臨萬國,夙宵惶惶,懼不能綏。百姓不親,五品不遜,汝作司徒,其敬敷五教,五教[一]在寬。君其勗哉!秉德無怠,稱朕意焉。

【校記】

[一]《三國志》無"五教"二字。

復諸葛亮丞相策
漢後主

街亭之役,咎由馬謖,而君引愆,深自貶抑,重違君意,聽順所守。前年燿師,馘斬王雙;今歲爰征,郭淮遁走;降集氐、羌,興復二郡,威震凶暴,功勳顯然。方今天下騷擾,元惡未梟,君受大任,幹國之重,而久自挹損,非所以光揚洪烈矣。今復君丞相,君其勿辭!

敕 廣

敕太子
漢高祖

吾遭亂世,當秦禁學,自喜,謂讀書無益。洎踐阼以來,時方省書,乃使人知作者之意。追思昔所行,多不是。

又云:堯舜不以天下與子而與他人,此非爲不惜天下,但子不中立耳。人有好牛馬尚惜,況天下耶。吾以爾是元子,早有立意,羣臣咸稱汝友四皓,吾所不能致,而爲汝來,爲可任大事也。今定汝爲嗣。

又云:吾生不學書,但讀書問字而遂知耳。以此故不大工,然亦足自辭解。今視汝書,猶不如吾。汝可勤學習,每上疏宜自書,勿使人也。

又云:汝見蕭、曹、張、陳諸公侯,吾同時人,倍年於汝者,皆拜。

并語於汝諸弟。

又云：吾得疾遂困，以如意母子相累。其餘諸兒皆自足立，哀此兒猶小也。

敕責楊僕
漢武帝

將軍之功，獨有先破石門、尋陿，非有斬將騫旗之實也，烏足以驕人哉！前破番禺，捕降者以爲虜，掘死人以爲獲，是一過也。建德、呂嘉逆罪不容於天下，將軍擁精兵不窮追，超然以東越爲援，是二過也。士卒暴露連歲，爲朝會不置酒，將軍不念其勤勞，而造佞巧，請乘傳行塞，因用歸家，懷銀黃，垂三組，夸鄉里，是三過也。失期內顧，以道惡爲解，失尊尊之序，是四過也。欲請蜀刀，問君賈幾何，對曰率數百，武庫日出兵而陽不知，挾僞干君，是五過也。受詔不至蘭池宮，詡日又不對。假令將軍之吏問之不對，令之不從，其罪何如？推此心以在外，江海之間可得信乎！今東越深入，將軍能率衆以掩過不？

敕東平王傅相
漢元帝

夫人之性皆有五常，及其少長，耳目率於耆欲，故五常銷而邪心作，情亂其性，利勝其義，而不失厥家者，未之有也。今王富於春秋，氣力勇武，獲師傅之教淺，加以少所聞見，自今以來，非《五經》之正術，敢以遊獵非禮道王者，輒以名聞。

諭

遣嚴助諭淮南王
漢武帝

皇帝問淮南王：使中大夫玉上書言事，聞之。朕奉先帝之休德，夙興夜寐，詡不能燭，重以不德，是以比年凶菑害衆。夫以眇眇之身，託于王侯之上，內有饑寒之民，南夷相攘，使邊騷然不安，朕甚懼焉。今王深惟重慮，詡太平以弼朕失，稱三代至盛，際天接地，人迹所及，咸盡賓服，藐然甚慼。嘉王之意，靡有所終，使中大夫助諭朕意，告王越事。

使車騎將軍諭單于
漢元帝

單于上書願罷北邊吏士屯戍，子孫世世保塞。單于鄉慕禮義，所以爲民計者甚厚，此長久之策也，朕甚嘉之。中國四方皆有關梁障塞，非獨以備塞外也，亦以防中國姦邪放縱，出爲寇害，故朙法度以專衆心也。敬諭單于之意，朕無疑焉。爲單于怊其不罷，故使大司馬車騎將軍嘉曉[一]單于。

【校記】

[一]陳本此有"諭"字。《漢書》無。

卷三十五

令

䎦罰令
魏武帝

聞太原上黨、西河、鴈門冬至後百有五日皆絕火寒食，云爲介子推。且北方沍寒之地，老少羸弱，將有不堪之患。令到，人不得寒食，若犯者，家長半歲刑，主使百日刑，令長奪一月俸。

黃初五年令
曹植

夫遠不可知者天也。近不可知者人也。《傳》曰："知人則哲，堯猶病諸。"諺曰："人心不同，若其面焉。""唯女子與小人爲難養也。近之則不遜，遠之則有怨。"《詩》云："憂心悄悄，慍于羣小"。自世間人[一]，或受寵而背恩，或無故而入叛，違顧左右，曠然無信。大爵者作[二]斷其舌，右手執斧，左手執鉞，傷夷一身之中，尚有不可信，況於人乎。唯無深瑕潛釁，隱過匿愆，乃可以爲人[三]。諺曰："穀千駑不如養一驢[四]。""穀駑養虎，大無益也。"乃知韓昭侯之弊袴，良有以也。使臣有三足[五]：有可以仁義化者，有可以恩惠驅者，[六]不足以導之，則當以刑罰使之[七]，刑罰復不足以率之，則䎦[八]所以不畜[九]。故唐堯至仁，不能容無益之子；湯武至聖，不能養無益之臣。"九折臂知爲良醫"，吾知所以待下矣。諸吏各敬爾在位，孤推一槩之平：功之宜賞，於疏必與；罪之宜戮，在親不赦。此令之行，有若皎日。於戲！羣臣其覽之哉。

【校記】

[一]《曹植集校注》此有"從"字。

[二]作，陳本、《曹植集校注》作咋。
[三]《曹植集校注》有"君上"二字。陳本無。
[四]驢，陳本同。《曹植集校注》作驪。
[五]足，陳本、《曹植集校注》作品。
[六]《曹植集校注》有"此二者"三字。陳本無。
[七]"刑罰使之"四字，據陳本補。
[八]《曹植集校注》有"主"字。陳本無。
[九]所以不畜，《曹植集校注》同。陳本作所不畜故。

黃初六年令
曹植

身體[一]輕於鴻毛，而謗重於泰山，賴蒙帝主天地之仁，違百師之典議，赦[二]三千之首戾，反我舊居，襲我初服，雲雨之施，焉有量哉。孤以何功，而納斯貺，富而不怼，寵至不驕[三]，則周公其人也。孤小人爾，身[四]更以榮爲戚，何者？將恐簡易之尤，出於細微，脫爾之愆，一朝復露也。故欲修吾徃業，守吾初志，欲使皇帝恩在摩天，使孤心常存此[五]地，將以全陛下厚德，究孤犬馬之年，此難能也。然[六]固欲行衆之難。《詩》曰："德輶如毛，鮮克舉之"，此之謂也。

【校記】
[一]陳本、《曹植集校注》無"體"字。
[二]赦，陳本、《曹植集校注》作舍。
[三]《曹植集校注》此有"者"字。
[四]身，陳本同。《曹植集校注》作深。
[五]此，陳本同。《曹植集校注》作入。
[六]《曹植集校注》此有"孤"字。陳本無。

教

與羣下教
諸葛亮

夫參署者，集衆思廣忠益也。若遠小嫌，難相違覆，曠闕損矣。違覆而得中，猶棄弊蹻而獲珠玉。然人心苦不能盡，惟徐元直處兹不惑，又董幼宰參署七年，事有不至，至於十反，來相啓告。苟能慕元直之十一，幼宰之殷勤，有忠於國，則亮可少過矣。又曰：昔初交州平，屢聞得失，後交元直，勤見啓誨，前參事于幼宰，每言則盡，後從事於偉度，數有諫止；雖姿性鄙暗，不能悉納，然與此四子終始好合，亦足以覵其不疑於直言也。

與李豐教
諸葛亮

吾與君父子戮力以獎漢室，此神覵所聞，非但人知之也。表都護典漢中，委君於東關者，不與人議也。謂至心感動，終始可保，何圖中乖乎？昔楚卿屢絀，亦乃克復，思道則福，應自然之數也。願寬慰都護，勤追前闕。今雖解任，形業失故，奴婢賓客百數十人，君以中郎參軍居府，方之氣類，猶爲上家。若都護思負一意，君與公琰推心從事者，否可復通，逝可復邅也。詳思斯戒，覵吾用心。臨書長歎，涕泣而已。

答卞蘭
魏文帝

賦者，言事類之所附也。頌者，美盛德之形容也。故作者不虛其辭，受者必當其實，蘭此豈吾實哉？昔吾丘壽王一陳寶鼎，何武等徒以歌頌，猶受金帛之賜。蘭事雖不諒，義足嘉也。今賜牛一頭。

臨徐兗搜揚教
宋武帝

徐方地兼梁楚，秀士攸出；兗土樂頌所流，風禮自古。豈不異人比肩，鴻才世及。或疎散山林，不聞進達；或栖息閭閻，懷寶待耀。孝性義門，覵經善政者，所在搜揚舉進，咸用名聞。

爲錄公拜揚州恩教
謝朓

昔召南分陝，流甘棠之德；平陽好道，深獄市之寄。吾忝屬負荷，任總侯伯；受餞元戎，作牧中甸。此地五都雜會，四方是則；而向隅之矜斯積，納隍之歎猶繁。興念下車，無忘待旦。有齊禮導德，致之仁壽；弘漏網之寬，申在宥之澤。

爲宋建平王聘逸士教
江仲通

府州國綱紀，雖周德之富，猶有漁潭之士；漢教之隆，亦見西山之夫。迹絕雲氣，意負青天，皆待絳螭驤首，翠虬來儀。是以清風扇百代，餘烈激後生，斯乃王教之助，古人之意焉。

策問 廣

賢良策詔
漢文帝

惟十有五年九月壬子，皇帝曰：昔者大禹勤求賢士，施及方外，四極之內，舟車所至，人迹所及，靡不聞命，以輔其不[一]逮；近者獻其明，遠者通厥聰，比善戮力，以翼天子。是以大禹能亡失德，夏以長楙。高皇帝親除大害，去亂從，並建豪英，以爲官師，爲諫爭，輔天子之闕，而翼戴漢宗也。賴天之靈，宗廟之福，方內以安，澤及四夷。今朕獲執天下[二]之正，以承宗廟之祀，朕既不德，又不敏，明弗能燭，而智不能治，此大夫之所著聞也。故詔有司、諸侯王、三公、九卿及主郡吏，各帥其志，以選賢良明於國家之大體，通於人事之終始，及能直言極諫者，各有人數，將以匡朕之不逮。二三大夫之行當此三道，朕甚嘉之，故登大夫于朝，親諭朕志。大夫其上三道之要，及永惟朕之不德，吏之不平，政之不宣，民之不寧，四者之闕，悉陳其志，毋有所隱。上以薦先帝之宗廟，下以興愚民之休利，著之于篇，朕親覽焉，觀大夫所以佐朕，至與不至。書之，周之密之，重之閉之。興自朕躬，大夫其正論，毋枉執事。烏呼，戒之！二三大夫其帥志毋怠！

【校記】

[一]"不"字據陳本補。《漢書》亦有。

[二]下，陳本、《漢書》作子。

賢良策 三首
漢武帝

制曰：朕獲承至尊休德，傳之亡窮，而施之罔極，任大而守重，是以夙夜不遑康寧，永惟萬事之綂，猶懼有闕。故廣延四方之豪儁，郡國諸侯公選賢良脩潔博習之士，欲聞大道之要，至論之極。今子大夫褎然爲舉首，朕甚嘉之。于大夫其精心致思，朕垂聽而問焉。

蓋聞五帝三王之道，改制作樂而天下洽和，百王同之。當虞氏之樂莫盛於《韶》，於周莫盛於《勺》。聖王已没，鐘皷筦絃之聲未衰，而大道微缺，陵夷至乎桀紂之行，王道大壞矣。夫五百年之間，守闘之君，當塗之士，欲則先王之法以戴翼其世者甚衆，然猶不能反，日以仆滅，至後王而後止，豈其所持操或詩繆而失其統與？固天降命不可復反，必推之於大衰而後息與？烏乎！凡所爲屑屑，夙興夜寐，務法上古者，又將無補與？三代受命，其符安在？災異之變，何緣而起？性命之情，或夭或壽，或仁或鄙，習聞其號，未燭厥理。伊欲風流而令行，刑輕而姦改，百姓和樂，政事宣昭，何修何飾而膏露降，百穀登，德潤四海，澤臻草木，三光全，寒暑平，受天之祐，享鬼神之靈，德澤洋溢，施乎方外，延及羣生。

子大夫朙先聖之業，習俗化之變，終始之序，講聞高誼之日久矣，其朙以諭朕。科別其條，勿猥勿并，取之於術，慎其所出。廼其不正不直，不忠不極，枉于執事，書之不泄，興于朕躬，毋悼後害。子大夫其盡心，靡有所隱，朕將親覽焉。

制曰：蓋聞虞舜之時，游於巖郎之上，垂拱無爲，而天下太平。周文王至於日昃不暇食，而宇內亦治。夫帝王之道，豈不同條共貫與？何逸勞之殊也？

蓋儉者不造玄黃旌旗之飾。及至周室，設兩觀，乘大路，朱干玉戚，八佾陳於庭，而頌聲興。夫帝王之道豈異指哉？或曰良玉不琢，又曰非文亡以輔德，二端異焉。

殷人執五刑以督姦，傷肌膚以懲惡。成康不式，四十餘年天下不犯，囹圄空虛。秦國用之，死者甚衆，刑者相望，號哭[一]哀哉！

烏呼！朕夙寤晨興，惟前帝王之憲，永思所以奉至尊，章洪業，皆在力本任賢。今朕親耕藉田以爲農先，勸孝弟，崇有德，使者冠蓋相望，問勤勞，恤孤獨，盡思極神，功烈休德未始云獲也。今陰陽錯繆，氛氣充塞，羣生寡遂，黎民未濟，廉耻貿亂，啓[二]不肖渾殽，未得其貞，故詳延特[三]之士，意庶幾乎！今子大夫待詔百有餘人，或道是務而未濟，稽諸上古而不同，考之於今而難行，毋廼牽于文繫而得不騁與？將所繇異術，所聞殊方與？客[四]悉對，著于篇，毋諱有司。朙其指略，切磋究之，以稱朕意。

制曰：蓋聞善言天者必有徵於人，善言古者必有驗於今。故朕垂問乎天人之應，上嘉唐虞，下悼桀紂，寖微寖滅寖朙寖昌之道，虛心以改。今子大夫朙於陰陽所以造化，習於先聖之道業，然而文采未極，豈惑乎當世之務哉？條貫靡竟，統紀未終，意朕之不䐩與？聽若眩與？夫三王之教所祖不同，而皆有失，或謂久而不易者道也，意豈異哉？今子大夫既已著大道之極，陳治亂之端矣，其悉之究之，孰之復之。《詩》不云乎："嗟爾君子，毋常安息，神之聽之，介爾景福。"朕將親覽焉，子大夫其茂䐩之。

【校記】

[一]號哭，《漢書》作耗矣。
[二]啓，《漢書》作賢。
[三]《漢書》有"起"字。陳本無。
[四]客，《漢書》作各。

表

上銅馬式表
馬援

夫行天莫如龍，行地莫如馬。馬者甲兵之本，國之大用。安寧則以別尊卑之序，有變則以濟遠近之難。昔有騏驥，一日千里，伯樂見之，昭然不惑。近世有西河子輿，亦䐩[一]法。子輿傳西河儀長孺，長孺傳茂陵丁君都，君都傳成紀楊子阿，臣援嘗師事子阿，受相馬骨法。考之於行事，輒有驗效。臣愚以爲傳聞不如親見，視景不如察形。今欲形之于生馬，則骨法難備具，又不可傳之於後。孝武皇帝時，善相馬者東門京鑄作銅馬法獻之，有詔立馬於魯班門外，則更名魯班門曰金馬門。臣謹依儀氏䩖中[二]，中帛氏口齒，謝氏脣鬐，丁氏身中，備此數家骨相以爲法。

【校記】

[一]據《後漢書》，當有"相"字。
[二]《後漢書》無"中"字。

爲第五倫薦謝夷吾表
班固

夷吾才兼四科，行包九德。奉法智察，有召公之風。居儉履約，紹公儀之操，雖密勿枉[一]公，身出心隱，不徇名以求譽，不馳騖以要寵，誠社稷之蓍龜，大漢之蕘棟。宜當拔擢，使登鼎司，願乞骸骨，更授夷吾。

【校記】

[一]枉，陳本、《後漢書》作在。

薦皇甫規表
蔡邕

臣聞唐、虞以師師咸熙，周文以濟濟爲寧，區區之楚，猶用賢臣爲寶，衛多君子，季札知其不危。由此言之，忠臣賢士，國家之元龜，社稷之貞固也。昔孝文慍匈奴之事，思李牧於前代。孝宣忿奸邪之不散，舉張敞於亡命。況在於當時，謙虛爲罪，而可遺棄。臣伏見護羌校尉皇甫規，少明經術，道爲儒宗，修身力行，忠亮闡著，出處抱義，皭然不污，藏器林藪之中，以辭徵召之寵。先帝嘉之，羣公歸德。盜發東岳，莫能嬰討，即起家糸拜爲太山太守。屠斬桀黠，綏撫煢弱。青兖之郊，迄用康乂。自是以來，方外有事，戎狄猾華，進簡前勳，連見委任。仗節舉麾，威靈神行，演變凶悍，使爲愨愿。愛財省稽，每有餘資，養士御衆，悅以亡死。論其武勞，則漢室之干城；課其文德，則皇家之腹心。誠宜試用，以廣振鷺西擁[一]之美。臣以頑愚，忝污顯列，輒流汗墨不堪之責。不勝區區，執心所見，越職瀆言。罪當死，惟陛下當留神省察。臣邕[二]。

【校記】

[一]擁，陳本作雝。《全後漢文》作雍。
[二]陳本無"臣邕"二字。《全後漢文》此有"頓首頓首"四字。

羣臣上漢帝表

昔唐堯至聖而四凶在朝，周成仁賢而四國作難，高后稱制而諸呂竊命，孝昭幼沖而上官逆謀，皆憑世寵，藉履國權，窮凶極亂，社稷幾危。非大舜、周公、朱虛、博陸，則不能流放禽討，安危定傾。伏惟陛下誕姿聖德，綂理萬邦，而遭厄運不造之艱。董卓首難，蕩覆京畿，曹操階禍，竊執天衡；皇后太子，鴆殺見害，剝亂天下，殘毀民物。久令陛下蒙塵憂厄，幽處虛邑。人神無主，遏絕王命，厭昧皇極，欲盜神器。左將軍領司隸校尉豫、荆、益三州牧宜城亭侯備，受朝爵秩，念在輸力，以殉國難。覩其機兆，赫然憤發，與車騎將軍董承同謀誅操，將安國家，克寧舊都。會承機事不密，令操游冤得遂長惡，殘泯海內。臣等每懼王室大有閻樂之禍，小有定安之變，夙夜惴惴，戰慄累息。昔在《虞書》，敦序九族，周監二代，封建同姓，《詩》著其義，歷載長久。漢興之初，割裂疆土，尊王子弟，是以卒折諸呂之難，而成太宗之基。臣等以備肺腑枝葉，宗子藩翰，心存國家，念在弭亂。自操破於漢中，海內英雄望風蟻附，而爵號不顯，九錫未加，非所以鎮衛社稷，光昭萬世也。奉辭在外，禮命斷絕。昔河西太守梁統等值漢中興，限於山河，位同權均，不能相率，咸推竇融以爲元帥，卒立效績，摧破隗囂。今社稷之難，急於隴、蜀。操外吞天下，內殘羣寮，朝廷有蕭牆之危，而禦侮未建，可爲寒心。臣等輒依舊典，封備漢中王，拜大司馬，董齊六軍，糾合同盟，掃滅凶逆。以漢中、巴、蜀、廣漢、犍爲爲國，所署置依漢初諸侯王故典。夫權宜之制，苟利社稷，專之可也。然後功成事立，臣等退伏矯罪，雖死無恨。

上漢帝表
漢先主

臣以具臣之才，荷上將之任，董督三軍，奉辭于外，不能掃除寇難，靖匡王室，久使陛下聖教陵遲，六合之內，否而未泰，惟憂反側，疢如疾首。曩者董卓造爲亂階，自是之後，羣兇縱橫，殘剝海內。賴陛下聖德威靈，人臣同應，或忠義奮討，或上天降罰，暴逆並殪，以漸冰消。惟獨曹操，久未梟除，侵擅國權，恣心極亂。臣昔與車騎將軍董承圖謀討操，機事不密，承見陷害。臣播越失據，忠義不果。遂得使操窮凶極逆，主后戮殺，皇子鳩鴆[一]。雖糾合同盟，念在奮力，懦弱不武，歷年未效。常恐殞没，孤負國恩，寤寐永歎，夕惕若厲。今臣羣寮以爲在昔《虞書》敦敘九族，庶明厲翼[二]，五帝損益，此道不廢，周監二代，並建諸姬，實賴晉、鄭夾輔之福。高祖龍興，尊王子弟，大啓九國，卒斬諸呂，以安大宗。今操惡直醜正，寔繁有徒，包藏禍心，篡盜已顯。既宗室微弱，帝族無位，斟酌古式，依假權宜，上臣大司馬漢中王。臣伏自三省，受國厚恩，荷任一方，陳力未效，所獲已過，不宜復忝高位以重罪謗。羣寮見逼，迫臣以義。臣退惟寇賊不梟，國難未已，宗廟傾危，社稷將墜，誠臣憂責碎首之負。若應權通變，以寧靖聖朝，雖赴水火，所不得辭。敢慮常宜，以防後悔，輒順衆議，拜受印璽，以崇國威。仰惟爵號，位高寵厚，俯思報效，憂深責重，驚怖累息，如臨于谷。盡力輸誠，獎勵六師，卒齊羣義，應天順時，撲討凶逆，以寧社稷，以報萬分。謹拜章因驛上還所假左將軍宜城亭侯印綬。

【校記】

[一]鳩鴆，陳本、《三國志》作鳩害。

[二]巽，陳本、《三國志》作翼。

辭先主表
孟達

伏惟殿下將建伊、呂之業，追桓、文之功，大事草創，假勢吳、楚，是以有爲之士深覩歸趣。臣委質以來，愆戾山積，臣猶自知，況於君乎！今王朝英俊鱗集，臣內無輔佐之器，外無將領之才，列次功臣，誠足自醜。臣聞范蠡識微，浮於五湖；咎[一]犯謝罪，逡巡河上。夫際會之間，請命乞身。何則？欲潔去就之分也。況臣卑鄙，無元功臣勳，自繫於時，竊慕前賢，早思遠恥。昔申生至孝，見疑於親；子胥至忠，見誅於君；蒙恬拓境，而被大刑；樂毅破齊，而遭讒佞。臣每讀其書，未嘗不慷慨流涕，而親當其事，益以傷絕！何者？荊州覆敗，大臣失節，百無一還；惟臣尋事，自致房陵、上庸，而復乞身，自放於外。伏想殿下聖恩感悟，愍臣之心，悼臣之舉。臣誠小人，不能始終。知而爲之，敢謂非罪！臣每聞交絕無惡聲，去臣無怨辭，臣過奉教於君子，願君王勉之。

【校記】

[一]咎，陳本、《三國志》裴注作舅。

後出師表
諸葛亮

先帝深慮漢、賊不兩立，王業不偏安，故託臣以討賊也。以先帝之明，量臣之才，固知臣伐賊才弱敵強也；然不伐賊，王業亦亡，惟坐而待亡，孰與伐之？是故託臣而弗疑也。臣受命之日，寢不安席，食不甘味，思惟北征，宜先入南。故五月渡瀘，深入不毛，并日而食。臣非不自惜也，顧王業不可得偏全於蜀都，故冒危難以奉先帝之遺意也，而議者謂爲非計。今賊適疲於西，又務於東，兵法乘勞，此進趨之時也。謹陳其事如左：

高帝明並日月，謀臣淵深，然涉險被創，危然後安。今陛下未及高祖，謀臣不如良、平，而欲以長計取勝，坐定天下，此臣之未解一也。劉繇、王朗各據州郡，論安言計，動引聖人，羣疑滿腹，衆難塞胸，今歲不戰，明年不征，使孫策坐大，遂并江東，此臣之未解二也。曹操智計殊絕於人，其用兵也，髣髴孫吳，然困於南陽，險於烏巢，危於祁連，逼於黎陽，幾敗伯[一]山，殆死潼關，然後僞定一時耳。況臣才弱，而欲以不危而定之，此臣之未解三也。曹操五攻昌霸不下，四越巢湖不成，任用李服而李服圖之，委夏侯而夏侯敗亡，先帝每稱操爲能，猶有此失，況臣駑下，何能必勝？此臣之未解四也。自臣到漢中，中間朞年矣，然喪趙雲、陽羣、馬玉、閻芝、丁立、白壽、劉郃、鄧銅等及曲長屯將七十餘人，突將無前。賨、叟、青羌、散騎一千餘人，此皆數十年之內所糾合四方之精銳，非一州之所有，若復數年，則損三分之二也，當何以圖敵？此臣之未解五也。今民窮兵疲，而事不可息，事不可息，則住與行勞費正等，而不及虛[二]圖之，欲以一州之地與賊持久，此臣之未解六也。

夫難平者，事也。昔先帝敗軍於楚，當此時，曹操拊手，謂天下已定。然後先帝東連吳、越，西取巴、蜀，舉兵北征，夏侯授首，此操之失計而漢事將成也。然後吳更違盟，關羽毀敗，秭歸蹉跌，曹丕稱帝。凡事如是，難可逆見。臣鞠躬盡力，死而後已。至於成敗利鈍，非臣之眀所能逆覩也。

【校記】
　　[一]伯，陳本同。《三國志》作北。
　　[二]虛，陳本同。《三國志》作今。

廢李平表
諸葛亮

自先帝崩後，平所在治家，尚爲小惠，安身求名，無憂國之事。臣當北出，欲得平兵以鎮漢中，平窮難縱橫，無有來意，而求以五郡爲邑州刺史。去年臣欲西征，欲令平主督漢中，平說司馬懿等開府辟召。臣知平鄙情，欲因行之際偪臣取利也。是以表平子豐督主江州，隆崇其遇，以取一時之務。平至之日，都委諸事，羣臣上下皆怪臣待平之厚也。正以大事未定，漢室傾危，伐平之短，莫若褒之。然謂平情在於榮利而已，不意平心顛倒乃爾。若事稽留，將致禍敗，是臣不敏，言多增咎。

乞立諸葛亮廟表
督隆

臣聞周人懷召伯之德，甘棠爲之不伐；越王思范蠡之功，鑄金以存其像。自漢興以來，小善小德而圖形立廟者多矣。況亮德範遐邇，勳蓋季世，王室之不壞，實斯人是賴，而烝嘗止於私門，廟像闕而莫立，使百姓巷祭，戎夷野祀，非所以存德念功，述追在昔者也。今若盡順民心，則瀆而無典，建之京師，又偪宗廟，此聖懷所以懷[一]疑也。臣愚以爲宜因近其墓，立之于沔陽，使所親屬以時賜祭，凢其臣故吏欲奉祠者，皆限至廟。斷其私祀，以崇正禮。

【校記】
[一]懷，陳本、《三國志》裴注作惟。

荀彧功表
魏武帝

昔袁紹作逆，連兵官度，時衆寡糧單，圖欲還許。尚書令荀彧深建宜住之便，遠恢進討之略，起發臣心，革易愚慮，堅營固守，徼其軍實，遂摧撲大寇，濟危以安。紹既破敗，臣糧亦盡，將舍河北之規，改就荆南之策。彧復備陳得失，用移臣議，故得反旆冀土，克平四州。向使臣退軍官渡，紹必鼓行而前，敵人懷利以自百，臣衆怯沮以喪氣，有必敗之形，無一捷之執。復苦南征劉表，委棄兗、豫，饑軍深入，踰越江、沔，利既難要，將失本據。而彧建二策，以亡爲存，以禍爲福，謀殊功異，臣所不及。是故先帝貴指縱之功，薄搏獲之賞；古人尚帷幄之規，下攻拔之力。原其績效，足享高爵。而海内未諭其狀，所受不侔其功，臣誠惜之，乞重平議，增疇戶邑。

求自試表[一]
曹植

五帝之世非皆智，三季之末非皆愚，用與不用，知與不知也。夫相者，文德昭者也；將者，武功烈者也。文德昭則可以匡國朝，敘百揆[二]，稷、契、夔、龍是矣；武功烈，則可以征不庭，廣邦境[三]，南仲、方叔是也。昔伊尹之爲媵臣，至賤也；呂尚之處漁釣，至陋也。及其見舉湯、文，誠[四]合志同，豈復假近習之薦，因左右之介哉？昔騏驥[五]於吳越[六]，可謂困矣。及其伯樂相之，孫子[七]遇之，形體不勞，而坐取千里。伯樂善御馬，朗君善御臣，誠任賢使能之朗效也。

昔段干木脩德于閭閻，秦軍爲之輟攻，而文侯以安。穰苴授節於邦境，燕晉爲之退師，而景公無患。皆簡德尊賢之所致也。願陛下垂高宗傅嵒之朗，以顯中興之功。

【校記】
[一]《曹植集校注》題作《陳審舉表》。
[二]敘百揆，陳本同。《曹植集校注》作致雍熙。

[三]廣邦境，陳本同。《曹植集校注》作威四夷。
[四]《曹植集校注》此有"道"字。
[五]《曹植集校注》此有"之"字。
[六]越，陳本同。《曹植集校注》作坂。
[七]子，陳本同。《曹植集校注》作郵。

諫伐遼東表
曹植

臣伏以遼東負阻之國，執便形固，帶以遼海。今輕軍遠攻，師疲力屈，彼有其備，所謂以逸待勞、以飽制[一]饑者也。以臣觀之，誠未易攻也。若國家攻而不[二]尅，屠襄平之城，懸公孫之首，得其地不足以償中國之費，虜其民不足以補三軍之失，是我所獲不如所喪也。若其不拔，曠日持久，暴師於野。然天時難測，水濕無常，彼我之兵，連於城下，進則有高城深池，無所施其功；退則有歸塗不通，道路纖好[三]。東有待釁之吳，西有伺隙之蜀。吳越[四]東南，則荊陽騷動；蜀應西境，則雍涼三分。兵不解於外，民罷困於內；促耕不解其饑，疾蠶不救其寒。夫渴而後穿井，饑而後殖種，可以圖遠，難以應卒也。臣以爲當今之務，在於省徭役、薄賦斂、勸農桑。三者既備，然後令伊管之臣得施其術，孫吳之將得奮其力。若此，則太平之基可立而待，《康哉》之歌可坐而聞。曾何憂於二敵，何懼於公孫乎？今不恤邦畿之內，而勞神於蠻貊之域，竊爲陛下不取也。

【校記】
[一]制，陳本、《文選補遺》、《曹植集校注》作待。
[二]不，陳本作或。《文選補遺》、《曹植集校注》作必。
[三]好，陳本、《文選補遺》同。《曹植集校注》作㳽。
[四]越，陳本、《文選補遺》同。《曹植集校注》作起。

薦關內侯季直表
鍾繇

臣繇言：臣自遭遇先帝，忝列腹心，爰自建安之初，王師破賊關東。時年荒穀貴，郡縣殘毀，三軍饋饟，朝不及夕。先帝神略奇計，委任得人，深山窮谷，民獻米豆，道路不絕，遂使疆敵喪膽，我衆作氣。旬月之間，廓清蟻聚，當時實用故山陽太守關內侯季直之策，尅期成事，不差毫髮，先帝賞以封爵，授以劇郡。今直罷任，旅食許下，素爲廉吏，衣食不克。

臣愚欲望聖德錄其舊勳，矜其老困，復俾一州，俾圖報效。直力氣尚壯，必能夙夜保養人民。臣受國家異恩，不敢雷同，見事不言。

進諸葛亮集表
陳壽

臣壽等言：臣前在著作郎，侍中領中書監濟北侯臣荀勖、中書令關內侯臣和嶠奏，使臣定故蜀丞相諸葛亮故事。亮毗佐危國，負阻不賓，然猶存錄其言，耻善有遺，誠是大晉光明至德，澤被無疆，自古已來，未之有倫也。輒刪除複重，隨類相從，凡爲二十四篇，篇名如右。

亮少有逸羣之才，英霸之器，身長八尺，容貌甚偉，時人異焉。遭漢末擾亂，隨叔父玄避難荆州，躬耕于野，不求聞達。時左將軍劉備以亮有殊量，乃三顧亮於草廬之中；亮深謂備雄姿傑出，遂解帶寫誠，厚相結納。及魏武帝南征荆州，劉琮舉州委質，而備失勢衆寡，無立錐之地。亮時年二十七，乃建奇策，身使孫權，求援吳會。權既宿服仰備，又器亮奇雅，甚敬重之，即遣兵三萬人以助備。備得用與武帝交戰，大破其軍，乘勝克捷，江南悉平。後備又西取益州。益州既定，以亮爲軍師將軍。備稱尊號，拜亮爲丞相，錄尚書事。及備殂没，嗣子幼弱，事無巨細，亮皆專之。于是外連東吳，内平南越，立法施度，整理戎旅，工械技巧，物究其極，科教嚴明，賞罰必信，無惡不懲，無善不顯，至于吏不容奸，人懷自厲，道不拾遺，彊不侵弱，風化肅然也。

當此之時，亮之素志，進欲龍驤虎視，包括四海，退欲跨陵邊疆，震蕩宇内。又自以爲無身之日，則未有能蹈涉中原、抗衡上國者，是以用兵不戢，屢耀其武。然亮才，于治戎爲長，奇謀爲短，理民之幹，優于將略。而所與對敵，或值人傑，加衆寡不侔，攻守異體，故雖連年動衆，未能有克。昔蕭何薦韓信，管仲舉王子城父，皆忖己之長，未能兼有也。亮之器能政理，抑亦管、蕭之亞匹也，而時之名將無城父、韓信，故使功業陵遲，大義不及邪？蓋天命有歸，不可以智力爭也。

青龍二年春，亮帥衆出武功，分兵屯田，爲久駐之基。其秋病卒，黎庶追思，以爲口實。至今梁、益之民，咨述亮者，言猶在耳，雖《甘棠》之詠召公，鄭人之歌子産，無[一]以遠譬也。孟軻有云："以逸道使民，雖勞不怨；以生道殺人，雖死不忿。"信矣！論者或怪亮文彩不豔，而過於丁寧周至。臣愚以爲咎繇大賢也，周公聖人也，考之《尚書》，咎繇之謨略而雅，周公之誥煩而悉。何則？咎繇與舜、禹共談[二]，周公與群下矢誓故也。亮所與言，盡衆人凡士，故其文指不得及遠也。然其聲教遺言，皆經事綜物，公誠之心，形于文墨，足以知其人之意理，而有補於當世。

伏惟陛下邁蹤古聖，蕩然無忌，故雖敵國誹謗之言，咸肆其辭而無所革諱，所以朙大通之道也。

【校記】

[一]無，陳本作足。《三國志》作無。

[二]談，陳本作薵。《三國志》作談。

辭長沙郡公表
陶侃

臣少長孤寒，始願有限。過蒙聖朝歷世之恩、陛下睿鑒，寵靈彌泰。有始必終，自古而然。臣年垂八十，位極人臣，啓手啓足，當復何恨！但以陛下春秋尚富，餘寇不誅，山陵未反，所以憤慨兼懷，不能已已。臣雖不知命，年時已邁，國恩殊特，賜封長沙，隕越之日，當歸骨國土。臣父母舊葬，今在潯陽，緣存處亡，無心分違，已勒國臣脩遷改之事，刻以來秋，奉迎窀穸，葬事訖，乃告老下籓。不圖所患，遂爾綿篤，伏枕感結，情不自勝。臣間者猶爲犬馬之齒尚可少延，欲爲陛下西平李雄，北吞石季龍，是以遣毌丘奧於巴東，授桓宣於襄陽。良圖未敘，於此長乖！此方之任，內外之要，願陛下速選臣代使，必得良才，奉宣王猷，遵成臣志，則臣死之日猶生之年。

陛下雖聖姿天縱，英奇日新，方事之殷，當賴羣雋。司徒導鑒識經遠，光輔三世；司空鑒簡素貞正，內外惟允；平西將軍亮雅量詳朙，器用周時，即陛下之周召也。獻替疇諮，敷融政道，地平天成，四海幸賴。謹遣左長史殷羨奉送所假節麾、幢曲蓋、侍中貂蟬、太尉章、荊江州刺史印傳棨戟。仰戀天恩，悲酸感結。

理劉司空表
盧諶

臣聞經國之體，在於崇朙典刑；立政之務，在於固慎關塞。況方岳之臣，殺生之柄，而可不正其枉直，以杜其姦邪哉！竊見故司空、廣武侯琨，在惠帝擾攘之際，值羣后鼎沸之難，勠力皇家，義誠彌厲，躬統華夷，親受矢石，石超授首，呂朗面縛，社稷克寧，鑾輿反駕，奉迎之勳，琨實爲隆，此琨效忠之一驗也。其後并州刺史、東嬴公騰以晉川荒匱，移鎮臨漳，太原、西河盡徙三魏。琨受任并州，屬承其獘，到官之日，遺戶無幾，當易危之勢，處難濟之土，鳩集傷痍，撫和戎狄，數年之間，公私漸振。會京都失守，群逆縱逸，邊萌頓仆，苟懷宴安，咸以爲并州之地四塞爲固，且可閉關守險，畜資養徒，抗辭厲聲，忠亮奮發，以爲天子沉辱而不隕身死節，情非所安，遂乃跋履山川，東西征討。屠各乘虛，晉陽沮潰，琨父母罹屠戮之殃，門族受殲夷之禍。向使琨從州人之心，爲自守之計，則聖朝未必加誅，而族黨可以不喪。及猗盧敗亂，晉人歸奔，琨於平城納其初附。將軍箕澹又以爲此雖晉人，久在荒裔，難以法整，不可便用。琨又讓之，義形於色。假從澹議，偷於苟存，則晏然於并土，必不亡身于燕薊也。琨自以備位方嶽，綱維不舉，無緣虛荷大任，坐居三司，是以陛下登祚，使引愆告遜，前後章表，具陳誠款。尋令從事中郎臣續澹以章綬節傳奉還本朝，與匹磾使榮邵期一時俱發。又匹磾以琨王室大臣，懼奪己威重，忌琨之形，漸彰於外。琨知其如此，慮不可久，欲遣妻息大小盡詣京城，以其門室一委陛下。有征舉之會，則身充一卒；若匹磾縱凶慝，則妻息可免。具令臣澹密宣此旨，求詔勑路次，令相迎衛。會王成從平陽逃來，說南陽王保稱號，隴右士衆甚盛，當移關中。匹磾聞此，私懷顧望，留停榮邵，欲遣前兼鴻臚邊邈奉使詣保，懼澹獨南，言其此事，遂不許引路。丹誠赤心，卒不上達。匹磾兄眷喪亡，嗣子幼弱，欲因奔喪奪取其國。又自以欺國陵家，懷邪樂禍，恐父母宗黨不容其罪，是以卷甲櫜弓，陰圖作亂，欲害其從叔驎、從弟末波等，以取其國。

匹磾親信密告驎、波，驎、波乃遣人距之，匹磾僅以身免。百姓謂匹磾已没，皆憑向琨。若琨于時有害匹磾之情，則居然可擒，不復營於人力。自此之後，上下並離，匹磾遂欲盡勒胡晉，徙居上谷。琨深不然之，勸移厭次，南憑朝廷。匹磾不能納，反禍害父息四人，從兄二息同時并命。琨未遇害，知匹磾必有禍心，語臣等云："受國厚恩，不能克報，雖才略不及，亦由遇此厄運。人誰不死，死生命也。唯恨下不能效節於一方，上不得歸誠於陛下。"辭旨慷慨，動於左右。匹磾既害琨，橫加誣謗，言琨欲闕神器，謀圖不軌。琨兔[一]述嚚頑凶之思，又無信布懼誅之情，踦驅亂亡之際，夾肩異類之間，而有如此之心哉！雖臧獲之愚，厮養之智，猶不爲之，況在國士之列，忠節先著者乎！

匹磾之害琨，稱陛下密詔。琨信有罪，陛下加誅，自當肆諸市朝，與衆棄之，不令殊俗之豎戮台輔之臣，亦已明矣。然則擅詔有罪，雖小必誅；矯制有功，雖大不論，正以興替之根咸在於此，開塞之由不可不閉[二]故也。而匹磾無所顧忌，怙亂專殺，虛假王命，虐害鼎臣，辱諸夏之望，敗王室之法，是可忍也，孰不可忍！若聖朝猶加隱忍，未酬大體，則不逞之人襲匹磾之跡，殺生自由，好惡任意，陛下將何以誅之哉！折衝厭難，唯存戰勝之將；除暴討亂，必須知略之臣。故古語云："山有猛獸，藜藿爲之不採"，非虛言矣。自河以北，幽并以南，醜類有所顧憚者，唯琨而已。琨受害之後，群凶欣欣，莫不得意，鼓行中州，曾無纖介，此又華夷小大所以長歎者也。

伏惟陛下叡聖之隆，中興之緒，方將平章典刑，以經序萬國。而琨受害非所，冤痛已甚，未聞朝廷有以甄論。昔壺關三老訟衛太子之罪，谷永、劉向辨陳湯之功，下足以明功罪之分，上足以悟聖主之懷。臣等祖考以來，世受殊遇，人[三]侍翠幄，出簪彤管，弗克負荷，播越遐荒，與琨周旋，接事終始，是以仰慕三臣在昔之義，謹陳本末，冒以上聞，仰希聖朝曲賜哀察。

【校記】
　　[一]免，陳本作無。《晉書》作免。
　　[二]閉，陳本作閑。《晉書》作閉。
　　[三]人，陳本、《晉書》作入。

謝封康樂侯表
謝靈運

昔強互暴虐，恃僭曆紀，既噬五都，志吞六合。遂陷沒西河，傾覆南漢，凌籍紀郢，跨越淮泗。于時策畫惟疑，地險已謝，咸懼君臣同泯，有生無餘，亡祖奉國威靈，董符戎重，盡心所事，剋黜禍亂，功条盤鼎，胙土南服，逮至臣身。值遭泰路，日月改暉，榮落代運，輸稅唐化，生幸無已，不悟天道下濟，鴻均曲成。乃眷遐績，式是興徵。分虎鈕龜，復顯茅土，鳴玉拖紱，班景元勳，澤洽徃德，恩覃來胤。永惟先蹤，遠感崩結。豈臣虺弱，所當忝承。臣聞至公無私，甄善則一。皇恩遠被，殊代可侔。是以信陵之賢，簡在高祖之心，望諸之道，復獲隆漢之封。觀史歎古，欽茲盛美。豈謂榮渥，近霑微躬，傾宗殞元，心識其會。酬恩答厚，罔知所由。

上三國志注表
裴松之

臣聞智周則萬理自賓，鑒遠則物無遺照。雖盡性窮微，深不可識，至於緒餘所寄，則必接乎麤迹。是以體備之量，猶曰好察邇言。畜德之厚，在於多識往行。伏惟陛下道該淵極，神超妙物，暉光日新，郁哉彌盛。雖一貫墳典，怡心玄賾，猶復降懷近誠，博觀興廢。將以總括前蹤，貽誨來世。

臣前奉詔，使采三國異同以注陳壽《國志》。壽書銓敘可觀，事多審正。誠遊覽之苑囿，近世之嘉史。然失在於略，時有所脫漏。臣奉旨尋詳，務在周悉。上搜舊聞，傍摭遺逸。按三國雖歷年不遠，而事關漢、晉。首尾所涉，出入百載。注記紛錯，每多舛互。其壽所不載，事宜存錄者，則罔不必[一]取以補其闕。或同說一事而辭有乖雜，或出事本異，疑不能判，並皆抄內以備異聞。若乃紕繆顯然，言不附理，則隨違矯正以懲其妄。其時事當否及壽之小失，頗以愚意有所論辯。自就撰集，已垂期月。寫校始訖，謹封上呈。

竊惟繢事以眾色成文，蜜蠭以兼采為味，故能使絢素有章，甘踰本質。臣寔頑乏，顧慙二物。雖自罄勵，分絕藻繢，既謝淮南食時之敏，又微狂簡斐然之作。淹留無成，祇穢翰墨，不足以上酬聖旨，少塞愆責。愧懼之深，若墜淵谷。

【校記】

[一]必，陳本、《三國志》作畢。

卷三十六

上書上

報燕惠王書
樂毅

臣不佞,不能奉承王命,以順左右之心,恐傷先王之明,有害足下之義,故遁逃走趙。今足下使人數之以罪,臣恐侍御者不察先王之所以畜幸臣之理,而又不白臣之所以事先王之心,故敢以書對。

臣聞賢聖之君不以祿私親,其功多者賞之,其能當者處之。故察能而授官者,成功之君也;論行而結交者,立名之士也。臣竊觀先王之舉也,見有高世主之心,故假節於魏,以身得察於燕。先王過舉,廁之賓客之中,立之羣臣之上,不謀父兄,以爲亞卿。臣竊不自知,自以爲奉令承教,可幸無罪,故受令而不辭。

先王命之曰:"我有積怨深怒於齊,不量輕弱,而欲以齊爲事。"臣曰:"夫齊,霸國之餘業而最勝之遺事也。練於兵甲,習於戰攻。王若欲伐之,必與天下圖之。與天下圖之,莫若結於趙。且又淮北、宋地,楚、魏之所欲也,趙若許而約四國攻之,齊可大破也。"先王以爲然,具符節,南使臣於趙。顧反命,起[一]兵擊齊。以天之道,光王之靈,河北之地隨先王而舉之濟上。濟上之軍受命擊齊,大敗齊人。輕卒銳兵,長驅至國。齊王遁而走莒,僅以身免;珠玉財寶車甲珍器盡收入于燕。齊器設於寧臺,大呂陳於元英,故鼎反乎磨室,薊丘之植植於汶篁,自五伯以來,功未有及先王者也。先王以爲愜於志,故裂地而封之,使得比小國諸侯。臣竊不自知,自以爲奉令[二]承教,可幸無罪,是以受命不辭。

臣聞賢聖之君,功立而不廢,故著於《春秋》;蚤知之士,名成而不毀,故稱於後世。若先王之報怨雪恥,夷萬乘之彊國,收八百歲之蓄積,及至棄羣臣之日,餘教未衰,執政任事之臣,脩法令,慎庶孽,施及乎萌隸，皆可以教後世。

臣聞之，善作者不必善成，善始者不必善終。昔伍子胥說聽於闔閭，而吳王遠迹至郢；夫差弗是也，賜之鴟夷而浮之江。吳王不寤先論之可以立功，故沈子胥而不悔，子胥不早見主之不同量，是以至於入江而不化。

夫免身立功，以明先王之迹，臣之上計也。離毀辱之誹謗，墮先王之名，臣之所大恐也。臨不測之罪，以幸爲利，義之所不敢出也。臣聞古之君子，交絕不出惡聲；忠臣去國，不潔其名。臣雖不佞，數奉教於君子矣。恐侍御者之親左右之說，不察疏遠之行，故敢以獻書以聞，唯君王之留意焉。

【校記】

[一]起，陳本作發。《史記》、《文選補遺》作起。

[二]令，陳本、《史記》、《文選補遺》作命。

論趙高書
李斯

臣聞之：臣疑其君，無不危國；妾疑其夫，無不危家。今有大臣於陛下擅利擅害，與陛下無異，此甚不便。昔者司城子罕相宋，身行刑罰，以威行之，期年遂刼其君。田常爲簡公臣，爵列無敵於國，私家之富與公家均，布惠施德，下得百姓，上得羣臣，陰取齊國，殺宰予於庭，即弒簡公於朝，遂有齊國。此天下所朗知也。今高有邪佚之志，危反之行，如子罕相宋也；私家之富，若田氏之於齊也；兼行田常、子罕之逆道而刼陛下之威信，其志若韓玘爲韓安相也。陛下不圖，臣恐其爲變也。

至言
賈山

臣聞爲人臣者，盡忠竭愚，以直諫主，不避死亡之誅者，臣山是也。臣不敢以久遠諭，願借秦以爲諭，唯陛下少加意焉。

夫布衣韋帶之士，脩身于内，成名於外，而使後世不絕息。至秦則不然。貴爲天子，富有天下，賦斂重數，百姓任罷，赭衣半道，羣盗滿山，使天下之人戴目而視，傾耳而聽。一夫大謼，天下嚮應者，陳勝是也。秦非徒如此也，起咸陽而西至雍，離宮三百，鐘皷帷帳，不移而具。又爲阿房之殿，殿高數十仞，東西五里，南北千步，從車羅騎，四馬鶩馳，旌旗不橈。爲宮室之麗至於此，使其後世曾不得聚廬而託處焉。爲馳道於天下，東窮燕、齊，南極吳、楚，江湖之上，瀕海之觀畢至。道廣五十步，三丈而樹，厚築其外，隱以金椎，樹以青松。爲馳道之麗至於此，使其後世曾不得邪徑而託足焉。死葬乎驪山，吏徒數十萬人，曠日十年。下徹三泉合采金石，冶銅錮其內，漆塗其外，被以珠玉，飾以翡翠，中成觀游，上成山林，爲葬薶之侈至於此，使其後世曾不得蓬顆蔽冢而託葬焉。秦以熊羆之力，虎狼之心，蠶食諸侯，并吞海內，而不篤禮義，故天殃已加矣。臣昧死以聞，願陛下少留意而詳擇其中。

　臣聞忠臣之事君也，言切直則不用而身危，不切直則不可以朙道，故切直之言，朙主所欲急聞，忠臣之所以蒙死而竭知也。地之磽者，雖有善種，不能生焉；江臯瀕河，雖有惡種，無不猥大。昔者夏、商之季世，雖關龍逢、箕子、比干之賢，身死亡而道不用。文王之時，豪俊之士皆得竭其智，芻蕘採薪之人皆得盡其力，此周之所以興也。故地之美者善養禾，君之仁者善養士。雷霆之所擊，無不摧折者；萬鈞之所壓，無不糜滅者。今人主之威，非特雷霆也；執重，非特萬鈞也。開道而求諫，和顏色而受之，用其言而顯其身，士猶恐懼而不敢自盡，又迺況於縱欲恣行暴霣，惡聞其過乎！震之以威，壓之以重，則雖有堯、舜之智，孟賁之勇，豈有不摧折者哉？如此，則人主不得聞其過失矣；弗聞，則社稷危矣。古者聖王之制，史在前書過失，工誦箴諫，瞽誦詩諫，公卿比諫，士傳言諫，庶人謗於道，商旅議於市，然後君得聞其過失也。聞其過失而改之，見義而從之，所以永有天下也。天子之尊，四海之內，其義莫不爲臣。然而養三老于太學，親執醬而饋，執爵而酳酬，祝鯁在前，祝鯁在後，公卿奉杖，大夫進履，舉賢以自輔弼，求脩正之士使直諫。故以天子之尊，尊養三老，視孝也；立輔弼之臣者，恐驕也；置直諫之士者，恐不得聞其過也；學問至於芻蕘者，求善無饜也；商人庶人誹謗己而改之，從善無不聽也。

　昔者，秦政力并萬國，富有天下，破六國以爲郡縣，築長城以爲關塞。秦地之固，大小之勢，輕重之權，其與一家之富，一夫之彊，胡可勝計也！然而兵破於陳涉，地奪於劉氏者，何也？秦王貪狼暴虐，殘賊天下，窮困萬民，以適其欲也。昔者，周蓋千八百國，以九州之民養千八百國之君，用民之力不過歲三日，什一而籍，君有餘財，民有餘力，而頌聲作。秦皇帝以千八百國之民自養，力罷不能勝其役，財盡不能勝其求。一君之身耳，所以自養者，馳騁弋獵之娛，天下弗能供也。勞罷者不得休息，饑寒者不得衣食，亡罪而死刑者無所告訴，人與之爲怨，家與之爲讎，故天下壞也。秦皇帝身在之時，天下已壞矣，而弗自知也。秦皇帝東巡狩，至會稽、琅邪，刻石著其功，自以爲過堯舜統；縣石鑄鐘虡，篩土築阿房之宮，自以爲萬世有天下也。古者聖王作謚，三四十世耳，雖堯、舜、禹、湯、文、武，絫世廣德以爲子孫基業，無過二三十世者也。秦皇帝曰死而以謚法，是父子名號有時相襲也，以一至萬，則世世不相復也，故死而號曰始皇帝，其次曰二世皇帝者，欲以一至萬也。秦皇帝計其功德，度其後嗣，世世無窮，然身死纔數月耳，天下四面而攻之，宗廟滅絕矣。

秦皇帝居滅絕之中而不自知者何也？天下莫敢告也。其所以莫敢告者何也？亡養老之義，亡輔弼之臣，亡進諫之士，縱恣行誅，退誹謗之人，殺直諫之士，是以道諛諭合苟容，比其德則賢於堯、舜，課其功則賢於湯、武，天下已潰而莫之告也。詩云："匪言不能，胡此畏忌，聽言則對，譖言則退。"此之謂也。又曰："濟濟多士，文王以寧。"天下未嘗亡士也，然而文王獨言以寧者何也？文王好仁則仁興，得士而敬之則士用，用之有禮義。

故不致其愛敬，則不能盡其心；不能盡其心，則不能盡其力；不能盡其力，則不能成其功。故古之賢君於其臣也，尊其爵祿而親之；疾則臨視之亡數，死則往弔哭之，臨其小斂大斂，已棺塗而後爲之服錫衰麻經，而三臨其喪；未斂不飲酒食肉，未葬不舉樂，當宗廟之祭而死，爲之廢樂。古之君人者於其臣也，可謂盡禮矣；服法服，端容貌，[一]顏色。然後見之。故臣下莫敢不竭力盡死以報其上，功德立於後世，而令聞不忘也。

今陛下思念祖考，術[二]追厥功，圖所以昭光洪業休德，使天下舉賢良方正之士，天下皆訢訢焉，曰將興堯舜之道、三王之功矣。天下之士莫不精白以承休德。今方正之士皆在朝廷矣，又選其賢者使爲常侍諸吏與之，馳毆射獵，一日再三出。臣恐朝廷之解馳，百官之墮於事也，諸侯聞之，又必怠於政矣。

陛下即位，親自勉以厚天下，損食膳，不聽樂，減外繇衛卒，止歲貢；省廏馬以賦縣傳，去諸苑以賦農夫，出帛十萬餘匹以振貧民；禮高年，九十者一子不事，八十者二算不事；賜天下男子爵，大臣皆至公卿；發御府金賜大臣宗族，亡不被澤者；赦罪人，憐其亡髮賜之巾，憐其衣赭書其背，父子兄弟相見也而賜之衣。平獄緩刑，天下莫不說喜。是以元年膏雨降，五穀登，此天之所以相陛下也。刑輕於它時而犯法者寡，衣食多於前年而盜賊少，此天下之所以順陛下也。臣聞山東吏布詔令，民雖老羸癃疾，扶杖而往聽之，願少須臾毋死，思見德化之成也。今功業方就，名聞方昭，四方鄉風，今從豪傑之臣，方正之士，直與之日日獵射，擊兔伐狐，以傷大業，絕天下之望，臣竊悼之。《詩》曰："靡不有初，鮮克有終。"臣不勝大願，願少衰射獵，以夏歲二月，定郎堂，造太學，脩先王之道。風行俗成，萬世之基定，然後唯陛下之所幸耳。古者大臣不媒，故君子不常見其齊嚴之色、肅敬之容。大臣不得與宴游，方正脩潔之士不得從射獵，使皆務其方以高其節，則羣臣莫敢不正身脩行，盡心以稱大禮。如此則陛下之道尊敬，功業施於四海，垂於萬世子孫矣。誠不如此，則行日壞而榮日滅矣。夫士脩之於家，而壞之於天子之廷，臣竊愍之。陛下與衆臣宴游，與大臣方正朝廷論議。夫游不失樂，朝不失禮，議不失計，軌事之大者也。

【校記】

[一]《漢書》、《文選補遺》此有"正"字。

[二]術，陳本作述。《漢書》、《文選補遺》作術。

稱臣書
漢南粵王佗

老夫臣佗眛死再拜上書皇帝陛下：老夫故粵吏也，高皇帝幸賜臣佗璽，以爲南粵王，使爲外臣，時內貢職。高后自臨用事，近細士，信讒臣，別異蠻夷，出令曰："毋予蠻夷外粵金鐵田器、馬牛羊。"老夫使內史凡三輩上書謝過，皆不反。吏相與議曰："今內不得振於漢，外亡以自高異。"故更號爲帝，自帝其國，非敢有[一]於天下也。老夫身定百邑之地，東西南北數千萬里，帶甲百萬，然北面而臣事漢，何也？不敢背先人之故。老夫處粵四十九年，于今抱孫焉。然夙興夜寐，寢不安席，食不甘味，目不視靡曼之色，耳不聽鐘皷之音者，以不得事漢也。今陛下幸哀憐，復故號，通使漢如故，老夫死骨不腐，改號不敢爲帝矣！

【校記】

[一]《漢書》此有"害"字。

言兵事書
鼂錯

臣聞漢興以來，胡虜數入邊地，小入則小利，大入則大利；高后時再入隴西，攻城屠邑，毆略畜產；其後復入隴西，殺吏卒，大寇盜。竊聞戰勝之威，民氣百倍；敗兵之卒，沒世不復。自高后以來，隴西三困於匈奴矣，民氣破傷，亡有勝意。今茲隴西之吏，賴社稷之神靈，奉陛下之明詔，和輯士卒，底厲其節，起破傷之民以當乘勝之匈奴，用少擊衆，殺一王，敗其衆而法曰大有利。非隴西之民有勇怯，迺將吏之制巧拙異也。故兵法曰："有必勝之將，無必勝之民。"繇此觀之，安邊境，立功名，在於良將，不可不擇也。

臣又聞用兵，臨戰合刃之急者三：一曰得地形，二曰卒服習，三曰器用利。兵法曰：丈五之溝，漸車之水，山林積石，經川丘阜，草木所在，此步兵之地也，車騎二不當一。土山丘陵，曼衍相屬，平原廣野，此車騎之地也，步兵十不當一。平陵相遠，川谷居間，仰高臨下，此弓弩之地也，短兵百不當一。兩陳相近，平地淺草，可前可後，此長戟之地也，劍楯三不當一。萑葦竹蕭，草木蒙蘢，支葉茂接，此矛鋋之地也，長戟二不當一。曲道相伏，險阨相薄，此劍楯之地也，弓弩三不當一。士不選練，卒不服習，起居不精，動靜不集，趨利弗及，避難不畢，前擊後解，與金皷之音相失，此不習勒卒之過也，百不當十。兵不完利，與空手同；甲不堅密，與袒裼同；弩不可以及遠，與短兵同；射不能中，與亡矢同；中不能入，與亡鏃同：此將不省兵之禍也，五不當一。故兵法曰："器械不利，以其卒予敵也；卒不可用，以其將予敵也；將不知兵，以其主予敵也；君不擇將，以其國予敵也。"此四者，兵之至要也。

臣又聞小大異形，彊弱異勢，險易異備。夫卑身以事彊，小國之形也；合小以攻大，敵國之形也；以蠻夷攻蠻夷，中國之形也。今匈奴地形技藝與中國異。上下山阪，出入溪澗，中國之馬弗與也；險道傾仄，且馳且射，中國之騎弗與也；風雨罷勞，飢渴不困，中國之人弗與也：此匈奴之長技也。若夫平原易地，輕車突騎，則匈奴之衆易撓亂也；勁弩長戟，射疏及遠，則匈奴之弓弗能格也；堅甲利刃，長短相雜，遊弩往來，什伍俱前，則匈奴之兵弗能當也；材官騶發，矢道同的，則匈奴之革笥木薦弗能支也；下馬地鬭，劍戟相接，去就相薄，則匈奴之足弗能給也：此中國之長技也。以此觀之，匈奴之長技三，中國之長技五。陛下又興數十萬之衆，以誅數萬之匈奴，衆寡之計，以一擊十之術也。

雖然，兵，凶器；戰，危事也。以大爲小，以彊爲弱，在俛卬之間耳。夫以人之死爭勝，跌而不振，則悔之亡及也。帝王之道，出於萬全。今降胡義渠蠻夷之屬來歸誼者，其衆數千，飲食長技與匈奴同，可賜之堅甲絮衣，勁弓利矢，益以邊郡之良騎。令朙將能知其習俗和輯其心者，以陛下之朙約將之。即有險阻，以此當之；平地通道，則以輕車材官制之。兩軍相爲表裏，各用其長技，衡加之以衆，此萬全之術也。

《傳》曰："狂夫之言，而朙主擇焉。"臣錯愚陋，昧死上狂言，唯陛下財擇。

上守邊備書
鼂錯

　　臣聞秦時北攻胡貉，築塞河上，南攻楊粵，置戍卒焉。其起兵而攻胡、粵者，非以衛邊地而救民死也，貪戾而欲廣大也，故功未立而天下亂。且夫起兵而不知其執，戰則爲人禽，屯則卒積死。夫胡貉之地，積陰之處也，木皮三寸，冰厚六尺，食肉而飲酪，其人密理，鳥獸毳毛，其性能寒。楊粵之地少陰多陽，其人疏理，鳥獸希毛，其性能暑。秦之戍卒不能其水土，戍者死於邊，輸者僨於道。秦民見行，如往棄市，因以謫發之，名曰"謫戍"。先發吏有謫及贅壻、賈人，後以嘗有市籍者，又後以大父母、父母嘗有市籍者，後入閭，取其左。發之不順，行者深怨，有背畔之心。凡民守戰至死而不降北者，以計爲之也。故戰勝守固則有拜爵之賞，攻城屠邑則得其財鹵以富家室，故能使其衆蒙矢石，赴湯火，視死如生。今秦之發卒也，有萬死之害而亡銖兩之報，死事之後不得一算之復，天下嗰知禍烈及己也。陳勝行戍，至於大澤，爲天下先倡，天下從之如流水者，秦以威刧而行之之敝也。

　　胡人衣食之業不著於地，其執易以擾亂邊竟。何以嗰之？胡人食肉飲酪，衣皮毛，非有城郭田宅之歸居，如飛鳥走獸於廣埜，美草甘水則止，草盡水竭則移。以是觀之，徃來轉徙，時至時去，此胡人之生業，而中國之所以離南畝也。今使胡人數處轉牧行獵於塞下，或當燕代，或當上郡、北地、隴西，以候備塞之卒，卒少則入。陛下不救，則邊民絕望而有降敵之心；救之，少發則不足，多發，遠縣纔至，則胡又已去。聚而不罷，爲費甚大；罷之，則胡復入。如此連年，則中國貧苦而民不安矣。

　　陛下幸憂邊境，遣將吏發卒以治塞，甚大惠也。然令遠方之卒守塞，一歲而更，不知胡人之能，不如選常居者，家室田作，且以備之。以便爲之高城深塹，具藺石，布渠答，復爲一城其內，城間百五十步。要害之處，通川之道，調立城邑，毋下千家，爲中周虎落。先爲室屋，具田器，廼募罪人及免徒復作令居之；不足，募以丁奴婢贖罪及輸奴婢欲以拜爵者；不足，廼募民之欲徃者。皆賜高爵，復其家。予冬夏衣，廩食，能自給而止。郡縣之民得買其爵，以自增至卿。其亡夫若妻者，縣官買予之。人情非有匹敵，不能久安其處。塞下之民，祿利不厚，不可使久居危難之地。胡人入驅而能止其所驅者，以其半予之，縣官爲贖其民。如是，則邑里相救助，赴胡不避死。非以德上也，欲全親戚而利其財也。此與東方之戍卒不習地執而心畏胡者，功相萬也。以陛下之時，徙民實邊，使遠方亡屯戍之事，塞下之民父子相保，亡係虜之患，利施後世，名稱聖嗰，其與秦之行怨民，相去遠矣。

募民徙塞下書
鼂錯

　　陛下幸募民相徙以實塞下，使屯戍之事益省，輸將之費益寡，甚大惠也。下吏誠能稱厚惠，奉明法，存恤所徙之老弱，善遇其壯士，和輯其心而勿侵刻，使先至者安樂而不思故鄉，則貧民相募_{或作慕[陳]}而勸徃矣。臣聞古之徙遠方以實廣虛也，相其陰陽之和，嘗其水泉之味，審其土地之宜，觀其草木之饒，然後營邑立城，製里割宅，通田作之道，正阡陌之界，先爲築室，家有一堂二內，門戶之閉，置器物焉，民至有所居，作有所用，此所以輕去故鄉而勸之新邑也。爲置醫巫，以救疾病，以脩祭祀，男女有昏，生死相恤，墳墓相從，種樹畜長，室屋完安，此所以使民樂其處而有長居之心也。

　　臣又聞古之制邊縣以備敵也，使五家爲伍，伍有長；十長一里，里有假士；四里一連，連有假五百；十連一邑，邑有假候：皆擇其邑之賢材有護，習地形知民心者，居則習民於射法，出則教民於應敵。故卒伍成於內，則軍正_{或作政[陳]}定於外。服習以成，勿令遷徙，幼則同遊，長則共事。夜戰聲相知，則足以相救；晝戰目相見，則足以相識；驩愛之心，足以相死。如此而勸以厚賞，威以重罰，則前死不還踵矣。所徙之民非壯有材力，但費衣糧，不可用也；雖有材力，不得良吏，猶亡功也。

　　陛下絕匈奴，不與和親，臣竊意其冬來南也，壹大治，則終身創矣。欲立威者，始於折膠，來而不能困，使得氣去，後未易服也。愚臣亡識，唯陛下財察。

諫伐閩越書
劉安

　　陛下臨天下，布德施惠，緩刑罰，薄賦斂，哀鰥寡，恤孤獨，養耆老，振匱乏，盛德上隆，和澤下洽，近者親附，遠者懷德，天下攝然，人安其生，自以没身不見兵革。今聞有司舉兵將以誅越，臣安竊爲陛下重之。越，方外之地，劗髮文身之民也，不可以冠帶之國法度理也。自三代之盛，胡越不與受正朔，非彊弗能服，威弗能制也，以爲不居之地，不牧之民，不足以煩中國也。故古者封內甸服，封外侯服；侯衛賓服，蠻夷要服，戎狄荒服，遠近執異也。自漢初定已來七十二年，吳越人相攻擊者不可勝數，然天子未嘗舉兵而入其地也。

臣聞越非有城郭邑里也，處谿谷之間，篁竹之中，習于水鬭，便於用舟，地深昧而多水險，中國之人不知其執阻而入其地，雖百不當其一。得其地，不可郡縣也；攻之，不可暴取也。以地圖察其山川要塞，相去不過寸數，而間獨數百千里，阻險林叢弗能盡著。視之若易，行之甚難。天下賴宗廟之靈，方内大寧，戴白之老不見兵革，民得夫婦相守，父子相保，陛下之德也。越人名爲藩臣，貢酎之奉，不輸大内，一卒之用不給上事。自相攻擊而陛下發兵救之，是反以中國而勞蠻夷也。且越人愚戆輕薄，負約反覆，其不用天子之法度，非一日之積也。一[一]不奉詔，舉兵誅之，臣恐後兵革無時得息也。

間者，數年歲比不登，民待賣爵贅子以接衣食，賴陛下德澤振救之，得毋轉死溝壑。四年不登，五年復蝗，民生未復。今發兵行數千里，資衣糧，入越地，輿轎而隃領，挖舟而入水，行數百千里，夾以深林叢竹，水道上下擊石，林中多蝮蛇猛獸，夏月暑時，歐泄霍亂之病相隨屬也，曾未施兵接刃，死傷者必衆矣。前時南海王反，陛下先臣使將軍間忌將兵擊之，以其軍降，處之上淦。後復反，會天暑多雨，樓船卒水居擊櫂，未戰而疾死者過半。親老涕泣，孤子號號，破家散業，迎尸千里之外，裹骸骨而歸。悲哀之氣數年不息，長老至今以爲記。曾未入其地而禍已至此矣。

臣聞軍旅之後，必有凶年，言民之各以其愁苦之氣，薄陰陽之和；感天地之精，而災氣爲之生也。陛下德配天地，朗象日月，恩至禽獸，澤及草木，一人有饑寒不終其天年而死者，爲之悽愴於心。今方内無狗吠之警，而使陛下甲卒死亡，暴露中原，霑漬山谷，邊境之民爲之早閉晏開，朝不及夕，臣安竊爲陛下重之。

不習南方地形者，多以越爲人衆兵彊，能難邊城。淮南全國之時，多爲邊吏，臣竊聞之，與中國異。限以高山，人跡所絕，車道不通，天地所以隔外内也。其入中國必下領水，領水之山峭峻，漂石破舟，不可以大船載食糧下也。且越人欲爲變，必先田餘干界中，積食糧，乃入伐材治船。邊城守候誠謹，越人有入伐材者，輒收捕，焚其積聚，雖百越，柰邊城何！且越人綿力薄材，不能陸戰，又無車騎弓弩之用，然而不可入者，以保地險，而中國之人不能其水土也。臣聞越甲卒不下數十萬，所以入之，五倍乃足，輓車奉饟者，不在其中。南方暑濕，近夏癉[二]熱，暴露水居，蝮蛇蠚生，疾病[三]多作，兵未血刃而病死者什二三，雖舉越國而虜之，不足以償所亡。

臣聞道路言，閩越王弟甲弑而殺之，甲以誅死，其民未有所屬，陛下若欲來内，處之中國，使重臣臨存，施德垂賞以招致之，此必攜幼扶老以歸聖德，若陛下無所用之，則繼其絕世，存其亡國，建其王侯，以爲畜越，此必委質爲藩臣，世共貢職。陛下以方寸之印，丈二之組，填撫方外，不勞一卒，不頓一戟，而威德並行。今以兵入其地，此必震恐，以有司爲欲屠滅之也，必雉兔逃入山林險阻。背而去之，則復相羣聚；留而守之，歷歲經年，則士卒罷勌，食糧乏絕，男子不得耕稼樹種，婦人不得紡績織紝，丁壯從軍，老弱轉餉，居者無食，行者無糧。民苦兵事，亡逃者必衆，隨而誅之，不可勝盡，盜賊必起。

臣聞長老言，秦之時嘗使尉屠睢擊越，又使監祿鑿渠通道。越人逃入深山林叢，不可得攻。留軍屯守空地，曠日引久，士卒勞倦，越出擊之。秦兵大破，迺發適戍以備之。當此之時，內外騷動，百姓靡敝，行者不還，往者莫反，皆不聊生，亡逃相從，羣爲盜賊，於是山東之難始興。此老子所謂"師之所處，荊棘生之"者也。兵者凶事，一方有急，四面皆從。臣恐變故之生，姦邪之作，由此始也。《周易》曰："高宗伐鬼方，三年而克之。"鬼方，小蠻夷；高宗，殷之盛天子也。以盛天子伐小蠻夷，三年而後克，言用兵之不可不重也。

臣聞天子之兵有征而無戰，言莫敢校也。如使越人蒙死徼幸以逆執事之顏行，厮輿之卒有一不備而歸者，雖得越王之首，臣猶竊爲大漢羞之。陛下以四海爲境，九州爲家，八藪爲囿，江漢爲池，生民之屬皆爲臣妾。人徒之衆足以奉千官之共，租稅之收足以給乘輿之御。玩心神明，秉執聖道，負黼依[四]，馮玉几，南面而聽斷，號令天下，四海之內莫不嚮應。陛下垂德惠以覆露之，使元元之民安生樂業，則澤被萬世，傳之子孫，施之無窮。天下之安猶泰山而四維之也，夷狄之地何足以爲一日之間，而煩漢馬之勞乎！《詩》云"王猶允塞，徐方旣來"，言王道甚大而遠方懷之也。臣聞之，農夫勞而君子養焉，愚者言而智者擇焉。臣安幸得爲陛下守藩，以身爲障蔽，人臣之任也。邊境有警，愛身之死而不畢其愚，非忠臣也。臣安竊恐將吏之以十萬之師爲一使之任也！

【校記】

[一]一，陳本、《漢書》、《文選補遺》作壹。

[二]癃，陳本、《漢書》、《文選補遺》作瘴。

[三]病，陳本、《文選補遺》作疢。《漢書》作瘑。

[四]依，陳本作扆。《漢書》、《文選補遺》作依。

卷三十七

上書中

論伐匈奴書
主父偃

臣聞朙主不惡切諫以博觀，忠臣不避重誅以直諫，是故事無遺策而功流萬世。今臣不敢隱忠避死，以效愚計，願陛下幸赦而少察之。《司馬法》曰："國雖大，好戰必亡；天下雖平，忘戰必危。"天下既平，天子大愷，春蒐秋獮，諸侯春振旅，秋治兵，所以不忘戰也。且怒者逆德也，兵者凶器也，爭者末節也。古之人君一怒必伏尸流血，故聖王重行之。夫務戰勝窮武事者，未有不悔者也。

昔秦皇帝任戰勝之威，蠶食天下，并吞戰國，海內爲一，功齊三代。務勝不休，欲攻匈奴。李斯諫曰："不可。夫匈奴無城郭之居，無委積之守，遷徙鳥舉，難得而制也。輕兵深入；糧食必絕；運糧以行，重不及事。得其地不足以爲利，得其民不可調而守也。勝必棄之，非民父母也。靡蔽中國，甘心匈奴，非長策[一]也。"秦皇帝不聽，遂使蒙恬將兵而北攻[二]，郤地千里，以河爲境。地固澤鹵，不生五穀。然後發天下丁男以守北河。暴兵露師十有餘年，死者不可勝數，終不能踰河而北。是豈人衆之不足，兵革不備哉？勢不可也。又使天下飛芻輓粟，起於黃、腄、琅邪負海之郡，轉輸北河，率三十鐘而致一石。男子疾耕不足於糧餉，女子紡績不足於帷幕。百姓靡敝，孤寡老弱不能相養，道路死者相望，蓋天下始叛也。

及至高皇帝定天下，畧地于邊，聞匈奴聚代谷之外而欲擊之。御史成諫曰："不可。夫匈奴，獸聚而鳥散，從之如搏景。今以陛下盛德攻匈奴，臣竊危之。"高帝不聽，遂至代谷，果有平城之圍。高帝悔之，乃使劉敬往結和親，然後天下亡干戈之事。

故兵法曰："興師十萬，日費千金"。夫秦嘗積衆數十萬人，雖有覆軍殺將，係虜單于，適足以結怨深讎，不足以償天下之費。夫匈奴行盜侵歐，所以爲業，天性固然，上自有虞夏殷周，固不程督，禽獸畜之，不比爲人。夫不止[三]觀虞夏殷周之統，而下循近世之失，此臣之所以大恐，百姓所疾苦也。且夫兵久則變生，事苦則慮易。乃使邊境之民靡敝愁苦，將吏相疑而外市，故尉佗、章邯得以成其私也。而秦政不行，權分二子，此得失之效也。故《周書》曰："安危在出令，存亡在所用。"陛下孰計之而加察焉。

【校記】
　　[一]長策，陳本、《漢書》、《文選補遺》作完計。
　　[二]陳本此有"胡"字。《漢書》、《文選補遺》亦有。
　　[三]止，陳本、《漢書》、《文選補遺》作上。

論伐匈奴書[一]
嚴安

　　臣聞鄒子曰："政教文質者，所以云救也，當時則用，過則舍之，有易則易之，故守一而不變者，未睹治之至也。"今天下人民用財侈靡，車馬、衣裘、宮室皆競脩飾，調五聲使有節族，雜五色使有文章，重五味方丈於前，以觀欲天下。彼民之情，見美則願之，是教民以侈也。侈而無節，則不可贍，民離本而徼末矣。末不可徒得，故搢紳者不憚爲詐，帶劍者夸殺人以矯奪，而世不知媿，故姦軌浸長。夫佳麗珍怪固順於耳目，故養失而泰，樂失而淫，禮失而采，教失而僞。僞、采、淫、泰，非所以範民之道也。是以天下人民逐利無已，犯法者衆。臣願爲民制度以防其淫，使貧富不相燿以和其心。心旣和平，其性恬安。恬安不營則盜賊銷，盜賊銷則刑罰少，刑罰少則陰陽和，四時正，風雨時，草木暢茂，五穀蕃熟，六畜遂字，民不夭厲，和之至也。

　　臣聞周有天下，其治三百餘歲，成、康其隆也，刑措四十餘年而不用。及其衰，亦三百餘年，故五伯更起。伯者，常佐天子興利除害，誅暴禁邪，匡正海內，以尊天子。五伯旣沒，賢聖莫續，天子孤弱，號令不行。諸侯恣行，彊陵弱，衆暴寡。田常篡齊，六卿分晉，並爲戰國，此民之始苦也。於是彊國務攻，弱國脩守，合從連衡，馳車轂擊，介胄生蟣蝨，民無所告愬。

　　及至秦王，蠶食天下，并吞戰國，稱號皇帝，一海內之政，壞諸侯之城。銷其兵，鑄以爲鐘虡[二]，示不復用。元元黎民得免於戰國，逢明天子，人人自以爲更生。鄉使秦緩刑罰，薄賦斂，省繇役，貴仁義，賤權利，上篤厚，下佞巧，變風易俗，化於海內，則世世必安矣。秦不行是風，循其故俗，爲知巧權利者進，篤厚忠正者退，法嚴令苛，諂諛者衆，日聞其美，意廣心逸。欲威海外，使蒙恬將兵以北攻彊胡，辟地進境，戍於北河，飛芻輓粟以隨其後。又使尉屠睢將樓船之士攻越，使監祿鑿渠運糧，深入越地，越人遁逃。曠日持久，糧食乏絕，越人擊之，秦兵大敗。秦乃使尉佗將卒以戍越。當是時，秦禍北搆於胡，南挂於越，宿兵於無用之地，進而不得退。行十餘年，丁男被甲，丁女轉輸，苦不聊生，自經於道樹，死者相望。及秦皇帝崩，天下大畔。陳勝、吳廣舉陳，武臣、張耳舉趙，項梁舉吳，田儋舉齊，景駒舉郢，周市舉魏，韓廣舉燕，窮山通谷，豪士並起，不可勝載也。然本皆非公侯之後，非長官之吏，無尺寸之勢，起閭巷，杖棘矜，應時而動，不謀而俱起，不約而同會，壤長地進，至乎伯王，時教使然也。秦貴爲天子，富有天下，滅世絕祀，窮兵之禍也。故周失之弱，秦失之彊，不變之患也。

今狗南夷，朝夜郎，降羌僰，略薉州，建城邑，深入匈奴，燔其龍城，議者美之。此人臣之利，非天下之長策也。今中國無狗吠之警，而外累於遠方之備，靡敝國家，非所以子民也。行無窮之欲，甘心快意，結怨於匈奴，非所以安邊也。禍挐而不解，兵休而復起，近者愁苦，遠者驚駭，非所以持久也。今天下鍛甲摩劍，矯箭控弦，轉輸軍糧，未見休時，此天下所共憂也。夫兵久而變起，事煩而慮生。今外郡之地或幾千里，列城數十，形束壤制，帶脅諸侯，非宗室之利也。上觀齊晉所以亡，公室卑削，六卿大盛也；下覽秦之所以滅，刑嚴文刻，欲大無窮也。今郡守之權非特六卿之重也，地幾千里非特閭巷之資也，甲兵器械非特棘矜之用也，以逢萬世之變，則不可勝諱也。

【校記】

[一]陳本題作《言世務書》。

[二]虛，陳本同。《漢書》作虞。

論土崩瓦解書
徐樂

臣聞天下之患，在於土崩，不在瓦解，古今一也。

何謂土崩？秦之末世是也。陳涉無千乘之尊、尺土之地，身非王公大人名族之後，鄉曲之譽，非有孔、曾、墨子之賢，陶朱、猗頓之富也。然起窮巷，奮棘矜，偏袒大呼，天下從風，此其故何也？由民困而主不恤，下怨而上不知，俗已亂而政不脩，此三者陳涉之所以爲資也，此之謂土崩。故曰天下之患在乎土崩。

何謂瓦解？吳、楚、齊、趙之兵是也。七國謀爲大逆，號皆稱萬乘之君，帶甲數十萬，威足以嚴其境內，財足以勸其士民，然不能西攘尺寸之地，而身爲禽於中原者，此其故何也？非權輕於匹夫而兵弱于陳涉也，當是之時先帝之德未衰，而安土樂俗之民衆，故諸侯無竟外之助。此之謂瓦解。故曰天下之患不在瓦解。

由此觀之，天下誠有土崩之勢，雖布衣窮處之士或首難而危海內，陳涉是也，況三晉之君或存乎？天下雖未治也，誠能無土崩之勢，雖有彊國勁兵，不得還踵而身爲禽，吳楚是也，況羣臣百姓，能爲亂乎？此二體者，安危之明要，賢主之所留意而深察也。

間者，關東五穀數不登，年歲未復，民多窮困，重之以邊境之事，推數循理而觀之，民宜有不安其處者矣。不安故易動，易動者，土崩之勢也。故賢主獨觀萬化之原，明於安危之機，脩之廟堂之上，而銷未形之患也。其要，期使天下無土崩之勢而已矣。故雖有彊國勁兵，陛下逐走獸，射飛鳥，弘游燕之囿，淫從恣之觀，極馳騁之樂自若。金石絲竹之聲不絕於耳，帷幄之私，俳優朱儒之笑不乏於前，而天下無宿憂。名何必夏、子[一]，俗何必成、康！雖然，臣竊以爲陛下天然之質，寬仁之資，而誠以天下爲務，則禹、湯之名不難侔，而成、康之俗未必不復興也。此二體者立，然後處尊安之實，揚廣譽於當世，親天下而服四夷，餘恩遺德爲數世隆，南面背依攝袂而揖王公，此陛下之所服也。臣聞圖王不成，其敝足以安。安則陛下何求而不得，何威而不成，奚征而不服哉？

【校記】

[一]子，陳本作商。《漢書》作子。

救太子書
壺關三老

臣聞父者猶天，母者猶地，子猶萬物也。故天平地安，陰陽和調，物廼茂成；父慈母愛，室家之中，子廼孝順。陰陽不和則萬物夭傷，父子不和則室家喪亡。故父不父則子不子，君不君則臣不臣，雖有粟，吾豈得而食諸？昔者虞舜，孝之至也，而不中於瞽叟；孝已被謗，伯奇流放，骨肉至親，父子相疑。何者？積毀之所生也。由是觀之，子無不孝，而父有不察。今皇太子爲漢適祠，承萬世之業，體祖宗之重，親則皇帝之宗子也。江充，布衣之人，閭閻之隸臣耳，陛下顯而用之，銜至尊之命以迫蹙皇太子，造飾姦詐，羣邪錯繆，是以親戚之路隔塞而不通。太子進則不得見上，退則困於亂臣，獨冤結而無告，不忍忿忿之心，起而殺充，恐懼逋逃，子盜父兵，以救難自免耳。臣竊以爲無邪心。詩曰：「營營青蠅，上[一]于藩；愷悌君子，無信讒言；讒言罔極，交亂四國。」往者江充讒殺趙太子，天下莫不聞，其罪固宜。陛下不省察，深過太子，發盛怒，舉大兵而求之，三公自將，智者不敢言，辨士不敢說，臣竊痛之！臣聞子胥盡忠而忘其號平聲[陳]，比干盡仁而遺其身，忠臣竭誠不顧斧鉞之誅以陳其愚，志在匡君安社稷也。《詩》云「取彼譖人，投畀豹虎」，唯陛下寬心慰意，少察所親，毋患太子之非，亟罷甲兵，無令太子久亡。臣不勝惓惓，出一旦之命，待罪建章闕下。

【校記】

[一]上，陳本同。《漢書》作止。

諫擊匈奴書
魏相

臣聞之，救亂誅暴，謂之義兵，兵義者王；敵加於己，不得已而起者，謂之應兵，兵應者勝；爭恨小故，不忍憤怒者，謂之忿兵，兵忿者敗；利人土地貨寶者，謂之貪兵，兵貪者破；恃國家之大，矜民人之衆，欲見威於敵者，謂之驕兵，兵驕者滅：此五者，非但人事，乃天道也。間者匈奴嘗有善意，所得漢民輒奉歸之，未有犯於邊境，雖爭屯田車師，不足致意中。今聞諸將軍欲興兵入其地，臣愚不知此兵何名者也。今邊郡困乏，父子共犬羊之裘，食草萊之實，常恐不能自存，難於動兵。「軍旅之後，必有凶年」，言民以其愁苦之氣，傷陰陽之和也。出兵雖勝，猶有後憂，恐災害之變因此以生。今郡國守相多不實選，風俗尤薄，水旱不時。案今年計，子弟殺父兄、妻殺夫者，凡二百二十二人，臣愚以爲此非小變也。今左右不憂此，乃欲發兵報纖介之忿於遠夷，殆孔子所謂「吾恐季孫之憂，不在顓臾而在蕭牆之內」也。願陛下與平昌侯、樂昌侯、平恩侯及有識者詳議乃可。

尚德緩刑書
陸溫舒

臣聞齊有無知之禍，而桓公以興；晉有驪姬之難，而文公用伯。近世趙王不終，諸呂作亂，而孝文爲太宗。繇是觀之，禍亂之作，將以開聖人也。故桓文扶微興壞，尊文武之業，澤加百姓，功潤諸侯，雖不及三王，天下歸仁焉。文帝永思至德，以承天心，崇仁義，省刑罰，通關渠，一遠近，敬賢如大賓，愛民如赤子，內恕情之所安而施之於海內，是以囹圄空虛，天下太平。夫繼變化之後，必有異舊之恩，此賢聖所以昭天命也。徃者昭帝卽世而無嗣，大臣憂戚，焦心合謀，皆以昌邑尊親，援而立之。然天不授命，淫亂其心，遂以自亡。深察禍變之故，廼皇天之所以開至聖也。故大將軍受命武帝，股肱漢朝，披肝膽，決大計，黜亡義，立有德，輔天而行，然後宗廟以安，天下咸寧。

臣聞《春秋》正卽位，大一統而慎始也。陛下初登至尊，與天合符，宜改前世之失，正始受命之統，滌煩文，除民疾，存亡繼絕，以應天意。

臣聞秦有十失，其一尚存，治獄之吏是也。秦之時，羞文學，好武勇，賤仁義之士，貴治獄之吏；正言者謂之誹謗，遏過者謂之妖言。故盛服先王不用於世，忠良切言皆鬱於胷，譽諛之聲日滿於耳；虛美熏心，實禍蔽塞，此廼秦之所以亡天下也。方今天下賴陛下恩厚，亡金革之危、饑寒之患，父子夫妻戮力安家，然太平未洽者，獄亂之也。夫獄者，天下之大命也，死者不可復生，䌷絕同[陳]者不可復屬。《書》曰："與其殺不辜，寧失不經。"今治獄吏則不然，上下相敺，以刻爲明；深者獲公名，平者多後患。故治獄之吏皆欲人死，非憎人也，自安之道在人之死。是以死人之血流離於市，被刑之徒比肩而立，大辟之計歲以萬數，此仁聖之所以傷也。太平之未洽，凡以此也。夫人情安則樂生，痛則思死，棰楚之下，何求而不得？做[一]囚人不勝痛，則飾辭以視之；吏治者利其然，則指道以明之；上奏畏卻，則鍛練而周內之。蓋奏當之成，雖咎繇聽之，猶以爲死有餘辜。何則？成練者衆，文致之罪明也。是以獄吏專爲深刻，殘賊而亡極，媮爲一切，不顧國患，此世之大賊也。故俗語曰："畫地爲獄，議不入；刻木爲吏，期不對。"此皆疾吏之風，悲痛之辭也。故天下之患，莫深於獄；敗法亂正，離親塞道，莫甚乎治獄之吏，此所謂一尚存者也。

臣聞烏鳶之卵不毀，而後鳳凰集；誹謗之罪不誅，而後良言進。故古人有言："山藪臧疾，川澤納汙，瑾瑜匿惡，國君含詬。"唯陛下除誹謗以招切言，開天下之口，廣箴諫之路，掃亡秦之失，尊文武之德，省法制，寬刑罰，以廢治獄，則太平之風可興於世，永履和樂，與天亡極，天下幸甚。

【校記】

[一]做，陳本、《漢書》作故。

訟王尊書
公乘興

尊治京兆功効日著：徃者南山盜賊阻山橫行，剽刼良民，殺奉法吏，道路不通，城門至以警戒。步兵校尉使逐捕，暴師露衆，曠日煩費，不能禽制。二卿坐，羣盜寖彊，吏氣傷沮，流聞四方，爲國家憂。當此之時，有能捕斬，不愛金爵重賞。關內侯寬中使問所徵故司隸校尉王尊捕羣盜方略，拜爲諫大夫，守京輔都尉，行京兆尹事。尊盡節勞心，夙夜思職，卑體下士，厲奔北之吏，起沮傷之氣，二旬之間，大黨震壞，渠率效首。賊亂蠲除，民反農業，拊循貧弱，鉏耘豪彊。長安宿豪大猾東市賈萬、城西萬章、翦張禁、酒趙放、杜陵楊章等皆通邪結黨，挾養姦軌，上干王法，下亂吏治，幷兼役使，侵漁小民，爲百姓豺狼。更數二千石，二十年莫能禽討，尊以正法案誅，皆伏其辜。姦邪銷釋，吏民說服。尊撥劇整亂，誅暴禁邪，皆前所稀有，名將所不及。雖拜爲眞，未有殊絶襃賞加於尊身。今御史大夫奏尊"傷害陰陽，爲國家憂，亦[一]承用詔書之意，靜言庸違，象恭滔天"。原其所以，出御史丞楊輔，故爲尊書佐，素行陰賊，惡口不信，好以刀筆陷人於法。輔常醉過尊大奴利家，利家捽搏其頰，兄子閎拔刀欲剄之。輔以故深怨疾毒，欲傷害尊。疑輔內懷怨恨，外依公事，建畫爲此議，傅致奏文，浸潤加誣，以復私怨。昔白起爲秦將，東破韓、魏，南拔郢都，應侯譖之，賜死杜郵；吳起爲魏守西河，而秦、韓不敢犯，讒人間焉，斥逐奔楚。秦聽浸潤以誅良將，魏信讒言以逐賢守，此皆偏聽不聰，失人之患也。臣等竊痛傷尊修身潔己，砥節首公，刺譏不憚將相，誅惡不避豪彊，誅不制之賊，解國家之憂，國家爪牙之吏，折衝之臣，今一旦無辜制於仇人之手，傷於詆欺之文，上不得以功除罪，下不得蒙棘木之聽，獨掩怨讎之偏奏，被共工之大惡，無所陳怨愬罪。尊以京師廢亂，羣盜並興，選賢徵用，起家爲卿，賊亂旣除，豪猾伏辜，即以佞巧廢黜。一尊之身，三期之間，乍賢乍佞，豈不甚哉！孔子曰："愛之欲其生，惡之欲其死，是惑也。"浸潤之譖不行焉，可謂明矣。願下公卿、大夫、博士、議郞定尊素行。夫人臣而傷害陰陽，死誅之罪也；靜言庸違，放殛之刑也。審如御史章，尊乃當伏觀闕之誅，放於無人之域，不得苟免。及任舉尊者，當獲選舉之辜，不可但已。即不如章，飾文深詆以愬無罪，亦宜有誅，以懲讒賊之口，絶詐欺之路。惟明主糸詳，使白黑分別。

【校記】

[一]亦，陳本、《漢書》作無。

訟蓋寬饒書
鄭昌

臣聞山有猛獸，藜藿爲之不采；國有忠臣，姦邪爲之不起。司隸校尉寬饒居不求安，食不求飽，進有憂國之心，退有死節之義，上無許、史之屬，下無金、張之託，職在司察，直道而行，多仇少與。上書陳國事，有司劾以大辟。臣幸得從大夫之後，官以諫爲名，不敢不言。

救劉輔書
谷永

臣聞明王垂寬容之聽，崇諫爭之官，廣開忠直之路，不罪狂狷之言，然後百僚正位，竭忠盡謀，不懼後患，朝廷無諂諛之士，元首無失道之譽。竊見諫大夫劉輔，前以縣令求見，擢爲諫大夫，此其言必有卓詭切至，當聖心者，故得拔至於此。旬日之間，收下祕獄，臣等愚以爲輔幸得託公族之親，在諫臣之列，新從下土來，未知朝廷體，獨觸忌諱，不足深過。小罪宜隱忍而已，如有大惡，宜暴治理官，與衆共之。昔趙簡子殺其大夫鳴犢，孔子臨河而還。今天心未豫，災異屢降，水旱迭臻，方當隆寬廣問，褒直盡下之時也。而行慘急之誅於諫諍之臣，震驚羣下，失忠直心。假令輔不坐直言，所坐不著，天下不可戶曉。同姓近臣本以言顯，其於治親養忠之義誠不宜幽囚于掖庭獄。公卿以下見陛下進用輔亟，而折傷之暴，人有懼心，精銳銷耎，莫能盡節正言，非所以昭有虞之聽，廣德美之風也。臣等竊深傷之，惟陛下留神省察。

訟陳湯書
耿育

延壽、湯爲聖漢揚鉤深致遠之威，雪國家累年之恥，討絕域不羈之君，係萬里難制之虜，豈有比哉！先帝嘉之，仍下明詔，宣著其功，改年垂歷，傳之無窮。應是，南郡獻白虎，邊垂無警備。會先帝寢疾，然猶垂意不忘，數使尚書責問丞相，趣立其功。獨丞相匡衡排而不予，封延壽數百戶，此功臣戰士所以失望也。孝成皇帝承建業之基，乘征伐之威，兵革不動，國家無事，而大臣傾邪，讒佞在朝。曾不深惟本末之難，以防未然之戒，欲專主威，排妒拓同[陳]有功，使湯塊然被冤拘囚，不能自明，卒以無罪，老棄燉煌，正當西域通道，令威名折衝之臣旋踵及身，復爲郅支遺虜所笑，誠可悲也！至今奉使外蠻者，未嘗不陳郅支之誅以揚漢國之盛。夫援人之功以懼敵，棄人之身以快讒，豈不痛哉！且安不忘危，盛必慮衰，今國家素無文帝累年節儉富饒之蓄，又無武帝薦延梟俊禽敵之臣，獨有一陳湯耳！假使異世不及陛下，尚望國家追錄其功，封表其墓，以勸後進也。湯幸得身當聖世，功曾未久，反聽邪臣鞭逐斥遠，使亡逃分竄，死無處所。遠覽之士，莫不計度，以爲湯功累世不可及，而湯過人情所有，湯尚如此，雖復破絕筋骨，暴露形骸，猶復製於脣舌，爲嫉妬之臣所係虜耳。此臣所以爲國家尤戚戚也。

論王氏書
梅福

臣聞箕子佯狂於殷，而爲周陳《洪範》；叔孫通遁秦歸漢，制作儀品。夫叔孫先非不忠也，箕子非疏其家而畔其親也，不可爲言也。昔高祖納善若不及，從諫若轉圜，聽言不求其能，舉功不考其素。陳平起於亡命而爲謀主，韓信拔於行陳而建上將。故天下之士雲合歸漢，爭進奇異，知者竭其策，愚者盡其慮，勇士極其節，怯夫勉其死。合天下之知，并天下之威，是以舉秦如鴻毛，取楚若拾遺，此高祖所以亡敵於天下也。孝文皇帝起于代谷，非有周、召之師，伊、呂之佐也，循高祖之法，加以恭儉。當此之時，天下幾平。繇是言之，循高祖之法則治，不循則亂。何者？秦爲亡道，削仲尼之迹，滅周公之軌，壞井田，除五等，禮廢樂崩，王道不通，故欲行王道者莫能致其功也。孝武皇帝好忠諫，說至言，出爵不待廉茂，慶賜不須顯功，是以天下布衣各厲志竭精以赴闕廷自衒鬻者不可勝數。漢家得賢，於此爲盛。使孝武皇帝聽用其計，升平可致。於是積尸暴骨，快心胡、越，故淮南王安緣間而起。所以計慮不成而謀議泄者，以衆賢聚於本朝，故其大臣執陵不敢和從也。方今布衣廼窺國家之隙，見間而起者，蜀郡是也。及山陽亡徒蘇令之輩，蹈藉名都大郡，求黨與，索隨和，而亡逃匿之意。此皆輕量大臣，亡所畏忌，國家之權輕，故匹夫欲與上爭衡也。

士者，國之重器；得士則重，失士則輕。《詩》云："濟濟多士，文王以寧。"廟堂之議，非草茅所當言也。臣誠恐身塗野草，尸并卒伍，故數上書求見，輒報罷。臣聞齊桓之時有以九九算術也[陳]見者，桓公不逆，欲以致大也。今臣所言非特九九也，陛下距臣者三矣，此天下士所以不致也。昔秦武王好力，任鄙叩關自鬻；繆公行伯，繇余歸德。今欲致天下之士，民有上書求見者，輒使詣尚書問其所言，言可采取者，秩以升斗之祿，賜以一束之帛。若此，則天下之士發憤懣，吐忠言，嘉謀日聞於上，天下條貫，國家表裏，爛然可睹矣。夫以四海之廣，士民之數，能言之類至衆多也。然其儁傑指世陳政，言成文章，質之先聖而不繆，施之當世合時務，若此者亦亡幾人。故爵祿束帛者，天下之厎砥同[陳]石，高祖所以厲世摩鈍也。孔子曰："工欲善其事，必先利其器。"至秦則不然，張誹謗之罔，以爲漢歐除，倒持太阿，授楚其柄。故誠能勿失其柄，天下雖有不順，莫敢觸其鋒，此孝武皇帝所以辟地建功爲漢世宗也。今不循伯者之道，迺欲以三代選舉之法取當世之士，猶察伯樂之圖，求騏驥於市而不可得，亦已明矣。故高祖棄陳平之過而獲其謀，晉文召天王，齊桓用其讎，亡益於時，不顧逆順，此所謂伯道者也。一色成體謂之醇，白黑雜合謂之駁。欲以承平之法治暴秦之緒，猶以鄉飲酒之禮理軍市也。

今陛下既不納天下之言，又加戮焉。夫戴鵲遭害，則仁鳥增逝；愚者蒙戮，則知士深退。閒者愚民上疏，多觸不急之法，或下廷尉，而死者衆。自陽朔以來，天下以言爲諱，朝廷尤甚，羣臣皆承順上指，莫有執正。何以明其然也？取民所上書，陛下之所善，試下之廷尉，廷尉必曰"非所宜言，大不敬"。以此卜之，一矣。故京兆尹王章資質忠直，敢面引廷爭，孝元皇帝擢之，以厲具臣而矯曲朝。及至陛下，戮及妻子。且惡惡止其身，王章非有反畔之辜，而殃及家。折直士之節，結諫臣之舌，羣臣皆知其非，然不敢爭，天下以言爲戒，最國家之大患也。願陛下循高祖之軌，杜亡秦之路，數御《十月》之歌，留意《亡逸》之戒，除不急之法，下亡諱之詔，博覽兼聽，謀及疏賤，令深者不隱，遠者不塞，所謂"辟四門、朙四目"也。且不急之法，誹謗之微者也。"往者不可及，來者猶可追。"方今君命犯而主威奪，外戚之權日以益隆，陛下不見其形，願察其景。建始以來，日食地震，以變言之，三倍春秋，水災亡與比數。陰盛陽微，金鐵爲飛，此何景也！漢興以來，社稷三危。呂、霍、上官皆母后之家也，親親之道，全之爲右，當與之賢師良傅，教以忠孝之道[一]。今迺尊寵其位，授以魁柄，使之驕逆，至於夷滅，此失親親之大者也。自霍光之賢，不能爲子孫慮，故權臣易世則危。《書》曰："毋若火，始庸庸《書》作炎炎[陳]。"執陵於君，權隆於主，然後防之，亦亡及已。

【校記】

[一] "全之爲右"至"忠孝之道"，據陳本補。《漢書》亦有。

請孔子爲殷後書
梅福

臣聞："不在其位，不謀其政。"政者職也，位卑而言高者罪也。越職觸罪，危言世患，雖伏質橫分，臣之願也。守職不言，沒齒身全，死之日，尸未腐而名滅，雖有景公之位，伏歷千駟，臣不貪也。故願一登文石之陛，涉赤墀之途，當戶牖之法坐，盡平生之愚慮。亡益於時，有遺於世，此臣寢所以不安，食所以忘味也。願陛下深省臣言。

臣聞存人所以自立也，壅人所以自塞也。善惡之報，各如其事。昔者秦滅二周，夷六國，隱士不顯，佚民不舉，絕三統，滅天道，是以身危子殺，厥孫不嗣，所謂壅人以自塞者也。故武王克殷，未下車，存五帝之後，封殷於宋，紹夏於杞，朙著三統，示不獨有也。是以姬姓半天下，遷廟之主，流出於戶，所謂存人以自立者也。今成湯不祀，殷人亡後，陛下繼嗣又微，殆爲此也。《春秋經》曰："宋殺其大夫。"《穀梁傳》曰："其不稱名姓，以其在祖位，尊之也。"此言孔子故殷之後也，雖不正統，封其子孫以爲殷後，禮亦宜之。何者？諸侯奪宗，聖庶奪適。《傳》曰"賢者子孫宜有土"，而況聖人，又殷之後哉？昔成王以諸侯禮葬周公，而皇天動威，雷風著災。今仲尼之廟不出闕里，孔氏子孫不免編戶，以聖人而歆匹夫之祀，非皇天之意也。今陛下誠能據仲尼之素功，以封其子孫，則國家必獲其福，又陛下之名與天亡極。何者？追聖人素功，封其子孫，未有法也，後聖必以爲則。不滅之名，可不勉哉！

諫不受單于朝書
楊雄

臣聞"六經"之治，貴於未亂；兵家之勝，貴於未戰。二者皆微，然而大事之本，不可不察也。今單于上書求朝，國家不許而辭之，臣愚以爲漢與匈奴從此隙矣。本北地之狄，五帝所不能臣，三王所不能制，其不可使隙甚朙。臣不敢遠稱，請引秦以來朙之：

以秦始皇之彊，蒙恬之威，帶甲四十餘萬，然不敢窺西河，迺築長城以界之。會漢初興，以高祖之威靈，三十萬衆困於平城，士或七日不食。時奇譎之士、石畫言畫策堅固如石也[陳]之臣甚衆，卒其所以脫者，世莫得而言也。又高皇后嘗忿匈奴，羣臣庭議，樊噲請以十萬衆橫行匈奴中，季布曰："噲可斬也，妄阿順旨[一]！"於是大臣權書遺之，然後匈奴之結解，中國之憂平。及孝文時，匈奴侵暴北邊，候騎至雍、甘泉，京師大駭，發三將軍屯細柳、棘門、霸上以備之，數月迺罷。孝武即位，設馬邑之權，欲誘匈奴，使韓安國將三十萬衆徼於便墜地名[陳]，匈奴覺之而去，徒費財勞師，一虜旦[二]不可得見，況單于之面乎！其後深惟社稷之計，規恢萬載之策，迺大興師數十萬，載使衛青、霍去病操兵，前後十餘年。於是浮西河，絕大幕[三]，破寘顏，襲王庭，窮極其地，追奔逐北，封狼居胥山，禪於姑衍，以臨翰海，虜名王貴人以百數。自是之後，匈奴震怖，益求和親，然而未肯稱臣也。

且夫前世豈樂傾無量之費，役無罪之人，快心於狼望之北哉？以爲不壹勞者不久佚，不暫費者不永寧，是以忍百萬之師，以摧餓虎之喙，運府庫之財填盧山之壑，而不悔也。至本始之初，匈奴有桀心，欲掠烏孫，侵公主，迺發五將之師十五萬騎獵其南，而長羅侯以烏孫五萬騎震其西，皆至質信也[陳]而還。時鮮有所獲，徒奮揚[四]威武，朅漢兵若風雷耳。雖空行空反，尚誅兩將軍。故北狄不服，中國未得高枕安寢也。逮至元康、神爵之間，大化神明，鴻恩溥洽，而匈奴內亂，五單于爭立，日逐、呼韓邪攜國歸死，扶伏稱臣，然尚羈縻之，計不顓制。自此之後，欲朝者不距，不欲者不彊。何者？外國天性忿鷙，形容魁健，負力怙氣，難化以善，易隸[五]以惡，其彊難詘，其和難得。故未服之時，勞師遠攻，傾國殫貨，伏尸流血，破堅拔敵，如彼之難也；既服之後，慰薦撫循，交接賂遺，威儀俯仰，如此之備也。徃時嘗屠大宛之城，蹈烏桓之壘，探姑繒之壁，籍蕩姐音紫，羌屬[陳]之場，艾朝鮮之旃，拔兩越之旗，近不過旬月之役，遠不離二時之勞，固已犁其庭，掃其閭，郡縣而置之，雲徹席捲，後無餘菑。唯北狄爲不然，眞中國之堅敵也，三垂比之懸矣，前世重之茲甚，未易可輕也。

今單于歸義，懷款誠之心，欲離其庭，陳見於前，此迺上世之遺策，神靈之所想望，國家雖費，不得已者也。奈何距以來厭之辭，疎以無日之期，消往昔之恩，開將來之隙？夫款而隙之，使有恨心，負前言，緣往辭，歸怨於漢，因以自絕，終無北白[六]之心，威之不可，諭之不能，焉得不爲大憂乎！夫朙者視於無形，聰者聽於無聲，誠先於未然，即蒙恬、樊噲不復施，棘門、細柳不復備，馬邑之策安所設，衛、霍之功何得用，五將之威安所震？不然，壹有隙之後，雖智者勞心於內，辯者轂擊於外，猶不若未然之時也。且往者圖西域，制車師，置城郭都護三十六國，費歲以大萬計者，豈爲康居、烏孫能踰白龍堆而寇西邊哉？迺以制匈奴也。夫百年勞之，一日失之，費十而愛一，臣竊爲國不安也。唯陛下少留意於未亂未戰，以遏邊萌之禍。

【校記】

[一]旨，陳本、《文選補遺》同。《揚雄集校注》作指。

[二]《文選補遺》、《揚雄集校注》無"旦"字。

[三]幕，陳本、《文選補遺》同。《揚雄集校注》作漠。

[四]《揚雄集校注》無"揚"字。《文選補遺》有。

[五]隸，陳本、《文選補遺》同。《揚雄集校注》作肄。
[六]白，陳本同。《文選補遺》、《揚雄集校注》作面。

諫伐匈奴書
嚴尤

臣聞匈奴爲害，所從來久矣，未聞上世有必征之者也。後世三家，周秦漢征之，亦未聞有得上策者也，周得中策，漢得下策，秦無策焉。當周宣王時，獫狁內侵，至于涇陽，命將征之，盡境而還。其視戎狄之侵，譬猶蚊虻之螫，毆之而已，故天下稱明，是謂中策。漢武帝選將練兵，約齎輕糧，深入遠戍，雖有克獲之功，胡輒報之，兵連禍結，三十餘年，中國罷耗，匈奴亦創艾，而天下稱武，是謂下策。秦始皇不忍小恥而輕民力，築長城之固，延袤萬里，轉輸之行，起於負海，疆境雖完，中國內竭，卒喪社稷，是謂[一]無策。今天下遭陽九之阨，比年饑饉，西北邊尤甚，發三十萬衆，具三百日糧，東援海代，南取江淮，然後乃備。計其道里，一年尚未集合，兵先至者聚居暴露，師老械弊，勢不可用，此一難也。邊既空虛，不能奉軍糧，內問[二]郡國，不相及屬，此二難也。計一人三百日食，用糒糧十八斛，非牛力不能勝，牛又當自齎食料，加二十斛，重矣。胡地沙鹵，多乏水草，以往事揆之，軍出未滿百日，牛必物故且盡，餘糧尚多，人不能負，此三難也。胡地秋冬甚寒，春夏甚風，多齎鬴鍑薪炭，重不可勝，食糒飲水，以歷四時。師有疾疫之憂，故前世伐胡不過百日，非不欲久，勢力不能，此四難也。輜重自隨，則輕銳者少，不得疾行，虜徐遁逃，勢不能及，幸而逢虜，又累輜重，如遇險阻，銜尾相隨，虜要遮前後，危且不測，此五難也。大用民力，功不可必立，臣伏憂之，今既發兵，宜縱先至者，令臣尤等深入霆擊，期創艾胡虜。[三]

【校記】
[一]謂，陳本、《漢書》作爲。
[二]問，陳本、《漢書》作調。
[三]"今既發兵"至篇末，陳本無。

卷三十八

上書三

訟馬援書
朱勃

臣聞王德聖政，不忘人之功，採其一美，不求備於衆。故高祖赦蒯通而以王禮葬田橫，大臣曠然，咸不自疑。夫大將在外，讒言在內，微過輒記，大功不計，誠爲國之所慎也。故章邯畏口而奔楚，燕將據聊而不下。豈其甘心末規哉，悼巧言之傷類也。

竊見故伏波將軍馬援，拔自西州，欽慕聖義，間關險難，觸冒萬死，孤立羣貴之間，傍無一言之佐，馳深淵，入虎口，豈顧計哉！寧自知當要七郡之使，徼封侯之福邪？八年，車駕西討隗囂，國計狐疑，衆營未集，援建宜進之策，卒破西州。及吳漢下隴，冀路斷隔，唯獨狄道爲國堅守，士民饑困，寄命漏刻。援奉詔西使，鎮慰邊衆，乃招集豪傑，曉諭羌戎，謀如涌泉，知[一]如轉規，遂救倒懸之急，存幾亡之城，兵全師進，因糧敵人，隴、冀略平，而獨守空郡，兵動有功，師進輒克。誅鋤先零，緣入山谷，猛怒力戰，飛矢貫脛。又出征交阯，土多瘴氣，援與妻子生訣，無悔吝之心，遂斬滅徵側，克平一州。間復南討，立陷臨鄉，師已有業，未竟而死，吏士雖疫，援不獨存。夫戰或以久而立功，或以速而致敗，深入未必爲得，不進未必爲非。人情豈樂久屯絕地，不生歸哉！惟援得事朝廷二十二年，北出塞漠，南度江海，觸冒害氣，僵死軍事，名滅爵絕，國土不傳。海內不知其過，衆庶未聞其毀，卒遇三夫之言，橫被誣罔之讒，家屬杜門，葬不歸墓，怨隙並興，宗親怖慄。死者不能自列，生者莫爲之訟，臣竊傷之。

夫明主醲於用賞，約於用刑。高祖嘗與陳平金四萬斤以間楚軍，不問出入所爲，豈復疑以錢穀間哉？夫操孔父之忠而不能自免於讒，此鄒陽之所悲也。《詩》云："取彼讒人，投畀豺虎，豺虎不食，投畀有北。有北不受，投畀有昊。"此言欲令上天而平其惡。惟陛下留思豎儒之言，無使功臣懷恨黃泉。臣聞《春秋》之義，罪以功除；聖王之祀，臣有五義。若援，所謂以死勤事者也。願下公卿平援功罪，宜絕宜續，以厭海內之望。

臣年已六十，常伏田里，竊感欒布哭彭越之義，冒陳悲憤，戰慄闕廷。

【校記】

[一]知，陳本同。《後漢書》作埶。

論東宮師保書
班彪

孔子稱"性相近，習相遠也"。賈誼以爲"習爲善人居，不能無爲善，猶生長於齊，不能無齊言也。習與惡人居，不能無惡，猶生長於楚，不能無楚言也"。是以聖人審所與居，而戒慎所習。昔成王之爲孺子，出則周公、召公、太史佚，入則太顛、閎夭、南宮括、散宜生，左右前後，禮無違者，故成王一日即位，天下曠然太平。是以《春秋》"愛子教以義方，不納於邪。驕奢浮佚，所自邪也"。《詩》云："詒厥孫謀，以宴[一]翼子。"言武王之謀遺子孫也。

漢興，太宗使鼌錯導太子以法術，賈誼教梁王以《詩》《書》。及至中宗，亦令劉向、王襃、蕭望之、周堪之徒，以文章儒學保訓東宮以下，莫不崇簡其人，就成德器。今皇太子諸王，雖結髮學問，脩習禮樂，而傅相未值賢才，官屬多闕舊典。宜博選名儒有威重朗通政事者，以爲太子太傅，東宮及諸王國，備置官屬。又舊制，太子食湯沐十縣，設周衛交戟，五日一朝，因坐東廂，省視膳食，其非朝日，使僕、中允旦旦請問而已，朗不媟黷，廣其敬也。

【校記】

[一]宴，陳本作燕。《後漢書》作宴。

上誹謗書
孔僖

臣之愚意，以爲凡言誹謗者，謂實無此事而虛加誣之也。至如孝武皇帝，政之美惡，顯在漢史，坦如日月。是爲直說書傳實事，非虛謗也。夫帝者爲善，則天下之善咸歸焉；其爲不善，則天下之惡亦萃焉。斯皆有以致之，故不可以誅於人也。且陛下即位以來，政教未過而德澤有加，天下所具也，臣等獨何譏刺哉？假使所非實是，則固應悛改；儻其不當，亦宜含容，又何罪焉？陛下不推原大數，深自爲計，徒肆私忿，以快其意。臣等受戮，死即死耳，顧天下之人必回視易慮，以此事關陛下心。自今以後，苟見不可之事，終莫復言者矣。臣之所以不愛其死，猶敢極言者，誠爲陛下深惜此大業。陛下若不自惜，則臣何賴焉？齊桓公親揚其先君之惡，以唱管仲，然後羣臣得盡其心。今陛下乃欲以十世之武帝，遠諱實事，豈不與桓公異哉？臣恐有司卒然見構，銜恨蒙枉，不得自敘，使後世論者擅以陛下過察之咎，寧可復使子孫追掩之乎？謹詣闕伏謁。

乞征黃瓊李固并消弭災書
郎顗

臣前對七事，要政急務，宜於今者，所當施用。誠知愚淺，不合聖聽，人賤言廢，當受誅罰，征營惶怖，靡知厝身。

臣聞刳舟剡楫，將欲濟江海也；聘賢選佐，將以安天下也。昔唐堯在上，羣龍爲用，文、武創德，周、召作輔，是以能建天地之功，增日月之耀者也。《詩》云：“赫赫王命，仲山甫將之。邦國若否，仲山甫明之。”宣王是賴，以致雍熙。陛下踐祚以來，勤心衆政，而三九之位，未見其人，是以災害屢臻，四國未寧。臣考之國典，驗之聞見，莫不以得賢爲功，失士爲敗。且賢者出處，翔而後集，爵以德進，則其情不苟，然後使君子恥貧賤而樂富貴矣。若有德不報，有言不醻，來無所樂，進無所趨，則皆懷歸藪澤，修其故志矣。夫求賢者，上以承天，下以爲人。不用之，則逆天統、違人望。逆天統則災眚降，違人望則化不行。災眚降則下呼嗟，化不行則君道虧。四始之缺，五際之厄，其咎由此。豈可不剛健篤實，矜矜慄慄，以守天功盛德大業乎？

臣伏見光祿大夫江夏黃瓊，耽道樂術，清亮自然，被褐懷寶，含味經籍，又果於從政，明達變復一作故[陳]。朝廷前加優寵，實於上位。瓊入朝日淺，謀謨未就，因以喪病，致命遂志。《老子》曰：“大音希聲，大器晚成。”善人爲國，三年迺立。天下莫不嘉朝廷有此良人，而復悵其不時還任。陛下宜加降崇之恩，極養賢之禮，徵反京師，以慰天下。又處士漢中李固，年四十，通游、夏之藝，履顏、閔之仁。潔白之節，情同皦日；忠貞之操，好是正直；卓冠古人，當世莫及。元精所生，王之佐臣，天之生固，必爲聖漢，宜蒙特徵，以示四方。夫有出倫之才，不應限以官次。昔顏子十八，天下歸仁；子奇稺齒，化阿有聲。若還瓊徵固，任以時政，伊尹、傅說，不足爲此，則可垂景光、致休祥矣。臣顗朚不知人，伏聽衆言，百姓所歸，臧否共歎。願汎問百僚，覈其名行，有一不合，則臣爲欺國。惟留聖神，不以人廢言。

謹復條便四事，附奏於左：

一事：孔子作《春秋》，書"正月"者，敬歲之始也。王者則天之象，因時之序，宜開發德號，爵賢命士，流寬大之澤，垂仁厚之德，順助元氣，含養庶類。如此，則天文昭爛，星辰顯列，五緯循軌，四時和睦。不則太陽不光，天地溷濁，時氣錯逆，霾霧蔽日。自立春以來，累經旬朔，未見仁德有所施布，但聞罪罰考掠之聲。夫天之應人，疾於影響，而自從入歲，常有蒙氣，月不舒光，日不宣曜。日者太陽，以象人君，政變於下，日應於天。清濁之占，隨政抑揚。天之見異，事無虛作。豈獨陛下倦于萬機，帷幄之政有所闕歟？何天戒之數見也！臣願陛下發揚乾剛，援引賢能，勤求機衡之寄，以獲斷金之利。臣之所陳，輒以太陽爲先者，朚其不可久闇，急當改正。其異雖微，其事甚重。臣言雖約，其旨甚廣。惟陛下乃眷臣章，深留朚思。

二事：孔子曰："靁之始發《大壯》始，君弱臣彊從《解》起。"今月九日至十四日，《大壯》用事，消息之卦也。於此六日之中，靁當發聲，[一]則歲氣和，王道興也。《易》曰："靁出地奮，豫先王以作樂崇德，殷薦之上帝。"靁者，所以開發萌牙，辟陰除害。萬物須靁而解，資雨而潤。故《經》曰："靁以動之，雨以潤之。"王者崇寬大，順春令，則靁應節，不則發動於冬，當震反潛。故《易傳》曰："當靁不靁，太陽弱也。"今蒙氣不除，日月變色，則其效也。天網恢恢，疎而不失，隨時進退，應政得失。大人者，與天地合其德，與日月合其朚，璇璣動作，與天相應。靁者號令，其德生養。號令殆廢，當生而殺。則雷反作，其時無歲。陛下若欲除災昭祉，順天致和，宜察臣下尤酷害者，亟加用黜，以安黎元，則太皓悅和，靁聲迺發。

三事：去年十月二十日癸亥，太白與歲星合於房、心。太白在北，歲星在南，相離數寸，光芒交接。房、心者，天帝朚堂布政之宮。《孝經鉤命決》曰："歲星守心年穀豐。"《尚書洪範記》曰："月行中道，移節應期，德厚受福，重華留之。"重華者，謂歲星在心也。今太白從之，交合朚堂，金木相賊，而反同合，此以陰陵陽，臣下專權之異也。房、心東方，其國主宋。《石氏經》曰："歲星出左有年，出右無年。"今金木俱東，歲星在南，是爲出右，恐年穀不成，宋人饑也。陛下宜審詳朚堂布政之務，然後妖異可消，五緯順序矣。

四事：《易傳》曰："陽無德則旱，陰僭陽亦旱。"陽無德者，人君恩澤不施於人也。陰僭陽者，祿去公室，臣下專權也。自冬涉春，訖無嘉澤，數有西風，反逆時節。朝廷廣爲禱祈，薦祭山川，暴龍移市。臣聞皇天感物，不爲僞動，災變應人，要在責已。若令雨可請降，水可禳止，則歲無隔井，太平可待。然而災害不息者，患不在此也。立春以來，未見朝廷賞錄有功，表顯有德，存問孤寡，賑恤貧弱，而但見洛陽都官奔車東西，收擊纖介，牢獄克盈。臣聞恭陵火處，比有光曜，朔此天災，非人之咎。丁丑大風，掩蔽天地。風者號令，天之威怒，皆所以感悟人君忠厚之戒。又連月無雨，將害粟麥。若一穀不登，則饑者十三四矣。陛下誠宜廣被恩澤，貸贍元元。昔堯遭九年之水，人有十年之蓄者，簡稅防災，爲其防也。願陛下早宣德澤，以應天功。若臣言不用，朝政不改，待立夏之後乃有澍雨，於今之際未可望也。若政變於朝而天不雨，則臣爲誣上，愚不知量，分當鼎鑊。

【校記】

[一]陳本、《後漢書》此有"發聲"二字。

論宦官女寵書
劉瑜

臣瑜自念東國鄙陋，得以豐沛枝胤，被蒙復除，不給卒伍。故太尉楊秉知臣竊窺典籍，猥見顯舉，誠冀臣愚直，有補萬一。而秉忠謨不遂，命先朝露。臣在下土，聽聞歌謠，驕臣虐政之事，遠近呼嗟之音，竊爲辛楚，泣血連[一]如。幸得引錄，備答聖問，泄寫至情，不敢庸回。誠願陛下且以須臾之慮，覽今往之事，人何爲咨嗟，天曷爲動變。

蓋諸侯之位，上法四七，垂文炳燿，關之盛衰者也。今中官邪孽，比肩裂土，皆競立胤嗣，繼體傳爵，或乞子疎屬，或買兒市道，殆乖開國承家之義。

古者天子一娶九女，娣姪有序，《河圖》授嗣，正在九房。今女嬖令色，充積閨帷，皆當盛其玩飾，冗食空宮，勞散精神，生長六疾。此國之費也，生之傷也。且天地之性，陰陽正紀，隔絕其道，則水旱爲并。《詩》云："五日爲期，六日不詹。"怨曠作歌，仲尼所錄。況從幼至長，幽藏歿身。及常侍、黃門，亦廣妻娶。怨毒之氣，結成妖眚。行路之言，官發略人女，取人復置，轉相驚懼。孰不悉然，無緣空生此謗。鄒衍匹夫，杞氏匹婦，尚有城崩霜隕之異；況乃羣輩咨怨，能無感乎！

昔秦作阿房，國多刑人。今第舍增多，窮極奇巧，掘山攻石，不避時令。促以嚴刑，威以法正。民無罪而覆入之，民有田而覆奪之。州郡官府，各自考事，姦情賕賂，皆爲吏餌。民愁鬱結，起入賊黨，官輒興兵誅討其罪。貧困之民，或有賣其首級以要酬賞，父兄相代殘身，妻孥相視分裂。窮之如此，豈不痛哉！

又陛下以北辰之尊，神器之寶，而微行近習之家，私幸宦者之舍，賓客市買，熏灼道路，因此暴縱，無所不容。今三公在位，皆博達道藝，而各正諸己，莫或匡益者，非不智也，畏死罰也。惟陛下設置七臣，以廣諫道，及開東序金縢史官之書，從尭、舜、禹、湯、文、武致興之道，遠佞邪之人，放鄭、衛之聲，則正致和平，德感祥風矣。臣悾悾推情，言不足採，懼以觸忤，征營惛悸上[二]。

【校記】

[一]連，陳本、《後漢書》作漣。

[二]《後漢書》無"上"字。

諫謝該書[一]
孔融

臣聞高祖創業，韓、彭之[二]將征討暴亂，陸賈、叔孫通進說《詩》《書》。光武中興，吳、耿佐命，范升、衛宏脩述舊業，故能文武並用，成長久之計。陛下聖德欽眀，同符二祖，勞謙厎運，三年乃讙。今尚父鷹揚，方叔幹[三]飛，王師電鷙，羣凶破殄，始有櫜弓卧弢之次，宜得名儒，典綜禮紀。竊見故公車司馬令謝該，體曾、史之淑性，兼商、偃之文學，博通羣藝，周覽古今，物來有應，事至不惑，清白異行，敦悅道訓。求之遠近，少有疇匹。若乃巨骨出吳，隼集陳庭，黃能三足鱉也[陳]入寝，亥有二首，非夫洽聞者，莫識其端也。儁不疑定北闕之前，夏矦勝辯常陰之驗，然後朝士益重儒術。今該實卓然，比跡前列，閑以父母老疾，棄官欲歸，道路險塞，無由自致。猥使良才抱璞而逃，踰越山河，沈淪荊楚，所謂往而不反者也。後曰[四]當更饋樂以鈞由余，剋像以求傅說，豈不煩哉？臣愚以爲可推録所在，召該令還。楚人止孫卿之去國，漢朝追匡衡于平原，尊儒貴學，惜失賢也。

【校記】

[一]陳本題作《薦謝該書》，《建安七子集》作《上書薦謝該》。

[二]之，陳本作諸。《建安七子集》作之。

[三]幹，陳本、《建安七子集》作翰。
[四]曰，陳本、《建安七子集》作日。

救朱穆書
劉陶

伏見施刑徒朱穆，處公憂國，拜州之日，志清姦惡。誠以常待貴寵，父兄子弟布在州郡，競爲虎狼，噬食小人，故穆張理天網，補綴漏目，羅取殘禍，以塞天意。由是內官咸共患[一]疾，謗讟煩興，讒隙仍作，極其刑謫，輸作左校。天下有識，皆以穆同勤禹、稷而被共、鯀之戾，若死者有知，則唐帝怒於崇山，重華忿於蒼墓矣。當今中官近習，竊持國柄，手握王爵，口含天憲，運賞則使餓隸富於季孫，呼噏則令伊、顏化爲桀、跖。而穆獨亢然不顧身害。非惡榮而好辱，惡生而好死也，徒感王綱之不攝，懼天網之久失，故心懷憂，爲上深計。臣願黥首繫趾，代穆校作。

【校記】
[一]患，陳本、《後漢書》作恚。

救第五種書
臧旻

臣聞士有忍死之辱，必有就事之計。故季布屈節於朱家，管仲錯行於召忽。此二臣以可死而不死者，非愛身於須臾，貪命於苟活。隱其智力，顧其權略，庶幸逢時，有所爲耳。卒遭高帝之成業，齊桓之興伯，遣其亡逃之行，赦其射鉤之讎。勳劾傳於百世，君臣載於篇籍。假今二主紀過於纖介，則此二臣同死於犬馬，沈名於溝壑，當何由得中—作終[陳]補過之功乎？伏見兗州刺史第五種，在鄉曲無苞苴之嫌，步朝堂無擇言之闕，天性疾惡，公方不由[一]。故論者說清高，以種爲上序直士，以種爲首《春秋》之義。選人所長，棄其所短；錄其小善，除其大過。種所坐以盜賊，公負筋力未就，罪至徵徙，非有大惡。昔虞舜事親，大杖則走，故種逃亡，苟全性命，冀有朱家之路，以顯季布之會。陛下無遺須臾之恩，令種有持恩[二]入地之根。

【校記】
[一]由，陳本作回，《後漢書》作曲。
[二]恩，陳本、《後漢書》作忠。

獄中上書
江淹

昔者，賤臣叩心，飛霜擊於燕地；庶女告天，振風襲於齊堂。下官每讀其書，未嘗不廢卷流涕。何者？士有一定之論，女有不易之行，信而見疑，貞而爲戮。是以壯夫義士，伏死而不顧者，此也。下官聞：仁不可恃，善不可依，始謂徒虛語，乃今知之。伏願大王暫停左右，少加憐鑒。

下官本蓬戶桑樞之民，布衣韋帶之士，退不飾《詩》《書》以驚愚，進不買名聲於天下。日者，謬得升降承明之闕，出入金華之殿，何嘗不局影凝嚴，側身扃禁者乎？竊慕大王之義，爲門下之實，備鳴盜雞鳴狗盜〔陳〕淺術之餘，豫三五賤使之永[一]；大王惠以恩光，眄以顏色，實佩荊卿黃金之賜，竊感豫讓國士之分矣。常欲結纓伏劍，少謝萬一；剖心摩踵，以報所天。不圖小人固陋，坐貽謗缺。迹墜昭憲，身限幽圄。履影吊心，酸鼻痛骨。下官聞虧名爲辱，虧形次之，是以每一念來，忽若有遺。加以涉旬月，迫季秋，天光沈陰，左右無色。身非木石，與獄吏爲伍。此少卿所以仰天搥心，泣盡而繼之以血者也。下官雖乏鄉曲之譽，然嘗聞君子之行矣：其上則隱於簾肆之間，臥於巖石之下；次則結綬金馬之庭，高議雲臺之上；次則虜南越之君，係單于之頸，俱[二]啟丹冊，並圖青史。寧當爭分寸之末，競刀錐之利哉！然下官聞積毀銷金，積讒摩骨。遠則直生取疑於盜金，近則伯魚被名於不義。彼之二才，猶或如此；況在下官，焉能自免！昔上將之恥，絳侯幽獄；名臣之羞，史遷下室。[三]如下官，尚何言哉！夫魯連之智，辭祿而不反；接輿之賢，行歌而忘歸。子陵閉關於東越，仲蔚杜門於西秦，亦良可知也。若使下官事非其虛，罪得其實，亦當鉗口吞舌，伏匕首以殞身，何以見齊魯奇節之人，燕趙悲歌之士乎？

方今聖歷欽明，天下樂業，青雲浮雒，榮光塞河。西泊臨洮、狄道，北距飛狐、陽原，莫不浸仁沐義，照景飲醴。而下官抱痛圜門，含憤獄戶，一物之微，有足悲者。仰惟大王少垂明白，則梧丘之魂，不愧於沈首；鵠亭之鬼，無恨於灰骨。不任肝膽之切，敬因執事以聞。此心旣照，死且不朽。

【校記】

[一]永，陳本、《江文通集彙注》作末。

[二]"啟丹冊"至篇末，劉本無，據陳本補。

[三]《江文通集彙注》此有"至"字。

卷三十九

疏一廣

論時政疏
賈誼

臣竊惟事執,可爲痛哭者一,可爲流涕者二,可爲長太息者六,若其它背理而傷道者,難徧以疏舉。進言者皆曰天下已安已治矣,臣獨以爲未也。曰安且治者,非愚則諛,皆非事實知治亂之體者也。夫抱火厝之積薪之下而寢其上,火未及燃,因謂之安,方今之執,何以異此!本末舛逆,首尾衡決,國制搶攘,非甚有紀,胡可謂治!陛下何不一令臣得熟數之於前,因陳治安之策,試詳擇焉!

夫射獵之娛,與安危之機孰急?使爲治勞智慮,苦身體,之[一]鐘皷之樂,勿爲可也。樂與今[二]同,而加之諸侯軌道,兵革不動,民保首領,匈奴賓服,四荒鄉風,百姓素朴,獄訟衰息。大數既得,則天下順治,海內之氣,清和咸理,生爲眀帝,沒爲眀神,名譽之美,垂於無窮。《禮》祖有功而宗有德,使顧成之廟稱爲太宗,上配太祖,與漢亡極。建久安之執,成長治之業,以承祖廟,以奉六親,至孝也;以幸天下,以育羣生,至仁也;立經陳紀,輕重同得,後可以爲萬世法程,雖有愚幼不肖之嗣,猶得蒙業而安,至眀也。以陛下之眀達,因使少知治體者得佐下風,致此非難也。其具可素陳於前,願幸無忽。臣謹稽之天地,驗之徃古,按之當今之務,日夜念此至熟也,雖使禹舜復生,爲陛下計,亡以易此。

夫樹國固必相疑之執也,下數被其殃,上數爽其憂,甚非所以安上而全下也。今或親弟謀爲東帝,親兄之子西鄉而擊,今吳又見告矣。天子春秋鼎盛,行義未過,德澤有加焉,猶尚如是,況莫大諸侯,權力且十此者乎!

然而天下少安,何也?大國之王幼弱未壯,漢之所置傅相方握其事。數年之後,諸侯之王大抵皆冠,血氣方剛,漢之傅相稱病而賜罷,彼自丞尉以上偏置私人，如此有異淮南、濟北之爲邪！此時而欲爲治安，雖堯舜不治。

黃帝曰："日中必熭，操刀必割。"今令此道順而全安，甚易；不肯早爲，已迺墮骨肉之屬而抗劉之，豈有異秦之季世乎！夫以天子之位，乘今之時，因天之助，尚憚以危爲安，以亂爲治，假設陛下居齊桓之處，將不合諸侯而匡天下乎？臣又以知陛下有所必不能矣。假設天下如曩時，淮陰侯尚王楚，黥布王淮南，彭越王梁，韓信王韓，張敖王趙，貫高爲相，盧綰王燕，陳豨在代，令此六七公者皆亡恙，當是時而陛下即天子位，能自安乎？臣有以知陛下之不能也。天下殽亂，高皇帝與諸公併起，非有仄[三]室之勢以豫席之也。諸公幸者，迺爲中涓，其次廑得舍人，材之不逮至遠也。高皇帝以明聖威武即天子位，割膏腴之地以王諸公，多者百餘城，少者乃三四十縣，德至渥也，然其後十年之間，反者九起。陛下之與諸公，非親角材而臣之也，又非身封王之也，自高皇帝不能以是一歲爲安，故臣知陛下之不能也。然尚有可諉者，曰疏，臣請試言其親者。假令悼惠王王齊，元王王楚，中子王趙，幽王王淮陽，共王王梁，靈王王燕，厲王王淮南，六七貴人皆亡恙，當是時陛下即位，能爲治乎？臣又知陛下之不能也。若此諸王，雖名爲臣，實皆有布衣昆弟之心，慮亡不帝制而天子自爲者。擅爵人，赦死辠，甚者或戴黃屋，漢法令非行也。雖行不軌如厲王者，令之不肯聽，召之安可致乎！幸而來至，法安可得加！動一親戚，天下圜視而起，陛下之臣雖有悍如馮敬者，適啓其口，匕首已陷其胸[四]矣。陛下雖賢，誰與領此？故疏者必危，親者必亂，已然之效也。其異姓負彊而動者，漢已幸勝之矣，又不易其所以然。同姓襲是跡而動，既有徵矣，其勢盡又復然。殃旤之變，未知所移，明帝處之尚不能以安，後世將如之何！

屠牛坦一朝解十二牛，而芒刃不頓者，所排擊剝割，皆衆理解也。至於髖髀之所，非斤則斧。夫仁義恩厚，人主之芒刃也；權勢法制，人主之斤斧也。今諸侯王皆衆髖髀也，釋斤斧之用，而欲嬰以芒刃，臣以爲不缺則折。胡不用之淮南、濟北？勢不可也。

臣竊跡前事，大抵彊者先反，淮陰王楚最彊，則最先反；韓信倚胡，則又反；貫高因趙資，則又反；陳豨兵精，則又反；彭越用梁，則又反；黥布用淮南，則又反；盧綰最弱，最後反。長沙迺在二萬五千戶耳，功少而最完，勢疏而最忠，非獨性異人也，亦形勢然也。曩令樊、酈、絳、灌據數十城而王，今雖以殘亡可也；令信、越之倫列爲徹侯而居，雖至今存可也。然則天下之大計可知已。欲諸王之皆忠附，則莫若令如長沙王；欲臣子之勿菹醢，則莫若令如樊、酈等；欲天下之治安，莫若衆建諸侯而少其力。力少則易使以義，國小則亡邪心。令海內之執如身之使臂，臂之使指，莫不制從。諸侯之君不敢有異心，輻湊並進而歸命天子，雖在細民，且知其安，故天下咸知陛下之眀。割地定制，令齊、趙、楚各若干國，使悼惠王、幽王、元王之子孫畢以次各受祖之分地，地盡而止，及燕、梁他國皆然。其分地衆而子孫少者，建以爲國，空而置之，湏其子孫生者，舉使君之。諸侯之地其削頗入漢者，爲徙其侯國，及封其子孫也，所以數償之；一寸之地，一人之衆，天子亡所利焉，誠以定地而已，故天下咸知陛下之廉。地制一定，宗室子孫莫慮不王，下無倍畔之心，上無誅伐之志，故天下咸知陛下之仁。法立而不犯，令行而不逆，貫高、利幾之謀不生，柴奇、開章之計不萌，細民鄉善，大臣致順，故天下咸知陛下之義。卧赤子天下之上而安，植遺復[五]，朝委裘，而天下不亂。當時大治，後世誦聖，一動而王業附，陛下誰憚而久不爲此？

天下之執方病大瘇。一脛之大幾如要，一指之大幾如股，平居不可屈信，一二指搐，身慮亡聊。失今不治，必爲錮[六]疾，後雖有扁鵲，不能爲已。病非徒瘇也，又苦蹠盭。元王之子，帝之從弟也；今之王者，從弟之子也。惠王，親兄子也；今之王者，兄子之子也。親者或亡分地以安天下，疏者或制大權以偪天子，臣故曰非徒病瘇也，又苦蹠盭。可爲痛哭者，此病是也。

天下之執方倒縣。天子者，天下之首，何也？上也。蠻夷者，天下之足，何也？下也。今匈奴嫚娒侵掠，至不敬也，爲天下患，至亡已也，而漢歲致金絮、采繒以奉之。夷狄徵令，是主上之操也；天子共貢，是臣下之禮也。足反居上，首顧居下，倒縣如此，莫之能解，猶爲國有人乎？非直但同[陳]倒縣而已，又類辟，且病痱。夫辟者一面病，痱者一方痛。今西邊北邊之郡，雖有長爵不輕得復，五尺以上不輕得息，斥候望烽燧不得卧，將吏被介冑而睡，臣故曰一方病矣。醫能治之，而上不使，可爲流涕者此也。

陛下何忍以帝王之號而爲戎人諸侯，執旣卑辱，而㜝不息，長此安窮！進謀者率以爲是，固不可解也，亡具甚矣。臣切料匈奴之衆不過漢一大縣，以天下之大困於一縣之衆，甚爲執事者羞之。陛下何不試以臣爲屬國之官以主匈奴？行臣之計，請必係單于之頸而制其命，伏中行說而笞其背，舉匈奴之衆唯上之令。今不獵猛敵而獵田彘，不搏反寇而搏畜菟，翫細娛而不圖大患，非所以爲安也。德可遠施，威可遠加，而直數百里外威令不信，可爲流涕者此也。

今民賣僮者，爲之繡衣絲履偏諸緣，內之閑中，是古天子后服，所以廟而不宴者也，而庶人得以衣婢妾。白縠之表，薄紈之裏，緁以偏諸，美者黼繡，是古天子之服，今富人大賈嘉會召客者以被牆。古者以奉一帝一后而節適，今庶人屋壁得爲帝服，倡優下賤得爲后飾，然而天下不屈者，殆未有也。且帝之身自衣皁綈，而富民牆屋被文繡；天子之后以緣其領，庶人孽妾緣其履：此臣所謂舛也。夫百人作之不能衣一人，欲天下亡寒，胡可得也？一人耕之，十人聚而食之，欲天下亡饑，不可得也！饑寒切於民之肌膚，欲其亡爲姦邪，不可得也。國已屈矣，盜賊直須時耳，然而獻計者曰"毋動"，爲大耳。夫俗至大不敬也，至亡等也，至冒上也，進計者猶曰"毋爲"，可爲長太息者此也。

　　商君遺禮誼，棄仁恩，并心於進取。行之二歲，秦俗日敗。故秦人家富子壯則出分，家貧子壯則出贅。借父耰鉏，慮有德色；母取箕箒，立而誶語。抱哺其子，與公併倨；婦姑不相說，則反唇而相稽。其慈子耆利，不同禽獸者亡幾耳。然并心而赴時，猶曰蹶六國，兼天下。功成求得矣，終不知反廉愧之節，仁義之厚。信并兼之法，遂進取之業，天下大敗；衆掩寡，智欺愚，勇威怯，壯陵衰，其亂至矣。是以大賢起之，威震海內，德從天下。曩之爲秦者，今轉而爲漢矣。然其遺風餘俗，猶尚未改。今世以侈靡相競，而上亡制度，棄禮誼，捐廉恥，日甚，可謂月異而歲不同矣。逐利不耳，慮非顧行也，今其甚者殺父兄矣。盜者剟寢戶之簾，搴兩廟之器，白晝大都之中剽吏而奪之金。矯偽者出幾十萬石粟，賦六百余萬錢，乘傳而行郡國，此其亡行義之先一作尤[陳]至者也。而大臣特以簿書不報，期會之間，以爲大故。至於俗流失，世壞敗，因恬而不知怪，慮不動於耳目，以爲是適然耳。夫移風易俗，使天下回心而鄉道，類非俗吏之所能爲也。俗吏之所務，在於刀筆筐篋，而不知大體。陛下又不自憂，竊爲陛下惜之。

　　夫立君臣，等上下，使父子有禮，六親有紀，此非天之所爲，人之所設也。夫人之所設，不爲不立，不植則僵，不脩則壞。《筦子》曰："禮義廉恥，是謂四維；四維不張，國乃滅亡。"使筦子愚人也則可，筦子而少知治體則是，豈可不爲寒心哉！秦滅四維而不張，故君臣乖亂，六親殃戮，姦人並起，萬民離叛，凡十三歲，而社稷爲虛。今四維猶未備也，故姦人幾幸，而衆心疑惑。豈如今定經制，令君君臣臣，上下有差，父子六親各得其宜，姦人亡所幾幸，而羣臣衆信，上不疑惑。此業一定，世世常安，而後有所持循矣。若夫經制不定，是猶度江河亡維楫，中流而遇風波，船必覆矣！可爲長太息者此也。

　　夏爲天子，十有餘世，而殷受之。殷爲天子，二十餘世，而周受之。周爲天子，三十餘世，而秦受之。秦爲天子，二世而亡。人性不甚相遠也，何三代之君有道之長，而秦無道之暴也？其故可知也。古之王者，太子廼生，固舉以禮，使士負之，有司齊肅端冕，見之南郊，見于天也。過闕則下，過廟則趨，孝子之道也。故自爲赤子而教固已行矣。昔者成王幼在襁抱之中，召公爲太保，周公爲太傅，太公爲太師。保，保其身體；傅，傅之德義；師，道之教訓；此三公之職也。於是爲置三少，皆上大夫也，曰少保、少傅、少師，是與太子宴者也。故廼孩提有識，三公、三少固朙孝仁禮義以道習之，逐去邪人，不使見惡行。於是皆選天下之端士孝悌博聞有道術者以衛翼之，使與太子居處出入。故太子廼生而見正事，聞正言，行正道，左右前後皆正人也。夫習與正人居之，不能毋正，猶生長於齊不能不齊言也；習與不正人居之，不能毋不正，猶生長於楚之地不能不楚言也。故擇其所耆，必先受業，廼得嘗之；擇其所樂，必先有習，廼得爲之。孔子曰："少成若天性，習貫如自然。"及太子少長，知妃一作好[陳]色，則入于學。學者，所學之官一作宮[陳]也。《學禮》曰："帝入東學，上親而貴仁，則親疏有序而恩相及矣；帝入南學，上齒而貴信，則長幼有差而民不誣矣；帝入西學，上賢而貴德，則聖智在位而功不遺矣；帝入北學，上貴而尊爵，則貴賤有等而下不隃矣；帝入太學，承師問道，退習而考於太傅，太傅罰其不則而匡其不及，則德智長而治道得矣。此五學者旣成於上，則百姓黎民化輯於下矣。"及太于[七]旣冠成人，免於保傅之嚴，則有記過之史，徹膳之宰，進善之旌，誹謗之木，敢諫之鼓。瞽史誦詩，工誦箴諫，大夫進謀，士傳民語。習與智長，故切而不愧言切磋而免於愧恥[陳]；化與心成，故中道若性。三代之禮，春朝朝日，秋暮夕月，所以朙有敬也；春秋入學，坐國老，執醬而親饋之，所以朙有孝也；行以鸞和，步中《采齊》，趣中《四[八]夏》，所以朙有度也；其於禽獸，見其生不見[九]其死，聞其聲不食其肉，故遠庖廚，所以長恩，且朙有仁也。

　　夫三代之所以長久者，以其輔翼太子有此具也。及秦而不然。其俗固非貴辭讓也，所以上者告訐也；固非貴禮義也，所上者刑罰也。使趙高傅胡亥而教之獄，所習者非斬劓人，則夷人之三族也。故胡亥今日即位而朙日射人，忠諫者謂之誹謗，深計者謂之妖言，其視殺人若艾草菅然。豈惟胡亥之性惡哉？彼其所以道之者非其理故也。

　　鄙諺曰："不習爲吏，視已成事。"又曰："前車覆，後車誡。"夫三代之所以長久者，其已事可知也；然而不能從者，是不法聖智也。秦世之所以亟絕者，其轍跡可見也；然而不避，是後車又將覆也。夫存亡之變，安危之機，其要在是矣。天下之命，縣于太子；太子之善，在於早諭教與選左右。夫心未濫而先諭教，則化易成也；開于道術智誼之指，則教之力也。若其服習積貫，則左右而已。夫胡、粵之人，生而同聲，耆欲不異，及其長而成俗，累數譯而不能相通，行者有雖死而不相爲者，則敎習然也。臣故曰選左右早諭敎最急。數[十]敎得而左右正，則太子正矣，太子正而天下定矣。《書》曰："一人有慶，兆民賴之。"此時務也。

凡人之智，能見已然，不能見將然。夫禮者禁於將然之前，而法者禁於已然之後，是故法之所用易見，而禮之所爲生難知也。若夫慶賞以勸善，刑罰以懲惡，先王執此之政，堅如金石，行此之令，信如四時，據此之公，無私如天地耳，豈顧不用哉？然而曰"禮云禮云"者，貴絕惡於未萌，而起敎於微眇，使民日遷善遠皋而不自知也。孔子曰："聽訟，吾猶人也，必也使毋訟乎！"爲人主計者，莫如先審取舍，取舍之極定於內，而安危之萌應於外矣。安者非一日而安也，危者非一日而危也，皆以積漸然，不可不察也。人主之所積，在其取舍，以禮義治之者，積禮義；以刑罰治之者，積刑罰。刑罰積而民怨背，禮義積而民和親。故世主欲民之善同，而所以使民善者或異。或道之以德敎，或毆之以法令。道之以德敎者，德敎洽而民氣樂；毆之以法令者，法令極而民風哀。哀樂之感，禍福之應也。秦王之欲尊宗廟而安子孫，與湯武同，然而湯武廣大其德行，六七百載而不失，秦王治天下，十餘歲則大敗。此亡它故矣，湯武之定取舍審而秦王之定取捨不審矣。故天下，大器也。今人之置器，置諸安處則安，置諸危處則危。天下之情與器亡以異，在天子之所置之。湯武置天下於仁義禮樂，而德澤洽，禽獸草木廣裕，德被蠻貊四夷，累子孫數十世，此天下所共聞也。秦王置天下於法令刑罰，德澤亡一有，而怨毒盈於世，下憎惡之如仇，讎既幾及身，子孫誅絕，此天下之所共見也。是非其眀效大驗邪！人之言曰："聽言之道，必以其事觀之，則言者莫敢妄言。"今或言禮誼之不如法令，敎化之不如刑罰，人主胡不引殷、周、秦事以觀之也？

人主之尊譬如堂，羣臣如陛，衆庶如地。故陛九級上，廉遠地，則堂高；陛亡級，廉近地，則堂卑。高者難攀，卑者易陵，理埶然也。故古者聖王制爲等列，內有公卿大夫士，外有公侯伯子男，然後有官師小吏，延及庶人，等級分眀，而天子加焉，故其尊不可及也。里諺曰"欲投鼠而忌器"，此善諭也。鼠近於器，尚憚不投，恐傷其器，況於貴臣之近主乎！廉恥節禮以治君子，故有賜死而亡戮辱。是以黥劓之皋不及大夫，以其離主上不遠也。禮不敢齒君之路馬，蹴其芻者有罰；見君之几杖則起，遭君之乘車則下，入正門則趨；君之寵臣雖或有過，刑戮之皋罪不加其身者，尊君之故也。此所以爲主上豫遠不敬也，所以體貌大臣而厲其節也。今自王侯三公之貴，皆天子之所改容而禮之也，古天[十一]子之所謂伯父、伯舅也，而令與衆庶同黥劓髠刖笞傌棄市之法，然則堂不亡陛乎？被戮辱者不泰迫虖？廉恥不行，大臣無迺握重權，大官而有徒隷亡恥之心虖？夫望夷之事，二世見當以重法者，投鼠而不忌器之習也。

臣聞之，履雖鮮不加於枕，冠雖敝不以苴履。夫嘗已在貴寵之位，天子改容而體貌之矣，吏民嘗俯伏以敬畏之矣，今而有過，帝令廢之可也，退之可也，賜之死可也，滅之可也；若夫束縛之，係緤之，輸之司寇，編之徒官，司寇小吏詈罵而謗[十二]笞之，殆非所以令衆庶見也。夫卑賤者習知尊貴者之一旦吾亦迺可以加此也，非所以習天下也，非尊尊貴貴之化也。夫天子之所嘗敬，衆庶之所嘗寵，死而死耳，賤人安宜得如此而頓辱之哉！

豫讓事中行之君，智伯伐而滅之，移事智伯。及趙滅智伯，豫讓釁面吞炭，必報襄子，五起而不中。人問豫子，豫子曰："中行衆人畜我，我故衆人事之；智伯國士遇我，我故國士報之。"故此一豫讓也，反君事讎，行若狗彘，已而抗節致忠，行出乎列士，人主使然也。故主上遇其大臣如遇犬馬，彼將犬馬自爲也；如遇官徒，彼將官徒自爲也。頑頓亡恥，奭胡結反[陳]詬亡節，廉恥不立，且不自好，苟若而可，故見利則逝，見便則奪。主上有敗，則因而挻之矣；主上有患，則吾苟免而已，立而觀之耳；有便吾身者，則欺賣而利之耳。人主將何便於此？羣下至衆，而主上至少也，所託財器職業者粹—作萃[陳]於羣下也。俱亡恥，俱苟妄[十三]，則主上最病。故古者禮不及庶人，刑不至大夫，所以厲寵臣之節也。古者大臣有坐不廉而廢者，不謂不廉，曰"簠簋不飾"；坐汙穢淫亂男女亡別者，不曰汙穢，曰"帷薄不修"，坐罷軟不勝任者，不謂罷軟，曰"下官不職"。故貴大臣定有其罪矣，猶未斥然正以謼之也，尚遷就而爲之諱也。故其在大譴大何之域者，聞譴何[十四]則白冠氂纓，盤水加劍，造請室而請辠耳，上不執縛係引而行也。其有中罪者，聞命而自弛，上不使人頸盭而加也。其有大罪者，聞命則北面再拜，跪而自裁，上不使捽抑而刑之也，曰："子大夫自有過耳！吾遇子有禮矣。"遇之有禮，故羣臣自憙；嬰以廉恥，故人矜節行。上設廉恥禮義以遇其臣，而臣不以節行報其上者，則非人類也。故化成俗定，則爲人臣者主耳忘身，國耳忘家，公耳忘私，利不苟就，害不苟去，唯義所在，上之化也。故父兄之臣誠死宗廟，法度之臣誠死社稷，輔翼之臣誠死君上，守圉扞敵之臣誠死城郭封疆。故曰聖人有金城者，比物此志也。彼且爲我死，故吾得與之俱生；彼且爲我亡，故吾得與之俱存；夫將爲我危，故吾得與之皆安。顧行而忘利，守節而伏義，故可以託不御之權，可以寄六尺之孤。此厲廉恥行禮誼之所致也，主上何喪焉！此之不爲，而顧彼之久行，故曰可爲長太息者此也。

【校記】
　　[一]之，陳本同。《漢書》、《文選補遺》作乏。
　　[二]令，陳本、《漢書》、《文選補遺》作今。
　　[三]及，陳本、《漢書》、《文選補遺》作仄。
　　[四]胸，陳本、《漢書》、《文選補遺》作匈。
　　[五]復，陳本、《漢書》、《文選補遺》作腹。
　　[六]錮，陳本作痼。《漢書》、《文選補遺》作錮。
　　[七]于，陳本、《漢書》、《文選補遺》作子，是。
　　[八]四，陳本、《漢書》、《文選補遺》作肆。
　　[九]見，陳本作忍。《漢書》作食。《文選補遺》作見。
　　[十]數，陳本、《漢書》、《文選補遺》作夫。
　　[十一]天，陳本作君。《漢書》、《文選補遺》作天。
　　[十二]謗，陳本、《漢書》、《文選補遺》作榜。
　　[十三]妄，陳本作安。《漢書》、《文選補遺》作妄。
　　[十四]何，陳本作訶。《漢書》、《文選補遺》作何。

論積貯疏
賈誼

　　《筦子》曰："倉廩實而知禮節。"民不足而可治者，自古及今，未之嘗聞。古之人曰："一夫不耕，或受之饑；一女不織，或受之寒。"生之有時，而用之亡度，則物力必屈。古之治天下，至纖至悉，故其畜積足恃。今背本而趨末，食者甚衆，是天下之大殘也；淫侈之俗，日日以長，是天下之大賊也。殘賊公行，莫之或止；大命將泛，莫之振救。生之者甚少而靡音糜[陳]之者甚多，天下財產何得不蹶！漢之爲漢幾四十年矣，公私之積猶可哀痛！失時不雨，民且狼顧；歲惡不入，請賣爵、子。旣聞耳矣，安有爲天下阽危者若是而上不驚者？
　　世之有饑穰，天之行也，禹、湯被之矣。即不幸有方二三千里之旱，國胡以相恤？卒然邊境有急，數千百萬之衆，國胡以饋之？兵旱相乘，天下大屈，有勇力者聚徒而衡擊，罷夫羸老易子而齩其骨。政治未畢通也，遠方之能疑者並舉而爭起矣。迺駭而圖之，豈將有及乎？
　　夫積貯者，天下之大命也。苟粟多而財有餘，何爲而不成？以攻則取，以守則固，以戰則勝。懷敵附遠，何招而不至？今敺民而歸之農，皆著於本，使天下各食其力，末技游食之民轉而緣南畮，則畜積足而人樂其所矣。可以爲富安天下，而直爲此倉廩也。

請封建子弟疏
賈誼

陛下即不定制，如今之執，不過一傳再傳，諸侯猶且人恣而不制，豪植而太強，漢法不得行矣。陛下所以爲蕃扞及皇太子之所恃者，唯淮陽、代二國耳。代北邊匈奴，與強敵爲鄰，能自完則足矣。而淮陽之北[一]大諸侯，廑如黑子之著面，適足以餌大國耳，不足以有所禁禦。方今制在陛下，制國而令子適足以爲餌，豈可謂工哉！人主之行異布衣。布衣者，飾小行，競小廉，以自託於鄉黨，人主唯天下安社稷固不耳。高皇帝瓜分天下以王功臣，反者如蝟毛而起，以爲不可，故斬去不義諸侯而虛其國。擇良日，立諸子雒陽上東門之外，畢以爲王，而天下安。故大人者，不牽小行，以成大功。

今淮南地遠者或數千里，越兩諸侯，而縣屬於漢。其吏民繇役往來長安者，自悉而補，中道衣敝，錢用諸費稱此，其苦屬漢而欲得王至甚，逋逃而歸諸侯者已不少矣。其執不可久。臣之愚計，願舉淮南地以益淮陽，而爲梁王立後，割淮陽北邊二三列城與東郡以益梁；不可者，可徙代王而都睢陽。梁起於新郪以北著之河，淮陽包陳以南揵之江，則大諸侯之有異心者，破膽而不敢謀。梁足以扞齊、趙，淮陽足以禁吳、楚，陛下高枕，終亡山東之憂矣，此二世帝及太子[陳]之利也。當今恬然，適遇諸侯之皆少，數歲之後，陛下且見之矣。夫秦日夜苦心勞力以除六國之禍，今陛下力制天下，頤指如意，高拱以成六國之禍，難以言智。苟身亡事，畜亂宿禍，孰視而不定，萬年之後，傳之老母弱子，將使不寧，不可謂仁。臣聞聖主言問其臣而不自造事，故使人臣得畢其愚忠。唯陛下裁幸！

【校記】

[一]北，陳本、《漢書》作比。

論貴粟疏
鼂錯

聖王在上，而民不凍餒者，非能耕而食之，織而衣之也，爲開其資財之道也。故堯、禹有九年之水，湯有七年之旱，而國亡捐瘠者，以畜積多而備先具也。今海內爲一，土地人民之衆不辟湯、禹，加以亡天災數年之水旱，而畜積未及者，何也？地有遺利，民有餘力，生穀之土未盡墾，山澤之利未盡出也，游食之民未盡歸農也。民貧，則姦邪生。貧生於不足，不足生於不農，不農則不地著，不地著則離鄉輕家，民如鳥獸。雖有高城深池，嚴法重刑，猶不能禁也。

夫寒之於衣，不待輕煖；飢之於食，不待甘旨；飢寒至身，不顧廉恥。人情，一日不再食則飢，終歲不製衣則寒。夫腹飢不得食，膚寒不得衣，雖慈母不能保其子，君安能以有其民哉？眀主知其然也，故務民于農桑，薄賦斂，廣畜積，以實倉廩，備水旱，故民可得而有也。

民者，在上所以牧之，趨利如水走下，四方亡擇也。夫珠玉金銀，飢不可食，寒不可衣，然而衆貴之者，以上用之故也。其爲物輕微易藏，在於把握，可以周海內而無飢寒之患。此令臣輕背其主，而民易去其鄉，盜賊有所勸，亡逃者得輕資也。粟米布帛生於地，長於時，聚於力，非可一日成也；數石之重，中人弗勝，不爲姦邪所利，一日弗得而飢寒至。是故眀君貴五穀而賤金玉。

今農夫五口之家，其服役者不下二人，其能耕者不過百畮，百畮之收不過百石。春耕夏耘，秋穫冬藏，伐薪樵，治官府，給繇役；春不得避風塵，夏不得避暑熱，秋不得避陰雨，冬不得避寒凍，四時之間亡日休息；又私自送徃迎來，弔死問疾，養孤長幼在其中。勤苦如此，尚復被水旱之災，急政暴虐，賦斂不時，朝令而暮改。當具[一]有者半賈而賣，亡者取倍稱之息；於是有賣田宅、鬻子孫以償責者矣。而商賈大者積貯倍息，小者坐列販賣，操其奇贏，日游都市，乘上之急，所賣必倍。故其男不耕耘，女不蠶織，衣必文采，食必粱肉；亡農夫之苦，有仟佰之得。因其富厚，交通王侯，力過吏執，以利相傾；千里游敖，冠蓋相望，乘堅策肥，履絲曳縞。此商人所以兼并農人，農人所以流亡者也。

今法律賤商人，商人已富貴矣；尊農夫，農夫已貧賤矣。故俗之所貴，主之所賤也；吏之所卑，法之所尊也。上下相反，好惡乖迕，而欲國富法立，不可得也。方今之務，莫若使民務農而已矣。欲民務農，在於貴粟；貴粟之道，在於使民以粟爲賞罰。今募天下入粟縣官，得以拜爵，得以除罪。如此，富人有爵，農民有錢，粟有所渫。夫能入粟以受爵，皆有餘者也；取於有餘，以供上用，則貧民之賦可損，所謂損有餘、補不足，令出而民利者也。順於民心，所補者三：一曰主用足，二曰民賦少，三曰勸農功。今令民有車騎馬一匹者，復卒三人。車騎者，天下武備也，故爲復卒。神農之教曰："有石城十仞，湯池百步，帶甲百萬，而亡粟，弗能守也。"以是觀之，粟者，王者大用，政之本務。令民入粟受爵，至五大夫以上，迺復一人耳，此其與騎馬之功相去遠矣。爵者，上之所擅，出於口而亡窮；粟者，民之所種，生於地而不乏。夫得高爵與免罪，人之所甚欲也。使天下人入粟于邊，以受爵免罪，不過三歲，塞下之粟必多矣。

【校記】

[一]具，陳本、《文選補遺》作其。《漢書》作具。

諫起上林苑疏
東方朔

臣聞謙遜靜愨，天表之應，應之以福；驕溢靡麗，天表之應，應之以異。今陛下累郎[一]之臺，恐其不高也；弋獵之處，恐其不廣也。如天不爲變，則三輔之地盡可以爲苑，何必盩厔、鄠、杜乎！奢侈越制，天爲之變，上林雖小，臣尚以爲大也。

夫南山，天下之阻也，南有江淮，北有河渭，其地從汧隴以東，商雒以西，厥壤肥饒。漢興，去三河之地，止霸產以西，都涇渭之南[二]，此所謂天下陸海之地，秦之所以虜西戎、兼山東者也。其山出玉石，金、銀、銅、鐵、豫章、檀、柘，異類之物，不可勝原，此百工所取給，萬民所仰足也。又有秔稻梨栗桑麻竹箭之饒，土宜薑芋，水多鼃魚[三]，貧者得以人給家足，無饑寒之憂。故酆鎬之間號爲土膏，其價畝一金。今規以爲苑，絕陂池水澤之利，而取民膏腴之地，上乏國家之用，下奪農桑之業，棄成功，就敗事，損耗五穀，是其不可一也。且盛荊棘之林，而長養麋鹿，廣狐兔之苑，大虎狼之虛，又壞人冢墓，發人室廬，令幼弱懷土而思，耆老泣涕而悲，是其不可二也。斥而營之，垣而囿之，騎馳東西，車騖南北，又有深溝大渠，夫一日之樂不足以危無隄之輿，是其不可三也。故務苑囿之大，不恤農時，非所以彊國富人也。

夫殷作九市之宮而諸侯畔，靈王起章華之臺而楚民散，秦興阿房之殿而天下亂。糞土愚臣，忘生觸死，逆盛意，犯隆指，罪當萬死，不勝大願，願陳《泰階六符》，以觀天變，不可不省。

【校記】

[一]郎，陳本作廊。《漢書》、《文選補遺》作郎，無後"之"字。

[二]"漢興"至"之南"，據陳本補。《漢書》、《文選補遺》亦有。

[三]"秦之所以"至"水多鼃魚"，據陳本補。《漢書》、《文選補遺》亦有。

論限民名田疏
董仲舒

仲舒說上曰："《春秋》它穀不書，至於麥禾不成則書之，以此見聖人於五穀最重麥與禾也。今關中俗不好[一]種麥，是歲失《春秋》之所重，而損生民之具也。願詔大司[二]農，使關中民益種宿麥，令毋後時。"又言："古者稅民不過什一，其求易共；使民不過三日，其力易足。民財內足以養老盡孝，外足以事上共稅，下足以畜妻子極愛，故民說從上。至秦用商鞅之法，改帝王之制，除井田，民得賣買，富者田連阡陌，貧者亡立錐之地。又顓川澤之利，管山林之饒，荒淫越制，踰侈以相高；邑有人君之尊，里有公侯之富，小民安得不困？又加月為更卒，已，復為正一歲，屯戍一歲，力役三十倍於古；田租口賦，鹽鐵之利，二十倍於古。或耕豪民之田，見稅什五。故貧民常衣牛馬之衣，而食犬彘之食。重以貪暴之吏，刑戮妄加，民愁亡聊，亡逃山林，轉為盜賊，赭衣半道，斷獄歲以千萬數。漢興，循而未改。古井田法雖難卒行，宜少近古，限民名田，以澹不足，塞并兼之路。鹽鐵皆歸於民。去奴婢，除專殺之威。薄賦斂，省繇役，以寬民力。然後可善治也。"

【校記】

[一]陳本無"好"字。《漢書》有。
[二]陳本無"司"字。《漢書》有。

卷四十

疏二廣

明堂月令疏
魏相

臣相幸得備員，奉職不修，不能宣廣教化。陰陽未和，災害未息，咎在臣等。臣聞《易》曰："天地以順動，故日月不過，四時不忒；聖王以順動，故刑罰清而民服。"天地變化，必繇陰陽，陰陽之分，以日爲紀。日冬夏至，則八風之序立，萬物之性成，各有常職，不得相干。東方之神太昊，乘"震"執規司春，南方之神炎帝，乘"離"執衡司夏；西方之神少昊，乘"兌"執矩司秋；北方之神顓頊，乘"坎"執權司冬；中央之神黃帝，乘"坤""艮"執繩司下土。茲五帝所司，各有時也。[一]東方之卦不可以治西方，南方之卦不可以治北方。春興"兌"治則饑，秋興"震"治則華，冬興"離"治則泄，夏興"坎"治則雹。明王謹于尊天，慎于養人，故立羲和之官以乘四時，節授民事。君動靜以道，奉順陰陽，則日月光明，風雨時節，寒暑調和。三者得敘，則災害不生，五穀熟，絲麻遂，草木茂，鳥獸蕃，民不夭疾，衣食有餘。若是，則君尊民說，上下亡怨，政教不違，禮讓可興。夫風雨不時，則傷農桑；農桑傷，則民饑寒；饑寒在身，則亡廉恥，寇賊姦宄所繇生也。臣愚以爲陰陽者，王事之本，羣生之命，自古賢聖未有不繇者也。天子之義，必純取法天地，而觀於先聖。高皇帝所述書《天子所服第八》曰："大謁者臣章受詔長樂宮，曰：'令羣臣議天子所服，以安治天下。'相國臣何、御史大夫臣昌謹與將軍臣陵、太子太傅臣通等議：'春夏秋冬天子所服，當法天地之數，中得人和。故自天子王侯有王之君，下及兆民，能法天地，順四時，以治國家，身亡禍殃，年壽永究，是奉宗廟安天下之大禮也。臣請法之。中謁者趙堯舉春，李舜舉夏，兒湯舉秋，貢禹舉冬，四人各職一時。'大謁者襄章奏，制曰：

'可。'"以二月施恩惠於天下,賜孝弟力田及罷軍卒,祠死事者,頗非時節。御史大夫鼂錯時爲太子家令,奏言其狀。臣相伏念陛下恩澤甚厚,然而災氣未息,竊恐詔令有未合當時者也。願陛下選明經通知陰陽者四人,各主一時,時至明言所職,以和陰陽,天下幸甚!

【校記】

[一]"東方之神"至"各有時也",陳本無。《漢書》、《文選補遺》有。

言得失疏
王吉

陛下躬聖質,總萬方,帝王圖籍日陳于前,惟思世務,將興太平。詔書每下,民欣然若更生。臣伏而思之,可謂至恩,未可謂本務也。

欲治之主不世出,公卿幸得遭遇其時,言聽諫從,然未有建萬世之長策,舉明主於三代之隆者也。其務在於期會簿書,斷獄聽訟而已,此非太平之基也。

臣聞聖王宣德流化,必自近始,朝廷不備,難以言治;左右不正,難以化遠。民者,弱而不可勝,愚而不可欺也。聖主獨行於深宮,得則天下稱誦之,失則天下咸言之。行發於近,必見於遠,故謹選左右,審擇所使;左右所以正身也,所使所以宣德也。《詩》云:"濟濟多士,文王以寧。"此其本也。

《春秋》所以大一統者,六合同風,九州共貫也。今俗吏所以牧民者,非有禮義科指可世世通行者也,獨設刑法以守之。其欲治民者,不知所繇,以意穿鑿,各取一切,權譎自在,故一變之後不可復修也。是以百里不同風,千里不同俗,戶異政,人殊服,詐僞萌生,刑罰無極,質樸日銷,恩愛寖薄。孔子曰"安上治民,莫善於禮",非空言也。王者未制禮之時,引先王禮宜於今者而用之。臣願陛下承天心,發大業,與公卿大臣延及儒生,述舊禮,明王制,歐一世之民躋之仁壽之域,則俗何以不若成康,壽何以不若高宗?竊見當世趨務不合於道者,謹條奏,惟陛下財擇焉。

言[一]意以爲,夫婦,人倫大綱,夭壽之萌也。世俗嫁娶太早,未知爲人父母之道而有子,是以教化不明而民多夭。聘妻送女亡節,則貧人不及,故不舉子。又漢家列侯尚公主,諸侯則國人承翁主,使男事女,夫詘於婦,逆陰陽之位,故多女亂。古者衣服車馬貴賤有章,以襃有德而別尊卑,今上下僭差,人人自制,是以貪財趨利,不畏死亡。周之所以能致治,刑措而不用者,以其禁邪於冥冥,絕惡於未萌也。又言"舜、湯不用三公九卿之世而舉皋陶、伊尹，不仁者遠。今使俗吏得任子弟，率多驕騺，不通古今，至於積功治人，亡益於民，此《伐檀》所爲作也。宜朙選求賢，除任子之令。外家及故人可厚以財，不宜居位。去角抵，減樂府，省尚方，朙視示同[陳]天下以儉。古者工不造琱琢，商不通侈靡，非工商之獨賢，政教使之然也。民見儉則歸本，本立而末成。"其指如此。

【校記】

[一]言，陳本、《漢書》作吉。

控制西羌事宜疏
趙充國

武賢欲輕引萬騎，爲兩道出張掖。囬遠千里，以一馬自佗負三十日食，爲米二斛四斗、麥八斛，又有衣裝兵器，難以追逐。勤勞而至，虜必商軍進退。稍引去，逐水草，入山林。隨而深入，虜即據前險，守後阸，以絕糧道，必有傷危之憂，爲夷狄笑，千載不可復。而武賢以爲可奪其畜產、虜其妻子，此殆空言，非至計也。又武威縣、張掖日勒皆當北塞，有通谷水草，臣恐匈奴與羌有謀。且欲大入，幸能要杜張掖、酒泉，以絕西域。其郡兵尤不可悉發，先零首爲叛逆，他種刧略。故臣愚冊，欲捐罕、開闇昧之過，隱而勿章，先行先零之誅以振動之，宜悔過反善，因赦其罪，選擇良吏知其俗者，捬循和輯，此全師保勝安邊之長冊。天子下其書公卿。

上屯田疏
趙充國

臣聞兵者，所以朙德除害也，故舉得於外，則福生於內，不可不慎。使臣將吏士馬牛食，月用糧穀十九萬九千六百三十斛，鹽千六百九十三斛，茭槀二十五萬二百八十六石。難久不解，繇役不息，又恐它夷卒有不虞之變，相因並起，爲朙主憂，誠非素定廟勝之策。且羌虜易以計破，難用兵猝攻言急攻也[陳]也，臣愚心以爲擊之不便。

計度臨羌東至浩亹，羌虜故曰[一]及公田，民所未墾，可二千頃以上，其間郵亭多壞敗者。臣前部士入山，伐材木大小六萬餘枚，皆在水次。願罷騎兵，留弛刑應募，及淮陽、汝南步兵與史士私從者，合九萬二百八十一人，用穀月二萬七千三百六十三斛，鹽三百八斛，分屯要害處。氷解漕下，繕鄉亭，浚溝渠，治湟[二]陿以西道橋七十所，令可至鮮水左右。田事出，賦人二十畮。至四月草生，發郡騎及屬國胡騎伉健各千，倅馬什二，就草，爲田者遊兵。以克入金城郡，益積畜，省大費。今大司農所轉穀至者，足支萬人一歲食。謹上田處及器用簿，唯陛下裁許。

【校記】
　　[一]曰，陳本、《漢書》、《文選補遺》作田，是。
　　[二]湟，陳本作隍。《漢書》、《文選補遺》作湟。

屯田第二疏

　　臣聞帝王之兵，以全取勝，是以貴謀而賤戰。戰而百勝，非善之善者也，故先爲不可勝以待敵之可勝。蠻夷習俗雖殊於禮義之國，然其欲避害就利，愛親戚，畏死亡，一也。今虜亡其美地薦草，愁於寄託遠遯，骨肉心離，人有畔志，而朗主般師罷兵，萬人留田，順天時，因地利，以待可勝之虜，雖未即伏辜，兵決可朞月而望。羌虜瓦解，前後降者萬七百餘人，及受言去者凡七十輩，此坐支解羌虜之具也。

　　臣謹條不出兵留田便宜十二事。步兵九校，吏士萬人，留屯以爲武備，因田致穀，威德並行，一也；又因排折羌虜，令不得歸肥饒之墜[地同[陳]]，貧破其衆，以成羌虜相畔之漸，二也；居民得並田作，不失農業，三也；軍馬一月之食，度支田十二[一]歲，罷騎兵以省大費，四也；至春省甲士卒，循河湟漕穀至臨羌，以眂羌虜，揚威武，傳世折衝之具，五也；以間暇時下所伐材，繕治郵亭，克入金城，六也；兵出，乘危徼幸，不出，令反畔之虜竄於風寒之地，離霜露疾疫瘃墮之患，坐得必勝之道，七也；亡經阻遠追死傷之害，八也；內不損威武之重，外不令虜得乘間之勢，九也；又亡驚動河南大開、小開[二]使生他變之憂，十也；治湟陿中道橋，令可至鮮水，以制西域，信威千里，從枕席上過師，十一也；大費既省，繇役豫息，以戒不虞，十二也。留屯田得十二便，出兵失十二利。臣克國材下，犬馬齒衰，不識長策，唯朙詔博詳公卿議臣採擇。

【校記】
　　[一]十二，陳本、《漢書》、《文選補遺》作士一。
　　[二]"小开"二字據陳本補。《漢書》、《文選補遺》同陳本。

屯田第三疏

　　臣聞兵以計爲本，故多筭勝少筭。先零羌精兵今餘不過七八千人，失地遠客，分散饑凍。罕、开、莫湏[羌屬[陳]]又頗暴略其羸弱畜產，畔還者不絕，皆聞天子朙令相捕斬之賞。臣愚以爲虜破壞可日月冀，遠在來春，故曰兵決可期月而望。竊見北邊自燉煌至遼東萬一千五百餘里，乘塞列隧有吏卒數千人，虜數大衆攻之而不能害。今留步十[一]萬人屯田，地勢平易，多高山遠望之變，部曲相保，爲塹壘木樵，校木囚也[陳]聯不絕，便兵弩，飭鬭具。烽火幸通，執及并力，以逸待勞，兵之利者也。臣愚以爲屯田內有亡費之利，外有守禦之備。騎兵雖罷，虜見萬人留田爲必禽之具，其土崩歸得，宜不久矣。從令盡三月，虜馬羸瘦，必不敢捐其妻子於他種中，遠涉河山而來爲寇。又見屯田之士精兵萬人，終不敢復將其累重還歸故地。是臣之愚計，所以度虜且必瓦解其處，不戰而自破之冊也。至於虜小寇盜，時殺人民，其原未可卒禁。臣聞戰不必勝，不苟接刃；攻不必取，不苟勞衆。誠令兵出，雖不能滅先零，亶能令虜絕不爲小寇，則出兵可也。即今同是而釋坐勝之道，從乘危之執，徃終不見利，空內自罷敝，貶重而自損，非所以視蠻夷也。又大兵一出，還不可復留，湟中亦未可空，如是，徭役復大發也。且匈奴不可不備，烏桓不可不憂。今久轉運煩費，傾我不虞之用以澹一隅，臣愚以爲不便。校尉臨衆幸得承威德，奉厚幣，撫循衆羌，諭以朙詔，宜皆鄉風。雖其前辭嘗曰"得亡校五年"，宜無它心，不足以故出兵。臣竊自惟念，奉詔出塞，引軍遠擊，窮天子之精兵，散車甲於山野，雖亡尺寸之功，媮得避嫌之便，而亡後咎餘責，此人臣不忠之利，非朙主社稷之福也。臣幸得奮精兵，討不義，久留天誅，罪當萬死。陛下寬仁，未忍加誅，令臣數得孰計。愚臣伏計孰甚，不敢避斧鉞之誅，昧死陳愚，唯陛下省察。

【校記】

[一]士，陳本作十。《漢書》、《文選補遺》作士。

諫節儉疏
貢禹

古者宮室有制，宮女不過九人，秣馬不過八匹；墻塗而不彫，木摩而不刻，車輿器物皆不文畫，苑囿不過數十里，與民共之；任賢使能，什一而稅，亡它賦斂繇戍之役，使民歲不過三日，千里之內自給，千里之外各置貢職而已。故天下家給人足，頌聲並作。

至高祖、孝文、孝景皇帝，循古節儉，宮女不過十餘，廄馬百餘匹。孝文皇帝衣綈履革，器亡琱文金銀之飾。後世爭爲奢侈，轉轉益甚，臣下亦相放效，衣服履綺刀劍亂於主上，主上時臨朝入廟，衆人不能別異，甚非其宜。然非自知奢僭也，猶魯昭公曰："吾何僭矣？"

今大夫僭諸侯，諸侯僭天子，天子過天道，其日久矣。承衰救亂，矯復古化，在於陛下。臣愚以爲盡如太古難，宜少放古以自節焉。《論語》曰："君子樂節禮樂。"方今宫室已定，亡可柰何矣，其餘盡可減損。故時齊三服官輸物不過十笥，方今齊三服官作工各數千人，一歲費數鉅萬。蜀廣漢主金銀器，歲各費五百萬。三工官費五千萬，東西織室亦然。廄馬食粟將萬匹。臣禹嘗從之東宮，見賜杯案，畫文畫金銀飾，非當所以賜食臣下也。東宮之費亦不可勝計。天下之民所爲大饑餓死者，是也。今民大饑而死，死又不葬，爲犬猪所食。人至相食，而廄馬食粟，苦其大肥，氣盛怒至，乃日步作之。王者受命於天，爲民父母，固當若此乎？天不見邪？武帝時，又多取好女至數千人，以塡後宮。及棄天下，昭帝幼弱，霍光專事，不知禮正，妄多臧[一]金錢財物，鳥獸魚鼈牛馬虎豹生禽，凡百九十物，盡瘞臧[二]之，又皆以後宮女置於園陵，大失禮，逆天心，又未必稱武帝意也。昭帝晏駕，光復行之。至孝宣皇帝時，陛下惡有所言，羣臣亦隨故事，甚可痛也！故使天下承化，取女皆大過度，諸侯妻妾或至數百人，豪富吏民畜歌者至數十人，是以内多怨女，外多曠夫。及衆庶葬埋，皆虛地上以實地下。其過自上生，皆在大臣循故事之罪也。

唯陛下深察古道，從其儉者，大減損乘輿服御器物，三分去二，子產多少有命。審察後宮，擇其賢者留二十人，餘悉歸之。及諸陵園女亡子者，宜悉遣。獨杜陵宮人數百，誠可哀憐也。廄馬可亡過數十匹。獨舍長安城南苑地以爲田獵之囿，自城西南至山西至鄠皆復其田，以與貧民。方今天下饑饉，可亡大自損減以救之，稱天意乎？天生聖人，蓋爲萬民，非獨使自娛樂而已也。故《詩》曰"天難諶斯，不易惟王"；"上帝臨汝，毋二爾心"。"當仁不讓"，獨可以聖心參諸天地，揆之往古，不可與臣下議也。若其阿意順指，隨君上下，臣禹不勝拳拳，不敢不盡愚忠。

【校記】

[一][二]臧，陳本皆作藏。《漢書》皆作臧。

上政治得失疏
匡衡

臣聞五帝不同樂，三王各異教，民俗殊務，所遇之時異也。陛下躬聖德，開太平之路，閔愚吏民觸法抵禁，比年大赦，使百姓得改行自新，天下幸甚。臣竊見大赦之後，姦邪不爲衰止，今日大赦，朙日犯法，相隨入獄，此殆導之未得其務也。蓋保民者，陳之以德義，示之以好惡，觀其失而制其宜，故動之而和，綏之而安。今天下俗貪財賤義，好聲色，尚侈靡，廉恥之節薄，淫辟之意縱，綱紀失序，疏者踰內，親戚之恩薄，婚姻之黨隆，苟合徼倖，以身設利。不改其原，雖咸赦之，刑猶難使錯而不用也。

臣愚以爲宜一曠然大變其俗。孔子曰："能以禮讓爲國乎，何有？"朝廷者，天下之楨幹也。公卿大夫相與循禮恭讓，則民不爭；好仁樂施，則下不暴；上義高節，則民興行；寬柔和惠，則衆相愛。四者，明王之所以不嚴而成化也。何者？朝有變色之言，則下有爭鬭之患；上有自專之士[一]，則下有不讓之人；上有克勝之佐，則下有傷害之心；上有好利之臣，則下有盜竊之民：此其本也。今俗吏之治，皆不本禮讓，而上克暴，或忮害好陷人於罪，貪財而暴埶，故犯法者衆，姦邪不止，雖嚴刑峻法，猶不爲變。此非其天性，有由然也。

臣竊考《國風》之詩，《周南》《召南》被賢聖之化深，故篤於行而廉於色。鄭伯好勇，而國人暴虎；秦穆貴信，而士多從死；陳夫人好巫，而民淫祀；晉侯好儉，而民畜聚；大王躬仁，邠國貴恕。由此觀之，治天下者審所上而已。今之僞薄忮害，不讓極矣。臣聞教化之流，非家至而人說之也。賢者在位，能者在職，朝廷崇禮，百僚敬讓，道德之行，由內及外，自近者始，然後民知所法，遷善日進而不自知。是以百姓安，陰陽和，神靈應，而嘉祥見。《詩》曰："裔[二]邑翼翼，四方之極；壽考且寧，以保我後生。"此成湯所以建至治，保子孫，化異俗而懷鬼方也。今長安天子之都，親承聖化，然其習俗無以異於遠方，郡國來者無所法則，或見侈靡而放效之。此教化之原本，風俗之樞機，宜先正者也。

臣聞天人之際，精祲有以相盪，善惡有以相推，事作乎下者象動乎上，陰陽之理各應其感，陰變則靜者動，陽蔽則朗者晻，水旱之災隨類而至。今關東連年饑饉，百姓乏困，或至相食，此皆生於賦斂多，民所共者大，而吏安集之不稱之效也。陛下祗畏天戒，哀閔元元，大自減損，省甘泉、建章宮衛；罷珠崖，偃武行文，將欲度唐、虞之隆，絕殷、周之衰也。諸見罷珠崖詔書者，莫不欣欣，人自已將見太平也。宜遂減官[三]室之度，省靡麗之飾，考制度，脩外內，近忠正，遠巧佞，放鄭、衛，進《雅》《頌》，舉異材，開直言，任溫良之人，退刻薄之吏，顯絜白之士，昭無欲之路，覽《六藝》之意，察上世之務，朗自然之道，博和睦之化，以崇至仁，匡失俗，易民視，令海內昭然威[四]見本朝之所貴，道德弘於京師，淑問揚乎疆外，然後大化可成，禮讓可興也。

【校記】

[一]士，陳本作主。《漢書》作士。
[二]裔，陳本、《漢書》作商。
[三]官，陳本、《漢書》作宮。
[四]威，陳本、《漢書》作咸。

戒妃匹勸學疏
匡衡

陛下秉至考[一]，哀傷思慕不絕於心，未有游虞弋射之宴，誠隆於慎終追遠，無窮已也。竊願陛下雖聖性得之，猶復加聖心焉。《詩》云："煢煢在疚"，言成王喪畢思慕，意氣未能平也，蓋所以就文武之業，崇大化之本也。

臣又聞之師曰："妃匹之際，生民之始，萬福之原。"婚姻之禮正，然後品物遂而天命全。孔子論《詩》以《關雎》爲始，言太上者民之父母，后夫人之行不侔乎天地，則無以奉神靈之統而理萬物之宜。故《詩》曰："窈窕淑女，君子好仇。"言能致其貞淑，不貳其操，情欲之感無介乎容儀，宴私之意不形乎動靜，夫然後可以配至尊而爲宗廟主。此綱紀之首，王教之端也。自上世以來，三代興廢，未有不由此者也。願陛下詳覽得失盛衰之效以定大基，采有德，戒聲色，近嚴敬，遠技能。

竊見聖德純茂，專精《詩》《書》，好樂無厭。臣衡材駑，無以輔相善義，宣揚德音。臣聞《六經》者，聖人所以統天地之心，著善惡之歸，明吉凶之分，通人道之正，使不悖于其本性者也。故審《六藝》之指，則天人之理可得而和，草木昆蟲可得而育，此永永不易之道也。及《論語》《孝經》，聖人言行之要，宜究其意。

臣又聞，聖王之自爲動靜周旋，奉天承親，臨朝享臣，物有節文，以章人倫。蓋欽翼祗栗，事天之容也；溫恭敬遜，承親之禮也；王[二]躬嚴恪，臨眾之儀也；嘉惠和說，饗下之顏也。舉錯動作，物遵其儀，故形爲仁義，動爲法則。孔子曰："德義可尊，容止可觀，進退可度，以臨其民，是以其民畏而愛之，則而象之。"《大雅》云："敬慎威儀，惟民之則。"諸侯正月朝覲天子，天子惟道德，昭穆視[三]以視之，又觀以禮樂，饗醴迺歸。故萬國莫不獲賜祉福，蒙化而成俗。今正月初幸路寢，臨朝賀，置酒以饗萬方。《傳》曰"君子慎始"，願陛下留神動靜之節，使群下得望盛德休光，以立基楨，天下幸甚！

【校記】
　　[一]考，陳本、《漢書》作孝。
　　[二]王，陳本、《漢書》作正。
　　[三]視，陳本、《漢書》作穆。

論治性正家疏
匡衡

　　臣聞治亂安危之機，在乎審所用心。蓋受命之王務在創業垂統傳之無窮，繼體之君心存於承宣先王之德而襃大其功。昔者成王之嗣位，思述文武之道以養其心，休烈盛美皆歸之二后而不敢專其名，是以上天歆享，鬼神祐焉。其《詩》曰："念我皇祖，陟降廷止。"言成王常思祖考之業，而鬼神祐助其治也。

　　陛下聖德天覆，子愛海內，然陰陽未和，姦邪未禁者，殆論議者未丕揚先帝之盛功，爭言制度不可用也，務變更之，所更或不可行，而復復之，是以羣下更相是非，吏民無所信。臣竊恨國家釋樂成之業，而宮爲此紛紛也。願陛下詳覽統業之事，留神於遵制揚功，以定羣下之心。《大雅》曰："無念爾祖，聿修厥德。"孔子著之《孝經》首章，蓋至德之本也。《傳》曰："審好惡，理情性，而王道畢矣。"能盡其性，然後能盡人物之性；能盡人物之性，可以贊天地之化。治性之道，必審己之所有餘，而強其所不足。蓋聰明疏通者戒於大察，寡聞少見者戒於雍蔽，勇猛剛強者戒於大暴，仁愛溫良者戒於無斷，湛靜安舒者戒於後時，廣心浩大者戒於遺忘。必審己之所當戒，而齊之以義，然後中和之化應，而巧僞之徒不敢比周而望進。唯陛下戒所以崇聖德。

　　臣又聞室家之道脩，則天下之理得，故《詩》始《國風》，《禮》本《冠》《婚》。始乎《國風》，原情性而明人倫也；本乎《冠》《婚》，正基兆而防未然也。福之興莫不本乎室家。道之衰莫不始乎梱內。故聖王必慎妃后之際，別適長之位。禮之於內也，卑不踰尊，新不先故，所以統人情而理陰氣也。其尊適而卑庶也，適子冠乎阼，禮之用醴，衆子不得與列，所以貴正體而勔嫌疑也。非虛加其禮文而已，乃中心與之殊異，故禮探其情而見之外也。聖人動靜游燕，所親物得其序；得其序，則海內自脩，百姓從化。如當親者疏，當尊者卑，則佞巧之姦因時而動，以亂國家。故聖人慎防其端，禁於未然，不以私恩害公義。陛下聖德純備，莫不脩正，則天下無爲而治。《詩》云："于以四方，克定厥家。"《傳》曰："正家而天下定矣。"

論甘延壽等疏
劉向

郅支單于囚殺使者吏士以百數，事暴揚外國，傷威毀重，羣臣皆閔焉。陛下赫然欲誅之，意未嘗有忘。西域都護延壽、副校尉湯承聖指，倚神靈，總百蠻之君，攬城郭之兵，出百死，入絕域，遂蹈康居，屠五重城，搴歙侯之旗，斬郅支之首，縣旌萬里之外，揚威昆山之西，掃谷吉之恥，立昭明之功，萬夷慴伏，莫不懼震。呼韓邪單于見郅支已誅，且喜且懼，鄉風馳義，稽首來賓，願守北藩，累世稱臣。立千載之功，建萬世之安，羣臣之勳莫大焉。昔周大夫方叔、吉甫爲宣王誅獫狁而百蠻從，其《詩》曰："嘽嘽焞焞，如霆如雷，顯允方叔，征伐獫狁，蠻荊來威。"《易》曰："有嘉折首，獲匪其醜。"言美誅首惡之人，而諸不順者皆來從也。今延壽、湯所誅震，雖《易》之"折首"、《詩》之"雷霆"不能及也。

論大功者，不錄小過；舉大美者，不疵細瑕。《司馬法》曰"軍賞不踰月"，欲民速得爲善之利也。蓋急武功、重用人也。吉甫之歸，周厚賜之，其《詩》曰："吉甫宴喜，既多受祉，來歸自鎬，我行永久。"千里之鎬，猶以爲遠，況萬里之外，其勤至矣！延壽、湯既未獲受祉之報，反屈捐命之功，久挫於刀筆之前，非所以勸有功厲戎士也。昔齊桓前有尊周之功，後有滅項之罪，君子以功覆過而爲之諱行事。貳師將軍李廣利捐五萬之師，靡億萬之費，經四年之勞，而厪獲駿馬三十匹，雖斬宛王毋鼓之首，猶不足以復費，其私罪惡甚多。孝武以爲萬里征伐，不錄其過，遂封拜兩侯、三卿、二千石百有餘人。今康居之國彊于大宛，郅支之號重於宛王，殺使者罪甚於留馬，而延壽、湯不煩漢士，不費斗糧，比於貳師，功德百之。且常惠隨欲擊之烏孫，鄭吉迎自來之日逐，猶皆裂土受爵。故言威武勤勞則大於方叔、吉甫，列功覆過則優於齊桓、貳師，近事之功則高於安遠、長羅，而大功未著，小惡數布，臣竊痛之！宜以時解縣通籍，除過勿治，尊寵爵位，以勸有功。

諫起昌陵疏
劉向

臣聞《易》曰："安不忘危，存不忘亡，是以身安而國家可保也。"故賢聖之君，博觀終始，窮極事情，而是非分明。王者必通三統，明天命所授者博，非獨一姓也。孔子論《詩》，至於"殷士膚敏，祼將于京"，喟然歎曰："大哉天命！善不可不傳於子孫，是以富貴無常；不如是，則王公其何以戒慎，民萌何以勸勉？"蓋傷微子之事周，而痛殷之亡也。雖有堯、舜之聖，不能化丹朱之子；雖有禹、湯之德，不能訓末孫之桀、紂。自古及今，未有不亡之國也。昔高皇帝旣滅秦，將都雒陽，感悟劉敬之言，自以德不及周而賢於秦，遂徙都關中，依周之德，因秦之阻。世之長短，以德爲效，故常戰栗，不敢諱亡。孔子所謂"富貴無常"，蓋謂此也。

孝文皇帝居霸陵，北臨厠，意悽愴悲懷，顧謂羣臣曰："嗟乎！以北山石爲椁，用紵絮斮陳漆其間，豈可動哉？"張釋之進曰："使其中有可欲，雖錮南山猶有隙；使其中無可欲，雖無石椁，又何感焉？"夫死者無終極，而國家有廢興，故釋之之言，爲無窮計也。孝文悟焉，遂薄葬，不起山墳。

《易》曰："古之葬者，厚衣之以薪，藏之中野，不封不樹。後世聖人易之以棺椁。"棺椁之作，自黃帝始。黃帝葬於橋山，堯葬濟陰，丘壠皆小，葬具甚微。舜葬蒼梧，二妃不從。禹葬會稽，不改其列。殷湯無葬處。文、武、周公葬于畢，秦穆公葬於雍橐泉宮祈年館下，樗里子葬於武庫，皆無丘壠之處。此聖帝明王賢君智士遠覽獨慮無窮之計也。其賢臣孝子亦承命順意而薄葬之，此誠奉安君父，忠孝之至也。

夫周公，武王弟也，葬兄甚微。孔子葬母於防，稱古墓而不墳，曰："丘，東西南北之人也，不可不識也。"爲四尺墳，遇雨而崩。弟子修之，以告孔子，孔子流涕曰："吾聞之，古者不修墓。"蓋非之也。延陵季子適齊而反，其子死於嬴、博之間，穿不及泉，斂以時服，封墳掩坎，其高可隱，而號曰："骨肉歸復於土，命也，魂氣則無不之也。"夫嬴、博去吳千有餘里，季子不歸葬。孔子徃觀曰："延陵季子於禮合矣。"故仲尼孝子，而延陵慈父，舜禹忠臣，周公弟弟，其葬君親骨肉，皆微薄矣；非苟爲儉，誠便於體也。宋桓司馬爲石椁，仲尼曰："不如速朽。"秦相呂不韋集知畧之士而造《春秋》，亦言薄葬之義，皆明於事者也。

逮至吳王闔閭，違禮厚葬，十有餘年，越人發之。及秦惠文、武、昭、嚴、襄五王，皆大作丘壠，多其瘞藏，咸盡發掘暴露，甚足悲也。秦始皇帝葬于驪山之阿，下錮三泉，上崇山墳，其高五十餘丈，周回五里有餘；石椁爲游館，人膏爲燈燭，水銀爲江海，黃金爲鳧鴈。珍寶之藏，機械之變，棺椁之麗，宮館之盛，不可勝原。又多殺宮人，生薶工匠，計以萬數。天下苦其役而反之，驪山之作未成，而周章百萬之師至其下矣。項籍燔其宮室營宇，徃[一]者咸見發掘。其後牧兒亡羊，羊入其鑿，牧者持火照求羊，失火燒其臧[二]椁。自古及今，葬未有盛如始皇者也，數年之間，外被項籍之災，內離牧豎之禍，豈不哀哉！

是故德彌厚者葬彌薄，知愈深者葬愈微。無德寡知，其葬愈厚，丘壠彌高，宮廟甚麗，發掘必速。由是觀之，䀎暗之效，葬之吉凶，昭然可見矣。周德旣衰而奢侈，宣王賢而中興，更爲儉宮室，小寢廟，詩人美之，《斯干》之詩是也，上章道宮室之如制，下章言子孫之衆多也。及魯嚴公刻飾宗廟，多築臺囿，後嗣再絕，《春秋》刺焉。周宣如彼而昌，魯、秦如此而絕，是則奢儉之得失也。

　　陛下即位，躬親節儉，始營初陵，其制絕小，天下莫不稱賢䀎。及徙昌陵，增埤爲高，積土爲山，發民墳墓，積以萬數，營起邑居，期日迫卒，功費大萬百餘。死者恨于下，生者愁於上，怨氣感動陰陽，因之以饑饉，物故流離以十萬數，臣甚愍焉。以死者爲有知，發人之墓，其害多矣；若其無知，又安用大？謀之賢知則不說，以示衆庶則苦之；若苟以說愚夫淫侈之人，又何爲哉！陛下慈仁篤美甚厚，聰䀎疏達蓋世，宜弘漢家之德，崇劉氏之美，光昭五帝、三王，而顧與暴秦亂君，競爲奢侈，比方丘隴，說愚夫之目，隆一時之觀，違賢知之心，亡萬世之安，臣竊爲陛下羞之。唯陛下上覽䀎聖黃帝、堯、舜、禹、湯、文、武、周公、仲尼之制，下觀賢知穆公、延陵、樗里、張釋之之意。孝文皇帝去墳薄葬，以儉安神，可以爲則；秦昭、始皇，增山厚藏，以侈生害，足以爲戒。初陵之撫，宜從公卿大臣之議，以息衆庶。

【校記】
　　[一]徃，陳本作在。《漢書》作往。
　　[二]臧，陳本作藏。《漢書》作臧。

上星孛疏
劉向

　　臣聞帝舜戒伯禹，毋若丹朱傲；周公戒成王，毋若殷王紂。《詩》曰"殷鑒不遠，在夏后之世"，亦言湯以桀爲戒也。聖帝䀎王常以敗亂自戒，不諱廢興，故臣敢極陳其愚，唯陛下留神察焉。

　　謹按春秋二百四十二年，日蝕三十六，襄公尤數，率三歲五月有奇而一食。漢興訖竟寧，孝景帝尤數，率三歲一月而一食。臣向嘗數言日當食，今連三年比食。自建始以來，二十歲間而八食，率二歲六月而一發，古今罕有。異有小大希稠，占有舒疾緩急，而聖人所以斷疑也。《易》曰："觀乎天文，以察時變。"昔孔子對魯哀公，並言夏桀、殷紂暴虐天下，故歷[一]失則攝提失方，孟陬無紀，此皆易姓之變也。秦始皇之未至二世時，日月薄食，山陵淪亡，辰星出於四孟，太白經天而行，無雲而雷，枉矢夜光，熒惑襲月,蘖火燒宫,野禽戲廷,都門内崩,長人見臨洮,石隕于東郡,星孛大角,大角以亡。觀孔子之言,考暴秦之異,天命信可畏也。及項籍之敗,亦孛大角。漢之入秦,五星聚于東井,得天下之象也。孝惠時,有雨血,日食於衝,滅光星見之異。孝昭時,有泰山卧石自立,上林僵柳復起,大星如月西行,衆星隨之,此爲特異。孝宣興起之表,天狗夾漢而西,久陰不雨者二十餘日,昌邑不終之異也。皆著於《漢紀》。觀秦、漢之易世,覽惠、昭之無後,察昌邑之不終,視孝宣之紹起,天之去就,豈不昭昭然哉!高宗、成王亦有雊雉拔木之變,能思其故,故高宗有百年之福,成王有復風之報。神眀之應,應若景嚮,世所同聞也。

臣幸得託末屬,誠見陛下寬朗之德,冀銷大異,而興高宗、成王之聲,以崇劉氏,故狠狠數奸死亡之誅。今日食尤屢,星孛束[二]井,攝提炎及紫宫,有識長老莫不震動。此變之大者也。其事難一二記,故《易》曰:"書不盡言,言不盡意。"是以設卦指爻,而復說義。《書》曰"伻來以圖",天文難以相曉,臣雖圖上,猶湏口說,然後可知。願賜清燕之間,指圖陳狀。

上輒入之,然終不能用也。

【校記】

[一]歷,《漢書》作曆。

[二]束,《漢書》作東。

卷四十一

疏三廣

救陳湯疏
谷永

臣聞楚有子玉得臣，文公爲之側席而坐；趙有廉頗、馬服，彊秦不敢窺兵井陘；近漢有郅都、魏尚，匈奴不敢南鄉沙漠。由是言之，戰克之將，國之爪牙，不可不重也。蓋"君子聞鼓鼙之聲，則思將率之臣"。竊見關內侯陳湯，前使副西域都護，忿郅支之無道，閔王誅之不加，策慮愊憶，義勇奮發，卒興師奔逝，橫厲烏孫，踰集都賴，屠三重城，斬郅支首，報十年之逋誅，雪邊吏之宿恥，威震百蠻，武揚西海，漢元以來，征伐方外之將，未嘗有也。今湯坐言事非是，幽囚久繫，歷時不決，執憲之吏欲致之大辟。昔白起爲秦將，南拔郢都，北阬趙括，以纖介之過，賜死杜郵，秦民憐之，莫不隕涕。今湯親秉鉞，席卷喋血萬里之外，薦功祖廟，告類上帝，介冑之士靡不慕義。以言事爲罪，無赫赫之惡。《周書》曰："記人之功，忘人之過，宜爲君者也。"夫犬馬有勞于人，尚加帷蓋之報，況國之功臣者哉！竊恐陛下忽於鼓鼙之聲，不察《周書》之意，而忘帷蓋之施，庸臣遇湯，卒從吏議，使百姓介然有秦民之恨，非所以厲死難之臣也。

言黑龍見疏
谷永

臣聞王天下有國家者，患在上有危亡之事，而危亡之言不得上聞；如使危亡之言輒上聞，則商、周不易姓而迭興，三正不變改而更用。夏、商之將亡也，行道之人皆知之，晏然自以若天有日莫能危，是故惡日廣而不自知，大命傾而不悟。《易》曰："危者有其安者也，亡者保其存者也。"陛下誠垂寬明之聽，無忌諱之誅，使芻蕘之臣得盡所聞於前，不懼於後患，直言之路開，則四方衆賢不遠千里，輻輳陳忠，羣臣之上願，社稷之長福也。

漢家行夏正，夏正色黑，黑龍，同姓之象也。龍陽德，由小之大，故爲王者瑞應。未知同姓有見本朝無繼嗣之慶，多危殆之隙，欲因擾亂舉兵而起者邪？將動心冀爲後者，殘賊不仁，若廣陵、昌邑之類？臣愚不能處也。[一]元年九月黑龍見，其晦，日有食之。今年二月己未夜星隕，乙酉，日有食之。六月之間，大異四發，二而同月，三代之末，春秋之亂，未嘗有也。臣聞三代所以隕社稷喪宗廟者，皆由婦人與羣惡沈湎於酒。《書》曰"乃用婦人之言，自絶於天"；"四方之逋逃多罪，是宗[二]是長，是信是使"。《詩》云："燎之方陽[三]，寧或滅之？赫赫宗周，褒姒滅之！"《易》曰："濡其首，有孚失是。"秦所以二世十六年而亡者，養生泰奢，奉終泰厚也。二者陛下兼而有之，臣請略陳其效。

《易》曰"在中饋，無攸遂"，言婦人不得與事也。《詩》曰"懿厥悊婦，爲梟爲鴟"；"匪降自天，生自婦人"。建始、河平之際，許、斑之貴，傾[四]動前朝，熏灼四方，賞賜無量，空虛內臧，女寵至極，不可上矣。今之後起，天所不饗，什倍于前。廢先帝法度，聽用其言，官秩不當，縱釋王誅，驕其親屬，假之威權，從橫亂政，刺舉之吏，莫敢奉憲。又以掖庭獄大爲亂阱，榜箠瘐於炮烙，絶滅人命，主爲趙、李報德復怨，反除白罪，建[五]治正吏，多系無辜，掠立迫恐，至爲人起責，分利受謝。生入死出者，不可勝數。是以日食再既，以昭其辜。

王者必先自絶，然後天絶之。陛下棄萬乘之至貴，樂家人之賤事，厭高美之尊號，好匹夫之卑字，崇聚僄輕無義小人以爲私客，數離深宮之固，挺身晨夜，與羣小相隨，烏集雜會，飲醉吏民之家，亂服共坐，沈湎媟嫚，溷殽無別，閔免遁樂，晝夜在路。典門戶奉宿衛之臣，執干戈而守空宮，公卿百僚不知陛下所在，積數年矣。

王者以民爲基，民以財爲本，財竭則下畔，下畔則下亡。是以明王愛養基本，不敢窮極，使民如承大祭。今陛下輕奪民財，不愛民力，聽邪臣之計，去高敞初陵，捐十年功緒，改作昌陵，反天地之性，因下爲高，積土爲山，發徒起邑，並治宮館，大興繇役，重增賦斂，徵發如雨，役百乾溪，費疑驪山，靡敝天下，五年不成而後反故。又廣盯營表，發人冢墓，斷截骸骨，暴揚尸柩，百姓財竭力盡，愁恨感天，災異屢降，饑饉仍臻。流散冗食，餧死於道，以百萬數。公家無一年之畜，百姓無旬日之儲，上下俱匱，無以相救。《詩》云："殷監不遠，在夏后之世。"願陛下追觀夏、商、周、秦所以失之，以鏡考己行。有不合者，臣當伏妄言之誅。

漢興九世，百九十餘載，繼體之主七，皆承天順道，遵先祖法度，或以中興，或以治安。至於陛下，獨違道縱欲，輕身妄行，當盛壯之隆，無繼嗣之福，有危亡之憂，積失君道，不合天意，亦已多矣。爲人後嗣，守人功業，如此豈不負哉！方今社稷宗廟禍福安危之機在於陛下，陛下誠肯發朙聖之德，昭然遠寤，畏此上天之威怒，深懼危亡之徵兆，蕩滌邪辟之惡志，厲精致政，專心反道，絕羣小之私客，免不正之詔除，悉罷北宮私奴車馬婿情同[陳]出之具，克己復禮，毋二微行出飲之過，以防迫切之禍，深惟日食再既之意，抑損椒房玉堂之盛寵，毋聽後宮之請謁，除掖庭之亂獄，出[六]炮烙之陷穽，誅戮佞邪之臣及左右執左道以事上者，以塞天下之望，且寢初陵之作，止諸繕治宮室，闕更減賦，盡休力役，存卹振捄困乏之人以弭遠方，厲崇忠直，放退殘賊，無使素餐之吏久尸厚祿，以次貫行，固執無違，夙夜孳孳，屢省無怠，舊愆畢改，新德既章，纖介之邪不復載心，則赫赫大異庶幾可銷，天命去就庶幾可復，社稷宗廟庶幾可保。唯陛下留神反覆，熟省臣言。臣幸得備邊鄙之吏，不知本朝失得，瞽言觸忌諱，罪當萬死。

【校記】
[一]"漢家行夏正"至"臣愚不能處也"，陳本無。
[二]宗，陳本作崇。《漢書》作宗。
[三]陽，陳本作揚。《漢書》作陽。
[四]湏，陳本、《漢書》作頃。
[五]建，陳本作逮。《漢書》作建。
[六]出，陳本作去。《漢書》作出。

論微行宴飲疏
谷永

臣永幸得以愚朽之材爲太中大夫，備拾遺之臣，從朝者之後，進不能盡思納忠輔宣聖德，退無被堅執銳封不義之功，猥蒙厚恩，仍遷至北地太守。絕命隕首，身膏野草，不足以報塞萬分。陛下聖德寬仁，不遺易忘之臣，垂周文之聽，下及芻蕘之愚，有詔使衛尉受臣永所欲言。臣聞事君之義，有言責者盡其忠，有官守者修其職。臣永幸得免於言責之辜，有官守之任，當畢力遵職，養綏百姓而已，不宜復關得失之辭。忠臣之於上，志在過厚，是故遠不違君，死不忘國。昔史魚既沒，餘忠未訖，委柩後寢，以屍達誠；汲黯身外思內，發憤舒憂，遺言李息。《經》曰："雖爾身在外，乃心無[一]不在王室。"臣永幸得給事中出入三年，雖執干戈守邊垂，思慕之心常存於省闥，是以敢越郡吏之職，陳累年之憂。

臣聞天生烝民，不能相治，爲立王者以統理之，方制海內非爲天子，列土封疆非爲諸侯，皆以爲民也。垂三統，列三正，去無道，開有德，不私一姓，明天下乃天下之天下，非一人之天下也。王者躬行道德，承順天地，博愛仁恕，因及行葦，籍稅取民不過常法，宮室車服不踰制度，事節財足，黎庶和睦，則卦氣理效，五徵時序，百姓壽考，庶草蕃滋，符瑞並降，以昭保右。失道妄行，逆天暴物，窮奢極欲，湛湎荒淫，婦言是從，誅逐仁賢，離逖骨肉，羣小用事，峻刑重賦，百姓愁怨，則卦氣悖亂，咎徵著郵，上天震怒，災異屢降，日月薄食，五星失行，山崩川潰，水泉踊出，妖孽並見，茀星耀光，飢饉荐臻，百姓短折，萬物夭傷。終不改寤，惡洽變備，不復譴告，更命有德。《詩》云："乃眷西顧，此惟與宅。"

夫去惡奪弱，遷命賢聖，天地之常經，百王之所同也。加以功德有厚薄，期質有脩短，時世有中季，天道有盛衰。陛下承八世之功業，當陽數之標季，涉三七之節紀，遭《无[二]妄》之卦運，直百六之災阨。三難異科，雜焉同會。建始元年以來二十載間，羣災大異，交錯鋒起，多於《春秋》所書。八世著記，久不塞除，重以今年正月己亥朔日有食之，三朝之會，四月丁酉，四方衆星白晝流隕，七月辛未彗星橫天。乘三難之際會，畜衆多之災異，因之以飢饉，接之以不贍。彗星，極異也，土精所生，流隕之應出於饑變之後，兵亂作矣。厥期不久，隆德積善，懼不克濟。內則爲深宮後庭將有驕臣悍妾醉酒狂悖卒起之敗，北宮苑囿街巷之中臣妾之家幽閒之處徵舒、崔杼之亂；外則爲諸夏下土將有樊並、蘇令、陳勝、項梁奮臂之禍。內亂朝暮，日戒諸夏，舉兵以火角爲期。安危之分界，宗廟之至憂，臣永所以破膽寒心，豫言之累年。下有其萌，然後變見于上，可不致謹！

禍起細微，姦生所易。願陛下正君臣之義，無復與羣小媟黷燕飲；中黃門後庭素驕慢不謹，嘗以醉酒失臣禮者，悉出勿留。勤三綱之嚴，修後宮之政，抑遠驕妬之寵，崇近婉順之行，加惠失志之人，懷柔怨恨之心。保至尊之重，秉帝王之威，朝覲法出而後駕，陳兵清道而後行，無復輕身獨出，飲食臣妾之家。三者既除，內亂之路塞矣。

諸夏舉兵，萌在民飢饉而吏不卹，興於百姓困而賦斂重，發於下怨離而上不知。《易》曰："屯其膏，小貞吉，大貞凶。"傳曰："饑而不損茲謂泰，厥災水，厥咎亡。"《訞辭》曰："關動牡飛，辟爲無道，臣爲非，厥咎亂，臣謀篡。"王者遭衰難之世，有饑饉之災，不損用而大自潤，故凶；百姓困貧無以共求，愁悲死[三]恨，故水；城關守國之固，固將去焉，故牡飛。往年郡國二十一傷於水災，禾黍不入。今年蠶麥咸惡。百川沸騰，江河溢決，大水泛濫郡國五十有餘。比年喪稼，時過無宿麥。百姓失業流散，羣輩守關。大異較炳如彼，水災浩浩，黎庶窮困如此，宜損常稅小自潤之時，而有司奏請加賦，甚繆經義，逆於民心，布怨趨禍之道也。牡飛之狀，殆為此發。古者穀不登虧膳，災屢至損服，凶年不墐塗，朙王之制也。《詩》云："凡民有喪，扶服捄之。"《論語》曰："百姓不足，君孰與足？"臣願陛下勿許加賦之奏，益減大官、導官、中御府、均官、掌畜、廩犧用度，止尚方、織室、京師郡國工服官發輸造作，以助大司農。流恩廣施，振贍困乏，開關梁，內流民，恣所欲之，以救其急。立春，遣使者循行風俗，宣布聖德，存恤孤寡，問民所苦，勞二千石，敕勸耕桑，毋奪農時，以慰綏元元之心，防塞大姦之隙，諸夏之亂，庶幾可息。

臣聞上主可與為善而不可與為惡，下主可與為惡而不可與為善。陛下天然之性，疏通聰敏，上主之姿也。少省愚臣之言，感寤二難，深畏大異，定心為善，捐忘邪志，毋二舊愆，厲精致政，至誠應天，則積異塞於上，禍亂伏於下，何憂患之有？竊恐陛下公志未專，私好頗存，尚愛羣小，不肯為耳！

【校記】

［一］無，陳本作罔。《漢書》作無。

［二］旡，陳本同。《漢書》作无。

［三］死，陳本、《漢書》作怨。

論神怪疏
谷永

臣聞朙於天地之性，不可惑以神怪；知萬物之情，不可罔以非類。諸背仁義之正道，不遵《五經》之法言，而盛稱奇怪鬼神，廣崇祭祀之方，求報無福之祠，及言世有僊人，服食不終之藥，遙遙同[陳]興輕舉，登遐倒景，覽觀縣玄同[陳]圃，浮游蓬萊，耕耘五德，朝種暮穫，與山石無極，黃冶變化，堅冰淖溺，化色五倉之術者，皆姦人惑眾，挾左道，懷詐偽，以欺罔世主。聽其言，洋洋盈耳，若將可遇；求之，盪盪如係風捕景，終不可得。是以朙王距而不聽，聖人絕而不語。昔周史萇弘欲以鬼神之術輔尊靈王會朝諸侯，而周室愈微，諸侯愈叛。楚懷王隆祭祀，事鬼神，欲以獲福助、卻秦師，而兵挫地削，身辱國危。秦始皇初并天下，甘心於神僊之道，遣徐福、韓終之屬多齎童男童女入海求神僊、采藥，因逃不還，天下怨恨。

漢興，新垣平、齊人少翁、公孫卿、欒大等，皆以僊人、黃冶、祭祠、事鬼使物、入海求神僊采藥貴幸，賞賜累千金。大見尊盛，至妻公主，爵位重絫，震動海內。元鼎、元封之際，燕、齊之間方士瞋目扼擥，言有神僊祭祀致福之術者以萬數。其後，平等皆以術窮詐得，誅夷伏辜。至初元中，有天淵玉女、鉅鹿神人、轑陽侯師張宗之姦，紛紛復起。夫周秦之末，三五之隆，已嘗專意散財，厚爵錄，疎精神，舉天下以求之矣。曠日經年，靡有豪氂之驗，足以揆今。《經》曰："享多儀，儀不及物，惟曰不享。"《論語》曰："子不語怪神。"唯陛下距絕此類，毋令姦人有以窺朝者。

訟馮奉世疏
杜欽

前莎車王殺漢使者，約諸國背畔。左將軍奉世以衛候便宜發兵，誅莎車王，策定城郭，功施邊境。議者以奉世奉使有指，《春秋》之義亡遂事，漢家之法有矯制，故不得侯。今匈奴郅支單于殺漢使者，亡保康居，都護延壽發城郭兵、屯田吏士四萬餘人以誅斬之，封為列侯。臣愚以為比罪則郅支薄，量敵則莎車眾，用師則奉世寡，計勝則奉世為功於邊境安，慮敗則延壽為禍於國家深。其違命而擅生事同，延壽割地封，而奉世獨不錄。臣聞功同賞異則勞臣疑，罪鈞刑殊則百姓惑；疑生無常，惑生不知所從；亡常則節趨不立，不知所從則百姓無所錯手足。奉世圖難忘死，信命殊俗，威功白著，為世使表，獨抑厭而不揚，非聖主所以塞疑厲節之意也。願下有司議。

上徙都成周疏
翼奉

臣聞昔者盤庚改邑以興殷道，聖人美之。竊聞漢德隆盛，在於孝文皇帝躬行節儉，外省繇役。其時未有甘泉、建章及上林中諸離宮館也。未央宮又無高門、武臺、麒麟、鳳皇、白虎、玉堂、金華之殿，獨有前殿、曲臺、漸臺、宣室、溫室、承明耳。孝文欲作一臺，度用百金，重民之財，廢而不為，其積土基，至今猶存，又下遺詔，不起山墳，故其時天下大和，百姓洽足，德流後嗣。

如今處於當今，因此制度，必不能成功名。天道有常，王道亡常，亡常者所以應有常也。必有非常之主，然後能立非常之功。臣願陛下徙都於成周，左據成皋，右阻黽池，前鄉崧高，後介大河，建滎陽，扶河東，南北千里以為關，而入敖倉；地方百里者八九，足以自娛；東厭諸侯之權，西遠羌胡之難，陛下共己亡爲，按成周之居，兼盤庚之德，萬歲之後，長爲高宗。漢家郊兆寢廟祭祀之禮多不應古，臣奉誠難宣居而改作，故願陛下遷都正本。衆制皆定，亡復善治宮館不急之費，歲可餘一年之畜。

　　臣聞三代之祖積德以王，然皆不過數百年而絕。周至成王，有上賢之材，因文武之業，以周召爲輔，有司各敬其事，在位莫非其人。天下甫二世耳，然周公猶作詩書深戒成王，以恐失天下。《書》則曰："王毋若殷王紂。"其《詩》則曰："殷之未喪[一]，克配上帝；宜監于殷，駿命不易。"今漢初取天下，起于豐沛，以兵征伐，德化未洽，後世奢侈，國家之費當數代之用，非直費財，又乃費士。孝武之世，暴骨四夷，不可勝數。有天下雖未久，至於陛下八世九主矣，雖有成王之明，然亡周召之佐。今東方連年饑饉，加之以疾疫，百姓菜色，或至相食。地比震動，天氣溷濁，日光侵奪。繇此言之，執國政者豈可以不懷怵惕而戒萬分之一乎！故臣願陛下因天變而徙都，所謂與天下更始者也。天道終而復始，窮則反本，故能延長而亡窮也。今漢道未終，陛下本而始之，於以永世延祚，不亦優乎！如因丙子之孟夏，順太陰以東行，到後七年之明歲，必有五年之餘蓄，然後大行考室之禮，雖周之隆盛，亡以加此。唯陛下留神，詳察萬世之策。

【校記】

[一]《漢書》此有"師"字。

論治河疏
賈讓

　　治河有上中下策。古者立國居民，彊理土地，必遺川澤之分，度水埶所不及。大川無防，小水得入，陂障卑下，以爲汙澤，使秋水多，得有所休息，左右遊波，寬緩而不迫。夫土之有川，猶人之有口也。治土而防其川，猶止兒啼而塞其口，豈不遽止，然其死可立而待也。故曰："善爲川者，決之使道；善爲民者，宣之使言。"蓋隄防之作，近起戰國，雍防百川，各以自利。齊與趙、魏，以河爲竟。趙、魏瀕山，齊地卑下，作隄去河二十五里。河水東抵齊隄，則西泛趙、魏，趙、魏亦爲隄去河二十五里。雖非其正，水尚有所遊盪。時至而去，則填淤肥美，民耕田之，或久無害，稍築室宅，遂成聚落。大水時至漂没，則更起隄防以自救，稍去其城郭，排水澤而居之，湛溺自其宜也。今堤防陿者去水數百步，遠者數里。近黎陽南故大金隄，從河西西北行，至西山南頭，迺折東，與東山相屬。民居金隄東，爲廬舍，徃十餘歲更起隄，從東山南頭直南與故大隄會。又内黃界中有澤，方數十里，環之有隄，往十餘歲太守以賦民，民今起廬舍其中，此臣親所見者也。東郡白馬故大隄亦復數重，民皆居其間。從黎陽北盡魏界，故大堤去河遠者數十里，內亦數重，此皆前世所排也。河從河內北至黎陽爲石隄，激使東抵東郡平剛；又爲石隄，使西北抵黎陽、觀下；又爲石隄，使東北抵東郡津北；又爲石隄，使西北抵魏郡昭陽；又爲石隄，激使東北。百餘里間，河再西三東，迫阨如此，不得安息。

今行上策，徙冀州之民當水衝者，決黎陽遮害亭，放河使北入海。河西薄大山，東薄金隄，勢不能遠泛濫，期月自定。難者將曰："若如此，敗壞城郭田廬冢墓以萬數，百姓怨恨。"昔大禹治水，山陵當路者毀之，鑿龍門，辟伊闕，析底柱，破碣石，墮斷天地之性。此迺人功所造，何足言也！今瀕河十郡治隄歲費且萬萬，及其大決，所殘無數。如出數年治河之費，以業所徙之民，遵古聖之法，定山川之位，使神人各處其所，而不相干。且以大漢方制萬里，豈其與水爭咫尺之地哉？此功一立，河定民安，千載無患，故謂之上策。

若迺多穿漕渠於冀州地，使民得以溉田，分殺水怒，雖非聖人法，然亦救敗術也。難者將曰："河水高於平地，歲增隄防猶尚決溢，不可以開渠。"臣竊按視遮害亭西十八里，至淇水口，迺有金隄，高一丈。自是東，地稍下，隄稍高，至遮害亭，高四五太[一]，往六七[二]歲，河水大盛，增丈七尺，壞黎陽南郭門，入至隄下。水未踰隄二尺所，從隄上北望，河高出民屋，百姓皆走上山。水留十三日，隄潰，吏民塞之。臣循隄上，行視水勢，南七十餘里，至淇口，水適至隄半，計出地上五尺所。今可從淇口以東爲石隄，多張水門。初元中，遮害亭下河去隄足數十步，至今四十餘歲，適至隄足。由是言之，其地堅矣。恐議者疑河大川難禁制，滎陽漕渠足以卜之，其水門但用木與土耳，今據堅地作石隄，勢必完安。冀州渠首盡當卬此水門。治渠非穿地也，但爲東方一隄，北行三百餘里，入漳水中。其西因山足高地，諸渠皆往往股引取之，旱則開東方下水門溉冀州，水則開西方高門分河流。通渠有三利，不通有三害。民常罷於救水，半失作業，水行地上，湊潤上徹，民則病濕氣；木皆立枯，鹵不生穀；決溢有敗，爲魚鼈食，此三害也。若有渠溉，則鹽鹵下隰，填淤加肥；故種禾麥，更爲秔稻，高田五倍，下田十倍；轉漕舟船之便，此三利也。今瀕河隄吏卒郡數千人，伐買薪石之費歲數千萬，足以通渠成水門。又民利其溉灌，相率治渠，雖勞不罷。民田適治，河隄亦成，此誠富國安民，興利除害，支數百歲，故謂之中策。

若迺繕完故隄，增卑倍薄，勞費無已，數逢其害，此最下策也。

【校記】

[一]太，陳本、《漢書》作丈，是。

[二]六七，陳本作五六。《漢書》作六七。

擇賢疏
王嘉

臣聞聖王之功在於得人。孔子曰："才難，不其然乎！""故繼世立諸侯，象賢也。"雖不能盡賢，天子爲擇臣，立命卿以輔之。居是國也，累世尊重，然後士民之衆附焉，是以教化行而治功立。今之郡守重於古諸侯，徃者致選賢材，賢材難得，拔擢可用者，或起於囚徒。昔魏尚坐事繫，文帝感馮唐之言，遣使持節赦其罪，拜爲雲中太守，匈奴忌之。武帝擢韓安國於徒中，拜爲梁內史，骨肉以安。張敞爲京兆尹，有罪當免，黠吏知而犯敞，敞收殺之，其家自冤，使者覆獄，劾敞賊殺人，上逮捕不下，會免，亡命數十日，宣帝徵敞拜爲冀州刺史，卒獲其用。前世非私此三人，貪其材器有益於公家也。

孝文時，吏居官者或長，子孫以官爲氏，倉氏、庫氏則倉庫吏之後也。其二千石長吏亦安官樂職，然後上下相望，莫有苟且之意。其後稍稍變易，公卿以下傳相促急，又數改更政事，司隸、部刺史察過悉劾，發揚陰私，吏或居官數月而退，送故迎新，交錯道路。中材苟容求全，下材懷危內顧，一切營私者多。二千石益輕賤，吏民慢易之。或持其微過，增加成皋，言於刺史、司隸，或至上書章下；衆庶知其易危，小失意則有離畔之心。前山陽亡徒蘇令等從橫，吏士臨難，莫肯伏節死義，以守相威權素奪也。孝成皇帝悔之，下詔書，二千石不爲縱，遣使者賜金，尉[一]厚其意，誠以爲國家有急，取辦於二千石，二千石尊重難危，乃能使下。

孝宣皇帝愛其良民吏，有章劾，事留中，會赦壹解。故事，尚書希下章，爲煩擾百姓，證驗繫治，或死獄中，章文必有"敢告之"字迺下。唯陛下留神於擇臣，記善忘過，容畜臣子，勿責以備。二千石、部刺史、三輔縣令有爲臣職者，人情不能不有過差，宜可闊略，令盡力者有所勸。此方今急務，國家之利也。前蘇令發，欲遣大夫使逐問狀，時見大夫無可使者，召蟄厔令尹逢拜爲諫大夫遣之，今諸大夫有才能者甚少，宜豫蓄養可成就者，則士赴難不愛其死；臨事倉卒乃求，非所以䢴朝廷也。

【校記】

[一]尉，陳本作㥄。《漢書》作尉。

卷四十二

疏四廣

諫征漁陽疏
伏湛

臣聞文王受命而征伐五國，必先詢之同姓，然後謀於羣臣，加占蓍龜，以定行事，故謀則成，卜則吉，戰則勝。其《詩》曰："帝謂文王，詢爾仇方，同爾弟兄，以爾鉤援，與爾臨衝，以伐崇墉。"崇國城守，先退後伐，所以重人命，俟時而動，故參分天下而有二。陛下承大亂之極，受命而帝，興朏祖宗，出入四年，而滅檀鄉，制五校，降銅馬，破赤眉，誅鄧奉之屬，不爲無功。今京師空匱，資用不足，未能服近而先事邊外；且漁陽之地，逼接北狄，黠虜困迫，必求其助。又今所過縣邑，尤爲困乏。種麥之家，多在城郭，聞官兵將至，當已收之矣。大軍遠涉二千餘里，士馬罷勞，轉糧限[一]阻，今兗、豫、青、冀，中國之都，而寇賊從橫，未及從化。漁陽以東，本備邊塞，地接外虜，貢賦微薄。安平之時，尚資內郡，況今荒耗，豈足先圖？而陛下捨近務遠，棄易求難，四方疑怔，百姓恐懼，誠臣之所惑也。復願遠覽文王重兵博謀，近思征伐前後之宜，顧問有司，使極愚誠，采其所長，擇之聖慮，以中土爲憂念。

【校記】
　　[一]限，陳本、《後漢書》作艱。

乞立左傳博士疏
陳元

陛下撥亂反正，文武並用，深愍經藝謬雜，眞僞錯亂，每臨朝日，輒延羣臣講論聖道。知丘明至賢，親受孔子，而《公羊》《穀梁》傳聞於後世，故詔立《左氏》，博詢可否，示不專己，盡之羣下也。今論者沈溺所習，翫守舊聞，固執虛言傳受之辭，以非親見實事之道。《左氏》孤學少與，遂爲異家之所覆冒。夫至音不合衆聽，故伯牙絕弦；至寶不同衆好，故卞和泣血，仲尼聖德而不容於世，況于竹帛餘文，其爲雷同者所排，固其宜也。非陛下至明，孰能察之！

臣元竊見博士范升等所議奏《左氏春秋》不可立，及太史公違戾，凡四十五事。案升等所言前後相違，皆新學小文，喋黙微辭，以年數小差，掇爲巨謬，遺脫纖微，指爲大尤，抉瑕適摘同[陳]釁，掩其弘美，所謂"小辨破言，小言破道"者也。升等又曰："先帝不以《左氏》爲經，故不置博士，後主所宜因襲。"臣愚以爲，若先帝所行而後主必行者，則盤庚不當遷于殷，周公不當營洛邑，陛下不當都山東也。往者孝武皇帝好《公羊》，衛太子好《穀梁》，有詔詔太子受《公羊》，不得受《穀梁》。孝宣皇帝在人間時，聞衛太子好《穀梁》，於是獨學之。及即位，爲石渠論，而《穀梁氏》興，至今與《公羊》並存。此先帝后帝各有所立，不必其相因也。孔子曰："純，儉，吾從衆；至於拜下，則違之。"夫明者獨見，不惑於朱紫，聽者獨聞，不謬於清濁，故離朱不爲巧眩移目，師曠不爲新聲易耳。方今干戈少弭，戎事略戢，留思聖藝，眷顧儒雅，採孔子拜下之義，卒淵聖獨見之旨，分明白黑，建立《左氏》，解釋先聖之積結，洮汰學者之累惑，使基業垂於萬世，後進無復狐疑，則天下幸甚。

臣元愚鄙，嘗傳師言，如得以褐衣召見，俯伏庭下，誦孔氏之正道，理丘明之宿冤；若辭不合經，事不稽古，退就重誅。雖死之日，生之年也。

論時政所宜疏
桓譚

臣聞國之廢興，在於政事；政事得失，由乎輔佐。輔佐賢明，則俊士充朝，而理合世務；輔佐不明，則論失時宜，而舉多過事。夫有國之君，俱欲興化建善，然而政道未理者，其所謂賢者異也。昔楚莊王問孫叔敖曰："寡人未得所以爲國是也。"叔敖曰："國之有是，衆所惡也，恐王不能定也。"王曰："不定獨在君，亦在臣乎？"對曰："君驕士，曰士非我無從富貴；士驕君，曰君非士無從安存。人君或至失國而不悟，士或至饑寒而不進。君臣不合，則國是無從定矣。"莊王曰："善。願相國與諸大夫共定國是也。"蓋善政者，視俗而施教，察失而立防，威德更興，文武迭用，然後政調於時，而躁人可定。昔董仲舒言"理國譬若琴瑟，其不調者則解而更張"，夫更張難行，而拂衆者亡。是故賈誼以才逐，而鼂錯以智死。世雖有殊能而終莫敢談者，懼於前事也。

且設法禁者，非能盡塞天下之姦，皆合衆人之所欲也，大抵取便國利事多者則可矣。夫張官置吏，以理萬人，縣賞設罰，以別善惡，惡人誅傷，則善人蒙福矣。今人相殺傷，雖已伏法，而私結怨仇，子孫相報，後忿深前，至於滅戶殄業，而俗稱豪健，故雖有怯弱，猶勉而行之，此爲聽人自理而無復法禁者也。今宜申明舊令，若已伏官誅而私相傷殺者，雖一身逃亡，皆徙家屬於邊，其相傷加常二等，不得雇山雇山，言出錢雇人於山伐木[陳]贖罪。如此則仇怨自解，盜賊息矣。

夫理國之道，舉本業而抑末利，是以先帝禁人二業，錮商賈不得宦爲吏，此所以抑并兼長廉恥也。今富商大賈，多放田貨，中家子弟，爲之保役，趨走與臣僕等勤，收稅與封君比入。是以衆人慕效，不耕而食，至乃多通侈靡，以淫耳目。今可令諸商賈自相糾告，若非身力所得，皆以臧畀告者。如此，則專役一己，不敢以貨與人，事寡力弱，必歸功田畝。田畝脩，則穀入多而地力盡矣。

又見法令決事，輕重不齊，或一事殊法，同罪異論，姦吏得因緣爲市，所欲活則出生議，所欲陷則與死比，是爲刑開二門也。今可令通義理明習法律者，校定科比，一其法度，班下郡國，蠲除故條。如此，天下知方，而獄無怨濫矣。

言信讖醻賞䟽
桓譚

臣前獻瞽言，未蒙詔報，不勝憤懣，冒死復陳。愚夫策謀，有益於政道者，以合人心而得事理也。凡人情忽於見事而貴於異聞，觀先王之所記述，咸以仁義正道爲本，非有奇怪虛誕之事。蓋天道性命，聖人所難言也。自子貢以下，不得而聞，況後世淺儒，能通之乎？今諸巧慧小才伎數之人，增益圖書，矯稱讖記，以欺惑貪邪，詿誤人主，焉可不抑遠之哉！臣譚伏聞陛下窮折方士黃白之術，甚爲明矣；而乃欲聽納讖記，又何誤也！其事雖有時合，譬猶卜數隻偶之類。陛下宜垂明聽聖意，屏羣小之曲說，述《五經》之正義，略靁同之俗語，詳通人之雅謀。

又臣聞安平則尊道術之士，有難則貴介冑之臣。今聖朝興復祖統，爲人臣主，而四方盜賊未盡歸伏者，此權謀未得也。臣譚伏觀陛下用兵，諸所降下，旣無重賞以相恩誘，或至虜掠奪其財物，是以兵長渠率，各生孤疑，黨輩連結，咸月不解。古人有言曰："天下皆知取之爲取，莫知與之爲取。"陛下誠能輕爵重賞，與士共之，則何招而不至，何說而不釋，何向而不開，何征而不尅！如此，則能以狹爲廣，以遲爲速，亡者復存，失者復得矣。

定宗廟昭穆疏
張純

陛下興於匹庶，蕩滌天下，誅鉏暴亂，興繼祖宗。竊以經義所紀，人事衆心，雖實同創革，而名爲中興，宜奉先帝，恭承祭祀者也。

元帝以來，宗廟奉祠高皇帝爲受命祖，孝文皇帝爲太宗，孝武皇帝爲世宗，皆如舊制。又立親廟四世，推南頓君以上，盡於舂陵節侯。禮，爲人後者則爲之子，既事大宗，則降其私親。今禘祫高廟，陳序昭穆，而舂陵四世，君臣並列，以卑廁尊，不合禮意。設不遭王莽，而國嗣無寄，推求宗室，以陛下繼綂者，安得復顧私親，違禮制乎？昔高帝以自受命，不由太上，宣帝以孫後祖，不敢私親，故爲父立廟，獨羣臣侍祠。臣愚謂宜除今親廟，以則二帝舊典，願下有司博採其義。

定禘祫疏
張純

禮，三年一祫，五年一禘。《春秋傳》曰："大祫者何？合祭也。"毀廟及未毀廟之主皆登，合食乎太祖，五年而再殷。漢舊制三年一祫，毀廟主合食高廟，存廟主未嘗合祭。元始五年，諸王公列侯廟會，始爲禘祭。又前十八年親幸長安，亦行此禮。禮說三年一閏，天氣小備；五年再閏，天氣大備。三年一祫，五年一禘也。禘之爲言諦，諦定昭穆尊卑之義也。禘祭以夏四月，夏者陽氣在上，陰氣在下，故正尊卑之義也。祫祭以冬十月，冬者五穀成熟，物備禮成，故合聚飲食也。斯典之廢，於茲八年，謂可如禮施行，以時定議。

爲祭遵請謚疏
范升

臣聞先王崇政，尊美屏惡。昔高祖大聖，深見遠慮，班爵割地，與下分功，著録勳臣，頌其德美。生則寵以殊禮，奏事不名，入門不趨。死則疇其爵邑，世無絕嗣，丹書鐵券，傳於無窮。斯誠大漢厚下安人長久之德，所以累世十餘，歷載數百，廢而復興，絕而復續者也。陛下以至德受命，先覈漢道，襃序輔佐，封賞功臣，同符祖宗。征虜將軍潁陽侯遵，不幸早薨。陛下仁恩，爲之感傷，遠迎河南，惻怛之慟，形於聖躬，喪事用度，仰給縣官，重賜妻子，不可勝數。送死有以加生，厚亡有以過存，矯俗厲化，卓如日月。古者臣疾君視，臣卒君弔，德之厚者也。陵遲已來久矣。及至陛下，復興斯禮，羣下感動，莫不自勵。臣竊見遵修行積善，竭忠於國，北平漁陽，西拒隴、蜀，先登坻上，深取略陽。衆兵既退，獨守衝難。制御士心，不越法度。所在吏人，不知有軍。清名聞于海內，廉白著於當世。所得賞賜，輒盡與吏士，身無奇衣，家無私財。同產兄午以遵無子，娶妾送之，遵乃使人逆而不受，自以身任國，不敢圖生慮繼嗣之計。臨死遺誡，牛車載喪，薄葬洛陽。問以家事，終無所言。任重道遠，死而後已。遵爲將軍，取士皆用儒術，對酒設樂，必雅歌投壺。又建爲孔子立後，奏置《五經》大夫。雖在軍旅，不忘俎豆，可謂好禮悅樂、守死善道者也。禮，生有爵，死有謚，爵以殊尊卑，謚以朙善惡。臣愚以爲宜因遵薨，論敘衆功，詳案謚法，以禮成之，顯章國家篤古之制，爲後嗣法。

乞立虎符疏
杜詩

臣聞兵者，國之凶器，聖人所愼。舊制發兵，皆以虎符，其餘徵調，竹使而已。符策合會，取爲大信，所以朙著國令，斂持威重也。間者發兵，但用璽書，或以詔令；如有姦人詐僞，無由知覺。愚以爲軍旅尚興，賊虜未殄，徵兵郡國，宜有重愼，可立虎符，以絕姦端。昔魏之公子，威傾鄰國，猶假兵符以解趙圍，若無如姬之仇，則其功不顯。事有煩而不可省，費而不得已，蓋謂此也。

乞優答北單于疏
班彪

臣聞孝宣皇帝勅邊守尉曰：「匈奴大國，多變詐。交接得其情，則却敵折衝；應對入其數，則反爲輕欺。」今北匈奴見南單于來附，懼謀其國，故數乞和親，又遠驅牛馬與漢合市，重遣名王，多所貢獻，斯皆外示富彊，以相欺誕也。臣見其獻益重，知其國益虛，歸親愈數，爲懼愈多。然今既未獲助南，則亦不宜絕北，羈縻之義，禮無不答。謂可頗加賞賜，略與所獻相當，朙加曉告以前世呼韓邪、郅支行事。

報答之辭，令必有適。今立槀草并上，曰：「單于不忘漢恩，追念先祖舊約，欲修和親，以輔身安國，計議甚高，爲單于嘉之。往者匈奴數有乖亂，呼韓邪、郅支自相讎隙，並蒙孝宣皇帝垂恩救護，故各遣侍子稱藩保塞。其後郅支忿戾，自絕皇澤，而呼韓附親，忠孝彌著。及漢滅郅支。遂保國傳嗣，子孫相繼。今南單于攜衆南向，款塞歸命。自以呼韓嫡長，次第當立，而侵奪失職，猜疑相背，數請兵將，歸埽北庭，策謀紛紜，無所不至。惟念斯言不可獨聽，又以北單于比年貢獻，欲修和親，故拒而未許，將以成單于忠孝之義。漢秉威信，總率萬國，日月所照，皆爲臣妾。殊俗百蠻，義無親疎，服順者襃賞，畔逆者誅罰，善惡之效，呼韓、郅支是也。今單于欲修和親，款誠已達，何嫌而欲率西域諸國俱來獻見？西域國屬匈奴，與屬漢何異？單于數連兵亂，國內虛耗，貢物裁以通禮，何必獻馬裘？今齎雜繒五百匹，弓鞬韥丸一，矢四發，遣遺單于。又賜獻馬左骨都侯、右谷蠡王雜繒各四百匹，斬馬劍各一。單于前言先帝時所賜呼韓邪竽、瑟，空侯皆敗，願復裁賜。念單于國尚未安，方屬武節，以戰攻爲務，竽、瑟之用，不如良弓利劍，故未以齎。朕不愛小物於單于，便宜所欲，遣驛以聞。"

夏旱諫起北宮疏
鐘離子阿

伏見陛下以天時小旱，憂念元元，降避正殿，躬自克責，而比日密雲，遂無大潤，豈政有未得應天心者邪？昔成湯遭旱，以六事自責曰："政不節邪？使人疾邪？宮室榮邪？女謁盛邪？苞苴行邪？讒夫昌邪？"竊見北宮大作，人失農時，此所謂宮室榮也。自古非苦宮室小狹，但患人不安寧。宜且罷止，以應天心。臣意以匹夫之才，無有行能，久食重祿，擢備近臣，比受厚賜，喜懼相半，不勝愚戇征營，罪當萬死。

諫起陵邑疏
東平王蒼

伏聞當爲二陵起立郭邑，臣前頗謂道路之言，疑不審實，近令從官古霸問涅陽主疾，使還，乃知詔書已下。竊見光武皇帝躬履儉約之行，深覩始終之分，勤勤懇懇，以葬制爲言，故營建陵地，具稱古典。詔曰"無爲山陵陂池，裁令流水而已。"孝明皇帝大孝無違，奉承貫行。至於自所營創，尤爲儉省，謙德之美，於斯爲盛。臣愚以園邑之興，始自彊秦，古者丘隴且不欲其著明，豈況築郭邑、建都郛哉！上違先帝聖心，下造無益之功，虛費國用，動搖百姓，非所以致和氣，祈豐年也。又以吉凶俗數言之，亦不欲無故繕修丘墓，有所興起。考之古法則不合，稽之時宜則違人，求之吉凶復未見其福。陛下履有虞之至性，追祖禰之深思，然懼左右過議，以累聖心。臣蒼誠傷二帝純德之美，不暢於無窮也。惟蒙哀覽。

抑損后族權疏
第五倫

臣聞忠不隱諱，直不避害。不勝愚狷，昧死自表。《書》曰："臣無作威作福，其害于而家，凶于而國。"《傳》曰："大夫無境外之交，束脩之饋。"近代光烈皇后，雖友愛天至，而卒使陰就歸國，徙廢陰興賓客；其後梁、竇之家，互有非法，明帝即位，竟多誅之。自是洛中無復權戚，書記請託，一皆斷絕。又譬諸外戚曰："苦身待士，不如爲國，戴盆望天，事不兩施。"臣常刻著五藏，書諸紳帶。而今之議者，復以馬氏爲言。竊聞衛尉廖以布三千匹，城門校尉防以錢三百萬，私贍三輔衣冠，知與不知，莫不畢給。又聞臘日亦遺其在洛中者錢各五千，越騎校尉光臘用羊三百頭，米四百斛，肉五千斤。臣愚以爲不應經義，惶恐不敢以不聞。陛下情欲厚之，亦宜所以安之。臣今言此，誠欲上忠陛下，下全后家，裁蒙省察。

請兵疏
班超

臣竊見先帝欲開西域，故北擊匈奴，西使外國，鄯善、于寘即時向化。今拘彌、莎車、疏勒、月氏、烏孫、康居復願歸附，欲共并力破滅龜茲，平通漢道。若得龜茲，則西域未服者百分之一耳。臣伏自惟念，卒伍小吏，實願從谷吉效命絕域，庶幾張騫弃身曠野。昔魏絳列國大夫，尚能和輯諸戎，況臣奉大漢之威，而無鉛刀一割之用乎？前世議者皆曰取三十六國，號爲斷匈奴右臂。今西域諸國，自日之所入，莫不向化，大小欣欣，貢奉不絕，唯焉耆、龜茲獨未服從。臣前與官屬三十六人奉使絕域，備遭艱厄，自孤守疏勒，於今五載，胡夷情數，臣頗識之。問其城廓小大，皆言"倚漢與依天等"。以是效之，則葱領可通；葱領通，則龜茲可伐。今宜拜龜茲侍子白霸爲其國王，以步騎數百送之，與諸國連兵，歲月之間，龜茲可禽。以夷狄攻夷狄，計之善者也。臣見莎車、疏勒田地肥廣，草牧饒衍，不比敦煌、鄯善間也；兵可不費中國，而糧食自足。且姑墨、溫宿二王特爲龜茲所置，既非其種，更相厭苦，其勢必有降反。若二國來降，則龜茲自破。願下臣章，參考行事。誠有萬分，死復何恨！臣超區區，特蒙神靈，竊冀未便僵仆，目見西域平定，陛下舉萬年之觴，薦勳祖廟，布大喜於天下。

卷四十三

疏五廣

五經章句取士疏
徐防

臣聞《詩》《書》《禮》《樂》，定自孔子；發明章句，始於子夏。其後諸家分析，各有異說。漢承亂秦，經典廢絕，本文略存，或無章句。收拾缺遺，建立明經，博徵儒術，開置太學。孔聖既遠，微言將絕，故立博士十有四家，設甲乙之科以勉勸學者，所以示人好惡，改敝就善者也。伏見太學試博士弟子，皆以意說，不修家法，私相容隱，開生姦路。每有策試，輒興諍訟，論議紛錯，互相是非。孔子稱"述而不作"，又曰"吾猶及史之闕文"，即史有所不知而不肯闕也。今不依章句，妄生穿鑿，以遵師爲非義，意說爲得理，輕侮道術，寖以成俗，誠非詔書實選本意。改薄從忠，三世常道，專精務本，儒學所先。臣以爲博士及甲乙策試，宜從其家章句，開五十難以試之。解釋多者爲上第，引文明者爲高說；若不依先師，義有相伐，皆正以爲非。《五經》各取上第六人，《論語》不宜射策。雖所失或久，差可矯革。

弭災數事疏
郎顗

臣聞天垂妖象，地見災符，所以譴告人主，責躬修德，使正機平衡，流化興政也。《易內傳》曰："凡災異所生，各以其政。變之則除，消之亦除。"伏惟陛下躬日昃之聽，溫三省之勤，思過念咎，務消祇悔。

方今時俗奢佚，淺恩薄義。夫救奢必於儉約，拯薄無若敦厚，安上理人，莫善於禮。修禮遵約，蓋惟上興，革文變薄，事不在下。故《周南》之德，《關雎》政本。本立道生，風行草從，澄其源者流清，溷其本者未[一]濁，天地之道，其猶鼓籥，以虛爲德，自近及遠者也。伏見往年以來，園陵數災，炎光熾猛，驚動神靈。《易天人應》曰："君子不思遵利，茲謂無澤，厥災孼火燒其宫。"又曰："君高臺府，犯陰侵陽，厥災火。"又曰："上不儉，下不節，炎火並作燒君室。"自頃繕理西苑，修復太學，宫殿官府，多所構飾。昔盤庚遷殷，去奢即儉，夏后卑室，盡力致美。又魯人爲長府，閔子騫曰："仍舊貫，何必改作。"臣愚以爲，諸所繕修，事可省減，稟恤貧人，賑贍孤寡，此天之意也。人之慶也，仁之本也，儉之要也。焉有應天養人，爲仁爲儉，而不降福者哉！

土者地祇，陰性澄静，宜以施化之時，敬而勿擾。竊見正月以來，陰闇連日。《易内傳》曰："久陰不雨，亂氣也，《蒙》之《比》也。蒙者，君臣上下相冒亂也。"又曰："欲德不用，厥異常陰。"夫賢者，化之本；雲者，雨之具也。得賢而不用，猶久陰而不雨也。又頃前數日，寒過其節，冰旣解釋，還復凝合。夫寒往則暑來，暑往則寒來，此言日月相推，寒暑相避，以成物也。今立春之後，火卦用事，當温而寒，違反時節，由功賞不至，則刑罰必加也。宜湏立秋，順氣行罰。

臣伏案《飛候》，參察衆政，以爲立夏之後，當有震裂涌水之害，又比熒惑失度，盈縮往來，涉歷輿鬼，環繞軒轅。火精南方，夏之政也。政有失禮，不從夏令，則熒惑失行，正月三日至乎九日，三公卦。三公上應台階，下同元首。政夫其道，則寒陰反節。節彼南山，詠自《周詩》；股肱良哉，著于《虞典》。而今之在位，競託高虛，納絫鐘之奉，忘天下之憂，棲遲偃仰，寢疾自逸，被策文，得錢[二]，即復起矣，何疾之易而愈之速？以此消伏災眚，興致升平，其可得乎？今選舉牧守，委任三府，長吏不良，旣咎州郡，州郡有失，豈得不歸責舉者？而陛下崇之彌優，自下慢事愈甚，所謂大網疏，小網數也。三公非臣之仇，臣非狂夫之作，所謂發憤忘食，懇懇不已者，誠念朝廷欲致興平，非不能面譽也。

臣生長草野，不曉禁忌，披露肝膽，書不擇言。伏鑕鼎鑊，充不敢恨。謹詣闕奉章，伏待重誅。

【校記】

[一]未，陳本、《後漢書》作末。

[二]錢，陳本作薦。《後漢書》本句作"得賜錢"。

大臣行三年喪疏
陳忠

臣聞之《孝經》，始於愛親，終於哀戚。上自天子，下至庶人，尊卑貴賤，其義一也。夫父母於子，同氣異息，一體而分，三年乃免於懷抱。先聖緣人情而著其節，制服二十五月，是以《春秋》臣有大喪，君三年不呼其門，閔子雖要絰服事，以赴公難，退而致位，以究私恩，故稱"君使之非也，臣行之禮也"。周室陵遲，禮制不序，《蓼莪》之人作詩自傷曰："缾之罄矣，惟罍之恥。"言己不得終竟子道，亦上之恥也。高祖受命，蕭何創制，大臣有寧告之科，合於致憂之義。

建武之初，新承大亂，凡諸國政，多趣簡易，大臣既不得告寧，而羣司營祿念私，鮮循三年之喪，以報顧復之恩者。禮義之方，實爲彫損。大漢之興，雖承衰敝，而先王之制，稍以施行。故藉田之耕，起於孝文；孝廉之貢，發於孝武；郊祀之禮，定於元、成；三雍之序，備於顯宗；大臣終喪，成乎陛下。聖功美業，靡以尚茲。孟子有言："老吾老以及人之老，幼吾幼以及人之幼，天下可運於掌。"臣願陛下登高北望，以甘陵之思，揆度臣子之心，則海內咸得其所。

守長數易疏
左雄

臣聞柔遠和邇，莫大寧人，寧人之務，莫重用賢，用賢之道，必存考黜。是以皋陶對禹，貴在知人。"安人則惠，黎民懷之。"分伯建侯，代位親民，民用和睦，禮讓以興。故《詩》云："有渰淒淒，興雨祁祁。雨我公田，遂及我私。"及幽、厲昏亂，不自爲政，褒豔用權，七子黨進，賢愚錯緒，深谷爲陵。故其詩云："四國無政，不用其良。"又曰："哀今之人，胡爲虺蜴。"言人畏吏如虺蜴也。宗周既滅，六國并秦，阬儒泯典，剗革五等，更立郡縣，縣設令長，郡置守尉，什伍相司，封豕其民。大漢受命，雖未復古，然克慎庶官[一]，蠲苛救敝，悅以濟難，撫而循之。至於文、景，天下康乂。誠由玄靖寬柔，克慎官人故也。降及宣帝，興於仄陋，綜覈名實，知時所病，刺史守相，輒親引見，考察言行，信賞必罰。帝乃歎曰："民所以安而無怨者，政平吏良也。與我共此者，其唯良二千石乎！"以爲吏數變易，則下不安業。久於其事，則民服教化。其有政理者，輒以璽書勉勵，增秩賜金，或爵至關內侯，公卿缺則以次用之。是以吏稱其職，人安其業。漢世良吏，於茲爲盛，故能降來儀之端，建中興之功。

漢初至今，三百餘載，俗浸彫敝，巧僞滋萌，下飾其詐，上肆其殘。曲[二]城百里，轉動無常，各懷一切，莫慮長久。謂殺害不辜爲威風，聚斂整辦爲賢能，以理己安民爲劣弱，以奉法循理爲不化。髡鉗之戮，生於睚眦。覆尸之禍，成於喜怒。視民如寇讎，稅之如豺虎。監司項背相望，與同疾疢，見非不舉，聞惡不察，觀政於亭傳，責成於期月，言善不稱德，論功不據實，虛誕者獲譽，拘檢者離毀。或因罪而引高，或色取[三]以求名。州宰不覆，競共辟召，踊躍升騰，超等踰匹。或考奏捕案，而無不受罪，會赦行賂，復見洗滌。朱紫同色，清濁不分。故使姦猾枉濫，輕忽去就，拜除如流，缺動百數。鄉官部吏，職斯[四]祿薄，車馬衣服，一出於民，廉者取足，貪者克家，特選橫調，紛紛不絕，送迎煩費，損政傷民。和氣未洽，災眚不消，咎皆在此。今之墨綬，猶古之諸侯，拜爵王庭，輿服有庸，而齊於匹豎，叛命避負，非所以崇憲朙理，惠育元元也。臣愚以爲守相長吏，惠和有顯效者，可就增秩，勿使移徙，非父母喪不得去官。其不從法禁，不式王命，錮之終身，雖會赦令，不得齒列。若被劾奏，亡不就法者，徙家邊郡，以懲其後。鄉部親民之吏，皆用儒生清白任從政者，寬其負筭，增其秩祿，吏職滿歲，宰府州郡乃得辟舉。如此，威福之路塞，虛偽之端絕，送迎之役損，賦斂之源息。循理之吏，得成其化。率土之民，各寧其所。追配文、宣中興之軌，流光垂祚，永世不刊。

【校記】

[一]官，陳本作民。《後漢書》作官。

[二]曲，陳本、《後漢書》作典。

[三]取，陳本同，《後漢書》作斯。

[四]斯，陳本作卑。《後漢書》作斯。

宦官縱恣疏
黃瓊

臣聞天者務剛其氣，君者務彊其政。是以王者處高自持，不可不安，履危任力，不可不據。夫自持不安則顛，任力不據則危。故聖人升高據上，則以德義爲首；涉危蹈傾，則以賢者爲力。唐堯以德化爲冠冕，以稷、契爲筋力。高而益崇，動而愈據，此先聖所以長守萬國，保其社稷者也。昔高皇帝應天順民，奮劍而王，埽除秦、項，革命創制，降德流祚。至於哀、平，而帝道不綱，秕政日亂，遂使姦佞擅朝，外戚專恣。所冠不以仁義爲冕，所蹈不以賢佐爲力，終至顛蹶，滅絕漢祚。天維陵陁，民鬼慘愴，賴皇乾眷命，炎德復輝，光武以聖武天挺，繼統興業，創基冰泮之上，立足枳棘之林。擢賢於衆愚之中，畫功於無形之世。崇禮義於交爭，循道化於亂離。是自歷高而不傾，任力危而不跌，興復洪祚，開建中興，光被八極，垂名無窮。至於中葉，盛業漸衰，陛下初從藩國，爰升帝位，天下拭目，謂見太平。而即位以來，未有勝政。諸梁秉權，豎宦充朝，重封累職，傾動朝廷，卿校牧守之選，皆出其門，羽毛、齒革、明珠、南金之寶，殷滿其室，富擬王府，執囧天地。言之者必族，附之者必榮。忠臣懼死而杜口，萬夫怖禍而木舌，塞陛下耳目之明，更爲聾瞽之主。故太尉李固、杜喬，忠以直言，德以輔政，念國忘身，隕歿爲報，而坐陳國議，遂見殘滅。賢愚切痛，海內傷懼。又前白馬令李雲，指言宦官罪穢宜誅，皆因衆人之心，以救積薪之敝。弘農杜衆，知雲所言宜行，懼雲以忠獲罪，故上書陳理之，乞同日而死，所以感悟國家，庶雲獲免。而雲既不辜，衆又并坐，天下尤痛，益以怨結，故朝野之人，以忠爲諱。昔趙殺鳴犢，孔子臨河而反。夫覆巢破卵，則鳳皇不翔，刳牲夭胎，則麒麟不臻。誠物類相感，理使其然。尚書周永，昔爲沛令，素事梁冀，幸其威埶，坐事尚[一]罪，越拜令職。見冀將衰，乃陽毀示忠，遂因姦計，亦取封侯。又黃門聞邪，羣輩相黨，自冀興盛，腹背相親，朝夕圖謀，共構姦宄。臨冀當誅，無可設巧，復記其惡，以要爵賞。陛下不加清徵，審別眞僞，復與忠臣並時顯封，使朱紫共色，粉墨雜蹂，所謂抵金玉於沙礫，碎珪璧於泥塗。四方聞之，莫不憤歎。昔曾子大孝，慈母投杼；伯奇至賢，終於流放。夫讒諛所舉，無高而不可升；[二]相抑，無深而不可淪[三]，可不察歟？臣至頑駑，世待國恩，身輕位重，勤不補過，然懼於永歿，負釁益深。敢以垂絕之日，陳不諱之言，庶有萬分，無恨三泉。

【校記】
　　[一]尚，陳本、《後漢書》作當。
　　[二]據《後漢書》，此有"阿黨"二字。
　　[三]倫，陳本、《後漢書》作淪。

薦五處士疏
陳蕃

臣聞善人天地之紀，政之所由也。《詩》云："思皇多士，生此王國。"天挺俊乂，爲陛下出，當輔弼明時，左右大業者也。伏見處士豫章徐穉、彭城姜肱、汝南袁閎、京兆韋著、潁川李曇，德行純備，著于人聽。若使擢登三事，協亮天工，必能翼宣盛美，增光日月矣。

諫幸廣城校獵疏
陳蕃

臣聞人君有事於苑囿，唯仲秋西郊，順時講武，殺禽助祭，以敦孝敬。如或違此，則爲肆縱。故臯陶戒舜"無教逸遊"，周公戒成王"無槃于遊田"。虞舜、成王猶有此戒，況德不及二主者乎？夫安平之時，尚宜有節，況當今之世，有"三空"之戹哉？田野空，朝廷空，倉庫空，是謂"三空"。加兵戎未戢，四方離散，是陛下焦心毁顏，坐以待旦之時也。豈宜揚旗曜武，騁心輿馬之觀乎！又前秋多雨，民始種麥。今失其勸相之時，而令給驅禽除路之役，非賢聖恤民之意也。齊景公欲觀於海，放乎琅邪，晏子爲陳百姓惡聞旌旗輿馬之音，舉首嚬眉之感，景公爲之不行。周穆王欲肆車轍馬跡，祭公謀父爲誦《祈招》之詩，以止其心。誠惡逸遊之害人也。

言政暴濫疏
襄楷

臣聞皇天不言，以文象設教。堯、舜雖聖，必曆象日月星辰，察五緯所在，故能享百年之壽，爲萬世之法。臣竊見去歲五月，熒惑入太微，犯帝座，出端門，不軌常道。其閏月庚辰，太白入房，犯心小星，震動中耀。中耀，天王也；傍小星者，天王子也。夫太微天廷，五帝之坐，而金火罰星陽光其中，於占，天子凶；又俱入房、心，法無繼嗣。今年歲星久守太微，逆行西至掖門，還竊執法。歲爲木精，好生惡殺，而淹留不去者，咎在仁德不修，誅罰太酷。前七年十二月，熒惑與歲星俱入軒轅，逆行四十餘日，而鄧皇后誅。其冬大寒，殺鳥獸魚鼈，城傍竹柏之葉有傷枯者。臣聞於師曰："栢傷竹枯，不出三年，天子當之。"今洛陽城中人夜無故叫呼，云有火光，人聲正誼，於占亦與竹栢枯同。自春夏以來，連有霜雹及大雨靁，而臣作威作福，刑罰急刻之所感也。

太原太守劉瓆、南陽太守成瑨，志除姦邪，其所誅剪，皆合人望，而陛下受閹豎之譖，乃遠加考逮。三公上書乞哀瓆等，不見採察，而嚴被譴讓。憂國之臣，將遂杜口矣。

臣聞殺無罪，誅賢者，禍及三世。自陛下即位以來，頻行誅伐，梁、寇、孫、鄧，並見族滅，其從坐者，又非其數。李雲上書，朗主所不當諱，杜衆乞死，諒以感悟聖朝，曾無赦宥，而并被殘戮，天下之人，咸知其冤。漢興以來，未有拒諫誅賢、用刑太深如今者也。永平舊典，諸當重論皆須冬獄，先請後刑，所以重人命也。頃數十歲以來，州郡翫習，又欲避請讞之煩，輒託疾病，多死牢獄。長吏殺生自己，死者多非其罪，魂神冤結，無所歸訴，淫厲疾疫，自此而起。昔文王一妻，誕至十子，今宮女數千，未聞慶育。宜修德省刑，以廣《螽斯》之祚。

又七年六月十三日，河內野王山上有龍死，長可數十丈。扶風有星隕爲石，聲聞三郡。天龍形狀不一，小大無常，故《周易》況之大人，帝王以爲符瑞。或聞河內龍死，諱以爲蛇。夫龍能變化，蛇亦有神，皆不當死。昔秦之將衰，華山神操璧以授鄭客，曰"今年祖龍死"，始皇逃之，死於沙丘。王莽天鳳二年，訛言黃山宮有死龍之異，後漢誅莽，光武復興。虛言猶然，況於實邪？夫星辰麗天，猶萬國之附王者也。下將畔上，故星亦畔天。石者安類，墜者失執。春秋五石隕宋，其後襄公爲楚所執。秦之亡也，石隕東郡。今損扶風，與先帝園陵相近，不有大喪，必有畔逆。

案春秋以來及古帝王，未有河清及學門自壞者也。臣以爲河者，諸侯位也。清者屬陽，濁者屬陰。河當濁而反清者，陰欲爲陽，諸侯欲爲帝也。太學，天子教化之宮，其門無故自壞者，言文德將喪，教化廢也。京房《易傳》曰："河水清，天下平。"今天垂異，地吐祅，人厲疫，三者並時而有河清，猶春秋麟不當見而見，孔子書之以爲異也。

臣前上琅邪宮崇受干吉神書，不合朚聽。臣聞布穀鳴於孟夏，蟋蟀吟於始秋，物有微而志信，人有賤而言忠。臣雖至賤，誠願賜淸問，極盡所言。

論三互法疏
蔡邕

伏見幽、冀舊壤，鎧馬所出，比年兵饑，漸至空耗。今者百姓虛縣，萬里蕭條，闕職經時，吏人延屬，而三府選舉，踰月不定。臣經怪其事，而論者云"避三互"。十一州有禁，當取二州而已。又二州之士，或復限以歲月，狐疑遲淹，以失事會。愚以爲三互之禁，禁之薄者，今但申以威靈，朚其憲令，在任之人豈不戒懼，而當坐設三互，自生留閡邪？昔韓安國起自徒中，朱買臣出於幽賤，並以才宜，還守本邦。又張敞亡命，擢授劇州。豈復顧循三互，繫以末制乎？三公朚知二州之要，所宜速定，當越禁取能，以救時敝，而不顧爭臣之義，苟避輕微之科，選用稽滯，以失其人。臣願陛下上則先帝，蠲除近禁，其諸州刺史器用可換者，無拘日月三互，以差厥中。

諫先主稱尊號疏
費詩

殿下以曹操父子偪主篡位，故乃羈旅萬里，紏合士衆，將以討賊。今大敵未克而先自立，恐人心疑惑。昔高祖與楚約，先破秦者王。及屠咸陽，獲子嬰，猶懷推讓。況今殿下未出門庭，便欲自立邪？愚臣誠不爲殿下取也。

襲魏疏
蔣琬

芟穢彌難，臣職是掌。自臣奉辭漢中，已經六年，臣旣闇弱，加嬰疾疢，規方無成，夙夜憂慘。今魏跨帶九州，根蒂滋蔓，平除未易。若東西並力，首尾掎角，雖未能速得如志，且當分裂蠶食，先摧其支黨。然吳期二三，連不克果，俯仰惟艱，實忘寢食。輒與費禕等議，以涼州胡塞之要，進退有資，賊之所惜；且羌、胡乃心思漢如渴，又昔偏軍入羌，郭淮破走，筭其長短，以爲事首，宜以姜維爲涼州刺史。若維征行，御持河右，臣當帥軍爲維鎮繼。今涪水陸四通，惟急是應，若東北有虞，赴之不難。

諫後主游觀聲樂疏
譙周

昔王莽之敗，豪傑並起，跨州據郡，欲弄神器，于是賢才智士思望所歸，未必以其勢之廣狹，惟其德之薄厚也。是故於時更始、公孫述及諸有大衆者多已廣大，然莫不快情恣欲，怠于爲善，游獵飲食，不恤民物。世祖初入河北，馮異等勸之曰："當行人所不能爲。"遂務理冤獄，節儉飲食，動遵法度，故北州歌歎，聲布四遠。於是鄧禹自南陽追之，吳漢、寇恂未識世祖，遙聞德行，遂以權計舉漁陽、上谷，突騎迎于廣阿。其餘望風慕德者邳肜、耿純、劉植之徒，至于輿病齎棺，襁負而至者，不可勝數。故能以弱爲彊，屠王郎，吞銅馬，折赤眉而成帝業也。及在洛陽，嘗欲小出，車駕已御，銚期諫曰："天下未寧，臣誠不願陛下細行數出。"即時還車。及征隗囂，潁川盜起，世祖還洛陽，但遣寇恂往，恂曰："潁川以陛下遠征，故姦猾起叛，未知陛下還，恐不時降；陛下自臨，潁川賊必即降。"遂至潁川，竟如恂言。故非急務，欲小出不敢，至于急務，欲自安不爲，故帝者之欲善也如此！故《傳》曰"百姓不徒附"，誠以德先之也。今漢遭厄運，天下三分，雄哲之士思望之時也。陛下天姿至孝，喪踰三年，言及隕涕，雖曾閔不過也。敬賢任才，使之盡力，有踰成康。故國內和一，大小勠力，臣所不能陳。然臣不勝大願，願復廣人所不能者。夫挽大重者，其用力苦不衆，拔大艱者，其善術苦不廣，且承事宗廟者，非徒求福佑，所以率民尊上也。至于四時之祀，或有不臨，池苑之觀，或有仍出，臣之愚滯，私不自安。夫憂責在身者，不暇盡樂，先帝之志，堂搆未成，誠非盡樂之時。願省減樂官、後宮所增造，但奉修先帝所施，下爲子孫節儉之教。

中正疏
劉毅

臣聞：立政者以官才爲本。官才有三難，而興替之所由也：人物難知，一也；愛憎難防，二也；情僞難甄，三也。今立中正，定九品，高下任意，榮辱在手。捺[一]人主之威福，奪天朝之權勢。愛憎決於心，情僞由於己。公無考校之負，私無告訐之忌。用心百態，求者萬端。廉讓之風滅，苟且之欲成。天下訩訩，但爭品位，不聞推讓，竊爲聖朝恥之。

夫名狀以當才爲清，品輩以得實爲平，安危之要，不可不甄。清平者，政化之美也；枉濫者，亂敗之惡也，不可不察。然人才異能，脩體者尠。器有大小，達有早晚。前鄙後脩，宜受日新之報；抱正違時，宜有質直之稱；度遠闕小，宜得殊俗之狀；任直不飾，宜得清實之譽；行寡才優，宜獲器任之用。是以三仁殊塗而同歸，四子異行而均義。陳平、韓信笑侮於邑里，而收功於帝王；屈原、伍胥不容於人主，而顯名於竹帛，是萬論之所甄也。

今之中正，不精才實，務依黨利，不均稱尺，務隨愛憎。所欲與者，獲虛以成譽；所欲下者，吹毛以求疵。高下逐強弱，是非由愛憎。隨世興衰，不顧才實，衰則削下，興則扶上，一人之身，旬日異狀。或以貨賂自通，或以計協登進，附託者必達，守道者困悴。無報於身，必見割奪。有私於己，必得其欲。是以上品無寒門，下品無勢族。暨時有之，皆曲有故。慢主罔時，實爲亂源。損政之道一也。

置州都者，取州里清議，咸所歸服，將以鎮異同，一言議。不謂一人之身，了一州之才，一人不審便坐之。若然，自仲尼以上，至於庖犧，莫不有失，則皆不堪，何獨責于中人者哉！若殊不脩，自可更選。今重其任而輕其人，所立品格，還訪刁攸。攸非州里之所歸，非職分之所置。今訪之，歸正於所不服，決事於所不職，以長讒構之源，以生乖爭之兆，似非立都之本旨，理俗之深防也。主者既善刁攸，攸之所下而復選以二千石，已有數人。劉良上攸所下，石公罪攸之所行，駁違之論橫於州里，嫌讎之隙結於大臣。夫桑妾之訟，禍及吳、楚；鬬鷄之變，難興魯邦。況乃人倫交爭而部黨興，刑獄滋生而禍根結。損政之道二也。

本立格之體，將謂人倫有序，若貫魚成次也。爲九品者，取下者爲格，謂才德有優劣，倫輩有首尾。今之中正，務自遠者，則抑割一國，使無上人；穢劣下比，則拔舉非次，並容其身。公以爲格，坐成其私。君子無大小[二]之怨，官政無繩姦之防。使得上欺朙主，下亂人倫。乃使優劣易地，首尾倒錯。推貴異之黑，使在凡品之下，負戴不肖，越在成人之首。損政之道三也。

陛下踐阼，開天地之德，弘不諱之詔，納忠直之言，以覽天下之情，太平之基，不世之法也。然賞罰，自王公以至於庶人，無不加法。置中正，委以一國之重，無賞罰之防。人心多故，清平者寡，故怨訟者衆。聽之則告訐無已，禁絕則侵枉無極，與其理訟之煩，猶愈侵枉之害。今禁訟訴，則杜一國之口，培一人之勢，使得縱橫，無所顧憚。諸受枉者抱怨積直，獨不蒙天地無私之德，而長壅蔽於邪人之銓。使上朙不下照，下情不上聞。損政之道四也。

昔在前聖之世，欲敦風俗，鎮靜百姓，隆鄉黨之義，崇六親之行，禮教庠序以相率，賢不肖於是見矣。然鄉老書其善以獻天子，司馬論其能以官於職，有司考績以朙黜陟。故天下之人退而脩本，州黨有德義，朝廷有公正，浮華邪佞無所容厝。今一國之士多者千數，或流徙異邦，或取給殊方，面猶不識，況盡其才力！而中正知與不知，其當品狀，采譽於臺府，納毀於流言。任己則有不識之蔽，聽受則有彼此之偏。所知者以愛憎奪其平，所不知者以人事亂其度。既無鄉老紀行之譽，又非朝廷考績之課，遂使進官之人，棄近求遠，背本逐末。位以求成，不由行立，品不校功，黨譽虛妄。損政五也。

凡所以立品設狀者，求人才以理物也，非虛飾名譽，相爲好醜。雖孝悌之行，不施朝廷，故門外之事，以義斷恩。既以在官，職有大小，事有劇易，各有功報，此人才之實效，功分之所得也。今則反之，於限當報，雖職之高，還附卑品，無績於官，而獲高敘，是爲抑功實而隆虛名也。上奪天朝考績之分，下長浮華朋黨之士。損政六也。

凡官不同事，人不同能，得其能則成，失其能則敗。今品不狀才能之所宜，而以九等爲例。以品取人，或非才能之所長；以狀取人，則爲本品之所限。若狀得其實，猶品狀相妨，繁繁選舉，使不得精於才宜。況今九品，所疎則削其長，所親則飾其短。徒結白論，以爲虛譽。則品不料能，百揆何以得理，萬機何以得脩？損政七也。

前九品詔書，善惡必書，以爲褒貶，當時天下，少有所忌。今之九品，所下不彰其罪，所上不列其善，廢褒貶之義，任愛憎之斷，清濁同流，以植其私。故反違前品，大其形勢，以驅動衆人，使必歸己。進者無功以表勸，退者無惡以成懲。懲勸不朙，則風俗汙濁，天下人焉得不解德行而銳人事？損政八也。

由此論之，選中正而非其人，授權勢而無賞罰，或缺中正而無禁檢，故邪黨得肆，枉濫縱橫。雖職名中正，實爲姦府；事名九品，而有八損。或恨結於親親，猜生於骨肉，當身困于敵讎，子孫離其殃咎。斯乃歷世之患，非徒當今之害也。是以時主觀時立法，防姦消亂，靡有常制，故周因於殷，有所損益。至于中正九品，上聖古賢皆所不爲，豈蔽於此事而有不周哉，將以政化之宜無取於此也。自魏立以來，未見其得人之功，而生讎薄之累。毀風敗俗，無益於化，古今之失，莫大於此。愚臣以爲宜罷中正，除九品，棄魏氏之弊法，立一代之美制。

【校記】

［一］捺，陳本、《晉書》作操。

［二］大小，陳本作小人。《晉書》作大小。

受詔疏
劉頌

臣昔忝河內，臨辭受詔：「卿所言悉要事，宜大小數以聞。恒苦多事，或不能悉有報，勿以爲疑。」臣受詔之日，喜懼交集，益思自竭，用忘其鄙，願以螢燭，增暉重光。到郡草具所陳如左，未及書上，會臣嬰丁天罰，寢頓累年，今謹封上前事。臣雖才不經國，言淺多違，猶願陛下垂省，使臣微誠得經聖鑒，不總棄於常案。如有足採，冀補萬一。

伏見詔書，開啟土宇，以支百世，封建戚屬，咸出之藩，夫豈不懷，公理然也。樹國全制，始成於今，超秦、漢、魏氏之局節，紹五帝三代之絕跡。功被無外，光流後裔，巍巍盛美，三五之君殆有慙德。何則？彼因自然而就之，異乎絕跡之後更創之。雖然，封幼稚皇子於吳、蜀，臣之愚慮，謂未盡善。夫吳、越剽輕，庸、蜀險絕，此故變釁之所出，易生風塵之地。且自吳平以來，東南六州將士更守江表，此時之至患也。又內兵外守，吳人有不自信之心，宜得壯王以鎮撫之，使內外各安其舊。又孫氏爲國，文武衆職，數擬天朝，一旦堙替，同於編戶。不識所蒙更生之恩，而災困逼身，自謂失地，用懷不靖。今得長王以臨其國，隨才授任，文武並敘，士卒百役不出其鄉，求富貴者取之於國內。內兵得散，新邦又［一］安，兩獲其所，於事爲宜。宜取同姓諸王年二十以上人才高者，分王吳、蜀。以其去近就遠，割裂土宇，令倍於舊。以徙封故地，用王幼稚，須皇子長乃遣君之，於事無晚也。急所須地，交得長主，此事宜也。臣所陳封建，今大義已舉，然餘衆事，儻有足採，以糸成制，故皆並列本事。

臣聞：不憚危悔之患，而願獻所見者，盡忠之臣也；垂聽逆耳，甘納苦言者，濟世之君也。臣以期運，幸遇無諱之朝。雖嘗抗疏陳辭，汎論政體，猶未悉所見，指言得失，徒荷恩寵，不異凡流。臣竊自愧，不盡忠規，無以上報，謹列所見如左。臣誠未自許所言必當，然要以不隱所懷爲上報之節。若萬一足採，則微臣更生之年；如皆瞽妄，則國之福也。願陛下缺半日之間，垂省臣言。

伏惟陛下雖應天順人，龍飛踐阼，爲創基之主，然所遇之時，實是叔世。何則？漢末陵遲，閹豎用事，小人專朝，君子在野，政荒衆散，遂以亂亡。魏武帝以經略之才，撥煩理亂，兼肅文教，積數十年，至于延康之初，然後吏清下順，法始大行。逮至文、明二帝，奢淫驕縱，傾殆之主也。然內盛臺榭聲色之娛，外當三方英豪嚴敵，事成克舉，少有愆違，其故何也？實賴前緒，以濟勳業。然法物政刑，固已漸積矣。自嘉平之初，晉祚始基，逮于咸熙之末，其間累年。雖鈇鉞屢斷，翦除凶醜，然其存者咸蒙遭時之恩，不軌於法。泰始之初，陛下踐阼，其所服乘皆先代功臣之胤，非其子孫，則其曾玄。古人有言，膏粱之性難正，故曰時遇叔世。當此之秋，天地之位始定，四海洗心整綱之會也。然陛下猶以用才因宜，法寬有由，積之在素，異於漢、魏之先。三祖崛起，易朝之爲，未可一旦直繩御下，誠時宜也。然至所以爲政，矯世衆務，自宜漸出公塗，法正威斷，日遷就肅。譬由行舟，雖不橫截迅流，然俄向所趣，漸靡而住，終得其濟。積微稍著，以至于今，可以言政。而自泰始以來，將三十年，政功美績，未稱聖旨，凡諸事業，不茂旣徃。以陛下朙聖，猶未及叔世之獎，以成始初之隆，傳之後世，不無慮乎！意者，臣言豈不少櫎聖心夫！

顧惟萬載之事，理在二端。天下大噐，一安難傾，一傾難正。故慮經後世者，必精目下之政，政安遺業，使數世賴之。若乃兼建諸侯而樹藩屏，深根固蔕，則祚延無窮，可以比跡三代。如或當身之政，遺風餘烈不及後嗣，雖樹親戚，而成國之制不建，使夫後世獨任智力以安大業。若未盡其理，雖經異時，憂責猶追在陛下，將如之何！願陛下善當今之政，樹不拔之勢，則天下無遺憂矣。

夫聖朙不世及，後嗣不必賢，此天理之常也。故善爲天下者，任勢而不任人。任勢者，諸侯是也；任人者，郡縣是也。郡縣之效，小政理而大勢危；諸侯爲邦，近多違而遠慮固。聖王惟終始之弊，權輕重之理，包彼小違以據大安，然後足以藩固內外，維鎮九服。夫武王聖主也，成王賢主也，然武王不恃成王之賢而廣封建者，慮經無窮也。且善言今者，必有驗之於古。唐、虞以前，書文殘缺，其事難詳。至於三代，則並建明德，及興王之顯親，列爵五等，開國承家，以藩屏帝室，延祚久長，近者五六百歲，遠者僅將千載。逮至秦氏，罷侯置守，子弟不分尺土，孤立無輔，二世而亡。漢承周、秦之後，雜而用之，前後二代各二百餘年。揆其封建不用，雖彊弱不適，制度舛錯，不盡事中，然跡其衰亡，恒在同姓失職，諸侯微時，不在彊盛。昔呂氏作亂，幸賴齊、代之援，以寧社稷。七國叛逆，梁王捍之，卒弭其難。自是之後，威權削奪，諸侯止食租奉，甚者至乘牛車。是以王請得擅本朝，遂其姦謀，傾蕩天下，毒流生靈。光武紹起，雖封樹子弟，而不建成國之制，祚亦不延。魏氏承之，圈閉親戚，幽囚子弟，是以神器速傾，天命移在陛下。長短之應，禍福之徵，可見於此。又魏氏雖正位居體，南面稱帝，然三方未賓，正朔有所不加，實有戰國相持之勢。大晉之興，宣帝定燕，太祖平蜀，陛下滅吳、禪魏，功侔天地，土廣三王，舟車所至，人跡所及，皆爲臣妾，四海大同，始於今日。宜承大勳之籍，及陛下聖明之時，大啓土宇，使同姓必王，建久安於萬載，垂長世於無窮。

臣又聞，國有任臣則安，有重臣則亂。而王制，人君立子以嫡不以長，立嫡以長不以賢，此事情之不可易者也。而賢明至少，不肖至衆，此固天理之常也。物理相求，感應而至，又自然也。是以闇君在位，則重臣亂朝；明后臨政，則任臣列職。夫任臣之與重臣，俱執國統而立斷者也。然成敗相反，邪正相背，其故何也？重臣假所資以樹私，任臣因所籍以盡公。盡公者，政之本也；樹私者，亂之源也。推斯言之，則泰日少，亂日多，政教漸穨，欲國之無危，不可得也。又非徒唯然而已。借今愚劣之嗣，蒙先哲之遺緒，得中賢之佐，而樹國本根不深，無幹輔之固，則所謂任臣者化而爲重自[二]矣。何則？國有可傾之勢，則執權者見疑，衆疑難以屏信，而甘受死亡者非人情故也。若乃建基既厚，藩屏彊禦，雖置幼君赤子而天下不懼。曩之所謂重臣者，今悉反忠而爲任臣矣。何則？理無危勢，懷不自倩，存[三]誠得著，不惕於邪故也。聖王知賢哲之不世及，故立相持之勢以御其臣。是以五等既列，臣無忠慢，同於竭節，以徇其上。羣后既建，繼體賢鄙，亦均一契，等於無慮。且樹國苟固，則所任之臣，得賢益理，次委中智，亦足以安。何則？勢固易持故也。

然則建邦苟盡其理，則無向不可。是以周室自成、康以下，逮至宣王，宣王之後，到于赧王，其間歷載，朝無名臣，而宗廟不隕者，諸侯維持之也。故曰，爲社稷計，莫若建國。夫邪正逆順者，人心之所繫服也。今之建置，宜審量事勢，使諸侯率義而動，同忿俱奮，令其力足以維帶京邑。若包藏禍心，惕於邪而起，孤立無黨，所蒙之籍不足獨以有爲。然齊此甚難，陛下宜與達古今善識事勢之士深共籌之。建侯之理，使君樂其國，臣榮其朝，各流福祚，傳之無窮。上下一心，愛國如家，視百姓如子，然後能保荷天祿，兼翼王室。今諸王裂土，皆兼於古之諸侯，而君賤其爵，臣恥其位，莫有安志，其故何也？法同郡縣，無成國之制故也。今之建置，宜使率由舊章，一如古典。然人心繫常，不累十年，好惡未改，情願未移。臣之愚慮，以爲宜早創大制，遲廻衆望，猶在十年之外，然後能令君臣各安其位，榮其所蒙，上下相持，用成藩輔。如今之爲，適足以虛天府之藏，徒棄穀帛之資，無補鎮國衛上之勢也。

古者封建既定，各有其國，後雖王之子孫，無復尺土，此今事之必不行者也。若推親疎，轉有所廢，以有所樹，則是郡縣之職，非建國之制。今宜豫開此地，令十世之內，使親者得轉處近。十世之遠，近郊地盡，然後親疎相維，不得復如十世之內。然猶樹親有所，遲天下都滿，已彌數百千年矣。今方始封而親疎倒施，甚非所宜。宜更大[四]量天下土田方里之數，都更裂土分人，以王同姓，使親疎遠近不錯其宜，然後可以永安。古者封國，大者不過土方百里，然後人數殷衆，境內必盈其力，足以備充制度。今雖一國周環近將千里，然力實寡，不足以奉國典。所遇不同，故當因時制宜，以盡事適今。宜令諸王國容少而軍容多，然於古典所應有者悉立其制，然非急所須，漸而備之，不得頓設也。須車甲器械既具，羣臣乃服綵章；倉廩已實，乃營宮室；百姓已足，乃備官司；境內充實，乃作禮樂。唯宗廟社稷，則先建之。至於境內之政，官人用才，自非內史、國相命於天子，其餘衆職及死生之斷、穀帛資實、慶賞刑威，非封爵者悉得專之。今臣所舉二端，蓋事之大較，其所不載，應在二端之屬者，以此爲率。今諸國本一郡之政耳，若備舊典，則官司以數，事所不須，而以虛制損實力。至於慶賞刑斷，所以衛[五]下之權，不重則無以威衆人而衛上。故臣之愚慮，欲令諸侯權具，國容少而軍容多，然亦終於必備今事爲宜。

周之建侯，長享其國，與王者並，遠者僅將千載，近者猶數百年；漢之諸王，傳祚暨至曾玄。人性不甚相遠，古今一揆，而短長甚違，其故何邪？立意本殊而制不同故也。周之封建，使國重於君，公侯之身輕於社稷，故無道之君不免誅放。敦興滅繼絕之義，故國祚不泯。不免誅放，則羣臣思懼；胤嗣必繼，是無亡國也。諸侯思懼，然後軌道，下無亡國，天子乘之，理勢自安，此周室所以長在也。漢之樹置君國，輕重不殊，故諸王失度，陷於罪戮，國隨以亡。不崇興滅繼絕之序，故下無固國。下無固國，天子居上，勢孤無輔，故姦臣擅朝，易傾大業。今宜反漢之弊，脩周舊跡。國君雖或失道，陷於誅絕，又無子應除，苟有始封支胤，不問遠近，必紹其祚。若無遺類，則虛建之，須皇子無以繼其統，然後建國無滅。又班固稱"諸侯失國亦猶網密"，今又宜都寬其檢。且建侯之理，本經盛衰，大制都定，班之羣后，著誓丹青，書之玉版，藏之金匱，置諸宗廟，副在有司。寡弱小國猶不可危，豈況萬乘之主！承難傾之邦而加其上，則自然永久居重固之安，可謂根深華嶽而四維之也。臣之愚，願陛下置天下於自安之地，寄大業於固成之勢，則可以無遺憂矣。

今閭閻少名士，官司無高能，其故何也？清議不肅，人不立德，行在取容，故無名士。下不專局，又無考課，吏不竭節，故無高能。無高能，則有疾世事；少名士，則後進無準，故臣思立吏課而肅清議。夫欲富貴而惡貧賤，人理然也。聖王大諧物情，知不可去，故直同公私之利，而詭其求道，使夫欲富者必先由貧，欲貴者必先安賤。安賤則不矜，不矜然後廉恥厲；守貧者必節欲，節欲然後操全。以此處務，乃得盡公。盡公者，富貴之徒。為無私者終得其私，故公私之利同也。今欲富者不由貧自得富，欲貴者不安賤自得貴，公私之塗旣乖，而人情不能無私，私利不可以公得，則恆背公而橫務。是以風節日頹，公理漸替，人士富貴，非軌道之所得。以此為政，小在難期。然教頹來旣久，難反一朝。又世放都靡，營欲比肩，羣士渾然，庸行相似，不可頓肅，甚殊黜陟也。且教不求盡善，善在抑尤，同侈之中，猶有甚泰。使夫昧適情之樂者，捐其顯榮之貴，俄在不鮮之地；約己絜素者，蒙儉德之報，列于清官之上。二業分流，令各有蒙。然俗放都奢，不可頓肅，故臣私慮，願先從事於漸也。

天下至大，萬事至衆，人君至少，同於天日，故非垂聽所得周覽。是以聖王之化，執要而已，委務於下而不以事自嬰也。分職旣定，無所與焉，非憚日昃之勤，而牽於逸豫之虞，誠以政體宜然，事勢致之也。何則？夫造創謀始，逆闇是非，以別能否，甚難察也。旣以施行，因其成敗，以分功罪，甚易識也。易識在考終，難察在造始，故人君恆居其易則安，人臣不處其難則亂。今陛下每精事始而略於考終，故羣吏慮事懷成敗之懼輕，飾文采以避目下之譴重，此政功所以未善也。今人主能恆居易執要以御其下，然後人臣功罪形於成敗之徵，無逃其誅賞。故罪不可蔽，功不可誣。功不可誣，則能者勸；罪不可蔽，則違慢日肅，此為國之大略也。臣竊惟陛下聖心，意在盡善，懼政有違，故精事始，以求無失。又以衆官勝任者少，故不委務，寧居日昃也。臣之愚慮，竊以為今欲盡善，故宜考終。何則？精始難校故也。又羣官多不勝任，亦宜委務，使能者得以成功，不能者得以著敗。敗著可得而廢，功成可得遂任，然後賢能常居位以善事，闇劣不得以尸祿害政。如此不已，則勝任者漸多，經年小久，即羣司徧得其人矣。此校才考實，政之至務也。今人主不委事仰成，而與諸下共造事始，則功罪難分。下不專事，居官不久，故能否不別。何以驗之？今世士人決不悉良能也，又決不悉疲軟也。然今欲舉一忠賢，不知所賞；求一負敗，不知所罰。及其免退，自以犯法耳，非不能也。登進者自以累資及人間之譽耳，非功實也。若謂不然，則當今之政未稱聖旨，此其徵也。陛下御今法爲政將三十年，而功未日新，其咎安在？古人有言："琴瑟不調，甚者必改而更張。"凡臣所言，誠政體之常，然古今異宜，所遇不同。陛下縱未得盡仰成之理，都委務於下，至於今事應奏御者，蠲除不急，使要事得精可三分之二。

古者六卿分職，冢宰爲師。秦漢已來，九列執事，丞相都総。今尚書制斷，諸卿奉成，於古制爲重，事所不須，然今未能省并。可出衆事付外寺，使得專之，尚書爲其都統，若丞相之爲。惟立法創制，死生之斷，除名流徙，退免大事，及連度支之事，臺乃奏處。其餘外官皆專斷之，歲終臺閣課功校簿而已。此爲九卿造創事始，斷而行之，尚書書主，賞罰繩之，其勢必愈考成司非而已。於今親掌者動受成於上，下之所失，不得復以罪下，歲終事功不建，不知所責也。夫監司以法舉罪，獄官案劾盡實，法吏據辭守文，大較雖同，然至於施用，監司與夫法獄體宜小異。獄官唯實，法吏唯文，監司則欲舉大而略小。何則？夫細過微闕，謬妄之失，此人情之所必有，而悉糾以法，則朝野無立人，此所謂欲理而反亂者也。

故善爲政者綱舉而網疏，綱舉則所羅者廣，網疏則小必漏，所羅者廣則爲政不苛，此爲政之要也。而自近世以來，爲監司者，類大綱不振而微過必舉。微過不足以害政，舉之則微而益亂；大綱不振則豪彊橫肆，豪彊橫肆則百姓失職矣，此錯所急而倒所務之由也。今宜令有司反所常之政，使天下可善化。及此非難也，人主不善碎密之案，必責犯彊舉尤之奏，當以盡公，則害政之姦自然禽矣。夫大姦犯政而亂兆庶之罪者，類出富彊，而豪富者其力足憚，其貨足欲，是以官長顧勢而頓筆。下吏縱姦，懼所司之不舉，則謹密網以羅微罪。使奏劾相接，狀似盡公，而撓法不亮固已在其中矣。非徒無益於政體，清議乃由此而益傷。古人有言曰："君子之過，如日之蝕焉。"又曰"過而能改"，又曰"不貳過"。凡此數者，皆是賢人君子不能無過之言也。苟不至於害政，則皆天網之所漏；所犯在甚泰，然後王誅所必加，此舉罪淺深之大例者也。

故君子得全美以善事，不善者必夷戮以警衆，此爲政誅赦之準式也。何則？所謂[六]賢人君子，苟不能無過，小疵不可以廢其身，而輒繩以法，則愧於硎時。何則？雖有所犯，輕重甚殊，於士君子之心受責不同而名不異者,故不軌之徒得引名自方,以惑衆聽,因名可亂,假力取直,故清議益傷也。凡舉過彈違,將以肅風論而整世教,今舉小過,清議益積。是以聖人深識人情而達政體,故其稱曰:"不以一眚掩大德。"又曰"赦小過,舉賢才";又曰"無求備於一人。"故冕而前旒,充纊塞耳,意在善惡之報必取其尤,然後簡而不漏,大罪必誅,法禁易全也。何則?害法在犯尤,而謹搜微過,何異放兕豹於公路,而禁鼠盜於隅隙。古人有言:"鈇鉞不用而刀鋸日弊,不可以爲政。"此言大事緩而小事急也。時政所失,少有此類,陛下宜反而求之,乃得所務也。

夫權制不可以經常,政乖不可以守安,此言攻守之術異也。百姓雖愚,望不虛生,必因時而發。有因而發,則望不可奪;事變異前,則時不可違。朗聖達政,應赴之速,不及下車,故能動合事機,大得人情。昔魏武帝分離天下,使人役居戶,各在一方;既事勢所須,且意有曲爲,權假一時,以赴所務,非正典也。然逡巡至今,積年未改,百姓雖身丁其困,而私怨不生,誠以三方未悉蕩并,知時未可以求安息故也。是以甘役如歸,視險若夷。至於平吳之日,天下懷靜,而東南二方六州郡兵、將士武吏戍守江表,或給京城運漕,父南子北,室家分離,咸更不寧。又不習水土,運役勤瘁,並有死亡之患,勢不可久。此宜大見處分,以副人望。魏氏錯役,亦應改舊。此二者各盡其理,然黔首感恩懷德,謳吟樂生必十倍於今也。自董卓作亂以至今,近出百年,四海勤瘁,丁難極矣。六合渾并,始於今日,兆庶思寧,非虛望也。然古今異宜,所遇不同,誠亦未可以希遵在昔,放息馬牛。然使受百役者不出其國,兵備待事其鄉,實在可爲。縱復不得悉然爲之,苟盡其理,可靜三分之二,吏役可不出千里之內。但如斯而已,天下所蒙已不訾矣。

政務多端,世事之未盡理者,難徧以疏舉,振領総綱,要在二[七]條。凡政欲靜,靜在息役,息役在無爲。倉廩欲實,實在利農,利農在平糴。爲政欲著信,著信在簡賢,簡賢在官久。官久非難也,連其班級,自非才宜,不得傍轉以終其課,則事善矣。平糴已有成制,其未備者可就周足,則穀積矣。無爲匪他,却功作之勤,抑似益而損之利。如斯而已,則天下靜矣。此三者既舉,雖未足以厚化,然可以爲安有餘矣。夫王者之利,在生天地自然之財,農是也。所立爲指於此,事誠有功益。苟或妨農,皆務所息,此悉似益而損之謂也。然今天下自有事所必須,不得止已,或用功甚少而所濟至重。目下爲之,雖少有廢,而計終已大益。農官有十百之利,及有妨害,在始似如未急,終作大患。宜逆加功,以塞其漸。如河、汴將合,沉菜苟善,則役不可息。諸如此類,亦不得已已。然事患緩急,權計輕重，自非近如此類，準以爲率，乃可興爲，其餘皆務在靜息。然能善等輕重，權審其宜，知可興可廢，甚難了也，自非上智遠才，不幹此任。夫創業之美，勳在垂統，使夫後世蒙賴以安。其爲安也，雖昏猶朙，雖愚若智。濟世功者，寔在善化之爲，要在靜國。至夫脩飾宮署，凡諸作役務爲恒傷過泰，不患不舉，此將來所不湏於陛下而自能者也。至於仰蒙前緒，所憑日月[八]者，實在遺風繫人心，餘烈匡幼弱，而今勤所不湏，以傷所憑。鈞此二者，何務孰急，陛下少垂恩廻慮，詳擇所安，則大理盡矣。

　　世之私議，竊比陛下於孝文。臣以爲聖德隆殺，將在乎後，不在當今。何則？陛下龍飛鳳翔，應期踐阼，有創業之勳矣。掃滅彊吳，奄征南海，又有之矣。以天子之貴，而躬行布衣之所難，孝儉之德，冠于百王，又有之矣。履宜無細，動成軌度，又有之矣。若善當身之政，建藩屏之固，使晉代久長，後世仰瞻遺跡，校功考事，實與湯、武比靈，何孝文足云！臣之此言，非臣下襃上虛美常辭，其事實然。若所以資爲安之理，或未盡善，則恐良史書勳，不得遠盡弘美，甚可惜也。然不可使夫知政之士得糸聖慮，經年小久，終必有成。願陛下少察臣言。

【校記】

　　[一]又，陳本同。《晉書》作乂。
　　[二]自，陳本、《晉書》作臣。
　　[三]存，陳本同。《晉書》作忠。
　　[四]大，陳本作丈。《晉書》作大。
　　[五]衛，陳本作御。《晉書》作衛。
　　[六]謂，陳本作爲。《晉書》作謂。
　　[七]二，陳本、《晉書》作三。
　　[八]日月，陳本作冐。《晉書》作日月。

啓_廣

國起西園第啓
陸雲

　　郎中令臣雲言：[一]西園大營第室，雖未審節度豐儉之制，然用功甚嚴，竊懼事不得濟，愚臣管見，輒敢瞽言。臣竊見世祖武皇帝臨朝淵嘿，訓世以儉，即位二十有六載，宮室臺榭[二]，無所新崇[三]。屢發朙詔，厚戒豐奢，國家纂成，務在遵奉。而世俗凌遲，家競盈溢，漸漬波蕩，遂已成風。雖嚴詔屢宣，而侈俗滋廣。每觀詔書，衆庶嘆息。清河王昔起墓宅，未及極偉，時手詔追述先帝節儉之教，懇切之吉，刑于四海。清河王毀壞城宅，以奉詔命。海內聽望，咸用憮[四]然。

臣慮以先帝遺教，日以凌替，聖上憂勤，猶未之振。今興[五]國家[六]崇大化，追闡前蹤者，實在殿下。先敦素朴，而後可以訓正四方，示民知禁。竊謂第室之設，可使儉而不陋，凡在崇麗，一宜節之以制。然後上厭帝心，下允民望，且自閒制國之用，事從節省。而方於此時大造第宅，又非聖意從簡之吉。臣以凡才，殿下不以其駑闇，特蒙拔擢，將以臣能有狂夫之言，可以裨補聖德。臣自奉職以來，亦思竭忠効節，以報所受之施。是以不慮犯逆，敢陳所懷。如愚臣言有可采，乞垂三省。

令[七]：吾以頑弱，過蒙殊寵，夙夜祇懼。黍思先恩，承風誡以自錯厲，得爾委曲，省以憮然。意既在儉約，又欲奉遵法憲，豈忘於心？國自宜有宅，城內求不可得。官徒右軍來，蹀覆此屋，恐或不可久得側近宮掖，故於國作宅，不作觀。望使如凡家法足止而已耳。平量畫圖，當徔相示，動靜以聞。

臣雲言：間一日敢獻瞽言，以干聞聽，天恩未加咎責，猥發朗令。臣伏誦聖吉，奉用歎息。臣聞有國者不患宮室之不崇，患在令名之不立。是以賢人之在富貴，莫不卑身節欲，欲[八]損己挹情，能保其國家，令聞百世。歷觀古今，以約失之者實寡，以奢失之者蓋衆。非天下之至德，孰能居豐行儉。在富能貧？清儉節素，自殿下家道，此所以懷集四方，而使兆民服者也。世祖武皇帝富有四海，貴爲天子，居無離宮之館，身御家人之服，先帝豈欲以此道止於治身而已者哉！固將必欲遺訓百世，貽燕子孫。此固殿下所宜祇奉也。

昔淮南太妃當安厝，臣兄比下墨機時爲郎中令，從行。太妃令追稱先帝養生送終，事從節儉。今宜奉用遺制，不事豐厚。令吉懇切，言歸于約。清河昔起墓宅，發手詔又還毀。朝野之論，于今未已。

竊以西園第宅，用功方嚴，雖知聖德節儉有素，猶復思關愚言，以補萬一，亦臣繾綣微忠，昊天罔極之誠也。至被朗令，聖吉炳然，嘉承至道，奉以稱慶，不勝下情。謹疏以聞。

【校記】

[一]陳本、《陸雲集》此有"伏見"二字。

[二]榭，陳本作樹。《陸雲集》作榭。

[三]崇，陳本同。《陸雲集》作營。

[四]憮，陳本同。《陸雲集》作欣。
[五]興，陳本同。《陸雲集》作與。
[六]《陸雲集》此有"協"字。
[七]令，陳本作今，前有"又啓論云"四字。
[八]據《陸雲集》，"欲"爲衍字。

國人兵多不法啓
陸雲

郎中令臣雲言：國人兵於橫，多行非法，至使暴及市道，聲聞京邑。親信兵乃罵詈洛陽市丞，遠近囂然，聲論日廣。而主者前復[一]所報，每蒙寬宥，故羣小敢肆其暴虐。前興駕當東時，臣具以奏聞。上立節度，亦備嚴上下司察，念在奉宣。而親信卒泰，矯稱突關，強市民物，至使行道哀窮，路人歎惋。

臣下祗命，幸使罪人時獲，僉以泰宜加重戮，以戒肅方來。軍都督李嬰，行實奸穢，然身備王人，雖不致法，猶加捶楚。主者奏泰，依嬰決罰。事寢不出，是特令原泰。泰之凶狡，罰至大辟。至於今日，不蒙薄罰。臣竊以自今羣醜虎視，競爲暴虐矣。

小人得志，則下凌上替。前卿顯言事大農，文吉倨傲，反成却安，功名之士，議[二]在不辱。而顯等恃恩，敢行侮慢。臣時列啓，并呈顯言事，事寢不省。是以自來拱嘿，未敢多言，而竊見國法日侈，而恩宥無已。誠懼威禁遂頹，醜聲滋聞。愚謂自今宜齊之以法，使下知禁，有司所執，猶宜時聽。不然以往，則監司之吏，鋒鉏靡加，而準繩替矣。

臣忝竊非據，與聞國政。服事以來，荏苒三年，朝憲多違，威禦無列，好問不登，而流聲播越，皆由執政之臣，官非其人。常思收迹自替，以避賢路，退惟受遇，微報未効。是以忍垢素餐，敢用文諫。唯殿下哀矜愚臣，繾綣愚臣，不以前後干迕，多見罪責。臨紙慷慨，言不自盡。

【校記】

[一]復，陳本同。《陸雲集》作後。
[二]議，陳本作義。《陸雲集》作議。

求効啓
王融

臣聞：春鷓秋蟀，集候相悲；露木風螢，臨年共悅。夫惟動植且或有心，況在生靈而能無感夫。君道含弘，臣術無隱，翁歸乃居中自是，充國曰"莫若老臣"。切慕前修，故蹈輕節，雖冒不媒之鄙，式罄奉公之誠。抑又唐堯在上，不參二八，管夷吾恥之，臣亦恥之。

求爲劉瓛立館啓
任昉

昔在魏中，爰及晉始，書貴虛玄，人悅陶縱，瑚璉廢泗上之容，樽俎恣林下之適。春干秋羽，委曠而弗陳；西序東膠，寂寥而誰仰。所以金雞忘曉，玉羊失馭，神器毀於獫戎，寶曆遷於干越，豈不悲歟！劉瓛澡身浴德，修行明經，賤珪璧於光陰，竟松筠於歲晚，貧不隕獲其心，窮不二三其操。而困無居止，浮寓親遊，垣棟傾鑽，室衢墊側，有朋自遠，無用栖憑，皆負笈檐登，櫛風沐露。瓛之器學，無謝前修，輒欲與之周旋，開館招屈，臣第西偏，官有閑地，北拒晉山，南望通邑，雖曰人境，實少浮喧。廣輪裁盈數畝，布以施立黌塾，薄藝桑麻，粗創茨宇。

彈事廣

劾丞相匡衡等
王尊

司隸校尉尊言：丞相衡、御史大夫譚位三公，典五常九德，以總方略、壹統類、廣教化、美風俗爲職。知中書謁者令顯等專權擅執，大作威福，縱恣不制，無所畏忌，爲海內患害。不以時白奏行罰，而阿諛曲從，附下罔上，懷邪迷國，無大臣輔政之義也，皆不道，在赦令前。赦後，衡、譚舉奏顯，不自陳不忠之罪，而反揚著先帝任用傾覆之徒，妄言百官畏之，甚於主上。卑君尊臣，非所宜稱，失大臣體。文正月行幸曲臺，臨饗罷衛士，衡與中二千石、大鴻臚賞等會坐殿門下，衡南鄉，賞等西鄉。衡更爲賞布東鄉席，起立延賞坐，私語如食頃，衡知行臨，百官共職，萬衆會聚，而設不正之席，使下坐上，相比爲小惠於公門之下，動不中禮，亂朝廷爵秩之位。衡又使官大奴入殿中，問行起居，還言漏上十四刻行臨到，衡安坐，不變色改容，無怵惕肅敬之心，驕慢不謹，皆不敬。

論丞相薛宣
涓勳

司隸校尉臣勳言：《春秋》之義，王人微者序乎諸侯之上，尊王命也。

臣幸得奉使，以督察公卿以下爲職。今丞相宣請遣掾史，以宰士督察天子奉使命大夫，甚誖逆順之理。宣本不師受經術，因事以立姦威。案浩商所犯，一家之禍耳，而宣欲專權作威，乃害于國，不可之大者。願下中朝特進列侯、將軍以下，正國法度。

劾涓勳
翟方進

御史大夫方進言：臣聞國家之興[一]，尊尊而敬長，爵位上下之禮，王道綱紀。《春秋》之義，尊上公謂之宰，海内無不統焉。丞相進見聖主，御坐爲起，在輿爲下。羣臣宜皆承順聖化，以視四方。勳吏二千石，幸得奉使，不遵禮儀，輕謾宰相，賤易上卿，而又詘節失度，邪諂無常，色厲内荏。墮國體，亂朝廷之序，不宜處位。臣請下丞相免。

【校記】

［一］興，陳本作典。《漢書》作興。

劾陳咸等
翟方進

立素行積爲不善，衆人所共知。邪臣自結，附託爲黨，庶幾立與政事，欲獲其利。今立斥逐就國，所交結尤著者，不宜備大臣，爲郡守。案後將軍朱博、鉅鹿太守孫閎、故光祿大夫陳咸與立交通厚善，相與爲腹心，有背公死黨之信，欲相攀援，死而後已。皆内有不仁之性，而外有儁材，過絕於人，勇猛果敢，處事不疑。所居皆尚殘賊酷虐，苛刻慘毒以立威，而亡纖介愛利之風，天下所共知，愚者猶惑。孔子曰："人而不仁如禮何！人而不仁如樂何！"言不仁之人，亡所施用；不仁而多材，國之患也。此三人皆内懷姦猾，國之所患，而深相與結，信於貴戚姦臣，此國家大憂，大臣所宜没身而爭也。昔季孫行父有言曰："見有善於君者愛之，若孝子之養父母也；見不善者誅之，若鷹鸇之逐鳥爵也。"翅翼雖傷，不避也。貴戚彊黨之衆誠難犯，犯之，衆敵並怨，善惡相冒。臣幸得備宰相，不敢不盡死。請免博、閎、咸歸故郡，以銷姦雄之黨，絕羣邪之望。

劾蔭光
御史中丞

况朝臣，父故宰相，再封列侯，不相敕丞佐，而骨肉相疑，疑咸受脩言，以謗毀宣。咸所言皆宣行迹，衆人所共見，公家所宜聞。況知咸給事中，恐爲司隸舉奏宣，而公令朗等迫切宮闕，要遮創戮近臣於大道人衆中，欲以鬲塞聰明，杜絕論議之端。桀黠無所畏忌，萬衆讙譁，流聞四方，不與凡民忿怒爭鬭者同。臣聞敬近臣，爲近主也。禮，下公門，式路馬，君畜產且猶敬之。《春秋》之義，意惡功遂，不免於誅，上浸之源，不可長也。況首爲惡，朗手傷人，功意俱惡，皆大不敬。朗當以重論，及況皆棄市。

劾陳遵
陳崇

遵兄弟幸得蒙恩超等歷位，遵爵列侯，備郡守，級州牧奉使。皆以舉直察枉、宣揚聖化爲職，不正身自慎。始遵初除，乘藩車入閭巷，過寡婦，左阿君置酒謌謳，遵起舞跳梁，頓仆坐上。暮因留宿，爲侍婢扶臥。遵知飲酒飫宴有節，禮不入寡婦之門，而湛酒溷肴，亂男女之別，輕辱爵位，羞汙印韍，惡不可忍聞。臣請皆免。

卷四十四

封事廣

論霍氏封事
張敞

臣聞公子季友有功於魯，大夫趙衰有功於晉，大夫田完有功於齊，皆疇其庸，延及子孫。終後田氏篡齊，趙氏分晉，季氏顓魯。故仲尼作《春秋》，迹盛衰，譏世卿最甚。迺者大將軍決大計，安宗廟，定天下，功亦不細矣。夫周公七年耳，而大將軍二十歲，海內之命，斷於掌握。方其隆時，感動天地，侵迫陰陽，月朓日蝕，晝冥宵光，地大震裂，火生地中，天文失度，妖祥變怪，不可勝記。皆陰類盛長，臣下顓制之所生也。朝臣宜有明言，曰陛下褒寵故大將軍以報功德足矣。間者輔臣顓政，貴戚大盛，君臣之分不明，請罷霍氏三侯皆就第。及衛將軍張安世，宜賜几杖歸休，時存問召見，以列侯爲天子師。明詔以恩不聽，羣臣以義固爭而後許，天下必以陛下爲不忘功德，而朝臣爲知禮，霍氏世世無所患苦。今朝廷不聞直聲，而令明詔自親其文，非策之得者也。今兩侯以出，人情不相遠，以臣心度之，大司馬及其枝屬必有畏懼之心。夫近臣自危，非完計也，臣敞願於廣朝白發其端，直守遠郡，其路無由。夫心之精微口不能言也，言之微眇書不能文也，故伊尹五就桀，五就湯，蕭相國薦淮陰累歲乃得通，況乎千里之外，因書文諭事指哉！唯陛下省察。

條災異封事
劉向

臣前幸得以骨肉備九卿，奉法不謹，乃復蒙恩。竊見災異並起，天地失常，徵表爲國。欲終不言，念忠臣雖在畎畝，猶不忘君，惓惓之義也。況重以骨肉之親，又加以舊恩未報乎！欲竭愚誠，又恐越職，然惟二恩未報，忠臣之義，一抒[一]愚意，退就農畝，死無所恨。

臣聞舜命九官，濟濟相讓，和之至也。衆賢和於朝，則萬物和於野。故簫《韶》九成，而鳳皇來儀；擊石拊石，百獸率舞。四海之內，靡不和寧。及至周文，開基西郊，雜逯衆賢，岡不肅和，崇推讓之風，以銷分爭之訟。文王旣没，周公思慕，歌詠文王之德，其《詩》曰："於穆清廟，肅雍顯相；濟濟多士，秉文之德。"當此之時，武王、周公繼政，朝臣和於內，萬國驩於外，故盡得其驩心，以事其先祖。其《詩》曰："有來雍雍，至止肅肅，相維辟公，天子穆穆。"言四方皆以和來也。諸侯和於下，天應報於上，故《周頌》曰"降福穰穰"，又曰"飴一作貽[陳]我釐一作麳，下同[陳]麰"。釐麰，麥也，始自天降。此皆以和致和，獲天助也。

下至幽、厲之際，朝廷不和，轉相非怨，詩人疾而憂之曰："民之無良，相怨一方。"衆小在位而從邪議，譖譖相是而背君子，故其《詩》曰："潝潝訿訿，亦孔之哀！謀之旣臧，則具是違；謀之不臧，則具是依！"君子獨處守正，不撓衆枉，勉彊以來王事，則反見憎毒讒愬，故其《詩》曰："密勿一作黽勉[陳]從事，不敢告勞。無罪無辜，讒口嗸嗸！"當是之時，日月薄蝕而無光，其《詩》曰："朔月辛卯，日有蝕之，亦孔之醜！"又曰"彼月而微，此日而微，今此下民，亦孔之哀"，又曰"日月鞠一作告[陳]凶，不用其行；四國無政，不用其良"。天變見於上，地變動於下，水泉沸騰，山谷易處，其《詩》曰："百川沸騰，山冢卒崩，高岸爲谷，深谷爲陵。哀今之人，胡憯莫懲！"霜降失節，不以其時，其《詩》曰："正月繁霜，我心憂傷；民之訛言，亦孔之將。"言民以是爲非，甚衆大也。此皆不和，賢不肖易位之所致也。

自此之後，天下大亂，篡殺殃禍並作，厲王奔彘，幽王見殺。至于平王末年，魯隱之始即位也，周大夫祭伯乖離不和，出奔於魯，而《春秋》爲諱。不言來奔，傷其禍殃自此始也。是後尹氏世卿而專恣，諸侯背畔而不朝，周室卑微。二百四十二年之間，日食三十六，地震五，山陵崩阤二，彗星三見，夜常星不見，夜中星隕如雨一，火災十四。長狄入三國，五石隕墜，六鷁或作鶂[陳]退飛，多麋，有蜮、蜚，鸛鵒來巢者，皆一見。晝冥晦，雨木冰。李梅冬實。七月霜降，草木不死。八月殺菽，大雨雹。雨雪雷霆，失序相乘。水旱、饑、蝝螽、螟蜂午並起。當是時，禍亂輒應，弒君三十六，亡國五十二，諸侯奔走，不得保其社稷者，不可勝數也。周室多禍：晉敗其師於貿戎；伐其郊，鄭傷桓王；戎執其使；衛侯朔召不住，齊逆命而助朔；五大夫爭權，三君更立，莫能正理。遂至陵夷不能復興。

由此觀之，和氣致祥，乖氣致異；祥多者其國安，異衆者其國危，天地之常經，古今之通義也。今陛下開三代之業，招文學之士，優遊寬容，使得並進。今賢不肖渾殽，白黑不分，邪正雜揉，忠讒並進。章交公車，人滿北軍。朝臣舛午讀作忤[陳]，膠戾乖剌，更相讒愬，轉相是非。傳授增加，文書紛糾，前後錯謬，毀譽混亂。所以營惑耳目，感移心意，不可勝載。分曹爲黨，往往羣朋，將同心以陷正臣。正臣進者，治之表也；正臣陷者，亂之機也。乘治亂之機，未知孰任，而災異數見，此臣所以寒心者也。夫乘權藉勢之人，子弟鱗集於朝，羽翼陰附者衆，輻湊於前，毀譽將必用，以終乖離之咎。是以日月無光，雪霜夏隕，海水沸出，陵谷易處，列星失行，皆怨氣之所致也。夫遵衰周之軌迹，循詩人之所刺，而欲以成太平，致雅頌，猶卻行而求及前人也。初元以來六年矣，案《春秋》六年之中，災異未有稠如今者也。夫有《春秋》之異，無孔子之救，猶不能解紛，況甚於《春秋》乎？

原其所以然者，讒邪並進也。讒邪之所以並進者，由上多疑心，既已用賢人而行善政，如或譖之，則賢人退而善政還。夫執狐疑之心者，來讒賊之口；持不斷之意者，開羣枉之門。讒邪進則衆賢退，羣枉盛則正士消。故《易》有《否》《泰》。小人道長，君子道消，君子道消則政日亂，故爲否。否者，閉而亂也。君子道長，小人道消，小人道消則政日治，故爲泰。泰者，通而治也。《詩》又云"雨雪麃麃，見晛聿消"，與《易》同義。昔者鯀、共工、驩兜與舜、禹雜處堯朝，周公與管、蔡並居周位，當是時，迭進相毀，流言相謗，豈可勝道哉！帝堯、成王能賢舜、禹、周公而消共工、管、蔡，故以大治，榮華至今。孔子與季、孟偕仕於魯，李斯與叔孫俱宦於秦，定公、始皇賢季、孟、李斯而消孔子、叔孫，故以大亂，污辱至今。故治亂榮辱之端，在所信任；信任既賢，在於堅固而不移。《詩》云"我心匪石，不可轉也"，言守善篤也。《易》曰"渙汗其大號"，言號令如汗，汗出而不反者也。今出善令，未能踰時而反，是反汗也；用賢未能三旬而退，是轉石也。《論語》曰："見不善如探湯。"今二府奏佞諂不當在位，歷年而不去。故出令則如反汗，用賢則如轉石，去佞則如拔山，如此望陰陽之調，不亦難乎！

是以羣小窺見間隙，緣飾文字，巧言醜詆，流言飛文，譁於民間。故《詩》云："憂心悄悄，慍於羣小。"小人成羣，誠足慍也。昔孔子與顏淵、子貢更相稱譽，不爲朋黨；禹、稷與皋陶傳相汲引，不爲比周。何則？忠於爲國，無邪心也。故賢人在上位，則引其類而聚之於朝，《易》曰"飛龍在天，大人聚也"；在下位，則思與其類俱進，《易》曰"拔茅茹，以其彙，征吉"。在上則引其類，在下則推其類，故湯用伊尹，不仁者遠，而衆賢至，類相致也。今佞邪與賢臣並在交戟之內，合黨共謀，違善依惡，渝渝訿訿，數設危險之言，欲以傾移主上。如忽然用之，此天地之所以先戒，災異之所以重至者也。

自古明聖，未有無誅而治者也，故舜有四放之罰，而孔子有兩觀之誅，然後聖化可得而行也。今以陛下明知，誠深思天地之心，迹察兩觀之誅，覽《否》《泰》之卦，觀雨雪之詩，歷周、唐之所進以爲法，原秦、魯之所消以爲戒。考祥應之福，省災異之禍，以揆當世之變，放遠佞邪之黨，壞散險詖之聚，杜閉羣枉之門，廣開衆正之路。決斷狐疑，分別猶豫，使是非炳然可知，則百異消滅，而衆祥並至，太平之基，萬世之利也。

臣幸得託肺附，誠見陰陽不調，不敢不通所聞，竊推《春秋》災異，以效[二]今事一二，條其所以，不宜宣泄。臣謹重封昧死上。

【校記】

[一]抒，陳本作攄。《漢書》作杼。

[二]效，陳本、《漢書》作救。

極諫外家封事
劉向

臣聞人君莫不欲安，然而常危；莫不欲存，然而常亡：失御臣之術也。夫大臣操權柄，持國政，未有不爲害者也。昔晉有六卿，齊有田、崔，衛有孫、甯，魯有季、孟，常掌國事，世執朝柄。終後田氏取齊，六卿分晉，崔杼弒其君光；孫林父、甯殖出其君衎，弒其君剽；季氏八佾舞於庭，三家者以《雍》徹，並專國政，卒逐昭公。周大夫尹氏筦朝事，濁亂王室，子朝、子猛更立，連年乃定。故《經》曰"王室亂"，又曰"尹氏殺王子克"，甚之也。《春秋》舉成敗，錄禍福，如此類甚衆，皆陰盛而陽微，下失臣道之所致也。故《書》曰："臣之有作威作福，害于而家，凶于而國。"孔子曰"祿去公室，政逮大夫"，危亡之兆。秦昭王舅穰侯及涇陽、葉陽涇、葉，穰侯弟也[陳]君專國擅勢，上假太后之威，三人者權重於昭王，家富於秦國，國甚危殆，賴寤范睢之言，而秦復存。二世委任趙高，專權自恣，壅蔽大臣，終有閻樂望夷之禍，秦遂以亡。近事不遠，即漢所代也。

漢興，諸呂無道，擅相尊王。呂產、呂祿席太后之寵，據將相之位，兼南北軍之衆，擁梁、趙王之尊，驕盈無厭，欲危劉氏。賴忠正大臣絳侯、朱虛侯等竭誠盡節以誅滅之，然後劉氏復安。今王氏一姓乘朱輪華轂者二十三人，青紫貂蟬充盈幄內，魚鱗左右。大將軍秉事用權，五侯驕奢僭盛，並作威福，擊斷自恣，行汙而寄治，身私而託公，依東宮之尊，假甥舅之親，以爲威重。尚書九卿州牧郡守皆出其門，笠執樞機，朋黨比周。稱譽者登進，忤恨者誅傷；游談者助之說，執政者爲之言。排擯宗室，孤弱公族，其有智能者，尤非毀而不進。遠絕宗室之任，不令得給事朝省，恐其與己分權；數稱燕王、蓋主以疑上心，避諱呂、霍而弗肯稱。內有管、蔡之萌，外假周公之論，兄弟據重，宗族磐互。歷上古至秦漢，外戚僭貴未有如王氏者也。雖周皇甫、秦穰侯、漢武安、呂、霍、上官之屬，皆不及也。

物盛必有非常之變先見，爲其人微象。孝昭帝時，冠石立於泰山，仆柳起於上林，而孝宣帝即位。今王氏先祖墳墓在濟南者，其梓柱生枝葉，扶疏上出屋，根垂地中，雖立石起柳，無以過此之朙也。事埶不兩大，王氏與劉氏亦且不並立，如下有泰山之安，則上有累卵之危。陛下爲人子孫，守持宗廟，而令國祚移於外親，降爲皁隸，縱不爲身，奈宗廟何！婦人內夫家，外父母家，此亦非皇太后之福也。孝宣皇帝不與舅平昌、樂昌侯權，所以全安之也。

夫朙者起福於無形，銷患於未然。宜發朙詔，吐德音，援近宗室，親而納信，黜遠外戚，毋授以政，皆罷令就第，以則效先帝之所行，厚安外戚，全其宗族，誠東宮之意，外家之福也。王氏永存，保其爵祿，劉氏長安，不失社稷，所以褒睦外內之姓，子子孫孫無疆之計也。如不行此策，田氏復見於今，六卿必起於漢，爲後嗣憂，昭昭甚朙，不可不深圖，不可不早慮。《易》曰：“君不密，則失臣；臣不密，則失身；幾事不密，則害成。”唯陛下深留聖思，審固幾密，覽往事之戒，以折中取信，居萬安之實，用保宗廟，久承皇太后，天下幸甚。

論知人邪正封事
翼奉

臣聞之於師，治道要務，在知下之邪正。人誠鄉正，雖愚爲用；若廼懷邪，知益爲害。知下之術，在於六情十二律而已。北方之情，好也；好行貪狼，申子主之。東方之情，怒也；怒行陰賊，亥卯主之。貪狼必待陰賊而後動，陰賊必待貪狼而後用，二陰並行，是以王者忌子卯也。《禮經》避之，《春秋》諱焉。南方之情，惡也；惡行廉貞，寅午主之。西方之情，喜也；喜行寬大，已酉主之。二陽並行，是以王者吉午酉也。《詩》曰：“吉日庚午。”上方之情，樂也；樂行姦邪，辰未主之。下方之情，哀也；哀行公正，戌丑主之。辰未屬陰，戌丑屬陽，萬物各以其類應。今陛下朙聖虛靜以待物至，萬事雖衆，何聞而不諭，豈況乎執十二律而御六情？於以知下參實，亦甚優矣，萬不失一，自然之道也。廼正月癸未日加申，有暴風從西南來。未主姦邪，申主貪狼，風以太陰下抵建前，是人主左右邪臣之氣。平昌侯比三來見臣，皆以正辰加邪時。辰爲客，時爲主人。以律知人情，王者祕道也。

地震爲后舅封事
翼奉

臣聞之於師曰，天地設位，懸日月，布星辰，分陰陽，定四時，列五行，以視聖人，名之曰"道"。聖人見道，然後知王治之象，故畫州土，建君臣，立律曆，陳成敗，以視賢者，名之曰"經"。賢者見經，然後知人道之務，則《詩》《書》《易》《春秋》《禮》《樂》是也。《易》有陰陽，《詩》有五際，《春秋》有災異，皆列終始，推得失，考天心，以言王道之安危。至秦乃不悅，傷之以法，是以大道不通，至於滅亡。今陛下嗣聖，深懷要道，燭臨萬方，布德流惠，靡有闕遺。罷省不急之用，振救困貧，賦醫藥，賜棺錢，恩澤甚厚。又舉直言，求過失，盛德純備，天下幸甚。

臣奉竊學《齊詩》，聞五際之要，《十月之交》篇，知日蝕、地震之效昭然可明，猶巢居知風，穴處知雨，亦不足多，適所習耳。臣聞人氣內逆，則感動天地。天變見於星氣，日蝕、地變見於奇物震動。所以然者，陽用其精，陰用其形，猶人之有五臟臟同[陳]六體，五臟象天，六體象地。故臟病則氣色發於面，體病則欠申動於貌。今年太陰建於甲戌，律以庚寅初用事，曆以甲午從春。曆中甲庚，曆得參陽，性中仁義，情得公正貞廉，百年之精歲也。正以精歲，本首王位，日臨中時接律而地大震，其後連月久陰，雖有大令，猶不能復，陰氣盛矣。古者朝廷必有同姓以明親親，必有異姓以明賢賢，此聖王之所以大通天下也。同姓親而易進，異姓疏而難通，故同姓一，異姓五，廼爲平均。今左右亡同姓，獨以舅后之家爲親，異姓之臣又疏。二后之黨滿朝，非特處位，執尤奢僭過度，呂、霍、上官足以卜之，甚非愛人之道，又非後嗣之長策也。陰氣之盛，不亦宜乎。

臣又聞未央、建章、甘泉宮才人各以百數，皆不得天性。若杜陵園，其已御見者，臣子不敢有言，雖然，太皇太后之事也。及諸侯王園，與其後宮，宜爲設員，出其過制者，此損陰氣應天救邪之道也。今異至不應，災將隨之。其法大水，極陰生陽，反爲大旱，甚則有火災，春秋宋伯姬是矣。唯陛下裁察。

薦辛慶忌封事
何武

虞有宮之奇，晉獻不寐；衛青在位，淮南寢謀。故賢人立朝，折衝厭難，勝於亡形。《司馬法》曰："天下雖安，忘戰必危。"夫將不豫設，則亡以應卒；士不素厲，則難使死敵。是以先帝建列將之官，近戚主內，異姓距外，故姦究不得萌動而破滅，誠萬世之長冊也。光祿勳慶忌行義修正，柔毅敦厚，謀慮深遠。前在邊郡，數破敵獲虜，外夷莫不聞。廼者大異並見，未有其應。加以兵革久寢。《春秋》大災未至而豫禦之，慶忌宜在爪牙官以備不虞。

日食論董賢封事
王嘉

臣聞：咎繇戒帝舜曰："亡傲佚欲有國《書》作無教逸欲有邦[陳]，兢兢業業，一日二日萬機。"箕子戒武王曰："臣無有作威作福，亡有玉食；臣之有作威作福玉食，害于而家，凶于而國，人用側頗辟，民用僭慝《書》作忒[陳]。"言如此則逆尊卑之序，亂陰陽之統，而害及王者，其國極危。國人傾側不正，民用僭差不一，此君不由法度，上下失序之敗也。武王躬履此道，隆至成、康。自是以後，縱心恣欲，法度陵遲，至於臣弒君，子弒父。父子至親，失禮患生，何況異姓之臣？孔子曰："道千乘之國，敬事而信，節用而愛人，使民以時。"孝文皇帝備行此道，海內蒙恩，爲漢太宗。孝宣皇帝賞罰信明，施與有節，記人之功，忽於小過，以致治平。孝元皇帝奉承大業，溫恭少欲，都內錢四十萬萬，水衡錢二十五萬萬，少府錢十八萬萬。嘗幸上林，後宮馮貴人從臨獸圈，猛獸驚出，貴人前當之，元帝嘉美其義，賜錢五萬。掖庭見親，有加賞賜，屬其人勿衆謝。示平惡偏，重失人心，賞賜節約。是時，外戚貲千萬者少耳，故少府水衡見錢多也。雖遭初元、永光凶年饑饉，加有西羌之變，外奉師旅，內振貧民，終無傾危之憂，以府藏內克實也。孝成皇帝時，諫臣多言燕出之害，及女寵專愛，耽於酒色，損德傷年，其言甚切，然終不忿怒也。寵臣淳于長、張放、史育，育數貶退，家貲不滿千萬；放斥逐就國；長榜咎也[陳]死於獄。不以私愛害公義，故雖多內譏，朝廷安平，傳業陛下。

陛下在國之時，好《詩》《書》，上儉節，徵來所過道上稱誦德美，此天下所以回心也。初即位，易帷帳，去錦繡，乘輿席緣綈繒而已。共皇寢廟比比當作，憂閔元元，惟用度不足，以義割恩，輒且止息，今始作治。而駙馬都尉董賢亦起官寺上林中，又爲賢治大第，開門鄉北闕，引王渠灌園池，使者護作，賞賜吏卒，甚於治宗廟。賢母病，長安厨給祠具，道中過者皆飲食。爲賢治罢，罢成，奏御廼行。或物好，特賜其工，自貢獻宗廟三宫，猶不至此。賢家有賓婚及見親，諸官並共，賜及蒼頭奴婢，人十萬錢。使者護視，發取市物，百賈震動，道路讙譁，羣臣惶惑。詔書罷苑，而以賜賢二千餘頃，均田之制從此墮壞。奢僭放縱，變亂陰陽，災異衆多，百姓訛言，行籌相驚，被髮徒跣而走，乘馬者馳，天惑其意，不能自止。或以爲籌者策失之戒也。陛下素仁智慎事，今而有此大機[一]。

孔子曰："危而不持，顛而不扶，則將安用彼相矣！"臣嘉幸得備位，竊内悲傷不能通愚忠之信；身死有益於國，不敢自惜。唯陛下慎己之所獨鄉，察衆人之所共疑。往者寵臣鄧通、韓嫣驕貴失度，逸豫無厭，小人不勝情欲，卒陷罪辜。亂國亡軀，不終其禄，所謂愛之適足以害之者也。宜深覽前世，以節賢寵，全安其命。

【校記】
[一]機，陳本、《漢書》作譏。

封還詔書封事[一]
王嘉

臣聞：爵禄土地，天之有也。《書》云："天命有德，五服五章哉！"王者代天爵人[二]，尤宜慎之。裂地而封，不得其宜，則衆庶不服，感動陰陽，其害疾自深。今聖體久不平，此臣嘉所内懼也。高安侯賢，佞幸之臣，陛下傾爵位以貴之，單[三]貨財以富之，損至尊以寵之，主威已黜，府藏已竭，唯恐不足。財皆民力所爲，孝文皇帝欲起露臺，重百金之費，克己不作。今賢散公賦以施私惠，一家至受千金，往古以來貴臣未嘗有此，流聞四方，皆同怨之。里諺曰"千人所指，無病而死"，臣常爲之寒心。今太皇太后以永信太后遺詔，詔丞相御史益賢户，賜三侯國，臣嘉竊惑。山崩地動，日食於三朝，皆陰侵陽之戒也。前賢已再封，晏、商再易邑[四]業，緣私橫求，恩已過厚，求索自恣，不知厭足，甚傷尊尊之義，不可以示天下。爲害痛矣！臣驕侵罔，陰陽失節，氣感相動，害及身體。陛下寢疾久不平，繼嗣未立，宜思正萬事，順天人之心，以求福祐，奈何輕身肆意，不念高祖之勤苦垂立制度欲傳之於無窮哉！《孝經》曰："天子有爭臣七人，雖無道，不失其天下。"臣謹封上詔書，不敢露見，非愛死而不自法，恐天下聞之，故不敢自劾。愚戆數犯忌諱，唯陛下省察。

【校記】
　　[一]陳本題作《再論董賢封事》。
　　[二]入，陳本、《漢書》作人。
　　[三]單，陳本作殫。《漢書》作單。
　　[四]易邑，陳本作增田。《漢書》作易邑。

論日食封事
馬嚴

　　臣聞：日者，衆陽之長；食者，陰侵之徵。《書》曰："無曠庶官，天工人其代之。"言王者代天官人也。故考績黜陟，以明褒貶。無功不黜，明陰盛陵陽。臣伏見方今刺史太守專州典郡，不務奉事盡心爲國，而伺察偏阿，取與自己。同則舉爲尤異，異則中以刑法，不即垂頭塞耳，採取財賂。今益州刺史朱酺、揚州刺史倪說、涼州刺史尹業等，每行考事，輒有物故，又選舉不實，曾無貶坐，是使臣下得作威福也。故事，州郡所舉上奏司直察能否以懲虛實。今宜加防檢，式遵前制。丞相、御史親治職事，唯丙吉以年老優遊，不案吏罪。於是宰府習爲常俗，更共罔養，以崇虛名，或未曉其職，便復遷徙，誠非建官賦祿之意，宜敕正百司，各責以事，州郡所舉，必得其人。若不如言，裁以法令。《傳》曰："上德以寬服民，其次莫如猛。故火烈則人望而畏之，水懦則人狎而翫之。為政者寬以濟猛，猛以濟寬。"如此，綏御有體，災眚消矣。

論竇氏封事
何敞

　　夫忠臣憂世，犯主顏，譏刺貴臣，至以殺身滅家而猶為之者，何邪？君臣義重，有不得已也。臣伏見往事，國之危亂，家之將凶，皆有所由，較然易知。昔鄭武姜之幸叔段，衛莊公之寵州吁，愛而不教，終至凶戾。由是觀之，愛子若此，猶饑而食之以毒，適所以害之也。伏見大將軍竇憲，始遭大憂，公卿比奏，欲令典幹國事。憲深執謙退，固辭盛位，懇懇勤勤，言以深至，天下聞之，莫不悅喜。今踰年無幾，大禮未終，卒然中改，兄弟專朝。憲秉三軍之重，篤、景總官衛之權，而虐用百姓，奢侈僭逼，誅戮無罪，肆心自快。今者論議洶洶，咸謂叔段、州吁復生於漢。

　　臣觀公卿懷持兩端，不肯極言者，以爲憲等若有匪懈之志，則己受吉甫襃申伯之功，如憲等陷於罪辜，則自取陳平、周勃順呂后之權，終不以憲等吉凶為憂也。臣敞區區，誠欲計策兩安，絕其繇繇，塞其涓涓，上不欲令皇太后損文母之號，陛下有誓泉之譏，下使憲等得長保其福祐。然臧獲之謀，上安主父，下存主母，猶不免於嚴怨。臣伏惟累祖蒙恩，至臣八世，復以愚陋，旬年之間，歷顯位，備機近，每念厚德，忽然忘生。雖知言必夷滅，而冒死自進者，誠不忍目見其禍而懷默苟全。駙馬都尉瓌，雖在弱冠，有不隱之忠，比請退身，願抑家權。可與參謀，聽順其意，誠宗廟至計，竇氏之福。

論北單于不當王封事
袁安

臣聞：功有難圖，不可豫見；事有易斷，較然不疑。伏惟光武皇帝本所以立南單于者，欲安南定北之策也，恩德甚備，故匈奴遂分，邊境無患。孝明皇帝奉承先意，不敢失墜，赫然命將，爰伐塞北。至於章和之初，降者十萬餘人，議者欲置之濱塞，東至遼東。太尉宋由、光祿勳耿秉皆以為失南單于心，不可，先帝從之。陛下奉承鴻業，大開疆宇，大將軍遠師討伐，席卷北庭，此誠宣明祖宗，崇立弘勳者也。宜審其終，以誠厥功。伏念南單于屯，先父舉衆歸德，自蒙恩以來，四十餘年。三帝積累，以遺陛下。陛下深宜遵述先志，成就其業。況屯首唱大謀，空盡北虜，輒而弗圖，更立新降，以一朝之計，違三世之規，失信於所養，建立於無功。由、秉實知舊議，而欲背弃先恩。夫言行，君子之樞機；賞罰，理國之綱紀。《論語》曰："言忠信，行篤敬，雖蠻貊行焉。"今若失信於一屯，則百蠻不敢復保誓矣。又烏桓、鮮卑新殺北單于，凡人之情，咸畏仇讎，今立其弟，則二虜懷怨。兵、食可廢，信不可去。且漢故事，供給南單于費直歲一億九十余萬，西域歲七千四百八十萬。今北庭彌遠，其費過倍，是乃空盡天下，而非建策之要也。

論日食爲竇氏封事
丁鴻

臣聞：日者陽精，守實不虧，君之象也；月者陰精，盈毀有常，臣之表也。故日食者，臣乘君，陰陵陽，月滿不虧，下驕盈也。昔周室衰季，皇甫之屬，專權於外，黨類強盛，侵奪主執，則日月薄食，故《詩》曰："十月之交，朔日辛卯，日有食之，亦孔之醜。"《春秋》日食三十六，弒君三十二。變不空生，各以類應。夫威柄不以放下，利器不以假人。覽觀往古，近察漢興。傾危之禍，靡不由之。是以三桓專魯，田氏擅齊，六卿分晉；諸呂握權，統嗣幾移；哀、平之末，廟不血食。故雖有周公之親，而無其德，不得行其執也。

今大將軍雖欲敕身自約，不敢僭差，然而天下遠近皆惶怖承旨，刺史二千石初除謁辭，求通待報，雖奉符璽，受臺敕，不敢便去，久者至數十日。背王室，向私門，此乃上威損，下權盛也。人道悖於下，效驗見於天，雖有隱謀，神照其情，垂象見戒，以告人君。間者月滿先節，過望不虧，此臣驕溢背君，專功獨行也。陛下未深覺悟，故天重見戒，誠宜畏懼，以防其禍。《詩》云："敬天之怒，不敢戲豫。"若敕政責躬，杜漸防萌，則凶妖銷滅，害除福湊矣。

夫壞崖破巖之水，源自涓涓；干雲蔽日之木，起於蔥青。禁微則易，救末者難，人莫不忽於微細，以致其大。恩不忍誨，義不忍割，去事之後，未然之朙鏡也。臣愚以爲左官外附之臣，依託權門，傾覆諂諛，以求容媚者，宜行一切之誅。間者大將軍再出，威振州郡，莫不賦斂吏人，遣使貢獻。大將軍雖不受，而物不還主，部署之吏，無所畏憚，縱行非法，不伏罪辜。故海內貪猾，競爲姦吏[一]，小民吁嗟，怨氣滿腹。臣聞天不可以不剛，不剛則三光不朙；王不可以不彊，不彊則宰牧從橫。宜因大變，改政匡失，以塞天意。

【校記】

[一]吏，陳本作利。《後漢書》作吏。

論倖臣鄧萬封事
爰延

臣聞：天子尊無爲上，故天以爲子，位臨臣庶，威重四海。動靜以禮，則星辰順序；意有邪僻，則晷度錯違。陛下以河南尹鄧萬有龍潛之舊，封爲通侯，恩重公卿，惠豐宗室。加頃引見，與之對博，上下媟黷，有虧尊嚴。臣聞之，帝左右者，所以咨政德也。故周公戒成王曰"其朋其朋"，言慎所與也。昔宋閔公與強臣共博，列婦人於側，積此無禮，以致大災。武帝與倖臣李延年、韓嫣同臥起，尊爵重賜，情欲無厭，遂生驕淫之心，行不義之事，卒延年被戮，嫣伏其辜。夫愛之則不覺其過，惡之則不知其善，所以事多放濫，物情生怨。故王者賞人以酬[一]其功，爵人以甄其德。善人同處，則日聞嘉訓；惡人從游，則日生邪情。孔子曰："益者三友，損者三友。"邪臣惑君，亂妾危主，以非所言則悅於耳，以非所行則甄於目，故令人君不能遠之。仲尼曰："唯女子與小人爲難養，近之則不遜，遠之則怨。"蓋聖人之朙戒也！昔光武皇帝與嚴光俱寢，上天之異，其夕即見。夫以光武之聖德，嚴光之高賢，君臣合道，尚降此變，豈況陛下今所親幸，以賤爲貴，以卑爲尊哉？惟陛下遠讒諛之人，納謇謇之士，除左右之權，寤宦官之敝。使積善日熙，佞惡消殄，則乾災可除。

【校記】
　　［一］酢，陳本同。《後漢書》作酬。

論青蛇封事
謝弼

　　臣聞：和氣應於有德，祅異生乎失政。上天告譴，則王者思其愆；政道或虧，則姦臣當其罰。夫蛇者，陰氣所生；鱗者，甲兵之符也。《洪範傳》曰："厥極弱，時則有蛇龍之孽。"又熒惑守亢，裴回不去，有近臣謀亂，發於左右。不知陛下所與從容帷幄之內，親信者爲誰。宜急斥黜，以消天戒。臣又聞"惟虺惟蛇，女子之祥"。伏惟皇太后定策宮闥，援立聖胤。《書》云："父子兄弟，罪不相及。"竇氏之誅，豈宜咎延太后？幽隔空宮，愁感天心，如有霧露之疾，陛下當何面目以見天下？昔周襄王不能敬事其母，戎狄遂至交侵。孝和皇帝不絕竇后之恩，前世以爲美談。禮爲人後者爲之子，今以桓帝爲父，豈得不以太后爲母哉？《援神契》曰："天子行孝，四夷和平。"方今邊境日蹙，兵革蜂起，自非孝道，何以濟之！願陛下仰慕有虞蒸蒸之化，俯思《凱風》慰母之念。

　　臣又聞爵賞之設，必酬庸勳，開國承家，小人忽用。今功臣久外，未蒙爵秩，阿母寵私，乃享大封，大風雨雹，亦由於茲。又故太傅陳蕃，輔相陛下，勤身王室，夙夜匪懈，而見陷羣邪，一旦誅滅。其爲酷濫，駭動天下，門生故吏，並離徙錮。蕃身已往，人百何贖！宜還其家屬，解除禁網。夫台宰重器，國命所寄。今之四公，唯司空劉寵斷斷首善，餘皆素餐致寇之人，必有折足覆餗之凶。可因災異，並皆罷黜。徵故司空王暢，長樂少府李膺，並居政事，庶災變可消，國祚惟永。臣山藪頑闇，未達國典。策曰"無有所隱"，敢不盡愚，用忘諱忌。伏惟陛下裁其誅罰。

論青蛇封事
楊賜

　　臣聞：和氣致祥，乖氣致災，休徵則五福應，咎徵則六極至。夫善不妄來，災不空發。王者心有所惟，意有所想，雖未形顏色，而五星以之推移，陰陽爲其變度。以此而觀，天之與人，豈不符哉？《尚書》曰："天齊乎人，假我一日。"是其卹徵也。夫皇極不建，則有蛇龍之孽。《詩》云："惟虺惟蛇，女子之祥。"故《春秋》兩蛇鬬於南門，昭公殆以女敗；康王一朝宴起，《關雎》見幾而作。夫女謁行則讒夫昌，讒夫昌則苞苴通，故殷湯以之自戒，終濟亢旱之災。惟陛下思乾剛之道，別內外之宜，崇帝乙之制，受元吉之祉，抑皇甫之權，割豔妻之愛，則蛇變可消，禎祥立應。殷戊、宋景，其事甚卹。